Peter Landesman, 33, ist neben seiner schriftstelleri-
schen Arbeit auch als Journalist für das *New York
Magazine* und *Harper's Magazine* sowie als Maler tätig.
Nach einem Stipendium der National Gallery of Art
and Design hatte er im Sommer 1996 seine erste Aus-
stellung in New York. Peter Landesman lebt mit seiner
Frau in Brooklyn, New York, und Princeton, New
Jersey. Für seinen Roman »Meereswunden«, der mit
dem »Sue Kauffield Award« der American Academy of
Arts and Letters für den besten amerikanischen Erst-
lingsroman ausgezeichnet wurde, quartierte sich Landesman in einem kleinen Hotel in Maine ein und recher-
chierte mit kleinen Unterbrechungen über ein Jahr lang.

BLT
Mit der Welt
auf Buchfühlung

Peter Landesman

MEERESWUNDEN

Aus dem Amerikanischen von
Hans-Ulrich Möhring

B L T
Band 92 007

© 1995 Peter Landesman
Originaltitel: RAVEN
Originalverlag: Baskerville Publishers, Inc. in Dallas, Texas
© 1997 für die deutsche Ausgabe by Paul List Verlag in der
Südwest GmbH & Co. KG München
Lizenzausgabe für BLT. BLT ist ein Imprint der
Verlagsgruppe Lübbe.
Printed in Germany, Januar 1999
Einbandgestaltung: Gisela Kullowatz
Titelfoto: Jan Lederbogen, Hamburg
Autorenfoto: Dana Spaeth
Satz: hanseatenSatz-bremen, Bremen
Druck und Bindung: Elsnerdruck, Berlin
ISBN 3-404-92007-4

Dies, alles, was ich schreibe, für Liana.

INHALT

1941

NEBEL VERHINDERT SUCHE
NACH 30 TEILNEHMERN EINES
BOOTSAUSFLUGS

30. Juni. Tiefhängender dichter Nebel in der Casco Bay verhinderte heute die Suche nach der Vergnügungsjacht *Raven*, von der seit ihrem gestrigen Auslaufen jede Spur fehlt ...

BANGE FRAGE: ALLE 35 INSASSEN ERTRUNKEN?

2. Juli. Die felsigen Strände von Harpswell wurden zum Schauplatz einer Tragödie, als das Meer zwei Passagiere der unglückseligen Tiefseefischerjacht freigab, die am Sonntag ausgelaufen war. Ihre verschlossenen Lippen hüten das Geheimnis einer der furchtbarsten Katastrophen in der Geschichte Maines. An den Leichen wurden keine Schwimmwesten gefunden ...

URSACHE FÜR SCHIFFSUNGLÜCK GEKLÄRT?

3. Juli. Der Leiter der Küstenwache von Portland machte heute abend eine äußerst heftige Explosion für den Verlust des Kajütbootes *Raven* in der nebelverhangenen Casco Bay verantwortlich. Lieutenant Thomas J. Sampson meinte, die *Raven* habe »vor Treibstoffdämpfen gestunken« und es stehe »außer Frage, daß es an Bord der 13,5 Meter langen Jacht gebrannt und eine Explosion gegeben hat«. Die Behörden weisen auf die verbrannte Bekleidung und die verkohlten Wrackteile hin, die gefunden wurden ...

LAUT ÄRZTLICHER UNTERSUCHUNG KEINE VERBRENNUNGEN AN DEN LEICHEN DER OPFER

4. Juli. Die an den Leichen vereinzelt aufgetretenen geröteten Stellen, die Schaulustige auf Verbrennungen zurückführten, sind vermutlich durch kaltes Wasser, Sonnenbrand oder körperlichen Kontakt mit harten Gegenständen hervorgerufen worden ...

WARUM KEINE AUGENZEUGEN?

5. Juli. Das Wetter in dem Gebiet, in dem die unglückselige *Raven* unterging, war nach Angaben der Behörden klar. Der Nebel, der die Inseln drei Tage hintereinander verhüllte und die Anstrengungen der Suchtrupps erschwerte, zog wetteramtlichen Aufzeichnungen zufolge erst um 1 Uhr 48 in der Nacht zum Montag vom Meer her auf. Die Behörden fragen sich daher, warum niemand am Ufer den Rauch sah, der bei einem Feuer entstanden sein muß, oder die als Unglücksursache vermutete Explosion hörte. Sieben Meilen auf See sind keine zu große Entfernung, um ein Schiff von der Größe der *Raven* mit bloßem Auge zu erkennen ...

FURCHTBARE KATASTROPHE FÜR DIE HEIMATSTADT

6. Juli. »Sie wollten doch bloß einen Tagesausflug machen«, sagt die fassungslose Frau eines der Vermißten. »Sie sind am Morgen los, und es wurde Nachmittag und dann

Abend, und sie waren immer noch nicht zurück. Keiner ist sein Auto holen gekommen. In Rehoboth steht einfach alles still. Es ist niemand mehr da, um die Geschäfte zu öffnen, die Bank. Und jetzt werden sie ans Ufer gespült, aber nur die Frauen. Zwölf im ganzen, dreizehn, ich weiß nicht mehr genau. Alle werden sie zusammen ans Ufer gespült, wie eine Herde. Ich verstehe das nicht. Warum bloß die Frauen? Jemand hat mir erzählt, sie hätten sich an den Händen gehalten. Und dann ist da noch dieser Kapitän, der einzige Mann, und der hat nichts an. Alle sind sie bekleidet, und er ist nackt. Und ich habe das Gefühl, daß da keiner mehr kommt. Aus, vorbei. Die andern sind einfach weg, verschwunden, spurlos verschwunden.«

BEAUCHAMPS

Zehn Jahre lang war jeder Tag im Leben des jungen Ivan Beauchamp in vier Abschnitte unterteilt gewesen, stets eingeleitet durch das Schrillen einer Fabrikpfeife, die gebieterischer war (und grausamer, hätte er gedacht, wenn er alt genug gewesen wäre, so etwas zu denken) als alles übrige im Tal, auf der ganzen Welt. Er und seine Eltern und alle ihre Bekannten und Verwandten und die ganze natürliche Welt, konnten nicht anders, als dieser Pfeife geradezu andächtig zu lauschen und zu gehorchen. Die Pfeife gehörte zu der Papierfabrik am Fluß, in deren Umkreis, ganz unten im Tal, früher nur die Fabrikarbeiter und die polnischen Metzger, italienischen Steinmetzen, chinesischen Wäscher und ihre Familien gelebt hatten und die inzwischen das Wohnviertel der Armen überhaupt war. Die Direktion der Fabrik und die Lehrer und Ladenbesitzer wohnten nach wie vor am Hang. Ganz oben lagen die Rasenflächen und stolzen Säulenvillen der Sutherlands, die auch die Fabrik gebaut hatten. Die andern Häuser breiteten sich darunter in konzentrischen Kreisen aus, und je tiefer sie lagen, um so kleiner wurden sie und um so ähnlicher waren sie sich in Höhe und Form.

Im Hochsommer, wenn es früh hell wurde, bekam die Stadt im Westen von Maine den Tagesanbruch nicht mit. Die Pfeife verzögerte ihn, schob ihn hinaus, bis sie um sechs zur Frühschicht pfiff. Später dann wurde die Hitze drückend und die Luft stickig, die Blechdächer auf den Behausungen der Fabrikarbeiter fingen an zu knacken und zu ächzen, das Dunkelgrün und Schwarz der Hänge nahm eine bräunliche Färbung an, und die Fabrikpfeife verkündete, der Vormittag sei vorbei, der Nachmittag angebrochen. Der Hang blieb den ganzen Tag über sonnig, abgesehen von den Schatten der Schornsteine, die darüber und über Sutherland Park strichen wie gestaffelte Uhrzeiger, die unaufhörlich die Zeit anzeigten. An Sommernachmittagen war der Himmel nicht blau, sondern milchig, und ganz Rehoboth brannte im sengenden Sonnenlicht.

Irgendwann erklärte die Pfeife den Dunst zum Abend, auch wenn die Sommersonne noch ihr Feuer in die Congress Street goß. Die Kinder wurden zum Abendessen heimgerufen; die Geschäfte schlossen, und der Staub legte sich; die Glühwürmchen schwärmten aus, und abendliche Stille trat ein – alles lange, bevor es richtig dunkel war.

Noch nie in seinem Leben hatte Ivan essen oder Baseball spielen oder seine Hausaufgaben machen oder die Sterne anschauen können, ohne die Fabrik zu hören. Nach dem Abendessen blieb nichts zu tun, als schlafen zu gehen. Er legte sich in dem Zwielicht hin, das die Pfeife zur Nacht erklärt hatte. In seinen Träumen war seine Familie nicht mehr da, hatte sie nie existiert, und es gab nur das hitzige Dröhnen des Kochers und das Rattern der Presse, die aus dem wäßrigen Stoff haushohe Papierrollen machte. Immer wieder stolperte er und fiel kopfüber in das Hackschnitzelsilo und kam als dunkler Fleck in einem Bleichbottich mit Zellstoff wieder hervor. Doch wenn zu Mitternacht wieder die Pfeife ertönte, wachte Ivan auf und hörte, wie draußen überall auf den Straßen von Sutherland Park die Fliegentüren knarrend aufgingen und wieder zuknallten. Einige Väter und Söhne fielen in ihre Betten, während andere sich aus ihren Betten erhoben und zur zweiten Nachtschicht in einer Reihe hintereinander den Hügel hinunter gingen. Genau wie der Tag erst dann Tag war, wenn die Pfeife es erlaubte, konnte man in finsterer Nacht auf den Schlaf verzichten, solange die Pfeife ertönte und es in der Fabrik Arbeit gab.

Früher einmal war das ganze Wasser des Einzugsgebiets, in dem die Seen Umbagog, Upper und Lower Richardson, Kennegabo, Sawyer, Mooselookmeguntic und Parmachenee lagen, im Androscoggin abgeflossen. Damals war das Wasser noch torfschwarz, rastlos und aufgewühlt gewesen, und der Fluß war aus den White Mountains hinabgeströmt und verflacht. Fische sprangen aus den Stromschnellen. Im Winter waren die Ränder blau vom Eis, und das Sonnenlicht war ungetrübt, und es schien durch die Oberfläche auf das sich flußabwärts neigende dichte Schilf.

Aber mit dem Bau des dritten Staudamms hatte das stetige Nieseln der Flugasche eingesetzt, der erste Fabrikschornstein über Berlin tauchte auf, dann der zweite, und die grellen Flammen der Schweißer blitzten im Gießereiqualm auf. Von den Vögeln gemieden, trat das Wasser in die Fabrik ein, und auf der andern Seite trat es gelb dampfend wieder aus. Das Schilf und das Eis waren fort. Kühlschrankgroße Schlammklumpen drehten in der Strömung Zeitlupenpirouetten. Dann passierte der Androscoggin das Tal, die Fabrik in Rehoboth und nahm die ganzen Laugen und Rückstände und die Säuren von den Gerbereien und die Innereien und Federn von den Geflügelfarmen und die ungeklärten Abwässer von allen Städten am Fluß mit, so viel Unrat, daß es dort, wo der Fluß schließlich in die Merrymeeting Bay nördlich von Bailey Island mündete, bei richtigem Licht so schien, als wären es Eisschollen groß wie Autos und kleine Lastwagen, die durch die Arktis trieben und Gletscherschutt ansammelten. Das war ihre neue Welt. Jedesmal um Mitternacht wurde Ivan daran erinnert.

Um sechs öffnete ihm dann das Schrillen der Pfeife endgültig die Augen, und er erhob sich mit dem unaufhörlichen und immer gleichbleibenden Lärmen im Ohr, das er inzwischen nicht mehr vom Wind unterscheiden konnte, genau wie ihm das Donnern und Platschen der unzähligen Bäume, die Tag und Nacht die Rehoboth Falls hinuntersausten, eins geworden war mit dem Geräusch von Wasser überhaupt, sei es eine schnelle Strömung oder der gurgelnde Abfluß in einer Wanne. Wenn er Wasser fließen hörte, sah er immer die astlosen, entrindeten Bäume vor sich. Und wenn er nach dem Aufstehen erst mit dem einen, dann mit dem andern Bein in seine Kniehosen schlüpfte, wußte er, daß er, wenn er groß war und einmal Arbeit haben wollte, nur seinen Eßnapf nehmen und den Weg den Hügel hinunter antreten mußte.

Aber jetzt war April 1941, und er hatte die Pfeife seit gestern nachmittag nicht mehr gehört, als sie drei Stunden vor der Zeit gepfiffen hatte, und nicht einmal, sondern fünfmal. Seine Familie hatte um den Küchentisch gesessen und schon darauf gewartet. »Da haben wir's«, hatte sein Vater Gordon Beauchamp gesagt. »Anderthalb Meter über der Hochwassermarke. Es ist die Hitze. Es ist April, aber man könnte meinen, es wäre August. Der ganze Schnee in New Hampshire läuft in den Fluß. Die Fabrik muß schließen.«

Heute morgen war der Junge aufgewacht und hatte beim Blick aus dem Fenster einen Stall gesehen, der ganz gemächlich den Fluß hinuntertrieb. Gegen Mittag zog eine ganze Parade von Ställen vorbei, dazu blanke Messingnachttöpfe, Kronleuchter, Bücher, Papier in rauhen Mengen, das auf dem Wasser kreiselte wie Konfetti, und ein Konzertflügel, dessen Deckel auf- und zuklappte wie ein großes Fischmaul. Glasäugiges Vieh mit steifen Gliedern rollte faßartig im Wasser, staute sich hinter Baumgruppen, brach sich mit der nackten Gewalt dessen, was von hinten nachdrängte, den Weg frei.

Zur Nachmittagsbrotzeit war Walter dann bei ihnen in die Küche gerannt gekommen und mit der Meldung herausgeplatzt, als wäre sie ein Codewort, als hätten Ivan und sein Bruder Gordy es nicht längst mit eigenen Augen gesehen. Er war schon zehn Minuten fort, als Gordy endlich aufstand, darauf Ivan. Auch Mavis stand auf. Aber Ivan schüttelte nur den Kopf, und seine jüngere Schwester setzte sich langsam wieder hin.

Und jetzt rappelte Ivan sich aus dem Matsch auf. Keuchend stand er da, spürte das Hämmern in seiner Brust. Der Boden glitschte unter seinen Füßen; ein dutzendmal war er schon lang hingeschlagen. Doch ohne zu zögern, wischte er sich das Brennen und den Matsch aus den Augen und lief weiter, als ob das Hinfallen mit zum Laufen gehörte. Und die ganze Zeit über hörte er das Dröhnen. Aber es kam nicht von der Fabrik, oder von der Pfeife, oder von den donnernden Baumstämmen. Es war der Fluß. Die ganze Woche hatte der Junge seine Eltern sagen hören, Hochwasser wäre ein Segen. Es würde den Fluß durchspülen und säubern. Aber das hier war kein Säubern, kein normales Spritzen und Schäumen mehr. Wie ein immer breiter werdendes Förderband schürfte der Androscoggin mehr und mehr von den Hängen ab und trug das Geröll davon. Ivan wußte, wie es stand, ohne hinschauen zu müssen. Die Dämme am Rangeley und Azicohos Lake waren eingerissen, die Schleusen und Deiche bei Lewiston und Auburn überflutet. Alle Sommerhütten am South Arm, auch die seines Vaters, waren fort. Die Hochwassermarke war längst nicht mehr zu sehen. Jetzt ging sein Blick dorthin, wo der Androscoggin niedrig war, wo ein Dachfirst und eine Baumgruppe darin standen wie Grasbüschel in einem schlammigen Feld und wo die Fabrikschornsteine heraustachen wie die Masten gesunkener Schiffe. Mit den Hofgebäuden und den Tieren, die flußab an ihm vorbeischwammen, kam ihm alles vor wie ein Traum. Und plötzlich erblickte Ivan den Höhepunkt dieses Traumes: auf der ganzen Breite des über die Ufer getretenen Flusses kam eine orangerote Flut, wie Lava im Dunkeln glühend, um die Biegung und trieb an der Fabrik vorbei.

»Mensch, Gordy, sieh dir das an!« rief Ivan. »Das Hochwasser ist bis zu Lufkins Farm gekommen. Die ganzen Kürbisse sind los! Sieh doch!«

Ivan blickte sich nach seinem älteren Bruder um. Aber Gordy war fort, weiter den Hügel hinauf oder schon auf dem Weg nach unten. Auch gut. In diesem Moment allein zu sein erfüllte Ivan mit einer gewissen Befriedigung. Er konnte sich einbilden, daß er es als einziger sah. Ihm war, als hätte in einer Situation, wo ganze Ställe gemütlich flußabwärts schwimmen und die Wassermassen Brücken einreißen und ganze Städte unter sich begraben konnten, ein Kind die Macht, die Ernte und das Vieh freizusetzen; und er war sicher, daß diese mit den toten Tieren flußabwärts treibenden Kürbisse seine Idee waren.

Ivan hatte genug gesehen. Mit schweißbrennenden Augen machte er sich auf den Weg nach unten. Der von Kiefernnadeln bedeckte Boden war weich. Felsen schoben sich durch den Hang in seinen Weg, und im Vorbeilaufen spürte der Junge die Bäume, heiß und feucht und stumm. Hinter ihnen lag das zerstörte, brückenlose Rehoboth. Durch die Ausläufer des Waldes hindurch sah Ivan, daß überall auf den Hängen Feuer brannten und Kerzen und Fackeln flackerten, fern wie Sterne. Straßen gab es in der Stadt keine mehr, nur noch Kanäle, und keine Hauseingänge oder Erdgeschosse, nur noch die oberen Hälften des ersten Stockwerks. Die Strömung strudelte schwarz und dick wie Öl zwischen den Geschäften, der Bank und dem Hotel Rehoboth. Kerzen irrlichterten ziellos die Congress Street auf und ab. Kanus, vollgeladen mit Menschen, lagen tief und schwer im Wasser und schnitten durch die schmutzige Schicht aus Holzschnitzeln. Alles war still, bis auf das glucksende Geräusch der Paddel und die gedämpften Rufe vom andern Ende der Stadt. Und darüber, ganz leise, Musik, etwas Schnelles und Beschwingtes. Es mußte die Kapelle seines Vaters sein.

Der Weg machte eine Biegung, und Ivan dachte, es sei eine Schlange, was zu seinen Füßen querlief, aber es war bereits der schaumige Rand des Flusses. Er stand vor einer Schneise zwischen den Bäumen, wo vorher keine gewesen war, und blickte über die ganze Breite des Wassers. Die Hitze des Waldes war hinter ihm. Die Fabrik gab es nicht mehr. Er blinzelte. Wo war Gordy? Auf einmal fühlte Ivan sich nicht mehr frei, sondern verlassen. Hier zu sein kam ihm vor, als würde er die Schule schwänzen. Und während er, die Fußspitzen vom Schaum umspült, in dem sumpfigen Wind stand, begriff er, daß er sich geirrt hatte. Die orangerote Flut war gar nicht seine Idee gewesen. Er stolperte den neuen Rand des Flusses entlang auf die Stadt zu.

Die Musik wurde lauter. Von entgegengesetzten Enden der Stadt ruderten Boote durch die Straßen auf die Musik und den Lärm zu, bogen in Gassen ein, die Ivan sonst zu Fuß genommen hatte, oder folgten dem Weg, den er im Sommer nachmittags immer nach Hause ging, wenn er aus dem Wald kam und die Brücke überquerte. Die Brücke gab es nicht mehr. Am andern Ende der Canal Street, dort, wo früher die Straße hinübergeführt hatte, sah der Junge jetzt einen Lichterschein. Er erkannte an Laternenpfählen festgemachte Kanus und Ruderboote und auf dem erhöhten Gelände eine zusammengedrängte Menschenmenge, die Fackeln hochhielt und mit Laternen den Fluß beleuchtete. Ivan wollte die in der Gischt endende Straße sehen, wollte sehen, wie das war, jetzt, wo die Brücke, die er zeitlebens jeden Tag zweimal überquert hatte, hinweggefegt worden war wie eine Streichholzkonstruktion. Er konnte nicht dorthin waten, nicht einmal schwimmen, obwohl er ein guter Schwimmer war. Er war sicher, daß es unter der Oberfläche Strömungen gab, die ihn packen und blitzartig hinabziehen würden, wenn er beim Schwimmen mit dem Fuß oder dem Ellbogen in sie hineingeriet.

Die Menschen blickten vom Rand des verschlammten Stücks Straße, das wie eine kleine Mole aussah, nach unten. Über ihnen loderten und qualmten die Fackeln. Gelbes Licht fiel auf ihre Hutkrempen. Die Kleidersäume flatterten hinter ihnen im Wind. Alle Augen waren kleine Murmeln aus Fackellicht. Ivans Vater, Gordon Beauchamp, schwenkte die Arme vor einem Häuflein mit Trompeten und einer großen Pauke, auf deren Fell in fetten Lettern *The Beauchamps* stand. Die Instrumente funkelnd wie Glas. Alle Musiker naß und verdreckt, die Haare verklebt, die Hüte eingedrückt.

Ivan erspähte seinen Bruder am Rand der Menschenmenge. Mit herabhängenden Armen starrte er teilnahmslos über den Fluß. Als ob Ivan seinen Namen gerufen hätte, wandte Gordy ihm den Kopf zu. Ivan sah in seinen Augen das kurze Verwundern, das Stutzen. Es hatte etwas ganz Eigenes, wie sie einander anschauten, nicht als zwei Brüder, der eine ein junger Erwachsener knapp unter siebzehn, der andere ein Kind knapp unter der Fähigkeit zu verstehen, was es heißen könnte, siebzehn zu sein. Der Blick, den sie wechselten, war voller Unschuld, beim Älteren gespielt, beim Jüngeren verbunden mit einer leisen melancholischen Überraschung über ihren Verlust, der endgültig war.

Ivan stolperte auf seinen Bruder zu.

Die andere Seite des Flusses leuchtete im Licht der Laternen glutweiß wie zu Mittag auf, dann verlor sie sich wieder in Dunst und Schatten. Laublos und knorrig ragte ein Kirschbaum aus der Strömung heraus wie die Hand eines Ertrinkenden. In seinen Zweigen hing eine alte Frau. Auch wenn das Licht nicht hinüberreichte, wußte man, daß sie da war, denn die ganze Zeit drang ihr Schreien über den Fluß, so gleichmäßig und tempogenau wie die Töne der Kapelle. Und die Kapelle spielte lauter, sei es absichtlich oder unbewußt synkopierend, so daß ihr Takt sich dem Schreien anpaßte. Gordy war nicht sicher, ob damit die alte Frau beruhigt oder der Menge die Erkenntnis ihrer eigenen Ohnmacht erspart werden sollte. Wenn das Licht wieder hinkam, riefen und winkten die am Rand stehenden Frauen ihr zu wie im Garten spielenden Kindern, und die Schreie gingen in ein stetiges Wimmern über.

»Nach Hause geht's in die andre Richtung«, sagte Gordy. Er faßte Ivan an den Schultern und schob ihn auf ein Ruderboot zu.

Ivan blieb stehen. »Hast du die Kürbisse gesehen?«

Gordy gab ihm noch einen Schubs. »Du wartest im Boot. Ich will dich hier oben nicht sehen. Das ist nichts für dich.«

Als er sich umdrehte, stand sein Onkel Alban vor ihm.

»Höchste Zeit, daß ihr kommt«, sagte Alban. »Euer Vater hat die Kapelle zusammengetrommelt, um die Leute zu beruhigen. Er hat ja immer schon gesagt, Musik wär dazu da, den Menschen Mut zu machen, wenn sonst nichts mehr hilft. Und jetzt fühlt er sich zum erstenmal im Leben nützlich.«

Gordy sah, daß sein Vater wie wild den Taktstock schwenkte, wobei er immer wieder kurz über die Schulter auf den Fluß blickte und je nachdem, was er dort sah, die Tempi wechselte und verschiedene Titel ansagte: der Dirigent eines Bühnenorchesters, das sich durch eine verunglückte Burleske quält.

»Tom Houston ist ertrunken, als er versucht hat, sein Futter zu retten«, sagte Alban.

Gordy deutete mit dem Kopf auf den Fluß. »Und wer ist das da drüben?«

»Sally Gammon. Sie wollte einfach nicht aus dem Haus. Das Wasser ist schneller gestiegen, als irgendwer es für möglich gehalten hätte. Alle haben ihr gesagt, sie soll machen, daß sie auf erhöhtes Gelände kommt, aber sie wollte nicht. Dann ist Robinson Gammon zum Melken rausgegangen, und das Wasser hat den Stall mitgerissen und ihn und die Kuh dazu. Er ist an der weggeschwemmten Brücke hängengeblieben, und sie haben ihn rausgefischt, kaum noch am Leben. Mrs. Gammon wollte noch eben die Türen schließen, und auf einmal schwimmt ihr Haus mit ihr drin den Fluß runter. Ein paar Flößer haben sie noch erwischt und ein Stück weit zum Ufer gezogen, aber dann mußten sie sich selber in Sicherheit bringen. Sie haben sie auf dem Kirschbaum zurückgelassen, und seitdem hängt sie da. Das ist jetzt zwei Stunden her.«

»Zwei Stunden«, sagte Gordy.

»Noch schützt der Baum sie vor dem Treibgut im Fluß. Aber wenn das Wasser nochmal fünfzehn Zentimeter steigt, wird das Zeug sie zerquetschen, falls sie nicht sowieso vorher untergeht.«

Ivan rief aus dem Ruderboot: »Habt ihr die Kürbisse gesehen?« Sie ignorierten ihn.

»Wo ist Mavis?« fragte Gordy.

»Sie ist bei eurer Mama da drüben.« Alban deutete auf ein Menschenknäuel in der Nähe der Kapelle.

Gordy ließ seine Augen über die Verwüstung schweifen. Rehoboth kam ihm vor, wie er sich Venedig vorstellte. Er gluckste vor sich hin. Als er Onkel Albans Blick auf sich spürte, lachte er trotzig auf. Es war ein humorloses Lachen, entstanden aus der Erkenntnis, daß unter allem anderen, was in dieser Nacht zu Bruch gegangen war, das fensterlose Haus, das Rehoboth war und sein mußte, wenn einer darin wohnen wollte, ohne verrückt zu werden, eingeschlagen worden war. Die Fabrikpfeife war zum Schweigen gebracht worden, und dies war für ihn der zweite Tag, an dem die Zeit einfach dahinfloß. Er hatte hinausgeschaut auf die Welt, hatte gehört, wie sie klang, und sie war pfeifenlos. Er dachte, daß auch die umliegenden Städte in Trümmern liegen mußten. Paris, Carthage, Rome, Vienna, Athens – nicht bloß Namen von amerikanischen Kleinstädten. Die Worte bedeuteten die großen Städte selbst, die großen Zivilisationen; er fand, daß es für die hiesigen Städte keine Ehre war, sie zu tragen, nicht einmal der Keim eines Traums, sondern eine Strafe. Rehoboth hatte, wie er wußte, einmal China geheißen. Aber der Mann, der die Fabrik baute, hatte die Stadt umbenannt und damit gerettet. Jetzt war sie das Beste, was von den Großen Zivilisationen der Gegend noch übrig war. Gordy dachte an die Fehler, zu denen der Name die Stadt verleitet hatte: er machte das Scheitern noch vernichtender und das Träumen noch trügerischer, machte Menschen, die Träume hatten, noch kleiner und ihre Ohnmacht noch unvermeidlicher. Er fand, der falsche Name verdarb alle Möglichkeiten, verkehrte sie ins Armselige.

Gordy kniete sich hin und hielt eine Hand ins Wasser. Brackig, ein flüssiger Pudding. Damit hatte sich die Bootsfahrt nach Monhegan Island, die sein Vater für die Bank- und Fabrikdirektoren und ihre Frauen und einige der Kinder geplant hatte, erledigt. Gordy hatte seinem Vater keine Ruhe gelassen, bis der ihm zum erstenmal erlaubt hatte mitzukommen, und Ivan auch. Aber Mavis nicht. Sie war neun und Ivan nur zehn, doch Gordy hatte dafür gesorgt, daß sie nicht mitdurfte. Und erst diese Woche hatte er Anne Stisulis, seine Freundin und sein Schwarm von jeher, überredet mitzukommen. Keine Bange, hatte er gesagt, er wäre ja auch dabei. Sie hatten nervös gelacht, beide im Bewußtsein der unaussprechlichen und lang ersehnten Gelegenheiten. Aber jetzt würden alle von Booten die Nase voll haben.

Ein Kanu mit zwei Männern aus der Fabrik kam angepaddelt. Der Passagier, der zwischen ihnen auf dem Boden kniete, war der alte Robinson Gammon.

Ein Mann mit Brille und Bürohosenträgern löste sich aus der Menge. Es war Arthur McAlister. Seine Manschettenknöpfe blinkten im Fackelschein. Er eilte mit vorgeschobenem Kinn auf das Kanu zu, als wollte er es rammen. »Ich hab euch doch gesagt, er soll bei mir zu Hause bleiben«, schnauzte er die Fabrikarbeiter an. »Egal wo, überall, bloß nicht hier.«

»Der war nicht zu halten, Mr. McAlister. Er ist immer wieder zur Tür ...«

»Es käme mir auf fünf Dollar nicht an, wenn ich wüßte, wo meine Frau ist«, murmelte Gammon. »Aber ich würde zehn geben, wenn ich wüßte, wo unsere Sau ist.« Er tat einen Schritt aus dem Kanu und fiel kopfüber ins Wasser. McAlister blieb mit verschränkten Armen auf dem Uferdamm stehen und sah zu, wie die beiden Aufpasser ins hüfthohe Wasser sprangen und den alten Mann aufrichteten und an Land zogen.

»Hör zu, Robinson«, sagte McAlister, während er dem Alten den Schlamm von der Stirn wischte. »Stell dich nicht so an wegen deinem bißchen Vieh. Es gibt keinen Farmer im ganzen Tal, der nicht alles verloren hätte. Aber jetzt geht's um deine Frau. Glaub mir, ihr wird nichts passieren. Wir haben sie da drüben im Lichtkegel. Vielen Dank für deine Hilfe, aber wir werden sie nicht brauchen. Der Kirschbaum, auf dem sie sitzt, steht felsenfest, und sie ist dort sicher.«

Gordy hörte es und reckte den Hals und sah den Kirschbaum im Laternenschein. Er stand fast parallel zur Strömung. Die Spitzen der oberen Zweige kratzten die Wasseroberfläche wie Plattenspielernadeln. Die alte Frau hielt sich überhaupt nicht fest; sie hing im Geäst wie eine Stoffpuppe, die Arme im Rücken verfangen. Das Wasser ging ihr bis zu den Hüften. Bretter und Teerpappe und Baumstämme rammten den Baum in einem fort, so daß er sich immer weiter zur Seite neigte.

»Glaub mir, sie wird es schaffen«, sagte McAlister zu dem alten Mann. »Wenn du was für sie tun willst, gehst du am besten schleunigst mit diesen Herren heim und machst Feuer und setzt eine Kanne Kaffee auf. Wenn sie nach Hause kommt, muß sie erst mal warm werden. Es wird nicht mehr lange dauern. Hast du gehört, Robinson?«

Der alte Mann hatte nicht das geringste gehört. Seine Augen waren leer, er bewegte stumm die Lippen. Er hatte sich wortlos gegen den Griff der Aufpasser gewehrt, seit sie ihn aus dem Wasser geholt hatten.

Die Menschenmenge stand Schulter an Schulter und Rückseite an Vorderseite auf dem schrumpfenden Stück Straße zusammengedrängt. Es war die Rede davon, das Wasser sei im Sinken begriffen – als ob der Fluß nicht seit zwei Tagen unablässig gestiegen wäre und jetzt noch vor aller Augen stieg –, noch ein kleines Stück, dann könne Junior Carey, der High-School-Meister von Maine im Kraulschwimmen, Mrs. Gammon mit einem guten Start möglicherweise erreichen. Gordy konnte durch die Menge einen kurzen Blick auf Junior werfen. Seine Mutter hatte ihn am vorrückenden Rand des Flusses in eine Decke gewickelt. Sein Haar war fein und sein Hals über dem Knoten der Decke schlank wie der eines Vogels. Er trat mit seinen dünnen, staksigen Beinen von einem nackten Fuß auf den andern, wobei er sich wie ein Boxer wiegte, der den Anweisungen des Ringrichters nicht zuhörte, nicht zuhören wollte, und wie in Trance auf den Fluß starrte, voller Furcht, irgend etwas anderes zu hören oder zu sehen als das braune, schaumige Wasser. Junior in einem leuchtenden Dunstschleier, bereit.

Gordy mochte Junior Carey ganz gern. Ihm kam der nüchterne Gedanke, daß sein Verlust irgendwie tragisch wäre. Obwohl ihm beim Anblick des zarten, klitschnassen Jungen am Flußrand kein besonderer Grund einfiel, warum. Es gab einfach Menschen, dachte er, deren Leben tragisch war, manchmal ohne den geringsten Grund, und das gleiche galt für ihren Verlust. Auf andere Menschen, ihr Leben und ihren Verlust traf das nicht zu – ihr Fehlen würde das Leben von niemandem im mindesten verändern. Wie wenn man einen Kieselstein ins Meer wirft, dachte er. Aber Junior würde man vermissen. Zum Beispiel – das war schon ein Grund, dachte er – sollte Junior im Juni zusammen mit ihm und Anne Stisulis und Aubrey Arsenault und Earl Decker und den andern mit nach Monhegan Island kommen. Gordy mochte Junior. Er hatte Stil. Er konnte Arm über Arm weiter und schneller schwimmen als irgendwer sonst in Maine. Das sagte doch etwas über ihn aus. Aber die im Kirschbaum festhängende alte Frau hielt er für einen der Kieselsteine.

Gordy kämpfte sich zu seinem Vater durch. »Papi«, sagte er. Mit seinen zerzausten Haaren, den bebenden Lippen, dem auf und ab hüpfenden Adamsapfel und den nach rechts gerissenen Augen, mit denen er die alte Sally Gammon im Blick behielt, sah sein Vater aus, als würde er gleich zusammenbrechen. Ansonsten war Gordon Beauchamp ein kleiner, runder, harmlos wirkender Mann; alle in der Fabrik und außerhalb erklärten, ihn zu mögen, und sie mochten ihn wirklich, und so sah er auch aus: er trug seine Beliebtheit wie einen freundlichen, fast clownesken Anzug. Jetzt fuchtelte er vor drei Männern und einer Frau und einem flötespielenden kleinen Mädchen herum, wobei die Bewegungen seiner Arme kaum aufeinander abgestimmt waren und er einen Takt dirigierte, der einen Sekundenbruchteil schneller war, als die Musiker spielten.

»Papi«, sagte Gordy noch einmal. Gordon Beauchamp stockte nicht einmal in der Bewegung. Er fuhr mit einer Hand mitten im Schlag nach unten und hob sie mit dem

Hals einer nassen, verbogenen Trompete in den Fingern wieder hoch. Er warf die Trompete seinem Sohn zu, obwohl er ihm sämtliche Instrumente bis auf dieses eine beigebracht hatte. Gordy fing sie auf und spielte trotzdem los. Der braune schmutzige Dunst war wieder aufgestiegen und trennte Sally Gammon von der Menge, und die alte Frau fing wieder an zu kreischen. Gordy begann im Rhythmus ihrer Schreie auf der Trompete zu blasen. Ein gleichmäßiges, unmusikalisches Tröten. Bald tat es ihm die ganze Kapelle nach, unmelodisch, verstimmt, und sein Vater fuchtelte mit den Händen, wie um Mrs. Gammon anzuspornen. Dann legte sich der Dunst, und die alte Frau wimmerte nur noch, und die Kapelle hörte auf zu tröten und spielte *Stardust* in Moll, was alle gut konnten.

Über die Stürze der Trompete hinweg sah Gordy, wie seine Mutter ihn durch die Menge hindurch anblickte. Die Erleichterung darüber, daß er hier war, stand ihr im Gesicht geschrieben. Gordy nickte und zwinkerte, und seine Mutter faltete die Hände über Nase und Mund wie zum Gebet. Neben ihr, den Körper fest an ihr Bein gepreßt und die Arme um ihre Taille geschlungen, stand Mavis. Der Blick, den seine kleine Schwester ihm zuwarf, drückte weder Erleichterung noch Wiedersehensfreude aus, sondern blanke Konzentration. Gordy verstand nie, was im Kopf seiner Schwester vorging. Darüber zu rätseln hatte er vor langem schon aufgegeben, und er hatte nicht vor, jetzt wieder damit anzufangen.

Aus den dunkleren, stilleren Gewässern der Stadt kam ein weiteres Kanu. Ein Mann sprang heraus und lief auf McAlister zu, dem es endlich gelungen war, Mr. Gammon wieder ins Boot zu bugsieren. »Die Flutwelle kommt«, keuchte der Mann.

McAlister stieß das Kanu mit Mr. Gammon und den

zwei Männern drin in Richtung Stadt ab. Doch Mr. Gammon hatte die Nachricht gehört und schaute sich um. Er hob den Arm und machte den Mund auf, aber es kam nichts heraus. McAlister kehrte ihm den Rücken zu.

»Bethel hat uns grade angefunkt«, sagte der Bote. Er war noch außer Atem, obwohl er schon einige Sekunden stand. »Sie sagen, es wär der letzte Schub. Sie sagen, in Gilead wär der Fluß schon fünf Zentimeter runter. Aber davor wär er plötzlich noch mal zehn Zentimeter raufgegangen. Er hat den Friedhof dort oben aufgerissen, und das ganze Zeug schwimmt im Wasser. Sie sagen, wir sollen bloß wegbleiben, bis alles vorbei ist, es wär eine Riesenschweinerei.«

McAlister drehte sich um und schob sich durch die Menge nach vorn.

Von weiter oben am Fluß kam ein Grollen und Donnern wie bei den Sprengungen, mit denen sonst die Holzstaus aufgebrochen wurden. Aber dies hier hörte nicht auf. Gordy zielte mit seiner Trompete über den Fluß und blies. Die alte Mrs. Gammon spuckte eine Wasserfontäne aus.

Mavis sah, wie jemand ihrem Vater etwas ins Ohr flüsterte. Er ließ die Arme sinken, und die Kapelle hörte auf zu spielen. Auch Mrs. Gammons Wimmern hörte auf. Es gab nur noch das Brüllen des Flusses.

Jemand flüsterte Mavis' Mutter etwas ins Ohr, und auf einmal bewegten sich alle Münder über Mavis. Ihre Mutter preßte Mavis' Gesicht fest an ihre Hüfte, als wollte sie einen Zettel zerknüllen, der eine schlechte Nachricht gebracht hatte, aber durch die Finger ihrer Mutter sah Mavis, daß alle auf den Fluß schauten. Die alte Frau war ein weißer Fleck auf dem braunen Wasser. Mit ihrem gereckten Truthahnhals sah sie aus wie ein leidender Jungvogel, der zu groß geworden und im Nest hängengeblieben war.

Auf einmal entstand um Mavis herum ein Geschiebe und Gedränge. Ihre Mutter wäre beinahe hingefallen. »Mr. Caruso!« rief sie der keuchenden Gestalt hinterher, die sich durch die Menge zwängte. Mavis erkannte ihn sofort: den kleinen Mann, der ab und zu mit einer Kiste importierter Oliven auf dem Arm vor ihrer Tür stand. »Scuse«, sagte er. »Scuse, scuse.«

»Mr. Caruso!«

Mr. Caruso stellte sich neben Junior Carey und schaute über den Fluß.

»Ihr könnt sie nicht einfach ertrinken lassen wie ein Stück Vieh!« rief er in gespreiztem Englisch, ohne sich an jemand Bestimmten zu wenden.

Mrs. Carey massierte Juniors Nacken. Eine andere Frau, klein und schwarzhaarig, schob sich an Mavis' Mutter vorbei.

»Scusemi, scusemi.« Sie stolperte hinter Mr. Caruso her. »Balthasar, Balthasar!« rief sie. Zwei lange dicke Zöpfe baumelten ihr wie Seile über den Rücken. Mavis befingerte die Enden ihrer eigenen Zöpfe.

Pfarrer Lefebvre, der Priester von Rehoboth, wurde nach vorn durchgereicht. Drei Paar Hände hielten ihn neben Mr. Caruso über den Rand des Flusses, wie um ihn zu foltern, zogen sich dann aber wieder zurück und ließen ihn neben Mr. Caruso und Junior Carey, dessen Mutter ihm weiter den Nacken massierte, stehen. Die drei standen Schulter an Schulter, die Gesichter aschgrau, mit zitternden Lippen und starrem Blick, den jeder auf etwas anderes gerichtet hielt: der Priester auf seine Bibel, Mr. Caruso auf den weißen Fleck drüben im Baum und Junior auf das vorbeischießende Wasser, wenngleich er nicht den Eindruck machte, irgend etwas wahrzunehmen. Äste und Maiskolben und Schaum trieben an ihren Fußspitzen vorbei.

»Machen Sie, Hochwürden«, rief Mr. McAlister. Der Priester nestelte an seiner Bibel herum.

Da sah Mavis, wie ihr Papi Mr. McAlister am Arm packte. »Arthur!« sagte er. »Arthur, das kannst du nicht machen.«

Sie mußten sich mittlerweile in die Ohren schreien, um sich über den Flußlärm hinweg verständlich zu machen.

»Fangen Sie an!« brüllte Mr. McAlister den Priester an.

»Das kannst du nicht machen«, sagte ihr Vater. Er langte über den Priester und Mr. Caruso hinweg und riß Junior Carey die Decke von den Schultern. Fast hätte er Mrs. Carey dabei geschlagen. »Junior kann's doch wenigstens versuchen.«

Mavis fand, ihr Vater hatte recht. Aber sie sagte nichts. Ihre Mutter hatte ihr eingeschärft, nie etwas zu sagen. Wenn sie ein braves Mädchen war und den Mund hielt und ihre Brüder oder ihren Vater oder sonst jemand nicht unterbrach, durfte sie, wenn sie erwachsen war, alles machen, was sie wollte. Aber ihr Vater bekam trotzdem immer mit, was sie dachte. Sie war sicher, daß er sie jetzt hörte und wußte, daß sie ihm recht gab.

»Es ist zu spät«, widersprach Mr. McAlister. »Er wird keine drei Meter weit kommen.« Er zog Junior Carey heftig vom Rand weg. Der Junge taumelte mit seinen spitzen Knien und Ellbogen in die Menge. Nun standen nur noch Pfarrer Lefebvre und Mr. Caruso vorn.

Mr. Caruso hatte seine Augen nicht von Sally Gammon genommen. Seine Lippen bewegten sich still. Dann sah Mavis, wie Gordy die Hand vor den Mund schlug und den hochgereckten Kopf nach hinten drehte. Mavis folgte seinem Blick und entdeckte ihren Onkel Alban. Onkel Alban stand mit den Händen in den Taschen zum Fluß gewandt. Er hätte genausogut an einem Samstagnachmittag an einer Straßenecke stehen können. Dann zwängte er sich durch die Menge, stellte sich hinter Mr. Caruso und sprach laut in das Ohr des kleinen Mannes.

»Na los, Caruso, zeig mal, was ihr Kanaken drauf habt. Stell dir vor, soviel Ehre. Mordskerle seid ihr. Na los, Caruso, laß sehen, wie du sie rettest.«

Onkel Alban drehte sich um und trat auf Mavis und ihre Mutter zu. Er nickte Mrs. Beauchamp zu und tippte an seine Hutkrempe. »Alban«, sagte ihre Mutter. Onkel Alban kniff Mavis ins Kinn. »Soll der kleine Kanake sie doch holen«, meinte er zu ihrer Mutter. Mavis schaute auf. Onkel Alban zwinkerte ihr zu. Mavis schaute ihre Mutter an. Die blickte zu Gordy hinüber. Es war ein Kreis: jeder schaute jemand anders an, aber keiner erwiderte einen Blick.

Mr. McAlister stellte sich neben Pfarrer Lefebvre und Mr. Caruso und faßte den Kirschbaum im Fluß ins Auge. Dessen Zweige furchten das Wasser. Mr. McAlisters Kinn schob sich vor, sein Rücken straffte sich, seine Hände stemmten sich in die Hüften. Mr. Caruso beugte sich vor, trat zurück, dann wieder vor. Beide hielten die Augen auf Sally Gammon gerichtet. Pfarrer Lefebvre blickte auf seine Bibel nieder. »Fangen Sie an, Hochwürden«, sagte Mr. McAlister. »Nun machen Sie schon.«

Pfarrer Lefebvre sprach hastig, als ob er ein Rezept ablesen würde: »*Der Herr ist mein Hirte, mir wird nichts mangeln ...*«

Auf dem Fluß ging wieder das Wimmern los. Es schwoll langsam zu einem Schreien an, steigerte sich zu einem Kreischen, dann zu einem einzigen, ununterbrochenen

Heulen. Der Priester stammelte: »... *führet mich auf rechter Straße ...*« Er brach ab. Das Brüllen des Flusses kam jetzt mit aller Gewalt auf sie zu, und dort drüben auf dem sinkenden Baum war nur Sally Gammon, die ihren kleinen leeren Mund aufgerissen hatte wie ein ungefüttertes Küken. Das Wasser schäumte an ihrem Kinn.

»Lefebvre!« schrie Mr. McAlister.

»Und ob ich schon wanderte im finstern Tal ...« Dann brach der Priester wieder ab. Ein durchdringender Schrei erscholl, aber er kam nicht von Sally Gammon, sondern war tiefer. Der Priester wandte sich Mr. Caruso zu. Die Menge tat es ihm nach. Der Italiener zitterte. Sein Mund stand auf, als ob er sänge. Seine Hände bebten und streckten sich zu der alten Frau hin, seine Augen waren weit vor Zorn. Alle beobachteten ihn jetzt. Fetzen von Sally Gammons Geschrei verbanden sich über dem Fluß mit seinem.

»Still, Mensch!« herrschte Mr. McAlister ihn an. »Pfarrer Lefebvre, machen Sie weiter!«

Doch es war zu spät. Mr. McAlister sah die ersten Vorboten den Fluß hinunterkommen. »Bringt diesen Mann zum Schweigen!« schrie er. »Und macht die Laternen aus!« Die Männer und Frauen, die die Laternen hielten, glotzten ihn verständnislos an. Mavis blickte von Mr. McAlister zu Mr. Caruso.

Eine Welle von schlammigem Schaum und weißen Pfählen und eckigen Holzkisten wälzte sich auf den Kirschbaum zu. »Macht sie aus, macht sie aus!« schrie Mr. McAlister, dann fuhr er zu Mr. Caruso herum, der wimmerte wie ein Baby. »Reißen Sie sich zusammen, Mann!«

Mr. Caruso verstummte. Mr. McAlister blickte besorgt flußaufwärts. Mr. Caruso wand sich aus seinem Jackett heraus, beugte sich vor und hechtete in der Richtung von

Sally Gammon und dem Kirschbaum einen guten Meter weit vom Ufer in den Fluß. Das Wasser schien sich nicht einmal zu teilen. Stämme und Äste wälzten sich vorbei. Der kleine Mann verschwand einfach. Mavis hatte nicht einmal gesehen, wo er eingetaucht war. Sie blickte flußab, aber da war auch nichts außer Stämmen und Ästen und danach Dunkelheit.

Vor der kleinen Frau mit den langen Zöpfen klaffte jetzt eine Lücke. Sie stand mit geschlossenen Augen da, als hätte sie die Lücke gar nicht bemerkt, als stünde sie inmitten der Menge, nicht an ihrem Rand, einen Schritt von einem schäumenden Fluß entfernt. Um ihn zu sehen, hätte sie nur die Augen zu öffnen brauchen.

Mr. McAlister stieß Pfarrer Lefebvre zur Seite, schnappte sich eine Laterne aus der Menge und schleuderte sie in den Fluß. Das Licht strich dicht unter der Oberfläche dahin und ging dann aus. Ein langer schwarzer Kasten schwamm zu ihren Füßen vorbei. Mavis blickte flußauf. Lauteres, mächtigeres Wasser voller Unrat kam auf sie zugerollt. Dann wurde der Fluß dunkel, bis auf den schmalen Streifen, der rot im Fackelschein an ihrer Insel vorbeischoß. Auf einmal hob sich das Wasser ein wenig, und die hochschwappenden Wellen hinterließen ein dünnes Rinnsal unter ihren Füßen.

Mrs. Gammons Heulen hatte nicht aufgehört. Dann das Krachen splitternden Holzes, und aus der Dunkelheit des Flusses schlug ihnen plötzlich Stille entgegen. Gordon Beauchamp nahm seine Brille ab und kniff die Augen zusammen.

EZRA

Der Junge und seine Mutter saßen mit gesenktem Kopf beim Abendessen und wollten gerade das Tischgebet sprechen, als die Küchentür aufflog. Gischt und Regen spritzten sie augenblicklich naß. Das Lampenlicht flackerte, der Saum des Tischtuchs wirbelte hoch. Clayt Johnson trat aus der Dunkelheit, schloß die Tür und pellte sich aus seinen Allwettersachen. Er hängte sie auf und setzte sich, und von seinem Bart tropfte es in den leeren Teller.

»Morgen wird's aufklaren«, verkündete er. Als hätten die Männer der Insel bei der Versammlung im Kaufladen, von der er gerade zurückkam, unter sich ausgemacht, daß sie vom Sturm die Nase voll hatten und er in dieser Nacht aufhören würde.

Ezra hörte draußen immer noch den Regen prasseln. Von Nachlassen keine Rede, auch jetzt noch nicht; tatsächlich war der Regen stärker, die Luft kälter, die Nacht finsterer denn je. Er hatte die ganze Zeit über das Meer nicht sehen können, obwohl es ihn rings umgab. Aber es würde aufklaren, weil sein Vater das gesagt hatte, und er machte die Augen zu und wieder auf und entschied, daß die Unerbittlichkeit des Regens ein Zeichen war: sein Vater hatte angedeutet, daß er ihn am nächsten Tag vielleicht mit hinausnehmen würde. Ezra drehte den Kopf zum Fenster. Endlich sollte auch er in Wind und Wetter hinausfahren.

Hattie erhob sich und schöpfte Eintopf auf die Teller. Clayt brach das Brot in zwei Hälften.

»Die Bucht ist völlig verdreckt, alles Mögliche schwimmt da draußen rum.«

Ezra hörte auf zu essen. »Das kommt vom Hochwasser im Inland«, sagte er. »Ich hab's im Radio gehört.«

»Ich weiß, daß es vom Hochwasser im Inland kommt«, sagte Clayt. Er hob sein Stück Brot hoch, als wollte er seinem Sohn damit drohen. »Aber was *du* nicht weißt, ist, was passiert, wenn die Deiche da oben brechen. Häuser werden zertrümmert und stauen den Fluß. Die Bleichmittel und der ganze Zellstoff von den verdammten Papierfabriken fließen ins Wasser. Friedhöfe werden aufgewühlt. Leichen und Geripppe verfangen sich in unsern Reusen ...«

»Clayt ...«

Clayt sah seine Frau an. »Wir kriegen immer das dicke Ende von ihren verdammten Problemen mit, als ob wir nicht selber genug hätten. Aber egal«, er tunkte sein Brot in die Suppe, »morgen ist es jedenfalls klar. Morgen erledigen wir die Sache mit Lehman, und dann geht alles wieder seinen normalen Gang. Kommst du mit, Junge?« Keine Frage, sondern eine Anordnung.

Hattie Johnson warf Ezra, ihrem neunjährigen Sohn, einen unmotivierten Blick zu. Es war kein richtig mütterlicher Blick, eher so, wie eine Frau ihren Geliebten ansieht, wenn sie von einer Tat hört, die er vollbracht hat und die auf sie abstrahlen und sie beide so groß und herrlich erscheinen lassen wird, wie sie es sich immer erträumt hatte. Doch plötzlich schien etwas anderes auf sie abzustrahlen, und sie wandte die Augen vom Gesicht ihres Sohnes ab und setzte ein beflissenes und stoisches Lächeln auf.

»Du bist sicher, daß Mr. Lehman tot ist?« fragte sie.

»Er ist tot. Sein Skiff liegt seit dem Aufkommen des Sturms vor drei Tagen da draußen fest, und genauso lange ist er schon tot. Du kannst über Lehman sagen, was du willst, aber ein Idiot war er nie. Jesse sagt, er hätte weder Essen noch Wasser mitgenommen, und außer dem Verschlag gibt es nichts auf der Insel. Auch keinen Schatz«, sagte Clayt, bewußt an seinen Sohn gewandt.

»Er hat Münzen gefunden, Papa«, sagte Ezra.

»Er hat Münzen gefunden. Er hat Münzen gefunden«, wiederholte Clayt. »Das ist fünf Jahre her, und sie hätten von sonstwem sein können. Vielleicht sind sie dem Idioten vor ihm aus der Tasche gefallen. Oder sie sind beim letztenmal angeschwemmt worden, als die Deiche im Inland gebrochen sind.«

»Aber er war kein Idiot. Das hast du eben selbst gesagt«, wandte Ezra ein. Er wollte seinem Vater nicht widersprechen, nur etwas verteidigen, was eben festgestellt worden war. Alles, was sein Vater sagte, war die Wahrheit. Außerdem hatte er mit eigenen Augen gesehen, wie Mr. Lehman jeden Morgen aus der Mackerel Cove nach Pond Island hinübergerudert war. Vier Jahre lang, sommers wie winters, und dann zu Beginn dieses Frühjahrs, als ob er es auf einmal eilig gehabt hätte. Seines Wissens hatte Mr. Lehman nie etwas anderes gemacht als Schätze gesucht, aber das stimmte nicht: Lehman war dreißig Jahre lang mit Ezras Vater und Jesse Johnson auf Hummerfang gegangen, und die beiden Männer hatten das nie vergessen. Als die Insel Lehman mehrheitlich den Rücken zukehrte und ihn verhöhnte, machten Jesse Johnson und Clayt Johnson da nicht mit. Die andern schimpften daheim über ihn und machten sich über ihn lustig, aber in Jesses und Clayts Gegenwart durfte sowenig über Lehmans Schatzsucherei geredet werden wie über Geister-schiffe. Sie behandelten Lehman weiterhin wie den Hummerfischer, der er einst gewesen war, und wenn sie ihn sahen, erkundigten sie sich freundlich, ja teilnehmend nach seinem Treiben, als hätten sie in einem andern Leben selbst so etwas machen können.

Vor sechs Monaten dann war Ezra aufgefallen, daß auf Mr. Lehmans Rücken etwas wuchs, aber wie über alles andere, was den Mann betraf, durfte man zu Hause auch über seinen Buckel nicht reden, und Ezra fragte nicht nach. Die Ausbuchtung wurde größer. Mr. Lehman wurde aschgrau und dünn. Die Fischer hörten auf, über ihn zu lachen, sie standen einfach am Kai und sahen schweigend zu, wie er immer früher aus der Mackerel Cove hinausruderte und immer später zurückkam. Irgendwann, ohne zu wissen, warum, setzte bei Ezra das Gefühl ein, daß jeder Morgen, den Lehman hinausruderte, sein letzter wäre. Obwohl niemand es auszusprechen wagte, kam es ihm damals so vor, als verstünde er, was Mr. Lehman antrieb und warum er es auf einmal so eilig hatte: Er wollte die ganzen Goldsovereigns nur deshalb haben, weil jeder einzelne ihm einen Tag seines Lebens zurückgeben würde.

Vor einem Monat hatte er zufällig gehört, wie Mr. Lehman zu seinem Vater sagte, wenn er bis zum Abend nicht wieder da sei, werde er nicht mehr kommen. In der Nacht sah Ezra sich selbst im Besitz des Schatzes; die nächste Nacht wieder, die folgende auch. Aber er sagte niemand etwas davon. Er konnte es kaum ertragen, es vor sich selbst zuzugeben, so sehr schämte er sich, daß er den einzigen Wunsch eines Toten stahl. Trotzdem buddelte er jeden Abend in seinem Bett und stieß auf den Deckel der Kiste, die spanische Piraten vergraben hatten, und beim

Aufmachen war sie voller Gold, immer nur abends, nur im Bett, und nur nachdem er sich hoch und heilig geschworen hatte, nie wieder unter seines Vaters Dach danach zu suchen. Obwohl er wußte, daß er es doch tun würde: ein Junge, der seinen niedrigsten Lüsten frönte und hinterher vor Scham fast verging.

Clayts scharfer Blick wurde milder. Er sah seinen Sohn an, dann sah er durch ihn hindurch. »Lehman war wirklich kein Idiot, abgesehen von diesem einen Punkt«, sagte er und beugte sich dann zu dem Jungen hinüber, als wollte er die Sache ein für allemal klarstellen: »Außerdem hätte er es nie drauf angelegt, länger auszuhalten als so ein Sturm, es sei denn, er wußte, daß er ihn auf andere Weise überdauert.«

Auch diesmal kam eine Frau darin vor. Das stumpfsinnige Winseln des Idioten, das Klagen des Geistes, der Sturm an den Fenstern. Das Geisterschiff von Harpswell kam Ezra schon seit Jahren holen, kam in seinen Träumen mit vollen Segeln durch die Harpswell Strait heran, in allen Phasen des Wachzustands. Aber neun Jahre lang war er nichts weiter als ein Kind gewesen, bestenfalls ein Schulkind; neun Jahre lang hatte er seinen Vater vor Tagesanbruch aus dem Haus gehen und nach Einbruch der Dunkelheit zurückkehren hören, und das Gibt's-das-oder-nicht-Schiff, das die Träume eines jeden Fischers von Bailey Island als Kind versucht hatte, blieb unschädlich, ein Trugbild, nichts weiter. Doch indem er ihm verbot, in seiner Gegenwart von der Sage zu reden, blies der Vater des Jungen dem Geisterschiff Wind in die Segel: »Es hat keinen Sinn, sich auf dem Wasser über Sachen aufzuregen, die du nicht sehen kannst, Junge. Es gibt genug sichtbare, über die du dich aufregen kannst. Die sind's, die dir zusetzen, und sie setzen dir so lange zu, bis sie dich zu einem Fehler verleitet haben. Und auf dem Wasser bringen dich deine Fehler ins Grab ...« Das war der Kommentar, den sein Vater zu jedem Zeichen von Unvollkommenheit abgab, das er bei dem Jungen entdeckte, als ob etwas falsch zu machen nicht eine Schwäche wäre, sondern ein Laster. Zu einer Mathematikarbeit, bei der der Junge neunzig Prozent der Aufgaben richtig gelöst hatte, sagte Clayt: »Auf die neunzig Prozent kommt's nicht an. Was dich ins Grab bringt, sind die andern zehn Prozent. Fast richtig reicht nicht. Auf dem Wasser mußt du alles ganz richtig machen. Und ganz richtig hast du's nach meiner Erfahrung erst dann gemacht, wenn du wieder zu Hause bist und zurückblikken kannst. Wenn du zurückblickst, hast du's hundert Prozent richtig gemacht, hundert Prozent, hundert Prozent.«

Aber Ezra konnte nichts gegen das Zittern mitten in der Nacht machen, wenn er aufwachte. Das Haus knarrte mit den Wänden, als ob es sich das nur deshalb leisten konnte, weil seine einsame Wenigkeit wach war; als ob er der einzige Mensch der Welt wäre, der nachts wachlag. Aber auch wenn er den Wänden lauschte, kannte Ezra doch den Unterschied zwischen dem wirklichen Leben und einem Märchen, einer bloßen Versuchung der Seele. Nicht daß er diesen Unterschied mit irgend etwas hätte beweisen können. Nicht vor dem Tag, an dem er das Landleben hinter sich ließe und selbst aufs Wasser hinauskäme und die Sachen, mit denen er bisher nur in seinen Träumen umgegangen war, von Angesicht zu Angesicht sehen würde.

Und als er sich jetzt im Bett aufsetzte, wußte er, daß dieser Tag gekommen war.

Aber diesmal war da die Stimme der Frau, die vom

Geisterschiff »Billy, Billy!« rief. Es war Ezras Freund Billy Morrill, den sie rief. Er war vorige Weihnachten morgens mit seinem Vater auf ein Gezeitenriff zehn Meilen weit draußen gefahren, um Enten zu schießen. Am zweiten Weihnachtstag kam das Boot zurück. Es tanzte hoch auf den Wellen, kreiselte unbemannt in der brodelnden Merrymeeting Bay mit der Bockigkeit und Wildheit eines Pferdes, das seinen Reiter abgeworfen hatte. Letzten Monat hatte Clayt an dem Trog vor den Teeth seine Reusen eingeholt. Die ersten vier kamen problemlos und voll beladen hoch, eine gute Ausbeute, nachdem das Gewässer fast den ganzen Winter gehabt hatte, um sich zu regenerieren. Aber dann fing die Winde an zu ächzen, und Clayt ließ sie langsamer laufen und blickte über den Bootsrand, während sein Heckmann John aufhörte, die Spieße zu beködern, seine Taschen nach einer Zigarette durchkramte und sich an das Ruderhaus lehnte. Doch plötzlich machte die *Hattie B* einen Ruck, und John schnippte seine Zigarette über Bord, stellte sich neben Clayt und schaute ins Wasser: Haar- und Fleischfetzen und ein sich bauschender gelber Südwester dicht unter der Oberfläche, oben an der Reuse verfangen, und sechs oder sieben Hummer, die durch die Holzstäbe danach zwickten. Es gab keinen Anhaltspunkt, aber Clayt wußte, wer es war. Er kannte die Gezeiten, und er wußte es einfach. Er schleppte Ed Morrill auf der Reuse heim und ließ ihn dann an seinem eigenen Pier zurück, damit seine Frau sehen konnte, daß ihr Mann zuletzt doch noch heimgekehrt war.

Wieder lag Ezra wach. Es war Samstag, der soundsovielte April, kurz vor Morgengrauen, und Billy Morrill war immer noch nicht zurück. Das Fenster leuchtete auf, wurde dunkel, leuchtete wieder auf: Der Leuchtturm reicht bis hierher, dachte er. Papa hatte recht gehabt mit dem Wetter. Und trotz zunehmender Wachheit war Ezra sicher, daß der Kapitän des Geisterschiffs Billy im Sturm zurückgebracht hatte, seine starre Leiche quer über den Bug gelegt wie eine hölzerne Opfergabe, während die klagende Frau seine Rückkehr in den Hafen ankündigte. Er brauchte bloß zum Morrill-Pier hinunterzulaufen – er hatte keinen Zweifel, was er dort finden würde.

Ezra glitt von dem hohen Bett und schlüpfte in seine Kniehosen. Unter seinem Fenster schwappte das neue Frühlingswasser weich an die Felsen. Also sollte es wirklich aufklaren. Ezra sah zwischen den Vorhängen, daß der Wind sich gelegt hatte. Das Wasser war wieder eine endlose, wie eine Metallfolie zitternde Fläche. Durch den Gardinenspalt war der Horizont hinter der Mackerel Cove ein rotes Band, gleich einer leuchtenden Tuchbahn, die über das Wasser gespannt war, um die Boote am Auslaufen zu hindern. Alles war still. Es war die Stille nach einem langen Gefecht, nach dem alle Geräusche von geringerer Lautstärke als ein Donnerknall unhörbar waren. Ezra war wach, und da war nichts. Außer – fiel ihm ein – dem Harpswellschiff. Er hatte es in den letzten Stunden des Sturms gesehen. Bestimmt. Er hatte es gehört und sich aufgesetzt. Er war nicht sicher, daß er die Augen auf hatte, so total war die Dunkelheit. Aber dort, zwischen den Gardinen: er konnte es nicht beschreiben. Das hatte noch niemand gekonnt, nicht wirklich. Es war auch nicht nötig. Es gab welche, die nichts davon hören wollten, aber niemand, der bei Verstand war, hatte je den Mut – oder die Tollkühnheit – besessen, die Sache selbst abzustreiten.

Er hörte die schnaufenden Atemzüge seines Vaters unten in der Küche. Er legte die Hand auf die Klinke seiner Tür und ging hinaus und die Treppe Stufe für Stufe zur

Küche hinunter, langsam, fast mißmutig, als ob es nicht das erstemal wäre, daß er vor Tagesanbruch auf war, sondern bloß einer von vielen Tagen, die er ein Leben lang genauso wie jetzt vor Tagesanbruch begonnen hatte, um aufs Wasser zu kommen.

Er sah den Lichtstreifen unter der Küchentür. Die Lampe brannte immer die ganze Nacht. Er legte die Hand in der gleichen mechanischen, furchtlosen Weise auch auf diese Klinke und stieß die Tür auf. Obwohl er es nie selbst gesehen hatte, tappte er blindlings durch die Küche auf seinen Vater zu, gekonnt Verdrossenheit und eine fast schon selbstverständliche Abgebrühtheit mimend, als ob der Anblick seines Vaters zu dieser Stunde nur einer von vielen wäre: Denn Clayt Johnson schlief neben dem Kamin im Stehen, mit Stricken an die Küchenwand gefesselt, den Kopf in die Ecke gedrückt. Als er ihn losmachte, spürte Ezra deutlich, daß er sich den Grund für diesen Anblick ins Gedächtnis rufen sollte. Aber er schaute nicht hin.

»Papa, es ist Tag. Ein klarer Morgen. Genau wie du gesagt hast, Papa.«

Befreit runzelte sein Vater zuerst die Stirn, weil sein Sohn ihn begrüßte statt seiner Frau, aber dann legte er Ezra seine riesige Hand flach auf den Kopf, als wollte er ihn damit krönen. Ezra sah zu ihm auf, aber blickte schnell wieder weg, irgendwohin, auf die Petroleumlampe vor dem Fenster, dann auch davon weg, auf die geschlossene Tür, die hinaus zum Pier führte. Er hatte seinen Vater gesehen, und es durfte nicht sein, daß er ihn mit Tränen in den Augen gesehen hatte. Er konnte die obszöne Szene verkraften, wie sein Vater da in seinem eigenen Haus an die Kaminsteine gefesselt war wie ein Verbrecher, aber die Tränen in seinen Augen konnte er nicht ertragen. Das hatte nichts mit falscher Scham zu tun: nur damit, daß die Tränen niemals Freude ausdrücken, niemals ihm gelten würden.

Das war noch nicht alles, was er wußte. Es hatte einmal jemand anders in diesem Haus gegeben, in seinem Bett. Wäre dieser andere noch hier, wäre Ezra sein Bruder. Aber wäre er hier, so hätte er vielleicht sogar nicht die Stellung des Bruders inne, sondern vielmehr die Stellung, die Ezra jetzt selbst innehatte, die des Erben, des einzigen Sohnes. Ezra wagte nicht, die Möglichkeit auszuschließen, daß, wäre der Tote noch hier, es ihn, Ezra, vielleicht nie gegeben hätte.

Es war ihm nicht klar, woher er davon wußte, wer es ihm gesagt hatte oder warum. Vielleicht hatte er es zufällig mitgekriegt, vielleicht hatte seine Mutter es ihm einmal spät abends erzählt, als der Vater schon schlief. Oder vielleicht war es ein Wissen, das er einfach von dem toten Jungen selbst geerbt hatte, ein Erinnerungsgen. Vielleicht hatte er aber auch in einem Traum davon erfahren:

Es war ein Weihnachtstag vor über zehn Jahren. Weihnachten 1930. Jeb, dieser Junge, dieser Mann, dieser einstige Sohn und verhinderte Bruder, war ein frischgebackener Fischer, der vor Tagesanbruch mit Clayts Boot hinausfuhr, um die nächste Hummerreuse einzuholen, die er und sein Vater am Vortag keine drei Meilen vom Ufer entfernt gesetzt hatten, um der Mutter das Weihnachtsessen zu besorgen. Während des Vormittags hatte eine Sturmbö alle überrascht, nicht zuletzt ihn. Er war der einzige von der Insel, der draußen war. Gegen Mittag konnte man den Motor mit voller Kraft vor der Nordseite der Insel röhren hören, wo der Junge versuchte, das Boot seines Vaters von den Felsen wegzubekommen. Aber es schneite, die Schneeböen trieben flach über das Wasser, und niemand konnte ihn sehen. Dennoch sprang Clayt in der Mackerel Cove an der Südseite der Insel in Ed Morrills Boot. Als er schließlich die Nordseite erreichte, hatte das Schneetreiben nachgelassen, war das Meer glatt und das Röhren des Motors verstummt. Aber nirgends ein Boot, auch kein Wrack. Alle nahmen an, der Junge hätte es geschafft, von den Felsen wegzukommen und sich in die Sicherheit des offenen Wassers zu flüchten, um dann irgendwo anders anzulegen. Hattie Johnson stand in Tücher gewickelt auf den Felsen und sah zu, wie Clayt durch die Wellen kreuzte, ohne etwas zu finden. Er umkreiste die Teeth, weil er dachte, sein Sohn sei auf den Klippen dort aufgelaufen. Die Nacht machte die Suche gefährlich, das Wasser tückisch, aber er kam nicht heim. Die Temperatur fiel. Eisschollen versperrten die Einfahrt zur Bucht. Clayt war gezwungen, im offenen Wasser Anker zu lassen. Die ganze Nacht hindurch schlug er mit einer Schaufel die Eiskrusten ab, die seine Ankerkette emporklommen und den Bug des Bootes nach unten zogen, so daß es sich mit Wasser zu füllen drohte. Die ganze Nacht hindurch waren auf dem Wasser, das über den Untiefen zu Eisbrei gefroren war, das Klirren von Metall und das Keuchen, die Schreie: »Jeb, Jeb!« und Hatties Antwortrufe vom Ufer: »Clayton, Clayton!« zu hören. Niemand wußte, was für Seelenqualen Clayt gelitten hatte, während er bis zum Morgengrauen gegen das Vorrücken des Eises ankämpfte, aber danach wollte er nicht mehr im Liegen schlafen. Er konnte nicht. Seit zehn Jahren war es nun so, daß bald nach Anbruch der Nacht, sobald sie gegessen und noch etwas geredet oder sich geliebt hatten, seine Frau ihn in die Küche brachte und ihn anband, als wäre es nicht bloß sein Leiden, sondern seine Strafe, und allein nach oben ging. Die durch das Frühlicht überflüssig gewordene Petroleumlampe, die Ezra ausblies, nachdem er den Vater losgebunden hatte, war nicht etwa für seinen Vater auf dieser Seite des Fensters bestimmt, damit sie ihm die Schmach seiner Fesselung beleuchte, sondern war dazu da, dem Sohn auf der andern Seite des Fensters mitzuteilen, daß seine Eltern – und jetzt auch Ezra – immer noch auf ihn warteten.

In der Mackerel Cove war es für die Sonne noch zu früh. Das Wasser stand tief, die Laufplanke steil, und alles stank nach Ebbe und Schlamm und vermoderndem Holz. Leere Dorys dümpelten mit gekreuzten Riemen am Anlegefloß. Achtzehn Boote mit tuckernden Motoren, den Bug auf den Horizont vor der Bucht gerichtet, lichteten Anker. Die Hälfte fuhr nur mit einem Mann, die andere Hälfte mit ganzen Familien, alle in ihrem Kirchenstaat: schwarze Kleider, schwarze Hüte, schwarze Hosen mit Bügelfalte und Krawatten. Ihre Haare wurden vom Wind zerzaust: die feierlich uniformierte Marinetruppe eines armen Ortes. Doch die derben Hände an den Fahrhebeln und Steuerrädern verstanden ihre Sache; und die Bewegungen selbst der Kinder, die kleinen Gewichtsverlagerungen, die nötig waren, um auf den Beinen zu bleiben, während das Boot unter ihnen schaukelte, waren eingespielt. Alles war aufs offene Wasser gerichtet.

Ein schlanker, glattrasierter Mann in schwarzem Anzug mit Krawatte kam die Laufplanke hinunter, band unten ein Dory los, stieß sich vom Kai ab und ruderte durch die Kabbelung zu Clayt Johnsons Boot an der Spitze der Flotille. Seine Ruderschläge waren gleichmäßig, ohne Hast, die Blätter drehten vollkommen parallel zur Oberfläche aus dem Wasser, so daß er fast kein Geräusch machte. Er legte neben Johnsons Boot an, vertäute das Dory an der Muring und ging an Bord. Er zog den Hut vor Hattie Johnson, die mit abgeschirmten Augen neben ihrem Mann stand und ihn musterte, als wäre er weit weg.

»Clayt Johnson?« fragte der Mann.

»Und wer sind Sie?« knurrte Clayt Johnson. »Ein Vertreter?«

»Ja«, antwortete der Mann.

»Sie kommen zur falschen Zeit – wir müssen los. Setzen Sie sich.« Clayt drehte sich wieder zum Steuer um und zog am Fahrhebel. Der Motor brummte unter ihren Füßen.

»Und was haben Sie anzubieten?« fragte Hattie Johnson.

»Religion. Ich bin Ihr neuer Pastor, Jim Sinnett.«

Clayt Johnson fuhr herum und musterte den Mann mit schiefem Blick von oben bis unten. Er knurrte: »Hol mich der Teufel.«

»Wo ist Mr. Lehman?« fragte Sinnett.

»Pond Island«, antwortete Clayt Johnson und zeigte mit dem Arm zum Eingang der Bucht. Dort gab es nichts als offenes Wasser. »Wo haben Sie so rudern gelernt? Ein Pfarrer, der seine Riemen so flachdreht!«

Sinnett nickte nur auf diese Feststellung hin, die, wie er hoffte, ein erstes Entgegenkommen signalisieren sollte, aber Clayt Johnson drehte ihm den Rücken zu, und Hattie und Ezra suchten sich einen Halt. Pfarrer Sinnett setzte sich aufs Schandeck und umklammerte seine dünnen Schenkel. Das Boot setzte sich in Bewegung. Siebzehn Boote schlossen sich an und glitten hinter Johnsons auf die Öffnung der Bucht zu.

Sinnett beugte sich zu Ezra vor: »Hast du dein ganzes Leben hier gelebt, junger Mann?«

»Nö«, sagte Ezra.

»Und wo hast du vorher gelebt?«

»Nirgends«, sagte Ezra.

»Du hast sonst nirgendwo gelebt?«

»Nö«, sagte Ezra.

»Aber gerade hast du gesagt, du hättest nicht dein ganzes Leben auf Bailey Island gelebt.«

»Ich bin noch nicht tot«, sagte der Junge.

Sinnett machte den Mund auf, um zu lachen, aber als er den kleinen Jungen anschaute, merkte er, daß es kein Witz war.

Ein dünner Rauchfaden strich über Ezra und verwehte im Wind. Als wäre der Rauch ein Signal, stand Ezra vom Schandeck auf, um seinen Platz vorn zur Linken seines Vaters einzunehmen – seinen Platz, obwohl es das erstemal war, daß er ihn einnahm. Er hatte kein Steuer vor sich, aber in sein Gesicht trat der feierliche Ernst eines Bootsführers, als ob es sein Los wäre, sein vorbestimmter Platz: sein Rücken wurde kerzengerade, seine Füße schoben sich leicht auseinander, und seine Knie gingen mit dem Stampfen des Bootes mit wie Kolben. Er hielt sich nirgends fest, als sie zur Bucht hinausfuhren, sondern steckte die Hände tief in die Taschen und stemmte sich mit seinem Fliegengewicht gegen den zulegenden Wind auf dem offenen Wasser: der Vater und seine Miniaturausgabe, Original und Kopie, das beinahe schon perfekte Echo von Clayt Johnsons melancholischer Hochstimmung, still und mit unbewegter Miene.

Ezra sah kein Geisterschiff von Harpswell. Er würde es niemals sehen, das wußte er. Es war genauso, wie Papa gesagt hatte: es gab hier draußen keine böse Macht, nur Konsequenzen.

In klarem Wasser gab Clayt Johnson Gas und fuhr der Flotille voran nach Norden, geradewegs auf die Sisters zu: Bull, Saddleback, Bald Dick, die aus dem Wasser ragenden Spitzen einer Kette von Granitriffen. Pond Island war ein weiteres Riff dicht dahinter. Der Tag war klar, alles stach deutlich voneinander ab: das Land vom Wasser, das Wasser vom Himmel. Aber die Nachwehen des Sturms waren noch zu spüren; die Boote konnten sich über die Wellengipfel hinweg nicht immer im Auge behalten. »Du mußt bei diesen Wellen aufpassen, Junge«, sagte Clayt zu Ezra. Er schaute ihn dabei nicht an. Er blickte einfach geradeaus, weil er wußte, daß der Junge zuhörte. »Ein Brecher kann dich zum Kentern bringen, und er kommt nie, wenn du damit rechnest. Du mußt immer bereit sein.«

Auch als er Sinnett ansprach, wandte Clayt sich nicht um, trotzdem war er für den anderen klar zu verstehen. Clayt wußte genau, wie der Wind seine Stimme trug und wie nicht. »Ich kenne Sie nicht, Herr Pastor, und ich weiß nicht, was Sie schon erlebt haben, aber wenn ich Sie mir so anschaue, kommt's mir vor, als hätten Sie noch nicht lang genug gelebt, um soviel gesündigt zu haben, daß Sie uns hier irgendwie übers Leben und Sterben belehren könnten.«

»Wir belehren uns gegenseitig«, sagte Sinnett. »So ist es gedacht.« Er setzte ein frisch einstudiertes Lächeln auf und blickte Hattie Johnson auf der andern Seite des Bootes an. Aber auf ihrem Gesicht zeichnete sich bereits ein anderer Ausdruck ab, ein Ausdruck, der nichts mit ihm zu tun hatte. Das Boot fuhr weiter. Sinnett ließ sein Lächeln an der Stelle im Wasser zurück, an der er es aufgesetzt hatte, wie der Überlebende eines Schiffsunglücks das sinkende Wrack.

Sein Vater machte einen weiten Bogen um die Sisters, weiter, fand Ezra, als er ihn vermutlich gemacht hätte.

Linkerhand hatte man einen freien Blick an Bailey Island entlang zur Dyer's Cove, rechterhand klares offenes Wasser. Am Horizont blitzte kurz ein Licht auf. »Halfway Rock«, sagte Clayt Johnson, und Ezra nickte, abermals ohne Widerstand gegen das Eindringen des Mannes in seine Gedanken. Etwas, das früher zwischen ihnen gestanden hatte, war weggefallen, eine Wand, ein leerer Raum hatte sich gefüllt. »Der liegt auf halbem Weg vom Small Point nach Portland in der Casco Bay. Billy und sein Vater sind diesseits davon auf Entenjagd gewesen. Das ist immer noch gefährliches Gewässer. Erst dahinter wird es besser. Aber Ed wußte, was er tat. Du mußt immer wissen, was du tust. Jetzt schau über Backbord. Was siehst du da?«

Sinnett erhob sich auf der andern Seite aus der Hocke und reckte den Hals. Hattie Johnson hatte das nicht nötig: sie und Clayt blickten starr geradeaus auf das wie geduckt auf dem Wasser liegende Pond Island. Sinnett setzte sich wieder hin und blickte zu Clayt auf. Er hatte nichts gesehen.

»Nichts«, sagte Ezra.

»Schau noch mal.«

Ezra schaute noch mal. »Nichts.«

»Noch mal.«

Ezra kniff die Augen zusammen: ein schmaler weißer Streifen zog sich auf dieser Seite der Sisters entlang und verschwand im offenen Wasser, ungefähr eine Meile von der Dyer's Cove entfernt. Ezra verfolgte ihn mit den Augen, hielt ihn nur für Brandungsschaum – er hatte ihn schon vom Ufer aus gesehen. Doch er gehorchte und schaute noch mal, und wieder sah er rechts und links nichts, nichts, worauf er direkt blickte. Aber irgend etwas war da am Rand des Gesichtskreises – er klammerte sich an der Bootswand fest –, etwas, das unter dem Schaumstreifen über die Sisters hinauslief, aber nur wenn er wegschaute, etwas, das unter ihm, unter seinen Füßen kaum sichtbar lauerte. Dann brach eine Welle darüber, dünn und langgezogen, und im Weiterlaufen zog sie das Wasser hinter sich weg wie eine Decke: ein schroffer Grat ragte hervor, eine messerscharfe Felsenkante. Dann stürzte wieder das Wasser darüber

»Wir haben jetzt Flut, nicht wahr?« sagte Clayt. »Aber das sind die Teeth, eine lange Kette von Gezeitenriffen, die quer rübergehen.«

Er drehte sich um und spuckte ins Wasser »Gezeiten-riffe«, fuhr er fort, »die ganze Strecke von Pond Island bis Cundy's Harbor. Es gibt kein freies Stück – es gibt Rinnen. Nur schmale Fahrrinnen. Bei Ebbe stehen sie heraus, und sie sehen genauso aus, wie sie heißen, wie Zähne. Wenn du da reingerätst – ach, es ist einfach eine üble Stelle. Eine üble Stelle.«

Ezra beugte sich vor und verfolgte die Teeth mit den Augen. Aber auf einmal war da noch etwas, etwas zwischen ihnen und Saddleback.

»Mama«, sagte Ezra. Aber Hattie Johnson blickte nach vorn, Pond Island entgegen. Ezra schaute sich nach dem Pfarrer um. »Mr. Sinnett.«

»Ja, mein Junge.«

Doch Ezra war schon wieder herumgewirbelt, beugte sich unsicher über die Seite und schaute ins Wasser. Etwas Dunkles und Langes war dort unten dicht neben den Riffen zu sehen.

»Ezra, weg vom Rand!« schnauzte Clayt.

»Papa, ein Wal, glaub ich«, sagte Ezra.

»Schatten«, sagte Clayt. »Von der Sonne.«

»Clayt.« Hattie hatte sich umgedreht und sich neben

ihren Sohn gestellt. »Clayt, um Gottes willen, da ist irgendwas.«

Etwas durchbrach die Oberfläche, etwas Langes, wenn auch nicht so lang wie die Teeth. Es war breiter. Das Wasser an der Stelle wurde schwarz statt grün und fing an zu dampfen, dann zu brodeln. Ezra stand auf und wich zurück, nicht weil sich ihm sein sicherer Glaube an das Geisterschiff zu bestätigen schien, sondern weil er erkannte, was in seinen Träumen überhaupt nicht vorgekommen war, was er nie bedacht hatte. Dies alles hier hatte nichts mit einem Fehler oder mit zehn Prozent oder gar mit etwas, das man nicht sehen kann, zu tun, denn er sah es jetzt ja: die einzige Möglichkeit zu verhindern, daß etwas geschieht, ist, gar nicht erst damit anzufangen. Der Fehler liegt immer im Aufwachen, darin, daß man erst ein Auge, dann das andere öffnet, im Morgengrauen zum Landungsplatz hinuntergeht, ein Faß voll Fischköpfen und sonstigen Fischresten auf den Pier stellt und den Motor anläßt. Er begriff – als ob er es von jeher gewußt hätte, als ob er es ebenso im Blut hätte wie die reflexhafte Nachahmung seines Vaters –, daß er von diesem Tag an niemals Probleme auf dem Wasser haben würde, solange das Wetter gut war. Und daß er eines Tages bei miserablem Wetter einen Maschinenbrand haben würde. Und daß dann das Boot vollaufen würde. Ein Unfall aus reiner Unachtsamkeit, nur weil er nicht vom Gleis gegangen war, als der herankommende Zug aus einer Entfernung von tausend Metern, hundert, zehn gepfiffen hatte – weil er es hatte drauf ankommen lassen.

Ezra schreckte nicht zurück, als das Wasser aufriß. Seine Mutter schrie, sein Vater bellte ein Kommando, und Pastor Sinnett betete. Aber Ezra machte einen Schritt nach vorn; wenn es eine Laufplanke gegeben hätte, wäre er hinübergegangen. Ein langer dunkler Mast spaltete die Oberfläche, danach eine Stahlleiter, danach ein verrosteter Kommandoturm voller Entenmuscheln – als ob ein Wrack aus dem Schlick freigekommen wäre, sich plötzlich mit Luft gefüllt hätte und ans Tageslicht gestiegen wäre. Das alles hatte nichts mit Hexerei zu tun: schon jetzt ließ Ezra eine derart simple Lösung nicht zu. Für einen kurzen Moment richtete ein senkrechtes Rohr ein blankes Glasauge auf ihn, und Ezra und das Glasauge betrachteten einander. Wer ist da unten am Leben? fragte er sich. Wer ist tot? Wer?

Ein Ruck ging durch das Boot, und es legte sich steil nach rechts. Das Glasauge verschwand, tauchte ab, die Leiter versank, dann der Mast. Das Wasser strudelte nach unten, als ob es ein Loch füllen müßte, und brodelte wieder auf, und die lange, dunkle Form schwamm unter ihnen hinweg aufs offene Meer zu, als wäre sie nicht im Wasser, sondern obendrüber, wie der Schatten eines Flugzeugs.

Ezra blinzelte zum blassen, leeren Himmel empor.

»Jetzt fangen sie hier auch noch an«, sagte sein Vater. »Rußland reicht ihnen nicht. Ganz Europa nicht. Und der verdammte Roosevelt will ihnen nicht den Krieg erklären, obwohl wir schon mittendrin stecken.«

Die Boote hinter ihnen drehten Hals über Kopf ab, um dem unter ihnen hindurchschwimmendem Schatten auszuweichen, und dann wieder zurück, um nicht zusammenzustoßen.

»Wir müssen zurück und das melden«, sagte Sinnett, »und dann Verteidigungstrupps aufstellen.«

»Es gibt nichts zu tun, was nicht noch ein oder zwei Stunden warten könnte«, sagte Clayt Johnson. »Lehman ist schon lange genug da draußen.«

Die Boote kreisten mit brummenden Motoren herum wie eine kopfscheu gewordene Herde. Clayt Johnson zog seinen Fahrhebel heraus, und die *Hattie B* bäumte sich auf und raste auf Pond Island zu. Die andern schwenkten in ihr Kielwasser ein, und sie setzten die Fahrt fort.

Als sie hinter den Untiefen von Pond Island die Motoren drosselten, stank die Luft schon nach Verwesung, obwohl sie immer noch hundert Meter vor dem Wind von Lehmans Verschlag entfernt waren. Jesse Johnson kam in seinem Skiff längsseits und zog es mit den Händen an die *Hattie B* heran, damit Clayt Johnson und Pastor Sinnett einsteigen konnten. Ohne die Erlaubnis oder einen Einwand seines Vaters abzuwarten, sprang Ezra neben ihm ins Heck. Die Boote hinter ihnen wippten auf den Wellen, alle den Bug in den von der Insel kommenden fauligen Gestank gerichtet, während die schwarzgekleideten Fischer und ihre Frauen und Kinder als schweigende und regungslose Gemeinde darauf warteten, daß die Predigt anfing. Pastor Sinnett, der im Bug auf dem für Lehman bestimmten Seesack saß, wand sich förmlich. Jesses flachdrehende Ruderschläge waren lang und kräftig.

»Sind Sie sicher, daß er tot ist?« fragte Sinnett. »Hat ihn denn jemand gesehen?«

»Nicht nötig«, sagte Jesse. »Sie können ihn mit der Nase sehen. Ein Jahr lang ist er vor sich hin gestorben. Herrje, seit Monaten war er nur noch ein wandelnder Toter.«

Splitter und abgebrochene Planken lagen über das Felsenriff verstreut. Der Verschlag selbst, ohne Dach und Tür und wie von Sonnenstrahlen zusammengehalten, glich mehr einem Viehpferch als einer Schutzbehausung. Drinnen lag eine Gestalt mit ausgebreiteten Armen und gespreizten Beinen schlaff in der Ecke wie eine Stoffpuppe.

Clayt ging auf den Verschlag zu und steckte den Kopf

hinein. Als er ihn nicht zurückzog, traten die andern dazu, stellten sich in die Tür und schauten. Ezra war vorn. Niemand faßte ihn an oder hielt ihn zurück oder gängelte ihn, wie sie es wohl bei einem andern Jungen in seinem Alter gemacht hätten. Er hätte es nicht zugelassen. Er wußte, ohne darüber nachzudenken, daß er erst dann mitreden durfte, wenn er diese Lehre ohne Anleitung und Aufklärung durchgemacht hatte. Obwohl er dies alles schon gesehen hatte, ohne es geträumt zu haben, obwohl er dies alles kannte, ohne es durchlebt zu haben, hatte er den Eindruck, daß er mit neun Jahren zum Zeugen seiner eigenen Geburt wurde; daß die da vor ihm verwesende Gestalt mit den hölzernen Augen und den gespreizten Beinen ihn gewissermaßen erst richtig auf die Welt brachte.

Er spähte durch die Wand des Verschlags nach draußen. Seine Mutter stand aufrecht im Boot, schwankte nicht einmal, während die kabbelige See das Boot hin und her stieß. Durch die andere Wand konnte er den ausgetrockneten Teich sehen, den Lehman durchsucht hatte. Ein Spaten lag halb im Schlamm versunken. Es gibt keinen Schatz, sagte Ezra zu sich selbst. Er wandte sich dem Leichnam zu, den sie Lehman nannten. Und Billy Morrill war nicht nur tot, sondern unwiederbringlich fort.

»Wir müssen wissen, was ihn umgebracht hat«, sagte Clayt.

»Wissen Sie das denn nicht?« fragte der Pfarrer.

»Ich will's sehen«, sagte Clayt. »Jesse, ich will sehen, was ihn umgebracht hat.«

»Können Sie nicht warten, bis wir ihn an Land haben?«

»Wir bringen ihn nicht an Land. Lehman hat immer gesagt, wir sollen ihn einfach mit Steinen beschweren und ihn rausfahren und über Bord werfen.«

»Aber es ist ein Sakrileg, ihn hier aufzuschneiden«, sagte Sinnett. »Ich habe ihm die Sterbesakramente nicht gegeben, kein Gebet gesprochen. Außerdem ist es nicht hygienisch.«

»Hygienisch! Nachdem er drei Tage lang derart stinkend und von Krabben wimmelnd hier gelegen hat, ist jede Zeremonie ein Sakrileg. Was ihn umgebracht hat, sitzt dort auf seinem Rücken. Wir haben sechs Monate lang zugeschaut, wie es gewachsen ist, jetzt will ich es mit meinen eigenen Augen sehen. Und wenn ich ihn selbst aufschneiden muß.«

»Schicken Sie wenigstens den Jungen raus«, sagte Sinnett.

»Der Junge bleibt. Eines Tages wird er uns aufschneiden. Er soll ruhig wissen, was er dann findet.«

Sinnett preßte sich die Hand auf den Mund und verzog sich.

Jesse stieß Lehman mit der Fußspitze an. Sein ganzer Körper war aufgedunsen und steif. Jesse und Clayt bearbeiteten den Leichnam mit den Füßen, bis sie ihn tretend und schiebend und im Matsch ausrutschend aus der Ecke heraus und umgedreht hatten. Das Hemd war in der Mitte ausgebeult wie bei einem Buckligen. Jesse hatte plötzlich ein Fischmesser in der Hand. Es wirkte wie eine natürliche Verlängerung seines Arms. Die ganze Insel wußte, wie geschickt Jesse am Kai der Mackerel Cove mit den Fischen verfuhr.

Jesse stellte sich über die Leiche, zog den Stoff vom Rücken weg und trennte das Hemd auf. Die Haut darunter war fahl, fleckig wie eine faule, madige Birne und genauso unförmig; die Wölbung eines Geschwürs ging von einer Achselhöhle zur andern. Jesse setzte die Klinge in der Mitte an und schnitt einmal tief hinein, als ob er den Bauch eines Fisches aufschlitzte. Die Haut platzte auf, und wie ein Krake breitete sich ein schwarzes Krebsgeschwür über den Rücken aus und streckte Tentakel in alle Richtungen. Als Clayt neben Jesse trat, zitterten seine Hände, und seine Augen waren feucht – nicht vor Angst oder Ekel, sondern vor Wut.

Jesse legte Clayt eine Hand auf die Schulter und führte ihn hinaus. Draußen wandte Clayt sich seiner Frau zu, die allein in einem nach ihr benannten Boot stand, und blickte sie übers Wasser hinweg an, wie er es zehn Jahre vorher auch getan hatte, nur daß es diesmal vom Land aus war, und bei warmem Wetter und im Tageslicht.

Ezra blieb allein zurück. Er trat heran und stellte sich über die aufgeschlitzte Leiche, ohne zu riechen, ohne zu atmen. Die schwarze Flüssigkeit quoll aus dem Schnitt auf die Erde. Mit gerunzelter Stirn und zusammengepreßten Lippen blickte Ezra auf das wurzelartig wuchernde Krebsgeschwür hinunter wie auf eine Gleichung im Schulbuch. Dann hob er langsam, unerschrocken erst das eine Bein und dann das andere und verließ den Verschlag. Das grelle Licht draußen blendete ihn. Er taumelte kurz auf den Felsen, ein kleiner Junge im Angesicht der dunklen, auf den Wellen schaukelnden Trauergemeinde, die nur noch auf ihn wartete, um mit der Totenfeier zu beginnen.

Einige Stunden später lag Lehman auf dem Meeresgrund. Aber die Männer der Insel hatten immer noch ihre Trauerkleidung an. Kein Augenpaar begegnete dem andern, obwohl die beiden Bänke im Kaufladen sich direkt gegenüberstanden, die eine dicht an der Wand mit Dosengemüse, die andere an der mit den Dosensuppen; statt sich über den schmalen Mittelgang hinweg einander zuzuwenden, schauten die Männer in alle möglichen Richtungen, auf einen Blumengarten oder zum Horizont hinter einem Plankenweg – ganz als ob sie nur zufällig dort wären und zu niemand Bestimmtem sprächen.

»Schrecklich, das mit unserm U-Boot«, sagte Pastor Sinnett.

Jesse Johnson nickte.

»Ich erinnere mich noch an das andere«, sagte Sinnett in seine Kaffeetasse. »Vor über zwei Jahren ...«

»Die Jungs liegen immer noch da unten«, sagte Jesse und schüttelte den Kopf. »Müssen an das U-Boot geraten sein, das wir heute morgen gesehen haben.«

»Ich weiß noch, wie sie das Wrack gehoben und dann nach Portsmouth geschleppt haben«, sagte Sinnett. Er sprach mechanisch, stur, als hätte er eine feste Punkteliste, die er so schnell wie möglich abarbeiten wollte, damit er sein Teil beigetragen und sich auf diese Weise das Recht verdient hatte, mit den andern im Kaufladen zu sitzen. So als ob er schon immer dort mit ihnen gesessen hätte.

Jesse blickte ihn befremdet an. »Sie haben es noch nicht gehoben, Herr Pastor. Es ist einfach untergegangen ...«

»Und wie die sterblichen Überreste der armen Kerle da rausgerutscht sind, das wollte gar kein Ende nehmen.«

»Glauben Sie mir, es ist erst neulich untergegangen. Die liegen immer noch da unten.«

»Alle dreißig Meter oder so haben sie die nächste Leiche verloren. Beziehungsweise das nächste Gerippe ...«

Clayt Johnson hatte noch keinen Ton von sich gegeben. Er hatte zu niemandem etwas gesagt, seit er den Seesack mit Lehman darin mit Steinen beschwert und ihn gemeinsam mit Jesse Johnson über den Rand der *Hattie B* geworfen hatte.

»'tschuldigung, Herr Pastor«, sagte Jesse, »aber die

Jungs liegen immer noch in siebzig Faden Tiefe auf dem Grund. Von denen wird kaum noch was übrig sein. Von 'ner Hebung weiß ich nichts. Die Navy hat nichts, was siebzig Faden tief reicht, soweit ich weiß.«

»Und gestern hat's die *Robin Moore* erwischt«, brabbelte Sinnett weiter in seine Kaffeetasse.

»Die *Robin Moore*?« fragte Jesse. »Was ist jetzt die *Robin Moore* schon wieder?«

»Sie ist vor Afrika gekreuzt, als ein U-Boot-Kommandant den Kapitän angefunkt hat, daß er sie mit allen Insassen an Bord in die Luft sprengen würde. Frauen und Kinder waren dabei. Amerikanische Frauen und Kin-«

»Abscheuliche Art, 'nen Krieg zu führen«, sagte Jesse. »Leuten anzukündigen, daß man sie umbringt, und dann hinzugehn und es zu machen.«

»Die Deutschen haben die Passagiere in Rettungsbooten ausgesetzt«, sagte Sinnett. »Ich glaube, es waren Frauen und Kinder darunter.«

»Was soll das heißen: Sie glauben es?« stutzte Jesse. »Eben haben Sie noch gesagt, es war so.«

»Der Deutsche hat sich von den Bitten des Kapitäns nicht erweichen lassen. Sie sahen alle von ihren Rettungsbooten aus zu, wie ihr Schiff hochging. Dann ließ das U-Boot sie einfach auf offener See zurück. Drei Tage lang trieben sie hilflos ...«

»Der ganze Atlantik wimmelt von diesen Krauts«, sagte Jesse Johnson. »Unten in Afrika sind sie, hier oben bei uns, und wir kriegen nicht mal eins von unsern U-Booten aus dem Hafen, verdammt noch mal.« Er funkelte Sinnett an. »Und gehoben kriegen wir sie auch nicht.«

Clayt murmelte etwas vor sich hin.

»Was ist, Clayt?« fragte Jesse. »Was hast du gerade gesagt?«

»*Die Squalus*«, sagte Clayt. »Der Pastor redet von der *Squalus*. Du redest von der O-9. Das sind zwei U-Boote. Zwei verschiedene, verdammt noch mal.«

»Willst du damit sagen, wir haben *zwei* U-Boote hier im Hafen verloren, Clayt?« Jesse spitzte die Lippen zum Pfeifen, ließ es dann aber sein.

»Was macht der Junge hier?« fragte Earl Varney. Er verstellte das obere Ende des Mittelgangs. Seine Hände waren schwarz vor Schmiere, und er trug einen ölfleckigen Overall.

»Sieh mal an, unser Earl«, sagte Jesse. »Hab gar nicht gesehn, daß du da bist, Earl. Heut morgen hab ich dich übrigens auch nicht gesehn. Muß wohl was an den Augen haben. Ich dachte, ihr hättet mal zusammen gearbeitet, du und Lehman.« Er rieb sich die Augen und schielte auf den Dosenmais über Jim Sinnetts Kopf.

»Vor fünf Jahren ist er mir mal dumm gekommen«, sagte Varney. »Damals ist er für mich gestorben. Aber ich hab nach dem Jungen gefragt.«

»Das ist Ezra Johnson«, sagte Jesse.

»Ich weiß, wer er ist«, sagte Varney. »Aber wieso sitzt er hier auf der Bank?«

»Er ist mit Clayt rausgefahren, hat an seiner Seite gestanden. Deshalb sitzt er jetzt mit uns allen zusammen im Kaufladen. Brauchst du einen Sitzplatz? Hier, nimm meinen. Der Junge hat sich seinen heute verdient.« Jesse deutete mit dem Kopf über den Gang hinweg: »Das da ist Jim Sinnett, unser neuer Pfarrer.«

Sinnett machte Anstalten aufzustehen und stützte mit gespreizten Fingern die Arme auf. Aber Varney nahm nicht die Augen von Ezra, der neben seinem Vater saß und einen Kaffee auf dem Knie hatte wie alle andern auch. Sinnett stockte mitten in der Bewegung. Er ließ sich wieder auf die Bank fallen und verschränkte seine Hände krampfhaft im Schoß.

»Ich hab Floyd geholfen, die *Raven* für nächsten Monat fertig zu machen«, sagte Varney, den Blick weiter starr auf den Jungen gerichtet. »Eine Gruppe hat sie gechartert, Leute aus Rehoboth, die nach Monhegan raus wollen.«

»Kann mir vorstellen, daß es einiges an dem Boot zu tun gibt«, sagte Jesse.

Floyd Johnson trat hinter Varney hervor; er hatte den gleichen Overall an wie er und genauso schwarzverschmierte Hände.

»Hast du viel zu tun an der *Raven*, Floyd?« fragte Jesse.

Floyd Johnson räusperte sich und wollte antworten, verschluckte sich aber und räusperte sich noch einmal. »Nicht mehr als du an deinem Boot«, würgte er heraus, hielt sich die schwarze Hand vor den Mund und hustete unterdrückt.

»Ich dachte ja bloß, weil du sie diesen Winter schon zweimal aus dem Eis heben mußtest und sie ein bißchen müde wirkte das letztemal, als ich sie gesehn hab, gestern, glaub ich. Wie ich höre, kriegst du Fahrgäste, und gestern morgen hab ich gesehn, daß sie 'ne klitzekleine Idee nach Backbord hängt. Aber hör gar nicht auf mich. Ich hab bloß so vor mich hin überlegt, bloß gedacht, ich würd sie ordentlich flottmachen, vielleicht die Maschine 'n bißchen auf Trab bringen, bevor ich 'nen Haufen Frauen und Kinder und Bürofritzen an Bord nehme. Aber das ist nur, was ich denk, wie ich's machen würde. Also hör gar nicht auf mich.«

Floyd Johnson setzte zu einer Entgegnung an, aber Varney unterbrach ihn: »Übernimm dich man bloß nicht mit soviel Denken, Jesse.«

»Tja, vielleicht ist da was dran«, sagte Jesse und schlug sich aufs Knie. »Ha ha. Ja, vielleicht. In dem Punkt könntest du recht haben, Earl.« Seine Stirn legte sich in Falten, als stünde ihm besagter Punkt deutlich vor Augen. »Hm. Aber wenn ich's recht betrachte, bin ich, und sind alle meine Boote, bisher ganz gut damit gefahren. Überhaupt, wenn ich's recht betrachte«, er hielt den Daumen hoch und bog ihn mit dem Zeigefinger der anderen Hand zurück, als wollte er anfangen zu zählen, »hab ich bis jetzt mein Lebtag nur dieses eine Boot gebraucht, und das hab ich von meinem Vater übernommen. Also, schaun wir mal, das macht ein Boot in ... in ... Moment ... genau, ein Boot alle dreißig Jahre, nach meiner Rechnung.«

Er blickte mit gespielter Erwartung zu Earl Varney und Floyd Johnson hoch. Dann verdüsterte sich sein Gesicht: »Aber eine Fahrt mit diesen Leuten da würde ich mir zweimal überlegen. Was mit der *Raven* ist, weiß ich nicht, aber wir haben heute da draußen ein U-Boot gesehn. Die ganze Zeit halten wir uns aus Hitlers Spiel raus, aber wie's scheint ist das mittlerweile schnurz, weil er uns längst reingezogen hat. Wir stecken jetzt in der Sache drin, so oder so. Obwohl ich nicht weiß, warum sie ihre Zeit mit der *Raven* verschwenden sollten. Lieber Gott, ha ha, ich würd auf der Stelle türmen. Nichts für ungut, Floyd. Aber die heute haben uns ziemlich scharf geschnitten. Überleg dir das noch mal, wollt ich bloß sagen.«

»Ich weiß nicht, was du gesehn hast«, sagte Varney, »aber ein U-Boot war's bestimmt nicht. Die haben doch das U-Boot Kabel über die ganze Bucht gespannt, und keiner hat gehört, daß da was drübergekommen wäre.«

»Von dem Kabel brauchst du mir nichts erzählen«, sagte Jesse. »Ich hab selber beim Verlegen geholfen. Aber vielleicht wollen die Jungs von der Navy in Portland die Sache für sich behalten, vielleicht schlafen sie auch. Wir wissen, was wir gesehen haben. Ezra war am nächsten dran. Frag den Jungen.«

Varney richtete seine Augen auf den Jungen. Ezra drehte ihm langsam den Kopf zu. Sein Blick wich Varneys nicht aus und wehrte ihn nicht ab, sondern verwandelte sich lediglich, so daß sich Spannung und Verachtung die Waage hielten.

»Was hast du gesehn, Junge?« herrschte Varney ihn an. »Ein U-Boot willst du gesehn haben? Weißt du überhaupt, wie ein U-Boot aussieht, Junge? Kannst du überhaupt einen Wal von einem U-Boot unterscheiden? Oder vielleicht war es bloß ein altes Wrack. Vielleicht waren es Geister, ein Kapitän mit dem Kopf unterm Arm? Bist du sicher, daß es nicht das Geisterschiff von Harpswell war?«

Ezra dachte nicht einmal daran zu antworten. Er blickte Varney nur an wie ein Tier, das ihn durch die Gitterstäbe seines Käfigs anfauchte, während er es aus sicherer Distanz betrachtete und sich vielleicht vorstellte, was geschehen mochte, wenn die Gitterstäbe verschwinden würden, aber mehr nicht.

»Es hatte einen Kommandoturm«, sagte Jesse, »und ein Periskop.«

»Das willst du gesehen haben, Junge? Bist du sicher, daß es nicht irgendein angeschwemmtes Stück Müll aus den Fabriken im Inland war?«

Eine Spur seiner Verachtung malte sich auf Ezras Gesicht ab, der leise Ansatz heruntergezogener Mundwinkel. Varney hörte auf zu feixen; seine Schultern strafften sich, und seine Hände ballten sich zu Fäusten, als wollte er auf Ezra losgehen.

Schließlich machte Clayt den Mund auf: »Gestern hab ich in der Zeitung wieder ...«

»*Du* liest Zeitung, Clayt?« sagte Varney und stieß ein kurzes rülpsendes Lachen aus. Er drohte mit dem Finger. »Mein lieber Mann, du und Jesse, ihr macht's euch wirklich nicht leicht. Paßt nur auf, ihr zwei. Demnächst träumt ihr noch von U-Booten. Demnächst müssen Floyd und ich euch beide noch im Meer abladen wie Lehman, wenn ihr so weitermacht mit dem vielen Denken und Lesen.«

Jesse schlug sich wieder aufs Knie und schüttelte den Kopf. »Ha ha, Earl. Ha ha. Willst du wissen, was *ich* gelesen hab? He, hättste nicht gedacht, daß der alte Esel lesen kann, was? Und noch was: ich bin mal aufs College gegangen. Ich wette, das hättste auch nicht gedacht. Egal, mach dir nichts draus. Das würde dir auch nicht weiterhelfen. Clayt übrigens auch. Wir waren Studienkollegen auf dem Bowdoin College. Aber auch da solltest du dir nichts draus machen. Und jetzt paß auf: ich hab gelesen, daß die Bundesregierung – die *amerikanische* Regierung, heißt das, Earl –, daß sie anfängt, bei den Deutschen hier im Land die Daumenschrauben anzuziehen. Sie hindert sie dran auszureisen, und sie hindert sie dran hierzubleiben. Sie holt sie zusammen und filtert die Spione raus, Earl, und die echten Spione versuchen bestimmt, von hier abzuhauen. Sie werden jetzt irgendeinen Weg suchen, aus Amerika rauszukommen. Und weißt du, was noch in der Zeitung stand, Earl? Da stand, daß die Küste von Maine – das sind wir hier, Earl –, daß die Küste von Maine dafür am geeignetsten ist. Bei den vielen Inselchen, die wir haben, braucht man nur ein kleines Boot, um sich ein ordentliches Stück weit rauszumogeln, und das Boot muß nicht mal groß in Schuß sein. Eins, das im Winter dreimal aus dem Eis gezogen wurde, würd's schon tun. Irgendwer kann irgendwen anders da draußen bei Nacht und Nebel treffen, und keiner würd was merken. Vielleicht sogar 'nen Haufen andere. Es sind schon U-Boote vor Neuschottland gesichtet worden. Deshalb werden wir bestimmt als erste überprüft, heißt es. Ist das nicht 'ne witzige Idee, 'ne Überprüfung? Vielleicht solltest du noch mal drüber nachdenken, wenn irgendwer ein Boot von dir chartern will, Nachbar. Weißt du, was ein Patriot ist? Paa-trii-oot. Sieh lieber zu, daß du keinem U-Boot begegnest. Das heißt, sofern du dann noch ein Boot zum Begegnen hast. Du würdest nämlich nichts davon sehen, bis es dich am Wickel hat.«

Das Grinsen auf Varneys Gesicht veränderte sich: vergessen, aber nicht losgelassen, verhärtete es sich zu einer Maske. »Ich weiß nicht, was du damit sagen willst, Jesse, altes Haus. Gechartert ist gechartert. Außerdem hab ich dir schon gesagt, daß es keine U-Boote ...«

Langsam, bedächtig erwachte Clayt zum Leben. Er streckte ein wenig das Kinn vor und schraubte den Kopf zu Earl Varney und Floyd Johnson herum. »Gestern hab ich in der Zeitung wieder von diesem britischen Fregattenkapitän gelesen. Nugent. A. F. Nugent. Er hatte schon zwei Schiffe gegen die Deutschen verloren, eins durch ein U-Boot in Dünkirchen und das andere durch eine Mine irgendwo anders, ich weiß nicht mehr wo. Er ging wieder zum Admiral und wollte ein drittes haben. Und er hat es gekriegt, wieder eine Fregatte, die *Jersey*. Letzte Woche ist die auch auf eine Mine gelaufen und untergegangen. Dreimal hat er seine Männer ertrinken sehen. Dreimal hat er seinen Ersten Offizier in Fetzen fliegen sehen. Dreimal hat er sein Schiff brennen und versinken sehen, und dieses letzte Mal hat er seine toten Männer mit dem ganzen Schrott auf den Wellen schwimmen sehen, wo vorher sein Schiff gewesen war. Sie waren auch nur noch Schrott. Aber es war sein Schrott, Nugents, sein Schiff, seine Männer, sein Schrott.«

Clayt Johnsons Augen bewegten sich nicht, aber seine Pupillen wurden starr und fixierten jetzt Earl Varney und Floyd Johnson am Ende des Gangs. »Es ist bestialisch. Ich hab mit eigenen Augen Leute ertrinken sehen, und ich hab Leute Schiffe verlieren sehen. Und ich sag euch, ich weiß nicht, was schlimmer ist, oder ob's überhaupt einen Unterschied gibt. Ich hab Bud Brown gesehen, als ihm sein Dragger direkt hier vor der Küste unterm Hintern weggesoffen ist. Gleich hier vorn, Floyd, Earl, an der Stelle, wo ihr die *Rainbow* verloren habt. Das ist jetzt zwei, drei Jahre her, denk ich mal. Jesse und ich waren mit der *Hattie B* nicht weit davon entfernt, und als wir hinkamen, war Bud schon völlig durchgedreht. Wir mußten ihn vom Deck runterjagen wie eine Katze, ihn packen, festhalten, fesseln. Ich hab ihm gesagt, ich wüßte, wie das ist, aber er hat gar nicht hingehört. Er war wildentschlossen, mit dem Kahn unterzugehen. Als wir ihn endlich zu Hause hatten, war er fuchsteufelswild. Und dabei hatte er nicht mal irgendwelche Leute verloren, bloß das Boot. Zwei- oder dreimal hätte ich beinah die *Hattie B* verloren, und es ist nur deshalb nicht so weit gekommen, weil ich draufgeblieben bin, weil ich im Zweifelsfall mit untergegangen wäre.«

Clayt bewegte sich immer noch nicht. Niemand wagte einen Ton zu sagen. Floyd Johnson und Earl Varney standen wie gebannt da, als hätte Clayts Stimme sie bei den Schultern gepackt.

»Und jetzt will ich euch beiden was erzählen, was ihr nicht wißt. Direkt neben Buds Dragger da draußen liegt ein fünfundzwanzig Meter langer Sardinenfrachter. Ich hab ihn untergehen sehen, letztes Jahr war das. Ich bin längsseits gegangen und hab den Skipper runtergeholt. Wir haben eine Boje dran angebracht, eine Faßtonne, ein Dreieinhalbmeterding. Die Woche drauf kommt der Skipper von Portland runter, geschniegelt und gebügelt, wie ich noch nie 'nen Skipper gesehen hab, und hat zwei Taucher im Schlepptau. Kommt an und will, daß ich ihn und die Taucher rausfahre. Also fahren wir. Die Boje ist noch da. Das Schiff liegt in zehn Faden Tiefe. Sein Fang war immer noch dabei, aus dem Laderaum an die Oberfläche zu steigen. Sah aus wie 'n Gemetzel da draußen. Die Taucher sind am Bojenseil zum Schiff runter, und als sie wieder hochkamen, sagten sie, da unten wär kein Schiff, jedenfalls nicht das, das sie suchen würden, bloß zwei andere, ein Dragger und noch eins. Ich wußte, daß das die Stelle war, wo Bud sein Boot verloren hatte und wo ihr zwei die *Rainbow* verloren habt. Eine üble Stelle ist das. Um die Wahrheit zu sagen, mir war nicht wohl dabei, dort rauszufahren, es ist zu dicht an den Riffen. Aber Menschenskind, das Schiff von den Leuten war vollgeladen mit Menhaden und Heringen, und die Fische stiegen immer noch überall ringsrum aus der Ladeluke nach oben! Aber der Skipper schaut mir grade ins Auge, ein Skipper dem andern, und sagt, ich kann die Boje einholen, sie hängt an nichts mehr dran, da unten wär nichts, jedenfalls nichts, was ihm gehört. Dann drückt er mir einen Hundertdollarschein in die Hand und zwinkert. Ich hab ihm die hundert Dollar zurückgegeben und ihn in den Hafen zurückgebracht. Ich hab ihm gesagt, wenn er das nächstemal vor Bailey Island in Seenot wäre, könnte er an Land schwimmen. Aber einer der Taucher hat mir noch was andres erzählt, als wir wieder zurück waren. Er hat gesagt, daß das andre Boot neben dem Dragger, nicht das, nach dem sie gesucht hatten, sondern ein andres, voller

Löcher wäre, wie von einer Axt. Er meinte, es würde nach einer krummen Sache aussehen da unten.«

Clayt zog die Schultern hoch und starrte ins Leere, als wäre er fertig. Aber niemand glaubte das. Niemand rührte sich. Er fuhr fort.

»Wenn einer sein Boot verliert, hat er nichts mehr, wenn ihr mich fragt. Wenn er noch eins verliert, hat er weniger als nichts. Nachdem ihr zwei Helden die *Rainbow* da draußen verloren hattet, und als dann noch das zweite dazukam, als eure *Princess* ausgebrannt ist, hat keiner von uns auf dieser Insel irgendwelche Fragen gestellt. Keiner hat irgendwas zu irgendwem gesagt. Wir haben uns alle um unsern eigenen Kram gekümmert. Wir haben genug zu tun. Herrje, ich hab bis jetzt eben kein Wort darüber verloren, nicht mal zu Hattie. Aber wenn ihr mich fragt, gibt's nur einen Typ Mensch, der danach noch was zu verlieren hat. Das sind die, die tot sind bei lebendigem Leib. Da gibt's einen Krieg, und da gibt's Kapitäne, die Schiffe und Männer durch Bomben und Feuer verlieren und die hingehen und neue haben wollen, weil's um was Größeres geht als um ihre Person. Ich weiß nicht, wie sie's schaffen, nicht verrückt zu werden. Herrje, vielleicht werden sie ja verrückt, vielleicht geht das nicht anders. Und dann gibt's Leute, die kämpfen gegen gar nichts und leben davon, mit ihren Booten Bruch zu bauen. Wenn ihr mich fragt, sind die schon tot. Nicht mal mehr sehen kann ich die.«

Clayt berührte Ezra am Knie, und beide standen auf und gingen hintereinander den Gang entlang auf Earl Varney und Floyd Johnson zu und zwischen ihnen hindurch. Varney und Johnson wichen automatisch aus, als wäre das ihre Funktion, wie eine Pendeltür.

DOVE

Ein weicher, dichter Nebelschleier war vom Meer her aufgezogen, dann wurde er von einem Nordost, der die Küste von Massachusetts überraschte, seitlich abgedrängt, so daß er horizontal dahinwirbelte wie ein schäumender Fluß. Die Wellen tanzten wie Flammen, die Boote drängten sich in den Jachthäfen. Dutzende, vielleicht Hunderte von Menschen säumten den Strand von Winthrop, darunter sogar die Bettlerin, die sonst nur von Gartentor zu Gartentor schlurfte. Irgendwo auf der andern Seite des Hafens, mal zu sehen und mal nicht, war Boston eine schwingende Lichterkette, eine über den Wellenkämmen taumelnde Schiffstakelage. Aber jetzt hatte niemand ein Auge für das Lichterspiel der großen Stadt. Alle wollten sehen, wie die Brandung zu ihren Füßen krepierte. Sie standen da und witzelten, machten sich lustig über die auslaufenden Wellen und konnten doch immer noch rechtzeitig zurückhüpfen, um trockene Schuhe und Hosenbeine zu behalten und lachend heimzugehen, als ob sie das gischtige Wasser in einem Wettstreit besiegt hätten, den sie überhaupt erst mitgekriegt hatten, als er schon vorbei war. Jeder in die sichere Schutzhaut seines Regenmantels gehüllt, in der es sich aushalten und phantasieren ließ, bejubelten sie ein ums andere Mal die nächste größte Welle, die sie je gesehen hatten, und stellten sich vor, sie wären da draußen auf dem Wasser.

Aber sie waren nicht auf dem Wasser. Darin bestand der Sieg.

Zwei Brüder von vierzehn und sechzehn Jahren, Leslie Everett und Adam Dove, schoben sich in Badekluft aus der Menge und rannten auf die Brandung zu, ein Kanu wie einen Rammbock zwischen sich. Leslie, der ältere der beiden, trug einen weißen Segeltuchbeutel über der Schulter. Die Menge hinter ihnen johlte und winkte, um sie zurückzurufen, doch nur halb im Ernst und halb gespannt, ob die Wasserwände wohl unmittelbar vor ihren Augen ein Menschenleben vernichten würden. Die beiden Jungen zögerten zwar, aber nicht wegen der Zurufe, sondern um noch einen Blick auf das bißchen Himmel zu werfen, das die sich vor ihnen auftürmenden Brecher freigaben. Ein Wasserwall, mehr als doppelt so hoch wie sie, ging zu ihren Füßen nieder und brandete hinter ihnen den Strand hinauf. Da stürzten sie lachend und leichtfüßig los, nicht aus Mut oder gar aus Tollkühnheit, auch nicht aus Kameradschaftsdruck, sondern aus der stillschweigenden Übereinkunft heraus, daß es ein menschliches und unerklärliches Gefühl der Demut war, was sie ins Wasser trieb. Sie hatten im Haus ihrer Eltern aus dem Fenster geblickt und kurzerhand beschlossen, daß man an einem solchen Tag, bei einem solchen Seegang nichts Besseres tun konnte, als ein Foto der Brandung von hinten zu machen.

Sie sprangen kopfüber ins Kanu, der ältere Leslie ins Heck und der jüngere Adam in den Bug, und nahmen hastig ihre Plätze ein, bevor sie und das Kanu wieder in den Sand zurückgeworfen wurden. Sie stießen mit den Paddeln ins Wasser, als würden sie Erde schaufeln und hinter sich aufhäufen. Und wieder lachten sie, schon zu weit draußen, um umzukehren, und hackten auf den

Strom des Ozeans in genau dem Tempo ein, oder etwas langsamer, in dem er auf sie zukam. Sie dachten nicht mehr an die Nachbarn hinter ihnen, nicht einmal mehr an zu Hause. Vor ihnen lag das Meer.

Leslie sah mehr darin als sein Bruder. Bei ihm kam das Wissen um die an der Küste auflaufenden Wracks, die Schiffbrüche im offenen Wasser hinzu. Er wußte, daß da draußen in diesem Moment Menschen starben: seine ganze Kindheit hatte sich um dieses Wissen gedreht. Und er wußte, daß nur ein falscher Paddelschlag nötig war, eine ungebärdige Welle, die den Rhythmus durchbrach, und sie standen senkrecht, und irgendwann würde weiter unten am Strand ein leeres Kanu angeschwemmt werden, das sich auf der Seite im Sog drehte wie ein Kreisel, und die Leichen von zwei Menschen, die einmal jung gewesen waren, würden Tage oder Wochen später an die Oberfläche kommen.

Sie paddelten methodisch durch das brodelnde Wasser. Woge um Woge hob sich unter ihnen und kippte sie in ein Wellental wie in eine selbstgegrabene Grube. Dann die kurze Pause, die halbe Sekunde der Ruhe und des trügerischen Vorankommens. Die nächste Welle brach direkt über ihnen, und sie blickten wieder in den Wind. Zweihundert Meter weit draußen fuhren sie einen Winkel und bereiteten die Wende vor. Das Ufer war nicht mehr zu sehen. Das Wasser war ruhiger, aber in der Art einer kahlen Felswand, prekär und steil unter den Füßen des Kletterers, oder wie der Rücken eines Stiers, regungslos unter der auf ihm sitzenden Fliege, der Schwanz jederzeit zum Ausholen bereit.

Leslie hörte auf zu paddeln und beobachtete, wie sein kleiner Bruder Gipfel um Gipfel nahm, wie er gegen die Gischt ankämpfte, als wäre er ein zurückgelassener Junge, der zornentbrannt versuchte, die fortgelaufenen Freunde einzuholen. Leslie blickte nach oben und fand den Himmel nicht mehr: über ihm nur noch die dunkle Salzflut, den glatten Wänden eines Brunnens gleich. Nur der frontal auf sie einstürmende Wind sagte ihnen, wo sie waren. Da fiel Leslie plötzlich wieder der Grund ihrer Unternehmung ein, und mit einem Griff nach dem Beutel, der unter seinem rechten Arm hing, blickte er sich um. Er machte den Mund auf, um zu rufen, aber der Wind stopfte ihm die Wörter in den Rachen zurück. Japsend drehte er sein Gesicht zum Atemholen auf die Leeseite, dann hob er sein Paddel hoch und stupste seinen Bruder an. »Weit genug!« brüllte er. »Gut zum Knipsen! Zurück!« Obwohl Adam ihn über dem Wind kaum verstanden haben konnte, nickte er ihm zu.

Sie warteten ein bestimmtes Tal ab, ein ruhiges mit hohen Wänden, um aus dem Wind zu drehen. Am tiefsten Punkt der Senke, schon im Gefühl der Woge, die sie wieder nach oben tragen wollte, kreischte Leslie: »Jetzt!« Mit geschlossenen Augen stieß sein Bruder einen Schrei aus und drosch wild auf das Wasser ein, während Leslie im Heck sein ganzes Gewicht so verlagerte, daß sie eine Drehung machten. Oben auf der Welle waren sie weit genug herum. Der Wind stieß das Kanu vom Kamm herunter, daß es nur so dahinsauste und einen Augenblick in der Gischt verschwand. Wasser floß über die Seiten, als es wieder an die Oberfläche kam.

Von einem Wellengipfel aus war der Küstenstrich zu sehen. Die Brecher, die gegen die Kaimauer und an den Strand donnerten, waren so hoch wie die Häuser. Leslie zog die Kamera aus dem Beutel und machte neun Aufnahmen, ein Panorama der sich einrollenden Wellenbukkel, steckte die Kamera wieder ein und nahm das Paddel wieder auf. Gemeinsam stachen und hackten sie jetzt auf das Wasser ein, schrien, lachten, hörten nichts als sich selbst. Dann das vertraute Grollen der Brandung an Land, winkende Hände. Leslies Arme flogen hoch, das Paddel über dem Kopf, den Jubel der Menge im Ohr: geschafft.

Zwei Wochen später, an einem Tag im April, kroch das erste kupferrote Morgenlicht am Kliff des Great Head hinauf und ergoß sich über den Hafen. Darunter zitterte das Wasser im Sonnenlicht wie eine gespannte Folie. Die Hafeninseln ragten zwischen den sie umwogenden Wellenbuckeln hervor. Auf der andern Hafenseite lag Boston als eine wirre dunkle Masse, eine zerklüftete Silhouette, einer melancholischen Klosterruine gleich. Hundert Menschen säumten den Rand des Steilufers, alle im gleichen Winkel vornübergebeugt, als verneigten sie sich vor der Ruine gegenüber; darunter der Fotograf der Lokalzeitung. Er stand breitbeinig über einem Seil, das an einem Eisenpfosten festgemacht und dann über den Rand des Kliffs geworfen worden war. Der Fotograf hob die Kamera und richtete sie auf das Wasser am Fuß des Kliffs. Dort unten drängten zwei Gestalten, Leslie Everett und Adam Dove, eine dritte zum unteren Ende des Seils hin und deuteten dabei nach oben.

»Ich versteh nicht, wieso der kleine Hurley sich noch mal darauf einläßt«, sagte einer der Umstehenden. »Zu 'nem Felsvorsprung raufklettern und Kopf und Kragen riskieren, nur um sich von Dove retten zu lassen! Dabei hat der Kleine doch schon gestern solche Angst gehabt. Wieso macht er das bloß?«

»Weil Dove ihn dafür bezahlt«, sagte der Fotograf, wobei er seine Kamera hob, sie auf die Gestalten am Fuß des Kliffs richtete und dann wieder sinken ließ, ohne noch einmal abzudrücken. »Er würde sich nicht noch einmal darauf einlassen, wenn er kein Geld bekommen würde.«

»Ich kapier's trotzdem nicht«, sagte der erste Mann und blickte in die Runde, als ob der Fotograf nicht wirklich mitreden, sondern nur Stichworte liefern würde. »Gestern hat Dove Glück gehabt. Aber Glück läßt sich nicht berechnen, es läßt sich nicht abzählen. Da kommt nicht nach eins immer zwei, oder nach zwei drei. Da kann's durchaus sein, daß nach eins plötzlich drei kommt, oder nach zwei wieder eins. Und wenn das passiert, bist du geliefert.«

Eine der Gestalten löste sich aus dem Gerangel, das unten vor sich ging, und kurz darauf kam Leslie Dove zu der oben wartenden Menge gelaufen. Keuchend, die Hände in den Hüften, blieb er neben dem Fotografen stehen. Der hob seine Kamera und richtete sie auf den Jungen, drückte aber nicht ab. Ein selbstzufriedenes, grausames Lächeln erschien auf seinem Gesicht.

»Ich nehm an, Sie wollen, daß es genauso abläuft wie gestern«, sagte Leslie.

»Nehm ich auch an«, sagte der Fotograf, während er Leslie weiter durch die Kamera beäugte. »Aber Sie haben die Zeitung gerufen«, setzte er hinzu. »Ich bin bloß hier, um das Foto zu machen. Das ist ganz allein Ihre Vorstellung. Machen Sie ruhig, was Sie gestern gemacht haben. Aber es ist egal, die Leute werden es in jedem Fall dafür halten. Wie hoch kommt der Junge?«

»Hoch genug«, antwortete Leslie.

Er beugte sich über den Rand und winkte seinem Bruder zu. Dort unten begann ein Kampf. Von oben sah es aus wie ein komplizierter Tanz, vier verschlungene Arme, vier sich im Wechsel zwischeneinander schiebende Beine. Schließlich trennten sich die beiden Körper, und Adam

Dove hatte es geschafft, daß der kleine Hurley an das Seil trat und anfing, sich hinaufzuhangeln. Nach wenigen Minuten hatte der Kleine sein Ziel erreicht. Er stand jetzt dicht an die Felswand gepreßt auf einem schmalen Vorsprung, die Hände vorm Gesicht. Seine Schultern zitterten. Sein Schluchzen wurde vom Wind nach oben getragen, wo die schaulustige Menge und Leslie Everett Dove warteten.

Leslie ließ sich am Seil über den Rand hinab. Er lehnte sich weit übers Wasser hinaus, einen Arm über den Kopf geworfen wie ein Trapezkünstler. Seine Füße tanzten über die rauhe Felswand auf den Jungen zu. Die Leute über ihm schüttelten den Kopf. Der Fotograf lugte durch seine Kamera nach unten. Der Junge schluchzte. »Genau wie gestern«, sagte eine Zuschauerin beinahe flüsternd zu sich selbst.

Leslie näherte sich dem Jungen. Unter ihm kroch das Wasser bis zum Fuß des Kliffs hoch. Mit einem letzten triumphierenden Tritt stieß er sich von der Kliffwand ab, von Stolz erfüllt. Er erreichte den Jungen und schloß ihn großmächtig in seinen langen Arm, mit dem andern begann er zu klettern. Der Stolz in seinen Augen verging, und statt dessen fühlte er das Gewicht des Jungen und des eigenen Körpers, die ihn nach unten ziehenden Kräfte. Unter ihm schäumte und zischte das Wasser. Aber Zentimeter um Zentimeter arbeitete er sich das Kliff hoch, den Jungen fest in den Arm geklemmt.

Die Gesichter über Leslie regten sich nicht. Das Kameraauge ging in Position. Leslie war fast oben. Alle hielten den Atem an. Der Junge schluchzte. Leslie zog eine Grimasse, er schwitzte, seine Finger brannten. Die Kamerablende ging blitzschnell auf und zu, und der Fotograf blickte triumphierend auf. Leslie kam neben ihm hoch, den schluchzenden Jungen umklammert. Die Gesichterkette fiel in sich zusammen, zerriß, und die Zuschauer traten zögernd, unsicher auf die beiden zu wie auf eine Erscheinung oder ein wildes Tier, das endlich gebändigt war.

Das Gesicht des Jungen wurde noch eine Spur blasser, vollkommen blutleer, die Augen aufgerissen vor Entsetzen. Kreischend und um sich schlagend befreite er sich aus Leslies Griff und stürzte die Straße hinunter. Gleichmäßig und laut durchbrachen seine Schritte die morgendliche Stille. Er kam an ein Tor und bog von der Straße ab. Sein Geheul verklang, eine Tür schlug zu.

Alle schlurften davon. Jetzt brauchte man nur noch auf die Zeitung zu warten. Leslie hatte dem Reporter bereits die Schlagzeile diktiert: *Ein starkes Herz, ein starkes Seil: Junger Mann rettet Kind am Kliff in Winthrop aus der Gefahr.*

Am gleichen Tag war in den Zeitungen und im Rundfunk eine merkwürdige Meldung von einer kleinen Stadt in Polen gekommen, in der die Hälfte der Bevölkerung von den Deutschen abtransportiert und in ein Lager auf dem Lande gebracht worden war; man hatte nie wieder etwas von den Menschen gehört. Bewohner der nordwestlichen Vororte jener Stadt hatten sich bei den Offizieren der neuen örtlichen Miliz beschwert. Arme und Beine, von denen manche sich noch bewegten, hätten aus den Massengräbern herausgeragt. Die Erde über den Gräbern, beklagten sie sich, habe sich noch mehrere Stunden nach den Erschießungen immer wieder gehoben.

In den letzten Wochen hatten die Zeitungen ständig Bilder von Leuchtspurgeschossen gebracht, die am Himmel über alten europäischen Städten kreuz und quer ihre Bahnen zogen. Von Flammenstößen und Rauchwolken, die von den umliegenden Hügeln kamen. Von einem Kinderarm, der leblos aus dem Fenster eines bombardierten Waisenhauses hing. Von einer um Essen anstehenden Menschenschlange, von der nur noch versprengte Gliedmaßen und Blutlachen übrig waren. Vom Wrack eines englischen Flugzeugs, das bedrängten Stadtbewohnern Entlastung bringen sollte und jetzt schwelend auf der Rollbahn stand.

Leslie hatte genau hingeschaut und hingehört. Es gab auch Meldungen, die behaupteten, es sei nur eine Frage der Zeit, bis Amerika in den Konflikt hineingezogen würde. Aber er wäre auf der Stelle gegangen, wenn er gekonnt hätte. Wenn die Briten ihn genommen hätten. Er wollte gehen, um zu sehen, ob diese völlig unglaublichen Dinge wirklich stimmten.

Aber er war erst sechzehn, und so blieb ihm nichts anderes übrig, als seinen Tatendrang in waghalsigen Manövern auszuleben. Leslie stapfte am Kai entlang, um seinen Groll loszuwerden. Er war zu jung, um der Kriegsmarine beizutreten, egal welchen Landes.

Es war neun Uhr abends. Ein leichter Nebel war aufgezogen, das Wasser ruhig. Leslie blieb stehen und schaute zu, wie die *Moxy* vom Pier ablegte und Kurs auf eine der Inseln im Boston Harbor nahm, während sich an Heck und Bug Väter und ihre uniformierten Pfadfindersöhne drängten. Die buntkarierten Halstücher und Mützen und hellen Abzeichen verschwanden im Nebel, aber die aufgeregten Stimmen der Jungen hingen noch lange in der Luft, genau wie das Schweigen der Väter, die zu alt waren, um ihre Nervosität und Skepsis mit leerem, schrillem Geplapper zu überspielen. Dann schwand auch das, und Leslie war allein am Kai mit seinen Schritten und einem Krieg, in dem er nicht mitkämpfen durfte.

Zum Ende des Kais und wieder zurück. Auf halbem Weg nach Hause hörte er wieder das Schreien vom Wasser her, aber diesmal waren auch die tiefen Stimmen der Väter daran beteiligt. Leslie blieb stehen und spähte in den nächtlichen Nebel, und die Rufe verklangen. Das Wasser schwappte und brandete an den Fuß der Hafenmauer.

Er stand am Kai, schaute aufs Wasser hinaus und stellte sich bei dem Geschrei einen umgekehrten Mannbarkeitsritus vor, bei dem die Väter endlich ihren Söhnen antworteten. Vielleicht hatte Leslie sich geirrt und der Ausflug war nicht dazu gedacht, daß die Väter ihre kleinen Söhne mit hinausnahmen, sondern daß die Söhne ihre Väter mit hinausnahmen und ihnen beibrachten, wieder Jungen zu sein. Und dann war es ihm klar: in der Nacht sollte auf einer der vielen Hafeninseln eine große Verwandlung geschehen. Die Rückkehr der Väter von Winthrop zu ihrer verlorenen Kindheit, eine massenhafte Läuterung von Mißtrauen und Skepsis, von der Autorität, die allen kampfwilligen Jungen die Teilnahme am Krieg verbot. Leslie stapfte mürrisch weiter.

Und auf einmal spülten die Wellen die ersten an den Strand, warfen sie auf den harten Sand wie Blindgänger. Die Finger bereits voller Seetang, die Abzeichen im Nebel glänzend wie stumpfe Münzen, die Hälse von den Pfadfindertüchern gewürgt. Jeder Mund war ein kleines rundes Meerwasserbecken. Die glasigen Augen hatten sich im Tod entpaart, jedes einzelne, unnatürlich geweitet, starrte in eine andere Richtung. Der Ausflug, die Verwandlung lief nicht wie vorgesehen, sondern kam in Gestalt des nun schon minutenalten Krieges daher. Das Schiff war nicht ausgefahren, um Pfadfinder zu befördern, sondern um versenkt zu werden.

Obwohl es zwischen der Küste und der nächsten Insel keine Felsen gab, in der Nacht kein Wind gegangen war, keine starke Brandung, konnte es in den nächsten Tagen und Wochen niemand über sich bringen, den Deutschen die Schuld zu geben. Die *Moxy* selbst wurde nie gefunden. Es gab keine Wrackteile. Es war, als wäre das Schiff hochgehoben, leergeschüttelt und dann begraben worden. Nur ertrunkene Jungen und ihre ertrunkenen Väter; als ob der Schiffbruch ein großes Experiment gewesen wäre, mit dem Winthrop gezeigt werden sollte, daß man die Unschuld zu weit getrieben hatte. Daß eine Katastrophe alles korrumpieren konnte. Daß nicht Unschuld der natürliche Zustand war, sondern Irrwitz.

Leslie Everett Dove sah die ganze Menschheitsgeschichte vor sich im Wasser: wie alte Gewißheiten mit einem einzigen Atemstoß weggeblasen wurden und Friede nichts weiter war als ein Aussetzen der Zeit.

Und am nächsten Morgen der Anblick dieser schlafmützigen Stadt, alle Türen zum Wasser hin aufgerissen und alle Katzen am leichenübersäten Strand vor dem Kai versammelt.

RAVEN

Niemand wußte besser als die Männer, die am Berg lebten und hinunterstiegen, wenn sie Lebensmittel und Anziehsachen brauchten, daß man, um wirklich auf den Inseln zu Hause zu sein, auf ihnen das Licht der Welt erblicken, ein einheimisches Mädchen schwängern und heiraten oder nicht weiter als ein, zwei Meilen vom Ufer entfernt ertrinken mußte. Nur dann wurde man geachtet, solange man sich auf den Inseln aufhielt, und konnte erwarten, nach dem Tod in ihrer Erde zu liegen. Ein Hochländer, der auf Inselgrund starb, war das nicht wert. Jeder Idiot konnte sich vor ein Auto werfen oder vom Dach fallen. Es mußte im Wasser sein, weil man dazu wenigstens ein Boot besteigen mußte, was ein wenig mehr verlangte, als aus dem Bett zu steigen und auf die Straße zu laufen.

Obwohl der Berg geographisch ein Teil von Great Island war, anatomisch gesehen der Rumpf, waren die Leute, die darauf lebten, keine Inselbewohner, sondern Berggesocks, katzen- und hundefressende Kannibalen. Du gibst ihnen ein eigenes Boot zum Hummerfangen, und sie versenken dir's. Du gibst ihnen einen Job auf deinem Boot, und sie versenken dir's. Obwohl es Earl Varney war, der mit dreizehn vom Berg heruntergekommen war, sich auf Orr's Island ein Haus gebaut und darin ein neues Leben angefangen hatte, war es Floyd Johnson, nicht Earl Varney, den man nackt und aufgedunsen und vermutlich ertrunken in der Nähe von Round Rock finden würde; und damit war es Floyd Johnson, nicht Earl Varney, den man posthum zum Inselbewohner befördern würde. Sein ganzes Leben lang hatte Varney keinen Ort gehabt, auf den er deuten und sagen konnte, dort wolle er hin; statt dessen konnte er nur auf den Berg deuten und sagen, von dort sei er weggelaufen. Ein Teil von ihm würde den toten Johnson beneiden, weil er es wäre, der in der Erde von Bailey Island liegen würde, unter einem auf Kosten der Insel aufgestellten Grabstein: *Floyd Johnson, Kapitän der »Raven«, 29. Juni 1941.* Im stillen würde Varney sogar den Inhalt der Inschrift anfechten, aus der Gewißheit heraus, daß Johnson wenigstens bis zum 30. Juni, vielleicht sogar bis zum 1. Juli am Leben geblieben war.

Keiner von ihnen hatte vor dem 28. Juni ernstlich an Nebel gedacht. Sie hatten ihn lediglich ein- oder zweimal als vage Möglichkeit erwähnt. Aber als sie am späten Nachmittag jenes Samstags zum Kaufladen fuhren, um ihren Kaffee zu trinken, wälzte der weiße Dunst sich heran. Als sie auf der Fahrt von Great Island nach Orr's Island und dann von Orr's nach Bailey Island die steil abfallende Straße vor lauter Nebel nicht mehr sahen, wagten sie nicht, ihn zu erwähnen, noch weniger, deswegen ihren Plan zu ändern. Sie sahen nur schweigend mit an, wie er sich an den Fenstern ringelte und im Scheinwerferlicht teilte, und hielten förmlich den Atem an, um ihn bloß nicht wegzupusten. Als sie endlich aus dem Laster stiegen, war es Varney, der einen Arm um Floyds Schulter legte. »Das ist die Krönung«, flüsterte er Floyd zu. »Jetzt kann nichts mehr schiefgehen. Ein Kinderspiel. Jetzt wird kein einziger Augenzeuge draußen auf dem Wasser sein. Es macht dir doch nichts aus, für zweitausend Dollar ein bißchen naß zu werden, was, Floyd?«

»Bloß ein bißchen naß?« wiederholte Floyd.

»Bloß ein bißchen.«

»Und nervös vielleicht auch, was, Earl?«

»Nervös vielleicht auch. Aber diese Landratten werden's verkraften. Meine Fresse, es wird das Abenteuer ihres Lebens. Und dann sind wir gemachte Leute, du und ich, frei wie die Vögel. Wir bauen uns unsern kleinen Ruhesitz in den grünen Bergen und hauen von diesem verdammten Wasser ab, diesen verdammten Inseln.«

»Und Beatrice«, sagte Floyd.

»Wie?«

»Und Beatrice. Du und ich und Beatrice. Und vielleicht noch jemand für dich.«

Varneys Fingerknöchel wurden weiß. »Ganz recht, Floyd. Und noch jemand für mich.« Dann stieß er ihm in die Rippen: »Oder vielleicht jemand für dich, hm?«

Floyd lachte. »Du weißt, Earl, daß ich nie einen Anspruch auf Beatrice erhoben hab. Du weißt ja, daß sie immer für sich selbst gesorgt hat. Aber gestern abend hat sie mir gesagt, daß sie findet, sie sollte was abbekommen, wenn die Versicherung zahlt, denn schließlich hat sie ihr selbstverdientes Geld dafür hingelegt.«

Varney entgegnete nichts.

»Sie findet, sie hat's verdient, und ich muß sagen, das finde ich auch«, sagte Floyd.

»Soweit okay«, sagte Varney vorsichtig.

»Und sie ist meine Frau.«

»Soweit auch okay«, sagte Varney.

»Und mit dem, was sie weiß, könnte sie uns in den Knast bringen.«

Wieder wurden Varneys Knöchel weiß, und er entgegnete nichts.

»Schließlich ist sie meine Frau«, sagte Floyd.

»Sicher.«

»Du kennst doch Beatrice. Wenn's um Geld geht, hat sie ihren eigenen Kopf.«

»Das hat mir an Beatrice immer gefallen«, sagte Varney.

»Also, was meinst du dazu?«

»Wozu?«

»Daß Beatrice einen Anteil kriegt. Ein Drittel, ein Drittel, ein Drittel«, sagte Floyd.

»Du meinst, zwei Drittel für euch und ein Drittel für mich, stimmt's?«

»So mein ich das nicht, Earl!«

Varney packte Johnson an der Schulter. »Scht. Ein Drittel ist okay.«

»Echt?«

»Hab ich doch eben gesagt, oder?«

Sie betraten den Kaufladen, und während sie drinnen am Tresen auf ihren Kaffee warteten, war Varney darauf bedacht, Floyd nicht anzuschauen. Floyd hingegen beäugte Varney mit einem Ausdruck, der eher Überraschung als Zweifel verriet.

Da trat Jesse Johnson zwischen sie. »Hallo hallo«, sagte er. »Schönes Wetter heute, was? Wie geht's mit dem Zement voran?«

»Wovon redest du, Johnson?« fragte Varney.

»Ich dachte, ich hätte was davon gehört, daß ihr den ganzen Nachmittag Zement als Ballast in den Kiel der *Raven* gekippt habt. Zeitlich nicht unpassend, würde ich sagen, wo euch morgen über dreißig Leute aus Rehoboth auf die Pelle rücken. Sicher kein Fehler, sie zu belasten und überhaupt, daß sie schön schwer ist. Phantastisch, wie schnell sich so was hier rumspricht, nicht wahr, Jungs?« Jesse kratzte sich am Kopf. »Ach ja, Earl, ich vergesse immer, daß du das gar nicht so genau wissen kannst. Du bist nicht von hier, von den Inseln, stimmt's? Noch feucht hinter den Ohren. Ein richtiger Arbeitsemigrant. E-mi-grant, Earl. Emigrant. Kannste mal sehen, wie gebildet ich bin«, schwadronierte Jesse. »Tja, Earl, so läuft das hier: einer sieht was, und schon haben's alle gesehen. Klein und gemütlich, richtig freundschaftlich. Man sagt, das hilft, daß die Leute nicht auf dumme Gedanken kommen. Aber was für Gedanken gehen dir durch den Kopf, Earl?« Jesse legte Varney eine Hand auf die Schulter. »Ich persönlich denke, die Zeiten ändern sich ...«

»Ich denke, daß du mich ankotzt, Johnson«, sagte Varney und wischte Jesses Hand weg.

Jesse Johnson ließ seine Hände locker sinken. Er trat einen Schritt zurück. Sein Mund grinste, aber in seine Augen trat ein starrer, bissiger Ausdruck.

Floyd Johnson versuchte Varney wegzuziehen, aber Varney schüttelte ihn ab und sah aus, als wollte er auf ihn losgehen. Jesse Johnson schien sich immer noch mehr dafür zu interessieren, was Varneys Verhalten zu bedeuten hatte, als für seine möglichen Konsequenzen. Dann aber erlosch das Feuer in Varneys Augen. Seine Schultern sackten herunter, und seine Arme wurden schlaff. Er verzichtete darauf, Clayts langsames Nicken über Jesses Schulter zu erwidern oder zuzusehen, wie Clayt seinen Kaffee schlürfte. Er drehte sich einfach um, als er ihn sah, und schob Floyd Johnson vor sich her zur Tür hinaus.

»Fahr vorsichtig, Floyd«, rief Jesse ihnen hinterher. Clayt stellte sich zu ihm an die Tür. Sie achteten nicht auf die Antwort. Sie sahen zu, wie die roten Rücklichter von Varneys Laster auf der Straße verschwanden.

»Es ist eine Sache, das eigene Boot mit der Axt zu bearbeiten, wenn sonst niemand an Bord ist«, sagte Clayt.

»Aber wenn's um dreißig Leute geht, sieht die Sache anders aus.«

»Floyd macht mir keine Sorgen«, sagte Jesse. »Floyd Johnson kommt nicht auf so was.«

»Es kommt nicht von ihm, denk ich«, sagte Clayt.

Währenddessen holperten Earl Varney und Floyd Johnson die Straße zur Dyer's Cove hinunter.

»Du wirst uns doch da draußen nicht verfehlen, oder, Earl?« sagte Floyd Johnson.

»Hör gefälligst auf damit!« blaffte Varney. »Ich werd niemand verfehlen. Ich geb einen Funkspruch durch, und in fünf Minuten ist die ganze verdammte Bucht voll von Booten, die Clayt euch auf den Hals hetzt. Sie werden so schnell ankommen, daß ihr eher in ihrem Kielwasser ertrinkt als in der Bugwelle. Du bindest dir einfach das Faß an der Hüfte fest, und dann seh ich, daß du es bist, und hol dich raus. Du wirst nur ein bißchen naß werden.«

»Es ist Beatrice, um die ich mir Sorgen mache«, sagte Floyd. »Du hast kein Faß für sie vorgesehen. Ich will, daß sie zuerst rausgeholt wird.«

»Ihr könnt euch das eine Faß teilen«, sagte Varney. »Es wird euch beide tragen, bis ich da bin. Außerdem schwimmt sie besser als du. Sie wird schon für sich selber sorgen.«

Die Ritzen in der Straße kamen jetzt in kurzen und gleichmäßigen Abständen; der Ton, den die Reifen machten, wurde eine Idee höher. Dann ging der Laster vorne hoch und neigte sich leicht nach rechts. Auf dem Rückweg über die Brücke zwischen Bailey Island und Orr's Island redeten sie nicht. Das taten sie nie. Das Wasser brodelte unter ihnen um die Pfeiler. Über die Meerenge zu fahren war heilig. Varney umklammerte das Lenkrad und ließ es wieder los, klammerte und ließ los. Floyd Johnson drückte seine Nase ans Fenster und versuchte das Wasser unter ihnen zu sehen; er sah nur wirbelnde Gischt. Dann setzten die Reifen auf Orr's Island auf.

Johnson flog mit dem Kopf gegen die Scheibe. »Sie werden's rauskriegen«, sagte er. »Jesse und Clayt ahnen es schon.«

»Verdammt noch mal, Johnson, du hörst einfach nicht zu. Ich hab's dir doch haarklein vorgebetet. Es ist ganz egal, was sie *ahnen*. Sie müssen's beweisen. Sie denken, da draußen sind Krauts. Solange wir dichthalten, können sie sagen, was sie wollen, aber beweisen werden sie nie was. Die denken nie, daß du die ganzen Leute vorsätzlich ins Wasser befördert hast. Fahr du einfach in aller Ruhe raus und bleib in den Teeth hängen. Das kommt öfter vor. Du schaust einfach einen Moment weg, nimmst 'nen Schluck aus der Pulle oder 'ne Tasse Tee oder was die Leute sonst trinken und ziehst den Bug rum, daß du ganz knapp dran streifst. Da ist nichts kriminell dran, schon gar nicht bei dieser Suppe.«

WALTER

Obwohl erst sechs Tage alt, war der Sommer in Rehoboth schon zu einer Zeit des Wartens geworden. Alles flüchtete vor der Hitze. In den kurzen Schatten der Hauseingänge saßen den ganzen Tag über Leute und knisterten mit ihren Zeitungen. Überall in Neuengland ertranken Kinder in Kiesgruben und Brandungsrückströmungen. Alte Leute in Boston und New York lagen verwesend in ihren Wohnungen. Während die Deutschen auf Minsk und Moskau marschierten, spürte das FBI Lageristen und Rohrleger auf, die verdächtigt wurden, Nazi-Spione zu sein. Im Hafen von Portland warteten Zivilisten und Marineoffiziere, die die Kais säumten, nicht mehr darauf, daß die O-9 von ihrer Übungsfahrt wieder auftauchte, sondern darauf, daß die marineeigenen Mützen und Schuhe endlich an die Oberfläche trieben. Grimmig auch auf das übrige gefaßt. An Land, im Obersten Gerichtshof des Bundesstaates Maine, wartete Richter Goodspeeds Gerichtssaal in der Hitze auf den Bericht von Luverne Joss' Exhumierung, um ein für allemal zu wissen, ob ihr Mann sie mit Morphium vollgepumpt hatte, bevor er ihr mit der Flachseite einer Axt den Schädel zertrümmert hatte. Dann eroberten die Nazis Minsk, und zwei Männer wurden in einer Taucherglocke im Hafen abgelassen und bekamen die O-9 vor ihre Suchscheinwerfer: zerquetscht wie eine Pappröhre, das Innere durch die

Risse quellend: die Arme und Beine toter Matrosen. Und Luverne Joss' Leiche wurde wirklich geborgen, in Alabama, allerdings ohne ihren Magen und ihr Gehirn (dem Coroner fiel am Grab wieder ein, daß er sie hatte herausnehmen lassen, was die Ermittlung unmöglich machte). Aber das spielte kaum eine Rolle mehr, weil Elizabeth Mayo, eine Kellnerin im Triple Spa Coffee Shop, die ganze Zeit über in Richter Goodspeeds Zeugenstand der Jury lachend erzählte, wie Joss sie huckepack genommen und ihr auf dem Rücksitz seines Autos Liebeserklärungen gemacht hatte. Ganz Rehoboth war empört. Das deutsche Konsulat bekam vierundzwanzig Stunden Zeit, das Land zu verlassen. Neunundzwanzig Personen, die verdächtigt wurden, deutsche Spione zu sein, wurden in Florida und Maine in Gewahrsam genommen. Die *Rehoboth Falls Times* brachte ein Bild von einem britischen Soldaten, der auf einer Pyramide italienischer Helme stand. Rehoboth wartete auf mehr.

Am Samstag, wenige Minuten vor sechs, öffnete Arthur McAlister die Küchentür und machte sie leise hinter sich zu, und als er sah, daß seine Frau und sein Sohn schon am Tisch saßen, ging er rasch an seinen Platz, der Mund ein gerader Strich, die Augen starr. Er nahm den Stuhl, zog ihn vor und setzte sich. Er machte sich sofort über seinen Teller her, ohne den Schlips zu lockern und sich am Hals Luft zu verschaffen, ohne etwas zu sagen und ohne seinen Sohn anzuschauen. Die Sturheit, mit der er aß, zeugte von seiner Erregung, und niemand am Tisch sagte ein Wort, um den wackligen Frieden nicht zu gefährden.

Irgendwann schaute sein Sohn Walter auf und sagte leise und kläglich: »Du läßt mich nicht fahren, stimmt's?«

Die Fabrikpfeife ertönte. Einen Moment lang hörten

die Vögel draußen in den Bäumen auf zu singen. Es war keinerlei Geräusch zu hören, kein Kindergeschrei, kein vorbeifahrendes Auto. McAlister blickte zum Fenster auf, als vermißte er diese Töne. Seine Frau erhob sich und fing an die Teller abzuräumen. McAlister wischte sich den Mund, warf seine Serviette hin und stand auf. Die Vögel nahmen ihren Gesang wieder auf. Vom Garten her ein Ruf: »Walter!« Die Pfeife erklärte den Nachmittag zum Abend, und der Tag wurde kühler.

Der Junge sah zur Tür und erhob sich halb, aber der Blick seines Vaters drückte ihn auf seinen Stuhl zurück.

Er stellte sich in seinem Bankanzug ans Küchentelefon. Er fuhr sich mit den Fingern durchs Haar und schaute dabei schräg nach unten, wo ein Fleck Abendsonne auf dem Fußboden glühte. Er mußte bald mal diese Dielen auswechseln, er mußte den ganzen verdammten Fußboden auswechseln. Er spürte den Blick seiner Frau und seines Sohnes auf sich und drehte die Schulter, damit er in Ruhe sprechen konnte, sie ihn aber trotzdem hörten.

»Hallo, Lilah? Tut mir leid, Sie zu stören, Herzchen, hier ist Arthur McAlister. Hören Sie, Lilah, wenn Sie immer noch meine beiden Plätze auf der *Raven* morgen wollen, können Sie sie haben ... ja, gern geschehen. Aber Sie müßten Gordon Beauchamp sofort anrufen. Es gibt viele Leute in der Stadt, die diese Plätze gern hätten.«

McAlister lächelte über etwas, das sie sagte. Er hatte seine Sekretärin schon immer gemocht – alle mochten sie, sie war so charmant – und sich bei Beauchamp beklagt, man hätte auf der *Raven* mehr Plätze für die Schreibkräfte und Angestellten vorsehen sollen. Aber es war kein so großes Boot, und sechsunddreißig war die vereinbarte Obergrenze.

»Gern geschehen, Herzchen. Und, Lilah«, sagte er, und

seine Stimme wurde barsch und befehlend, nur zum Spaß, weil er das gern mit ihr machte, sie necken und in die Wange kneifen, ihren Kopf tätscheln, den strengen Vater spielen, denn etwas anderes konnte er nicht spielen. »Folgendes noch, Lilah. Amüsieren Sie sich gut, Sie und Ihr Freund. Aber ich würde nie wieder so was Hübsches finden wie Sie, also ertrinken Sie gefälligst nicht.« Er lächelte strahlend: »Gern geschehen. Ja. Amüsieren Sie sich gut«, und hängte ein. Er seufzte. Er spürte den finsteren Blick seiner Frau. Er sah aus dem Augenwinkel, wie Walter mit hängendem Kopf auf ein Stück Kuchen starrte.

»So, Walter ...«, setzte er an.

»Das war nicht sehr schön«, unterbrach ihn seine Frau giftig, »ihn das auf die Art wissen zu lassen.«

»Moment mal. Ich bin auf Prince Edward Island geboren und aufgewachsen. Ich war selber Fischer, bevor ich den Beruf gewechselt habe und hier gelandet bin. Gordon hat mir ein Foto von dem Boot gezeigt, und es ist ungefähr so seetüchtig wie eine Badewanne. Es schlingert schon, wenn jemand nur falsch atmet. Was die andern machen«, er hob den Arm und deutete hinter sich durchs Fenster und über den Garten zur Rückwand des Beauchamp-Hauses und weiter auf die Einwohnerschaft im allgemeinen, »ist ihre Sache. Aber die kennen das Wasser nicht so wie ich, und ich würde keinen Fuß auf diesen topplastigen Kahn setzen, bloß um dazuhocken und in der Bucht zu picknikken. Ich würde auf gar keinen Fall damit in offenes Gewässer fahren. Und wenn ich deshalb nicht mitfahre, wie könnte ich es dann meinem Sohn erlauben?«

»Aber in letzter Minute, Arthur?« sagte sie, während sie ihre Schürze abnahm und sich neben Walter setzte. Sie blies sich eine Haarsträhne aus den Augen. »Du hast doch schon vor Wochen gewußt, wie das Boot aussieht, und dann wartest du bis zum Abend vor dem Ausflug damit, Walters Platz wegzugeben? Er freut sich schon seit Monaten darauf. Alle seine Freunde ...«

McAlister lehnte sich breitbeinig und mit verschränkten Armen gegen das Spülbecken. »Ich habe genauer nachgefragt«, sagte er mit leiser, fast beschämter Stimme. »Nur um sicherzugehen. Ich habe ein paar Leute angerufen und mich nach diesem Johnson erkundigt, der das Boot vermietet, und was ich gehört habe, hat mir nicht gerade gefallen.«

»Wen hast du angerufen?«

Ohne auf seine Frau einzugehen, machte McAlister eine ausladende Handbewegung in Walters Richtung. »He! Walter? Kopf hoch, Junge!«

Walter hob den Kopf ein wenig, als ob er einen fernen Ton gehört hätte.

»Wie könnte ich meinen einzigen Sohn auf diesem topplastigen Kahn mitfahren lassen? Was? Hör zu, ich verspreche dir, daß wir am nächsten Wochenende zum Moosehead Lake jagen fahren. Wie hört sich das an, hm? Wir nehmen ein Kanu mit, wir schlafen draußen. So richtig mit allen Schikanen. Wie hört sich das an?«

Der Anflug eines Lächelns erschien auf Walters Gesicht, mehr pflichtschuldig als echt empfunden.

»Und morgen hören wir uns das Baseballspiel an. Wie ist DiMaggios Schlagserie im Moment, vierzig Spiele?«

Walters Lächeln verflog schnell. »Einundvierzig.«

»Einundvierzig Spiele!« McAlister schaute seine Frau mit gespielter Verwunderung an. »Ist das zu glauben?«

Die Arme verschränkt, der Mund ein dünner Strich, schaute seine Frau zum Fenster hinaus, über die Wäsche an der Leine hinweg zum Haus nebenan. »Hast du Gordon gesagt, was du gehört hast?«

McAlisters Gesicht glänzte im Küchenlicht, eine feuchte Haarlocke fiel ihm über die Stirn wie eine Ranke. Er schüttelte leicht den Kopf, selbst nicht überzeugt von seinen Argumenten. »Wir haben ein paar schlimme Monate hinter uns, das Hochwasser, diese verdammte Hitze. Der Krieg, der allen aufs Gemüt drückt. In der Fabrik wird allgemein gemurrt, einige fangen an, Sutherland anzugreifen. Es ist eine schlimme Zeit. Alle müssen irgendwie mal Dampf ablassen. Sie können einen Tag zum Ausspannen auf dem Wasser gebrauchen. Ich möchte ihnen nicht den Spaß verderben.« Er ließ die Schultern hängen, drehte eine leere Tasse in der Hand und starrte sie an, als fände er sie auf einmal hochinteressant.

Darauf seine Frau bitter: »Also das Boot ist gut genug für die anderen, aber für dich nicht? Du würdest nicht mitfahren, aber sie läßt du gehen?«

»Es steht mir nicht zu, sie fahren zu lassen oder ...«

»Arthur, sie würden auf alles hören, was du sagst. Du leitest diese Stadt praktisch, und das wissen sie, und es gefällt ihnen, weil ihnen gefällt, was du sagst, und weil du meistens recht hast. Wenn du ihnen sagst, daß du das Boot nicht für sicher hältst, dann werden sie ...«

»Es ist nur eine Vermutung.«

»Aber du warst mal Fischer, Arthur. Du kennst dich mit Booten aus.«

McAlister leise: »Sie brauchen es. Zum Teufel, sie fahren auf jeden Fall, egal, was ich sage. Ich höre schon förmlich, wie Gordon mich einen Spielverderber nennt. Also was soll's? Oder sie fahren und denken die ganze Zeit: ›Ich hätte nicht mitfahren sollen, ich hätte auf Arthur McAlister hören sollen.‹ Ich würde ihnen alles verderben ...«

»Arthur, wenn du irgend etwas weißt ...«

»Ich weiß gar nichts«, schnauzte er und drehte die Tasse schneller. Dann leiser, entschuldigend: »Nicht sicher. Wie gesagt, es ist nur ein Gefühl. Mehr nicht. Ich könnte es ihnen nicht begreiflich machen. Sie würden mich bloß auslachen.«

Er faßte seine Frau ins Auge, und ohne seinen Sohn anzuschauen, nur an sie gewandt – als ob Walter gar nicht mit im Zimmer oder im Haus wäre, fast als ob sie gar keinen Sohn hätten, als wäre er nur rein theoretisch vorhanden –, sagte er: »Er kommt schon drüber weg. Ich fahr mit ihm nächstes Wochenende zum Moosehead Lake. Außerdem gibt's heutzutage wichtigere Dinge, über die man sich Sorgen machen muß.«

Im plötzlichen Ernst ihres Mannes, seinem veränderten Tonfall, lag etwas, das schwerer wog als ein Boot, etwas wirklich Schlimmes. Die Bank? Die Fabrik in Zahlungsschwierigkeiten? Jetzt wo der Krieg näherrückte, weniger Papier gekauft, zuviel produziert wurde, zuviel sich in den Lagerhäusern weiter oben am Fluß stapelte. Ganze Schichten wurden gestrichen. Es war schon die Rede von einer Viertagewoche, damit man niemanden entlassen mußte. Oder war es ihre Hypothek? Damit war bestimmt alles in Ordnung. Schließlich war sie mit einem Bankier verheiratet. Vielleicht ein entfernter Verwandter ...

»Welche denn?« fragte sie mit nervöser Höflichkeit.

»Minsk ist gestern an Hitler gefallen.«

Sie zeigte keine Reaktion, doch ihr Sohn blickte auf.

»Minsk ist gefallen«, wiederholte McAlister. »Die Russen können die Stellung nicht halten. Ich habe heute Bill White in Washington angerufen. Er sagt, im Kongreß wird bereits debattiert. Jeden Tag kriegt er mehr und mehr Telegramme von seinen Wählern. Es ist nur eine Frage der Zeit – früher oder später hängen wir mit drin.«

Immer noch vermied es McAlister, den Kopf auch nur einen Millimeter nach links zu drehen und seinen Sohn anzusehen. Nicht so seine Frau. Sie schaute den sechzehnjährigen Walter direkt über den Tisch hinweg mit einer Angst in den Augen an, von der der Junge nicht gewußt hatte, daß sie, oder überhaupt jemand, sie besaß; mit jener Angst, von der man nicht wissen kann, daß es sie gibt, bis sie sich auf einmal wie eine Wand hinter einem aufbaut und man begreift, daß alles jenseits davon das eine Leben war und alles diesseits, alles, was vor einem liegt, ein anderes sein wird.

Sie schaut ihren Mann mit derselben Angst an. »Ein Krieg wie der«, sagte sie. »Wenn wir da reingeraten. Kann er länger als zwei Jahre dauern?«

McAlister nickte. »Zwangsläufig. Er breitet sich überallhin aus. Er ist schon hier. Es heißt, deutsche U-Boote würden den ganzen Atlantik unsicher machen.«

Ihre Augen glänzten. Ein merkwürdiger Ausdruck – war es ein Lächeln? – der Vergebung zog über ihr Gesicht. »Ist das der Grund, wieso du nicht mit dem Boot fahren willst?«

McAlister langte nach seiner Gabel und klopfte einen Rhythmus, ein Signal, einen Morsecode.

SOS? Walters Augen wurden glasig, seine Handflächen feucht. Seine Eltern verschwanden. Und mit ihnen die Schule und die Fabrik und ganz Rehoboth. In ihm war eine Hoffnung wach geworden, wie sie ernster nicht sein konnte, das Hoffen auf etwas, das praktisch einem Eingreifen Gottes gleichkam: daß er nicht drei Monate unter siebzehn sein möge, sondern achtzehn, und nicht gerade erst achtzehn, sondern schon eine Zeitlang achtzehn. Er würde morgen die Congress Street hinunter zur Rekrutierungsstelle gehen, denn dann würde er nicht ein Jahr und drei Monate und sechs Tage mit jungenhafter Ungeduld auf diesen Krieg gewartet haben wie auf ein Jagdmesser aus dem Versandhaus, sondern hätte ihn, ohne zu warten, augenblicklich beim Schopf gepackt, ganz wie es, stellte er sich vor, ein Mann tun würde.

Später am Abend zogen Schwaden unsichtbaren Fabrikgestanks zwischen den Häusern dahin. Die oberen Fenster in den Häusern der Familien McAlister und Beauchamp waren besetzt. Oberkörper über ausgebreiteten Laken nach draußen gebeugt wie dekorative Wasserspeier ohne Unterteil am Proszenium der Stadt. Leicht hallende Stimmen, die die Nacht über dem Rasen mit fernen Geräuschen, Husten, Reden füllten, als wäre die sternengesprenkelte Himmelskuppel die gewölbte Decke einer riesigen Höhle, in der sie alle lebten.

»Fährst du mit Anne Stisulis?« fragte Walter.

Ivan und Mavis lachten. »Seid still«, sagte Gordy. »Ja, ich fahr mit ihr.«

»Warum kommst du nicht mit, Walter?« fragte Ivan.

»Ich hab was anderes vor.«

»Dein Vater läßt dich nicht«, sagte Ivan.

Mavis kicherte.

»Es gibt verschiedene Gründe.«

»Schade, daß es nicht geht.«

»Ja ja.«

»Hörst du dir das DiMaggio-Spiel an?« fragte Gordy.

»Klar.«

»Erzählst du uns alles?«

»Wenn ihr wiederkommt? Klar.«

»Wie weit er geschlagen hat?«

»Klar. Sagt Bescheid, wenn ihr wieder da seid«, sagte Walter. »Dann erzähl ich euch alles.«

»Da wird's schon Nacht sein«, sagte Gordy.

»Okay.«

»Vielleicht nach Mitternacht.«

»Okay. Wirf einen Stein an mein Fenster oder irgendwas. Sag Bescheid. Ja, Gordy?«

»Klar.«

»Der Krieg kommt«, sagte Walter. »Im Ernst.«

Ein Auto fuhr vorbei. Scheinwerfer strichen über die Wand des Beauchamp-Hauses und ließen drei Augenpaare rot aufleuchten. Das Auto fuhr vorbei, und sie hörten im nahen Wald die Grillen zirpen.

»Woher weißt du das?« fragte Gordy.

»Mein Vater hat seinen Freund angerufen.«

»Ach. Wer ist denn sein Freund?«

»Der Kongreßabgeordnete White.«

Mavis kicherte. Auf der Straße waren langsame Schritte zu hören, die im Herankommen lauter wurden, an ihren Häusern vorbeizogen und verhallten. Ein Stück weiter knarrte ein aufgehendes Tor und schlug dann zu. In der Stille ihrer Höhle lauschten sie den Grillen, dann fuhr ein weiteres Auto unter ihnen vorbei, hügelabwärts. Dann verklang auch das.

»Gehst du hin?« fragte Gordy.

»In anderthalb Jahren, denk ich«, sagte Walter. »An meinem Geburtstag.«

»Ja, ich auch.«

»Ich auch«, sagte eine leisere Stimme im Dunkel, versonnen, fast engelhaft.

»Sei still, Ivan«, sagte Gordy. »Du bist zehn Jahre alt. Du gehst nirgendwo hin.«

»Geh ich doch.«

Das Geräusch von knarrenden Stufen drang in den Garten, die langsamen Schritte von – wessen Mutter? Im

Haus der Beauchamps gingen eins nach dem andern die Lichter im ersten Stock an.

»Sagt Bescheid, wie's war«, sagte Walter eilig.

»Klar doch, wir sagen Bescheid«, entgegnete Gordy.

»Viel Spaß«, sagte Walter.

»Danke.«

»Mit Anne.«

»Danke«, sagte Gordy. »Tut mir leid, daß du nicht mitkommen kannst.«

»Mir auch. Viel Spaß«, sagte Walter noch einmal. »Und meldet euch.«

»Machen wir. Wir melden uns.«

Es blieb keine Zeit mehr, sich gute Nacht zu sagen. Die Fenster schlossen in rascher Folge wie Pistolenschüsse, und die Jungen und Mavis kehrten in die Hitze ihrer Betten und die Welt ihrer stillen Zimmer zurück.

RAVEN

Ein falscher Schritt, und man fiel, wie es schien, nicht zwei Meter tief ins ölige Wasser, sondern wurde vom wattigen Küstennebel verschluckt. Die *Raven* verschwand nicht wie sonst allmählich am Horizont. Noch keine drei Meter von der Landungsbrücke entfernt, war sie schon unsichtbar, während das Gackern und Frotzeln und aufgeregte Johlen der Passagiere weiter von einer Baumgruppe zur andern um die Bucht herum schallte.

Earl Varney parkte seinen Laster vor der vordersten Limousine aus Rehoboth. Er lief die Wagenreihe entlang und probierte die Fahrertüren durch. Alle waren abgeschlossen. Er spähte nach den Zündschlössern. Niemand hatte den Schlüssel steckenlassen. »Miese kleine Scheißer«, grummelte er und tastete sich zum Fischhaus vor. Er hätte sie fast umgerannt. Dem Gelächter und dem Plätschern der *Raven* zugewandt, stand Beatrice mit verschränkten Armen auf der Landungsbrücke. Leere Treibstoffkanister lagen verstreut um sie herum. Sie trug eine Sonnenbrille und hatte das dünne rote Ginghamkleid an, das er an ihr mochte. Aber es war kein Kleid für eine Bootspartie, ganz und gar nicht. Für so etwas hatte sie noch nie einen Sinn gehabt.

Sie hatte ihn nicht kommen hören. Nicht daß Varney sich auf Zehenspitzen angeschlichen oder sonstwie versucht hätte, seine Schritte zu dämpfen; der Kies war lose, und die Landungsbrücke knarrte. Aber sie stand mit dem Gesicht zum Meer und war so mit dem beschäftigt, was sie schon nicht mehr sehen und auch kaum noch hören konnte, daß sie, als Varney ihr seine Hand in den Nacken legte, den Schrei aus ihrer Kehle kommen fühlte, bevor sie die feuchtkalte Hand erkannte, die sie streichelte wie nasses Sandpapier. Sie hätte sich nicht umdrehen müssen, um zu wissen, daß es Varney war, tat es aber trotzdem und blitzte ihn böse an, um dann wieder die Arme zu verschränken und sich dem Wasser zuzuwenden. Ihr Schrei hallte im Nebel nach wie im Mittelschiff eines Doms. Eine zweite Stimme, Floyds, die ihren Namen rief – »Beatrice!« –, tönte über das Wasser und verband sich mit dem Echo, überlagerte es.

»Alles in Ordnung!« rief sie, aber es kam keine Antwort. Es kam gar nichts. Das Motorgeräusch der *Raven* verklang rasch. Das Kielwasser breitete sich aus und klatschte gegen die Pfähle des Fischhauses, bevor die Wasseroberfläche wieder glatt und dunkel wurde.

»Weg«, sagte Beatrice.

»Was soll das heißen: *weg?*« fragte Varney.

»W-e-g.«

»Verdammt noch mal, warum buchstabiert mir jeder was vor«, schimpfte Varney.

»Weil du nicht sehr helle bist, Earl.«

»Helle genug.« Varney schob ihr von unten die Hand unters Kleid. »Guck mal, wer draußen auf dem Wasser ist und wer hier sicher und trocken mit einer schönen Frau am Kai steht. Wie ich sehe, hast du das Kleid, das ich so mag, für mich angezogen.«

»Die schöne Frau gehört dir nicht«, sagte sie. »Und ich hab's auch nicht für dich angezogen.«

»Hättest es gar nicht anziehen sollen. Hat Floyd wirklich erwartet, daß du in dem Fummel mitfährst?«

»Er hat nichts dazu gesagt«, meinte sie. »Nimm deine Hand da weg.«

»Reg dich ab. Werd mir jetzt nicht zickig, Beatrice. Ich warne dich, nicht jetzt. Immer schön mit der Ruhe. Also, was hast du Floyd erzählt?«

»Das geht dich nichts an.«

Varneys Griff an ihrem Nacken wurde fester. »Laß mich«, sagte sie.

Er drückte zu. Sie ging in die Knie. »Was?« fragte er. »Ich hab ihm gesagt, ich hab meine Tage.«

Varney ließ sie los. »Hat er dir das geglaubt?«

»Hättest du es getan?« fragte sie zurück.

Varney klappte den Mund auf und ließ eine Lachsalve los, dann klappte er ihn zu, und das Lachen hörte auf, und er sah aus, als hätte er nie gelacht, nie im Leben. »Nicht dir in diesem Kleid.«

»Siehst du, das ist der Unterschied zwischen ihm und dir«, sagte Beatrice. »Er hat's mir geglaubt.«

»Schlappschwanz.«

»Ich will, daß du's anders machst als geplant, Earl. Ich will, daß du Floyd mit rausholst.«

»Jetzt werd mir ja nicht schwach«, sagte Varney.

»Wir würden das Geld trotzdem kriegen.«

»Ja, aber durch drei geteilt«, sagte Varney. »Du machst schlapp, was?«

»Für uns würden immer noch zwei Drittel übrigbleiben«, sagte Beatrice. »Und ich bin auch noch da. Du kriegst mich dazu.« Beatrice preßte ihre Rückseite an Varneys Vorderseite.

Varney drückte ihren Nacken, und sie ging abermals in die Knie.

»Earl!«

Er legte seine Lippen an ihr Ohr: »Du hast gesagt, die schöne Frau wär nicht Teil der Abmachung.«

»Ich geb dir mein Drittel«, sagte Beatrice. »Ich versprech's.«

»Sie verspricht's!« Er lachte. »Das ist gut, Beatrice. Das gefällt mir.«

»Ich verlasse Floyd sowieso. Hol ihn raus, das ist alles, was ich von dir will. Der Arme.«

»Du machst schlapp«, sagte Varney. »Na, egal, es ist eh zu spät.«

»Wieso zu spät? Wenn du draußen bist, laß ihn einfach nicht im Wasser zurück. Hol ihn einfach zusammen mit den andern raus.«

»Es ist zu spät«, sagte Varney, »weil ich beschlossen hab, daß ich gar keinen raushole.«

»Guter Witz, Earl. Aber jetzt Schluß mit den Spielchen. Das ist nicht die Zeit, um Witze zu machen.«

»Wer macht hier Witze? Ich hab nur gesagt, daß ich niemand raushole. Wir lassen es einfach laufen, wie bei einem richtigen Unfall.«

Beatrice wand sich los, drehte sich um und trat einen Schritt zurück, um Varney anzuschauen. Ihr Mund stand offen. Sie hielt sich die Wangen. »Du willst sie alle da draußen ertrinken lassen? Du willst ...?«

»Einige von ihnen werden's wahrscheinlich schaffen«, sagte Varney. »Zumindest die, die schwimmen können.«

»Aber Floyd wird an dem Faß hängen. Er wird wissen, daß du ihn verladen hast, und er wird dich verpfeifen.«

»*Mich* verpfeifen? Also bin ich jetzt doch allein bei der Geschichte«, sagte Varney. »Na, egal, ich hab sowieso ein bißchen geflunkert. Ich werd schon rausfahren, aber nicht um jemand aufzulesen. Ich muß dafür sorgen, daß Floyds hübsches kleines Thunfischfaß ihn nicht zu lange über Wasser hält ...«

Beatrice schnappte nach Luft, wich noch einen Schritt zurück und sah Varney an, als wäre er Satan persönlich. »Earl! Das kannst du nicht machen! Das ist Mord! Richtiger Mord.«

»Beatrice, du bist 'ne komische Nudel. Jetzt auf einmal fällt dir das ein. Gestern warst du noch bereit, ihn dort im Wasser quieken zu lassen wie ein angestochenes Schwein.«

»Massenmord«, keuchte Beatrice. Sie blickte über Varneys Schulter, meinte schon jetzt das Ganze im Nebel vor sich zu sehen. Sie wich noch einen Schritt zurück.

»Sei vorsichtig, Beatrice, du fällst gleich ins Wasser.«

»Das kannst du nicht machen«, flüsterte sie heiser. »So war das nicht geplant.«

»Der Nebel hat mich drauf gebracht«, sagte Varney. »Kapier doch, Beatrice, jetzt sieht's wirklich so aus, als hätten wir nichts damit zu tun. Wir wußten nicht, daß Floyd sich zu sehr betrinken würde, um das Boot zu steuern. Verstehst du? Jetzt wird kein Mensch was sehen. Es wird ablaufen wie ein ganz normaler Unfall.«

»Du hast mich angelogen. Das war nicht der Plan.«

»Was willst du machen, es rumerzählen? Na, mach schon, Beatrice. Geh los und sag ihnen, daß ich Floyd absaufen lassen will. Aber laß den Teil mit dir und mir nicht aus, und daß du Floyd loswerden wolltest.«

Beatrice machte den Mund auf, um zu schreien, aber heraus kam nur ein leises Winseln.

»Meine Güte, Beatrice, werd mir jetzt bloß nicht theatralisch.«

Varney setzte Beatrice bei ihr zu Hause ab und fuhr

dann zu Cundy's Harbor hinunter. Er hatte sein Boot neulich aus der Mackerel Cove hierher verlegt, damit er jederzeit ungesehen kommen und gehen konnte. Jetzt tuckerte er aus dem Hafen. Er beugte sich vor, die Flasche am Hals, während seine freie Hand am Steuer hin und her ruckte und auf den Fahrhebel trommelte. Das algige Wasser glitt zwischen ihm und den Untiefen und Riffen dahin. Worte begannen sich zu formen, aber er setzte die Flasche an, bevor sie hinauskonnten. Seine Zeit an diesem Ort war abgelaufen, das wußte er. Dann hatte er das Geld und war damit über alle Berge, mit oder ohne Beatrice, es war ihm egal. Witzig, daß der Ort, den er sich seit langem für eine Hütte ausgesucht hatte, in der Nähe von Rehoboth lag, flußaufwärts von der Fabrik. Er fand es irgendwie richtig, daß es Leute aus Rehoboth sein sollten, die ihm den Weg bahnten.

Varney lachte; sein Mund ging auf, und heraus kam etwas, das klang wie abgehackte Maschinengewehrstöße. Er wandte den Kopf und lachte das Wasser an, dann schleuderte er die Flasche direkt vom Mund ins Meer; mit einem kurzen Glitzern war sie lang vor dem Aufplatschen verschwunden. Auf einmal schob sich etwas anderes vor seine Augen, und er schloß den Mund und gab mehr Gas und legte beide Hände ans Steuer. Er sah seinen Vater, wie er vornübergebeugt unter der Last eines Fasses voll Mehl den Berg hinaufstolperte, einen Schwarm Fischer hinter sich, die lachten und sich über die Wellblechbarakken und armseligen Holzhütten im Wald zu beiden Seiten des Wegs lustig machten. Der Ladenbesitzer Alexander ging voran, trat auf den kleinen Earl zu und zauste ihm die Haare. Es war eine Wette. Der Ladenbesitzer hatte mit dem Vater des Jungen gewettet, daß er das Faß Mehl nicht die zehn Meilen vom Laden zum Berg tragen könne, ohne langsamer zu werden oder stehenzubleiben. Die Wette ging um eben jenes Faß Mehl, das auf dem frischen Graspolster quer über dem Rücken seines Vaters lag. Begleitet von den lachenden Fischern und dem zwinkernden Ladenbesitzer und einer Menschenmenge dahinter, Hummerfänger aus den Buchten und Bergmädchen in ihren schmuddeligen Kleidern und ihre Mütter und deren gelbe Promenadenmischungen, stolperte Earls Vater vorwärts. Das Ganze war zu einer Art Zirkuskarawane geworden, als er schließlich am Ziel ankam, das Faß fallenließ und dagegen sackte. »Ha!« rief Alexander. »Varney, du alter Depp, du hast doch nicht im Ernst geglaubt, daß ich dir das Mehl lassen würde, oder? Du alter Muli, du Bergkanaille!«

Die umstehenden Fischer grölten, dann wälzten sie das Faß Mehl auf einen Wagen und fuhren es den Berg hinunter zur Straße und von dort zum Laden. Earl hob seinen Vater auf und brachte ihn ins Bett, und einen Monat später ging er mit Pickel und Schaufel ein kleines Stück den Berg hinunter und begrub ihn dort.

Varney gab volle Fahrt voraus. Der Bug stand hoch überm Wasser. Das Boot hüpfte und schnellte vorwärts, und er drehte nach rechts, dann nach links, um lauernden Felsspitzen auszuweichen. Er hob die Brechstange vom Deck auf und stellte sie vor sich, wo er sie leicht erreichen konnte. Rechterhand zog die Dyer's Cove vorbei. Er kurvte durch die Untiefen und hielt auf Jaquish Island zu, das der Spitze von Bailey Island vorgelagerte Stück Felsen. Dort wollte er zum Round Rock abbiegen. Er wünschte, es gäbe Wind und Wellen, aber das war der Nachteil, mit dem Nebel handelte man sich eine schlechte See ein. Das Wasser war ölig und flach. Wenn welche von ihnen nur für fünf Pfennig schwimmen konnten, würden sie es schaffen, falls es ihnen gelang, sich zu orientieren. Aber für Fehlentscheidungen war das Wasser zu kalt. Wer sich in der Richtung irrte, für den war es gelaufen.

Als er die Wellen an Jaquish Island hörte, schwenkte er scharf nach Steuerbord. Aber hinter ihm leuchtete plötzlich ein merkwürdiges Licht auf. Sein Kopf fuhr ruckartig herum und verdrehte sich, um es wie von einem Seil geführt zu verfolgen, bis es plötzlich verschwand. Er wartete, daß es wiederkam. Da gibt's doch gar kein Licht, dachte er, da gibt's keinen Leuchtturm. Er wandte sich wieder dem offenen Wasser zu. Doch da blitzte das Licht erneut von der Landspitze her auf, und Earl nahm das Gas weg und drehte sich, die Brechstange in beiden Händen, voll in die Richtung, aus der es kam, wobei er sich mit seinen seegewohnten Beinen wiegend im Gleichgewicht hielt. Der Nebel flackerte rings um ihn her, wie Blitze zuckte es dicht übers Wasser, oder wie stummes Kanonenfeuer. Oder einfach bloß wie Feuer, dachte er. Aber das Blinken brach ab, wie Blitze es tun, und fing wieder an, exakt, rhythmisch. Varney konnte es nicht entziffern, aber er wußte, was es war. Ein Code. Es mußte ein Code sein.

Das gibt's doch nicht, dachte er, ja Himmelarschundzwirn, das gibt's doch nicht.

Er stellte den Motor ab. Er hörte nichts, nur das Wasser, das sanft gegen sein Boot klatschte. Wieder leuchtete der Nebel um ihn herum auf. Er hielt den Atem an, um sein Herz zu beruhigen, das ihm bis in die Ohren schlug, und hielt angestrengt im Wasser nach Zeichen Ausschau, einem Ölfilm, einer Schaumspur, einem gottverdammten Periskop. Er fühlte die riesigen Wale unter sich kreuz und quer durch die Schluchten ziehen, Wale mit motorisierten Flossen und einer Unterwasserkanone. Er ließ eine Lachsalve los, weniger aus Freude als aus dem Rauschgefühl heraus, das durch eine Überraschung entsteht, wie sie aberwitziger nicht sein könnte, ein Geschenk des Schicksals, von dem selbst er nicht einmal zu träumen gewagt hätte. Er ließ den Motor wieder an, zog den Fahrhebel und raste auf den Round Rock zu. »Semicek«, rief er in den Wind, »vielen Dank, du mieser alter Nazispitzel.«

Als er sich dem Round Rock näherte, ließ er das Boot nur noch langsam tuckern. Mit hoch erhobener Brechstange suchte er das Wasser nach dem Faß oder nach sonst etwas ab. Holzsplittern. Einer Hand. Aber da war nur der Meeresschaum, das gedämpfte tödliche Gurgeln der Riffe selbst. Er fuhr in regelmäßigen Abständen weite Bögen in die Teeth hinein und um sie herum – nichts. Oder war schon nichts mehr übrig? Abermals stellte er den Motor aus und ließ sich treiben, lauschte, wie das Wasser strudelnd über das Riff stürzte.

Verdammt noch mal, verdammt.

Er schmiß den Motor an.

Wo – wo sind sie? Verdammt noch mal, Floyd.

Das Boot zitterte und legte sich auf die Seite, daß der Mast sich gefährlich senkte und das Wasser ein Gefälle bekam wie ein rasch bergab brausender Fluß. Er donnerte nach Pond Island, dann um die Insel herum, und herum, und wieder herum.

MAVIS

Gegenüber der Küche der McAlisters, auf der andern Seite des Rasens, wachte Mavis Beauchamp schweißnaß in ihrem Bett auf, das Nachthemd fest um sich gewickelt. Das Zimmer war stickig und brütend heiß, im Fenster dämmerte blaßlila der Abend, oder war es schon Morgen? Die Fabrikpfeife hatte sie geweckt. Sie wußte nicht, wie spät es war, oder wie sie dort hingekommen war, wo sie war; nur daß sie eben noch am Abendbrottisch gewartet hatte, während ihre Mutter zwischen Stuhl und Herd auf und ab gewandert war und zwischen Uhr und Herd hin und her geblickt hatte. Schließlich hatte sie sich endgültig hingesetzt und nur noch die Uhr angeblickt. Drei Gedecke waren noch völlig unberührt, eins am Kopfende des Tischs, eins neben Mavis, eins ihr gegenüber. Sie hatte Hunger. Die Uhr ging zu langsam. Sie roch das hinausgeschobene Sonntagsessen, aber sah nichts davon, dabei war es schon sieben oder acht, wenn es auch draußen noch nicht annähernd dunkel war. Sie legte den Kopf auf die Arme, in ihren Teller. Ihre Arme waren feucht. Dann wachte sie auf. Das Bett war feucht. Sie hörte eine andere Art von Stille und stand auf.

Benommen trat sie in den Flur und ging zur Treppe, an Ivans offener Tür vorbei – die Augen jetzt nicht bloß nach vorn, sondern starr geradeaus gerichtet – auf Gordys zu. Sie konnte nicht anders, sie mußte ihren feierlichen Vorsatz brechen, nicht mehr Papis vorwitziger Liebling zu sein und ihre lange Nase und frechen Finger und ihre Kleinmädchenneugier zu bezähmen. Fast schon an Gordys Tür vorbei, spähte sie hinein und stürzte sofort zur Treppe, dann blieb sie auf dem Treppenabsatz stehen und kehrte um. Gordys Vorhänge waren aufgezogen, das Bett gemacht, die Decke straff gespannt, als ob er und Ivan geübt hätten. Ihren Pfadfinderdrill.

Sie ging zurück und lugte in Ivans Zimmer. Auch in seinem Bett hatte niemand geschlafen. Die Stille im Haus war total. Alles wartete, selbst die Wände. Es war eine derart vollkommene Stille, daß sie förmlich vor Erwartung summte.

Auf der Treppe wurde es heller. Sie wußte jetzt, daß es Morgen war, Montag, und gestern war Sonntag gewesen, und sie waren weggefahren, wie ihr Papi es geplant hatte. Nachdem alle ewig herumtelefoniert hatten und Sachen hatten ausrichten lassen. Ob sie mitfahren könnten? Ob noch Platz für eine Person wäre?

Aber sie hatte nicht mitgedurft. Dafür hatte Gordy gesorgt. Es mußte Spaß gemacht haben. Es mußte toll gewesen sein. Sie wußte, daß die Jungs ihr nicht das Geringste erzählen würden. Papi würde nichts anderes übrigbleiben, aber er würde sie warten lassen. Er würde sie bis zu einem der Spaziergänge warten lassen, die sie abends immer zusammen machten, wenn es kühler war und sie richtig den Duft der Blumen riechen konnten und nicht bloß die Fabrik. Wenn sie den Mount Zircon hinaufgingen und stehenblieben, um auf das schleichende Gekrabbel im Gras ringsherum zu lauschen und auf die Schritte der Ungeheuer im Wald. Und er würde sie auf seine Schultern setzen, von wo aus Rehoboth ihr immer wie eine große Stadt vorkam. Er würde sie festhalten, und er würde ihr alles erzählen. Über das Wasser. Und über das Boot und auch über alle Meeresungeheuer, die er gesehen hatte.

Aber das mußte warten bis heute abend. Sie mußten alle schon wieder weg sein, dachte sie, Ivan und Gordy im benachbarten Peru, wo sie sich zusammen mit Walter eine Pfadfinderhütte bauten, und Papi an der Orgel in der Kirche. Mavis wußte nicht, daß es dafür noch viel zu früh war.

Auf dem Treppenabsatz bückte sie sich und sah, daß ihre Ecke des Abendbrottischs noch gedeckt war, das Besteck schief, so wie es ihr eigener Ellbogen am Abend zuvor verschoben hatte. Der schwache Geruch von kalt gewordenem Fleisch hing in der Luft. Noch eine Treppenstufe, noch ein unberührtes Gedeck, Papis; noch eine, Ivans; noch eine, Gordys. Die letzte. Als sie an der untersten Stufe ankam, erstarrte ihr rechter Fuß über dem Erdboden in der Luft.

Nichts war geschehen. Sie wußte, daß sie zurückgehen konnte, wo sie hergekommen war. Statt dessen ging sie vorwärts.

Der feste Haarknoten ihrer Mutter war aufgegangen, spinnenartige Strähnen, von der unteren Hälfte ihres Gesichts tropften Schweißperlen in einen leeren Teller. In beiden Händen ihrer Mutter irgend etwas aus Papier, mit dunklen Stellen dort, wo die Finger zupreßten. Mavis spähte angestrengt: das Familienfoto vom vorigen Weihnachtsfest und die Muttertagskarten der Jungen.

»Was machst du?« flüsterte Mavis.

»Ich warte auf deinen Vater«, antwortete ihre Mutter, ohne sich umzudrehen.

»Wo ist er?«

Das Telefon klingelte. Beide hoben den Kopf, aber keine

ging dran. Zwischen den Klingeltönen tickte die Uhr. Völlige Stille zwischen Ticken und Klingeln. Niemand atmete in diesem Haus. Mavis blickte erwartungsvoll auf die Uhr. Das Telefon hörte auf zu klingeln, und die Uhr tickte, dann fing das Telefon wieder an, und die Uhr hörte auf. Keine von beiden ging dran. Schließlich schaute Mavis genau hin: es war sechs Uhr. Das Telefon hörte auf, und die Uhr tickte, und das Telefon fing zum drittenmal an. Mavis schaute ihre Mutter an, dann blickte sie nach unten auf ihre Füße. Das Telefon hörte auf, die Uhr tickte.

WALTER

Walter saß am Küchentisch beim Frühstück und aß eine Schale Haferbrei. Er dachte daran, Gordy anzurufen, mal schauen, was zum Teufel sie heute machen wollten. Gordy war ihn letzte Nacht nicht wecken gekommen. Zuerst wollte er etwas über den Ausflug hören, dann könnten sie vielleicht zur Hütte fahren, um den Rest zu erledigen, der noch zu tun war. Sie hatten sie fast fertig. Zum Beispiel hatten sie beschlossen, noch mehr Brennholz auf Vorrat zu machen, obwohl es gerade erst Sommer war. Das mußten sie sägen, hacken und stapeln. Und dann die Meldung: DiMaggio war gestern abend wieder am Schlag gewesen. Zweiundvierzig Spiele. Es war unglaublich.

Das Telefon klingelte, als er gerade den Löffel zum Mund führte. Seine Mutter nahm ab. Er wußte nicht, wer dran war, merkte aber – an der Art, wie seine Mutter auf den Anruf reagierte –, daß irgend etwas passiert war. Sie winkte Walter an den Apparat. Es war sein Vater. Er sagte, Walter solle sich keine Sorgen machen, es seien Suchflugzeuge unterwegs, und eines davon habe etwas auf einer Insel gesichtet. Walters Hand erstarrte in der Luft, der Brei fiel vom Löffel in die Schale und spritzte auf den Tisch. Walter fragte, was für ein Flugzeugtyp es war. Arthur McAlister wußte, daß sein Sohn ein Flugzeugnarr war, er wußte, daß sein Sohn am liebsten zur Luftwaffe gegangen wäre, daß er alles getan hätte, um für sein Land zu fliegen. Aber er war Brillenträger, deshalb würde das nie möglich sein. Darum fragte Walter seinen Vater, was für ein Flugzeugtyp es war, denn er kannte sie alle, und Mr. McAlister schrie in die Muschel: Ist doch ganz egal, was für ein Flugzeugtyp es ist! und legte auf.

Aber Walter hatte wissen wollen: Ist es ein Hydro Cub oder ein Taylor Cub, einer von den Kurzstreckenfliegern, oder ist es ein Stimson Reliant, der längere Strecken schafft und weiter aufs Meer hinausfliegen kann? Doch sein Vater machte sich nichts aus Flugzeugen, deshalb hatte er aufgelegt.

Walter spürte, wie seine Mutter ihn wartend anschaute, und er nickte und murmelte hm-hm, hm-hm, als ob sein Vater immer noch am Apparat wäre. Und dann sagte Walter mit seiner wichtigsten Stimme ins Telefon, er möge sie bitte auf dem laufenden halten, und legte den Hörer auf und erzählte seiner Mutter in der wichtigen Art seines Vaters etwas, das sein Vater gesagt haben könnte. Aber alles, was Walter wissen wollte, war: Wie weit sind sie hinausgefahren? Wie weit genau sind Gordy und Ivan gekommen?

EZRA

Eine undeutliche Gestalt im gelben Südwester auf einem Boot, eine Silhouette im Nebel. Ein Skiff, das an einen Kutter des Seeamtes heranfährt. In dem Moment durchstößt ein Rettungsboot den Nebel, und es ist eine sonderbare Szene, wie die beiden Männer darin aufstehen, auf den sanften Wellen balancieren und dem Kutterkapitän mit gedämpfter Stimme darüber Meldung machen, was Clayt Johnson im Wasser oberhalb des Round Rock gefunden hat. Die andern hören sich die erste Bestätigung dafür an, daß das Ausflugsboot *Raven* gesunken ist und nicht länger als vermißt bezeichnet werden kann, weil die Vermißten tot sind. Und das ändert alles. Das Skiff stößt ab, das Rettungsboot auch, kein Macht's gut oder Viel Glück, und die vier Männer fahren in den Nebel zurück. Der Kapitän des Kutters greift wie vereinbart zu seinem Funksprechgerät. Einen Augenblick später fängt die Sirene zu heulen an, die erst an dem Morgen wegen der Deutschen auf dem Haus von Helen Murray installiert worden ist.

Ein vielstimmiges Johlen schallt übers Wasser. Ohne großes Aufheben legen die Unbeteiligten in der wimmelnden Mackerel Cove ihre Reusen und Fischhaken hin und blicken skeptisch auf ein Wasser, das sie nicht sehen können. Eine Übung, denken sie, wo die Sirene doch erst ein paar Stunden alt ist. Sie nehmen ihre Tätigkeit wieder auf,

117

füllen die Salzwannen, waschen sich, trinken ihren Kaffee.

Eine Meile vor der Küste langte Clayt Johnson mit einem Fischhaken über den Rand der *Hattie B.*

»Ezra.«

Der Junge stand am Steuer, wo sein Vater ihn hinbeordert hatte. Die Stimme seines Vaters klang, als wollte er ihm sagen, wie spät es war. Es war sechs Uhr, Montag morgen.

»Papa«, sagte Ezra.

»Komm her, Junge.«

»Das Steuer, Papa.«

»Laß das Steuer. Wir wollen nirgends hin. Komm her.«

Sein Vater hing über der Seite, als wäre er krank. Ezra trat einen Schritt zurück, beäugte das Steuer, das ein klein wenig nach links und rechts spielte, befahl ihm stillzustehen. Schließlich trat Ezra zu seinem Vater und stellte sich hinter ihn.

»Du mußt das jetzt lernen, Junge«, sagte Clayt.

»Ja, Papa.« Ezra lugte immer noch ärgerlich hinter sich und befahl dem Steuer, sich nicht zu drehen und alles zu verderben.

»Komm runter zu mir und nimm das«, sagte Clayt.

»Ja, Papa.« Ezra kniete sich neben seinen Vater, den Blick immer noch halb nach hinten gewandt, und faßte nichtsahnend nach dem abgewetzten Griff des Fischhakens. Sein Vater richtete sich auf und ging zum Steuer. Allein auf den Knien, froh, daß das Steuer wieder bemannt war, warf Ezra einen Blick auf den Fang. Sein Mund klappte auf. Die beiden grauen metallischen Augen starrten aus dem Wasser zu ihm hoch. Ein bleicher Nacken, Haarsträhnen, die sich aus dem Knoten lösten und auf der Oberfläche ringelten. Er beugte sich näher und sah jetzt die leblos herabhängenden Arme und Beine, Hände blaßblau, aufgedunsen, ein bestrumpfter Fuß ohne Schuh, eine schrumpelnde Wange. Das Kleid hoch über die schmalen Hüften des Mädchens gestreift, das fremde weibliche V, rosige Schenkel, ein zerschlissenes Korsett.

Er erinnerte sich daran, daß er das schon einmal gesehen hatte – nicht genau das vielleicht, ein Mädchen, ein Mädchen und seine Geheimnisse –, aber daß er mit dem Tod Bekanntschaft gemacht hatte. Es war schon lange her – Wochen, ein Leben –, daß sie Mr. Lehmans Leiche von Pond Island geholt hatten. Und zuerst hatten sie sie aufgeschnitten. Was in ihr drin war, hatte ihn nicht erschüttert. Er hatte geholfen, die Steine festzumachen. Er hatte das tote Gewicht von Mr. Lehmans Kopf in den Händen gehalten, und er hatte seinem Vater und Jesse geholfen, ihn über das Schandeck zu hieven.

Er fühlte den kalten Nebel an den Augen. Er kniff sie zu, kniff sie noch einmal zu, dann richtete er sie auf seinen Vater.

Clayt spähte geradeaus und nach links und rechts, während er ohne jedes Anzeichen von Erschütterung einen festen Kurs hielt, als ob er einfach auf der täglichen Route seine Reusen abfahren würde und als wäre der Fund, den sie statt dessen gemacht hatten, reine Routine. Die ganze Zeit gab Ezra keinen Laut von sich. Das bleierne Gewicht zerrte an seinen Händen. Der scharfe Fischhaken hing in der Achselhöhle, hatte das Fleisch durchgespießt wie ein Metzgerhaken. Wie jedes andere Gewicht, sagte er sich, wie jedes andere Gewicht: ein treibendes Faß, ein Kasten mit Hummern.

Als sie in das kabbelige Wasser vor Bailey Island kamen, gab Clayt einer Taurolle einen Tritt, so daß sie zu seinem Sohn hinüberrutschte. »Bind sie fest«, sagte Clayt, »oder sie kommt dir vom Haken, bevor wir da sind.«

»Ja, Papa.«

Ezra machte die Schlinge, wie sein Vater es ihm beigebracht hatte. Auch das wie im vorigen Monat, als sie die Steine an Mr. Lehman festgebunden hatten.

»Aber komm nicht mit den Fingern an die Leiche«, sagte Clayt. »Faß sie nicht an.«

»Ja, Papa.«

»Du darfst nur mit dem Fischhaken drankommen. Verstehst du?«

»Ja, Papa.«

»Nur damit.«

»Ja.«

»Und halt die Augen offen. Sag mir Bescheid, wenn du das deutsche U-Boot wieder siehst. Wir sind jetzt mittendrin in diesem Krieg.«

»Ja, Papa.«

An der Steamboat Wharf in der Mackerel Cove war die *Hattie B* lange zu hören, bevor sie zu sehen war, mal nah, mal fern klang ihr Tuckern. Niemand achtete darauf. Die Hummerfischer warteten darauf, daß der Händler kam, ihren Fang wog, seine dicke Rolle mit Geldscheinen hervorholte und ihnen ein paar hinblätterte. Einige der Frauen und der kleineren Kinder waren mit Arbeiten im Fischhaus beschäftigt. Dann spaltete der Bug der *Hattie B* den Nebel. Die Arbeiten am Fischhaus verlangsamten sich, als die Fischer sahen, daß die *Hattie B* an ihrem Liegeplatz oben in der Bucht vorbeigefahren war und auf den Kai zuhielt. Als Clayt immer weiterfuhr, hörte die Betriebsamkeit ganz auf. Ein paar pikierte Blikke: Was will der denn jetzt hier?

Clayt stand mit weißen Fingerknöcheln am Steuer und

fuhr auf den Kai zu, sein Mund ein gerader Strich, seine hellen Augen hart wie Glaskugeln. Der kleine Ezra kniete mit dem Schlepptau um die Hand über dem Heck. Er drehte den Fang herum, hängende Arme und Beine, die jetzt steif nach oben kippten. Wasser lief von dem aufgedunsenen Gesicht ab, hervorquellende Augen, ein lautloser Schrei, Nase und Oberlippe bereits nicht mehr da. Ein beschrifteter Sweater schälte sich von fleckigen Schultern.

Wie auf Befehl richteten sich alle auf und verstummten – die Männer und Frauen an den Landungsplätzen und dem Fischhauspier und dem Wägefloß und die Hummerfischer in ihren Overalls, die gerade das Blut und die Fischreste von ihren Booten in den kleinen Hafen spritzten. Manche zogen die Mütze und drückten sie auf die Brust, wie um dort eine Wunde vor Infektionsgefahr zu schützen, und ein paar von ihnen bekreuzigten sich hastig.

Jesse erschien mit seinem Fischhaken in der Hand am oberen Ende des Kais, als hätte er es gehört oder darauf gewartet oder halb damit gerechnet.

»Wer ist sie?«

»Weiß ich nicht«, sagte Clayt.

Jesse nickte. »Von der *Raven*.«

»Weiß ich nicht.«

»Sie war nicht allein unterwegs«, sagte Jesse.

»Das weiß ich«, sagte Clayt grimmig.

»Sie hatte kein eigenes Boot.«

»Sicher nicht.«

»Und sonst hast du nichts gesehen? Wär besser, wenn du noch was gesehen hättest. Wrackteile.«

»Das weiß ich. Sonst war da nichts.«

Jesse beugte sich hinunter und grub mit einer schnellen Drehung des Handgelenks das spitze Ende seines Hakens in die Achselhöhle der Leiche. Ezra ließ das Tau los. Eine saubere Übergabe.

Ezra löste das Tau von der Rolle und wickelte es ordentlich um Hand und Ellbogen herum auf. Eine schweigende Menschenmenge sammelte sich hinter Jesse. Stand da und schaute sie an. Schaute ihre Schuhe an, ihren Sweater. Ihre Haut.

»Zu frisch, um lange im Wasser gewesen zu sein«, sagte Clayt.

»Sie ist von der *Raven*«, sagte Jesse.

Clayt schüttelte den Kopf und blickte weg, über die Einfahrt der Bucht hinaus. Der Nebel war nicht so schlimm wie am Vortag – nicht die blendende Helle, nur der unendliche graue Dunst – aber der war schlimm genug. »Gottverdammt nichts ist da draußen. Kein Holz, keine Essensreste, keine Ölflecken. Nichts auf dem Wasser, nichts.«

»Es müssen noch mehr sein«, sagte Jesse.

»Leg sie aufs Anlegefloß«, sagte Clayt. Er wandte sich ab und zog den Fahrhebel. Das Boot entfernte sich vom Kai. »Und findet Varney.«

»Brauchst du Hilfe, Clayt?«

»Sorgt nur dafür, daß dieser Hundsfott seinen Arsch herbewegt.«

»Sollte man nicht die Polizei holen?« brüllte jemand.

»Ist sowieso zu spät«, murmelte Clayt.

Innerhalb von drei Stunden hatten sich alle gegen den Nebel und das nebelige Meer gewappnet. Piloten warteten in den Cockpits ihrer abflugbereiten Maschinen. Zweihundert Boote legten von öffentlichen und privaten Pieren ab. Kapitäne und ihre zwölfjährigen Söhne. Der zehnjährige Herbert Platz stieß auf ein Kopftuch, nachdem er es unter dem ganzen fliegenumschwärmten Seetang und Treibholz auf den gedunkelten Felsen unterhalb der Hochwassermarke dreimal übersehen hatte. Daraufhin nahmen sich die Pfadfinder die Küste vor.

Aber es waren nur Clayt Johnson und sein neunjähriger Junge, die jedesmal wenn sie wieder hinausfuhren, menschliche Rücken fanden, die wie Fässer auf den Wellen tanzten und in einer geraden Linie auf sie zutrieben, als wären sie über Bord geworfen worden, um ihnen einen Weg zu markieren. Es war ein leichtes Fangen. Ähnlich wie im Vorjahr, als Bailey Island das Geld für die Brücke brauchte und sie das Turnier für die Sportfischer und den Gouverneur und die Abgeordneten abgehalten hatten: da hatte Clayt den Gouverneur an Bord gehabt, und die Thunfische waren ihm praktisch von selbst aufs Deck gesprungen. Wenn sie jetzt zurückkamen, lehnte sich der Junge jedesmal gegen den Zug von zwei oder drei Tauen in seinen Händen zurück, als ob er ans Meer selbst gefesselt wäre, angekettet wie ein Sklave. Sein Vater steuerte die *Hattie B* durch die Bucht und reckte dabei den Hals, um über drei oder vier neue im Bug aufgestapelte Leichen hinwegzublicken, die Arme und Beine steif von sich streckten und dabei ihre Körper in einer Weise entblößten, wie sie es nicht einmal in der Ungestörtheit ihrer Badewanne und vor ihrem Spiegel fertiggebracht hätten, nicht einmal vor ihrem Arzt. Wie sie es überhaupt für unmöglich gehalten hätten.

Und die Autos kamen in langen Schlangen angefahren, über die kleinen Brücken von Great Island nach Orr's Island, dann über die brandneue Brücke nach Bailey Island, fünfhundert in der Stunde von Portland, von Boston: Reporter und Politiker und Fotografen und zwei Polizisten aus Brunswick, die die ganzen Leute vom Rand des

Kais wegdrängen sollten. Doch alles, was aus Rehoboth kam, war der nicht abreißende Strom von Baumstämmen und Schlamm, der den Androscoggin hinunter in den Kennebec trieb. Nur der und der eine schwarze Leichenwagen.

Immer wieder kam Clayt mit vollem Bug zurück, ein drittes Mal, ein viertes Mal, und murmelte, ja sang fast: »Verdammt, verdammt, es reicht.« Und stets dabei der Junge, Ezra, dessen Hände zwei oder drei Seile auf einmal hielten, dessen Miene genau der seines Vaters glich, unnahbar, Lippen zusammengepreßt, Augen entschlossen. Der unbewußt mit den Augen abschätzte und Maß nahm, um seine Haltung der seines Vaters anzugleichen, wobei ihm die Unerbittlichkeit von dessen Präzision, der Grad seiner Vollkommenheit, die Riesendistanz, die er, Ezra, noch zurücklegen mußte, mit jeder Minute zu wachsen schienen.

Wieder ruderten Jesse Johnson und der neue Pfarrer Sinnett zum Anlegefloß, um Clayt die Last abzunehmen. Und steif, durchgefroren, gebückt stapelten sie die neuen Leichen vor der großen Waage auf, als wollten sie sie wiegen, legten sie nicht eine und eine und eine nebeneinander, wie man erwarten würde, sondern übereinander wie Klafterholz.

Die Jagd wurde weniger gehetzt, dafür aber verbissener. Die Zahl der geborgenen Körper stieg, und der Schritt, in dem es voranging, wurde ein zähes, gleichmäßiges Marschieren. Als ob alle nichts weiter wollten als die Gewißheit Tod oder Leben – das eine wie das andere bedeutete eine Erleichterung.

Ein fünftes Mal fuhren Clayt und Ezra Johnson hinaus. Diesmal kraxelte Clayt zum Ausguck hoch. Die Wellen waren einen Meter hoch und höher. Ezra schwankte unten auf dem schlingernden Deck und blickte auf das kleine graue Gesicht, das von hoch oben auf ihn hinuntersah. Clayt winkte ihn zu sich. Ezra zögerte nicht. Auf jedem der glatten Tritte die Steigleiter hinauf drohte er die Kontrolle zu verlieren. Die Entfernung zum Boden wurde größer, das Schaukeln des Masts, an den er sich klammerte, heftiger, das braune Meer um ihn herum gewaltiger. Auf halber Höhe war an Abstieg nicht mehr zu denken, hinauf oder hinunter war einerlei. Während er schwankend über dem offenen Wasser hing, ging es Ezra durch den Kopf, einfach die Hand zu öffnen, mit der er sich am Mast festhielt, und zu springen, durch die Luft zu sausen und sich fangen zu lassen – bestimmt, sagte er sich, würde er aufgefangen werden –, so wie sein Vater ihn eines Nachts einmal gepackt hatte; ihn, den Jungen, aus dem Bett gehoben und, in eine Decke gewickelt, über die unmöglichen Höhen der Welt außerhalb des Bettes hinweggetragen hatte: Nacht und kalt und leer draußen; ein Mond; und auf einmal war nichts mehr hier unten, nur der Mond weitete und verengte sich wie eine Pupille, die umgeschlungene Decke ging auf; und dann der modrige feste Grund, auf den er gestellt wurde, die eisernen Deckbalken, das Sandpapierkinn, die vorgewölbten Lippen, einmal auf jedes Auge gedrückt, die vom Rücken rutschende Decke. Das unmögliche Lachen, das gewaltige, ungeheure Dröhnen ...

»Verdammt!« Zeitweise abgelenkt, erinnerte der Vater sich plötzlich wieder an seinen Sohn. »Stell den Fuß da rein und schwing dich nach außen!« Seine Hand langte aus dem Ausguck. Das Boot schlingerte zur Seite. Ezras Fuß rutschte vom Tritt ab, und mit strampelnden Beinen hing er frei über dem Wasser. Clayt brüllte ihm etwas zu. Ezra strampelte und fand Halt und setzte den Fuß genauso, wie sein Vater es ihm gesagt hatte, und schwang sich bedenkenlos übers Deck hinaus. Schon kam der bekannte Griff, schmerzhaft fest schlossen sich die Finger um seinen Arm. Mit abgewandtem Gesicht wurde Ezra von seinem halb verwegen, halb verlegen wirkenden Vater mit einem Ruck nach oben gezogen.

Ezra folgte dem Blick seines Vaters: das auf den Wogen tanzende Faß.

Als sie diesmal zurückkamen, brachten sie nur die eine Leiche mit, festgebunden nicht am Bug, sondern am Achterdeck. Die linke Hand war aus der Plane, die den Körper umschlang, herausgerutscht: klauenartig, blau, fleckig von der Kälte, eine Männerleiche, die fünfzehnte und letzte, die an dem Tag geborgen wurde.

Clayt warf die Plane nicht ab, wie Ezra es erwartet hatte. Er bückte sich, wie um sie aufzuschnüren, aber sie war bereits aufgeschnürt: Ezra hatte auf Clayts Befehl den Knoten in der Einfahrt zur Bucht aufgezogen. Die Finger seines Vaters mühten sich mit etwas anderem ab, und nur Ezra, der mit dem Rücken zum offenen Wasser stand, konnte erkennen, was es war: ein sechzig Zentimeter hohes Fäßchen mit der Aufschrift *Kapitän Floyd Johnson, Bailey Island, Maine.* Es war mit einem Knoten, den Ezra noch nie gesehen hatte, an den Körper gebunden worden. Clayt murmelte leise vor sich hin, und Ezra beugte sich vor, um ihn zu verstehen. »Verdammt, Johnson, hol der Teufel deinen Knoten«, zischte sein Vater. Als er Ezras Blick auf sich spürte, erstarrte er und hob den Kopf, sah aber nicht Ezra an, sondern dicht an ihm vorbei ...

»Sei still, Junge«, sagte Clayt.

Ezra wich zurück. »Ich hab nichts gesagt, Papa.«

Das Messer blitzte, und das Faß war ab. Clayt beförderte es mit einem Tritt außer Sichtweite ins Heck des

Bootes. Mit der Plane in den Fingern wandte er sich Ezra zu.

»Das hier ist nicht, was es scheint, Junge. Und wenn du nicht sagen kannst, was etwas ist, kannst du gar nichts sagen. Also sag nichts darüber. Zu niemandem. Niemals.«

Dann riß er die Plane weg, und darunter lag Floyd Johnson, nackt bis auf Strümpfe und Unterhose, ein völlig steifgefrorenes Ding – kaum mehr ein Mensch –, das unter der Plane wie ein Brett hin und her rutschte, während die nebelige See das kleine Boot hochhob und gegen den Kai stieß.

Ezra sah, daß Floyds Gesichtsausdruck anders war als der der andern, nicht verwundert, aber auch nicht ergeben: die Augen schmal, die blauen Lippen gerade, fest zusammengepreßt in einem unbekannten Einverständnis, einer letzten Bestätigung. Der Blick war urteilslos.

Obwohl es auf dem Kai schon still war, wurde das Schweigen noch tiefer, als die Leute einen der Ihren erblickten. Clayt hebelte Floyd Johnsons Leiche mit einer Planke vom Achterdeck und wälzte sie trotz der Einwände des Pfarrers, vielleicht sogar deswegen, in Strümpfen und Unterhose, wie sie war, auf den Haufen der Frauen obendrauf, wo sie in einer anstößigen Pose breitbeinig liegenblieb wie ein Mann auf einem Heuhaufen. Dann stieß er die *Hattie B* mit der Planke vom Anlegefloß ab und verkündete: »Das war's für heute.«

Bevor das Boot wendete, fiel Ezra noch der bergabwärts auf den Kai zurollende Laster ins Auge. Auf der Fahrerseite wandte sich Earl Varneys Kopf dem Anlegefloß zu. Varney sah den Blick des Jungen und erwiderte ihn. Der Junge erinnerte sich an den Haß gestern im Kaufladen in Varneys Gesicht, aber jetzt bemerkte er nichts darin, nichts, was er Grauen oder Überraschung oder überhaupt eine Reaktion hätte nennen können, so als wären die Bucht und die aufeinander gestapelten Insassen eines Bootes, das zur Hälfte ihm gehörte, einer davon sein bester Freund und Partner, für Varney nur eine Tatsache unter anderen.

Dann wendete die *Hattie B*, und Ezra und sein Vater tauchten wieder in den Nebel ein und tuckerten zum Liegeplatz am Eingang der Bucht.

Regentropfen fielen auf die leere Plane. Dann war nur noch das Wasser zu hören, das leicht gegen das Holz und die Boote in der Bucht schwappte. Die Stille war wie ein Donnerschlag. Die bestürzten Reporter blickten von ihren Notizblöcken auf. Aller Augen richteten sich auf das Gewirr der Leiber. Köpfe und Gliedmaßen ohne Rücksicht auf vorn oder hinten verdreht. Eine freizügigere Zurschaustellung weiblicher Anatomie, als viele der jüngeren Männer der Insel je gesehen hatten, was auch für einige der älteren galt, verheiratete eingeschlossen. Dann richteten alle die Augen aufs offene Wasser, das sie nicht sehen konnten. Dann nach unten auf das Anlegefloß. Dann wieder nach oben in den Nebel. Zwei oder drei riefen vom Kai etwas zur *Hattie B* hinüber, aber das Boot war bereits entschwunden, und weder Clayt noch der Junge gaben Antwort, nicht dem Reporter, der rief, er sei vom *Boston Globe*, nicht der Mutter und Ehefrau. Durch die Menge ging ein Raunen. Einige schauten auf den nackt und tot über den Frauen liegenden Mann nieder. Von anderen hörte man immer wieder dieselben vier Worte: »Unglück«, »Deutsche«, »Entführung«, »Wunder«. Das Raunen steigerte sich zu einem allgemeinen Tumult, Arme fuchtelten, Finger deuteten aus dem Gedränge wie angelegte Gewehre, Stimmen riefen zu den auf dem Anlegefloß liegenden Töchtern und Frauen hinüber: »Mein Gott mein Gott«, »Herrgott hilf« – als ob das Gewirr der Leiber auf dem Floß bis zu dem Moment nur ein Posieren gewesen wäre, ein gespieltes Gemetzel. Jetzt waren sie vierzehn Mädchen und Frauen in makellosen weißen Sweatern und Leibchen, nachgerade engelhaft, keusch und gleichzeitig aufreizend halbnackt – wie Gäste einer Gartenparty, die sich auf den Radau eines Betrunkenen hin, der auf einem Tisch einen Striptease aufführte, zu ihm umgeschaut hatten und Lots neuen Frauen gleich zu Salzsäulen erstarrt waren, verrenkt im Nachempfinden des Rausches. So als hätten sie es vielleicht mit irgend etwas verdient.

In dem Augenblick war es, als ginge der Menge urplötzlich etwas auf. Die Bestürzung verwandelte sich in Wut. Die Frauen rissen die Kinder herum. Die Fotografen sahen aus, als wollten sie Amok laufen. Jesse Johnson sprang aus seinem Dory und stellte sich zwischen den Haufen Leichen und den Kai. Er hielt die Fotografen mit den Augen zurück, während er im Dory nach seinem Fischhaken angelte. Dann schnappte er sich mit einer flinken Drehung Floyd Johnsons steife Leiche, daß Arme und Beine in die Luft standen, zerrte sie von den Frauen herunter zum Rand des Floßes und drehte sie in die andere Richtung. Er stieg in das Dory, und er und Sinnett ruderten davon.

Die Reporter rasten zum Telefon. Überall am Kai hatten Menschen angefangen zu weinen. Eine Frau fiel halb ohnmächtig auf die Knie. Die Fotografen stürmten an das Geländer und legten an wie eine schießwütige Infanterie.

McALISTER

Gegen Mittag ging die Schlange vor der *Rehoboth Falls Times* schon um die Ecke. Als die Zeitungsjungen herauskamen und düster das Extrablatt austeilten, verstummten die Bürger der Stadt und traten beklommen von einem Fuß auf den andern. Dann verliefen sie sich, blieben mitten auf der Congress Street stehen, um erst einen Namen, dann den andern zu lesen: *Ruth Hemingway, Bessie Strople*. Die Scharen zerstreuten sich und kamen ein Stück weiter auf der Congress Street wieder zusammen wie ein Schwarm von Vögeln, die hin und her flogen und sich niederließen, ein Stück weiterzogen und sich wieder niederließen, erst vor Jack Kerseys Juweliergeschäft, dann vor Dorcas Shand Kerseys Damenmoden gleich daneben, dessen Vorhänge zugezogen und dessen Türen verschlossen waren, obwohl es ein Werktag war. Kleine Reden wurden dort über Jack Kersey und seine Frau Dorcas gehalten, deren Geschichte die Zeitung sofort zur Legende gemacht hatte: Dorcas hatte eigentlich nicht an dem Ausflug teilnehmen wollen, weil das Wasser ihrer Meinung nach durch das U-Boot-Unglück und den Unrat von der Flußüberschwemmung verunreinigt war. Aber als Beatrice Roach kam, einen Hut anprobierte und sagte, sie fahre mit Gorgeous Robert Wishart und wolle hübsch aussehen, ging Dorcas nach nebenan, um ihrem Mann mitzuteilen, daß sie nun, doch mitfahren wolle. Daraufhin erklärten Dorcas Kerseys zwei Verkäuferinnen, sie wollten auch mit. Und sie fuhren zusammen wie eine Familie, nachdem es drei Tage kein anderes Thema mehr gegeben hatte als: Was soll ich anziehen? Was soll ich anziehen?

Die Leute am Bordstein hörten sich die Reden an, knisterten mit ihren Zeitungen und betrachteten ihr Spiegelbild in den verdunkelten Fenstern. Sonst hätte es uns getroffen, sagten sie, wenn mehr Platz gewesen wäre, hätte es uns getroffen. Alle sagten das, und alle sagten, sie wären auch eingeladen gewesen. Jeder, der noch am Leben war, die ganze Stadt hatte vorgehabt, auf der *Raven* mitzufahren.

Im oberen Teil der Stadt, neben dem Hotel Harris, leuchteten die Autoscheinwerfer auf. Angesichts der prunkvollen Fassade des Hotels hätte man erwartet, daß Autos aller Fabrikate und Farben hier vorfuhren. Aber es gab nur die eine schmale Straße, und sie entlang schlich nur George Cummings' schwarzer Leichenwagen. Die ganze Congress Street verstummte, als er mit zugezogenen Vorhängen vorbeifuhr. George Cummings blickte nirgendwo anders hin als über seine breiten Fingerknöchel, ließ sich nichts anmerken. Die Menschen der Stadt lösten sich von den Hauseingängen und den Bürgersteigen und folgten dem Wagen den Hügel hinauf. Vor dem Krankenhaus machte George Cummings die Hecktür auf und zog ein Mädchen heraus, das immer noch ihr weißes Partykleid anhatte. Ihre Füße waren nackt. Ihre Brille hing ihr immer noch um den Hals. Ihre Augen waren offen und starr, auch die Lippen waren spaltbreit geöffnet, als würde sie gerade Atem holen. Ein Ohr war abgeknabbert. Ihr Haar war voller Seetang. In den Augenwinkeln hatte sie Sandkörner. Auch im Mund hatte sie Sand. Zwar leicht

131

verunstaltet und ein wenig blau, sah sie doch eher schlafend als tot aus, oder so, als würde sie träumend auf einer Wiese liegen und zum Himmel hinaufstarren.

Die Hauseingänge an der Congress Street füllten sich wieder, in der Säulenhalle vor dem Rehoboth Falls Trust wimmelte es von den Angehörigen der Vermißten. Der Trust hatte geschlossen, weil die Hälfte seiner Sekretärinnen derzeit von Hummerfischern aus dem Atlantik gezogen wurde und sein Vorsitzender Arthur McAlister sich auf Bailey Island aufhielt, um die Bergung zu überwachen. Er hatte zufällig herausgefunden, daß die Hummerfänger schließlich die Leiche eines Mannes herausgefischt hatten. Aber der Mann war nicht aus Rehoboth. Er war von Bailey Island, der Skipper der *Raven*, und niemand von der Insel rief in Rehoboth an, um dort Bescheid zu geben. Keiner der Hummerfischer verlor ein Wort darüber. Und McAlister fragte nicht nach. In die Stadt zurückgekehrt, erwähnte er die Tatsache, daß der Kapitän geborgen worden war, nur am Rande. Für Rehoboth schien der Skipper von Bailey Island kaum eine Rolle zu spielen.

Am Dienstag fuhr George Cummings noch dreimal *(Elizabeth Howard, Edith Coburn, Mary Chapitis)*, und der Geruch des Todes schwebte über dem Leichenwagen, zog hinter ihm her in die Stadt wie ein Schwarm Möwen, verseuchte noch den Fabrikgestank und verbreitete sich durch alle Straßen.

Am Mittwochvormittag um zehn tankte George den schwarzen Wagen wieder voll für die langen Fahrten hin und zurück, hin und zurück. Weil er es leid war, daß die Leute ihn abpaßten und ihm winkten anzuhalten, damit sie einen Blick hineinwerfen konnten, nahm er den Schleichweg über die Fabrik und die Kirche St. Athanasius Universalist. Er überholte Mrs. Roach, die mit bebenden Schultern und zitternden Lippen allein auf dem Weg zur Kirche war, nachdem sie endlich Nachricht von Beatrice erhalten hatte, ihrem einzigen Kind. George überlegte, ob er anhalten und sie mitnehmen sollte, aber er hatte noch nie lebendige Fahrgäste gehabt, und er hatte just an dem Morgen ihre Tochter im Krankenhaus abgeliefert. Es wäre nicht richtig. Das jedenfalls sagte er sich selbst, doch tatsächlich wäre er gar nicht imstande gewesen, etwas zu ihr zu sagen, wenn er den Mund aufgemacht und es versucht hätte. Er konnte mit niemandem in der Stadt reden, mit den darin Lebenden, er hatte sich abgesondert. Wie sonst hätte er Frauen anschauen und anfassen können, die er zuerst als kleine, über die Straße hüpfende Mädchen gesehen hatte, dann als jugendliche High-School-Abgängerinnen, dann als Frauen, die ihren Weg in die Welt antraten, zuletzt als grüne Leichen, die aufgedunsen wie Fische am Kai von Bailey Island lagen?

Mrs. Roach sah hinterher, wie der Leichenwagen dem Flußlauf folgte und zwischen den Bäumen verschwand, dann schlüpfte sie durch den Spalt zwischen den großen hölzernen Türflügeln. In der Hand die Postkarte ihrer Tochter. Sie war nur wenige Minuten vor der Meldung eingetroffen: *Mir geht's gut, kein bißchen seekrank, aber es sind noch viele Meilen.*

Zwei Stunden später versammelte sich eine Gruppe von Männern, die gerade ihre Schicht antraten oder sie beendeten, vor der Kirchentür. Von der Straße aus wirkte die Kirche krank, kümmerlich und abgeblättert. Sie war mit Steinen aus dem Androscoggin gebaut worden, die länglich und dunkel waren, aber für einen großen Kirchturm hatten sie nicht ausgereicht, deshalb hatte es statt dessen zwei kleine niedrige Dreiecke gegeben. Die Kirche stand zwischen Sutherland Park und der Fabrik, so daß alle Arbeiter auf ihrem Weg zur Schicht und wieder zurück daran vorbei mußten; und ab und zu, wenn ein Kind geboren worden oder ein Vater oder eine Mutter gestorben war, machte jemand Pfarrer Lefebvre glücklich und trat ein. Jetzt reckten die Arbeiter die Hälse, um zu lesen, was an der Tür geschrieben stand. Pfarrer Lefebvre hatte eine Trittleiter benutzt, um die Montagsbotschaft des Papstes außer Reichweite selbst von Napoleon Ouellette anzuschlagen, dem längsten Mann der Stadt.

»Lies sie mir vor, Farnum«, sagte Harry Eustis. Ein paar andere in der Menge pflichteten ihm lautstark bei.

»Lest sie doch selber«, entgegnete Farnum, obwohl er wußte, daß sie nicht lesen konnten.

Von hinten brüllte Napoleon Ouellette sie Wort für Wort den andern vor: »*Gott vertrauen bedeutet, daß Gott hie-hie-nieden alles nach seinem Ratschluß zulassen kann, seien es die He-Hege-*«

»Hegemonie«, brummte Farnum.

»*... des Athee-*«

Farnum: »Atheismus. Atheismus und Ungläubigkeit.«

»*... des Atheismus und der Ungläubigkeit, die be-be-klagenswerte Trübung des Ge- Gerech-*«

»Gerechtigkeitsempfindens!«

»*... Gerechtigkeitsempfindens, die Isolation der Vertreter des Gesetzes oder die Qualen der Unschuldigen, Friedfertigen, Wehrlosen und Hilflosen. Gott verhängt damit zu bestimmten Zeiten Heim-Heim-*«

»Heimsuchungen.«

»*... Heimsuchungen über einzelne und Völker, Heimsuchungen, die sich als In-Inst-*«

Farnum hielt es nicht länger aus. Er ratterte es in einem Atemzug herunter: »*... Heimsuchungen, die sich als*

Instrument der Bosheit der Menschen bedienen und Be-
standteil einer höheren Gerechtigkeit sind, welche auf
die Bestrafung der Sünde und die Läuterung der Men-
schen abzielt. Der größte Kokolores, den ich je gehört
hab.«

Ein paar eilig hingekritzelte Zeilen zogen sich über
den unteren Rand der Botschaft. »Was steht da?« fragte
einer.

»Da steht: ›Wer einen anderen beschuldigt, wird nie
seine eigene Schuld erkennen. Seid stark, Freunde! Auch
diese Zeit wird vorbeigehen.‹«

»Seid stark! Der kann mich mal«, sagte Harry Eustis.
»Lefebvre hat leicht reden. Er ist nicht unter den Schiff-
brüchigen.«

»Wir sind alle Schiffbrüchige«, sagte Pfarrer Lefebvre.
Er war unbemerkt neben die Menge getreten. Die Männer murrten.

»Also wirklich, Hochwürden«, sagte Eustis. »Ich kenne Alban Beauchamp, und ich weiß, daß er nicht die Boh-
ne schwimmen kann.«

»Aber Junior Carey kann von hier bis Frankreich
schwimmen«, sagte Pfarrer Lefebvre, »und er ist ebenfalls nicht zurück. Uns bleibt also gar nichts anderes übrig, als zu beten, daß die andern in Sicherheit sind und
bald gefunden werden.«

»Aber die Flut schwemmt eine Leiche nach der andern
an«, sagte Farnum. »Der Fischer da in der Zeitung hat
gesagt, er glaubt nicht, daß noch jemand am Leben ist.«

»Ja«, sagte Pfarrer Lefebvre. »Und er hat auch gesagt,
daß er durch Hölle, Feuer und Schwefel gegangen ist und
daß er's bis jetzt ausgehalten hat und noch ein bißchen
länger aushält. Fischer sehen dem Meer jeden Tag ihres
Lebens ins Auge. Wir müssen so tapfer sein wie sie.«

»Aber vierzehn Leichen und nur Frauen, Hochwürden!« rief jemand. »Das gibt's doch nicht!«

Pfarrer Lefebvre wandte den Blick ab.

»Und alle waren sie schwarz, total verbrannt«, sagte jemand.

»Das Boot ist gekentert«, sagte ein anderer.

»Sie sind verbrannt. Es ist explodiert«, sagte der erste.

»Sie sind nicht verbrannt«, sagte der zweite. »Ich bin auf dem Boot gewesen, und ich sage euch, es war irgendwie nicht in Ordnung. Ein topplastiger Kahn.«

»Welches Boot? Du hast mir erzählt, du hättst den Ozean noch nie gesehen.«

»Ich hab Bilder gesehen.«

»Die verdammten Krauts waren's!« sagte Harry Eustis. »Sie haben sich mit den armen Mädchen amüsiert, sie dann gebraten, als wären sie Steaks, und in den Ozean geschmissen.«

Ein wildes Feuer flammte in aller Augen auf. Sie stießen einen Schlachtruf aus. Fäuste flogen hoch, einige reckten Eßnäpfe in die Luft wie Fahnen. Dann sahen sie sich in die Augen, wandten sich ab und wurden still.

»Ich würde euch gern mal was fragen.« Es war Arthur McAlister. Er stand ganz hinten. »Hat einer von euch schon mal von zwei Jungen namens Mundt gehört?«

Niemand sagte ein Wort. »Gut, in Ordnung«, sagte McAlister, »wahrscheinlich ist nichts dran«, und wandte sich zum Gehen.

»Was ist mit denen, McAlister?«

»Ja, McAlister, wer ist das?«

»Wir wissen es nicht«, sagte McAlister. »Frances Beauchamp hat mir Gordons endgültige Passagierliste gegeben, und ihre Namen stehen drauf. Mehr wissen wir nicht.«

»Ich weiß, wer sie sind!« schrie Harry Eustis. »Sie wollen es bloß nicht sagen, McAlister.« Er drehte sich zu den andern um. »Die Bundespolizei nimmt jede Menge deutsche Spione fest, die Hals über Kopf nach Kanada und Kuba und weiß Gott wohin türmen wollen. Genau das sind diese sogenannten Mundts auch – Krauts, Spione! Sie haben das Boot entführt und sich mit einem ihrer deutschen U-Boote verabredet und sich mit den Frauen amüsiert und sie ins Wasser geschmissen und die Männer und Jungen mit nach Deutschland genommen!«

Arthur McAlister wurde vom Hals aufwärts puterrot. Er bot Harry Eustis die Stirn, aber er war einen Kopf kleiner und mußte deshalb den Hals recken. Er streckte den Arm aus, als wollte er auf ein Flugzeug deuten, und bohrte Eustis seinen Zeigefinger in die Brust: »Verdammt noch mal, Eustis, könnten Sie vielleicht einmal in Ihrem hirnrissigen, nichtsnutzigen Leben die Klappe halten! Wir wissen nichts dergleichen, überhaupt nichts. Diese beiden Jungen könnten Freunde des kleinen Ivan Beauchamp gewesen sein. Sie könnten die Söhne des Kapitäns gewesen sein. Verdammt noch mal, sie könnten Franklin Roosevelts Neffen gewesen sein! Diese Fischer da unten wissen besser, was sie machen und sagen, als irgendwer sonst, den ich kenne. Und vor allen Dingen wissen sie, wie man den Mund hält, wenn man sich einer Sache nicht ganz sicher ist. Haben Sie denn nichts Besseres zu tun, als alle Leute mit Ihrem Schwachsinn aufzuwiegeln?«

Harry Eustis lief rot an, sein Brustkasten dehnte sich. Aber Arthur McAlister verstärkte den Druck von seinem Finger. Eustis' Brust fiel ein, seine Augen erloschen.

McAlister drehte sich zu den andern um und unterstrich seine Worte mit dem bohrenden Finger: »Ihr behaltet das alle für euch, ist das klar? Ich befehle es. Ihr quält damit nur die Familien, die Angehörige auf dem Boot haben. Und wer doch den Mund aufreißt, kann sich gleich mit seinem Geld und seinen Darlehensanträgen nach Lewiston trollen.«

Niemand sagte ein Wort. Hinter der Kirchentür war ein Schluchzen zu hören.

McAlister warf Pfarrer Lefebvre einen Blick zu. »Mrs. Roach«, sagte dieser.

»Aber sind sie bis Monhegan gekommen?« fragte Gus Farnum leise. »Sie wollten doch nach Monhegan.«

McAlister hielt die Augen weiter auf Pfarrer Lefebvre gerichtet.

»Du bist ein anständiger Mensch, Arthur. Sag uns nur das eine: Sind sie bis Monhegan Island gekommen?« fragte Farnum noch einmal.

McAlister schlug die Augen nieder. »Ich weiß es nicht. Niemand weiß es. Niemand auf Monhegan gibt an, sie gesehen zu haben, nur ein Mann, der auf Sardinenfang war, sagt, er hätte sie in die Richtung fahren sehen, oder jedenfalls ein Boot mit Leuten drauf. Schließlich sind auf dem Meer ständig irgendwelche Boote unterwegs.«

»Aber es war nebelig!« rief jemand.

»Ja, es heißt, es war nebelig«, sagte McAlister.

»Wie viele Boote würden schon bei Nebel ausfahren? Das müssen sie gewesen sein!«

»Es war Sturm!« rief ein anderer.

»Ich habe nichts von ...«, sagte McAlister.

»Blitze auf dem Wasser«, unterbrach der erste.

»Ich hab gehört, es war klarer Sonnenschein«, sagte der zweite.

»Den Tag war schlechtes Wetter«, sagte der erste. »Sie hatten auf dem Wasser nichts zu suchen.«

»Wie war das Wetter, McAlister?« rief jemand.

»Es ist nicht sicher, wie das Wetter war«, sagte McAlister. »Es kommt drauf an, wo das Boot zum Zeitpunkt des ...« Er schüttelte den Kopf.

»Nebel wär eine gute Tarnung für ein U-Boot, nicht wahr?« flüsterte jemand einem andern zu. Aber es war gerade eine kurze Stille eingekehrt. Alle hörten es. McAlister suchte die Menge nach dem Schuldigen ab. In dem Moment kam ein junger Mann mit verstörtem Blick atemlos auf ihn zugerannt. Es war derselbe, der zwei Monate zuvor mit dem Kanu zu der auf Sally Gammon schauenden Menschenmenge gestoßen war, und er platzte mit seiner Meldung genauso heraus wie damals mit der Meldung von der Flut, die den Friedhof von Gilead weggeschwemmt hatte: »Sie haben die *Raven* mit fünf Leichen drin gefunden!«

»Was für Leichen?« fragte McAlister.

»Im Radio wurden keine Namen genannt«, sagte der Bote. »Ich weiß nur, daß es fünf sind. Männer, hat es geheißen.«

Die Menschenschar machte auf dem Absatz kehrt und lief in die Stadt. McAlister schloß sich an, fiel aber rasch zurück. In seinen blank geputzten Schuhen hinkte er hinterher.

Als er stehenblieb, um seinen Hut zurechtzurücken, blickte er den davonlaufenden Männern nach. Er sah in die andere Richtung. Auf den Bürgersteigen stand ein halbes Dutzend Menschengrüppchen, die Gesichter ihm zugewandt. Überall auf der Straße wirbelten kleine Windhosen den Staub auf und wanden sich wie betrunken zwischen den Häusern hindurch. Ein Kind schrie und wurde beruhigt. Er blickte den Berg hinauf zum Krankenhaus, machte einen Schritt, blieb stehen. Er machte noch einen Schritt und mußte wieder stehenbleiben.

Er tastete mit der Hand hinter sich, als wäre er plötzlich blind geworden, ließ sich auf einer Parkbank nieder und warf einen besorgten Blick über die Schulter, um zu sehen, ob die Leute vielleicht gleich wieder über ihn herfallen würden. Den Kopf in die Hände gelegt, betrachtete er durch die Finger das Gras; eine Ameisenparade marschierte unter seinem Schuh hindurch, auf der einen Seite hinein, auf der andern hinaus, daß es aussah, als durchbohrte sie ihn. Er spürte ein Schluchzen in der Kehle aufsteigen und preßte die Hand vor den Mund. Was hatte er mit dem Bild gemacht, dem Bild des Bootes? Er klopfte seine Taschen ab, und als er es in seinem Jackett ertastete, stand er auf. Er ging jetzt langsamer, nicht ganz sicher, als ob er eben erst aufgewacht wäre oder gar nicht hätte aufwachen sollen.

MAVIS

Versteckt hinter den Beinen von Napoleon Ouellette hatten Walter und Mavis alles mit angehört. Jetzt standen sie zusammen vor der Kirche, starrten ausdruckslos auf das große Holzportal und hörten, wie Mrs. Roach immer wieder Beatrices Namen schluchzte. Mavis hatte schon dreimal solche Meldungen im Radio gehört, drei verschiedene Meldungen, daß ein Boot namens *Raven* gesichtet worden sei. Einmal war es vor der Küste von North Carolina gesehen worden, acht Männer mit einer Frau, alle nackt, alle tot, Selbstmord. Einmal waren keine Leichen darin, nur Sardinen. Und ein andermal waren es neun Frauen und ein Mann, der es mit jeder von ihnen gehabt hatte. Aber die Meldung stammte, wie sich herausstellte, von einem Jungen, der am Ufer einer Kleinstadt in Missouri den Schiffsverkehr auf dem Mississippi beobachtete.

Sie traten an die Botschaft des Papstes heran, und Mavis las sie Walter noch einmal vor. Was für eine Sünde? fragte sie sich. Was sollten Papi und Gordy und Ivan getan haben? »Walter, Ivan hat keine Freunde, die Mud heißen«, sagte sie.

»Mundt«, sagte Walter.

»Eben.«

»Sie werden deinen Vater finden«, sagte Walter.

Mavis zuckte nicht mit der Wimper. »Nein, werden sie nicht.«

Der schwarze Leichenwagen fuhr mit zugezogenen Vorhängen hinter ihnen vorbei. Sie verfolgten mit den Augen, wie er langsam zum Krankenhaus hinaufschlich. Walter nahm Mavis an der Hand, und ohne Erregung, geradezu unbeteiligt, stapften sie zusammen den Berg hinauf.

Drinnen im Krankenhaus war der saure Fabrikgeruch verschwunden, vertrieben von scharfer menschlicher Schweißausdünstung und von Wolken anderer Gerüche, die entstanden, wenn jemand mit einer Hand- oder Kopfbewegung die Luft aufrührte: Desinfektionsmittel, und darunter noch etwas anderes, etwas, das nicht gleich zu identifizieren war.

Die Schwestern und Reporter und Schaulustigen blieben regungslos stehen, als Mavis und Walter vorbeigingen. Die Männer tippten an ihre Hüte. Mavis meinte, eine Frau einen Knicks machen zu sehen. Sie war erst einmal vorher dagewesen, vor zwei Jahren, als ihr Vater die Blinddarmoperation gehabt hatte. Sie war von Ärzten beiseite geschoben und von Schwestern geschimpft worden, als sie allein aufs Klo gehen wollte. Damals hatte das Krankenhaus bloß nach Krankenhaus gerochen. Doch jetzt drückten sich die Erwachsenen an die klebrige Wand, um sie und Arthur McAlisters Sohn durchzulassen. Mit hochgezogenen Mundwinkeln schritt Mavis mit Walter den Gang entlang. Sie gaben ein unpassendes, unglückliches Brautpaar ab. Durch sein bloßes Kommen stand sie schon als Verlassene da, vom Schweigen ihrer Gäste dazu verurteilt, ihre restlichen Tage unter der Last eines derart ungeheuren Schmerzes dahinzuleben, daß sie jetzt wie von einem leuchtenden Schleier umhüllt an ihnen vorbeiging. Die Frauen legten die Hand auf den Mund und blickten das Mädchen nicht mitleidig oder traurig, sondern geradezu ehrerbietig an. Walter, dieser patriotische Junge, war nur ihr Schatten.

»Mavis«, sagte Walter.

Sie schaute zu ihm in seiner unglaublichen Länge auf.

»Es tut mir leid«, sagte er.

»Schon gut«, meinte sie beinahe heiter.

»Mein Vater hat gesagt, das Boot würde nichts taugen.« Mavis schaute den Korridor hinunter.

»Ich bin nicht mitgefahren, weil mein Vater gesagt hat, er wüßte, daß das Boot nicht gut ist. Mein Vater hat ein Bild davon gesehen.«

Mavis nickte und ließ beim Weitergehen seine Hand los.

Der Mief wurde dicker, je näher sie dem Ende des Korridors kamen. Das Halbdunkel an der hinteren Wand wurde von dem Licht durchbrochen, das aus einer offenen Tür fiel. Mavis' Mutter war dort, und Mrs. Caruso. Nachdem das Hochwasser zurückgegangen und ihr Mann nicht wieder aufgetaucht war, hatte die kleine Italienierin ihre langen Zöpfe abgeschnitten und ihre Garderobe verschenkt. In den letzten zwei Monaten war sie mit ihren neuen schwarzen Kleidern und schwarzen Schultertüchern und schwarzen Schuhen zu einem Wahrzeichen von Rehoboth geworden, einem menschlichen Fanal, deutlich sichtbar wie das Gelb eines Feuerhydranten, Sinnbild der Warnung und der Strafe.

Da sie annahm, Mrs. Caruso habe ihre Mutter unter ihre Fittiche genommen, fixierte Mavis sie mit einer Ablehnung, die auf Gegenseitigkeit zu beruhen schien. Das Mädchen, das jeden Gehorsam, ja jede Rücksichtnahme verloren hatte, wußte, daß ihre Mutter ihr die letzten drei Tage über die Trennung von ihrem Mann und ihren Söhnen zum Vorwurf gemacht hatte. Von Mr. McAlisters erstem Anruf am Montagmorgen an hatte sie allen Leuten gegenüber behauptet, daß sie beinahe auf die *Raven* mitgekommen wäre, daß sie mitgefahren wäre, wenn Mavis nicht gewesen wäre, daß es ihr lieber gewesen wäre (hatte Mavis sie sagen hören), selbst jetzt noch, nach allem, was passiert war, wäre es ihr lieber gewesen. Sie schluchzte und schluchzte, aber Mavis verbot sie, auch nur einen Laut von sich zu geben. Jetzt auf dem Krankenhausflur fand das Mädchen, daß ihre Mutter ihren Schmerz vor sich hertrug wie ein Banner.

Frances Beauchamp warf Walter einen bösen Blick zu, weil er Mavis hergebracht hatte. Dann wurde der Blick weicher, die Lider flatterten, und sie legte den Kopf an Mrs. Carusos Schulter. Doch zwei Schritte weiter verzog Lydia Carey, Juniors Mutter, bitter das Gesicht. Frances Beauchamp richtete sich auf und lächelte steif.

»Tut mir leid, Lydia«, sagte sie.

»Mir auch«, erwiderte Lydia Carey. »Mein Junior ist ein guter Junge. Ich hab ihn dazu erzogen, immer nett und höflich zu sein und nie zu irgend jemand nein zu sagen. Dein Gordy hat ihn gebeten mitzukommen, aber er wollte nicht. Ich hab ihm geraten, er soll's sagen, wenn er nicht mit will, aber er wollte Gordy oder Mr. Beauchamp nicht verletzen.« Lydia Carey streckte den Arm aus und deutete in den Saal. »Und jetzt sieh dir das an«, sagte sie.

Mavis folgte ihrem Arm: Dort lag Anne Stisulis in ihrem rosa Kleid, die klaren metallischen Augen starr an die Decke geheftet, Nasenlöcher und Fingerspitzen grün und aufgerissen. Lydia Carey stach mit dem Finger in die Luft. »Sieh dir das an, sieh dir das bloß an!« kreischte sie. Mavis sah hin. Eine Schwester brachte Mrs. Carey behutsam fort; ihr Schluchzen verklang im Korridor.

»Aber sie müssen doch nicht alle tot sein!« rief Frances Beauchamp ihr hinterher. »Ich habe einen Mann und zwei Jungen da draußen, ich habe drei!« Dann wollte sie wieder den Kopf an Mrs. Carusos Schulter legen. Aber Mrs. Caruso hielt sich das Gesicht, als würde sie gleich losschreien. Am ganzen Leib zitternd starrte sie den Flur hinunter, über die Köpfe der Kinder hinweg, an den Schwestern und Reportern vorbei, durch die Wand hindurch auf etwas weit Entferntes. Alle verstummten und schauten sich um: nichts als verschwitzte, aufgeregte Menschen und die schmierigen grauen Mauern. Aber Mavis sah es: den leeren Fleck schlammige Erde, wo Mr. Caruso gestanden hatte, und davor den Fluß, der ihn verschluckt hatte wie einen Regentropfen.

Sie ging zu Mrs. Caruso hin und berührte ihre Hände, dann umschlang sie ihre Taille. An Mrs. Caruso gepreßt schaute sie in den Saal auf die Leiche. Ein übler Geruch schlug ihr entgegen. Sie hatte Gordy viel über Anne Stisulis reden hören. Sie konnte sich nicht vorstellen, daß er das gemeint hatte.

Die Oberschwester Joan Carrier schob die Zuschauer auseinander, marschierte in den Saal und stellte sich vor den Tisch. Sie musterte Anne Stisulis von oben bis unten und sagte: »Ich will, daß sie ordentlich untersucht wird.«

Die Nachricht verbreitete sich im Flur wie ein Lauffeuer. Niemand hatte bis jetzt laut ausgesprochen, was einigen flüchtig durch den Kopf gegangen war, als Bessie Strople als dritte angebracht wurde, und was der ganzen Stadt sofort vor Augen stand, als die vierte Leiche wieder eine Frau war, und die fünfte auch, und dann die sechste. Und jetzt lag die junge Anne Stisulis hier. Sechsunddreißig Personen waren mit dem Boot weggefahren, zweiundzwanzig davon Männer, und nur die Frauen kamen zurück. Niemand fragte Arthur McAlister, was er gesehen hatte, als er die Röcke hochhob und sich privat vergewisserte, daß die Unterwäsche bis auf die Löcher, die die Hummerfänger mit ihren Fischhaken gemacht hatten, unbeschädigt war. Öffentlich hatte er lediglich erklärt, es wäre das beste, die Leichen so schnell wie möglich zu beerdigen. Die Frauen waren ertrunken oder davor noch erfroren, das sei offensichtlich. Sehen Sie zu, daß sie unter die Erde kommen, hatte er George Cummings angewiesen. Und unangetastet, hatte er verlangt, die Leichen sollten unangetastet bestattet werden. Es hatte nicht die leiseste Kritik gegeben.

Frances Beauchamp stellte sich in die Tür und sagte herausfordernd, beinahe spöttisch: »Was wollen Sie damit sagen, Joan? Anne war ein *christliches* Mädchen.«

Die Schwester schnitt und schälte die obere Hälfte des aufgeweichten Kleides weg, und plötzlich lag das junge Mädchen, hinter dem Gordy her gewesen war, halb nackt vor Frances Beauchamp, die jungen Brüste über den Rippen sanft gewölbt. Frances' Augen flohen zum Fenster, als hätte sie nicht bloß Anne Stisulis gesehen, sondern wäre hereingeplatzt, als das Mädchen gerade ihren Sohn umschlungen hielt. Sie blinzelte im Sonnenlicht, sie hatte die beiden förmlich vor sich gesehen, erst im kleinen Bett ihres Sohnes im Elternhaus, dann in tödlicher Umarmung unter Wasser. »Was wollen Sie damit sagen?« schrie sie. »Daß mein Sohn ein Ungeheuer ist? Wollen Sie, daß die Leute glauben, diesem Mädchen wäre irgendwas passiert? Sie ist ganz einfach ertrunken, das ist doch sonnenklar!«

»Diese Sache ist wirklich furchtbar, Mrs. Beauchamp«, sagte die Schwester. »Aber ich will, daß sie ordentlich zu Ende geführt wird.«

Keuchend wie ein Mann, der knapp den Zug verpaßt

hat, kam Arthur McAlister mit schweißdunkler Hemdfront und gelöster Krawatte an der Tür an. Er öffnete den Mund, um etwas zu sagen, dann sah er die Leiche vor sich ausgestreckt und schloß ihn wieder.

Eine Stimme rief aus dem Flur: »Waren es Männer, die sie da draußen gefunden haben, Arthur? Hab gehört, sie hätten das Boot mit Männern drauf gefunden.«

»Kein Boot«, sagte McAlister grimmig. »Und auch keine Männer bis jetzt. Nur noch mal zwei von den Mädchen.«

Der Gestank drang unvermindert aus dem Operationssaal. Die Leute auf dem Gang, die Taschentücher hatten, hielten sie sich vors Gesicht. Sie fingen an zu rumoren wie eine lynchbereite Meute. Einige drängelten sich in die Tür zum Operationssaal, als wollte jeder dem toten Mädchen gleichsam das Geständnis abpressen, daß die Sache, die ihnen da widerfuhr, kein sinnloser Zufall, kein gewöhnliches Unglück war. Niemand, nicht einmal eine Schwester oder ein Arzt, fragte McAlister nach der Identität der letzten beiden Leichen, als ob die Frauen nicht mehr vierzehn Individuen wären, sondern in einer gesichtslosen weiblichen Masse aufgegangen waren, so daß jede einzelne lediglich ein Vierzehntel einer einzigen verwerflichen Tat war, einer weiblichen Verschwörung nicht nur gegen die Männer auf der *Raven*, sondern gegen die ganze Männerwelt.

»Es wäre besser, die Sache gut sein zu lassen«, sagte Frances Beauchamp dezent und wichtigtuerisch zu McAlister, als wüßte sie sehr wohl, daß sie für die hinter ihr stehende schweigende Masse sprach. McAlister tupfte sich die schwitzende Stirn ab.

Die Schwester schaute nicht einmal von der Leiche auf: »Nichts ist gut, Mr. McAlister. Es gibt Gesetze.«

Ein Arzt schob sich an McAlister vorbei und nahm aus einer Schublade Skalpelle und Scheren.

»Na schön«, sagte Frances Beauchamp und machte die Tür vor den anderen zu. »Wenn es sein muß. Aber ich bleibe hier.« Sie stellte sich breitbeinig neben McAlister, wie um die Tür zu versperren. Hinter ihrem Rücken jedoch befingerten ihre Hände nervös die Wand.

Der Arzt und Schwester Carrier entkleideten die Leiche ganz und drehten sie auf die Seite. Arthur McAlister blickte unverwandt auf seine Schuhe. Frances Beauchamp jedoch sah mit geradezu wissenschaftlicher Wachsamkeit zu, wie der Arzt die Beine der Leiche spreizte, und hörte dann wie aus weiter Ferne seine Bestätigung von Anne Stisulis' Jungfräulichkeit. Das Skalpell blitzte in der Luft. Frances Beauchamp hörte es pladdern, als ob das Mädchen Wasser ließe. Eine unverdaute Suppe aus Gemüse und Hummerfleisch ergoß sich über den Tisch und von dort auf den Boden. Der Arzt, die Schwester und McAlister hielten sich Mund und Nase zu und kniffen die Augen zusammen. Um Frances Beauchamp herum wurde die Luft schwer, feucht. Sie roch die Verwesung und hörte das Murmeln des Meeres, spürte ein trockenes Würgen in ihrer Kehle aufsteigen, Gurgelgeräusche ihrer eigenen Stimme – aber alles wie aus nebeliger Ferne. Der harte Fußboden kam ihr entgegen, ihre Knie wurden weich. Vage erkannte sie die Umrisse eines Tisches und zwei Reihen grüner Zehen. Aber vor ihr erstand eigentlich nur der Schrei ihres Mannes: »Gordy! Ivan!« – die blinde Suche eines Vaters nach seinen Söhnen im Dunkeln; es war, als ob der Klang von Gordon Beauchamps einschmeichelndem Gesang und die zackigen Bewegungen seines Taktstocks sich in dem verwesenden Fleisch eines jungen Mädchens inkarniert hätten. Vor Frances

Beauchamp erstreckte sich ein Leben des Grauens und der Leere. Sie erbrach sich in ihre Hände.

Arthur McAlister half ihr auf. Sie schaute direkt auf die Eingeweide des Mädchens, und eine schwache Genugtuung leuchtete in ihren Augen auf, als ob der Anblick sie beruhigte: das konnte ihren Jungen nicht passieren. »Sie sind noch am Leben.« Sie strich sich mit den Handrücken über die Wangen. »Da bin ich sicher.«

Im Flur entstand eine Unruhe. Eine Faust hämmerte an die Tür. »Ich komme, ich komme«, sagte McAlister.

Die Tür öffnete sich spaltbreit. Ein Junge schob seinen Kopf hindurch und reckte den Hals, um in den Saal zu lugen. Arthur McAlister drückte die Tür dagegen. Der Junge schrie auf, wich zurück. »George Cummings ist wieder da!« sagte er und rieb sich den Kopf. »Er sagt, er hat einen toten Mann hintendrin.«

McAlister riß die Tür auf und lief zum Krankenhauseingang. Frances Beauchamp war direkt hinter ihm, atemlos auf einmal und voller Angst, sie könnte sich geirrt haben. Sie hatte ihre große Erkenntnis gehabt und wollte nicht, daß sie ihr wieder genommen wurde. So viel war ihr schon genommen worden. Sie folgten McAlister auf den Fersen, der sich durch die Menge zur Hecktür des Leichenwagens durchkämpfte, und stand auf einmal wieder neben Mrs. Caruso. Die kleine Italienerin faßte Frances Beauchamp am Arm. »Stark sein«, sagte sie und drückte fester, als wollte sie es ihr demonstrieren: »Stark!«

»Ich hab auf Sie gewartet, Mr. McAlister«, sagte George Cummings.

»Ja ja, George, danke.«

»Wie Sie's gesagt haben, Mr. McAlister.«

»Wer ist es, George?«

»Es wird Sie überraschen. Die Hummerfischer haben

mir erzählt, sie hätten im Wasser ein Dory drunterschieben müssen, oder er wäre zerfallen wie ein Stück aufgeweichtes Brot.«

»George!«

George Cummings drehte den Türgriff des Leichenwagens herum. Er hielt schon sein Taschentuch bereit, preßte es sich über Mund und Nase und zog die Tür zurück. Ein Pesthauch entströmte der Dunkelheit. Wer sich nicht davonmachte, legte sich beide Hände vors Gesicht und lehnte sich ein wenig vor wie gegen einen Windstoß.

»Komisch, daß sie ihn in der Flußmündung treiben sahen, wo sie doch nach den andern gesucht haben«, sagte George Cummings durch sein Taschentuch. »Am Telefon hat der eine Fischer, Clayt Johnson, gesagt, er müßte viel länger als drei Tage im Wasser gewesen sein, aber er wußte nicht, wer es war. Ich hab ihn gefragt, ob es zwei Monate sein könnten, und er meinte, das wäre gut möglich.«

George Cummings zog die Bahre mit einem länglichen Klumpen aus Fleisch, Haaren und Rippen heraus. Der Gürtel, den Balthasar Caruso selbst gemacht hatte, lag verknickt in der Mitte wie eine tote Schlange. Mrs. Caruso sackte auf die Knie. Aus Frances Beauchamps Mund kam ein langer erleichterter Seufzer, als wollte sie sagen: der da gehört mir nicht, meine sind noch am Leben.

Die übrige Menge verlief sich, während George Cummings weiterredete. Aber er sah nur, was auf der Bahre lag.

»Sie wollten es nicht glauben, als ich sagte, der wäre auch von uns. Sie müssen denken, wir sind ein Haufen blutrünstiger Kannibalen oder so. Ein paar von ihnen haben sich im Kreis um mich herum gestellt und mich gefragt, was zum Teufel wir hier oben treiben. Einer meinte, er hätte es satt, sich mit anzusehen, wie Johnson unsere Leute aus dem Wasser fischt. Ich hab gesagt, niemand würde ihn dazu zwingen, schließlich wär die ganze Insel voller Fischer und jetzt gäb's auch noch die Küstenwache. Da gibt mir einer von ihnen einen Schubs und sagt, ich soll den Mund halten über Sachen, von denen ich keine Ahnung hab. Sie sagen, dieser Johnson wäre im Grunde der einzige, es wären zwar ein Dutzend Boote an der Suche beteiligt, aber finden würde nur er sie.«

Als er zu Ende geredet hatte, standen nur noch er, Mavis Beauchamp und ein Sanitäter am Leichenwagen. Arthur McAlister hatte Mrs. Caruso weggebracht. Frances Beauchamp war schon halb zu Hause.

EZRA

Der einzige, der etwas aß, war Clayt. Hattie hatte sich nicht einmal die Mühe gemacht, ihrem Sohn einen Teller hinzustellen, aber Clayt verlangte, daß er sich dazusetzte. In der Nacht hatte er Autos auf der Straße vorbeifahren hören. Der Strom war seit gestern morgen nicht abgebrochen.

»Wir sollten ihn wegbringen«, sagte Hattie.

»Ich brauch ihn hier.«

»Ich kann ihn zu seiner Tante schicken. Du kannst mit Jesse rausfahren.«

»Er muß um seinetwillen hierbleiben. Schau ihn dir an.« Clayt zeigte mit dem Messer auf Ezra. »Was er will, ist hier sein. Nicht wahr, Junge?«

Ezra wußte nicht, was er wollte und was nicht. Er war jetzt hier, und er kam gar nicht auf den Gedanken, irgendwo anders sein zu können. Es war ihm nicht eingefallen, ans Weggehen zu denken. Im Moment dachte er nur daran, wieder mit seinem Vater aufs Wasser zu kommen und weitere Leichen herauszuholen. Nicht weil er das wollte, sondern weil er dachte, er sollte es.

»Außerdem«, sagte Clayt, »wird ganz Maine hierherkommen und sich den Schlamassel anschauen wollen. Da unten ist jetzt schon der reinste Karneval los. Meinst du, die Leute würden nicht im ganzen Land wegen dieser Sache am Radio hängen? Er wird in Augusta genauso davon hören, wie er hier davon hört, nur mit dem Unterschied, daß er dort größtenteils Märchen und Lügen zu hören bekommen wird. Wenn er hierbleibt, kriegt er es aus erster Hand mit. Außerdem wird deine Schwester ihn bloß in ihrem Wagen wieder hierherschleifen, damit sie selber was von der Sache mitkriegt.«

Als es an der Tür klopfte, erhob Hattie sich automatisch, als hätte sie es erwartet. Seit gestern ging das jetzt so, ständig in Bewegung, eine Reaktion nach der andern, drehen, stehen, setzen, laufen, ein ständiges Hin und Her zwischen zu Hause und dem Kai und dem Kaufladen.

Arthur McAlister stand mit dem Hut in der Hand in der Tür.

»Ich wollte nicht beim Essen stören, Johnson«, sagte er. Sein Anzug war zerknautscht, seine Schuhe dreckverkrustet, seine Hände gestikulierten zerfahren. Wie ein erledigter Bankier, der sein Vermögen an der Börse verloren hatte und jetzt bei den Nachbarn die Runde machte und um Almosen bettelte, um Geld und Kleidung.

»Komm rein, Arthur«, sagte Clayt. »Du kannst noch einen Nachtisch kriegen.«

McAlister rührte sich nicht.

Clayt drehte sich um. »Was ist?«

»Es gibt einen neuen Fund.«

Clayt legte die Gabel hin.

»Wer ist es?«

»Nicht wer«, sagte McAlister. Er blickte entschuldigend Hattie an, die ihn am Ellbogen nahm und zu ihrem Platz am Tisch führte.

»Ein Gurkenglas«, sagte McAlister, »mit einem Zettel drin. *Auf der Insel – Jack*, steht drauf.«

»Jack«, sagte Clayt.

»Jack Kersey«, sagte McAlister. »Wir hatten einen Jack

dabei. Und seine Frau Dorcas und ihre Verkäuferinnen. Er war Juwelier. Gute Mädchen, die Verkäuferinnen. Es könnte Jack Kersey gewesen sein.«

»Setz dich, Arthur«, sagte Clayt und stocherte weiter in seinem Essen herum. »Wann hast du zuletzt was gegessen?«

McAlister ließ sich auf dem Stuhl nieder.

»Ezra, nimm Mr. McAlister den Hut ab«, sagte Hattie.

Ezra ging um den Tisch herum, nahm den Hut, legte ihn auf den Küchentresen direkt daneben und kehrte an seinen Platz zurück.

»Sie rudern gerade hin«, sagte McAlister.

»Wer, Jesse?«

»Und ein paar Polizisten und der Pfarrer ...«

»Jim Sinnett.«

»Pastor Sinnett. Genau.«

»So so«, sagte Clayt mit vollem Mund. »Worauf war diese Meldung geschrieben?«

»Ich weiß nicht. Es war dunkel, als er damit ankam. Sah aus wie Packpapier.«

Clayt hörte auf zu kauen. Er schluckte. »Er?«

McAlister hob die Augen.

»Wer?« fragte Clayt.

»Er sagte, er würde Earl Varney heißen.«

Clayt und Hattie wechselten einen Blick.

»Earl Varney«, sagte Clayt. »Da bist du sicher?«

»Ja. Er sagte, er hätte das Glas vor ungefähr einer Stunde am Ufer gefunden. Ich wollte gleich herkommen und es dir sagen, ich dachte, du willst vielleicht mitkommen und schauen ...«

»Mordsglück, daß Earl das Glas gefunden hat.«

»Vermutlich, ja«, sagte McAlister.

»Im Dunkeln.«

»Im Dunkeln, ja, vermutlich.«

»Wo, sagt Earl, hat er dieses Glas gefunden?«

»Auf der Rückseite von Great Island. Bei der Hütte von irgendwem.«

»Leslie Simmons«, sagte Clayt.

»Ja, stimmt«, sagte McAlister. »Er nannte den Namen Leslie Simmons.«

Clayt preßte die Hände auf den Tisch und machte Anstalten aufzustehen, ließ es aber bleiben. Er schaute Arthur McAlister über den Tisch hinweg an. »Hattie, sei so gut und hol Arthur eine Tasse Kaffee.«

Hattie trat auf die Kanne zu, dann blieb sie hinter ihrem Mann stehen. Sie legte ihm die Hände auf die Schultern, und Clayt kniff langsam die Augen zusammen und ließ sein Kinn leicht sinken, friedlich, wie kurz vor dem Einschlafen. Sie schaute einen Moment aus dem Fenster, an der brennenden Lampe vorbei zum Wasser, und ging dann Kaffee holen.

»Kennst du Earl Varney?« fragte McAlister.

»Welche Insel?« fragte Clayt.

McAlister blickte verständnislos.

»Wo sind Jesse und die andern hin, um nachzuschauen?«

»Er hat keine bestimmte genannt.«

»Es gibt zehn Inseln da draußen, Arthur, fünfzehn, wenn du die Gezeitenriffe mitzählst. Ein kleines Stück weiter draußen sind es Hunderte. Noch weiter Tausende.«

»Jemand meinte, er hätte was gesehen.«

»Jemand.«

»Earl Varney vielleicht, ich weiß nicht, jedenfalls meinte er, er hätte auf einer der Inseln ein Licht gesehen.«

»Earl, so so. Er hat das Glas gefunden und ein Licht

gesehen?« Clayt schüttelte den Kopf, und auf seinem Gesicht malte sich so etwas wie ein Grinsen ab, das aber verrutschte, als ob er es sich anders überlegt hätte. Zuletzt schnitt er eine Grimasse. »Arthur, auf einigen von diesen Inseln wohnen Leute.«

»Aber er sagte, es hätte wie ein Signal ausgesehen, eine Art Code.«

Clayt blickte Ezra an.

»Geh und warte am Kai auf sie, und dann komm gleich wieder her und erzähl uns genau, was sie gesehen haben«, sagte er.

»Clayt, es ist schon spät«, protestierte Hattie.

»Denkst du vielleicht, er könnte heute nacht schlafen, Hattie? Lauf los, Junge. Ich will, daß du zurückkommst, sobald sie wieder da sind.«

Ezra stand auf und holte seine Jacke. Er wartete an der Tür. Sein Vater schob seinen Stuhl zurück, stand auf, lehnte sich an die Spüle und blickte ins Leere. Es schien ihm egal zu sein, daß Ezra noch nicht gegangen war. Der wartete mit der Jacke in der Hand an der Tür.

»Es ist ein Schwindel, Arthur«, sagte Clayt.

McAlister rührte sich nicht, als hätte er halb damit gerechnet.

»So schnell, das geht nicht. Um an der Rückseite von Great Island angespült zu werden, hätte das Glas noch wenigstens ein oder zwei Tage länger in den Gezeiten treiben müssen. Und von den Inseln da ...« Clayt schüttelte den Kopf. »Wenn er es von einer dieser Inseln ins Meer geworfen hätte, wären die Chancen, daß es durch die Strömungen dort gekommen wäre, nahezu null. Aber in einem Tag? Das wäre ein Wurf gewesen. Dann sollte dieser Jack bei den Red Sox spielen.«

Ohne den Kopf zu heben, nickte McAlister langsam.

»Vielleicht solltest du trotzdem mal rausschauen«, drängte Hattie Clayt sanft.

»Wir werden unsere Kraft morgen brauchen«, sagte Clayt zu ihr. »Wer weiß, was wir am Morgen zu sehen kriegen. Dieses Glas ist ein Teil von Varneys kleinem Traum.«

McAlister blickte auf.

Clayt hielt die Hand hoch. »Frag nicht, Arthur. Ich kann rein gar nichts beweisen.«

»Ich kann dir gar nicht sagen …«, begann McAlister zornig, als ob er in Clayts Gesicht etwas gesehen hätte. »Ich habe letzte Woche ein Bild von diesem Boot gesehen. Ich wußte, daß es nichts taugte. Ich hätte es ihnen sagen können.«

»Floyd war ein guter Käpt'n«, sagte Clayt.

»Aber es war ein miserables Boot. Das war auf dem Bild zu sehen.«

»Es war ein miserables Boot.«

McAlister senkte den Kopf wie zum Gebet, dann wischte er sich mit dem Handrücken über die Augen. »Ich habe meinen Platz meiner Sekretärin abgetreten«, sagte er. »Und den von meinem Sohn ihrem Freund.«

»Dann sei dankbar, daß du am Leben bist«, entgegnete Clayt. »So wie es aussieht, hättest du niemandem da draußen was nützen können.«

»Aber ich habe sie selber geschickt«, sagte McAlister. »Es hätte nicht passieren müssen. Du verstehst nicht.« Zitternd blickte er auf.

»Doch, Arthur«, sagte Clayt. »Ich verstehe.«

In dem Moment sah Ezra sie alle an ihrem Eßtisch zusammenkommen, seinen Bruder, die Mädchen, die verschollenen Männer, schon längst wohlauf zurückerwartet, und die Lebenden hinter ihnen, die an ihrem Verschwinden Beteiligten, Pfuscher, Mörder, reine Bösewichte; die Jäger und die Gejagten; die, die unerkannt unter uns einhergehen. Keine Gespenster. Lebendige, tot bei lebendigem Leib.

Clayt blickte zur Tür. »Lauf, Junge«, sagte er.

Ezra machte die Tür auf und schlüpfte hinaus. Nacht auf der Haut, Nacht zwischen sich und dem Wasser. Er konnte hören, aber er sah nur die Glocke aus Licht über der Mackerel Cove schweben, als stünde der Kai in Flammen. Und darüber die ewig wandernden Nadelspitzen der Sterne. Bald würde der Morgen grauen, dann die Sonne aufgehen, und er wußte nicht, was er zu Gesicht bekommen würde. Am Abhang hinunter zum zischenden Wasser, den brummenden Maschinen, den gedämpften Rufen senkte er den Kopf und lief los.

MAVIS

Freundinnen hatten Frances Beauchamp davon überzeugt, sie müsse etwas tun, arbeiten, irgend etwas, das sie beschäftigte und von Mavis ablenkte, und so saß sie den ganzen restlichen Sommer über in der Fabrik an einem Fließband und setzte Gewehrläufe zusammen. Bei Tagesanbruch lag Mavis, die Hände hinterm Kopf verschränkt, mit weit geöffneten Augen im Bett und starrte an die Decke, verfolgte das Delta der Risse und lauschte auf das Nichts von Ivan und Gordy auf der anderen Seite der Wand. Sie hörte nur das Dröhnen von der Fabrik.

Unter ihr klirrte eine Porzellantasse im Spülbecken; das Wasser floß durch die Leitungen in den Wänden. Eine Tür ging zu, die Fensterscheiben wackelten. Die langsamen, ruhigen Schritte ihrer Mutter die Stufen der Veranda hinunter. Die Fabrikpfeife ertönte.

Mavis sprang aus dem Bett und strolchte durchs Haus. Vom Fensterbrett im Wohnzimmer aus lief sie nach oben, um sich auf Ivans Bett – gemacht wie immer, mit wöchentlich gewechselten Bezügen –, dann auf Gordys zu setzen; wobei sie unbewußt in ihrem Nachthemd die erahnte Fülle ihrer künftigen Brüste befühlte. Als die Tränen aufwallten und die Nasenflügel bebten, bezwang sie sich im letzten Moment, würgte alles hinunter, zog die Hand aus dem Nachthemd, verbot es sich, nahm sich zusammen und ging weiter. Die Fabrikpfeife gellte. Mittag. Essenszeit.

Dann zwei. Ihre Mutter sollte um Viertel nach drei wieder da sein.

Mit sinkender Sonne wurde die Luft im Haus wieder dumpf und stickig. Am Klavier ihres Vaters stellte Mavis das Heft auf den Notenständer und legte die Ellbogen auf die Tasten. Sie schaute aus dem Fenster und meinte zu sehen, wie ein kleines Boot den dürftig eingezäunten Garten durchquerte und im milchweißen Dunst des Sommertages auf Nimmerwiedersehen verschwand. Sie konzentrierte sich auf das Weiß, die Aufhebung aller Formen – nichts sah sie mehr –, aller Tatsachen. Sie wandte sich dem Klavier zu und fing an zu spielen. Sie sang. Als die Tränen ihr vom Kinn auf die Finger fielen, sang sie lauter, um ihre anderen Geräusche zu übertönen. Ein Lied nach dem andern, jedes Lied, das sie an irgend etwas erinnerte, immer mit dem Gedanken: Das bin nicht ich, die da weint, das bin nicht ich. Es ist die Musik. Je mehr sie nicht zu denken versuchte, während ihre Tränen auf die Klaviertasten perlten und ihre Finger abglitten, um so mehr sah sie. »Er ist fort!« schrie sie. »Fort!« Und das Wasser teilte sich und nahm das kleine Boot in sich auf, und der Tod in Form einer weißen Gestalt stieg aus dem Abgrund empor.

Die Schritte ihrer Mutter auf der Veranda. Mavis' Augen auf der Uhr. Viertel nach. Sie lief nicht weg. Sie hämmerte auf das Klavier ihres Vaters ein. An der Haustür wurde das Gesicht ihrer Mutter leer. Mavis spielte ein paar Takte aus dem Repertoire ihres Vaters. Ihre Mutter sackte im Sessel zusammen, starrte mit betroffener Miene das Familienfoto an. Aber nicht Grauen, dachte Mavis. Verwirrung.

Es wurde Abend. Sie lugte in Mutters Zimmer. Dort auf dem Boden, neben denen der Mutter, standen die Pantoffeln ihres Vaters, abgestaubt, ordentlich nebeneinander, mit den Fersen zur Wand, als ob der Kapellmeister Gordon Beauchamp jeden Augenblick aus der Dusche steigen würde.

Also war er am Leben.

Jetzt wußte sie, wo sie hinwollte, wo sie noch nie allein gewesen war und wo sie noch nie ohne ihren Vater, oder jedenfalls nicht ohne ihre Brüder, hingedurft hatte. Aber Mavis kannte den Ort. Weil er ihr so oft verboten worden war, hatte sie in ihren Träumen dort gelebt. Nichts war davon übrig, das wußte sie, als die Eckpfeiler und der Schornstein und eine Steintreppe, die einst zu einer Veranda hinaufgeführt hatte und jetzt nur zu einem Punkt im Leeren anderthalb Meter über dem Erdboden führte. Die verkohlten Balken des Mount-Zircon-Hotels waren nichts als kreuz und quer liegende Reihen aschgrauen Staubs, schon ihr ganzes Leben lang; länger.

Früher hatte das Hotel gleich unterhalb des Gipfels von Mount Zircon mit seiner Hochlage über Rehoboth und dem Androscoggin geradezu wie der Inbegriff der Vollkommenheit gewirkt. Kate Donner hatte das Glück gehabt, daß ihre Aussicht über die am schnellsten wachsende Papierfabrik der Welt und über das Tal mit dem hölzernen Rohstoff dieser Fabrik verlockend genug war, um Zimmersuchende zur Fahrt die Holzfällerstraße hinauf zu bewegen. Alles weitere war keine Frage des Glücks; das Hotel war perfekt ausgebaut worden, als Pendant zum Balsams, einem herrschaftlichen Hotel auf der kanadischen Seite der Grenze, mit einem Untergeschoß, das groß genug war, um einen kleinen Wagenkonvoi in sich aufzunehmen und die mächtigen Eisentore dahinter zu schließen; groß genug, um die Wagen heimlich zu beladen und in der Dunkelheit zurück über die Grenze zu schicken.

Alle Beauchamp-Kinder hatten so gut gewußt, wie diese Männer die Engpässe nehmen und Straßensperren in waghalsigen Manövern quer über den Berg umfahren konnten, als ob sie es selbst gemacht hätten. Und das hatten sie auch; an zwei Dutzend Samstagnachmittagen hatten Ivan und Gordy und Mavis und Walter McAlister den letzten Schnapstransport in einem kleinen Gehölz nacherlebt: wie der Wagenkonvoi sich abends die Holzfällerstraße zum Mount Zircon hinaufschlängelte, während der Sheriff unten die Telefonleitung des Hotels durchschnitt und dann mit fünfzehn zu Hilfssheriffs ernannten italienischen Steinmetzen hinaufschlich. Die Überraschung war perfekt: für die Alkoholschmuggler das Auftauchen eines Sheriffs an der Spitze einer Horde kleiner, dunkler Männer, von denen keiner ein Wort Englisch sprach; und für den Sheriff die Größenordnung, die das Alkoholgeschäft all seiner Wachsamkeit zum Trotz erreicht hatte.

Gordy als Sheriff schaltete einmal drei Alkoholschmuggler aus, bevor sie sich umdrehen und wegrennen konnten, dann steckte er den Kopf in einen Diestelbusch und öffnete eine Kellerluke, unter der fünfzehnhundert Liter Schnaps und zwei Tonnen Maische versteckt waren. Mavis als Kate Donner starb frühzeitig mit einer verirrten Kugel im Hals und lag glücklich im sonnengewärmten Laub und hörte den Bienen zu. Dann kicherte sie – das verziehen ihr die Jungen nie –, als der tote Italiener wieder lebendig wurde und den nächsten der sich rasch dezimierenden Alkoholschmuggler mimte. Der Morgen graute schon fast, als das Knallen der Schüsse im Wald endlich aufhörte. Die Blutlachen fingen schon an zu trocknen, die Leichen lagen lang und ausgestreckt auf der Erde, auf den verschleierten gelben Augen und den Einschußlöchern krabbelten massenhaft Fliegen. Als letzter noch übriggebliebener Italiener fesselte der kleine Ivan die Handgelenke des einzigen überlebenden Alkoholschmugglers (dessen frankokanadischen Akzent Walter jeden Samstag neu zum Besten geben mußte) und brachte ihn den Mount Zircon hinunter in die Stadt, womit der Kampf zu Ende war, der Staub sich wieder legte, die Kinder ihre getrennten Wege gingen.

Aber erst jetzt verstand Mavis die volle Tragweite ihres Erbes. Vom Flur vor dem Schlafzimmer ihrer Mutter aus konnte sie draußen auf dem Mount Zircon wieder Schüsse knallen hören. Und sie glaubte keine Sekunde lang, daß es dabei um Schnaps ging. Der Alkoholschmuggel hatte vor langem schon aufgehört. Aber etwas in ihr wurde sofort wach, etwas, das größer war als die leeren Zimmer ihrer Brüder und die leeren Pantoffeln ihres Vaters. Selbst mit neun – vielleicht gerade mit neun – nahm sie es ohne Widerstand oder auch nur Überraschung hin. Als ob sie es ihr ganzes Leben mit sich getragen hätte, ohne es zu wissen. Als ob dieses vage Etwas – die Tatsache, daß ihre Brüder und ihr Vater und ihr Onkel tot in den Wellen trieben – nur eine Leihgabe an sie wäre, wie die Vergangenheit für eine Frau überhaupt oft nur eine Leihgabe war, zusammengesetzt aus Erinnerungen, die vielleicht ihre eigenen waren und vielleicht nicht. Bilder und Geräusche von Menschen, die es vielleicht nie und nirgends gegeben hatte, deren Geschichten einfach von ihr abfielen und liegenblieben wie Laub, das von diesem Jahr klar und deutlich und das vom Vorjahr schon zerfressen und das vom Jahr davor nur noch Mulch, Dünger, nackte Erde. Geschichten von toten Brüdern und toten Vätern. Leere Pantoffeln an der Wand. Hatte es sie alle überhaupt je gegeben?

Ihre Mutter war jetzt unter der Dusche. Mavis setzte

sich auf. Wie angewachsen beobachtete sie vom Bett aus, wie sie selbst aufstand und sich anzog und leise die Treppe hinunter und in die Dunkelheit hinaus ging. Bodennebel schwebte dicht über den Rasenflächen der Nachbarschaft. Am Ende der Straße fing der tiefe Wald an. Ein unausgesetztes klatschendes Wassergeräusch erscholl. Pistolenschüsse knallten.

Das Laken an die Brust gepreßt, beobachtete Mavis vom Fenster aus, wie sie durch die Bäume über den Hang zum Mount Zircon eilte. Sie fragte nicht, woher sie den Namen Parmachenee kannte oder warum ihr keine plausible Geschichte einfallen wollte, die erklärte, wie sie auf einmal darauf gekommen war. Es war eine andere, ältere, frühere Geschichte, die sie auch hätten spielen können, denn irgendwie wußten sie alle darum. Sie fragte nicht, warum Gordy nicht Parmachenee spielte; warum Ivan nicht Benjamin Lufkin gab, oder Mavis Lufkins Frau Sarah; oder warum man Walter nicht den Part des Sklaven Plato aufzwang. Etwas war bekannt, wurde aber ausgeblendet, wie eine dieser Geschichten, die man für bedeutungslos hält, bis sie plötzlich auf einen zukommen und aus der Phantasie heraustreten und wirklich und lebendig vor einem stehen.

Beim Lauf bergan flogen die Bäume nur so an ihr vorbei. Das Geräusch des Flusses blieb hinter ihr zurück. Der Matsch unter ihren Füßen verflüssigte sich. Der Weg hatte sich in einen klaren Bach verwandelt. Ihre Hosenbeine waren naß bis zu den Knien. Die Moon Tide Spring war verstopft worden; soviel meinte sie immerhin zu wissen. Früher einmal waren der Quelle hundertfünfzig Liter kaltes klares Wasser in der Minute entströmt. Bei Vollmond waren es zweihundertdreißig gewesen, und die Sokokis kamen vom Azicohos Lake herab, um von dem sprudelnden Wasser zu trinken. Sie gingen im Mondschein in einer Reihe den Berg hinauf und führten einen feierlichen Tanz um die Quelle auf, dann knieten sie sich hin und tranken für ihr ewiges Heil. Irgendwann hatte das Massachusetts Commonwealth das Land um die Quelle New Pennacook genannt und es einem gewissen Jonathan Keyes übereignet. Keyes gab Nathaniel Knapp vierhundert Dollar und einen Morgen Land, damit dieser mit dem Geld ein gutes Sägewerk und eine gute Mühle darauf errichtete und sie in Schuß hielt, dann ließ er in Boston tausend Handzettel drucken und verteilen, auf denen stand:

Bäume so hoch wie Schiffsmasten! Staudamm am Azicohos Lake im fortgeschrittenen Planungsstadium, voraussichtliche Leistung für den Androscoggin River 54 000 Pferdestärken. Drei Kanäle geplant, Einläufe 30, 50 und 100 Fuß. Stausee von 125 Meilen Länge. Mühlenstandorte. Ackerland. Siedlungsfläche 1200 Acres. Hart- und Weichholz zur Verarbeitung im Überfluß. Kein Rückstau, kein Grundeis.

Was folgte, war eher ein Rückzug der Indianer als ein Vormarsch der Weißen. Die Sokokis gingen nach Norden und blieben dort, außer Parmachenee und gelegentlich einigen anderen, die jedesmal bei Vollmond zurückkamen, um aus der Quelle zu trinken.

In einer Novembernacht des Jahres 1781 hörte Jonathan Keyes auf seinem Hof im Tal aus der Richtung des Mount Zircon einen einzelnen Musketenschuß. Bei Tageslicht stapften er und Nathaniel Knapp den Berg hinauf, um nachzusehen, und stießen auf Bären, die sich an einigen Leichen zu schaffen machten: der von Parmachenee, der den Musketenschuß in die Brust bekommen hatte, und denen von Benjamin Lufkin, seiner Frau Sarah und Plato, die alle mit durchgeschnittener Kehle im Schlamm um die Quelle herum lagen. Keyes wollte nicht darüber spekulieren, aus welchem Anlaß und in welcher Reihenfolge die Morde geschehen waren. Er begrub die Toten in einem gemeinsamen Grab mit einem einzigen Holzkreuz darauf und machte dann dem Commonwealth Meldung. Richter Rangeley kam von Boston herbei und ließ die Quelle von drei afrikanischen Sklaven zuschütten. Mit Ziegeln und Mörtel mauerten sie die Lücken zu und unterdrückten so das Geheimnis, die Forderungen nach Aufklärung, nach romantischen Samstagnachmittagen, nach kindlichen Spielen, die erst hundertsechzig Jahre später beginnen sollten.

Mavis näherte sich der Ruine. Die Schüsse hallten nicht mehr dumpf dröhnend von den Hügeln, sondern knallten scharf und klar, im Wechsel mit dem Schnappen der Abzüge. Dicht unterhalb der Gipfellichtung warf sie sich in den Schlamm. Eine Kugel pfiff durch das Laub und fuhr in einen nahen Baumstamm. Kaltes klares Wasser lief über das Gras der Lichtung und den Berg hinunter. Vor ihr auf der Lichtung standen zwei Männer knöcheltief im überschwemmten Gras und feuerten 22er in die Hotelruine ab. Ein dritter Mann, ein kleiner dunkler, hatte seine Pistole fallenlassen und redete gestikulierend auf die anderen ein, beschwor sie betrunken auf italienisch. Es war der Freund ihrer Mama, Balthasar J. Caruso. (Sie hatte seine Leiche selbst gesehen, aufgelöst, zerfressen.)

Mitten aus den Trümmern stieg eine mannshohe Fontäne gleichmäßig und blau in der Abenddämmerung empor. Klares Wasser floß breit über das Fundament. Drei oder vier Schwarzbären tappten zwischen den Männern und der Fontäne hin und her, hoben die Pranken und fletschten angesichts der Kugeln die Zähne. Die Körper von zwei oder drei andern Bären lagen bereits im Wasser,

Pranken in der Luft, Augen himmelwärts starrend. Jeder der Männer hatte einen Tonkrug vor sich. Der des Italieners lag leer auf der Seite.

»Der Kanake soll das Maul halten!« Es war ihr Onkel Alban. Auch er nicht tot? Man hatte ihn nicht gefunden. Hier also war er. Sie waren alle hier. Onkel Alban blickte den Italiener an: »Kanake!« sagte er.

»Nix Kanake«, sagte Caruso und deutete fuchtelnd auf die Bären. »Nein. Nix Kanake.«

»Nicht erschießen.« Es war Mr. Decker. Auch er war auf dem Boot gewesen.

»Warum nicht?« fragte Onkel Alban.

»Nicht die Bären. Caruso.«

»Warum nicht? Er ist nichts weiter als ein Kanake.« Onkel Alban kniff ein Auge zu und gab rasch drei Schüsse in die Ruine ab. Die Steintreppe schlug zweimal Funken. Beim dritten Schuß taumelte einer der aufrecht stehenden Bären und schwenkte die Pranke. Seine Zähne waren blutig.

»Gib ihm einfach noch was zu trinken«, sagte Mr. Decker.

»Sei ein braver Kanake«, sagte Onkel Alban und hielt Caruso den Krug hin. Er erhob die Pistole und zielte kurz auf den Italiener, dann drehte er sich wieder zu den Bären um und gab einen weiteren Schuß ab, der durch die Blätter hinter der Ruine fetzte. Caruso hörte auf zu reden. Er ließ die Arme hängen. Seine Augen waren dem Wald zugewandt. Onkel Alban drehte sich zu ihm um und schrie, er solle das Maul halten, dann setzte er den Krug an die Lippen.

»Macht er doch schon«, sagte Mr. Decker.

»Was?«

»Caruso. Er hält das Maul.«

»Ich sag dir, diese Bären sind alle Parmachaws Geister«, sagte Onkel Alban. »Italiener haben keine Ahnung von Indianern.« Er legte abermals mit der Pistole auf Caruso an. Caruso sah ihm mit unbeweglicher Miene in die Augen. Onkel Alban lachte, wirbelte herum, duckte sich und feuerte auf die Bären wie ein Cowboy. Er lachte wieder, ein kurzes, trockenes Lachen. »Parmachickasaw. Ich sag dir, das sind alle elende Indianergeister, allesamt.«

»Es sind keine Geister, bloß Bären«, sagte Mr. Decker, wobei er einen letzten, widerwilligen Schuß abgab. Die Kugel verschwand zischend im Wald.

Dann feuerte Onkel Alban, und die Kugel fuhr einem der erlegten Bären in den Bauch. »Diese Knarren sind für die zu leicht«, sagte er.

»Der da ist schon tot, Alban.«

»Weiß man nie«, sagte Alban. »Geister sterben nicht so schnell.«

Jetzt feuerte bloß noch Alban auf die Bären. Er verschoß sein ganzes Magazin in einen der Bären. Der Bär fiel um und lag still im Wasser.

Alban schüttelte die leeren Patronen aus seiner Pistole und wühlte in seiner Tasche nach weiteren, während seine Lippen stammelten: »Parmasickanee.« Er richtete seine Pistole schwankend auf die Ruine und drückte ab. Die Kugeln fetzten in den Wald: Er drehte sich zu den andern um, vergaß aber, die Pistole zu senken. Mr. Decker hechtete zu Boden. Caruso rührte sich nicht. Der Lauf strich über ihre Köpfe, wie um sie zu segnen.

»Menschenskind, Alban«, sagte Mr. Decker.

Dort wo Mavis lag, war die Sicht schlecht. Vor ihr bewegten sich die beiden noch lebenden Bären behende in der Dämmerung. Der Himmel verfloß, oben war er dunkel, an den Wipfeln der Bäume tief golden und zwischen ihnen messinggelb. Die drei Männer waren scharf von der Lichtung abstechende Schatten. Die Wassersäule stand hinter ihnen im Schatten der Ruine, und dahinter kam die größere Dunkelheit des Waldes. Einer der Bären trat über den Rand der Ruine und drohte mit der Pranke. Onkel Alban drehte sich um, und – ein Flammenstoß zuckte aus seiner Pistole, dann der Knall, bloß ein Paff vor dem Rauschen des Waldes. Der Bär kam weiter auf ihn zu, und Onkel Alban verschoß das ganze Magazin in das Tier, daß die Flammen und Funken nur so aus dem Lauf stoben. Onkel Alban sah betrunken und durchgedreht aus. Dann kamen keine Flammen mehr, nur noch das Klicken von Abzug und Hammer. Alle sahen, wie der Bär umfiel, wie er bewegungslos auf der Seite liegenblieb, wie die Augen noch einmal aufflackerten, sich nach oben drehten, dunkel wurden. Weiter hinten platschte der letzte Bär durchs Wasser.

Langgestreckt zogen die Mondschatten vor den ihre Krüge schwenkenden Männern her. Ein schaler Schnapsgeruch hing in den Bäumen. Als sie fort waren, stand Mavis auf und spähte auf die Lichtung. Die Buckel der toten Bären ragten aus dem Wasser wie Sandbänke. Der letzte stand immer noch knöcheltief darin, umgeben von den schwarzen Buckeln, Schnauze in der Luft, Arme angelegt, Schultern und Kopf im kühlen Mondlicht gebadet. Mavis machte einen Schritt vorwärts, aber jemand hielt sie an der Schulter fest und zog sie zurück. Dann machte sich Mavis wieder auf den Weg nach unten. Sie blieb stehen, und jemand gab ihr einen kleinen Schubs. Wieder blieb sie stehen und wurde geschubst.

»Schau nicht mal hin. Und erzähl keinem was davon.« Es war Gordys Stimme. Sie hörte ihn so gewiß, wie sie dort stand. »Wenn du es weitererzählst, wird es nicht mehr wahr sein.«

1952

DOVE

Ein kleiner Mann mit Brille, Kragen und Hemds-
ärmel aufgeknöpft, einen Mantel über die Schultern geworfen, saß hinter dem Lenkrad seines Wagens am Ende
der Mole und blickte über seine Fingerknöchel zum
Strand, als versteckte er sich vor dem, was dort war. Durch
eine Lücke in der granitenen Kaimauer beobachtete er eine
große Menschenmenge, die in Mäntel gehüllt und dicht
zusammengedrängt im Halbkreis am Rand des Wassers
stand. Wie macht er das bloß? fragte er sich. Schwer ar-
beitende Leute so früh am Morgen aus den Betten zu
holen? Mich aus dem Bett zu holen?

Er stieg aus dem Wagen. Seine kleinen Augen hatten
Mühe, im frühen Sonnenlicht offen zu bleiben, seine pum-
meligen, überlasteten Beine quälten sich über den Sand,
sehnten sich nach Asphalt. Unsicheren Schritts begab er
sich nach unten.

Es war merkwürdig still: keine Rufe, nicht einmal ein
Raunen. Es war Ebbe, und das Wasser plätscherte leise
an die Kaimauer. Es lag eine feierliche Stimmung über der
Menge, als ob eine Kirchengemeinde ihren Pastor um-
ringte, der einem Fremden oder Bekannten gerade die
Sterbesakramente erteilte.

Der Mann umrundete die Menge am äußersten Ende,
und dort – wie hätte es anders sein können? – stand Leslie Everett Dove, schwitzend und schwer atmend, obwohl

er nichts machte, außer gelegentlich den Kopf in diese oder jene Richtung herumzureißen, als ob er türmen wollte und einen Fluchtweg suchte. Aber den suchte Dove keineswegs, und als er sah, wie die Köpfe nach hinten gingen, fuhr er herum, packte den Redakteur am Arm, grinste wie ein Irrer und zog ihn näher heran.

Zu Füßen der Menge lagen die teilweise verwesten Überreste eines riesigen Tieres, ein wuchtiger, länglicher Schädel, hohe röhrenartige Rippen, die aus dem Sand wuchsen wie der halb fertiggestellte Unterbau eines großen Bootes. Seetang und Fetzen dunkler, ledriger Haut hingen hier und da an dem ausgebleichten Skelett. Das Innere machte den Eindruck, als hätte das Tier einen mächtigen Umfang gehabt. Skalenstriche waren über seine ganze Länge und Breite in den Sand gezeichnet, große, mit den Zehen geschriebene Zahlen, zwölf auf drei Meter. Pfeile zeigten den Strand hinauf und hinunter, der grobe Lageplan eines Archipels mit weiteren Pfeilen, die offenbar die Richtung von Strömungen oder Gezeiten angaben, oder waren es Zugrouten? Anscheinend hatte Dove soeben seinen morgendlichen Vortrag darüber beendet, wo dieses Wesen hergekommen war. Vielleicht aus Atlantis. Oder von einem bis dato noch unbekannten Ort.

»Es ist eine Seeschlange, Mike«, flüsterte Dove. »Dieser kleine Junge hat sie heute morgen gefunden, als er herkam, um vor der Schule noch Steine auf dem Wasser hüpfen zu lassen.« Mit seinen mächtigen Armen zog Dove einen aufgeregt grinsenden Jungen zu sich und stieß ihn gleich wieder weg. Hastig fuhr er fort: »Zwölf Meter lang, drei Meter Durchmesser, hatte mal Flossen von zwei Meter Länge, das erkennt man an der Ausdehnung dieser Knochen hier, die wie Flügel aussehen.« Er deutete mit dem Fuß darauf, dann blickte er auf: »Wo ist Sammy? Haben Sie Sammy nicht mitgebracht?«

Der Redakteur steckte seine Hände tief in die Taschen, als wäre ihm plötzlich kalt.

»Sie haben niemand zum Fotografieren mitgebracht?« beschwerte sich Dove.

»Machen Sie halblang, Leslie, es ist halb sieben in der Frühe. Ich bin eben erst aufgestanden. Lassen Sie mich erst mal die Augen aufkriegen. Ich rufe Sammy an, wenn wir ihn brauchen.«

»Was soll das heißen: wenn wir ihn brauchen? Schauen Sie sich dieses Biest an! Glauben Sie, wir bräuchten davon keine Fotos? Schauen Sie hier, die Flossen haben Krallen, und dazwischen ist Fell. Es ist eine Seeschlange, Mike.«

Der Redakteur wandte den Kopf der Menge zu. Beifälliges Nicken von etlichen Zuschauern. Im ungünstigsten Fall geduldige und neutrale Blicke.

Dove packte den Redakteur am Oberarm und zog ihn näher. »Ich sage Ihnen, das wird eine tolle Geschichte, Mike. Und Sie müssen sie groß herausbringen. Sie wollen doch nicht, daß ich den *Globe* anrufe? Das ist genau das Richtige für den *Ledger*, damit schafft ihr es endlich, daß diese Stadt da drüben euch ernst nimmt. *New York Times*, Nachrichtendienste, ich hätte alle anrufen können, aber ich habe Sie angerufen. Später am Nachmittag mache ich eine Live-Sendung im Radio direkt hier vom Ort des Geschehens. ›Exklusiv im *Quincy Ledger*‹, werde ich sagen. So schnell werden Sie gar nicht drucken können, wie sich die Zeitungen verkaufen.«

Der Redakteur ließ seinen Blick einmal über die ganze Länge des Skeletts schweifen, wie um sicherzugehen, daß das Ding tot war. Er spielte mit den Fingern in der Tasche herum, trat mit der Fußspitze in den Sand.

Dove beugte sich an sein Ohr: »Wissen Sie, wie viele Fischer mir im Vertrauen mitgeteilt haben, daß sie genauso ein Ungeheuer auch schon gesehen haben? Ihre Beschreibungen treffen exakt darauf zu. Ich weiß nicht, ob wir ihre Namen nennen dürfen, aber ich bin sicher, wir könnten Aussagen von ihnen bekommen und nach diesen Angaben Zeichnungen machen lassen, Sie wissen ja, diese Leute vergessen nie etwas, und wir könnten einen Vergleich durchführen zwischen detailgenauen Porträts nach den Beschreibungen dieser Fischer und den Resten dieses Ungeheuers hier.«

Der Redakteur warf ihm einen ungläubigen Blick zu.

»Na hören Sie, ich habe Ihnen doch neulich erzählt, daß Käpt'n Kidds Schädel seit langen Jahren in meinem Besitz ist, aber das scheint auch niemand ernst zu nehmen.«

»Und was, sagten Sie noch, woher Sie den Schädel hätten, Leslie?«

»Leider kann ich darüber nicht viel preisgeben ...«

»Versteht sich ...«

»... nur daß ich ihn von einer Studentenverbindung an der University of Virginia geschenkt bekommen habe. In Charlottesville. Wer Mitglied werden wollte, mußte Wein daraus trinken. Wenn es nach mir ginge, würde ich Ihnen liebend gern die Echtheit dieses wertvollen Stücks dokumentieren, Mike. Aber es geht nicht nach mir. Sehen Sie, die Einzelheiten über Piratenschädel dürfen so lange nicht preisgegeben werden, wie nicht jeder, der damit in Verbindung steht, gestorben ist, andernfalls setzt man sich schrecklichen Gefahren aus. Das ist eine allgemein bekannte Tatsache. Ich bin nur darauf bedacht, Sie zu schützen, Sie und Ihre Familie.«

Der Redakteur zeigte keine Reaktion. Dove seufzte und

fuhr fort: »Sehen Sie, gerade an diesem Schädel hängt eine ganze Kette von Unglücksfällen, und leider Gottes habe ich ihn geerbt. Nachdem ich ihn bekommen hatte, sind auf einmal schlimme Sachen passiert. Mein Auto wurde gestohlen, mein Haus wurde ausgeraubt, meine Frau wäre fast überfahren worden, als sie eines Abends im Regen an einer Ecke stand. Es ist in Ihrem eigenen Interesse, wenn ich Ihnen nicht viel darüber erzähle, Mike. Aber dieser Fall hier liegt anders ...«

»Sie können mir den Schädel also zeigen, aber Sie können mir nicht sagen, woher Sie wissen, daß er echt ist«, sagte der Redakteur

»So ist es.«

Der Redakteur seufzte und starrte bekümmert auf das Skelett, ohne etwas wahrzunehmen.

»Menschenskind, Leslie«, murmelte er aus dem Mundwinkel. »Sie wissen so gut wie ich, daß dieses Ding ein Riesenhai ist.«

Eine gut einstudierte Miene des Abscheus und der Überraschung trat auf Doves Gesicht. »Ein Riesenhai!« rief er aus.

Die Menge begann zu murren.

»Seeungeheuer«, riefen einige. Weitere zustimmende Rufe.

Der Redakteur blickte Dove direkt in die Augen. »Ach, kommen Sie, Leslie.«

»Wie bitte? Sie wollen es verheimlichen, damit niemand Angst bekommt?« Er wandte sich an die Menge: »Hat irgendwer hier Angst?« Allgemeines Kopfschütteln. »Oder wollt ihr haben, was euch rechtmäßig zusteht? Dieses Ungeheuer hier an eurem Strand würde eure Stadt«, Dove breitete die Arme aus, »berühmt machen. Es wird Touristen und Presseleute und Fernsehsender anziehen. Und darauf sollt ihr kein Recht haben? Wo es doch euer Seeungeheuer ist ...?«

Die Menschenmenge sah aus, als wollte sie gleich Amok laufen.

Der Redakteur blickte nur kopfschüttelnd auf den Sand.

Dove sagte laut genug, daß alle es hören konnten: »Dies hier ist keine Einbildung, mein Freund. Es ist echt, und Skeptiker wie Sie und Ihresgleichen werden niemals glauben, daß es Dinge im Meer gibt, die wir nicht verstehen und nie verstehen werden. Sie mögen keine Überraschungen. Sie mögen es nicht, wenn Ihre glatten Erwartungen an das Leben Risse bekommen. Die werfen Ihr Weltbild um, machen Sie unsicher. Dann gebrauchen Sie einen Ausdruck wie ›Riesenhai‹, um für alles, was Sie nicht verstehen, ein Etikett zu haben.«

War das ein Grinsen auf dem Gesicht des Redakteurs? »Tja, Leslie, warum rufen Sie dann nicht den Zoo an?«

»Was ist passiert?« fragte Marie Dove, als Leslie vor sich hin murmelnd und mit den Händen fuchtelnd an ihr vorbeistürmte. »Haben sie ihren Fotografen geschickt?«

Wortlos eilte Dove die Treppe hoch, immer zwei Stufen auf einmal, dann drei, schnell vorbei an den diversen Schneckenmuscheln, die den Treppenschacht zu seinem Mansardenbüro säumten, einer windgepeitschten Kuppel oben auf ihrem Haus am Kai. Wie im Ruderhaus eines Bootes lag hier seine Welt vor ihm, das trübe Wasser des Bostoner Hafens, in dem die Schiffe kamen und gingen. Außer Sicht hinter und unter ihm wußte er die Straßen, allesamt fahle Schluchten voll herumfliegender Papiertüten und Blechdosen, mit ausgebleichten Verschalungen und geschlossenen anonymen Hauseingängen zu beiden Seiten.

Mit Einbahnstraßen- und Stoppschildern, die im Hafenwind klapperten.

Ein Flugzeug kam vom nahegelegenen Flughafen. Sein Schatten huschte durch das kleine Büro, nahm kurz das warme Sonnenlicht weg, dann klirrten die Fensterscheiben, als es davonbrummte. Dove blickte aus dem Fenster, über die Hummerkörbe und Schiffsknoten und Kokosnußköpfe, die das Geländer seiner Dachplattform zierten, hinweg auf die Linie zwischen den beiden Hälften seines Meeres, die eine grün und die andere heute eine leere diesige Weite.

Überall war Papier verstreut. Schief an der Wand hing eine Lithographie: der Leuchtturm von Minot, der gerade in die Brandung kippte, während die Wellen schon an den Füßen der abspringenden Wärter leckten. Sammelalben und Klebstofflaschen lagen herum, Zeitungsausschnitte, die den jungen Dove zeigten, wie er in Kanus den Stürmen trotzte, Heldentaten vollbrachte. Einen etwas älteren, schwereren Dove, der rittlings auf einer Schatztruhe saß, einen Piratensäbel in der einen und einen menschlichen Schädel in der anderen Hand.

Die Wände hingen voll von maritimen Erinnerungsstücken, Stichen von Schiffen, Leuchttürmen und Stürmen, Filmplakaten von Clark Gable und Charles Laughton, John Wayne in Fliegermontur, Douglas Fairbanks jr. in Wüstenkluft, Errol Flynn mit einem Dreispitz auf dem Kopf. Auf einem Zeichentisch an der Wand lag ein Haufen Schiffbaupläne: Schoner, U-Boote, Sklavengaleeren im Querschnitt.

Die Kokosnußköpfe schwangen am Dachgeländer hin und her wie die Schrumpfköpfe von Affen.

Die Möglichkeit war nicht auszuschließen, daß Dove dies alles, Schrumpfköpfe und was sonst noch da war, auf

Reisen zu fernen Inseln selbst gesammelt hatte. Doch Dove war eher der Typ, der sich Dinge schicken ließ, der einen gut durchgesessenen Stuhl besaß, der seine Indizien, seine Wahrheitsatome, nach Stürmen bei Ebbe im Sand unten am Kai auflas. Eine Karikatur seiner selbst.

Dove stolperte im Büro herum, blätterte Papierstapel durch, wühlte in einem Stoß von Briefumschlägen. Aus einem Blechschrank zog er Ordner um Ordner hervor, guckte kurz hinein und warf sie beiseite.

Schwer atmend und hochrot im Gesicht fluchte er vor sich hin: »Wenn ihr ein echtes Seeungeheuer haben wollt, sollt ihr ein echtes Seeungeheuer kriegen.«

Er drehte sich um und schaute auf den vom vielen Lesen schon ganz abgegriffenen Brief, den er umklammert hielt, auf das bemühte Gekrakel:

Bailey Island, 19. März 1952

Sehr geehrter Mr. Dove,

zufällig entdeckte ich ein Exemplar Ihres neuen Buches, auf das ich natürlich schon gewartet hatte. Und ich muß sagen, ich war überrascht, als ich Ihr Kapitel über die »Raven« sah. Ich fragte mich: Hat ihn mein erster Brief gar nicht interessiert? Es befremdet mich sehr, daß Sie mich nicht aufgesucht und mit mir gesprochen haben, wo ich doch dachte, daß der Fliegende Weihnachtsmann genau der Mann wäre, dem eine Frau wie ich mich anvertrauen sollte.

Jedenfalls bin ich seit diesem Brief in den Besitz neuer und noch erschreckenderer Informationen gekommen, die Ihnen zweifellos Anlaß geben werden, die Untersuchung wieder aufzunehmen und diesem Geheimnis auf den Grund zu gehen. Sie haben die »Portland« ge-

funden. Dieses Boot zu finden könnte uns berühmt ma-
chen. Denken Sie nur an die ganzen armen Menschen
in Rehoboth.

Ihre Beatrice Varney

Pausenlos vor sich hin redend, durchstöberte Dove sämtliche Akten und Schränke, die er hatte, aber er konnte
den ersten Brief mit der spindligen Handschrift der Frau,
an dessen Inhalt er sich jetzt, zu spät vielleicht, wieder
genau erinnerte, nirgends finden.

EZRA

An einem Morgen Anfang April strömte die Flut durch die Enge der Mackerel Cove. Alle Boote lagen dem offenen Wasser zugewandt, dem blassen Horizont. Darüber und darunter hing immer noch eine Art leuchtende Dunkelheit. Es ging kein Wind, die Luft war zum erstenmal wieder wärmer, gut auszuhalten. Das letzte Eis glitt von den Felsen.

Auf halbem Weg um die Bucht hielt Ezra Johnson seinen Pickup neben einem niedrigen Blechschuppen an, mehr Verschlag als Behausung, ein aus dem Schnee ragender Bunker. Vergilbte Quellerstengel im Matsch zwischen Leitern, Reusen, Bojen und einem Skiff; eine amerikanische Flagge wie ein Geschirrtuch um einen alten Mast geschlungen; ein Aluminiumkanu schräg in einer rußigen Schneewehe.

Ezra stellte sich seinen Kaffee aufs Knie. Regentropfen klackten auf das Dach seines Führerhauses und fielen wie Glassplitter um die Boote herum in die Bucht. In dem blechernen Fischhaus weiter unten hörte er es klappern und kratzen, und in dem erleuchteten Fenster unter dem Dachvorsprung stocherte eine einsame Gestalt unter einer Gummikapuze mit einer Forke in den Salzwannen herum. Mit einem prüfenden Blick zum Himmel, der inzwischen weit über die Einfahrt zur Bucht hinaus dicht war wie eine Klapptür, so daß kein Horizont mehr zu sehen war, suchte Ezra im Radio den Wetterbericht aus Portland, bekam nichts herein als Störgeräusche, schaltete es ab, stieg aus und ließ seinen Wagen mit laufendem Motor und offener Tür stehen. Er kniete sich vor das Kanu.

Mit zwanzig war Ezra nicht viel größer als der Junge, der er 1941 gewesen war. Er war knapp unter eins siebzig. Aber mit seinen muskulösen Armen, der stämmigen Figur, den kurzgeschorenen Haaren und dem schon wettergegerbten Jungengesicht war er ein derber Typ, der den Eindruck von zuviel Kraft machte. Die Ruhe und Festigkeit seines Gesichts wurde von zwei tiefblauen Augen durchbrochen, die etwas von unsagbaren Erfahrungen und Härten verrieten; als ob seine Jugend eine Maske wäre, eine Tarnung, und unter der Haut jemand lebte, der schon ganz alt war. Er war mehr ein Bewohner dieser paar Inseln, des Wassers ringsherum und vor allem seines Bootes – einer anarchischen Enklave ständiger Kleinkriege und Meutereien – als ein Einwohner von Maine oder irgendeinem Stück Festland, das dahinter lag.

Er strich mit der Hand eine verschneite Stelle frei, um einen Blick auf das grün gestrichene Holz zu werfen. Mit seiner spitzen Sweatshirt-Kapuze wirkte er wie ein einsamer Mönch, der betend vor einem teilweise freigelegten Altar kniete. Es war niemand zu sehen. Nicht einmal das Gras bewegte sich. Nur das stetige, monotone Tropfen der Flagge und das sanfte Zischen des Regens auf dem Schnee und dahintreibende Nebelfetzen.

»Kann ich behilflich sein?« Die Stimme kam aus der Werkstatt.

»Ich bin's bloß, Bernard«, rief Ezra. »Ich schau mir nur das Kanu an.«

Eine Gestalt erschien in der Tür. Das Licht aus dem

Schuppen umriß die Leibesfülle, die Mütze auf dem Kopf, die stämmigen Ellbogen in den Hüften. »Sieh dich vor heute. Sieht ganz so aus, als würd's zunebeln.«

Gegen seinen Willen ließ Ezra einmal die Hand über das Kanu gleiten wie ein Junge, der in einem Rennstall ein Klassepferd streichelt.

»Mach mir ein Angebot.«

»Ich will's nicht kaufen.«

»Kauf es, Ezra. Du willst es.«

Ezra musterte es in seiner ganzen Länge. »Kann sein.«

»Wofür?«

»Für die Hütte oben bei Rangeley.«

»Hätte nicht gedacht, daß dein Vater da oben aufs Wasser geht«, sagte die dunkle Gestalt.

»Tut er auch nicht. Er kann's nicht ausstehen.« Er stand auf und klopfte sich den Schnee vom Knie. »Was meinst du?«

»Ich meine, du willst es.«

»Was willst du dafür haben?«

»Mach mir ein Angebot.«

Ein sehnsüchtiger Ausdruck trat auf Ezras Gesicht, die Augen kobaltblau, durchscheinend, als hätten sie keine Rückseite, wie ans Licht gehaltene Kristallsplitter. »Sag mir einfach, was du dafür haben willst.«

Eine Hand winkte ab, und die Gestalt verschwand. »Nimm's mit.«

»Für wieviel?«

»Für nichts. Und wenn ich noch soviel verlange, wär's weniger, als ich deinem Vater schulde.«

Ezra fischte eine feuchte Rolle Geldscheine aus seinem Overall, legte einen Zwanziger auf das Kanu und beschwerte ihn mit einem Stein. »Ich komm's bei Gelegenheit holen.«

Der Regen war nicht so stark, wie er sich anhörte oder auf dem Wasser aussah, und er war auch nicht so kalt. Am Fischhaus hatte sich der Schnee in die Gräben und auf die geschrumpften Abraumhaufen verzogen. Ezras Atem hing schwer vor ihm in der Luft. Alles war naß. Alles triefte und strömte von Regen und Schmelzwasser.

Drinnen beförderte sein Vater Clayt eingesalzene Fische mit der Forke aus den Wannen in Fässer. Mit sechsundfünfzig war er bereits ein alter Mann. Für ihn als einen der ältesten noch aktiven Hummerfischer auf Bailey Island gab es keine Trennung zwischen Außenwelt und Innen, Wasser und Land, Luft und Seele – sie waren schon vor langem miteinander verschmolzen. Wie sein Boot war er nur eine bewegliche Hülse, die mal das eine und mal das andere beherbergte, und manchmal alles auf einmal. Für Freude längst unempfänglich, führte er die Forke mit gleichmäßigen Bewegungen und ohne jede Eile, aber auch ohne ans Aufhören zu denken, bevor das Faß voll war.

Ezra gesellte sich wortlos zu ihm, ging auf die andere Seite des jetzt vollen Fasses und schleifte es zur Laufplanke. Zusammen lenkten sie das Faß nach unten und zogen es zum Rand des Anlegefloßes. Clayt setzte einen Fuß in das Dory, bückte sich, schon halb im Sitzen, um das Seil zu lösen, stieß sich mit dem Fuß ab und drehte sich zu den Rudern um. Erstaunt blickte er zu Ezra auf.

»Was ist? Bleibst du da oder kommst du mit?«

Ezra machte einen großen Satz über den wachsenden Abstand zwischen Dory und Floß und landete taumelnd im Boot.

Der stoßweise kommende Regen wurde auf einmal kälter, als ob jemand irgendwo ein Fenster aufgemacht hätte.

Clayt kannte den Weg, ohne hinzuschauen, setzte erst

mit dem einen Riemen aus, dann mit dem andern, während er rückwärts um die Liegeplätze und Anlegeflöße ruderte. Der Nebel verdichtete sich zu schattenhaften Klumpen, wurde dunkler – Antennen, Mast und Ausguck – ein Boot: *Alexander P, Tonka, Dragonfish*, dann *Snook*. Sie streiften durch das dichte Gedränge gespenstischer Massen in dem niedrig hängenden Nebel, der sich teilte und wieder schloß wie das Wasser darunter; zwei Schichten Wasser, eine davon zum Atmen. Clayt legte ein Ruder ab und griff sich eine Faustvoll Wasser, schaute es sich in der offenen Hand an und warf es wieder zurück. Als gefiele ihm nicht, was er gesehen hatte. Als ob Wasser die Fähigkeit hätte, zu- oder abzuraten, seine Ausbeutung zuzulassen oder zu verbieten.

Sein Rücken wurde breiter, seine Hände kamen zusammmen, die Riemen griffen Raum. Ein einziger kräftiger Zug, und das Dory schoß auf den letzten Ankerplatz zu, ein Boot wie alle andern, karg, ruhig im Wasser schwankend. Er machte das Dory am Liegeplatz fest und ging an Bord. Sie stiegen in gelbe Overalls, spritzten das Boot ab. Der Außenbordmotor zerriß die morgendliche Stille, und Clayt lenkte das Boot den Weg zurück, den sie gekommen waren, und wendete am Anlegefloß.

Mittlerweile war es richtig Tag geworden. Männer waren am Fischhaus zugange, die Glut ihrer Zigaretten ungefähr in Kniehöhe. Pickups vom Festland rollten den Hügel zur Bucht hinunter. Clayt und Ezra luden das Faß ein, und Ezra fing an, händeweise abgehäutete Fische herauszuholen und ihnen Spieße durch die Augen zu stecken. Clayt zog am Fahrhebel, hinter ihnen brodelte das Wasser, und das Boot setzte sich in Bewegung. Das Land entfernte sich.

Wellen gingen wie durch sie hindurch, Untiefen tauchten ohne Vorwarnung auf. Irgendwo links schwappte Wasser an Land, das plötzlich hier und plötzlich dort auftauchte. Geräusche und Licht wirkten ortlos und wirr. Der Wind war beißend. Das schwarze Wasser schlug ihnen entgegen. Ezra hatte den Nebel direkt in den Augen, doch er wußte, daß sein Vater Tempo und Richtung kannte und daß seine Hände ihn leiteten. Clayt ruckte am Steuer, zog es dann vor einem unsichtbaren Hindernis heftig herum, und das Boot erwachte, bäumte sich gegen die Wellen auf, den Bug hoch über Wasser. Es hüpfte und schnellte voran, und Clayt drehte nach rechts, dann nach links, während Ezra, den Latz blutbeschmiert, hinter ihm unbeirrt mit den Spießen beschäftigt war und mit wiegenden Knien die Bewegungen des Bootes ausglich. Ein Stück weiter rechts hörte Clayt das Wasser gegen Felsen knallen wie gleichmäßiges Geschützfeuer, und er riß abermals heftig am Steuer und drückte den Fahrhebel hinein. Der Bug senkte sich, und das Boot verlor an Fahrt, bis es an einer namenlosen Adresse stehenblieb. Eine Gruppe von Fahnen steuerbord, die in den Wellen wippten und kippten. Das offene Wasser ölig, wogend. Eine nebelige See.

Die Spieße lagen vor Ezra bereit. Clayt zog Schutzhandschuhe an, lehnte sich hinaus, packte eine blaue Fahne und schlang das daran hängende Seil um eine Winde. Die Winde ächzte, das Boot neigte sich etwas zur Seite, dann kamen die algigen Reusen eine nach der andern aus dem Wasser herauf. Clayt machte kampfbereit die Reusenklappe auf. Er schüttelte die Hummer in ihrem Käfig so lange, bis sie herauskamen, wobei er den zuschnappenden Scheren auswich wie ein Boxer und den Kopf vor den Attacken der Hummer schützte. Dann kreuzte er ihre Scheren, und die Hummer waren besiegt. Er musterte sie und warf die kleinen kurzerhand über die Schulter ins Wasser zurück. Die großen Tiere gab er an Ezra weiter, der ihnen die Scheren mit Gummiringen fesselte und sie in einen hölzernen Schwimmkasten fallenließ. Dann beköderte er die Reuse mit den aufgespießten blutigen Jungfischen. Ezra nahm die Reuse, ging ein wenig in die Knie und hievte sie mit einem Sprung auf zwei Laufbretter hinter ihm. Clayt am Steuer sah sehr klein und aschgrau aus, als sein kräftiger junger Sohn die Reusen durch die Luft wuchtete. Aber alles ging glatt. Ezra machte sich wieder ans Köderaufspießen, während Clayt die Boje über Bord schleuderte, Blut und Fischreste mit einem Schlauch abspritzte und dann das Boot in eine andere Richtung drehte. Das Heck senkte sich, das Wasser rauschte vorbei, und die leeren Reusen flogen hinter der Boje und dann in rascher Abfolge hintereinander her von den Laufbrettern und verschwanden.

Zwei Stunden später hatten sie sämtliche Adressen abgeklappert, aber der Schwimmkasten war erst halb voll von sich windenden Hummern. Clayt äugte nach oben. Der leuchtende Nebel war einem grauen, konstanten Licht gewichen, und der Regen war kalt und nieselig geworden.

»Wie wär's, wollen wir Dreggen?« fragte er.

Ezra schaute in den Regen empor.

Clayt griff zum Mikrofon. Er drehte am Lautstärkeknopf des Funkgeräts.

»Jesse?«

»Ich höre.«

»Hast du Lust zum Dreggen?«

Nach einer Pause: »Wo?«

»Round Rock.«

Eine Zeitlang kam keine Antwort, und Clayt sagte

nichts. Er hängte das Mikrofon ein und guckte in den Schwimmkasten.

Schließlich ertönte Jesses Stimme: »Meinst du, es kommt was dabei rum?«

Clayt nahm das Mikrofon ab: »Ich meine, ich könnte noch was brauchen.«

»Zehn Minuten.«

Clayt hängte das Mikrofon wieder ein. Er sah Ezra nicht an. »Mach das Netz fertig.«

Er nahm den Gang heraus, dann stieg er auf den Bug und kraxelte den Mast zum Ausguck empor. Oben bediente er die Zweitsteuerung, kleinere Hebel und ein winziges Rad, und lenkte die *Hattie B* in das weiße Wasser vor sich. Bleicheres Geschäume. Dann kippte eine Welle über und legte im Auslaufen die Leeseite eines Felsengrats frei. Die Klippen schimmerten kurz im grauen Licht, bevor sie wieder im ringsherum gurgelnden und spritzenden Wasser versanken.

Ezra konnte jetzt die Wellen um die Felsen murmeln und die Brecher wie Kanonenfeuer donnern hören. Er straffte sich und blickte ins Wasser, dann zu seinem Vater hinauf.

»Nicht so zimperlich, Junge«, rief Clayt. »Es ist Flut.«

Ezras Gesicht zuckte und seine hellen Augen wurden hart, als sein Vater das Boot dichter heranlenkte. Drei niedrige Buckel erhoben sich aus dem Wasser, einer hinter dem andern, und fielen dann einfach über die Klippen und verschwanden.

Jesse kam längsseits. »Ezra, jetzt schmeiß mal das Netz rüber«, rief er hinüber.

Ezra warf einen skeptischen Blick in das Gebrodel, dann zog er Handschuhe an, ging nach achtern und ließ das Netz vom Steuerbord zu Jesses Backbord hinüber.

Die Boote tanzten vorwärts, und Clayt und Jesse spürten in den Fingern die Stärke der Strömung und das Ziehen des Netzes. Sie dosierten die Zugkraft so, daß eine Art Patt zwischen dem Boot und den Kräften von Wasser und Luft entstand.

»Einmal kurz durchgezogen, und dann nichts wie raus«, sagte Clayt.

»Einholen!« rief Jesse.

Ezra legte den Hebel um. Die Boote neigten sich zur Seite, als verbeugten sie sich voreinander. Die Masten kamen dicht zusammen. Jesse und Clayt blickten hinunter, und ihre Fingerknöchel am Geländer wurden weiß, dann ließen sie los, als das Wasser sich hob und das Netz bis auf ein paar Seetangstränge und die übriggebliebenen Eckstangen einer alten Holzreuse leer an die Oberfläche kam.

»Nichts«, schnaufte Clayt leise und, wie Ezra zu hören meinte, fast ein bißchen erleichtert. Als Ezra den Kopf hob, sah er, wie sein Vater den Teeth den Rücken zukehrte und die *Hattie B* behutsam zurücksetzte und wendete.

Geduscht und umgezogen trat Ezra später durch die Tür des Sebasco, eines niedrigen langen Gebäudes, das einmal ein Motel gewesen und jetzt das einzige Restaurant auf Bailey Island war. Abgeschnitten vom Mittagslicht stand er blinzelnd im Dunkel.

Auf dem Parkplatz des Sebasco hatte nur ein anderer Wagen gestanden, ein alter grauer Chevy, der Jeannie gehörte, der Besitzerin, Köchin, Wirtin und Kellnerin des Restaurants. Ein einsames Fahrrad hatte im Gebüsch gelehnt. Ansonsten war der langgestreckte Parkplatz leer gewesen; es war zu früh im Jahr für die Touristen aus Boston und New York, zu früh am Tag für den Kneipenbesuch der Hummerfischer aus der Bucht und zu spät für die Frauen der Fischer.

Ezras Augen gewöhnten sich an die Dunkelheit, und er ging in den Speisesaal, wo ein einsamer Gast, ein alter Mann, den Blick aufs Meer gerichtet, in einer Nische saß. Er hielt mit beiden Händen ein Whiskyglas, das bis aufs Eis ausgetrunken war. Gesicht und Stirn waren voller Falten, die Lippen ein grimmiger Strich, wie eine zugewachsene Narbe, wie nicht mehr in Gebrauch; ein weißer Bart umschloß das Kinn. Ein Hosenbein war umgeschlagen und festgeklammert, damit es sich nicht in der Tretkurbel eines Fahrrads verfangen oder Schmiere abbekommen konnte.

Ezra kannte Nathan Morrill schon sein ganzes Leben. Es waren Morrills einziger Sohn Ed und sein Enkel Billy gewesen, die an jenem Weihnachtstag des Jahres 1940 auf Meerentenjagd zum Riff hinausgefahren und nicht mehr lebend wiedergekommen waren. Es war Ezras Vater Clayt gewesen, der Morrills Sohn mit einer seiner Reusen herausgefischt und ihn zum Pier der Morrills gebracht hatte.

Danach hatte Nathan Morrill die Bucht verlassen, wo die Frauen seiner Familie Kinder geboren und die Männer gefischt hatten und wo sie alle gestorben und begraben worden waren, auf demselben Stück Land an der Morrill Cove, das die Familie ohne Unterbrechung bewohnt hatte, seit Timothy Bailey und Clement Orr die Inseln Sebascodegan und Little Sebascodegan im Beisein von Morrills Urururgroßvater Isaac Morrill für ein Pfund Tabak und eine Gallone Rum gekauft hatten.

Isaac Morrill war 1781 mit seiner Familie aus den Carolinas nach Norden gesegelt und hatte auf irgend etwas gewartet, das ihn dazu bewegen würde, seiner Familie Haus und Hof zu gründen. Als er an Cape Elizabeth vorbeikam, erblickte er vor einer der noch nicht kartographierten Inseln einen unbeflaggten Schoner namens *Picaroon*. Der Name kam ihm bekannt vor, er hatte ihn hier und da in Verbindung mit einem Scharmützel in den Gewässern vor Cape Hatteras gehört; und wenn dies dieselbe *Picaroon* war, dann waren Schiff und Mannschaft britisch. Morrill segelte in den nächsten Hafen, setzte Frau und Kinder ab, rief die dortigen Fischer zusammen und leitete sie zu dem Schoner, und mit ihm an der Spitze umzingelte die kleine Flotte von Skiffs und Dorys mit zwei Musketen als Geschützen die *Picaroon* und enterte sie. Da er keine Lust hatte, den Schauplatz seines Heldentums wieder zu verlassen, führte Morrill seine beiden erschrokkenen Kinder knietief in den Hafen von Sebascodegan hinein und drückte ihnen die Köpfe unter Wasser, womit er sich selbst und seine Familie zu Fischern taufte.

In ununterbrochener Generationenfolge fingen die Morrills erst Fische, dann Hummer, bis Nathan Morrill statt dessen das Bowdoin College im nahen Brunswick besuchte. Immerhin erklärte er sich einverstanden, mit seiner Familie an der Bucht wohnen zu bleiben und – vor dem Bau der Brücken – immer über das Wasser zwischen den Inseln zu staken, um als Anglistikprofessor zu lehren.

Aber seit dem Weihnachtsmorgen 1940 waren Morrills einziger Sohn und einziger Enkel tot. Er würde keine Kinder mehr haben. Der Morrill-Clan sollte mit ihm aussterben.

Es war Morrill, der dafür gesorgt hatte, daß Clayt Johnson und Jesse Johnson in Bowdoin aufs College gingen. Und es war Morrill, der drei Jahre zuvor zu Clayt gegangen war und ihn um seine Zustimmung zu Ezras Immatrikulation gebeten hatte. Clayt hatte nichts gesagt, was

Morrill als Einverständnis gewertet hatte, und weiter wurde nicht darüber geredet.

Jetzt rutschte Ezra auf den Sitz ihm gegenüber. Ein Stoß Bücher lag an Morrills Ellbogen. Morrill schaute weiter zum Fenster hinaus, den Hang hinunter, wo die hölzernen Trockengestelle sich wie ein riesiges breites Band über eine Lichtung zur Bucht hinunter erstreckten und unter einer Schicht aus Makrelen und Blaubarschen fast verschwanden. Im Wasser schaukelten die Boote an ihren Liegeplätzen, daß die Masten schwankten. Dahinter, jenseits der Meerenge, rollten die blauen zylindrischen Wellen an die Küste, wo sie hoch in die Luft geschleudert wurden und ihre weißen Fontänen die weißverbretterten Sommerhäuser von Harpswell Neck besprühten, die sich immer näher an das Wasser heranschoben.

»Tag, Herr Professor.«

Morrill schniefte, wischte sich mit dem Handrücken die Nase und schaute auf. Seine Augen waren trübe, seine Finger zitterten.

»Möchtest du mir vielleicht sagen, warum du abgehen willst? Menschenskind, du hast noch einen Monat bis zur Abschlußprüfung. Ich wollte dich für den Honors Degree empfehlen.«

Ezra wandte den Kopf zum Fenster. »Mein Vater ist schon nach einem Jahr abgegangen«, sagte er.

»Das weiß ich. Und ich habe ihn damals zu mir bestellt und mich mit ihm hingesetzt, genau wie ich hier jetzt mit dir sitze, und habe versucht, ihn umzustimmen.«

»Und?«

Morrill führte sein leeres Glas an die Lippen und nahm ein Stück Eis zwischen die Zähne.

»Ich hatte bei ihm genauso viel Glück, wie ich es heute schätzungsweise mit dir haben werde.«

Schritte hinter ihnen. Jeannie kam um die Ecke, und Morrill hob sein Glas und klimperte mit dem Eis.

»Was nimmst du?«

Ezra hob leicht die Hände. »Ich muß Vater später unten in der Bucht helfen.«

Morrill beugte sich über den Tisch vor und flüsterte: »Warum studierst du nicht noch einen einzigen Monat weiter und machst den verdammten Abschluß?«

Ezra musterte seine gelben Fingerkuppen, schwielig und flach zulaufend wie Paddel.

»Menschenskind, was soll der Quatsch? Erst bringst du mit großem Einsatz drei harte Studienjahre hinter dich – mit verdammt guten Leistungen, möchte ich hinzufügen – und dann läßt du alles sausen, bevor es etwas wert ist.«

Ezra schaute überrascht auf. »Aber ich hab's getan. Das ist etwas wert.«

»Ich rede vom Abschluß, Mann. Dem Abschluß. Deswegen gehen die Leute doch überhaupt nur aufs College.«

Jeannie kam und tauschte Morrills Glas gegen ein volles aus, und Morrill setzte es sofort an und trank es halb leer. Ezra beobachtete, wie die bernsteingelbe Flüssigkeit ihm aus beiden Mundwinkeln in den Bart rann und dort die Stoppeln dunkler färbte.

»Ich brauche keinen College-Abschluß, um Hummer zu fangen«, sagte Ezra leise.

Morrill warf sich gegen die Rückenlehne. Er verschränkte die Arme. »Du willst also den Rest deines Lebens Hummer fangen?«

»Ja«, antwortete Ezra rasch. »Solange ich kann.«

Morrill kam wieder vor, die Hände geradezu flehend geöffnet. »Dann bleib bloß noch den einen Monat. Du wärst der erste Hummerfischer auf diesen Inseln, der einen akademischen Titel hätte. Damit würdest du mit zweihundert Jahren Geschichte brechen.«

»Aber ich lege keinen Wert darauf, mit irgendeiner Geschichte zu brechen«, sagte Ezra.

»Nicht mal mit deiner eigenen?«

Ezra schaute aus dem Fenster. »Es würde nur Scherereien geben«, meinte er. »Die andern würden mich schief ansehn.«

»So ein Unsinn«, sagte Morrill und schlug mit der flachen Hand auf den Tisch. »Das ist doch bloß dummes Fischergeschwätz. Menschenskind, ich bin keine intellektuelle Landratte, die auf diesen Ort runterguckt. Meine Familie hat auf diesen Inseln Hummer gefangen, bevor deine Familie sich überhaupt eine nennen durfte. Jeder Mann in meiner Familie außer mir hat dort unten in der Bucht die Arbeit gemacht, die du und dein Vater machen. Ich weiß, wovon ich rede. Ich habe eine Wahl getroffen. Genau wie du eine Wahl treffen kannst ...«

»Ich habe meine Wahl getroffen«, sagte Ezra.

»Aber du hättest eine Hochschulbildung. Es ist keine Schande, eine Hochschulbildung zu haben.«

Zum erstenmal sah Ezra auf und erwiderte Morrills Blick. Er räusperte sich.

»Ich wäre auf jeden Fall nie so gebildet wie die andern, also wozu das Stück Papier? Es ist bloß ein Stück Papier. Es hat nichts zu tun mit dem Hummerfang oder dem Meer oder mit dem Leben hier oder der Arbeit unten in der Bucht. Ich hab meine Zeit da oben abgeleistet. Ich hab bei Ihnen studiert. Ich hab bei ein paar andern studiert. Ich hab ein paar Bücher gelesen. Ich konnte morgens vor dem Unterricht die Fahrten mit meinem Vater erledigen, deswegen hatte ich nichts dagegen. Es hat mir Spaß gemacht. Aber ich hab's nie für das Stück Papier getan.«

Morrill, schlank und hochgewachsen, setzte sich zu voller Größe auf und schien von einem Hochsitz auf Ezra hinunterzuschauen. »Du willst mir weismachen, du hättest diese Bücher nicht gern gelesen? Melville? Conrad? Du, selbst ein Mann vom Meer, willst mir weismachen, diese Bücher hätten dir nichts bedeutet?«

Ezras Augen wurden glasig. Nach einer Weile nickte er. »Doch, sie haben mir etwas bedeutet«, sagte er.

»Sie haben nicht bloß etwas bedeutet. Sie *sind* etwas. Der große weiße Wal. Das ist nicht bloß ein Wal. Das ganze Leben ist so: den Abschluß machen, den Stoff meistern, ihn Stunde für Stunde, Semester für Semester einholen. Diese Bücher sagen uns etwas über uns selbst. Sie machen uns unser Leben klar.«

Ezra runzelte verwirrt die Stirn. »Die Bücher haben mir gefallen ...«

»Die Bücher haben dir nicht bloß gefallen«, unterbrach ihn Morrill mit erhobener Stimme. »Ich habe deine Arbeiten gelesen. Das waren nicht irgendwelche Fleißarbeiten. Da hatte jemand nicht bloß *gelesen*. Da hatte jemand richtig nachgedacht. Du hast sie *verstanden*. Du hast gefühlt, was da stand.« Morrill hob den Arm und streckte einen zitternden Finger aus, ohne auf etwas Bestimmtes zu deuten. »Du könntest die meisten der Studenten dort am College in die Tasche stecken. Was diese Bücher über unser Leben sagen, hat dich persönlich *berührt*, Mensch. Ich will mich nicht hinstellen und dir erzählen, was du mit deinem Leben anfangen, womit du dein Brot verdienen sollst. Von mir aus kannst du Straßen kehren. Aber du hast dir diesen Titel verdient, mehr als fast alle anderen Studenten, die ich im Laufe von über vierzig Jahren hatte, und das waren absolut fähige junge Männer mit glänzenden Karrieren nach dem Studium, in Behörden, Universitäten, oben in Augusta, in Washington, D.C. Aber dir hat das Studium etwas bedeutet. Es hat dir mehr bedeutet als den meisten. Und wenn du mir was anderes weismachen willst, dann sage ich dir ins Gesicht, daß du lügst.«

Ezra schaute auf. Er machte den Mund auf, um etwas zu sagen, dann wieder zu. Er hob eine Hand, als wollte er sagen: Wo soll ich anfangen? dann ließ er sie auf den Tisch fallen. Abermals blickte er zum Fenster, hinaus aufs Wasser, und seine Augen folgten einem Boot, Jesses, aus dem kleinen Hafen hinaus ins offene Meer, als ob alle Antworten in seinem Kielwasser geschrieben stünden.

»Ich hab diese Bücher nachts gelesen, vor dem Einschlafen«, sagte er leise, wie zu sich selbst. Morrill mußte sich vorbeugen, um ihn zu verstehen.

»Manchmal hab ich gar nicht geschlafen, damit ich die Lektüre für den Unterricht am nächsten Tag geschafft kriege. Aber am Morgen bin ich immer mit meinem Vater rausgefahren, und wir haben unsere Arbeit gemacht, und da waren die Bücher wie weggeblasen. Auf dem Wasser waren sie bedeutungslos. Ich hab die Bücher gern gelesen, und beim Lesen kamen sie mir ganz wirklich vor, aber wenn ich auf dem Wasser war, schienen sie nicht mehr zu stimmen. Ich weiß nicht, wie ich das erklären soll. Im Januar hier draußen – gegen die Härte, im Januar hier draußen Hummer zu fangen, waren die Bücher nichts. Und Seeungeheuer – auf so Sachen komm ich gar nicht, wenn ich da draußen bin. Da draußen muß man hundertprozentig da sein, oder man ist tot. Das Wasser in den Büchern und das Wasser, auf dem wir arbeiten – das sind zwei ganz verschiedene Meere, zwei verschiedene Welten. Aber in eine davon mußte ich jeden Morgen zurückkehren. Egal, was war, am Morgen ging's immer hinaus zum Hummerfang. Auch als ich vor drei Jahren angefan-

197

gen hab, bei Ihnen zu studieren, ging's regelmäßig morgens hinaus.«

»Ich verstehe. Dann hattest du von jeher vor, dein Studium nicht zu beenden«, sagte Morrill.

Ezra gab keine Antwort. Er zuckte mit den Schultern.

»War es Clayt? Hat dein Vater was gesagt?«

Ezra schüttelte den Kopf. »Mein Vater hat in den drei Jahren kein Wort zu mir darüber verloren.«

»Deine Mutter?«

»Solange ich mit gefahren bin und meine Arbeit gemacht habe, war es ihnen egal.«

»Sie haben nie etwas von dem gelesen, was du geschrieben hast?«

Ezra lachte still vor sich hin. »Mein Vater schaut nicht mal mehr in die Zeitung.«

»Was macht es dann für einen Unterschied, Mensch? Warum ziehst du das Semester nicht einfach bis zum Ende durch? Danach kannst du für den Rest deines Lebens Hummer fangen. Du brauchst nicht mal zur Abschlußfeier zu kommen. Ich schicke dir das verdammte Zeugnis zu, wenn es dir unangenehm ist, es öffentlich in Empfang zu nehmen.«

Ezra ließ sich auf seinem Sitz zurücksinken. Er schüttelte den Kopf. »Es ist einfach vorbei«, sagte er schicksalsergeben.

Jeannie trat von hinten heran.

»Was möchtest du essen?« fragte Morrill.

Ezra schüttelte den Kopf.

»Wir bekommen zweimal Fischsuppe«, bestellte Morrill. »Und ich bekomme noch einen Dewar's. Und bringen Sie dem jungen Mann ein Bier.«

Morrill beäugte Ezra über den Tisch hinweg, sah ihn sich an, als müßte er einen Entschluß fassen.

»Denk noch mal drüber nach.«

»Mach ich.«

»Da ist noch etwas.« Morrill ließ seinen Drink in der Hand kreisen.

Ezra setzte sich auf, legte die Arme auf den Tisch und hörte Morrill ruhig zu, als wäre es eine Unterrichtsstunde.

Morrill schob den Stoß Bücher von der Wand weg und drehte Ezra die Buchrücken zu. »Kennst du welche von denen?«

Ezra ließ den Blick über die Bücher gleiten. Auf allen stand der Name desselben Verfassers, ein ums andere Mal *Leslie Everett Dove, Leslie Everett Dove* in goldenen Lettern. Er las die Titel: *Die grausame See und ihre Bezwinger; Unglaubliche, aber wahre Seegeschichten, die keiner kennt; Katastrophen auf See; Schicksalsstunden im Sturm; Fahrten ins Unbekannte, Fahrten ohne Wiederkehr.* Ezra war überrascht. Er fand die Titel interessant, dramatisch irgendwie: Abenteuergeschichten für Kinder. Er hatte sie schon öfter gesehen, diese schlecht geschriebenen, aufgebauschten Märchen von Heldentaten auf hoher See, im *Reader's Digest.* Er hatte darüber lachen müssen. Wenn die wüßten.

Ezra fühlte, wie Morrill ihn beobachtete, nicht mißtrauisch, sondern gespannt, als würde er auf eine ganz bestimmte Reaktion warten. Ihm zuliebe griff er sich das oberste Buch, *Wracks an der Atlantikküste*, und blätterte es langsam durch. Es enthielt größtenteils Bilder, die die Folgen von Zusammenstößen und Stürmen und falschen Entscheidungen zeigten: gestrandete Frachter, gigantische Überseedampfer, die gespenstisch mit der Unterseite nach oben trieben wie harpunierte Wale. Zeichnungen der letzten Momente von Seeleuten, die Augen weit aufgerissen und wild, wie entsetzte Pferde; ein Tiertransportschiff in der Gewalt eines Hurrikans, Elefantenkörper und Löwenmähnen, die im eisigen Meer versanken. Auf jeder Seite, die er umschlug, sah er eine haushohe Welle nach der andern, die einen Schoner nach dem andern auf ein schroffes Riff nach dem andern warf, Seite um Seite vergebliche Rettungsaktionen und umgestürzte Leuchttürme, jede Katastrophe noch katastrophaler und entsetzlicher als die davor. Bei einem Foto verweilte er länger. Es zeigte einen Frachter, über dessen Bug ein Stück Straße herabhing, als ob ein Vater sein totes Kind auf dem Schoß hielte; darüber eine Hängebrücke, in der ein langes Stück der vorderen Spur fehlte, wie noch nicht gebaut. Unter dem Foto stand eine Liste von Namen. Die Bildunterschrift besagte, daß die Genannten über den Rand der Einbruchstelle gefahren waren. Es war Nacht gewesen, und lange Zeit hatte niemand gewußt, daß die Brücke weggebrochen war. Sie waren einer nach dem andern in die Bucht gestürzt.

Ezra schlug das Buch zu und sah mit einem schwachen Lächeln auf. Er verstand nicht, warum Morrill sich mit diesen Büchern abgab. Sie waren sensationslüstern, unter seinem Niveau.

»Nicht gerade *Moby Dick*«, sagte er.

»Aber ihn lesen die Leute, nicht Melville. Je was von ihm gehört?« fragte Morrill.

Ezra sah auf.

»Leslie Everett Dove.«

Ezra zuckte die Achseln. Er betrachtete den Umschlag des Buches. Der Name kam ihm irgendwie bekannt vor, aber er konnte sich nicht erinnern, woher. »Weiß nicht. Kann sein.«

»Hat dein Vater je was von ihm erzählt?«

»Nicht daß ich wüßte.«

»Vielleicht hast du den Namen im Radio gehört. Er macht eine Radiosendung. Er erzählt dort Seemannsgarn und Gespenstergeschichten.«

Wieder spürte Ezra, daß Morrill ihn anstarrte. Er schüttelte nur den Kopf. »Sagt mir gar nichts.«

Morrill zog ein Buch aus der Mitte des Stapels, *Seetragödien Neuenglands*, und hielt es in beiden Händen, als wollte er damit auf etwas einschlagen.

»Bis vor kurzem habe ich auch nicht viel über Leslie Everett Dove gewußt. Er ist der, der letztes Jahr mit diesem Weihnachtsrummel angefangen hat, der Fliegende Weihnachtsmann nennt er sich.«

Ezra nickte. »Hm.«

»Sagt dir das was?«

»Kann sein.«

»Letzte Woche hat mir jemand dieses Buch gezeigt«, fuhr Morrill fort. Er legte das Buch flach auf den Tisch und beide Hände obendrauf, als wollte er es niederdrükken. »Es hat ein Kapitel über Ed und Billy.«

Ezras Augen wurden schmal.

»Ich kann mich erinnern, daß vor ein paar Jahren jemand aus Boston zufällig mitkriegte, wie ich mich mit jemandem darüber unterhielt – ich weiß nicht mehr, mit wem. Danach ist er zu mir gekommen und hat ein paar Fragen gestellt. Ich weiß nicht mehr, was ich dachte. Vielleicht, daß er ein Reporter wäre. Damals kamen uns wochenlang ständig Reporter und Polizisten ins Haus, bis die Leute anfingen zu vergessen. Deshalb habe ich nicht weiter darüber nachgedacht.«

Morrill schlug eine umgeknickte Seite auf. »Es war Leslie Everett Dove. Er hatte in Boston davon gehört, was meinem Jungen passiert war. Er hatte es in der Zeitung gelesen, oder jemand hatte ihm davon erzählt, ich weiß

nicht, wer. Ich hatte vorher noch mit niemand groß darüber geredet. Es gab nicht viel zu sagen. Niemand wußte, was wirklich passiert war – woher auch? Die gängige
Meinung war, daß das Boot sich irgendwie losgemacht
hatte und abgetrieben war und daß sie auf dem Riff fest-
saßen, als die Flut kam. Keine dreißig Sekunden, und sie
dürften weg gewesen sein. Ich fand mich mit dieser Erklärung ab und ließ es dabei bewenden. Es war ja sowieso egal.«

Jeannie kam mit zwei dampfenden Suppentellern an
ihren Tisch, stellte sie ab und ging wieder. Ezra und Morrill hielten ihre tiefen Löffel hoch, bis die Suppe darin eine
Haut hatte.

»Ich nehme an, daß ich Dove ein paar Sachen erzählt
habe, aber ich weiß nicht mehr, was. Was wußte ich denn
schon? Was wußte irgendwer? Aus dem bißchen, was ich
ihm erzählt habe, und dem bißchen, was er aus den Zeitungen ausgegraben haben muß – aus dem bißchen hat er
dann in diesem verdammten Buch ein ganzes Kapitel gemacht.«

Morrill legte die flache Hand auf die aufgeschlagene
Seite, die Finger ausgestreckt, wie angenagelt.

»Aber er hat alles verdreht. Er sagt, Ed hätte Billy mit
seiner Flinte erschossen. Tatsächlich hatte er mich gefragt,
ob Ed so was möglicherweise getan haben könnte. Weil
sie ja Flinten mithatten und eine Menge toter Enten auf
dem Wasser gefunden wurde, als am nächsten Tag die Suche nach ihnen losging. Man weiß also, daß geschossen
wurde. Aber was ich ihm gesagt hatte, war nicht, daß Ed
das getan hatte, sondern daß *ich* das getan *hätte*. Ich an
seiner Stelle, nicht er. Um uns das Erfrieren oder das Ertrinken zu ersparen. Ich hätte den Jungen eigenhändig
erschossen, damit er sich nicht quälen muß. Erst Billy,

und dann, wenn noch Patronen übrig gewesen wären, mich selbst.«

Morrill kippte den Rest seines Drinks hinunter. Seine Hand zitterte. Er setzte das Glas hart ab, so daß etwas Eis auf den Tisch schwappte, das er rasch auf den Boden fegte.

»Aber Ed hätte das nicht gekonnt«, sagte er. »Er war ein tüchtiger Mann, aber er hatte nicht den nötigen Mut, oder die Angst, oder die Wut, oder was es sonst sein mag, das einen Mann dazu bringen könnte, seinem eigenen Sohn in den Kopf zu schießen und dann die Waffe gegen sich selbst zu richten. Und außerdem ist da noch das Problem der Munition. So wie ich ihn kannte, und wenn man die ganzen Vögel auf dem Wasser bedenkt, können kaum noch Patronen übrig gewesen sein, nicht mal die zwei oder drei, die er gebraucht hätte, oder die zwei oder drei weiteren, mit denen er hätte sichergehen können, daß der Junge tot ist. Und dann noch die eine für sich selbst. Na, egal. Spielt keine Rolle mehr. Was irgendwer darüber denkt, spielt keine Rolle mehr, denn sie sind beide tot. Dein Vater hat meinen Sohn gefunden, und mein Enkel, Gott steh ihm bei, liegt immer noch irgendwo auf dem Meeresgrund. Aber Dove hat behauptet, daß mein Sohn genau das getan hätte, Billy in den Kopf geschossen, und dann sich selbst erschossen. Als ob er die Leiche gesehen hätte – wovon nicht die Rede sein kann. Natürlich könnte man jetzt verlangen und sagen, schaut euch doch Eds Leiche an. Aber jeder weiß, daß zu dem Zeitpunkt, als Clayt ihn fand, nicht mehr viel von ihm übrig war, bloß Knochen und etwas Fleisch, zusammengehalten von seinem Südwester. Doch jetzt ...«

Wieder schlug er mit der Hand auf das Buch. Seine Augen weiteten sich vor Entsetzen. »... jetzt wird jeder die Geschichte in Doves Version kennen, als ob es wirklich so gewesen wäre. Daß mein Sohn seinen eigenen Sohn erschossen hat. Kannst du dir das vorstellen? Als ob er es, wenn schon, nicht aus Mitleid getan hätte, als ob es Mord gewesen wäre. Als ob es überhaupt so gewesen wäre!«

Morrill schielte auf die abkühlende Fischsuppe und ließ sie stehen. Ezra rührte sich nicht und hörte aufmerksam zu, die Augen auf das Wasser gerichtet.

»Ich habe über diesen Dove nachgedacht«, sagte Morrill mit erzwungener Ruhe. »Ich bin selbst ein Geschichtenschreiber und habe in solchen Dingen eine gewisse Erfahrung. Und natürlich habe ich mich gefragt, warum Dove das getan haben mag. Warum er so eine tieftraurige Geschichte verdreht und sie noch trauriger und tragischer gemacht haben mag, als sie ohnehin gewesen sein muß. Weißt du, zu welchem Schluß ich gekommen bin?«

Ezra wandte den Kopf und blickte Morrill an.

»Weil man aus einem armen Schweinehund, der sich im Laden an der Ecke ein Brot und ein Stück Wurst kauft, keine Legende machen kann, verdammt noch mal.«

Morrills Gesicht lief rot an, und er wandte sich wie beschwörend zu den leeren Tischen des Restaurants um. Doch er sah sie gar nicht. Sein Blick war irgendwo in der Ferne auf etwas fixiert, das gar nicht da war, das er aber so klar sah, als ob es ihm vor Augen stünde.

»Ich denke darüber nach, warum so etwas passiert«, sagte er. »Warum es so passieren muß. Da fahren zwei Leute hinaus, und man sagt auf Wiedersehen wie jeden Tag, als ob man sie in ein paar Stunden tatsächlich wiedersehen würde. Und das war's. Man sieht sie nie wieder. Und man kann nicht mal Abschied nehmen. Es ist wie eine Strafe. Ich denke seit dem Tag darüber nach, an dem mein Sohn und mein Enkel verschwunden sind. Und ich bin zu dem Schluß gekommen, daß es ein Urteil ist, das von einem unsichtbaren Gericht da oben wahllos über irgendwelche Männer und Frauen verhängt wird.«

Er drehte sich um und schaute Ezra voll ins Gesicht. »Es ist, als ob diese Dinge – wie das, was vor vielen Jahren mit deinem Bruder passiert ist, der damals an Weihnachten ja auch wie mein Sohn rausgefahren und nie mehr wiedergekommen ist –, als ob alle diese furchtbaren, wirklich schrecklichen Dinge Urteile sind, mit denen ganze Dörfer und Städte niedergehalten werden sollen. Es sind Botschaften, Ezra, die uns klarmachen sollen, daß Unschuld nicht der Normalzustand ist, sondern nur eine kurze Gnadenfrist. Als ob die Unschuld das Verbrechen wäre, der Irrsinn. Und diese dummen, dummen Dinge, die uns passieren – die sind unsere Strafe.«

Ezra blickte weg, als Morrill sich mit dem Handrücken die Augen wischte. Er dachte an seinen Bruder, den er nie gekannt hatte. Es gab keine Bilder, sein Vater duldete keine. Aber er war immer mit ihm im Haus anwesend. Er war jede Nacht anwesend, wenn die Mutter den Vater zum Schlafen an den Kamin fesselte. Jede Nacht in der Lampe anwesend, die sie in der Küche brennen ließen, und in jenem bekannten Geruch, der durch eine Ritze in der Küchentür drang. Und in der Art, wie die Sonne an Weihnachten morgens aufging und der Vater ihn den ganzen Tag über nicht aufs Wasser hinausließ. Es war ein Ritual geworden: Ezra blieb zu Hause, und Clayt fuhr ihr Weihnachtsessen holen, allein, ob es schneite oder nicht. In der Art, wie sie ihn, Ezra, manchmal anschauten. In dem Bett, in dem er schlief, dem Platz, den er im Boot seines Vaters hatte, sogar in den Sachen, die er anhatte. Nichts davon gehörte ihm. Bis hin zur nackten

Existenz: er hatte sein Leben vererbt bekommen wie einen abgelegten Anzug.

Morrill schlug in dem Buch auf dem Tisch die Titelseite auf und schob es zu Ezra hinüber.

Ezra sah ihn bloß an.

»Nicht mich sollst du anschauen«, sagte Morrill barsch. »Das Buch.«

Gehorsam blickte Ezra auf die aufgeschlagene Seite.

»Das Inhaltsverzeichnis«, befahl Morrill. »Lies es.«

Ezra fuhr mit dem Finger die Liste der Kapitelüberschriften entlang: »Hunger auf der *Peggy*«, »Afrikanisches Abenteuer«, »Der Untergang der *Margaret*«, »Papa, wird Gott uns retten?«.

Er war unten auf der Seite angekommen und blickte auf.

»Blätter um«, sagte Morrill.

Ezra blätterte um und überflog die nächsten Kapitelüberschriften. Mitten auf der Seite stockte sein Finger.

»Ganz richtig, Ezra«, sagte Morrill. »Ganz richtig. Schau dir das an. Schau dir das genau an.«

»Das Geheimnis der *Raven*.« Ezra kniff die Augen zusammen. »Das Geheimnis der *Raven*.«

»Dieser Dove hat uns wirklich auf dem Kieker, was?« sagte Morrill.

Ezra sah auf. »Warum zeigen Sie mir das?«

»Mach weiter. Schlag's auf. Lies, was er schreibt.«

Ezra knallte das Buch zu.

»Kein Interesse«, sagte er.

»Aber du warst dabei.«

»War ich nicht.«

»Doch. Ich war unten an der Bucht, als du und dein Vater die ganzen Leichen angebracht habt. Du warst die ganze Zeit dabei. Du hattest die Leichen an der Leine.

Ich habe dich beobachtet. Ich habe mich gefragt, wie es mir ergangen wäre, wenn ich an deiner Stelle gewesen wäre und deinen Vater begleitet hätte. Ich glaube, ich hätte einen Monat nicht mehr geschlafen.«

»Hab ich auch nicht.«

»Ich glaube nicht, daß ich das je hätte vergessen können.«

»Ich hab's vergessen.« Ezra wand sich förmlich auf seinem Sitz. »Es hat nichts mit mir zu tun. Zeigen Sie es meinem Vater.« Er schob das Buch zurück.

»Ich hab's versucht. Er wollte nicht mal einen Blick darauf werfen.«

»Er hat keine hohe Meinung von Büchern.«

»Ich denke, da hast du recht. Aber das war mal anders. Als er bei mir im Unterricht war, hat er *Moby Dick* fast so gern gelesen wie du.«

Ezra warf Morrill einen ungläubigen Blick zu und schüttelte den Kopf. Er zog seinen Teller zu sich heran und fing an, die dicke Suppe zu löffeln.

»Du willst dich nicht daran erinnern«, sagte Morrill lächelnd. »Aus welchem Grund wohl?«

Der Löffel blieb mitten in der Luft stehen, die Suppe tropfte hinunter. Mit offenem Mund starrte Ezra auf den Teller. Seine Schultern fielen ein wenig nach vorn, seine Augen blendeten die Gegenwart aus, und er sah wieder den schwarzen Leichenwagen, hörte den Motor am Kai laufen, während der Fahrer darauf wartete, daß er und sein Vater zurückkamen. Als ob die Lieferung garantiert wäre. Ezra sah ihn die Insel entlangrasen und zwischen den Häusern hindurchfahren, wieder und wieder. Die Mütter mit ihren Kindern, die gekommen waren, um Luft zu schnappen, um am Kai ein Eis zu kaufen, und dann die Scheinwerfer in der Ferne herankommen sahen wie zwei große

Augen. Die brummenden Reifen, der Messingadler vorne auf der Motorhaube, die großen grauen Knöchel am Lenkrad. Da eilten sie ins Haus zurück, und die Mütter ließen die Jalousien herunter und lehnten finster mit der Schulter an der Haustür, und den Kindern war alle Neugier vergangen. Zu Hause beim Essen fragte Ezras Mutter Clayt, warum er nicht einfach die Leichen mit Steinen beschwerte und sie im Meer versenkte, wie sie es bei Mr. Lehman gemacht hatten. Die Leichen würden niemandem etwas nützen. »Wir können nicht mehr atmen, Clayt«, sagte sie. »Niemand kann mehr atmen.« Sein Vater spießte mit der Gabel das Essen auf und schaufelte es sich in den Mund wie Kohlen in einen Ofen und sagte nichts, während Ezras Essen auf dem Teller kalt wurde.

»Der Nebel ging nicht weg«, sagte Ezra leise zu Morrill. Ein zusammengekniffenes Auge öffnete sich, dann das andere. Er schüttelte den Kopf. »Er ist im Grunde die ganze Zeit nicht weggegangen, den nächsten Tag nicht, den Tag danach auch nicht. Danach hat er sich ein wenig gelüftet. Aber da hatten wir sie schon gefunden. Die ganzen Leichen.«

Ezra zwinkerte sich die Augen klar. Er schaute den alten Morrill lange an.

»Ich glaube, ich habe seit – ich weiß nicht wie vielen Jahren nicht mehr daran gedacht.«

»Seit elf Jahren«, sagte Morrill.

Ezra nickte. »Elf Jahre.«

»Wie gesagt, ich glaube, du solltest das lesen.«

»Warum?«

»Weil es doch was mit dir zu tun hat. Weil du damals dabei warst und diese Leichen verfrachtet hast, und weil es dich verändert hat, ob du's weißt oder nicht. Aus so einer Sache geht man nicht unverändert hervor. Genau wie mich die Geschichte mit meinem Sohn verändert hat, auch wenn hier nur Lügen darüber stehen. Du bist mit in dieser Geschichte drin, ob es dir paßt oder nicht.«

»Na schön«, sagte Ezra, zog das Buch wieder zu sich heran, drehte es um und schlug es auf. Er fuhr die Zeilen rasch mit dem Finger ab, dann las er jeden Absatz noch einmal von vorn. Das Kapitel fing mit einer Liste der Toten und der Vermißten an. Ihrem Alter, ihren Berufen. Er verweilte bei jedem Namen. Die Gesichter konnte er nicht sehen. Er sah das aufgedunsene Fleisch, aber alle waren gesichtslos, zerfressen. Er hatte ihre Namen nie erfahren. Er legte den Finger auf die Einträge: *Gordon Beauchamp, 41, Söhne Gordy, 16, und Ivan, 10. Sein Bruder Alban Beauchamp, 38. Earl Decker, 52, Schwester Helen Decker, 46. Jim Carey, 16. Beatrice Roach, 20. Lilah Sanders, 25 ...*

Dann referierte der Artikel eine Theorie, wonach das Boot explodiert, und eine zweite, wonach es gekentert war. Darüber, warum die Frauen aufgetaucht waren, aber die Männer nicht, wurde nichts gesagt. *Die Jahre vergingen*, schrieb Leslie Everett Dove ...

Im Jahre 1950 ging eine Meldung ein, daß Wrackteile gefunden worden seien, die möglicherweise von der »Raven« stammten. Ich organisierte eine Suche zum Zweck der eindeutigen Identifizierung der Überreste, aber die Resultate unserer Unterwasseraktion trugen nichts dazu bei, das Geheimnis aufzuklären. Man teilte mir mit, daß ein gewisser Kapitän Earl Varney ein oder zwei Jahre nach dem Unglück am Round-Rock-Riff nach dem Schiffskörper getaucht war, aber ohne Erfolg.
Zum Zeitpunkt, wo ich dies schreibe, im August 1951, ist das Geheimnis, das diesen Vorfall umgibt, noch im-

mer nicht aufgeklärt. Allerdings sind kürzlich Informationen ans Licht gekommen, durch die das Geheimnis meiner Meinung nach größer und beunruhigender geworden ist als je zuvor.

Ein Brief, der sich in meinem Besitz befindet, behauptet mit Nachdruck, daß es womöglich einen Entschluß von nicht näher bezeichneter Seite gab, die »Raven« aus Gründen zu versenken, die mir noch verschlossen sind, und daß Kapitän Johnson von dem Plan nichts wußte.

Ein weiterer Brief stellt eine merkwürdige Theorie auf und schließt dann folgendermaßen: »Es ist zu phantastisch, um glaubhaft zu sein, aber ich weiß es.«

Ein dritter Briefschreiber behauptet felsenfest, daß ein deutsches U-Boot die »Raven« versenkt habe.

Die Tauchexpedition, die in diesem Jahr unter meiner Leitung durchgeführt wurde, hat bis jetzt nichts erbracht, was mich von dieser oder jener Theorie überzeugt hätte. Ich bin gern bereit, jedem Interessierten mein Dossier über die »Raven« zu zeigen. Wegen der fast unglaublichen Folgerungen, die sich daraus ergeben, wage ich einige der Briefe, die ich erhalten habe, nicht abzudrucken.

Vor Drucklegung dieses Buches hatte ich keine Gelegenheit zu weiteren Nachforschungen. Aber ich werde so bald wie möglich den ungeheuerlichen Verdachtsgründen nachgehen, die sich durch diese unerwarteten und vielleicht aufschlußreichen Hinweise ergeben haben.

Ezra blickte auf.

»Es ist niemand vor dem Round Rock getaucht«, sagte er ärgerlich. »Nicht in den letzten zwei Jahren. Nicht soweit ich mich zurückerinnern kann.«

»Earl Varney ist nie dort getaucht?«

»Earl? Wer weiß. Vor zehn Jahren? Könnte sein. Ich hab ihn schon lange nicht mehr gesehen. Man müßte ihn fragen, obwohl hier in diesem Gewässer nichts passiert, was wir nicht früher oder später erfahren.«

Morrill nickte. »Genau.«

»Und warum sollte Varney überhaupt bei diesen Riffen tauchen? Floyd Johnson hätte das Boot nie dort reinmanövriert. Es ist viel zu gefährlich. Schleppnetzfischen geht nicht. Reusen setzen geht nur mit großer Mühe. Da mit einem Boot voller Leute reinzufahren wäre Selbstmord. Es hat immer geheißen, dafür wäre er ein zu guter Skipper gewesen.«

»Er war ein Trinker«, sagte Morrill.

»Aber er konnte sein Boot mit verbundenen Augen steuern.«

»Du warst damals neun.«

Ezra sah Morrill in die Augen. »Die meisten Leute hier fahren betrunken wahrscheinlich sicherer als nüchtern. Er war ein guter Skipper.« Er legte einen Finger auf die Seite. »Und überhaupt, was soll das? Wissen Sie, wovon er hier redet? Was soll das mit diesen Briefen, die ›zu phantastisch‹ sind?«

Morrill schüttelte den Kopf.

Ezra blickte weg. »Was meint er damit: er will diesen Verdachtsgründen nachgehen?«

Morrill beugte sich mit abgewinkelten Ellbogen über den Tisch und starrte Ezra an. »Du hast niemand darüber reden hören?«

»Nichts, was nicht schon tausendmal erzählt und wiedererzählt worden wäre. Nichts wird hier gesagt, ohne daß es nicht ein dutzendmal am Tag wiederholt wird.«

»Manches vielleicht doch«, sagte Morrill. »Vielleicht sollte mal jemand mit Varney reden.«

»Vielleicht sollte mal jemand mit diesem Dove reden«, sagte Ezra.

Morrill nickte ausdruckslos und war mit den Gedanken schon woanders. »Ja, vielleicht.«

Im Kaufladen saßen sich acht Männer, alle ungefähr gleich alt und abgearbeitet, vornübergebeugt auf den Bänken gegenüber wie rivalisierende Mannschaften aus dem Altersheim. Ezra ließ sich von einem Mädchen aus der High-School für fünf Cent eine Tasse Kaffee geben, lächelte sie an und wurde rot, als er ihren Namen sagte, Darla, und schlenderte dann, großes Interesse am Dosengemüse und am Kakaopulver vortäuschend, durch den Gang zwischen den Bänken. Diejenigen unter den Männern, deren Augen schon trüb und verschleiert waren, ließen zusammenhanglose Bemerkungen über das Wetter fallen, sprachen dabei jedoch aneinander vorbei in dem Bestreben, gehört, aber nicht angesprochen zu werden. Die anderen machten mit ihren ruhelosen Augen den Eindruck, überhaupt nicht zuhören zu können; sie redeten nicht übers Wetter, sondern krakeelten herum.

Ezra kam langsam näher, kniete sich hin, nahm eine Dose grüne Bohnen aus dem Regal, betrachtete gedankenabwesend das Etikett und stand wieder auf. »Sieh da, der Collegebub!« sagte einer.

Ezra grinste verlegen.

»Na, hallo Ezra«, sagte Jesse. »Wo ist dein Alter?«

»Unten am Bootshaus, nehme ich an.«

»Wie bekommen dir die Bücher?« platzte ein anderer heraus.

»Nicht besonders. Nicht besonders, Ray. Ich laß die Bücher 'ne Weile sein.«

»Aber du machst doch bald Examen, oder?« Es klang weniger fragend als prüfend.

Ezra stieß mit der Fußspitze auf den Boden. »Eher nicht«, sagte er, als ob es ihn gar nichts anginge. »Wüßte nicht, wozu das gut sein sollte.«

Eine Hand klopfte ihm auf die Schulter. »Gar nicht so dumm. Statt die Nase in irgendwelche Bücher zu stecken, kannst du das, worauf's ankommt, genausogut lernen, wenn du draußen auf dem Wasser dein Brot verdienst wie alle andern auch.«

Zufriedene Gesichter, verständnisvolle Seitenblicke.

Ezra wurde plötzlich ernst und rieb sich am Kinn – ihm fiel wieder ein, was ihm auf der Seele lag.

»Weiß jemand, wo Earl Varney sich zur Zeit aufhält? Ich hab ihn nicht mehr in der Bucht gesehen, seit ...«

Ezra hielt inne, als er merkte, daß das Gerede zwischen den Bänken aufgehört hatte und Stille eingetreten war wie ein Hammerschlag.

»Zurückgegangen auf den Berg«, sagte Jesse und musterte Ezra von oben bis unten.

»Auf den Berg«, sagte Ezra.

Die andern schnauften auf den Bänken, die Augen starr auf verschiedene Gegenstände fixiert.

»Dann ist er also immer noch da oben«, sagte Ezra.

»Hab ich nicht gesagt«, erwiderte Jesse. »Zurückgegangen ist er dahin. Kann sein, daß er mittlerweile da begraben ist.«

Ezra rührte sich nicht. Er blickte sich um, wie auf der Suche nach Gesprächsstoff. »Ich mußte bloß neulich mal wieder an das Boot denken – muß wohl was drüber gelesen haben –, an die Leute oben aus Rehoboth. An die *Raven* und die ganze Geschichte.«

Niemand mußte auch nur eine Sekunde überlegen, um

sich an den Vorfall oder das Boot zurückzuerinnern. Das Gespräch wandte sich der *Raven* zu, als ob sie schon die ganze Zeit über von nichts anderem geredet hätten.

»Wo sie damals die ganzen Leichen gefunden haben!« platzte einer heraus. »War doch genau hier, wo Clayt immer gefischt hat! Meine Fresse, Clayt mußte nicht weiter rausfahren als grade mal über die Glockenboje hinaus!«

Und ein anderer: »Dann hat er Floyd da vorn bei den Untiefen gefunden. Ich hab die letzte gefunden, ein Mädchen ...«

Wieder ein anderer: »Es war'n alles Mädchen, Lyman ...«

Darauf der, der Lyman hieß: »Aber die war mitten im Thunfischgebiet ...«

Der andere: »Die war'n alle mehr oder weniger im Thunfischgebiet, Lyman ...«

Lyman: »Eigentlich hat Oscar Gilliam sie gefunden ...«

»Stimmt, Lyman. Langsam kommt's dir wieder, was?«

Lyman: »Er ist paktisch über sie drüber gefahren. Und Oscar kommt an, und ich hatte an dem Tag ein Dory mit. Das Wetter war schlecht, Nebel auf dem Meer, und Oscars Schraube hatte sie'n bißchen erwischt. War noch'n ganz junges Ding. Wir haben die zusammen zum Hafen gebracht. Später dann, nachdem der Leichenwagen sie weggefahren hat, kommt ihr Vater aus Rehoboth an und bedankt sich bei uns und verliert keine Silbe darüber, wie die Schraube sie zugerichtet hat.«

Und ein anderer: »Die du da meinst, Lyman, das war die mit der Uhr um. War um neun Uhr noch was stehengeblieben.«

»Zehn«, sagte Jesse. »Es war zehn Uhr noch was.«

»Die haben das in der Untersuchung festgehalten, aber

sie wußten nicht, war es nun neun Uhr morgens, als die Uhr naß wurde ...«

»Zehn Uhr morgens ...«

»Oder neun Uhr abends.«

»Zehn«, sagte Jesse.

Lyman: »Und dann hab ich später dieses Faß, das Floyd gehört hat, auf Clayts Boot gesehen. Keine Ahnung, wie das da hingekommen ist ...«

Ezra ballte die Faust, als ob ihn etwas geschlagen hätte, etwas, an das er sich eigentlich hätte erinnern müssen, und er abwehrbereit sein wollte für den Fall, daß es noch einmal zuschlug.

»Nebelig war's auf dem Meer!« sagte ein anderer.

»Was für ein Faß?« fragte Ezra leise und versuchte es zu sehen: wie sein Vater brummelnd einen Knoten verfluchte; ein metallisches Funkeln ...

»... um zum Middle Reef zu kommen, wäre Floyd nicht den gleichen Weg zurückgefahren. Nein. Er hat einen Bogen gemacht und die Dyer's Cove angesteuert.«

Und ein anderer: »Das kannst du nicht wissen, Jim. Da draußen haben sie nichts gefunden.«

Ein anderer grölte: »Mann, war das ein nebeliger Tag!«

Und Lyman: »Hatte Earl nicht noch das andere Boot, das genauso aussah? So 'n langes, schmales Ding.«

»An dem Tag hab ich grade 'nen neuen Motor eingebaut«, sagte Jesse beiläufig, ohne großes Interesse, als spielte er nur eine Rolle, indem er die Kette von Bemerkungen fortsetzte. Er hielt den Blick prüfend auf Ezra gerichtet. Die andern schüttelten die Köpfe, denn sie sahen jetzt immer mehr, erinnerten sich an mehr, als sie vorher gewußt hatten.

Einer sagte: »Hat Clayt das nicht alles so ziemlich alleine gemacht? Immer wieder ist er raus, wie besessen,

und hat diese Mädchen aufgesammelt und reihenweise angeschleppt und genau hier vorne abgeladen«, ein Arm ging
hoch, er sah Ezra an, »hier in der Mackerel Cove, als ob
er der Coroner persönlich wäre.«

Und Lyman: »Und ewig standen die Autos in der
Dyer's Cove rum, weil die Leute alle die Schlüssel mitgenommen hatten. Einen Monat lang oder so ...«

»Drei Monate, Lyman ...«

Lyman: »Drei Monate, mindestens.«

Ezra schaltete sich ein: »Was war mit dem Faß, das
Floyd gehört hat?«

Das Gespräch verstummte schlagartig. Alle wurden still
und fahrig, als ob jemand den Strom abgestellt hätte, nur
Jesse Johnson faßte Ezra scharf ins Auge. Die Frage sank
zu Boden wie Staub.

Dann: »Sie hatte nicht genug Tiefgang«, sagte einer
kopfschüttelnd, und alle wurden wieder lebendig.

»Sie war leicht wie ein Pappkarton, Mannomann. Floyd
hat zwei Tonnen Zement als Ballast reingekippt, aber auf
dem Wasser hatte sie trotzdem nichts verloren.«

Und ein anderer: »Die, die ich rausgeholt hab, war
ganz schwarz am Leib, wie verbrannt. Ich behaupte
immer noch, es hat gebrannt. Das U-Boot wird sich ran-
gestohlen, die Männer eingesackt und Feuer gelegt haben.«

»Es hat nicht gebrannt. Überhaupt, was hätten die
Deutschen mit einem Haufen Bürofritzen und Jungen aus
Rehoboth anfangen sollen? Und von wegen, es wurden
nur die Frauen gefunden: in so einer Situation, wenn was
passiert und das Boot sinkt, da könnte es doch sein, daß
die Männer als erste ins Wasser springen und die Frauen
an Bord lassen, in der Hoffnung, daß, na ja ...«

Und ein anderer: »Bei einer Panik macht man Sachen,

die man normalerweise nicht machen würde. Wenn's brennt ...«

»Ich sage immer noch, daß es nicht gebrannt hat.«

Abermals warf Ezra beiläufig seine Frage ein, wie ein lustloses letztes Auswerfen der Angel in einen Teich ohne Fische: »Was war mit dem Faß, das Floyd gehört hat?«

Wieder das Schweigen, aber diesmal aus Ungeduld.

Jesse Johnson kippte seine leere Kaffeetasse und leckte den letzten Tropfen heraus. Dann blickte er Ezra an. Nicht um ihm etwas mitzuteilen, auch nicht um ein Gerücht zu vertreiben oder dafür eine Tatsache festzustellen, sondern nur um ihn überhaupt anzusprechen, sagte er schließlich: »Warum fragst du uns das jetzt?« und unterbrach damit endgültig die Kette der hingeworfenen Bemerkungen.

Da schauten alle Ezra mit wissenden Augen an, als ob nicht einer von ihnen auch nur einen Augenblick lang die Augen des kleinen neunjährigen Jungen vergessen hätte, der all die Leichen im Schlepptau gehabt hatte.

»Du warst doch dabei, Ezra«, sagte Jesse. »Du warst auch in dem Boot. Du hast diese Frauen selber rausgefischt. Du hast Floyd an einem Seil um den Hals gehalten.«

»Ich hab was in einem Buch gesehen«, sagte Ezra. »Es ist nichts, woran ich mich erinnern könnte. Ich wollte mich bloß vergewissern.«

»Von wem ist das Buch?« fragte Jesse.

»Leslie Everett Dove«, antwortete Ezra.

»Dove«, sagte Jesse. »Dove. Dieser Schwachkopf.«

An der Südspitze von Great Island wandten sie der Küste den Rücken zu und stiefelten im Kampf mit den herabhängenden Zweigen wie ein Trupp Boxer am Strawberry Creek entlang den Hang hinauf, zwischen stämmigen, knorrigen Bäumen hindurch, deren Kronen stumm und reglos wie eine Gruppe alter Männer in den Himmel ragten. Sie sangen und kreischten, riefen Ezra an der Spitze der Schlange Bemerkungen zu, scherten immer wieder aus.

»Ezra!« rief einer von ihnen, ein junger Mann in Ezras Alter, schick gekleidet, Brille, weich an Händen und im Gesicht. »Wo führst du uns hin?«

Ezra spürte den Atem des Mädchens hinter sich. Er hatte sich nicht zu ihr umgeschaut. Er hatte eben erst ihren Namen erfahren. Rachel. Sie war die Schwester von irgendwem, vielleicht die Schwester von einem, der mit dabei war. Er wußte es nicht. Sie gehörte zu diesen Mädchen, Freundinnen seines Freundes Bobby, die von Mount Holyoke in Massachusetts nach Maine hochgekommen waren, um die versprochenen wilden Genüsse zu kosten, die außerhalb des Bowdoin College mit seinen gepflegten Rasenflächen und alten Steingebäuden, den Türmen, dem Campanile, winkten. Die berühmte felsenzerklüftete Küste. Bring uns hin, Fischer. Mittag. Am Mittag hatten sie sich getroffen. Sie hatten Ezras Pickup. Sie hatten das Auto von Bobbys Vater. Sie waren vierzehn, sieben und sieben. Kreischend auf der Ladefläche von Ezras Pickup. Das Klirren anstoßender Flaschen. Vorn war es still. Nur er und – Rachel hieß sie. Rachel. Denk dran: Rachel. Er schaute sie nicht an. Er spürte ihre Blicke auf seinen Beinen, seinen Schenkeln, seinen Armen, seiner Brust, seinem breiten Nacken. Wie sah sie aus? Dunkle Haare. Er wußte es kaum. Er schaute nicht hin, und er sagte kein Wort.

Er hatte Bobby versichert, er kenne da einen Badeteich auf Great Island. Ja, Bobby, ungestört. Ja, Bobby, abgelegen. Kaum jemand wußte von seiner Existenz. Er war schon im Frühling warm. Ein Torfmoorsee, umgeben von Blaubeeren, Blumen, dem Geruch der See, aber ohne ihre Kälte und Dunkelheit.

Bobby hatte ihm in die Rippen geknufft.

Ich wette, du hast das Gras da oben schon ganz schön abgewetzt, was?

Ezra hatte nicht einmal gelächelt. Es war ihm erst in den Sinn gekommen, worauf Bobby hinauswollte, als die Worte – Wieso? Was meinst du damit? – schon halb heraus waren.

Bobby merkte es nicht. Er hielt Ezras Ahnungslosigkeit für trockenen Humor, lachte verschwörerisch und schlug Ezra auf die Schulter: Scharf, Mann, das wird klasse, und ich hab auch genau das richtige Weib für dich.

»Spitze, Fischer, hört sich spitze an!« gefolgt von einer Art Lachen. Weiterem Prusten.

Jetzt waren sie auf dem Weg dorthin.

»Wohnst du hier irgendwo?« fragte sie von hinten.

»Nicht hier. Hier oben leben nur die Leute vom Berg.«

»Leute vom Berg. Hört sich unheimlich an. Wie in einem Horrorfilm.«

»Es ist kein Film. Es sind ganz normale Menschen. Sie fischen nicht. Sie leben einfach hier oben.«

»Was machen sie hier?«

Ezra zuckte die Achseln. »Einfach leben, nehm ich an.«

»Bist du wirklich ein Fischer, oder hat Bobby das bloß erfunden?«

»Ja, wirklich.«

»Und dein Vater?«

»Auch.«

Sie quiekste. »Ein richtiger Fischer«, sagte sie zu sich selbst. »Meine Freundinnen zu Hause werden's nicht glauben.«

»Da gibt's nichts zu glauben oder nicht zu glauben. Es ist einfach so.«

Sie schaute ihn von hinten an, er wußte es.

»Wohnst du hier irgendwo bei deinen Eltern?«

»Zwei Inseln weiter. Das hier ist Great Island. Ich wohne am Ende von Bailey Island. Ich baue mir dort ein eigenes Haus.«

»Heißt das, du willst hier bleiben?«

Ezra schaute sich kurz nach ihr um. Sie war wohl hübsch, nahm er an, auch wenn er nicht hätte sagen können, in welchem Sinne. Er hatte noch nie viel darüber nachgedacht.

»Es lebt sich hier nicht schlechter als anderswo.«

Sie blickte zwischen den Bäumen hindurch.

»Wohnst du da zur Zeit?«

»Wo?«

»In dem Haus, das du baust«, sagte sie.

»Wenn das Wetter nicht zu schlecht ist. Ich hab's noch nicht isoliert. Bin grad dabei, das Dach zu decken.«

»Aber in einer schönen Nacht, wenn du Lust hättest, wenn du zum Beispiel Gesellschaft hättest, dann könntest du dort übernachten?«

Das Meer und die augenlosen Fischhäuser und der salzige Fischgeruch lagen bald hinter ihnen. Die Zweige blitzten in der tiefstehenden Sonne wie Säbel. Der Wind trieb den Berg hinab: Äpfel, Holzfeuer, Zucker, menschliche Exkremente. Hier und da ein Blick auf die Blechdächer von Plumpsklos. Der Weg, jetzt hart wie Asphalt, führte im Bogen vorbei an Wänden aus Sperrholz, Teerpappe und Wellblech, die den süßsauren Wind abhielten und hinter denen in heißen, dunklen Räumen Kinder schrien und Köter kläfften. Die Äste darüber waren schwarz von den rauchenden Ofenrohren.

Weit hinten und immer weiter zurückfallend erfüllten seine Freunde aus Bowdoin und ihre Mädchen aus Holyoke die Wälder mit ihrem Singen und Lachen.

Er und Rachel vergrößerten den Abstand. Ezra hörte sie atmen.

Auf dem Berggipfel eine kleine Senke, und plötzlich waren sie aus dem Wind heraus und in einem andern Land. Ein überwältigend schwerer Duft in der Luft. Ezra beobachtete, wie die Gesichter der Nachzügler vor Staunen lang wurden, als sie einer nach dem andern um die Biegung kamen.

Ein torfschwarzer Teich, stilles Wasser, erdiger Spiegel des Himmels. Als ob unter ihnen eine andere Welt läge, das Gegenstück zu dieser, auf den Kopf gestellt.

Beerensträucher drängten sich ringsum ans Wasser wie blau und rot heranrollende Wolken, die an diesem Punkt zusammentrafen. Eine gluckernde Quelle irgendwo unter den Dornen. Als ob hier der Nabel dieser Insel wäre, das Zentrum der Schwerkraft.

Ein Schulterklopfen. Ein Zwinkern, ein wissendes Nikken. »Der Weg hat sich echt gelohnt. Super.«

Sie klopften ihm auf den Rücken. Die Mädchen berührten ihn am Ellbogen, als brächte das Glück. Als ob er ein glückbringendes Standbild vor den Türen des Examenssaals wäre, dessen Ellbogen und Knie abgerieben waren von den darüberfahrenden Fingern von Generationen abergläubischer Studenten. Er kannte nicht einmal ihre Namen. Da war Bobby. Und Rachel. Aber er hätte sie nicht einmal jetzt in dem Haufen ausmachen können.

Sie gingen hinunter zum Wasserrand, wo die kleine Lichtung, die als Strand diente, sofort übersät war von Flaschen und Pullovern und Papiertüten mit Käse, Brot und Trauben. Und jetzt eine Bluse, eine Hose, ein Schuh, dann der andere, ein Schuhhaufen, wie bei einer Sammlung für die Armen. Eine Mütze, ein Hemd. Ein Büstenhalter, schwerelos zu Boden flatternd. Als ob diese Leiber aus ihren Sachen herausgeschmolzen wären.

Noch nicht einmal im Wasser, kreischten sie schon. Weißbläuliches Fleisch im Sonnenlicht. Geometrische Haarzonen.

Ezra trat zurück ins Gebüsch.

»Schon mal auf einem Bacchanal gewesen?« hatte Bobby ihn letzte Woche gefragt.

Ezra hatte ihn angeschaut.

»Was guckst du mich so an?«

»Ich weiß nicht, worauf du hinauswillst, denk ich.«

»Ein Bacchanal. Eine große tolle Party mit Weibern und Wein. Um unsern Abschluß zu feiern, unsern Aufbruch in die Welt.«

Er hatte ihnen nicht erzählt, daß sie ohne ihn aufbrechen würden.

Sie hielt sich in seiner Nähe, tat so, als interessierte sie sich für ein Insekt auf einem Beerenstrauch. Sie hatte ihren Pullover abgestreift, einen Schuh ausgezogen, dann ihn angeschaut und den Schuh wieder angezogen, und jetzt stand sie ihm den Rücken zugewandt da.

Die makellose Wasseroberfläche zerbrach. Weiße Leiber gegen schwarzen Torf. Pärchen bildeten sich. Sie schaute sich über die Schulter nach ihm um.

»Komm schon, Fischer!«

Sie juchzten ihm zu, stachelten ihn an.

Ezra hob den Kopf. Seine Arbeitshosen, sein zerfranster Pullover. Hände wie Schaufeln. Die Beeren wichen zurück, farblos geworden, grau, grauer treibender Nebel.

Im Wasser erhob sich ein Mädchen und machte einen unbeholfenen Hechtsprung. Mit rudernden Armen und

Beinen glitt sie dicht unter der Oberfläche dahin. Ihr Kopf tauchte auf wie ein algenbehangener Stein. Und dann der Rest, glitschig und bläulich in der Sonne. Sie legte sich auf den Rücken, breitete die Arme aus und öffnete die Beine, die Brüste über Wasser, während ihre Haare und die Spitzen ihres dunklen Dreiecks auf der Oberfläche trieben und sich ringelten wie Seegras. Da kam sie ihm wieder, er sah sie dort im Teich: die Spitzen ihrer Schuhe und ihr stumpfer Blick leer ins Weite starrend, wie eine Modepuppe. Dann die anderen Frauen, wie sie mit weit geöffneten Armen und gespreizten Beinen langsam in der Bucht kreiselten. Ihre Haare hatten sich gelöst, schwebten im Wasser auf und ab, und dazu die weißen Unterröcke wie die Schirme von Quallen, auf und ab. Ihre Gesichter waren blau, und ihre Stille war nicht Zeugnis eines Massensterbens, sondern wie eine kurze Pause in einer Gruppenübung. Sie kamen zusammen, stießen sich voneinander ab und kamen wieder zusammen, so daß sie auf dem schwarzen Wasser zwischen ihren Beinen und ihren Leibern wechselnde Muster bildeten wie eine Kette ausgeschnittener Papierschneeflocken auf einem nachtdunklen Fenster. Sie waren von einer feinen, zarten Schönheit. Sie hatten gerade erst angefangen, runzlig zu werden.

Er atmete schwer, schwitzte, zwinkerte sich den Schweiß aus den Augen. Sie – Rachel – hielt seine Erregung für Lust. Vielleicht ein Spiel. Er spürte ihre Hand in seiner, und er schaute sie an und sah sich in ihren Augen doppelt. Er fühlte, wie sich vom Wasser aus die Blicke auf ihn richteten.

Ihr Kopf tippte an seine Schulter, blieb liegen. Er nahm das Gewicht ihres Kopfes, schwerer, als er gedacht hätte, und spürte in seinen Händen das Gewicht des ersten Mädchens, das sein Vater gefunden hatte. Nase und Mund bereits fort, wie weggeschossen. Die Augen grau wie vom Star. Ansonsten wirkte sie lediglich blind, vage lebendig.

Im Wasser paarten sich die andern, wanden sich arm- und beinlos, die Augen himmelwärts, in spastischen Zukkungen. Da drängte sie sich an ihn. Sie schob ihn sanft zu Boden, und er schaute auf zu ihr – Rachel, erinnerte er sich –, in ihr Gesicht vor der Sonne, die ihr Haar umglühte wie ein Strahlenkranz. Ein leichter weicher Druck auf seinem Gesicht. Er wandte sich mit gequältem Blick ab, und vor ihm lag nicht ihre Hand, sondern eine fleischlose Klaue, aufgerissen, durchbohrt von der Spitze eines rostigen Fischhakens.

Ein weiches Kichern, das kehlige Stöhnen des Mädchens. Sie faßte ihn an den Schultern und legte sich auf ihn. Ihre Unterwäsche, und seine, noch wie Fesseln um die Knöchel. Er berührte unabsichtlich ein Knie, und ihre Beine klappten weich auseinander und umschlossen ihn, während sie ihn nahm und in den dunklen Scheitel ihres Schenkels dirigierte.

Er öffnete ein Auge. Über den Teich verteilt sieben bleiche Gliederknäuel, entblößte Zähne, die Gesichter von Haaren verdeckt. Der hochfliegende Kopf eines Mädchens, momentlang ein aufgerissener Mund, die Augen geschlossen, das Kinn nach hinten gekippt, dann rasch wieder nach vorn, hinab.

Rachel setzte sich auf, und Ezra sah auf die Stelle, wo er in ihr verschwand, überwuchert, feucht glänzend, und sich mit unvermittelten, ruckartigen Bewegungen, die keinen gemeinsamen Rhythmus erkennen ließen, unablässig an ihr rieb. Er fingerte an einem ihrer Knöpfe herum, und sie machte sie selbst auf, den letzten mit einem Ruck, und hielt ihm ihre Brüste hin. Er wog eine in der Hand, und sie beugte sich vor und steckte ihm ihre Zunge in den Mund. Irgend etwas sagte ihm, daß es an der Zeit wäre, aufzustehen und zu gehen. Doch da das langsame Gipfeln, das Spannen überall, zu früh und zu spät zugleich. Am ganzen Leib war sie gespannt. Sie war wie sein Geschlecht selbst, und er vergaß sie. Er drückte sich hoch, und ihre Füße kamen nach vorn, nackt und schwitzig, wie er überrascht feststellte. Mit seiner Aufwärtsbewegung stemmte er Rachel in die Höhe, und über dem Gras in der Schwebe, ihre nackten Brüste in seinen Händen, vollführten sie gemeinsam einen Jitterbug auf der Stelle.

Oh, noch nicht, nicht ...

Seine Schenkel spannten sich an, und den Blick direkt in die Sonne gerichtet, war es wie ein langes Niesen. Bis nichts mehr da war. Er gab keinen Laut von sich. Seine Beine knickten ein, und er sackte zurück. Er schmeckte etwas Warmes, Feuchtes auf der Zunge, fuhr sich mit dem Finger über die Lippe und hatte Blut daran, als er ihn wegnahm. Der Finger verschwand. Sie hatte ihn im Mund und saugte daran, während sie sich weiter an ihn drängte, die Augen geschlossen, den Mund halb geöffnet und zu einem grotesken Lächeln verzogen. Schweißperlen fingen sich in dem hellen Flaum über ihrer Lippe. Sie gab ein leises Wimmern von sich und schloß die Augen, dann riß sie sie wieder auf und starrte stumpf auf die Sträucher. Ein wenig wie eine Ertrunkene auf dem Grund eines Teichs. Er machte die Augen zu. Aber in der Finsternis sah er die aufgestapelten Frauen blicklos auf dem Anlegefloß liegen.

Sie sank über ihm zusammen, ihre Arme legten sich um seinen Kopf. Ihre Lippen preßten sich an seinen Hals, tasteten ihn ab wie das Ende eines Tentakels. Ihre dunklen Haare in seinem Mund, in seinen Augen, in seiner Nase, wirr und überall.

»Weiter kann ich dir nichts erzählen«, sagte er.

Sie hielt inne. »Was?«

Aber seine Augen waren abgewandt und sahen nicht das tintige Teichwasser zu ihren Füßen, sondern den Horizont an einem fast elf Jahre zurückliegenden Morgen Mitte Juli. Die letzte Leiche war schon Wochen zuvor von dem großen Floß abgeholt, in dem schwarzen Leichenwagen verstaut und in Rehoboth unter die Erde gebracht worden. Sein Vater neben ihm und daneben der Vater seines Vaters und Jesse Johnson und Jim Sinnett und die übrigen Hummerfischer von Bailey Island – nicht Schulter an Schulter stehend, sondern über den Kai verteilt und im Fischhaus, wo sie in den Salzwannen nach Fischresten als Köder stocherten – erstarrten mitten in der Bewegung, als ob sie einen Schuß gehört hätten, und ließen die Fischhaken sinken. Selbst Earl Varney, der gekommen war, um sich unter ihnen nach einem neuen Partner umzuschauen, blickte mit vorgehaltener Hand nach Osten in die Sonne. Jesse im Fischhaus hatte es als erster gesehen. »Ja leck mich«, war alles, was er sagte, und einer nach dem andern sahen es schließlich alle: die trübe Silhouette eines Schiffskonvois, der wie eine ferne Stadt am Horizont aus der Casco Bay hinaus nach Süden zog.

»Das ist die ganze Flotte aus den Hampden Yards«, sagte Pfarrer Sinnett. »Sie rüsten sich schon seit Wochen für den Einsatz. Jetzt werden sie alle auf einmal abkommandiert.«

»Jetzt sind wir also mit von der Partie«, sagte einer.

»Noch nicht«, meinte ein anderer. »Das hat nichts zu sagen. Bloß ein Manöver.«

»Das U-Boot von den Krauts kreuzt wahrscheinlich gerade direkt unter ihnen«, sagte der erste.

»Jedenfalls sind wir jetzt in Sicherheit«, sagte der andere.

»Die kommen nicht wegen uns«, sagte Jesse leise. »Eine Flotte von der Größe kommt nicht wegen uns.«

»Pearl«, sagte Sinnett. »Durch den Panamakanal nach Pearl Harbor.«

»Wo kämpfen wir denn?« fragte einer.

»In Europa, würd ich mal meinen«, rief jemand.

»Im Pazifik«, sagte ein anderer.

»Wir kämpfen gar nicht«, meinte ein dritter. »Ich sage euch, wir halten uns da raus.«

»Na, und was ist das dann da drüben auf dem Meer?« meinte der erste.

Clayt ließ den Blick über den Kai schweifen. »Wo ist Semicek? Semicek sollte das sehen.«

Die andern griffen den Namen auf. »Semicek!« riefen sie.

Der Mann hatte sich in die Ecke des Fischhauses verzogen. Man hörte ihn im Dunkeln schnaufen.

»Semicek«, sagte Jesse. »Na los, gib deinen Freunden Signale. Beeil dich, bevor der Konvoi außer Reichweite ist.«

»Geht nicht, Jesse«, sagte ein anderer. »Es ist Tag. Er muß warten, bis es dunkel ist, sonst könnte man ihn sehen.«

»Beeil dich, Semicek«, sagte Jesse. »Bis es dunkel ist, mußt du auf dem Posten sein. Schlag's nach: Kon-voi. Dit dit da da.«

»Sei still, du Spinner«, sagte Semicek. »Was redest du da für einen Quatsch?«

»Ha ha, Semicek«, sagte Jesse mit einem Lachen, das mehr ein lautes Schnaufen war. »Weißt du was, Semicek? Wir haben das Licht gesehen. Hätt ich nicht gedacht, daß du so pfiffig bist. Hätt ich nicht gedacht, daß du schlau genug bist, um morsen zu können. Du hast uns hinters Licht geführt. Aber keine Bange, das bleibt unser kleines Geheimnis. Dit dit da.«

»Ihr Spinner!« schrie Semicek. »Pure Einbildung ist das. Wer von euch will was gesehen haben? Wer denn? Hä?«

»Dit da dit da, Semicek«, sagte Jesse.

»Wer, Johnson, wer? Ganz genau, niemand!«

»Egal«, sagte Jesse. »Nur ein kleines Geheimnis zwischen dir, den Krauts und allen Männern, die hier am Kai stehen, samt Frauen. Keine Bange, wir halten dicht. Oh, und natürlich die armen Schweine von der *Raven*.«

»Spinner! Wer will's gesehen haben?«

»Egal«, sagte Jesse.

»Der Junge, Semicek«, sagte Clayt und schob Ezra ein Stück nach vorn. »Es war der Junge, der das Licht auf dem Wasser gesehen hat.«

»Der? Ha! Jungs denken sich so was aus«, sagte Semicek. »Lügen wie gedruckt ...«

»Auf dem Wasser an der Landspitze, Semicek. Einmal vorige Woche und einmal davor. Auf dem Wasser. Dann ist er die Felsen langgegangen und hat's aus deinem Fenster blinken sehen ...«

»Ausgedacht hat er's sich«, sagte Semicek, »um sich wichtig zu machen. Der war doch schon immer ein Träumer. Es war kein Licht in meinem Fen-«

»Dit dit dit da«, sagte Jesse.

»So 'nem Jungen wird's langweilig«, sagte Semicek. »Für 'nen Träumer wie den reicht die Insel nicht aus. Er muß sich Sachen ausdenken, um sich groß ...«

»Na gut, der Junge träumt, Semicek«, sagte Clayt. »Aber wenn wir dich erwischen, machen wir Schluß damit. Und wenn sich herausstellt, daß ein deutsches U-Boot die *Ra-*

ven versenkt hat und daß du ihm Signale gegeben hast, dann werden wir dich nirgends verpfeifen. Aber bei Gott, du wirst dir wünschen, wir hätten's getan.«

Mit einem Röcheln kam Semicek aus der Ecke hervor und zwängte sich durch die dichte Schar der Hummerfischer.

»Da da da, Semicek«, rief Jesse hinter ihm her.

Alle blickten ihm nach, als er hastig den Hügel hinaufhumpelte. Alle außer Ezra und Earl Varney. Ezra blickte Varney unverwandt an, Varney blickte zwischen Ezra und Semicek hin und her, als wollte er entscheiden, wer von beiden die Wahrheit sagte. Keiner außer dem Jungen hatte Varney gesehen, als sie Floyd Johnson unter der Plane zurückbrachten. Aber der Junge hatte Varneys Gesicht im Fenster seines Lasters gesehen. Soweit der Junge wußte, konnte man auf einen solchen Vorfall mit Trauer, Sorge, Überraschung und Wut reagieren. Das eine oder andere konnte man verbergen, wußte er, weil sein Vater nur die Wut herausgelassen hatte. Aber er hatte nicht gedacht, daß man alles verbergen konnte – bis er an jenem Tag Varneys Augen sah, kühl wie Murmeln. Ihm fehlten die Worte, sie zu beschreiben, und er glaubte nicht, daß es welche dafür gab. Dann waren er und sein Vater wieder in den Nebel gefahren. Aber jetzt, elf Jahre später, war er sicher, was er in Varneys Gesicht gesehen hatte, als Semicek über den Hügel davonlief: immer noch keine Trauer oder Überraschung; und die Wut war raus. Aber die ersten Anzeichen von Sorge, die waren da.

Es war später Nachmittag. Ezra stand allein im Bergwald. Die Sonne stand tief, sie schien von unten durch die Bäume den Hang hinauf und umgab jeden Baum mit einem orangeroten Feuerglanz.

Er blieb am Rand der Lichtung stehen. Earl Varney hockte am Bach und tauchte einen Fuß ins Wasser, um den Strumpf zu waschen, den er noch anhatte. Als er Ezra erblickte, richtete er sich gerade auf.

»Ezra Johnson«, rief Ezra. »Ezra Johnson«, wiederholte er weniger als Name denn als Parole. Erst als Varney beruhigt wirkte, ging Ezra weiter. Er trat auf den Bach zu, wobei er sich verstohlen umschaute, ob sonst noch jemand in der Nähe war. Er sah niemanden. Varney zog die Nase hoch und wischte sie sich mit der Hand ab, dann steckte er den anderen Fuß ins Wasser.

Im Vergleich zu früher war Varney nur noch ein trauriger Schatten seiner selbst: die Augen rotgerändert, das Kinn voller Stoppeln und Bartfransen. Seine Haare waren ungleichmäßig geschoren, hier vereinzelte Büschel, dort die blanke Kopfhaut, wie bei einem Schaf. Er sah aus, als hätte man ihn im Zuge einer staatlichen Pedikulosebekämpfung irgendwo im Eilverfahren entlaust; als gäbe es überall auf dem Berg andere wie ihn, geschoren und frisch desinfiziert.

»He.«

Varney hockte sich ans Wasser. Er blickte nicht auf. Er zog ein Hemd aus einem Wäschehaufen und drückte es in die Strömung. »Was willst du hier oben, Kleiner?«

Er zog einen Arm aus dem Wasser und deutete auf die Bäume. Er hätte damit irgendeinen Weg bergab oder die ganze Entfernung bis zum Horizont meinen können, eine Geste, um Ezra für alle Zeit aus diesen Gefilden zu verbannen.

»Ich hab euch gehört«, sagte Varney.

Ezra schaute ihn an.

»Von dir hätt ich 'n bißchen mehr Zurückhaltung erwartet, Kleiner. Das hat sich angehört wie der letzte Puff da oben. Du solltest mal lernen, Rücksicht auf andere Leute zu nehmen.«

Ezra trat von einem Fuß auf den andern. Er warf einen schrägen Blick auf die Bäume.

»Tut mir sehr leid, Earl. Ich wußte nicht ...«

Varney grunzte. Er hob nicht einmal den Kopf. »Was würde dein Vater dazu sagen, wenn er hören würde, daß du mit deinen Schulfreunden einen Stall voll Miezen zum Ficken in den Wald abschleppst? Du weißt doch, was deine braven Biedermänner da unten vom Ficken halten, oder? Sie würden einen Saftarsch wie dich zum Teufel jagen und aus der Bucht vertreiben.«

Ezra schaute über die Schulter zurück, als ob er verfolgt würde. In der Ferne, ein Stück bergab, flackerte das Licht von Lagerfeuern an den Bäumen.

Varney lachte. »Keine Bange, Kleiner. Hier oben ist niemand, der uns hören könnte. Merk dir bloß, daß du nicht besser bist als andere Leute. Dich juckt's im Schwanz wie jeden andern Mann hier auf den Inseln, und du willst ihn wo reinstecken wie jeder andere auch. Wie jeder andere Mann. Wir sind alle gleich. Alles übrige ist Gewäsch. Pfaffengelaber. Auf dem Wasser und im Bett sind wir alle gleich.« Varney spuckte ins Wasser.

Ezra schluckte. Sein Lebtag war Varney der Böse gewesen. Auf ihn deutete jeder, wenn er zeigen wollte, wo es mit der Welt im argen lag. Als er noch in der Mackerel Cove im Fischhaus gewohnt hatte, waren ihn jede Nacht Frauen besuchen gekommen. Frauen aus Brunswick. Frauen vom Bowdoin College. Einheimische Frauen im Schutz der Dunkelheit. Er hatte mehr Frauen gehabt als alle Fischer dieser Bucht zusammen. Und die Männer wußten, daß einige von ihren Töchtern darunter waren, wahrscheinlich gerade an dem Morgen noch dort gewesen waren, an dem sie wieder einmal im Kaufladen saßen und sich über Varney das Maul zerrissen. Kein Mann wagte die andern nach dem nächtlichen Aufenthalt ihrer Töchter zu fragen, denn wenn deren Töchter die Nacht in ihren Betten geschlafen hatten, dann seine eigene vielleicht nicht. Aber die ganze Ursache für den Groll der Insel auf Earl Varney kannte Ezra nicht. Und wenn sein Vater in diesem Augenblick gewußt hätte, was sich heute hier oben ereignet hatte, gegen wen hätte sich dann sein Groll gerichtet? Es war, als ob jeder auf einem schmalen Grat balancierte und im Wind schwankend eine bestimmte Bahn verfolgte, und als wäre der Abstand zwischen Gut und Böse nur so breit wie ein Fuß.

Ezra trat von einem Fuß auf den andern. Wo stand er jetzt? Varney lachte nicht. Vielleicht sagte ihm das, wo er stand.

»Earl, hat jemand namens Leslie Everett Dove dich in letzter Zeit besucht und mit dir geredet?« fragte er.

Varneys Hände stockten kurz unter Wasser, dann machten sie mit der Arbeit weiter.

»Geh mir nicht mit solchen rotzigen Fragen auf die Nerven. Nicht nach dem, was ich heute gesehen hab.«

»Ich hab bloß was gefragt.«

»Und wenn, was zum Teufel würde dich das angehen?«

»Nichts, Earl. Denk ich.«

»Denkst du? Was bildest du dir ein, einfach anzukommen und jemand auf seinem eigenen Grund und Boden zu verhören, und das auch noch, nachdem du es vor seiner Nase mit einem Haufen kleiner Edelnutten getrieben hast? Ein Rotzlöffel, der nicht mehr vom Leben weiß, als was irgendwelche alten Knacker vom College in ihre beschissenen Bücher geschrieben haben! Gehst du mit diesen ganzen Weibern aufs College? Du bist ein Schlappschwanz und kein echter Fischer, Ezra Johnson, das hab ich schon die ganze Zeit gemerkt. Ich hab dich großwerden sehen und gewußt, daß du mal ein Waschweib wirst. Ich hab's gewußt.«

Varney schnaubte verächtlich.

Nicht einmal Ezras Puls ging schneller. »Er hat nämlich was über dich geschrieben, Earl. In einem von seinen Büchern. Er sagt, du wärst am Round Rock getaucht.«

In seiner ganzen Länge war Varney einen Kopf größer als Ezra. Aber der Saft war raus. Seine Sachen schlackerten in den Achselhöhlen und im Schritt.

»Hört das denn nie auf? Daß Leute irgendwelchen Mist über mich und diese verdammte *Raven* erzählen und mir was am Zeug flicken wollen?«

»Ich hab nichts von der *Raven* gesagt, Earl.«

Varney zog feixend die Oberlippe hoch. Er machte einen Schritt auf Ezra zu und blieb dann stehen. Er blickte an Ezra vorbei auf den flackernden Wald. »Was sollte jemand denn sonst über mich schreiben? Diese verdammte *Raven*. Das wird mich bis an mein Lebensende verfolgen. Was schreibt er denn?«

»Daß du am Round Rock getaucht wärst.«

»Was noch?«

»Nichts.«

Varney grinste und schnitt eine höhnische Grimasse. »So. Dann weiß er ja, was es zu wissen gibt, nicht wahr? Nichts. Nicht sehr erfreulich, aber das ist es. Nichts.«

Varney hockte sich hin und drückte eine Hose unter Wasser, als wollte er sie ersäufen.

»Was ist da draußen am Round Rock, Earl?« fragte Ezra.

Varney hob den Kopf. »Wenn du aufs Wasser hinausschaust, was siehst du da, Kleiner?«

»Wasser bei Flut, Riffe bei Ebbe.«

»Sieh mal einer an. So ein Schlauberger.«

Ezra schaute ihn an. Varney verriet sich mit nichts. Das mußte man ihm lassen. Er war nie von seiner Geschichte abgewichen. Niemand hatte ihm nach dem Auftauchen der Leichen irgend etwas nachweisen können. Nur Earls plötzliches Verstummen gab zu denken, ein für ihn ungewöhnliches Schweigen. Es schien ihm gleichgültig zu sein, ob die Sache so oder so gewesen war. Aber das war kein Verbrechen. Die Jahre vergingen, und das Gerede hörte auf und damit, nahm Ezra an, auch das Grübeln; die Inselbewohner mußten vor Tagesanbruch aufstehen und sich ihren Lebensunterhalt aus dem Meer holen. Sie mußten essen, mußten schlafen. Sie gingen zur Kirche und starben. Sie wußten, daß weitere Schicksalsschläge kommen würden, weitere Leichen, weitere Todesfälle; und sie kamen. Aber nie wieder so viele Leichen. Und obwohl die Insel mit ihrem Arbeitsalltag weitermachte, wußte Ezra, daß man sie nie vergessen hatte. Dennoch hatte seit Jahren niemand ein Wort darüber verloren. Das Schweigen war weder gut noch schlecht; es war eine Art seelischer Selbstschutz.

»Es gibt Briefe, Earl«, sagte Ezra.

Varney zog ein Paar Strümpfe aus dem Wasser, die in seinen Händen trieften wie tote Fische.

»Verschiedene Leute haben Leslie Everett Dove geschrieben«, sagte Ezra.

Varney schüttelte die Strümpfe aus, als wollte er seine Hände von ihnen befreien. »Was für Sachen?«

»Das hat er nicht gesagt.«

Varney schnaubte. »Du bist genau wie dein Vater. Sein ganzes gottverdammtes Leben lang hat er versucht, mich zu ertappen, als ob alles auf der Welt meine Schuld wär.

Auch daß er seinen ersten Sohn verloren hat, war meine Schuld, verdammte Scheiße. Kommt wie ein Wahnsinniger bei mir reingerannt und fragt mich, was ich gesehen hab. Gesehen! Gesehen! 'nen nackten Weiberarsch hab ich gesehen, weiter gar nichts. Ein Tag nach Weihnachten, Himmeldonnerwetter, und er fragt mich, ob ich seinen Sohn gesehen hab. Als ob ich ihn unterm Bett versteckt hätte.«

Wieder reckte sich Varney zu voller Länge auf. Im Dämmerlicht konnte Ezra ihn nur noch undeutlich erkennen. Nur sein Gesicht und seine Hände, die matt glänzten.

»Allen, die nachgefragt haben, hab ich gesagt, daß ich nichts über die *Raven* weiß. Floyd, das Arschloch. Frag den doch. Setz dich auf sein Grab da unten, oder besser noch auf seinen dicken Grabstein, und frag ihn, was passiert ist. Ich weiß es ums Verrecken nicht. Und es ist mir egal. Das Ganze ist elf Jahre her, und ich hab's satt, danach gefragt zu werden. Wenn jemand behaupten will, ich wüßte was, dann schick ihn hier rauf zu Earl Varney, und ich sag ihm in einem Wort alles, was ich weiß. Und jetzt scher dich von meinem Berg runter, bevor ich ...«

Doch die Drohung wurde von einem schrillen mechanischen Heulton abgeschnitten, der unten am Wasser anfing und zwischen den Bäumen hindurch den Berg hinaufflog wie ein unsichtbarer Vogelschwarm, und dann verklang.

»Die bescheuerte Helen Murray hat schon wieder die Sirene ausgelöst«, knurrte Varney.

Ezras erster Gedanke war, daß man jemanden gefunden oder geborgen hatte. Wer wurde vermißt? Er wußte es nicht. Irgend etwas war immer los.

Dann blickte er zum Wasser hinunter. Ein sanfter Feuerschein hing über der Lowell Cove wie eine phosphoreszierende Wolke. Dann eine Flamme, der Himmel leuchtete kurz auf. Einen Augenblick später erdröhnte die Luft von einem Donnerschlag, der durch die Bäume hallte wie ein Kanonenschuß. Die Erde unter ihnen bebte, dann war Ruhe. Die Wolke hatte sich gehoben.

Ezra machte einen Schritt, hielt dann schwer atmend inne. Er drehte sich zu Varney um, aber der schaute an ihm vorbei, in jeder Faust einen Strumpf, über die Baumwipfel hinweg zur Lowell Cove.

Ezra fuhr am Kai vor, als sein Vater gerade zu seinem Dory rannte. Andere Dorys hatten bereits abgelegt, in der ganzen Bucht eilten Fischer mit fliegenden Riemen auf die Liegeplätze zu. Motoren liefen brummend im Wasser warm.

Clayt stieß ab.

»Vater!«

Clayt fuhr herum, hob die Ruder und wartete einen Sprung weit vom Anlegefloß entfernt.

»Komm rein, Junge, mach schnell.«

Ezra nahm auf der Laufplanke drei Tritte auf einmal und landete hart im Dory seines Vaters, völlig außer Atem.

»Drüben in der Lowell Cove«, keuchte Ezra. »Ich hab's vom Berg aus gesehen.«

Clayt ruderte mit aller Kraft. Das Dory flog förmlich durchs Wasser.

»Was hast du auf dem Berg gemacht?«

Ezra zögerte, bevor er betreten antwortete: »Ich hab bei Earl Varney vorbeigeschaut.«

»Varney! Was hast du mit der Kanaille zu schaffen?«

Aber Ezra antwortete nicht, und Clayt vergaß die Frage, während er auf die *Hattie B* zuruderte. Die ersten Boote fuhren schon zur Bucht hinaus, um die Landspitze herum und zurück durch die Meerenge zur Lowell Cove. Clayt und Ezra hielten sich nicht lange mit Vorbereitungen auf. Clayt ließ nicht einmal den Motor warm werden. Ezra machte die Vertäuung los, die Maschine röhrte auf, der Bug stieg übers Wasser, und das Land blieb zurück.

Es war Halbtide. Sie strichen an der Küste entlang, dicht über niedriges Wasser, an unsichtbaren Untiefen vorbei, vor denen Clayt scharf das Steuer herumriß. Solche Risiken war er in Ezras Beisein noch nie eingegangen.

Clayt riß am Fahrhebel und beugte sich vor, als ob die paar zusätzlichen Pfunde ihre Fahrt beschleunigen würden.

»Wie spät ist es?« fragte Clayt.

»Keine Ahnung ...«

»Verdammt noch mal, Ezra, schau auf deine Uhr!«

Ezra drehte sein Handgelenk der untergehenden Sonne zu. »Kurz nach sieben.«

»Wieviel nach sieben? Minuten, Junge! Wieviel Minuten?« »Sechs, sieben.«

Clayt hängte sich ans Steuer. »Dann sind jetzt zehn Minuten vergangen.«

»Seit wann?«

»Seit dem Mayday. Wir waren grade beim Essen. Wir sitzen da, und auf einmal funkt er und brüllt Mayday.«

»Wer?«

Clayt sagte nichts.

An der Dyer's Cove umrundeten sie eine bewaldete Landzunge und hielten direkt auf die Lowell Cove zu. Die ganze Bucht war taghell erleuchtet. Haushohe Flammen stiegen aus der Bootsmitte auf und verschlangen Bug und Mast, als ob dort ein Scheiterhaufen brannte. Das Wasser rings um das Feuer war spiegelglatt, schwarz, wie ein stehendes Ölbecken. Ein Dutzend Boote mit laufenden Motoren bildeten einen weiten Kreis um die Flammen. Überall auf den Anlegeflößen und den Kais standen Leute, andere drängten sich von beiden Seiten durch den Wald heran. Ihre Gesichter, ebenso wie die Gesichter der Männer am Steuer und hoch an den Masten der schaukelnden Boote, leuchteten und wirkten in dem helleren Licht selbst wie trübe Lampen.

Als Ezra das Boot sah, kniff er die Augen zusammen, um sicherzugehen, daß er sich nicht irrte, dann machte er den Hals lang, um ins Wasser zu schauen. Auf dem Boot war kein Lebenszeichen zu sehen, und nicht einmal das Wasser kräuselte sich im Wind. Die Bucht war erfüllt vom Prasseln und Zischen des Feuers und dem Schweigen rundherum.

Ezra sprang auf den Bug und wollte den Mast erklimmen.

»Laß gut sein, Ezra, das bringt nichts mehr.«

Ezra drehte sich wieder um.

»Behalt einfach das Wasser im Auge«, sagte Clayt leise. Aber es war automatisch, ein Reflex. Und das wußten sie beide. Es würde nichts zu sehen sein.

Clayt schüttelte den Kopf. »Er hat Mayday gerufen und dann gesagt, er würde springen.«

»Springen? Aber er kann nicht schwimmen.«

»Das weiß ich«, sagte Clayt.

»Hatte er seinen Gummianzug an?«

»Schau dir die Flammen da an, und dann sag mir, ob er die Zeit hatte, noch irgendwas anzuziehen.«

Clayt richtete das Boot auf das brennende Wrack, und wie die Männer in den anderen Booten standen sie da und starrten dann doch nicht ins Wasser, sondern in die Flammen.

»Er hat's genauso gemacht, wie's sich gehört«, sagte

Clayt. »Mayday rufen, ins Wasser springen und warten. Aber es war zu lange und zu kalt, verdammt.«

»Wie ist das passiert, Papa?«

Clayt verfolgte die himmelwärts steigenden Rauchschwaden, dann die Feuersäule nach unten in das brennende Innere des Bootes.

»Schwer zu sagen. Könnte alles mögliche gewesen sein. Mein Tip wäre die lecke Treibstoffleitung, die er die ganze Zeit schon abdichten wollte.«

Ein Polizeiboot kam in schnellem Tempo auf die *Hattie B* zu. Es zerschnitt das glatte Wasser und verdrängte es seitwärts, daß seine Wellen auf das Wrack zuliefen. Es kam längsseits, der Außenbordmotor ging aus.

»Sind Sie Clayt Johnson?« rief eine Stimme.

Clayt trat vor, warf einen Blick auf den Mann in Uniform, einen Fremden, und trat wieder zurück.

»Sie wären derjenige, an den ich mich wenden müßte, hat man mir gesagt.«

»Weswegen?«

Der Polizist hielt sich schützend die Hand vor die Augen und schaute auf die Flammen. »Deswegen.«

»Was ist damit?«

»Was ist passiert?«

»Ein Feuer ist ausgebrochen«, sagte Clayt.

Der Polizist blickte zum Boot hinüber, als ob ihm das neu wäre. »Wie?«

»Wollen Sie da rein und es rausfinden?«

»Nee.«

»Ich auch nicht.«

An Land stachen zwei Scheinwerfer durch die Dunkelheit, hielten am Rand des Kais an und richteten sich auf das Polizeiboot, als ob es angestrahlt werden müßte. Der Motor wurde abgestellt.

»Wem gehört das Boot da drüben?« fragte der Polizist.

»Jesse Johnson.«

»Wo ist er?«

Einen Moment lang gab Clayt keine Antwort. Dann blickte er den Polizisten voller Verachtung an. »Wo zum Teufel meinen Sie, daß er ist?«

»Was weiß ich? Wer von euch hat ihn denn rausgeholt?«

»Rausgeholt ist gut. Wir werden Jesse wahrscheinlich ein paar Tage lang nicht zu Gesicht bekommen.«

»Ist er verletzt?«

»Er ist ertrunken«, sagte Clayt.

»Was soll das heißen: ertrunken?«

»Das heißt, im Wasser gestorben. Was zum Teufel soll das heißen: was soll das heißen?«

Der Polizist drehte sich um und überblickte die ganze Bucht. Er hob den Arm und deutete auf die Szenerie. Fischhäuser und Anlegeflöße, diverse Pfeiler und vereinzelte Dorys, das nächste dreißig Meter entfernt.

»Er hat es nicht bis zu einem der Flöße da drüben geschafft?«

»Er konnte nicht schwimmen«, sagte Clayt.

Der Polizist kniff die Augen zusammen wie bei einem plötzlichen stechenden Schmerz. Er schüttelte den Kopf. »Das werde ich nie begreifen, warum ihr hier nicht schwimmen lernt«, sagte er.

»Ganz richtig«, sagte Clayt. »Werden Sie nie.« »Aber hat er denn nicht einen von diesen Gummianzügen angehabt? Es ist Vorschrift, diese Dinger an Bord zu haben. Die sind dazu da, euch das Leben zu retten.«

Clayt trat an den Rand und schaute in das Polizeiboot hinunter. Eine Weile sagte er nichts, als würde er sich fragen, ob es der Mühe wert sei. Dann entschied er sich offenbar dafür, mehr um Jesses willen als im Interesse von irgend jemand, der noch am Leben war.

»Haben Sie schon mal einen von diesen Anzügen angehabt?« fragte Clayt.

»Leider nicht.«

»Der Tatsache haben Sie's wahrscheinlich zu verdanken, daß Sie noch hier stehen und atmen. Man kann in dem verdammten Ding nicht fischen, man kann sich nicht drin bewegen. Angeblich dauert das Anziehen dreißig Sekunden, aber versuchen Sie mal, einen Gummianzug im Winter anzuziehen, wenn das Deck mit Eis überzogen ist. Und dann: wenn Sie den Anzug auspacken, soll er sich von selbst entfalten. Aber das tut er nicht, er ist steifgefroren, das Gummi ist hart, und man muß ihn auseinanderziehen. Wir haben sogar mal Matt Wardle – kennen Sie Matt Wardle? – zu einer Demonstration hergeholt. Sein Sohn und sein Schwiegersohn sind beide bei einem Unwetter ertrunken. Beide hatten die Anzüge an. Matt war mal Boxer und tut einiges, damit er in Form bleibt, aber er hat fünf Minuten gebraucht, um in das Ding reinzukommen, und auf dem Wasser sind fünf Minuten ein ganzes Leben. Zehn Leben. Wenn irgendwas passiert, hat man höchstens dreißig Sekunden für eine Entscheidung. Vielleicht ist Ihnen das nicht klar.«

Der Polizist sagte nichts. Er hatte sich in seinem Boot hingesetzt.

»Wir haben also einen Mann – Wardle – in hervorragender Verfassung, und er ist vor Anstrengung, in diesen Anzug zu kommen, völlig außer Atem. Aber nehmen wir spaßeshalber an, Sie kriegen ihn wirklich übergezogen. Sie stehen also an Deck und springen über Bord, die Füße zuerst, wie es in der Anleitung steht. Ganz nach der Scheißvorschrift. In neun von zehn Fällen macht es plopp, und der Kopf rutscht durch die Kappe nach unten, und dann sind Sie orientierungslos und ertrinken sowieso. Voriges Jahr haben wir zwei oder drei in dem Zustand gefunden. Und nun nehmen wir an, Sie sind bei Windstärke 5 – was nicht viel ist – im Wasser und schaffen es wirklich, auf den Rücken zu kommen, wie es in der Anleitung empfohlen wird. Dann kriegen Sie pausenlos Wasser übers Gesicht gespült und kommen wieder nicht zum Atmen. Die Leiche finden, jawoll, wir finden die Leiche. Früher oder später werden wir Jesse finden. Scheißgummianzug. Nichts auf der Welt läßt einem die Zeit, dieses Ding anzuziehen.«

Clayt deutete auf die Flammen, die langsam erloschen. »Und das da schon gar nicht.«

Nach einer Stunde war die *Hattie B* eines von zwei oder drei Booten, die noch auf dem Wasser waren. Hier und da an den Kais hoben und senkten sich glimmende Zigaretten und blieben auf Schenkelhöhe hängen. Clayt lehnte am Steuer und blickte sich gedankenverloren um. Der verkohlte Rumpf von Jesses Boot mit dem Stummel des verbrannten Mastes kippte im Zeitlupentempo zur Seite. Die schwelenden Überreste der Bootsausrüstung – Netze, Schwimmkästen, diverse Geräte – fielen in einem knisternden Haufen in sich zusammen. Funken und kleinere Eruptionen zuckten auf wie kleine rote Würmer. Darüber kreisten glühende Ascheschwaden auf der Wärmeströmung, brachen dann aus und stiegen in Luftwirbeln empor. Eine kleine Brise hatte sich vom offenen Wasser herangestohlen. Die unsichtbaren Kiefern am Rand der Bucht rauschten leise, das Wasser in der Bucht kräuselte sich und trieb die Reste des Bootes ein wenig auseinander, bevor sie Stück für Stück sacht nach unten gezogen wurden.

Am nächsten Morgen saßen die Hummerfischer im Kaufladen beisammen wie immer, obwohl klar war, daß einige die ganze Nacht dort zugebracht hatten; sie waren durch die niemals abgeschlossene Tür gekommen und hatten sich im Dunkeln auf die Bänke gesetzt. Ezras Vater war auch darunter gewesen. Keiner hatte irgend etwas zu sagen.

Ezra wußte, daß es so etwas wie Glück oder Pech auf dem Wasser nicht gab; es gab nur Konsequenzen. Das war ein Spruch, den alle gern zum besten gaben, den auch Clayt gern zu ihm sagte. Aber die Insel machte eine schlimme Zeit durch, und zwar seit dem Morgen, an dem Ezra und sein Vater die ersten Frauen vom Inland angeschleppt und auf das Wägefloß gelegt hatten. Es waren schlechte elf oder zwölf Jahre gewesen. Aber wenn das kein Pech war – und es war keines –, was war es dann? Das war die Frage, die Ezra sich dort im Kaufladen stellte, aber nicht aussprach, während er still über diese Zeiten nachdachte, über die Konsequenzen, die sie trugen. Aber Konsequenzen wovon? Von etwas, das jemand gesagt hatte? Getan? Von welchem unbekannten Verbrechen? War es nicht wie eine Heimsuchung aus der Bibel, die Last einer unbekannten Erbsünde, die diese kleine Insel zu tragen hatte? Vor dem Juni des Jahres 1941 war sie kein Paradies gewesen und keineswegs unschuldig; es hatte Unfälle gegeben – aber anders. Der Anblick der halbnackten Frauen damals, wie sie kreuz und quer auf dem Wägefloß lagen, ohne große Verletzungen, ertrunken, himmelwärts starrend, und Floyd obendrauf, war eine gotteslästerliche Höllenvision gewesen.

Jenseits des Teiches gingen in der kleinen Gemeinde Rangeley die Lichter an. Sie flackerten über den Hängen, als ob eine große Stadt ihre Straßenbeleuchtung angeschaltet hätte. Im Tal stiegen blaue Rauchschnüre auf, fest geflochten und völlig senkrecht, als ob diese Senke eine Hängematte wäre, die an Kabeln von der blauen Himmelskuppel herunterhing.

Ein später Frühlingsfrost hatte Maine in der Nacht zuvor überfallen und wurde im Laufe des Tages von der Sonne vertrieben, so daß hinterher alles grüner war als zuvor. Der Frost war an diesem Abend wiedergekommen und hatte die Hügel in der Dämmerung mit Rauhreif überzogen.

Vor Ezra hing der alte Schuppen, der mit zu der Hütte gehörte, mit schwerer Schlagseite über, drohte unter den vergangenen und noch kommenden Schneelasten zu kentern. Jedesmal, wenn er hierherkam, erinnerte er sich hinterher genauer an die nahen Berge und den Fluß dazwischen, an den weißen Schaum, eine Wildwasserschlucht unter einer Schneekruste, eine rabenschwarze Nacht ohne Sterne oder Mond. Er erinnerte sich an eine Jagdhütte, die am Rand eines Feldes stand, in Hörweite eines Baches, der in den Fluß mündete. Er erinnerte sich an einen Wintermond, der durch die Wolkenströmungen schwamm. Daß er von seiner Pritsche aus erkennen konnte, wo der Schnee aufhörte und wo er anfing; und wo er anfing, brandete er in riesigen Wehen gegen den Zaun und den alten schiefen Schuppen an, brach sich überm Dach, verwehte in dicken Schlieren wie weißer Rauch. Er lag auf alten aufrecht stehenden Dingen, abgenutzten und ungenutzten Dingen, Dingen, die Ezra im Frühling gar nicht aufgefallen waren: kaputten Autos, ausrangierten Kommoden, auf der Seite liegenden Traktoren, deren Formen der Schnee draußen auf dem Feld deutlich vom schwarzen Wald abhob. Im Sommer war das Feld nachts mit seinem im Wind schimmernden Gras ein stilles, blasses Wasser, und die Lichter der anderen Jagdhütten flackerten an den Hängen wie ferne Schiffe. Das hatte sich ihm von damals eingeprägt, als sein Vater ihn in der Tür hochgehoben und ihm erzählt hatte, wenn er einmal groß sei und auf dem Wasser arbeite, werde es ganz ähnlich aussehen, mit der Spiegelung des Mondes und den Lichtflecken anderer Boote am Horizont.

Ezra kratzte mit zwei Fingern ein bißchen Schneematsch weg, legte die Zuckerrüben, Karotten und Runkelrüben aus und streute dann das Körnerfutter darüber.

Sein Vater hatte von Ansitzen bei der Jagd nie etwas gehalten. Er hatte sich über die andern lustig gemacht, zum Beispiel über seinen Freund Jesse Johnson, der seinen Ansitz mit Wärmflaschen und Öfchen ausstaffierte. Er hatte erklärt, daß das Blenden der Tiere und das Schießen mit Zielfernrohren oder aus Autofenstern heraus nicht unbedingt verboten sein müßten. Es gäbe wichtigere Dinge, gegen die man sein konnte. Ezra hatte seinen Vater niemals ein Gewehr halten oder anlegen sehen. Aber Clayt hatte ihm beigebracht, den Wind und den Wildwechsel zu verstehen und in der Kälte auf einem Baum zu sitzen und beim Warten immer ruhiger zu werden, bis man sein Blut fließen spürte und so still wie der Baum war, stiller. Halt dein Gesicht immer in den Windschatten, damit du mit dem Wind atmest und nichts alarmierst, wie wenn du ein Dory mit der Flußströmung ruderst. Clayt hatte ihn in diese Wälder mitgenommen, mit ihm darüber gesprochen und ihn zuerst unter Jesses Aufsicht, später dann ganz allein losziehen lassen.

Es war Jesse, der Ezra beigebracht hatte, wie man ein Gewehr hält, damit zielt und schießt.

Ezra saß in einem Liegestuhl in der Hüttentür, eine Jakke über den Knien und quer darüber das Gewehr. Er hatte eine Zigarette in der Hand. Sie war zum größten Teil ungeraucht heruntergebrannt. Er hatte auf diesem Trip mit dem Rauchen angefangen und war nicht sicher, ob es etwas für ihn war. Aber er wollte es ausprobieren. Eine Entspannungshilfe, um besser darüber nachdenken zu können, was er gesehen hatte, und sah, und vermutlich noch sehen würde. Er war im Kaufladen bei dem schweigenden Gespräch zwischen den Männern der Insel dabei gewesen – er hatte sich wie ein Überlebender gefühlt, und obwohl Clayt ständig über die Risiken geredet hatte und über die Notwendigkeit, stets auf etwas, das man erst sieht, wenn es da ist, gefaßt zu sein, fühlte Ezra sich zum erstenmal bedroht. Deshalb sagte er sich, würde es ihn entspannen, mit der glimmenden Zigarette in der Hand zuzusehen, wie der Schuppen entschwand, bis er nur noch ein schwärzerer Umriß vor dem schwarzen Wald war und der Mond dahinter aufging, ein Guckloch in eine andere, eine arktische, mittägliche Welt. Er legte den Kopf zurück und betrachtete die dunklere Hälfte des Himmels. Die hervortretenden Sterne. Er hörte das hohe Summen eines kleinen Flugzeugs. Die leise Zeitansage der Pfeife einer nahen Papierfabrik hallte von den Hängen. Aber Ezra war nicht entspannt. Er spürte, wie die Hütte leer und kalt und dunkel hinter ihm lag.

Am Vormittag, nachdem er und sein Vater ein paar verkohlte Überreste von Jesses Boot mit einer ihrer Reusen hochgezogen hatten, hatte er Clayt endlich um ein paar Tage für sich allein gebeten und sie gewährt bekommen. Clayt fragte nicht warum, und er bot nicht an, ihn zu begleiten. Beide wußten, daß es weniger ein Urlaub als eine Gnadenfrist war. Er war hierher in die Hütte seines Vaters in den Ausläufern der White Mountains gefahren, um

Hirsche zu schießen, oder zumindest auf sie zu zielen, oder bloß das Gewehr zu laden und auf den Knien liegen zu haben, um etwas zu essen, wenn er Hunger bekam, und um zu denken und zu lesen. Auf dem Weg durch Brunswick war er beim Bowdoin College vorbeigefahren und hatte sich ein paar von Leslie Everett Doves Büchern ausgeliehen. Sie hatten dort vier. Eines davon war das letzte, das Professor Morrill ihm gezeigt hatte, das mit den Kapiteln über seinen Sohn und über die *Raven*. Ezra hatte es gelesen und war überrascht, wie wütend es ihn machte.

Irgendwer wußte etwas. Irgendwas war da.

Ezra setzte sich kerzengerade auf. Er legte an und drückte ab. Der Schuß hallte von der Schuppenwand wider, und er sah die Hirschkuh zusammenzucken, als hätte sie einen Tritt bekommen, dann hochschnellen und mit einem Satz im Wald verschwinden. Am Zucken hatte er erkannt, daß es ein Halsschuß gewesen war. Er wollte ihr eine halbe Stunde geben. Das war noch etwas, was Jesse ihm hatte beibringen müssen. Wenn man ein angeschossenes Wild verfolgt und hetzt, wird die Panik ins Fleisch einschießen und es zäh und sauer machen.

Ezra ging hinein und richtete den Kamin und den Bratspieß her, aber machte noch kein Feuer. Er setzte sich auf einen der Zedernstühle seines Vaters, zündete sich im Dunkeln die nächste Zigarette an und hielt sie brennend über den Knien, das fertige Holz zu Füßen. Er griff sich eines von Doves Büchern, blätterte es durch und legte es wieder hin, betrachtete es mißtrauisch. Als hätte er eben erst angefangen zu verstehen, wozu es imstande war. Als ob ihm plötzlich alles verdächtig geworden wäre.

Er fand das Blut nicht gleich und dachte erst, es sei in der Wunde kalt geworden und gedickt. Aber dann sah er es, drei Tropfen, die sich im Reif verästelten. Er ging mit vorgehaltenen Armen und gesenktem Kopf in aller Ruhe durch das Gehölz, schob es mit dem Gewehrlauf zur Seite, ließ sich vom Mond die Fährte zeigen. Seine Füße waren naß, und er wußte, daß sie kälter werden würden, bevor sie sich erwärmten. Er schaute im Vorbeigehen auf die Bäume, und hier und da war ein glänzender schwarzer Fleck. Dann öffnete sich das Gelände, wo der Wald in Jungwuchs überging, und zwischen den niedrigen, dünnen Bäumchen gab es nur silbriges Gras und die deutliche blutige Fährte der Hirschkuh. An den dichter aufeinanderfolgenden und tiefer werdenden Abdrücken erkannte er, daß sie langsamer wurde. Er nahm sich Zeit und zündete sich eine weitere Zigarette an. Es war jetzt richtig Nacht. Die Sternbilder entfalteten sich am Himmel.

Die Spuren führten ihn ein langes, gerades Stück bergab, dann stießen sie auf einen alten Zaun. Sie folgten dem Zaun, dann bogen sie ab und lenkten ihn zurück auf die andere Seite des Teichs. Nach ungefähr einer Stunde fand er die Hirschkuh auf einer gerodeten Lichtung, im Schnee gegen einen vermodernden Baumstamm gepreßt. Ihre Augen waren zu, aber ohne die Nüstern zu fühlen, wußte er, daß sie noch lebte. Wenn sie starben, hatten sie die Augen offen und zum Himmel gerichtet.

Mit einer Hand setzte er ihr die Gewehrmündung an die Schläfe, und als sie die Augen öffnete, schloß er seine. Er wandte den Kopf ab. Dann öffnete er die Augen und blickte auf die im Laub schnaufende Hirschkuh nieder, der aus Nüstern und Ohr schwarzes Blut sickerte. Er spürte im Finger die Spannung des nachgebenden Abzugs. Er ließ ihn los und das Gewehr sinken. Früher war ihm das nie schwergefallen. Es lag in der Natur, hatte sein Vater ihm erklärt, es lag daran, wer sie waren. Mensch und Hirsch. Mensch und Mensch. Es spielte keine Rolle. Einer starb, weil der andere lebte, und einer lebte, weil der andere starb.

Ezra wartete darauf, daß die Hirschkuh die Augen wieder öffnete und ihn anschaute. Schließlich versetzte er ihr einen Tritt, und sie schaute auf, und Ezra biß die Zähne zusammen und hob den Arm mit dem Gewehr, das jetzt nur noch eine Verlängerung seiner Hand war, und er sah sie an, zwang sich, nicht zu blinzeln, und drückte ab. Der Schuß hallte durch den Wald, hing noch lange grollend in der Luft wie das Motorgeräusch eines schnellen Autos, das durch die Nacht fuhr. Sein Arm bebte, und er faßte den Schaft des Gewehres fester, um ihn zu beruhigen. Dann atmete er aus und schaute empor, betrachtete die Dunstwolke seines Atems.

Er schleifte die Hirschkuh an den Hinterläufen zum Rand des Teichs, stieß ihr das Messer in den Unterleib und schlitzte sie, einen Finger zwischen Klinge und Eingeweiden gehalten, bis zum Brustbein auf. Er hakte den kleinen Finger unter den Brustmuskel und zerschnitt ihn. Dampf stieg ringsum auf, und er wärmte sich einen Augenblick lang die Hände daran. Er holte die Innereien heraus und faßte hinter das Brustbein und schnitt auch das durch. Dann zerwirkte er das Tier zwischen zwei Bäumen. Die Eingeweide lagen in einem dampfenden Haufen unter den gekreuzten Läufen. Er machte den Schnitt am Hals und zog mit drei Rucken das Fell bis zu den Hinterläufen herunter, dann klemmte er einen Stock quer über die Bauchhöhle, um sie auszulüften.

Der Teich hatte angefangen zu überfrieren. Ezra hielt inne und lauschte, und als er nichts hörte, trat er mit dem Absatz seines Stiefels am Rand ein Loch. Er steckte seine

Hände in die dunkle Öffnung. Wasser legte sich um seine Handgelenke. Seine Finger wurden in der Kälte steif, dann brannten sie, dann wurden sie taub. Die Schleier des abgewaschenen Blutes ringelten sich im Moorsee wie eine noch schwärzere Tinte. Die Hirschkuh hing dampfend hinter ihm, als ob sie im Mondschein vor sich hin kochte.

Er ging in die Hütte, machte Feuer und schlug sein Bettzeug daneben auf. Bei der ersten Glut ging er mit einem Topf und einem Tranchiermesser hinaus. Hinter ihm schnitten Feuerscheinstriche durch die löchrige Bretterwand und das Dach der Hütte und in die Bäume. Ein fahles Viereck fiel durch das Fenster auf den Schnee, eine Luke zu anderen, sonnigeren Zeiten.

Das Wild war abgekühlt und hing jetzt abgehäutet da, der Hals straff, die Schnauze abgewandt, als hätte es seinen Namen gehört. Vorder- und Hinterläufe waren elegant gekreuzt. Er fand es immer brutal, daß sie ganz am Schluß wie Tänzer aussahen, die harten und vor Kälte durchscheinend wirkenden Muskeln in der dritten Position erstarrt. Er legte den Handrücken an die Flanke. Dann folgte er dem Blick der Hirschkuh und drehte den Kopf zum Teich um.

Er sah vor sich die hufeisenförmige Bucht, von Treibholz und Eis gegen das Meer abgesperrt. Die steilen und glatt gescheuerten Wände lagen frei bis zum Grund, auf dem nur noch am Rand zugefrorene Salzwasserpfützen standen. Was da ans Licht kam – und bisher aus gutem Grund bedeckt gewesen war –, stank wie eine Kloake. Ein Abwasserrohr mit schmutzig tropfenden Eiszapfen hing zwischen den Entenmuscheln der Fischhauspfosten. Verstreut darunter weggeworfene Hummerreusen, die aus dem Schlick ragten, und Haufen kreuz und quer liegender Frauen, nicht mehr langsam im Wasser kreisend, nicht mehr von feiner, zarter Schönheit: halb versunkene Ellbogen und Knie, im Haargespinst verheddere Finger, nicht sofort als dieser oder jener zugehörig zu erkennen. Rücken und Hintern angefressen. Haut abgeschält wie ein Tuch von einem Brotlaib. Leere Augenhöhlen. Entblößte Wirbelsäulen. Zerfetzte Korsette. Blutige Hinterbakken.

Ezra wandte sich ruckartig ab und erinnerte sich an das, was er in Doves Büchern gelesen hatte. Er erinnerte sich daran, was ihm sein Vater über Leute erzählt hatte, die in Ausübung ihres Berufs auf See sterben: die Kapitäne, die ans Steuer gekettet ertrinken; die Matrosen, die ihr Ende kommen sehen und sich selbst an einen Mast fesseln, weil sie hoffen, daß wenigstens ihre Leichen geborgen und anständig begraben werden; diejenigen, die in der Stille danach vom Ufer aus zu sehen sind, hoch oben in der Takelage verfangen, ein Schandfleck am Himmel.

Er schmorte die Filets und trug sie nach draußen. Er lehnte sich auf dem Stuhl zurück und ließ den Teller auf dem Knie stehen und betrachtete den Teich, während das Essen abkühlte. Schließlich wurde das Fleisch grau und lag in einer gelierten Pfütze. Aus diesem Winkel war der Teich bloß ein schmaler Streifen Wasser. Er fühlte innerlich einen Groll wach werden, gegen was oder wen genau, wußte er nicht. Gegen irgend jemand oder gegen etwas Namenloses in diesen Wäldern oder daheim auf dem Wasser. Zum erstenmal kam ihm der Gedanke, daß jeder Fischer einen ähnlichen Groll mit sich herumtrug; daß er keine Wahl hatte und daß dieser Groll schwer zu tragen, aber auch heikel war, weil man nicht darüber reden, ihn nicht einfach mit einem Namen versehen konnte.

Irgendwann, dachte er, vielleicht morgen oder vielleicht erst in Wochen oder Jahren, würde der Groll zu seiner

Überraschung abermals hochkommen. Und dann konnte es sein, daß dieser Groll ihn mit nach unten zog. Er dachte, daß das Wasser voll von Leuten wie ihm war, die in so einem Moment nicht wußten, wie sie sterben, was sie von sich retten sollten. Er fragte sich, ob er sie nicht womöglich alle finden würde.

WALTER

Schwarzhemden dirigierten die zweite Nachtschicht mit ihren Knüppeln vorbei an den Laderampen, vorbei an Unmengen von Papierrollen, die zweieinhalb Meter hoch und höher waren. Feldbetten in streng geordneten Reihen überall auf den Bahnsteigen, alle unter dünnen Flüchtlingsdecken aus ungefähr dem gleichen Material, aus dem man Mehlsäcke macht. Den Schattenraum darunter nahmen Seesäcke ein, die offen waren und ihren Inhalt auf den Betonboden ergossen, Unterwäsche, Blue jeans, ein Foto, ein Schlagring. Unterhalb der Laderampe eine riesige Fläche mit nackten Schienen und Weichen. Eine Reihe leerer Güterwaggons, bereit, die Legionen der Bettenbenutzer auszuspeien oder aufzunehmen. Andere Waggons mit Vorhängeschlössern im Düstern dahinter. Vor der höhlenartigen Öffnung, wo die Schienen zu zwei Strängen zusammenliefen, war die Dunkelheit mit Scheinwerfern ausgeleuchtet. Von da draußen, dicht hinter der Lichtgrenze, kamen die Geräusche einer Stadt und ihrer Bewohner, als ob Bühnenarbeiter hinter einem vom Boden zum Himmel reichenden Vorhang die Kulissen aufbauten. Mit seinem Schutzhelm in der Hand stand er da wie ein kleiner Junge, der einen bitteren Blick über die Turnhalle der Schule wirft, nachdem ein Hochwasser in der Stadt die Hälfte der Erdgeschosse überschwemmt und die Bewohner hierher vertrieben hat.

Als verbissene, blinde Armee marschierten sie an nackten Glühbirnen vorbei, enge Treppen und Gänge mit verschmierten Geländern hinunter in die stickige Wärme, den urinfarbenen Schleier. Durch die Etagenroste blickte Walter McAlister zwei Treppen tiefer, dann noch zwei, dann noch zwei. Über ihm drängten sich Gesichter mit Schutzbrillen ans Geländer. Durch die nach draußen führenden Lüftungsrohre drang das unablässige Rumoren des Tumults vor den Toren. Ab und zu ein Gebrüll wie aus einem weit entfernten Stadion, das rhythmische Skandieren – »Streikbrecher! Streikbrecher!« – fast anfeuernd, wie der Name des Schlagmanns der heimischen Baseballmannschaft, der zum entscheidenden Schlag auf das Mal zuschreitet. Er hielt die Augen niedergeschlagen, als er an den Lüftungsrohren vorbeikam, und drehte das Gesicht weg, als ob sie Kameras wären, als ob die aufgebrachte Menge ihn erkennen könnte.

In der vertrauten Dunkelheit erst ein muffiger, dann der scharfe Geruch von Chlor. Statt der Decken Dampfleitungen und Ventile über dem Kopf. Die Hitze wurde dumpf und schwer. Ein heißer Wind wie von faulen Eiern und angebranntem Kohl. Die schweigenden Männer um ihn herum schälten sich aus ihren Hemden, und von den Muskeln an Armen, Rücken und Brustkästen leuchteten pfauenbunte Tätowierungen durch den Dunst. Er behielt seines an, argwöhnisch wie er war; das Hemd verbarg seine dünnen Arme und seine eingefallene Brust. Mit siebenundzwanzig war er schon ein alter Mann.

Er wandte sich dem neben ihm dahinschlurfenden Mann zu, der wirklich alt war. Ein kleiner Mann mit einer blauschwarzen Hand und einem Stummelarm, direkt unter dem Ellbogen sauber abgetrennt. Dunkle Haare sprossen aus dem Stumpf wie aus einem geschwollenen

Knöchel. Die Augen weit und starr, der Mund zu einem Grinsen verzogen, die Nase ein kleines Dreieck; aber die Nasenlöcher zu groß und zu dunkel, als hätte er überhaupt keine Nase, sondern bloß zwei Löcher zum Luftholen; sein Gesicht eher die Vorderseite eines hautbespannten Knochenschädels als die eines lebendigen Kopfes.

»Wie alt bist du, Kollege?« fragte Walter.

Der Mann blickte nicht auf. »Zu alt für diesen Scheiß.«

»Hast du je vorher an 'ner Papiermaschine gestanden?«

»In Johnsonburg in Pennsylvania.«

»Wann war das?«

»1934.«

Walter ging weiter.

Der Mann, der sich Vorarbeiter nannte, den Walter aber noch nie zuvor in Rehoboth gesehen hatte, hob eine Hand zum Zeichen, daß sie anhalten sollten. Eine Freiheitsstatue blutete blaugrau auf seinem rechten Bizeps, ein Adler schlug zwischen seinen schlaffen Brüsten mit den Flügeln. Er schickte zwei Männer als Kundschafter in die aufziehende Dunkelheit. Die Kolonne wartete unruhig. Niemand sagte etwas. Die beiden Späher kamen zurück und nickten, und der Vorarbeiter führte sie weiter wie seinen Besitz, hier um eine Ecke, dort um eine Ecke, wie auf der Flucht vor Verfolgern.

»Ich hab nichts gegen die Gewerkschaft. Und ich hab nichts gegen diesen Konzern. Ich verdien hier bloß mein Geld wie jeder andere auch«, ließ sich der alte Mann vernehmen.

Walter sagte nichts.

»Wie heißt du?«

Walter überlegte. Ihm kam der Gedanke, daß er hier vielleicht einen andern Namen hatte, den er gar nicht kannte, und wenn nicht, daß er einen solchen haben sollte. Er sagte sich still seinen Namen vor. Es erschien ihm wie eine Lüge, ihn zu nennen, oder wie ein Fehler. Er wußte, daß er in der Stadt in Gefahr war.

»Laß gut sein«, sagte er.

Der alte Mann wedelte mit seinem Stumpf wie mit einer Flosse. »Mein Gott, ist das ein mieses Ding. Das mieseste, was ich je erlebt hab. Alle Mann wie ein Planwagentreck um die Bleichbottiche und die Holzputzerei und sogar um den Mittagstisch rumkommandiert, verdammt noch mal. Ich verdien bloß mein Brot wie jeder andere auch.«

»Na ja, ich weiß nicht, wie es 1934 in Johnsonburg war, aber diese Papierrollen hier wiegen dieses Jahr drei Tonnen. Da paßt man besser auf.«

Sechzehn Zellstoffkocher ragten zwanzig Meter in die Höhe wie Raketenabschußrampen. Der Kessel des Kalkbrennofens drehte sich auf riesigen Zahnrädern in das Dunkel des angrenzenden Raumes. Rohre und Ventile fingerdick mit Hackschnitzeln belegt wie mit einer rußigen Schneeschicht.

Walter ging den Steg über den Kochern auf und ab. Im Büro oben hatte er die vier Männer in blauen Anzügen kennengelernt, die eine Woche zuvor in einem großen Chrysler mit Idahoer Kennzeichen gekommen waren. Er hatte ihnen erzählt, er sei seit sechs Jahren dritter Maschinist an der Papiermaschine Nummer vier, aber sie hatten ihn an die Kocher versetzt. Dann sollten sie ihn wenigstens zum Monteur machen, hatte er gesagt, oder ihn einem Wartungstrupp zuteilen, damit er ein Auge auf alles haben konnte. Aber sie hatten ihm erklärt, er käme an die Kocher, und er hatte seinen Schutzhelm in der Hand gehalten und nichts gesagt und war gegangen. Jetzt stand er hoch über allem im heißesten Chlorgestank, sah zu, wie die Hackschnitzel auf den Förderbändern ankamen und in die Schlünde der Kocher stürzten wie geronnene Milch, und drückte im richtigen Moment auf einen Knopf, um die Kochsäuren hineinzulassen.

In der Mittagspause im schalldichten Naßteil ließ sich der Vorarbeiter neben ihn fallen. Der alte Mann kam hereingestolpert und deutete fuchtelnd mit seinem Stumpf nach draußen. Er wollte sich nicht hinsetzen. Die andern standen auf.

In der Dunkelheit des nächsten Raumes sah man ein Grüppchen von Männern mit glänzenden Schutzhelmen. Fünf in entschlossenem Gleichschritt mit Bleirohren, die sie locker in der Hand hielten. Die Gesichter rußgeschwärzt, die Waschbäraugen grimmig, wachsam. Einer hielt ein Gewehr am Schaft, Kaliber 30-30, und ließ den Lauf von der Fußspitze prellen. Im Naßteil drückten sich die tätowierten Männer an die Scheibe wie Kinder, die nach Schneeflocken tasten.

Der Trupp trat auseinander. Vier bildeten eine Phalanx vor der Scheibe, breitbeinig wie ein Überfallkommando, und klopften sich mit ihren Schlagstöcken leicht an die Beine. Der mit dem Gewehr löste sich von den andern und schritt auf den riesigen Kalkbrennofen zu, der aus der Dunkelheit des angrenzenden Raumes in den erleuchteten Naßteil hineinragte. Er riß die runde Luke auf, und das weiße Licht schien durch ihn hindurchzustrahlen. Seine Haare flogen zurück, als stünden sie in Flammen. Er nahm das Gewehr hoch, machte zwei Schritte und beugte sich vor. Er feuerte einen Schuß auf den Kesselstein ab, der den Kern zu überkrusten drohte, dann noch einen, und noch einen. Die Schüsse waren nicht zu hören, man sah nur, wie die Schulter des Mannes zuckte. Dann trat der Mann mit dem Gewehr zurück, schloß die Luke, verriegelte sie und kam zurück, den Gewehrschaft in der Armbeuge wie ein Scharfschütze. Er schritt seine Männer ab wie zur flüchtigen Inspektion und führte sie hinaus.

»Mein Gott«, sagte der alte Mann. »Wogegen wollen die einen beschützen? Wir sind nicht besser oder schlechter als die andern.«

»Sie nennen sich das North End Protection Committee«, sagte der Vorarbeiter der Streikbrecher. »Das North End sind sie selber. Sie sind ihr eigenes Komitee. Teilen sich nie auf. Schlafen getrennt von den andern im Speisesaal. Gehen zusammen in die Stadt. Sie trauen keinem, nicht mal andern Streikbrechern wie uns.«

»Ich bin kein Streikbrecher«, sagte der alte Mann.

»Nicht mal Streikbrechern wie uns«, sagte der Vorarbeiter noch einmal.

Walter blinzelte im Morgenlicht. Die Schicht war vorbei, die Sonne war noch nicht zu sehen, obwohl es Tag war, hell und grau. Ein kalter Wind blies durchs Tal. Über der Fabrik verdüsterte sich der Himmel mit Wolken, die unten dunkelrot und schwarz aus den Schornsteinen quollen, als ob die Fabrik das Wetter für das Tal machte. Der Fabrikausstoß hing über dem Fluß wie ein triefender Dunstschleier und im Wald wie Bodennebel. Die Talwände waren braune Schmierflächen und weiter oben abgeschnitten. Die Bäume im nahen Umkreis waren ohne Wipfel. Die Leuchtbaken oben an den Schornsteinen blinkten in den künstlichen Gewitterwolken.

Er stand weit unterhalb des unteren Tores und wartete darauf, daß die andern gingen. Er hatte erklärt, er bräuchte keine Eskorte, er sei kein Ersatzarbeiter, er lebe hier, dies sei seine Heimatstadt. Aber zwei Schwarzhemden schlenderten trotzdem hinter ihm her. Sie konnten nicht älter als neunzehn oder zwanzig sein. Sie hatten gerade erst ihre Schicht angetreten, ihre Haare waren noch feucht, und sie wirbelten mit ihren Knüppeln wie feuchtfröhliche Revolverhelden in einem Western.

Walter beobachtete, wie die Transportwagen durch die Menge fuhren. Er war einmal in einem Transportwagen mitgefahren, letzte Woche, als der Streik angefangen hatte. Er war um Mitternacht in der dunklen, stillen Bar des Hotel Harris zu den anderen gestoßen. Wie eine Horde verlegener Halbwüchsiger, die von einem Fuß auf den andern treten und in die Ferne, in die Luft, egal wohin, Hauptsache weggucken, waren sie hintereinander nach draußen in den Transportwagen marschiert und hatten sich hingesetzt und mit ihren Eßnäpfen zwischen den Knien stur geradeaus gestarrt. Keiner zeigte eine Regung, als gespuckt wurde und Steine und Flaschen auf das Dach donnerten. Keiner sagte ein Wort, als ob sie das alle schon öfter gemacht hätten, als wären sie es längst gewöhnt. Aus dem Augenwinkel sah er vor den Fenstern Männer, die er seit Kindertagen kannte, Jungen, die bei den Pfadfindern neben ihm gestanden oder in der siebten Klasse hinter ihm gesessen hatten. Sie versuchten den Wagen umzukippen; sie stellten sich in einer Reihe auf, ließen auf Kommando die Hosen runter, bückten sich, zogen ihre haarigen Hinterbacken auseinander und zeigten ihm ihre rosigen Arschspalten und dann ihre rosigen Zungen, als sie ihm durch die Fenster Sachen zuriefen, die er seitdem Tag für Tag wieder zu vergessen suchte.

Er schielte zur Kraftanlage hinüber. Vier Silhouetten mit Gewehren, an jeder Ecke des Dachs eine. Am Tor trieb ein Keil Weißhelme die Streikposten zurück. Flaschen flogen wie Granaten. Die Transportwagen fuhren langsam mitten hindurch. Die Streikposten schlossen die Reihen. Etliche von ihnen verfolgten die Wagen über die Brücke, dann änderten sie die Richtung wie ein Vogelschwarm und stürzten sich auf einen Holzlaster, erklommen die Kühlerhaube, stachen auf die Reifen ein, hämmerten gegen die Fenster. Ein Konvoi weiterer Lastwagen hatte auf der andern Seite Halt gemacht. Zwei scherten aus der Reihe aus, wendeten rückwärts, lavierten sich durch und fuhren flußabwärts dorthin zurück, wo sie hergekommen waren. Der angegriffene Holzlaster suchte das Weite. Alle paar Meter sprang ein Streikender ab, bis der Laster am andern Flußufer war, wo er, nunmehr unbehelligt, mit schleifendem Getriebe vor dem gestoppten Konvoi stehenblieb. Die Streikposten grölten. Fäuste flogen in die Luft.

Walter drehte sich um und ging um das Klärbecken herum, eine gallertartige gelbe Suppe von hundert Meter Durchmesser, die von ins Wasser mündenden Belüftungsrohren zum Brodeln gebracht wurde. Hexengebräu für ihn und Gordy, als sie Kinder waren. Schon damals konnte er diesen Teil nicht ausstehen, der dazu diente, den ekligen Brei der Fabrik in passables Wasser rückzuverwandeln, das unterhalb der Fabrik wieder in den Fluß eingeleitet wurde. Und das, wie sein Vater immer behauptete, wenn er morgens zur Bank ging, nach Geld roch.

Die Schwarzhemden folgten ihm zur Fußgängerbrücke.

»Sei bloß auf der Hut«, sagte einer von ihnen.

Walter blieb stehen. Vier Männer lungerten mit dem Rücken zu ihm auf der andern Seite herum.

»Wir bringen dich rüber, wenn du willst.«

Walter drehte sich um. Der eine der Schwarzhemden

musterte ihn unter seiner schwarzen Hutkrempe hervor. Der andere bedachte ihn mit einem mitleidigen Lächeln. Aber er sah dort nichts Bedrohliches, nur zwei Halbstarke mit abenteuerlustigem Funkeln in den Augen, die genausogut mit Bierflaschen in beiden Händen den Bürgersteig hätten entlangtrotten können, wie diese Stadt mit Knüppeln und prallem Knöchelhalfter zu patrouillieren. Das freche Grinsen war in beiden Fällen das gleiche.

Er äugte zum andern Ende der Brücke hinüber. Die Männer dort rauchten. Einer hielt einen Pappbecher mit Kaffee in beiden Händen und stampfte dabei mit den Füßen, als ob es kalt wäre. Aber die Temperatur war gestiegen. Es war nicht mehr unter fünfzehn Grad.

»Nimm dich in acht.«

Als er losging, spürte Walter, daß die Schwarzhemden sich fragten, was er machen würde, wenn die da drüben ihn in die Mangel nähmen. Das fragte er sich auch. Auf halbem Weg blieb er stehen und lehnte sich ans Geländer. Er sah die Schwarzhemden sich straffen und merkte an ihren veränderten Mienen, daß die Gruppe am andern Flußufer sich zu ihm umgedreht haben mußte.

Er spürte den Fluß in seinen Füßen. Er kannte das Wasser gut, in anderen Erscheinungsformen, und es war ihm zuwider. Es war ihm zuwider, in seiner Nähe zu sein. Wie es sich bewegte, wie es roch, alles war ihm zuwider.

Wasser erinnerte ihn daran, daß er keine Freunde hatte, daß er seit damals keine enge Freundschaft mehr hatte schließen können.

Nicht einmal im Zweiten Weltkrieg, in der Normandie. Gerade in der Infanterie schloß man keine Freundschaften. Weil es leichter war, einen bloßen Bekannten zu verlieren als einen, der einem nahestand. Weil der einzige, mit dem er Freundschaft geschlossen hatte, Timothy

Gallo aus Abilene in Texas, aus einem Schützenloch zwischen Hügel 192 und Phillius-Gasse lugte, in dem er mit Walter saß, und die rechte Gesichtshälfte von einer anfliegenden Granate weggerissen bekam, woraufhin seine Hände, reduziert um ein paar Finger, neben Walter auf den Boden sanken, erst die eine, dann die andere. Jetzt, sieben Jahre später, hatte er niemanden mehr, und er spürte auf dieser Brücke die instinktive Weigerung, sich je wieder auf die Wärme der Freundschaft einzulassen, weil er befürchten mußte, daß der Freund eines schönen Junimorgens auf eine Bootspartie nach Monhegan Island ging und nicht mehr wiederkehrte. Woraufhin nur ein paar Leichen, die wie Treibholz gegen die Felsen stießen, von seinem Schicksal kündeten.

Walter spürte den Fluß in seinen Füßen. Er richtete sich auf und spuckte über die Brücke. »Scheiß drauf«, sagte er.

Ihre Gespräche verstummten, als er näherkam. Obwohl sie Streikposten standen, kannte er sie nicht. Eigentlich hätte er sie kennen müssen, wenigstens vom Sehen. Vielleicht, dachte er, hatte die Gewerkschaft sie aus dem Werk in Jay herbeordert, wo der Streik gewalttätiger war und nachts Schüsse durch die Stadt hallten und überall in den Straßen erschossene und aufgeschlitzte Hunde gefunden wurden.

Einer der Streikposten lächelte ohne Heiterkeit und legte ihm eine Hand auf den Arm. »McAlister.«

»So heiße ich nicht.«

»Doch, so heißt du.«

»Ihr habt den Falschen erwischt.«

»O nein. Du bist es. Der Sohn vom Bankier.«

Der Mann, der ihn angesprochen hatte, hielt ihm den Becher mit Kaffee hin; Walter nahm ihn wortlos und ging ebenso wortlos weiter. Vorige Woche hatte jemand den

Kaffee in der Fabrik mit Arsen versetzt. Zwei Männer aus Maryland mußten ins Krankenhaus gebracht werden und sich den Magen auspumpen lassen.

Er blickte in den Becher. Unter einem Ölfilm schwebten Wolken von unaufgelöstem Milchpulver. Er schüttete den Kaffee ins Gebüsch, dann zerknüllte er den Becher und warf ihn dem Kaffee hinterher.

»He, Freundchen.«

Er hörte Schritte.

»Kannst du nicht danke sagen?«

»Mieser Wichser.«

»Verräter.«

»Dreckiger Streikbrecher.«

»Arschkriecher.«

»Meinem Jungen das Brot wegzufressen. Mir den Job zu klauen.«

»So schlimm können wir dich gar nicht zurichten, wie du's verdient hättest. Ein Erschossener mehr würde uns nichts ausmachen.«

Walter schaute sich nicht um.

Es war sechs Uhr früh. Die Fabrikpfeife schrillte durch die Stadt, und zu andern Zeiten hätte sie wohl das alte Ritual in Gang gesetzt, daß überall in Sutherland Park einige Männer in ihre Betten fielen, während andere sich daraus erhoben. Küchenfenster wären geöffnet und Kinder geweckt worden, und das Plärren morgendlicher Radiosendungen und Speckgeruch hätten die Straßen erfüllt. Doch als Walter die letzten fünfzig Meter neben dem zerbröckelnden Stück Bürgersteig entlangtrottete, war fast nirgends ein Licht an, fast keine Tür geöffnet; kaum ein Anzeichen von Kaffee, Speck, irgendwas. Die Betten blieben unberührt. Und niemand hatte geschlafen.

Die Häuser waren hoch und alt. An ihren Fassaden ein

263

Gewirr von schiefen Holztreppen und Holzveranden im rauchigen Dunst. Walter blieb vor seinem Haus stehen, kenntlich nur an einer Nummer am Türpfosten und dem Winkel, in dem die oberen Stockwerke zur Straße geneigt waren. Die rissige Holzverkleidung erstreckte sich von Block zu Block wie ein verzogener sonnengebleichter Zaun.

Er starrte zu seiner Wohnung im zweiten Stock hinauf. Es war keine Tür mehr da. Er lauschte und hörte nur das Zischen der Fabrik hinter sich. Er nahm zwei Stufen auf einmal. Durchsiebt von einer Schrotladung, lehnte seine Tür ordentlich an einer Stuhllehne. Kleine rosige Holzblüten zierten ein Stück getäfelte Wand. Ein Hagel frischer Splitter und Schrotkugeln lag gleichmäßig über den Wohnzimmerboden verstreut. Vom Eingang aus konnte er das Benzin riechen. Die Pflanzen gingen bereits ein. Die Usambaraveilchen ließen die Köpfe hängen. Auf der andern Straßenseite klappte eine Tür auf und zu, und er ging weiter hinein und schaute sich seine beschmierten Wände an. Sie hatten sich Zeit gelassen. Mit der Polizeisirene oder dem Nachbarn unter ihm hatten sie nicht zu rechnen brauchen.

Er setzte sich auf die Bettkante, knipste die Lampe an und wieder aus und legte sich zurück auf das gemachte Bett. Nach ein paar Minuten stand er auf, zog sich aus und glitt zwischen die Laken. Das Bettzeug strömte einen Frosthauch aus, das leichte Gewicht der Laken auf ihm erfüllte ihn mit nervöser Unruhe. Er spürte die dünne, knotige Matratze und die ausgeleierten Sprungfedern im Rücken. Er berührte das harte Kissen mit den Lippen, wie um es zu entfrosten, und erinnerte sich an eine Liebesnacht in diesem Bett, wie ihr Gesicht sich ihm zugewandt hatte, die Wärme ihrer Brüste in seiner Hand, Maria, oder Gwen oder Lily, hatte sie ihm gesagt, eine

Fremde aus einer Kneipe in Lewiston; sie hatte das Leben als Sekretärin satt, und nach jahrelangen Abendkursen in Orono wollte sie Bauingenieurin werden und nach Griechenland gehen.

Obwohl er erschöpft war, hinderten ihn seine Wut und das frostige Bettzeug am Einschlafen, und je mehr er sich um Bewußtlosigkeit bemühte, um so schmerzhafter wurde es, wach zu sein. Er döste immer wieder ein, fand aber keinen richtigen Schlaf. Irgendwann hörte er von unten den Fernseher seines Nachbarn murmeln, eines Mannes, der auch schon Streikposten gestanden hatte, jetzt aber Tag und Nacht vor dem Fernseher saß; er mußte den Flintenschuß direkt über sich mitten in der Nacht gehört haben. Dann schlug Walter die Augen auf und starrte die Wand an, die bebte, weil der Nachbar sein Bett mit den Fäusten bearbeitete. Es war jetzt warm, die Vormittagssonne schien durch das Fenster, und Walter konnte das Zimmer aus seinen Träumen nicht vom wirklichen Zimmer unterscheiden. Dann warf er einen Blick ins Wohnzimmer und sah die leeren Angeln im Türpfosten.

Im Spiegel sah er den oberen Teil seines Kopfes, und er schaute ihn mit einer tiefen Traurigkeit an, die jetzt wieder erwachte wie der Geist einer Erinnerung.

Walter stieg zitternd aus dem Bett und rieb sich mit den flachen Händen die Kälte aus dem Körper. Er ging ins Bad, und während er ohne Erfolg zu pinkeln versuchte, blickte er aus dem hohen Fenster zur Fabrik auf der andern Seite des Flusses hinüber, dann den Hügel hinauf zum Haus seines Vaters und noch weiter bis ganz oben, wo das Sutherland-Haus über der Stadt thronte, das mehr einer pompösen Pension als einer Familienvilla glich, seit die Papierfabrikanten aus Idaho, die jetzt die Fabrik leiteten, zur Miete eingezogen waren.

MAVIS

Schweißperlen sammelten sich über ihren Lippen, der miefige Geruch saß wie feiner Staub in ihren Haaren. Über der Porzellanschüssel hockend, raffte Mavis ihren Rock hoch, faßte sich zwischen die Beine und beseitigte die Bescherung. Sie schnappte sich die Titelseite der *Rehoboth Falls Times* vom Vortag, dem 13. April 1952 – ESKALATION IN DER FABRIK FÜHRT ZU GEWALTAUSBRÜCHEN –, und legte die blutige Binde auf das Bild von zwei Gruppen von Männern, die sich auf einer Kiesfläche gegenüberstanden. Sie rollte die Zeitung und die Männer und die daneben abgebildete Nostalgieaufnahme der Fabrik in den Anfangstagen – ein Pumpenhaus aus Backstein, ein Papierhaus, die Öfen – zusammen und stopfte das Ganze in den Abfalleimer neben sich.

Sie starrte auf ihre Knie, ihre nackten Schenkel. Sie beugte sich vor, und während sie ihre Knöchel berührte und ihre Augen umherschweifen ließ, summte sie eine Melodie. Etwas Jazziges, Fröhliches, eine kleine unkomplizierte Improvisation, bei der sie ihn vor sich sah, ihren Vater: wie sie morgens immer, ihr Schultertuch mit ihren Spinnenhänden fest um sich gezogen, auf der Veranda hinterm Haus gesessen und Kaffee und süßen Pfeifengeruch in seinem Atem gerochen hatte, dazu sein Haar, den schwachen Körpergeruch.

Mavis strich sich über die Knie, und während ihre Finger weiter nach oben fuhren und ihre Lider zu zucken anfingen, versuchte sie mit der diffusen Geschichte von gestern abend ins reine zu kommen. Blasse Erinnerungen. Wie sie und Walter sich vor seiner Schicht getroffen hatten. Sie gingen durch die Stadt, hatten noch eine Stunde. Böse Pfiffe und Drohungen. Zweifel an Walters Männlichkeit, seiner Treue zur Stadt. Ob er lebensmüde wäre. Eine gräßliche Vorstellung, die Schrecken des Krieges zu überleben, nur um ausgelaugt und allein vor der eigenen Haustür zu verbluten. Alte Gesichter und grimmige Münder hinter den Fliegentüren, an denen sie vorbeikamen. Stille Kinder hinter Maschendrahtzäunen. Am Ende der Congress Street hörte die Stadt auf und fing die Dunkelheit an. Mavis hörte, wie ihr Name vom Wald her gerufen wurde. Sie hörte ihn vom Fluß. Walter umschloß ihre Hand und zog sie in den Wald. Sie war diesen Weg schon öfter gegangen. Auf diesem Pfad hatten ihre Schreie und die ihrer vorauseilenden Brüder wie Gewehrsalven in den Bäumen widergehallt. Sie gingen den Hügel hinauf. Sie redeten nicht. Walter atmete schwer. Nachtvögel bewegten sich von Baum zu Baum. Ängstliches Getrappel und Gerutsche durch Laub und Gehölz. Aus weiter Ferne, wie um ihr Eindringen zu melden, ein langgezogener Eulenruf. Mavis blieb auf einer Lichtung stehen. Dann blieb auch er stehen, und sie wandte sich ihm zu, als vollführte sie eine Figur in einem Volkstanz.

Jetzt blinzelte Mavis. Im Haus herrschte Stille. Durch die Tür, durch die Wände, die Treppe hinauf wie ein Mitbewohner kam das Ticken der Wohnzimmeruhr. Eine Stufe knarrte.

Mavis befühlte durch den Stoff ihrer Bluse ihren flachen harten Bauch und glitt dann mit den Fingern weiter nach oben, fühlte, wie ihre Brüste von Haken und Körbchen und Seidenbändern gehalten wurden, die sich in ihrem Fleisch abdrückten. Walter war mit der Fingerspitze dort entlanggefahren, zögernd, Einlaß heischend.

Dann fühlte sie es, bevor sie es hörte. Von unten aus dem Tal kam das Schrillen der Pfeife heran, ein Tonschwall, der über das Haus hinwegging wie ein kräftiger Windstoß. Die Luft stand still, die Fliegen verharrten kurz. Mavis schaute auf die Uhr, die Pfeife brach ab. Ein einzelner Motor ging stotternd an. Im Parterre, direkt unter ihr, klapperte ein Teller im Spülbecken. Mavis kam zu sich. Sie zupfte an ihrer Bluse, rückte die Schulterpolster zurecht, räusperte sich. Mit gebeugten Knien halb erhoben hakte sie eine frische Binde ein, rückte den Stoffgürtel zurecht, stand auf und spülte. Alles war in Ordnung.

Beim Händewaschen spürte sie, daß sie nicht allein war. »Laß das«, sagte sie leise, »schhh«, als wollte sie eine Fliege verscheuchen. Sie hob den Blick und sah jemanden im Spiegel stehen. Doch es war keiner von beiden. Weder Gordy noch Ivan. Früher hatten sie ihr immer das Bad streitig gemacht. Unter lautem Bummern und Johlen hatten sie sie auf den Flur vertrieben, wo ihre Mutter sie für ihre Widerborstigkeit ausschimpfte.

Im Spiegel sah Mavis die Fremde. Das Gesicht maskenhaft, geometrisch in die Formen der Erschöpfung unterteilt: blaue Halbmonde, gegenständlich wie Abziehbilder, hielten ihre müden Augen hoch, Augen, die den kindlichen Blick verloren hatten. »Ich bin müde«, hatte sie gesagt. »Nein«, hatte Walter erwidert. »Bitte nicht. Wir haben jahrelang gewartet.«

Im Waschbecken ließ Mavis das kalte Wasser über ihre Handgelenke laufen, aber überall sonst brannte sie.

Mit noch tropfenden Händen ging sie eilig hinaus, an den Zimmern der Jungen vorbei: die Türen offen, die Betten gemacht, die Vorhänge an den Seiten befestigt. Kurz vor dem obersten Treppenabsatz hielt sie inne. Ivans Zimmer flirrte offen und leer neben ihr, gebleicht von der Morgensonne. Mavis richtete sich auf und lauschte –

– an den Baum gelehnt, und Walters Hände überall zugleich. Berührungen auf ihrer Haut, der weichen, bleichen, der Sonne entwöhnten. Und auch sie hielt ihre Hände nicht still. Die Baumrinde bohrte sich in ihren Rücken. Ihr Fuß rutschte den Stamm hoch, überließ Walter das nackte Knie, ein Stück Oberschenkel, dann stellte sie ihn wieder auf den Boden, und Walter ging höher, fuhr tastend unter ihre Bluse. »Wir können nicht«, flüsterte sie. »Du meinst, wir sollten nicht, aber wir können«, sagte er. »Ich werd dich heiraten.« Sie schloß die Augen, hielt den Atem an und tastete nach ihm, nach dem Ding, das seine Hose ausbeulte. Walters Hände legten sich auf ihre Schultern und krallten sich fest.

Sie fuhr mit der Hand auf und ab. Walter verstärkte den Griff auf ihren Schultern. Ratlos fragte sie sich, ob er sich jetzt um sie kümmern würde, ob man sich abwechselte. Aber wie könnte er? Sie legte den Kopf zurück, um ihn anzuschauen, und blickte im Dämmerlicht wie über einen weiten Abstand zu den Augen auf und sah nicht die von Walter, zusammengekniffen, um die Traurigkeit aus seinem Gesicht zu vertreiben, sondern die dunklen Augen von Gordy und Ivans blaue. Ihre Hände massierten seinen Rücken. Sie fuhren an Muskeln entlang. Strichen über die Schulterblätter. Die letzten, die sie berührt hatte, waren Gordys gewesen, aber nur flüchtig im Spiel, eher zufällig ...

»Du bist tot«, stieß Mavis hervor.

Sie beugte sich vor, faßte die Tür zu Ivans Zimmer und schlug sie zu.

Unten in der Küche standen zwei Teller an der vordersten Ecke des Tisches beieinander. Vor jedem der andern drei Stühle – einer am Kopfende, zwei an den Seiten – ein ungedecktes Tischset. Auf der Fensterbank über dem Spülbecken hing das vertraute Weihnachtsfoto von der Familie, wie sie vor dem behängten Baum kniete, während ihr Vater mit ausgebreiteten Armen hinter ihnen stand, als würde er sie jemandem zum Geschenk machen wollen.

Viertel nach sechs. Eierbecher. Eier hartgekocht. Elf Minuten. Salz. Löffel. Eine Scheibe trockner Toast. Marmelade. Schwacher Kaffee. »Guten Morgen, Mutter.«

»Du bist spät dran. Kinder soll man nicht warten lassen«, sagte Frances Beauchamp. Ihrer Tochter den Rücken zugewandt, stand sie schrubbend an einem Spülbecken, in dem weder Schmutz noch Geschirr war.

»Tut mir leid«, sagte Mavis.

»Deinetwegen komm ich auch noch zu spät. Heute morgen steht eine Operation nach der andern auf dem Programm.«

»Warum nicht?« hatte Walter wissen wollen. Sie hatte seinen kleinen Finger im Mund. Sie wußte nicht, was sie mit ihm machen sollte, und zog ihre Lippen erleichtert zurück. »Wir können nicht. Du kommst zu spät zur Arbeit«, sagte sie.

»Mir egal«, sagte Walter.

»Weil ich blute.«

Als er zurücktrat, lag nicht Enttäuschung in seinen Augen, sondern etwas, das wie Furcht aussah. Und da, wie auch jetzt wieder, sah Mavis Anne Stisulis, den Schwarm ihres Bruders, wie sie ausgestreckt und aufgeschnitten auf dem Operationstisch gelegen hatte.

Walter hatte die Augen geschlossen, das Gesicht verzerrt, den Tränen nahe. Die ganze Zeit waren sie Kinder geblieben. Sie neunzehn, er siebenundzwanzig, und sie hatten keine Ahnung, was zu tun war. Rehoboth mit seinen Bindungen und seiner Pfeife und seinem Flußwasser hatte ihre Körper heranwachsen lassen, alles andere aber nicht.

Mavis hatte den Kopf verdreht. Im Wald hinter ihnen das Trappeln von Füßen, das Wispern unsichtbarer kleiner Wesen.

»O Gott, dann faß mich wenigstens an«, hatte Walter gesagt.

»Iß«, sagte ihre Mutter und schrubbte weiter.

Mavis räusperte sich. »Das Becken ist sauber«, sagte sie. »Setz dich und iß selbst was.«

Ihre Mutter setzte sich. Mavis rutschte nervös auf ihrem Stuhl hin und her. Frances hatte jetzt, fand Mavis, die ideale Stelle. Sie war Putzfrau im Krankenhaus – auf der Operationsbühne, die ihrem Mann und ihren Söhnen erspart geblieben war. Anders als den Frauen. Sie machte die Bühne zwischen den Vorstellungen sauber, wischte Tische ab, fegte Haare und Knochenspäne auf. Offenkundig gut gelaunt. Weil sie es ertragen konnte – weil es nie, da konnte sie jetzt sicher sein, einen der Ihren treffen würde.

Mavis lächelte schwach. Ich ertrinke, dachte sie und faßte sich an den Hals, die Schläfe, als wollte sie prüfen, ob ihr Puls schon ausgesetzt hatte. Die Luft war stickig.

Frances löffelte ihr Ei aus, kratzte die Schale sauber. Sie hob den Kopf und lächelte Mavis an. »Hast du von dem Schulausschuß schon etwas wegen Frankreich gehört?« fragte sie.

»Allerdings«, erwiderte Mavis. »Vor über einer Woche.«

Als wäre das alles gewesen, was sie hören wollte, stand

Frances Beauchamp mit ihrem Geschirr auf und räumte auch das von Mavis ab. Sie stellte Eierbecher, Tassen und Untertassen ins Spülbecken, schrubbte sie ab und schrubbte dann wieder das Becken.

»Tja, tut mir leid, daß du es nicht bekommen hast, Liebes«, sagte sie, während ihr Ellbogen wie ein Kolben auf und nieder ging. »Eines Tages wird es schon klappen. Intelligent genug bist du ja. Und natürlich ist es nur gut, wenn du hierbleibst. Diese Stadt ist gut genug für mich gewesen, für deinen Vater. Für die Jungen. Hier gibt es alles, was man sich wünschen kann ...«

»Ich hab's bekommen, Mutter. Ich habe das Stipendium bekommen.«

Frances Beauchamps Ellbogen stockten kurz, dann pumpten sie weiter. »Aber was ist mit deiner Lehrerstelle? Wer soll den armen Kindern Französisch beibringen? Ich bin sicher, die Schwestern werden nicht wollen, daß du weggehst. Hast du überhaupt an sie gedacht?« Ihre Stimme wurde lauter, ihr Schrubben schneller, die Röte stieg an ihrem Hals auf wie an einem Thermometer. »Hast du in all den Jahren je an jemand anders gedacht als an dich selbst, Mavis? Was hätte dein Vater dazu gesagt? Ob er wohl gewollt hätte, daß du die einzigen Menschen auf Erden verläßt, die dich kennen, den einzigen Ort auf Erden, wo ...?«

Frances Beauchamp blickte hastig zum Fenster auf, als ob sie etwas – was? fragte sich Mavis – gehört hätte. Als würde dort draußen, jeden Tag aufs neue, eine Liste derjenigen aufgerufen, die in dieser Stadt zu Leid und Einsamkeit verurteilt waren. Sie alle, an dieses Tal gefesselt, dazu verurteilt, immer dieselben öden Straßen zu immer denselben öden Geschäften zu gehen, wie ein im Hof an seiner Leine hechelnder Hund, dessen Reich nur so groß ist wie die Leine lang und der dennoch im Gefühl der eigenen Wichtigkeit jault und bellt, um den Eindruck von Dringlichkeit zu erwecken. Wobei er nur auf seinem Stück Rasen eine kahle Laufspur hinterläßt. Frances Beauchamp anwesend und notiert. Mavis Beauchamp anwesend und notiert. Bis zum Tod.

Die Gardinen im Küchenfenster raschelten. Ein Schwall Fabrikgestank kam hereingeweht, die Morgenschicht war an den Dampfmaschinen.

»Ich bin spät dran«, sagte Frances Beauchamp. »Wir sehen uns heute nachmittag bei der Totenwache für den jungen Mann.«

»Willst du nicht mal wissen, was ich geantwortet habe?« fragte Mavis.

Frances Beauchamp berührte ihre Tochter kurz an der Schulter, zog einen Umhang vom Garderobenständer und ging.

Mavis wandte sich an die hinter ihr zufallende Fliegentür: »Willst du nicht wissen, was Walter und ich gemacht haben?«

Wie jeden Morgen schaute sie sich das Familienfoto über dem Spülbecken in der Küche an, und wie jeden Morgen sagte es ihr nichts. Alle waren ihr inzwischen fremd. Schauspieler, Imitatoren, Figuren aus verstaubten Träumen. Die Jungen wie Fetzen aus Radionachrichten, Gedankensplitter, die den Raum durchzogen wie Sonnenstrahlen. Ihr Vater der Held im Lieblingsmärchen eines Kindes, der Elfenkönig in einer Elfentruppe. Nicht anders das kleine Mädchen mit den kohlschwarzen Augen und dem koboldhaft verzogenen Mund, dieses freche Ding. Die jetzt blutete und sich herumtrieb und kein Kind mehr sein wollte. Die das Andenken verriet. Eine, die sie gern kennenlernen würde.

Die Stille hatte angefangen zu schreien. Mavis preßte ihre Büchertasche wie einen Schild vor die Brust. Draußen war die Luft anders, nicht besser. Sie durchquerte eine angeschlagene und müde Stadt. Nach ihren Brüdern hatten auch andere Freundinnen und Freunde die Stadt verlassen. Zwei durch Heirat. Zwei in Särgen. Drei mit dem Bus. Andere fielen in ihren Wohnzimmersesseln in sich zusammen wie zerbröselnde Sandburgen. Fremde hatten ihren Platz eingenommen. Alte Gesichter, neue Namen. Energischer als sonst ging Mavis, unter einem Himmel, der weniger rosig als rot glühend wirkte, die Congress Street entlang, vorbei am Hotel Harris und am neuen Rehoboth House of Pizza. Bud Black, dem vorn und hinten das Fett zwischen seinen gekreuzten Hosenträgern hervorquoll wie Teig aus einer Backform, stand mitten auf dem breiten Asphaltplatz vor der Feuerwache und spritzte methodisch und mit gewohnheitsmäßiger Gründlichkeit das Dutzend dürrer Blätter weg, die sich seit dem Vortag angesammelt hatten. Hinten an der Backsteinwand hockten drei Männer mit Hängebäuchen auf umgedrehten Eimern und warfen im Frühlicht mit Zigarettenkippen nach einer Tonne, die sie öfter verfehlten als trafen. Diese Männer, die nicht in die Fabrik gewollt – oder gekonnt – hatten, gluckten als Bürger zweiter Klasse zusammen und tauschten Belanglosigkeiten aus. Einer blickte auf, als Mavis vorbeiging, hob die Hand und ließ sie wieder sinken.

Einer Zeitungsseite hinterher, die im Strahl des Feuerwehrschlauchs davonflog, ging Mavis die holprige Straße weiter, überholte die Zeitung und hastete ans andere Ende der Stadt. Diese Häuser, diese Ufer, Materialien und Fassaden ohne Bezug zueinander, jedes ein beliebiger Ausdruck eines beliebigen Bedürfnisses. Verwitterte Metallringe um Telefonmasten und Laternenpfähle, die sieben Jahre später immer noch die aus dem Krieg heimkehrenden Särge grüßten, jeder mit zwei Plaketten, eine die Congress Street hinauf, eine hinunter zeigend, rot weiß blau, ein Adler, ein Name: George C. Arsenault, Obergefreiter; David P. Thibodeau, technischer Offizier. Mavis horchte nur auf das leise, dumpfe Dröhnen von irgendwo hinter den alten Geschäften, jenes Lärmen, das geradezu eine Hymne geworden war. Bücher wieder an die Brust gepreßt. Gehorsame Pilgerin, die alles Neue ausblendete, den neuen bunten Schriftzug der Bank, den neuen Woolworth, die Tankstelle mit den neumodischen Zapfsäulen, anstelle vorbeifahrender Buicks und Ford-Pickups jetzt Edsels und Packards. Sie hielt ihre Augen auf die schmale Straße gerichtet. Sie versuchte sich vorzustellen, was für Gedanken Gorgeous Robert Wishart gehabt haben mochte. 1941 war er genauso alt gewesen wie Walter jetzt. Einige Jahre vor ihr war er der Klavierspieler in der Schulkapelle gewesen. Aber Gorgeous Wishart hatte die Stadt verlassen und war ein As am College geworden. Dann war er zurückgekehrt, um erst dieses Amt auszuüben und jenes Geschäft zu führen, bis er zuletzt eine eigene Zahnarztpraxis eröffnet hatte, die zweite in der Stadt, eine Woche, bevor Beatrice Roach ihn überredete, die Bootspartie nach Monhegan Island mit dem Kapellmeister Gordon Beauchamp und einigen anderen mitzumachen. Was hatte Mavis nun aus seinem Platz gemacht? Nichts.

Sie beschleunigte ihre Schritte. Ihre Beine zitterten vor Panik. Jemand winkte ihr, und sie ging weiter. Als ob sie in Gefahr wäre, einen gut geprobten Auftritt zu verpassen. Elf Jahre lang hatte sie alles geübt, was sie über Rehoboth wissen mußte, um perfekt zu sein: wie es sich anfühlte, am Ende eines Sommernachmittags die Mitte der Congress Street hinunterzufahren; die zweite Nachtschicht in der Papierfabrik durchzustehen, in St. Athanasius zu unterrichten, in der Bank zu arbeiten. Durchgefroren und aufgeregt mit fünfunddreißig anderen zwischen zwei Säulen vor der Bank zu stehen und mit freudestrahlenden Augen zu ihrem Papi hinaufzuschauen. Es ging nicht: Sie konnte diese Stadt nicht einfach als Durchgangsstation irgendwo andershin benutzen.

Der Sarg lag auf einer Bahre an der hinteren Wand von Cummings' Bestattungsinstitut unter einem Kruzifix. Die Fenster standen offen. Draußen hatte sich der Wind gelegt, kein Lüftchen rührte sich. Drinnen war die Luft beinahe sichtbar gesättigt mit Fabrikgestank, menschlichem Schweiß und der widerlich süßen Verbindung von Parfüm und Balsamieröl.

Mavis stand mit dem Rücken an der hinteren Wand in der Nähe des Getränkeausschanks und blickte zum offenen Sarg hinüber. Taubenblau, geschmückt mit einem Bronzerelief des Letzten Abendmahls, der gütige Christus emphatisch vorgebeugt, die Arme in einer vagen Geste – einladend oder beschwörend? – zu dem Saal voll gleichgültiger Trauergäste hin ausgebreitet. Niemand war an den Sarg getreten, um dem Toten die letzte Ehre zu erweisen. Eine alte Frau, der die Leute zunickten oder hastig die Hand reichten, saß schwarz verschleiert in einer Ecke. Auch Mavis war nicht an den Sarg getreten. Sie konnte sich nicht auf den Namen des Toten besinnen, oder woran er gestorben war; sie hatte nicht nachgefragt. Ein Junge, der vor drei Jahren im Englischkurs an der HighSchool links von ihr an der Wand gesessen hatte, mehr hatte sie von ihm nicht in Erinnerung. Jetzt konnte sie von ihm nur die Nase sehen. Diese war, wie sie selbst aus der Entfernung und durch die dicke weiße Puderschicht hindurch erkannte, angeschwollen und schwarz und ragte so keck über den seidenbezogenen Rand des Sarges hinaus, daß sie mit dem Sargdeckel in Konflikt zu kommen drohte. Sofern nicht Mr. Cummings, überlegte Mavis, schon daran gedacht hatte, eine Aussparung für die Nase im Deckel zu lassen und sie mit einer kastenförmigen Spezialkonstruktion zu umgeben wie mit einer Brustwehr.

Abgesehen von den technischen Einzelheiten der Einsargung und Beisetzung sperriger Leichen interessierte sich Mavis vor allem für den Getränkeausschank, einen Tisch mit Gläsern, einer halbvollen Flasche Whisky, einem Sodasiphon, einem Zinkbehälter mit schmelzendem Eis und einer merkwürdigen, geheimnisvoll aussehenden Flasche, die nahezu ausgetrunken war und deren trüber roter Inhalt an einen schlechten Tischwein oder Hustensaft erinnerte. Ihr ganzes Leben lang hatte sie gesehen, wie diese Flüssigkeit bei Betriebsausflügen, Kirchenfesten, Hochzeiten, Beerdigungen und Gedenkgottesdiensten in Schnapsgläsern hinuntergekippt wurde. Auch jetzt tranken die meisten der Männer und Frauen in Mr. Cummings' Leichenhalle davon. Vor dem Verschwinden ihres Vaters, ihrer Brüder und ihres Onkels war ihr die Flüssigkeit nie aufgefallen; aber bei dem Gedenkgottesdienst für sie waren mehrere Flaschen davon serviert worden, ebenso wie bei den Gottesdiensten für die andern Männer – ohne Beisetzung – und bei den richtigen Trauerfeiern mit Särgen, Leichen und allem Drum und Dran für die ertrunkenen Frauen. Als ob das seltsame rote Getränk ein Allheilmittel gegen irgendeine ungenannte Krankheit wäre, vielleicht gegen übergroße Nähe zu den Toten, oder zu bestimmten Toten, oder zur Fabrik, oder zu beidem. Ein flüssiger Talisman gegen eine noch unbekannte ansteckende Krankheit.

Die Trauergemeinde, fiel ihr auf, teilte sich links und rechts von ihr ungefähr in zwei Hälften. Die ganze Stadt war in zwei Hälften geteilt, die Kneipen, die Restaurants, das Klassenzimmer, in dem sie Französisch unterrichtete. Alles zeigte, wo man stand: mit wem man redete, wo man spazierenging, in welchen Briefkasten man seine Post einwarf. Dafür oder dagegen. Arbeit oder Kapital. Die Rechte von Rehoboth oder das Wohl des neuen Fabrikbesitzers, des Großkonzerns aus Idaho. Der Tod des Familienbetriebs oder die Geburt eines neuen Industriezeitalters.

Mavis hatte den Blick auf zwei ältere Männer gerichtet, die Brüder Arsenault, fast gleich an Länge und Statur – waren sie Zwillinge? auch das wußte Mavis nicht –, die von entgegengesetzten Ecken des Saales herangeschlendert und am Rand des Sarges zusammengetroffen waren. Sie waren groß und muskulös, mit breiten Schultern von dem schweren Papierausschuß, den sie ihr Leben lang geschleppt hatten, vorzeitig weiß gewordenen Haaren und geschwollenen Fingern. Beide tranken von der roten Flüssigkeit, aber allem Anschein nach ohne großen Genuß. Beide guckten die Leiche an, wie um zu schauen, mit was sie sonst noch zu rechnen hatten.

Mavis schlich sich nach vorn, um ihre Unterhaltung mitzuhören. Sie wußte, daß sie bei dem Streik in gegnerischen Lagern standen. Sie und alle andern wußten, daß es zwischen ihnen beinahe zu Tätlichkeiten gekommen wäre: eine von vielen Familien, die über diese Sache entzweit worden waren, Väter gegen Söhne, Brüder gegen Brüder, Frauen gegen ihre Männer.

»Du hast Nerven«, sagte der eine, Ray. Er kippte sein Glas hinunter.

»Schön dich zu sehen, Ray«, sagte der andere, Ike.

»Dich zu sehen ist alles andere als schön.« Ray rollte sein leeres Glas zwischen den Händen. »Wie ich höre, hast du an jeder Tür 'ne Schrotflinte stehen«, sagte er.

»Ich hab nur eine Tür, Ray. Und hast du je gesehen, daß ich 'ne Schrotflinte hab?«

Ray zuckte die Achseln. »Ich glaub nicht.«

»Dann möchte ich, daß du deinen Freunden das ausrichtest.«

»Das sind nicht meine Freunde.«

»Egal, was sie sind. Sag ihnen, sie sollen von meinem Haus wegbleiben. Sie haben schon das Gras kaputt getrampelt und den verdammten Hund umgebracht ...«

»Du hast diesen Hund gehaßt.«

Ike nickte geistesabwesend.

»Sie haben dir bloß einen Gefallen getan«, sagte Ray.

»Es war Marys Hund.«

»Sag Mary mein herzliches Beileid.«

»Die treiben sie noch in den Wahnsinn, Ray.«

Ray hob die Hände zum Zeichen der Machtlosigkeit. »Du gegen den Rest der Welt, Ike. Wie eh und je.«

»Nein, Ray. Bloß ich gegen dich. Und ich hab gehört, was du dem jungen McAlister angetan hast. Ich find's zum Kotzen.«

»Du und McAlister, ihr könnt ja ins Gewerkschaftshaus kommen, euch ein Schild nehmen und euch in die Kette der Streikposten einreihen, wo ihr hingehört.«

Ike regte sich nicht und sagte kein Wort.

»Sagst du mir vielleicht mal, warum du das machst?« fragte Ray.

»Weil ich nichts gegen diese Fabrik habe.«

»Es geht nicht gegen die Fabrik. Es geht gegen den Konzern. Alles gehört dem Konzern, und der Konzern kümmert sich einen Scheißdreck um dich.«

»Er gibt mir Arbeit. Er gibt dir welche.« Ike schwieg einen Moment, sah auf den schwärzlichen Leichnam nieder. »Auch ihm hat er welche gegeben.«

Ray schüttelte den Kopf. »Laß das arme Schwein aus dem Spiel«, sagte er. »Das ist ein Haufen mormonischer Aasgeier, Ike. Sie machen schöne Worte, aber wenn du ihnen den Rücken zukehrst, treten sie dir in den Arsch.«

»Das ist nichts Neues. Das auch nicht.« Ike deutete mit dem Kopf auf den Jungen im Sarg. »Du hast immer gesagt, du willst entweder einen Job haben und arbeiten, oder du willst ein Penner sein und rumstromern. Du mußt dich mal entscheiden. Das warst du doch, Ray, oder? Wer tritt uns denn nicht in den Arsch? Sag mir das mal. Sutherland war auch nicht besser. Er hat bloß für eine nette Fassade gesorgt, jedes Jahr 'nen Betriebsausflug veranstaltet, uns das Wettangeln machen lassen. Die Arbeiter bei Laune halten, mehr hat er nicht getan, und derweil haben er und seine Familie fröhlich ihre Schäfchen ins Trockene gebracht. Niemand schuldet uns ein Auskommen, Ray. Jeder muß für sich selber sorgen.«

»Was zum Teufel sind das für Sprüche? Als wir angefangen haben, haben wir unsere Schuluniform an den Nagel gehängt, haben unsere Eßnäpfe genommen und sind zur Arbeit gegangen, und Sutherland hat für uns gesorgt. Und wir haben für ihn gesorgt.« Ray legte die Fingerknöchel auf den Sargrand. »Das kann ich von den Wichsern, die jetzt am Ruder sind, nicht behaupten. Die scheren sich einen Dreck um uns. Die wollen nichts weiter, als die Gewerkschaft in die Knie zwingen.«

»Und wo ist Sutherland jetzt, hä? Meinst du, es hat ihn

schlaflose Nächte gekostet, daß er die Fabrik an diese Leute verscheuert hat?«

Ray Arsenault schaute hinter sich. Seine Augen strichen an der Wand entlang, und Mavis schaute schnell weg, als sein Blick auf sie fiel. Sie bemerkte, daß anscheinend alle ein bißchen näher gerückt waren, ein bißchen weniger redeten und auf die Rücken der Brüder schauten. Ray blickte herausfordernd zu der Seite des Saales hinüber, von der sein Bruder gekommen war. Mavis sah seine Augen schmal werden, und einen Moment lang hörte sie nicht mehr zu. Sein scharfer Blick traf auch sie, und sie wollte dazwischenrufen und sich erklären. Halt, wollte sie sagen, das hat nichts mit mir zu tun. Ich hab keine Männer. Nie welche gehabt. Ich unterrichte bloß Französisch.

»Scheiß drauf«, sagte Ray und schaute weg.

»Vielleicht ist das gar nicht so daneben, was diese Heinis aus Idaho wollen«, sagte Ike nachdenklich. »Ich muß mir nur anschauen, was die Leute von der Wartung machen, wenn an einer Papiermaschine ein kleines Ventil ausgetauscht werden muß. Erst stellen sie das ganze Ding ab. Dann rufen sie einen Monteur, daß er die Pumpen austauscht. Dann müssen sie auf einen Elektriker warten, der sie wieder anschließt. Dann warten sie auf einen Rohrleger, aber der Rohrleger hat immer was anderes zu tun. Wenn der Rohrleger endlich kommt, ist grade Mittagspause. Wieder 'ne Stunde futsch. Dann müssen sie wieder auf den Elektriker warten. Dann auf den Monteur. Endlich kommen sie dazu, an dem Ventil zu arbeiten, und dabei bräuchte das Ventil, wenn man's selber machen würde, nicht mehr als 'ne mickrige halbe Stunde Arbeit. Die ganze Zeit steht die Maschine still. Stunden. Tage. Das ist ein Haufen Geld, Ray. Ein riesiger Batzen. Die United Mine Workers fordern 'ne Lohnerhöhung. Da hast du deine Lohnerhöhung: schwimmt den Fluß runter!«

Ray sagte nichts.

»Die Gewerkschaft hat noch nie 'nen Finger für uns krumm gemacht. In den zwanzig Jahren, die sie hier sind, haben sie Vaters Beiträge kassiert und sie in die Hauptkasse gebuttert. Die hat sie gern genommen. Dreißig Jahre lang hat Vater immer an derselben Maschine gestanden, dies repariert und das repariert, sich von Arschlöchern wie Walter Finnithy anscheißen lassen, und am Schluß mußte Mutter zum Gewerkschaftshaus gehen und fragen, wo seine verdammte Uhr bleibt.«

»Bist du fertig?« fragte Ray.

»Nein.«

»Gut, weil ich was zu sagen hab. Walter Finnithy ist ein Arschloch. Aber Arschlöcher hat's immer gegeben. Das hab ich auch schon mal gesagt. So Sachen sind ganz egal. Fakten sind ganz egal. Und es ist ganz egal, ob du's gut findest, daß wir in den Ausstand getreten sind. Oder ob du an Geister glaubst oder was weiß ich. Wir hätten fünfzig Prozent fordern können, dazu eine Gewinnbeteiligung und die Dreitagewoche bei fünf Tagen Lohnzahlung, und es wäre immer noch ganz egal gewesen, ob du das gut gefunden hättest. Nicht egal ist nur eines: ob du zu deinen Freunden und deiner Familie hältst. Du kannst mir Geschichten erzählen, bis du blau im Gesicht bist. Aber hältst du zu dieser Stadt?«

Ike winkte ab. »Du lebst in der Vergangenheit. Das ist einfach nicht mehr dieselbe Stadt. Alles hat sich verändert.«

Sie merkten, daß die andern im Raum sie anstarrten, und drehten sich gleichzeitig um. Ike senkte die Stimme und lehnte sich zu seinem Bruder hinüber. »Sag mir eins,

Ray. Wenn die Familie so wichtig ist, wie kommt's dann, daß die Fabrik früher unsere Familie war, und plötzlich soll sie das nicht mehr sein?«

»War. Sie war unsere Familie. Früher. Bevor die Mormonen kamen. Aber du klammerst dich zu sehr an die Fakten, Ike. Es geht um was Größeres. Es geht um die Leute. Du mußt immer zu deinen Leuten halten. Kann sein, daß wir die Fabrik als Familie bezeichnet haben. Vielleicht hat uns das gefallen. Aber das sind nicht mehr unsere Leute, das sind nicht mehr wir. Vater hätte genauso gedacht. Er hätte sich an dem Streik beteiligt.«

Ike wollte schon loslachen, aber er beherrschte sich. »Quatsch.«

»Dann hast du ihn nicht gekannt«, sagte Ray.

Ike lief rot an. »Und was ist mit mir?« sagte er. »Ich gehör auch dazu. Zur Familie. Und ihr behandelt mich alle, als ob ich gestorben wär, als gäb's mich gar nicht. Mal gibt's mich, dann wieder nicht. Du redest groß von Familie, daß sie so verdammt wichtig wär, wichtiger als die Wahrheit, und dabei hast du mich praktisch schon begraben. Ich hab das Gefühl, du hättest lieber noch 'nen toten Bruder als einen, der anderer Meinung ist. Wenn ich mich recht erinnere, war's früher mal nicht ganz so leicht, ein Mitglied der eigenen Familie zu verlieren, Ray.«

Rays Kiefermuskeln arbeiteten, als hätte er den Mund voller Kieselsteine. »Es ist nicht leicht. Ständig stirbt einem jemand weg. Die Leute in dieser Stadt sterben in einem fort. Na schön. Als Aubrey und die ganzen andern Leute in diesem verdammten Boot untergegangen sind – tja, da haben wir gesagt, wir könnten ohne unsern Bruder nicht leben. Nicht mal beerdigen können wir ihn, haben wir gejammert. Und siehe da – jetzt leben wir ohne ihn, und es geht uns prima.«

»Prima, hm?«

»Genau.«

Ike deutete mit dem Kopf auf die Leiche. »Alle sagen immer, wo ihre Freunde hinkommen, da wollen sie auch hin. Von klein auf hab ich diesen Scheiß gehört. Wir kommen in die Hölle, oder wir kommen in den Himmel, Hauptsache alle zusammen, nicht wahr? Aber denk mal darüber nach, Ray: Hast du dich je gefragt, wer zum Teufel deine Freunde sind? Ich glaub nämlich nicht, daß das so leicht zu sagen ist. Frag mal den Jungen hier. Frag ihn, was er für Freunde hatte.«

Ein Schluchzen ertönte aus dem Hintergrund des inzwischen verstummten Saales, und alle drehten sich zur Mutter des Toten um. Aber sie hatte sich nicht vom Platz gerührt, hatte sich überhaupt nicht gerührt, als wäre sie im Sitzen eingeschlafen.

Mavis brauchte gar nicht hinzuschauen. Ohne den Kopf zu heben, hatte sie die vertrauten tierähnlichen Winseltöne ihrer weinenden Mutter erkannt und in der hinteren Ecke lokalisiert, wo sie als stille Totenwache allein Aufstellung genommen hatte, um in einem günstigen Moment die Aufmerksamkeit auf sich zu lenken. Mavis hörte das Rumoren. Sie hörte ihre Mutter kreischen:

»Der Junge da war so alt, wie mein kleiner Ivan jetzt wäre.«

Eine ältere Frau schritt zum Kopf des Sarges und baute sich vor den Brüdern Arsenault auf. »Ihr solltet euch was schämen, hier von der *Raven* anzufangen! Wißt ihr denn nicht, wer alles hier im Raum ist? Ihr solltet mehr Respekt haben.«

Mavis beobachtete ihre Mutter fasziniert.

»Es geht uns gut – stop – alles ist bestens – stop. Gordon.«

Wieder ihre Mutter. Sie erzählte zum x-tenmal die Geschichte von dem Telegramm, das immer noch zusammengefaltet in einer Schachtel auf dem Kamin lag, unberührt seit seiner Zustellung zwei Jahre, nachdem ihr Vater und ihre Brüder verschwunden waren. Sie und ihre Mutter hatten auf der Veranda gesessen. Walter hatte irgendwas auf dem Rasen gemacht, sie wußte nicht mehr was, vielleicht gerecht. Er sollte in einer Woche in den Krieg ziehen. Der Telegrammbote mit seinem Pagenkäppi kam unlustig auf das Haus zu – er sah mitgenommen aus, denn für die Zustellung der Kriegstelegramme war er ganz allein zuständig, ein Junge aus der zehnten Klasse, der sich etwas dazuverdienen wollte und sich mit der Arbeit als Todesbote die Jugend kaputt machte. Mavis hatte gehört, er hätte nach dem Krieg die Stadt verlassen. Warum auch nicht? Er hatte seine Freunde verloren, er hatte seine Feinde verloren; und wer wollte noch etwas mit einem zu tun haben, der so viele Schreckensmeldungen überbracht hatte?

Es geht uns gut – stop – alles ist bestens – stop. Gordon.

Es war in Europa aufgegeben worden. Während des Zweiten Weltkriegs. Also waren sie noch am Leben. Das Gerede von den Deutschen, die die Frauen über Bord geworfen und die Männer entführt haben sollten, kam wieder auf. Es war nicht zu glauben: Was wollten die Achsenmächte mit einem Haufen Männer und Jungen aus einer amerikanischen Kleinstadt unter der Leitung eines Kapellmeisters anfangen? Doch an dem Telegramm war nichts zu deuten. Und was Mavis' Mutter anging – sie wirkte beinahe enttäuscht, war doch ihre Position als matriarchale Hüterin des Andenkens der verlorenen Männer gefährdet. Aber nachdem Tage und Wochen und bald schon Monate vergangen waren und der Krieg schließlich aus war, ohne daß noch eine Meldung gekommen wäre, lebte Frances Beauchamp wieder auf. Wieder kramte sie die Pantoffeln ihres Mannes aus seinem Schrank und stellte sie ordentlich vor die Badezimmertür wie einen Fetisch, als ob er gleich aus der Dusche treten würde. Und bis heute – neun Jahre nach dem Telegramm, elf nach dem Verschwinden – sah Mavis diese Pantoffeln neben dem Bett ihrer Mutter stehen, weniger Lockmittel als Mahnwache auf heiligem Grund, der zu leidgeschwängert war, um betreten zu werden, und sei es von den nackten Füßen des lange Totgesagten.

Ein Häuflein hatte sich in der Ecke versammelt. Mavis konnte ihre Mutter nicht sehen, aber sie kannte den Ablauf. Der Sarg stand allein und unbeachtet da, daneben saß eine Frau in Schwarz, ihres Verlustes beraubt, worin er auch bestehen mochte.

Die Blinklichter schnitten zwischen den Bäumen hindurch, die roten Lichter von Krankenwagen. Mavis überquerte vorsichtig die Fußgängerbrücke, lauschte im Dunkeln auf den Fluß unter ihr. Von der Fabrik war nichts zu hören.

Sie bog in die Straße zu Walters Haus ein. Die Straße selbst war menschenleer, die schmalen Rasenstücke zwischen den Häusern ein unbeschreibliches Chaos von schattigen Dornensträuchern und Unkraut. Die Bäume waren staubig und kraftvoll, üppiger als früher, wie es schien. Übler Sumpfgeruch stieg durch den Asphalt auf. Im Dämmerlicht wirkte die Vegetation strotzend, rachsüchtig, unerbittlich, eisern in ihrem Rückeroberungswillen. Gras schob sich durch Risse in der Straße. Ranken angelten aus dem Gebüsch. Die Grillen zirpten im Dunkeln. Mavis konnte sich gut vorstellen, daß die Straßen sich bis zum Morgen in einen alles erdrückenden Wald verwandelt hätten und die Streikbrecher sich vor Tagesanbruch mit langen Messern versammeln würden, um den ersten Holzlaster in die Fabrik durchzubringen. Sie war schon seit Jahren nicht mehr in dem Viertel gewesen. Es war ihr nicht klar gewesen, wie weit alles schon gekommen war. Zum erstenmal sah sie die Stadt als das beliebige Stück Land, das sie war, Auswuchs der sterblichen Überreste von Hugo Sutherland, der gekommen war, um am Wasserfall eine Fabrik zu bauen, und dann das Leben aufgab, in dem die Einheimischen ihm so gute Dienste geleistet hatten.

Sie nahm die Stufen langsam, bis sie bei Walter im Eingang stand, sich in seinem Zimmer umschaute, die an einer Stuhllehne stehende durchlöcherte Tür, die über die Topfränder hängenden gelben Pflanzen, den Tisch mit den abgeknickten Beinen sah. Walter selbst saß zwischen den Splittern und Schrotkugeln auf einem aufgeschlitzten Sessel und starrte aus dem Fenster in die Dunkelheit.

»Hat es hier schon immer so ausgesehen?« fragte Mavis. »Ich kann mich gar nicht mehr erinnern.«

Walter schaute sich gleichgültig um. »Weitgehend. Das mit der Tür ist neu. Das mit den Pflanzen auch.«

Mavis beäugte das Sofa. »Hält das noch?«

»Probier's.«

Als Mavis sich auf ihm niederließ, gab das Sofa einen mißtönenden Akkord von sich. »Tut mir wirklich leid«, sagte sie.

Walter zuckte die Achseln. »Um diese Wohnung braucht es einem nicht leid zu tun.«

»Ziehst du jetzt wieder zu deinem Vater?«

Walter gab keine Antwort, und Mavis folgte seiner Blickrichtung. Obwohl es dunkel war, hatte sie eine ziemlich gute Orientierung und wußte, daß Walter seit Einbruch der Dunkelheit auf das Haus seines Vaters geschaut haben mußte.

Sie sah ihn fragend an. »Müßtest du heute abend nicht bei der Arbeit sein?«

»Wie spät ist es?«

»Es hat vor einer Stunde gepfiffen. Hast du es nicht gehört?«

»Vermutlich nicht.«

»Warum tust du das, Walter?«

»Was?«

»Da arbeiten.«

»Ich arbeite halt da.«

»Ich versteh nicht, warum«, sagte Mavis.

»Ich arbeite schon seit sechs Jahren da.«

»Statt zu streiken, meine ich.«

»Die United Mine Workers werden diese Stadt zugrunde richten.«

Mavis stemmte sich hoch und schaute aus der Tür auf die Straße hinunter, auf die Lichter, die an den Hängen angingen, auf die roten Leuchtbaken oben an den Fabrikschornsteinen. »Da kommen sie zu spät«, sagte sie. »Außerdem hast du immer gesagt, du wolltest mal Journalist werden. Das wäre ein günstiger Zeitpunkt, einen Berufswechsel ins Auge zu fassen.«

Walter drehte sich um und blickte sie an, wie er es schon oft getan hatte. Mavis wußte, was er sah – kannte die kleine, zierliche Frau, hübsch, hart, temperamentvoll. Walter seinerseits sah betrunken aus, aber es war weder eine Flasche noch ein Glas zu sehen.

»Gehen wir rüber in die Kneipe, Mavis?«

»Da werden sie dich erschießen, denk ich.«

Walter nickte gedankenverloren.

»Vertrau mir«, sagte sie.

Er zuckte die Achseln. »Dann laß uns heiraten.«

Mavis lachte.

»Diesmal mein ich's ernst. Wir verlassen die Stadt, fangen irgendwo anders von vorn an.«

Mavis lachte lauter. »Und wo, bitteschön?«

»Irgendwo.«

»Und was willst du da machen?«

»Ich würde besagter Journalist werden.«

Mavis faltete die Hände wie zum Gebet und spähte über ihre Finger hinweg in die Ferne. »Wenn ich die Stadt verlasse, werde ich nichts, aber auch gar nichts daraus mitnehmen. Nicht mal Anziehsachen. Ich würde nie den Gestank aus ihnen rauskriegen. Ich glaube, ich hätte mir eher die Haut weggescheuert, bevor ich den Gestank draußen hätte.«

Sie blickte Walter an. »Du hättest mit einem GI-Darlehen aufs College gehen können. Das kannst du noch immer.«

»Ich geh arbeiten«, sagte er teilnahmslos.

»Da drinnen wirst du bloß alt.«

Draußen verstummten die Grillen, und das rhythmische Stampfen der Fabrik schwoll an und ging über sie hinweg wie das Rauschen eines fernen Zuges, der niemals näher kommt, oder weiter weg fährt.

»Liegt dir wirklich was an diesem Laden?« fragte sie.

»Mir liegt was an diesem Ort.«

Mavis betrachtete ihn wie etwas Fremdes und Sonderbares, als wäre er ein Ausstellungsstück. »Liegt dem Ort was an dir? Du hast deine sämtlichen Freunde verloren.«

»Dich nicht.«

»Das könnte aber passieren«, sagte Mavis. »Ich werde nicht ewig hierbleiben.«

»Du kannst nicht weggehen«, sagte Walter.

»Wart's ab.«

»Du kommst hier nur weg, wenn du stirbst. Genau wie die andern.«

»Hör auf«, sagte Mavis.

»Gordy wollte immer hier leben, hat er gesagt. Wir wollten in der Fabrik arbeiten, und er wollte Anne Stisulis heiraten ...«

»Ich hab gesagt, hör auf, Walter«, schnappte Mavis.

»... und ich wollte dich heiraten«, beendete er seinen Satz.

»Ich wette, davon hast du Gordy nie etwas erzählt«, entfuhr es Mavis, bevor sie es verhindern konnte. Dann stemmte sie sich wieder hoch und schaute aus der Tür.

»Ich war heute auf dieser Totenwache«, sagte sie.

»Für wen?«

»Ich weiß nicht einmal mehr seinen Namen«, erwiderte Mavis.

»Wie ist er gestorben?«

Mavis zuckte die Achseln.

Walter kam schwerfällig auf die Füße.

»Laß uns einen Spaziergang machen. Ich will dir was zeigen.«

Mavis schnaubte. »Sehr witzig, Walter. Du scheinst immer noch nicht kapiert zu haben.«

»Das ist was ganz anderes. Glaub mir, ich will dir das schon lange zeigen.«

»Was?«

Walter schüttelte den Kopf. Er lächelte schief. »Das ist zu schwer zu erklären.«

Mavis rührte sich nicht.

»Mavis«, sagte er eindringlich.

»Es ist im Moment zu gefährlich da draußen, Walter.

Ich hab gehört, daß sie noch mehr von den Schwarzhemden holen.«

»Diese Sache wird dich interessieren.«

Mavis sah zu, wie er seine Jacke nahm. Etwas Schweres fiel aus der Tasche, polterte zu Boden und blieb liegen, kompakt und dunkel.

Mavis schaute ihn an. »Du schaffst es noch, dich umbringen zu lassen, und zwar mit dem Ding da.«

Walter schlüpfte in seine Jacke und stopfte sich den Revolver hinten in die Hose.

»Komm«, sagte er, schob Mavis sanft aus der Tür und faßte beim Hinaustreten instinktiv hinter sich nach dem Türknauf. Als er nur in die Luft griff, drehte er sich nicht noch einmal um.

Als sie am unteren Tor ankamen, beobachteten alle die Fabrik – die Streikenden, die Holzarbeiter, die Schwarzhemden. Alle standen in düsterem Schweigen da. Die Holzstapelkräne durchstießen die Lichtkuppel und ragten in die Nacht empor, wo ihre stählernen Greifer baumelnd vom Himmel hingen. Der Häcksler war abgestellt. Nur das leise Summen der Kraftanlage und das Murmeln der Klärbecken waren zu hören.

Niemand stand in der Nähe des Krankenwagens. Es war nicht erforderlich. Die Sanitäter schoben die Rollbahre ohne Hast über das Gelände.

»Warte hier«, sagte Walter und ging weiter und stellte sich hinter drei Männer, die er kannte, fest angestellte Aufseher, die sich angewöhnt hatten, ihre Runden durch die Fabrik zusammen zu machen, und jetzt in Dreiecksformation dastanden.

Der Fremde rutschte von der Bahre, den Kopf zur Seite geknickt, das dunkelrote Gesicht gummiartig langgezogen, mit Glotzaugen und einem Mund voll zermalmter Zähne, die vorstanden wie bei einem verwesenden Kadaver. Eine Hexenmaske. Arme und Beine ohne Rücksicht auf vorn oder hinten verdreht. Beine platt gewalzt wie Teig. Eine Vogelscheuche.

Mavis lauschte von fern. Maschine Nummer fünf, sagten sie. Der Mann habe einen Druckluftschlauch umgehabt, mit dem er die Walzen abstrahlte. Er habe den Schlauch in Fußnähe gehabt, und dann sei der Schlauch geplatzt, sie wüßten nicht, wie es dazu gekommen wäre, es könnte seine Schuld gewesen sein oder auch nicht, jedenfalls ließ sich der Schlauch nicht halten. Er flog weg und verfing sich im Einzug der Maschine und riß ihn mit, und als sie die Maschine endlich abgestellt hatten, war er schon durch zwei Walzen gegangen. Als sie ihn herauszogen, habe er sich angefühlt wie ein Beutel mit zerstampftem Eis. Sie wüßten immer noch nicht, wo er her war. Suchten immer noch in den Unterlagen nach seiner Familie.

Mavis fühlte eine Hand auf der Schulter. Sie schnappte nach Luft und wirbelte herum, die Fäuste erhoben.

»Ich bin's«, flüsterte Walter.

»Walter!«

»Komm mit.«

Mavis rührte sich nicht.

»Komm schon. Alles in Ordnung.«

»Wer war das?«

»Ein Ersatzarbeiter«, sagte Walter.

»Streikbrecher, meinst du.«

»Ach, hör auf damit.«

»Er ist, was er ist.«

»Und was bin ich?« fragte Walter.

Mavis betrachtete ihn. »Ich bin nicht sicher. Nicht völlig.«

»Kann auch ein Unfall gewesen sein«, sagte Walter. »Komm.«

Sie gingen aus dem Licht und zwischen den gestreiften Schranken hindurch. Eine provisorische Fußgängerbrücke war über die Flußbiegung zur Baustelle auf der Insel hinübergespannt worden.

»Walter, wo bringst du mich hin?«

»Still.«

Die Pfahlrammen zeichneten sich in der Dunkelheit ab, graue Silhouetten wie Pferde, die stehend auf der Weide schliefen. Vier I-Träger lagen kreuz und quer im Matsch. Der Streik hatte die Arbeit an der neuen zusätzlichen Kraftanlage zum Erliegen gebracht. Der Bauunternehmer, ein Ortsansässiger, wollte die Streikfront nicht brechen. Alles stand still.

Mavis hörte den Fluß von allen Seiten. Dann sah sie Walter nicht mehr und rief seinen Namen.

»Hier«, flüsterte er. »Sei leise.«

Eine Taschenlampe ging an und stach ihr in die Augen, dann ging sie wieder aus, und Mavis sah nur noch rote Punkte um blaue tanzen.

»Walter, was ist hier los?«

Er nahm sie bei der Hand und zog sie weiter. Dann legten sich seine Hände schwer auf ihre Schultern, und sie standen da und umarmten sich, jedenfalls sah es so aus, und die Luft vor Mavis' Gesicht schien zu zittern. Sie ging ihm ungefähr bis zur Brust. Sie konnte sein Herz schlagen hören, als sie ihre Arme um seine Taille schlang, zögernd, wie um etwas, das davonschwimmen oder explodieren könnte. Sie fühlte, wie sich sein Kinn auf ihren Kopf legte. Sie roch ihn, Schweiß, faule Eier, wie die Fabrik. Holzspäne im Pullover. Die Hände hart und aufgesprungen. Sein Körper zitterte leicht, verhalten, wie ein

Hund im Regen. Etwas in ihr tat einen Ruck, etwas Fremdes und Unerprobtes. Sie fühlte ihn zurückweichen.

»Ist dir kalt?« fragte sie.

Er schüttelte schnell und heftig den Kopf, wie ein Kind.

Sie umschlang ihn, und ihre kleinen Hände fanden das kühle Metall der Pistole an seinem Rücken. Sie schaute zu ihrem alten Freund Walter hoch, der dümmlich lächelte, und vielleicht war es grausam, doch in dem Moment wußte sie, er würde nie etwas unternehmen, er würde hier, oder ganz in der Nähe, ohne Freunde sterben. Sie ließ ihn los und trat in der Finsternis von ihm zurück. Sie hatte die Pistole in den Händen, und Walter sagte nichts und streckte nicht einmal die Hand aus, als Mavis sie hochhob und ins Dunkel schleuderte. Ein fernes Platschen.

»Walter«, sagte sie.

Er räusperte sich.

»Okay«, sagte er. »Gehen wir.«

Sie ging dicht hinter ihm, dann lief sie in ihn hinein. Die Taschenlampe ging an. Der Strahl verschwand in der Erde. »Schau mal da rein«, sagte er.

Mavis trat vor. Sie merkte, wie Walters Hand sie von hinten an der Bluse packte. Sie beugte sich vor und verfolgte mit den Augen den Strahl. Er wurde von etwas Metallischem reflektiert, einer silbrigen Pfütze am Boden, die sich nicht wie Wasser bewegte, sondern wie etwas Dickeres, eine mondschwere Suppe. Mavis fühlte ein künstliches Lächeln auf ihrem Gesicht erstarren, wie wenn sich auf einem Teller mit Soße eine Haut bildet.

Sie folgte ihm zu einem genau gleich aussehenden Loch und spähte hinein. In noch eines. Ein viertes. Sie richteten sich auf und blickten in der Dunkelheit aneinander vorbei.

»Warum zeigst du mir das?« fragte sie.

»Weißt du, was das ist?«

»Ich denke schon.«

»Quecksilber«, sagte Walter. »Sie wollen die I-Träger da reinsetzen, sobald sie einen Bauunternehmer finden, der dazu bereit ist.«

»Wissen die, was da unten ist?« fragte sie.

»Einer von ihnen hat es mir gesagt«, erwiderte er.

»Und warum zeigst du es mir?«

»Weißt du, was unter unsern Füßen ist?« fragte er. Er wartete nicht auf eine Antwort. »Eine Müllkippe. Wir stehen auf der alten Müllkippe der Fabrik aus der Zeit, bevor der Konzern sie übernahm und anfing, die Chemikalien den Fairington Mountain hinaufzuschaffen. Das hat vor zehn Jahren angefangen. Vor zwanzig. Fünfzig. Damals hat Sutherland das Zeug einfach in undichte Tonnen gekippt und hier eingebuddelt.«

Mavis sagte nichts.

»Und weißt du, was unter dieser Müllkippe ist?«

»Der Fluß?« rief Mavis.

»Wasserführende Schichten. Das von Rangeley runterkommende Trinkwasser der Stadt.«

Mavis schaute über ihre Schulter. Von dieser Flußinsel aus hatte sie das untere Tor gut im Blick. Der Krankenwagen war abgefahren. Die Streikposten hatten sich wieder aufgestellt. Die Schwarzhemden standen wieder in Reih und Glied im diesigen Lichtfeld von vier Scheinwerfern, ihre Schlagstöcke in der Faust.

Und unter ihnen allen floß das vergiftete Wasser durch die geäderte Erde, durch Geröllschichten und durch das Flußbett in die Stadt, um dort in die Waschbecken zu perlen.

Mavis erinnerte sich, daß LaSalles Restaurant im Vorjahr hatte schließen müssen, weil das Wasser grün aus der

Leitung gekommen war und alles Bohren hier und dort nichts half. Sie hatte sich nichts dabei gedacht. Auch sonst niemand. Die Witzeleien hörten erst jetzt langsam auf. Das kommt davon, wenn man an einen Iren verkauft, sagten alle.

Sie schaute Walter an. »Warum bleibst du hier, Walter? Was gibt es hier denn schon, das es wert wäre, sich mit so was abzufinden?« Sie hörte Walter mit der Schuhspitze gegen den Boden treten. »Warum fühlst du dich für irgendwas verantwortlich?«

»Es ist unsere Stadt.«

»Die benutzen euch bloß, Walter«, sagte sie. »Kapierst du denn nicht? Der Konzern benutzt euch, um die Gewerkschaft kleinzukriegen, die Gewerkschaft benutzt euch, um den Konzern kleinzukriegen. Und Sutherland hat uns alle benutzt. Basta.«

Mavis stellte sich vor ihn und nahm sein Gesicht in ihre Hände.

»Und du kannst keinem was davon erzählen. Denn wenn du das tätest, würde der Konzern pleite gehen, und Rehoboth wäre in einem Jahr eine Geisterstadt. Es wird so laufen, daß dieser Streik auf die eine oder andere Art beigelegt wird, und dann wird der Konzern die Träger da in diese Löcher versenken, und Männer aus dieser Stadt werden Zement reingießen, und es wird nichts mehr zu sehen sein. Und dann, Walter, Quecksilber hin oder her, wird es heißen: Arbeit haben oder nicht. Dies Wasser trinken oder nicht.«

Mavis spürte den Fluß an allen Seiten. Schaumränder schimmerten weiß in der Nacht wie Eisschollen.

»Die Fabrik ist gut zu uns allen gewesen«, sagte Walter und drückte dabei ihre Hand an seine Wange.

»Ach, und deshalb stehen wir jetzt hier, nicht wahr?«

sagte sie und trat mit bebenden Händen zurück. »Schau in die Löcher da und sag mir, ob du immer noch findest, daß du recht hast.«

Ein Streichholz flammte vor ihr auf, und sie sah Walters Gesicht.

»Gib mir auch eine«, sagte sie.

»Ich dachte, du hättest vor zwei Jahren aufgehört«, sagte er.

»Vor einem Jahr«, sagte Mavis. »Jetzt fang ich eben wieder an.«

Beide pafften vor sich hin und aschten in den Matsch und schauten über die Fabrik.

Mavis schaute in die Nacht, in ihre Vergangenheit. Sie erinnerte sich daran, wie ihr Haus gewesen war, als ihr Vater und ihre Brüder noch da gewesen waren. Sie erinnerte sich an das blanke Holz und die kalten Dielen unter ihren nackten Füßen und an die feuchte Luft. An die Lichtritze rund um die Tür zum Übungszimmer ihres Vaters, wenn der Klang seines Klaviers die Einleitung und Begleitung und schließlich den immer leiser werdenden Hintergrund zu seiner schmelzenden Tenorstimme bildete, die durch die Zimmer tönte, die Fenster hinaus und den Freiraum zwischen den Häusern füllte. Sie erinnerte sich an den Geruch der Teppiche. Ein aufgeräumtes Haus. Alles dort, wo es hingehörte. Der Staubsauger aufrecht in der Ecke wie immer. Ihre Brüder auf dem Fußboden beim Ringkampf. Sie sah das Wasser ins Spülbecken rinnen. Sie sah die Tassen mit Kaffee auf dem Tisch, die Duschen laufen, die Toiletten spülen, die Fenster aufgehen. Ein Haus wie die andern auch, von Adern durchzogen, ein eigener Quell klaren Nasses. Sie sah die Fabrik, und sie sah irgend etwas im Wasser, sie wußte nicht, was, das sich mit dem Kaffeesatz auf dem Boden von Vaters

Tasse absetzte und an den Spitzen von Mutters Staubwedel. Dann sah sie die leeren Zimmer ihrer Brüder und die leeren Pantoffeln ihres Vaters dicht zusammen mit den Fersen zur Wand. Die Leichen der Frauen damals, zerschnitten, aufgedunsen, und sich selbst, wie sie damals gedacht hatte, daß der Vater und die Brüder viel schlimmer dran sein mußten, weil sie nicht zurückgebracht worden waren. Und was war sie? Bloß eine tote Frau mehr, eine Leiche mehr, im Wasser schwimmend, aber am Leben, atmend – sichtbares Zeugnis dessen, was verloren und was gerettet worden war; Verräterin, weil sie überlebt hatte und bluten und heiraten und sich im dunklen Wald berühren lassen durfte; und gerettete Seele, weil sie hatte leben dürfen. So wandelte sie als eine der Ertrunkenen durch die Stadt ...

Sie blickte zur Fabrik hinüber und begriff mit einem Mal die Falle, in der sie alle saßen – und sie selbst mit. Sie sah die Lichter der Fabrik und die Schwefelwolken, die gelbe Tierfiguren vor dem schwarzen Himmel bildeten. Und die trüben, flackernden Lichter von Rehoboth dahinter. Und sie hörte den mechanischen Puls von allem, was unsichtbar darunter hinlief. Sie sah Rehoboth und den Konzern in Haß und Abhängigkeit aneinandergekettet, einer die Geisel des andern. Und beide wurden langsam, systematisch vergiftet. Und sie sah das Boot auf Nimmerwiedersehen mit ihrem guten Vater hinausfahren, mit diesem gutherzigen Mann und seinen Söhnen, und damit verschwand überhaupt alles Gute, weil alles zu lange zu gut gewesen war.

Und Sutherland hatte es gewußt.

Mavis hörte den Fluß, sie hörte die Fabrikschornsteine in der Nacht fauchen, das Gurgeln der Klärbecken. Sie hörte Walter neben sich atmen.

Er zündete zwei Zigaretten an, gab eine an Mavis weiter und rauchte seine mit einem halben Dutzend tiefen Zügen auf. Mavis warf ihre ungeraucht in die Nacht.

»Wir kriegen, was wir verdient haben«, sagte sie.

»Was meinst du damit?«

»Ich meine damit, daß ich weggehe.«

Walter sagte nichts.

»Ich hatte mich für ein Stipendium in Frankreich beworben. Vorige Woche wurde mir mitgeteilt, daß ich's bekommen habe. Und trotz allem, was war, dachte ich, ich sollte nicht fahren. Jetzt werde ich noch mal anrufen.«

»Aber was willst du dort machen?«

»Französisch studieren. Wein trinken. Nicht hier sein.«

Walter zündete ein Streichholz an und führte es nahe an sein Gesicht heran. Mavis sah, daß er über seine Knöchel und über den Fluß an der Fabrik vorbeispähte, auf die Hügel, in das Dunkel zwischen den Lichtpunkten der Stadt.

»Und deine Mutter?« fragte er.

Sie blickte auf, folgte den Hügeln, die wellenartig zu den Seen bei Rangeley anstiegen, zum Himmel. Fast hätte sie gelacht. »Wenn ich bleibe, werde ich unterrichten, und das war's dann. Das ist, als wäre ich schon tot, Walter. Weißt du, meine Mutter weist jeden Mann zurück, der auf sie zugeht, weil sie Angst hat, mein Vater kommt nach Hause und erwischt sie. ›Ich bin Gordon Beauchamps Frau‹, sagt sie ständig. ›Ich bin Gordon Beauchamps Frau.‹ Als ob er noch am Leben wäre. Dann bricht sie weinend zusammen, und alle kommen angelaufen. Und jeder fängt an, über die *Raven* zu reden. Immer wieder dieselben Geschichten. Die ganzen dämlichen Theorien. Und ich bin Teil ihrer Nummer. Wenn sie damit aufhört, ist sie wie alle andern, bloß schlechter dran. Ohne meinen Vater. Ohne meine Brüder. Soll ich denn hierbleiben und für sie alle sterben? Soll ich für meine Mutter sterben, Walter?«

Eine Zeitlang sagten sie nichts. Dann wandte Mavis sich Walter zu: »Du mußt eine ganz bestimmte Sorte Mensch sein, dann lassen sie dich leben. Wenn du hierbleibst, mußt du aufpassen. Wenn du anders bist, mußt du es verheimlichen. Du darfst nur dann anders sein, wenn du im Grunde genauso bist wie sie.«

EZRA

Als Ezra in Rehoboth einfuhr, sah er, daß die Streikposten weniger geworden waren, seit er auf der Hinfahrt nach Rangeley durch die Stadt gekommen war; sie wirkten geradezu friedlich mit ihren ans Tor gelehnten Transparenten. Die Streikenden hatten den Blick nicht mehr auf die Fabrik gerichtet. Sie standen in einzelnen Grüppchen beieinander. Wie Müßiggänger an einem schönen Frühlingsnachmittag. Schwarzhemden saßen als Geleitschutz in den ankommenden Holzlastern, das Gewehr auf die Schenkel gestützt. Neben der Fabrik waren Bauarbeiten im Gange. I-Träger ragten schroff und nackt in die Höhe wie die Eckpfosten eines riesigen Pferchs.

Ezra hielt auf einer Straße an, die weitgehend menschenleer war, obwohl sie wie die Hauptstraße aussah. Ein einsamer Mann ging vorbei, und Ezra kurbelte das Fenster hinunter, beugte sich hinaus und fragte nach dem Weg zum Friedhof. Der Mann beäugte ihn kühl, sagte nichts, als ob die Frage ein falsch gebrauchtes Losungswort wäre. Sein Arm ging wie von selbst in die Höhe und deutete nach Süden die Bundesstraße 1 hinunter. Ezra nickte und fuhr weiter; beim Blick in den Rückspiegel sah er, daß der Mann immer noch auf dem Bürgersteig stand und ihm nachschaute.

Der Friedhof war von einem weißen Lattenzaun umgeben und maß vielleicht siebzig mal siebzig Meter. Es gab keine Bäume. Es gab keine Kirche. Niemand zu sehen. Hinter einer leeren Fläche auf der andern Seite lag ein Ames-Supermarkt. Die Bundesstraße 1 führte direkt daran vorbei. Die meisten Gräber hatten einen ordentlichen Grabstein, aber weiter hinten nahm ihre Zahl ab und waren sie nur noch durch ausgebleichte und rissige Bretter mit nahezu unleserlich gewordenen Inschriften markiert. Hier, dachte Ezra, waren wohl die alten Flößer und die älteren Armen begraben. Die Sonne stand hinter dem Friedhof, und Schatten fielen von allen Grabsteinen in Richtung Straße und wirkten wie offene Schächte, als ob zu dieser Tageszeit alle Gräber frisch ausgehoben und die sterblichen Überreste zum Auslüften exhumiert werden würden.

An der Seite, nahe dem Zaun auf einer freien Fläche abseits von der dicht gefüllten Mitte, standen zwei Grabsteine nebeneinander. Ezra nahm sie genau in Augenschein. In den ersten war der Umriß eines Bootes über einem Wellenkamm gemeißelt. Das Boot sah nicht wie Floyd Johnsons *Raven* aus; das dargestellte Boot wäre nicht geschwommen, es entsprach nur der Vorstellung irgendeines Grabsteinmetzes davon, wie ein Boot auszusehen hätte. Dann kam ein Datum, 19. Juni 1941, und darunter waren die Namen von zweiundzwanzig Männern und Jungen in einer Kolonne aufgelistet. *Aubrey Arsenault, James Carey jr., Albert Cormier, Edmund Cormier* ... Zwei gesprungene Riefenvasen mit Plastikblumen darin steckten schief im Boden. Das zerbrochene Porzellan einer dritten lag offenbar schon seit langem halb in der Erde vergraben wie ein prähistorisches Fossil. Um die Vasen herum ragte ein halbes Dutzend Metallstangen aus dem Boden. Auf jede war ein kleiner verglaster Metallrahmen geschweißt worden, und hinter dem Glas steckte ein vergilbtes und verblichenes Foto von einem der Männer oder Jungen, die nicht darunter in der Erde lagen. Ein Jugendlicher in Sonntagshosen und Pullover. Ein Mann um die Dreißig, der sich mit gekreuzten Beinen an einen neuen Traktor mit Stollenreifen lehnte. Ein älterer Mann, der in die Sonne blinzelte; ein Frauenarm mit Rüschenärmel, der sich offenbar nicht ganz aus dem Bild hatte schneiden lassen, berührte ihn von der Seite. Ezra schaute sie genau an, die Menschen, die ihm und seinem Vater entgangen waren. Er verspürte einen Drang, sich zu entschuldigen, unterdrückte ihn aber. Die Erde unter diesen Fotos war eben, und das tote Gras hatte die gleiche Filzigkeit und Dichte wie das tote Gras ringsherum.

Auf dem zweiten Stein war wieder der Umriß desselben nicht schwimmfähigen Bootes zu sehen, auch dasselbe Datum und eine Liste mit Namen, vierzehn Frauen. *Mary Chapitis, Edith Coburn, Marie Rose Coulombe ...* Das Stück Erde davor war nicht plan, sondern leicht abgesunken und genauso bucklig und uneben wie bei den sonstigen Gräbern auch, und das Gras unterschied sich von dem verwahrlosten Rasen drumherum, wenn auch kaum merklich und weniger in Länge und Farbe, als vielmehr in der Dichte, der Anzahl von Halmen pro Fläche. Die Fläche vor diesem Grabstein jedoch war viel größer als die der andern Parzellen auf dem Friedhof, über zwölf Quadratmeter nach Ezras Schätzung. Hier und dort gab es kleine Erdhügel, die an umgedrehte Ruderboote erinnerten. Auf ihnen fanden sich weder Fotos noch Plastikblumen, noch irgendein Zeichen, daß jemals welche dort abgelegt worden waren. Soweit Ezra sehen konnte, gab es auch auf den andern Gräbern keine.

Das Hotel Rehoboth blickte auf den Fluß, dort wo er sich unmittelbar unterhalb der Fabrik verbreiterte. Es war schwer zu sagen, ob der Gestank nach abgestandenem Urin, der in der Bar hing, von dem brackigen Wasser oder den tiergestaltigen Abgaswolken kam.

Im Tal hatte es aufgeklart. Es war nicht völlig zugenebelt.

Von der Tafel über der Tür – *Hotel Rehoboth, gegr. 1898, Joe Martin, Esq., Besitzer* – guckte ein Holzfäller herab. Der Eingang war von zwei Spiegeln flankiert, die sich durch das ganze Erdgeschoß zogen. Aufgedruckt war das Panorama eines Holzfällerlagers: muskulöse, breitschultrige Männer, die ihr Holzfällerdasein an den Feuern und am Wald und aneinander auslebten. Alle Gesichter nach derselben Vorlage, dem Kopf auf der Tafel über der Tür, alle mit demselben abschätzigen Grinsen wie Joe Martin, Esq. Wenn man zwischen dem Äxte schwingenden Trupp gleich aussehender, stummer Holzfäller hindurchging, schritt man gewissermaßen die Ahnengalerie der Familie Martin ab, all die übellaunigen alten Martins, die voll Mißfallen und Pessimismus auf einen niederblickten, weil sie sicher waren, man werde in einem einzigen Jahr alles auf den Hund kommen lassen, was sie mit harter Arbeit in Hunderten von Jahren aufgebaut hatten.

Während die Rückseite des Hotel Rehoboth sich unauffällig in die Häuserfront der Congress Street einreihte, beanspruchten diese Spiegelwände an der Vorderseite das unantastbare Recht auf den kleinsten gemeinsamen Nenner des amerikanischen Traums: die Wolke, die den Regen bringt, der das Wasser bringt, das den Dampf bringt, der die Maschine zum Laufen bringt. Der Geruch mag entsetzlich schlecht sein, schien der Wald voll Joe Martins zu sagen, er mag sogar unverzeihlich sein, aber wie du auch daran rumkritteln magst, er ist der Geruch des Geldes in deiner Tasche und das Orange und Gelb des Himmels über dir, der Farbton deiner Dollars, bevor sie gewalzt, geprägt und grün gefärbt werden. Früher oder später mußte jeder hier hereinkommen, durch diesen Eingang, und in diese Spiegel schauen, um seinen Platz in der Welt zu finden, wie Joe Martin sie sah.

Ezra stand auf dem Bürgersteig, den Fluß und die Fabrik schräg hinter sich. Drei Pickups erschienen an einem Ende der Stadt wie ein Lynchkommando aus der Prärie. Die Canal Street wirkte wie ausgestorben. Allein auf den Straßen, wandte Ezra sich ab. Die Pickups fuhren langsam zum andern Ende der Stadt und bogen um eine Ecke. Ezra ging hinein.

Ein Teppich aus spätnachmittäglichem Tageslicht erstreckte sich unter seinen Füßen und brach dann ab. Im Inneren konnte es jede Tages- oder Nachtzeit sein. Im Hintergrund beugte sich ein Mann über einen Billardtisch, setzte zum Stoß an; ein anderer stand halb im Lampenlicht und halb außerhalb. Drei Männer saßen auf Barhokkern an der hohen Holztheke und schauten sich das Fernsehquiz an, in dem ein Beifallssturm aus der Konserve den nächsten jagte. Auf geräumigen Glasregalen stand ein spärliches Sortiment von Whiskygläsern und amerikanischen Flaggen. Jedes einzelne Stück war exakt am Rand plaziert, in ordentlichem Abstand von Ecken und Wänden und voneinander, alles streng symmetrisch, als ob die perfekte Ordnung die Kärglichkeit wettmachen sollte. Eine Kette bunter Weihnachtslichter blinkte wie Edelsteine. Auf dem handgeschriebenen Schild vor dem Spiegel stand: *Streikbrecher – eine Schande für Amerika.*

Ezra trat an die Theke. Aus dem Augenwinkel sah er die andern Männer auf den Barhockern die Köpfe heben.

Einer der Billardspieler richtete sich auf, stemmte das Queue auf seinen Schenkel wie ein Gewehr. Zwei Kugeln klackten zusammen, rollten auseinander und blieben liegen. Niemand regte sich, und aus der gemütlichen Stille wurde ein angespanntes Schweigen. Der Fernseher brabbelte im Hintergrund. Der Barkeeper erschien, die dicken Unterarme, die Tätowierungen, die Ledernackenhaltung, dann das junge, muskulöse Gesicht, eine jugendliche Version des Kopfes über dem Hoteleingang, der ganzen Holzfällergesichter in den künstlichen Wäldern auf den Spiegeln.

»Ein Glas Wasser«, sagte Ezra.

»Sonst noch was?«

»Und ein Bier.«

»'ne bestimmte Sorte?«

Ezra beäugte die Theke. »Hauptsache, es ist vom Faß.«

Der Barkeeper stellte ihm ein Glas trübes, gelbliches Wasser hin und trat zurück. Ezra ließ das Glas stehen, aber an der Farbe oder Trübheit des Wassers änderte sich nichts. Er verspürte auf einmal keinen Durst mehr, aber er traute sich nicht, das Wasser ungetrunken stehenzulassen. Er nahm das Glas, schloß die Augen und leerte es in einem Zug. Als das Bier kam, kippte er es sofort hinterher.

»Kann ich Sie was fragen?« sagte Ezra zu dem Barkeeper. Aus dem Augenwinkel sah er die andern Männer an der Theke die Köpfe heben.

Der metallische Geschmack klebte ihm noch auf der Zunge. »Puh, das ist vielleicht 'n Wasser«, sagte Ezra.

»War's das, was Sie sagen wollten?«

»Sagt Ihnen der Name *Raven* was?«

»'ne Familie?«

»Es ist ein Boot«, erklärte Ezra.

Der Barkeeper richtete sich auf. »Sagt mir was. Wenn Sie darüber was wissen wollen, können Sie dem Herrn da am Ende der Theke einen ausgeben und ihm Ihre Frage stellen.«

Besagter Herr saß nur drei Hocker weiter. Sein Haar unter der Mütze war weiß, aber Ezra sah, daß der Mann noch nicht so alt war. Unter dem Mützenschirm kamen die schiefe Nase und die vernarbte Stirn eines Raufbolds zum Vorschein, und die Lippen und die leeren Augen waren bleich vom Flimmern des Fernsehers. Seine großen Pranken spielten mit der Bierflasche wie mit einem Fingerhut. Ezra ließ ihm ein neues Bier hinstellen, und der Mann setzte es sofort an die Lippen, als ob er einen Anspruch darauf hätte. Einen Moment später setzte sich Ezra neben ihn.

»Erst meinte man, es wär auf eine Mine gelaufen«, sagte der Mann, sobald Ezra saß. »Dann hieß es, deutsche U-Boote wären schuld. Aber für Krauts war das zu schlampig, hab ich immer gesagt. Die kannten sich mit so was aus. Die hätten's besser gemacht. Was hätten die Krauts mit so einem mickrigen Kahn gewollt? Und warum haben sie dann keins von den Mädels mitgenommen? Matrosen, die so lange auf See waren wie die, hätten ein gewisses Bedürfnis nach Mädels gehabt; mehr als nach Männern, wenn Sie verstehen, was ich meine.«

»Sie meinen, die haben die Männer mitgenommen?«

»Müssen sie. Es ist keiner zurückgekommen.«

»Außer dem Skipper«, sagte Ezra. »Der wurde gefunden.«

»Ja, kann sein. Er war nicht von hier.«

Ezra rollte sein Bierglas in den Händen. »Kannten Sie jemand auf dem Boot?«

Der Mann kippte die Flasche schräg nach unten, dann

hielt er sie über den Mund, bis sie leergelaufen war, und stieß sie an den Rand der Theke. Ezra merkte, daß ihm zur Volltrunkenheit nicht mehr viel fehlte.

»Allerdings«, sagte der Mann. »Allerdings kannte ich jemand auf diesem Boot. Meinen Bruder Aubrey. Diesen Juni werden's elf Jahre. Am neunundzwanzigsten Juni. Von den andern Jungs hab ich auch welche gekannt. Die Beauchamps, Junior Carey. Ein paar von den Mädels waren richtige Schönheiten. Welche von Sutherlands Obermiezen aus der Fabrik da unten. Das ist 'ne kleine Stadt hier, junger Mann. In so 'ner Stadt kennt jeder jeden. Einige von den Jungs waren dabei, 'ne Pfadfinderhütte zu bauen, als sie verschwanden, und am selben Wochenende, wo sie alle mit dem Boot rausgefahren sind, ist sie total abgebrannt. Auch das ist nie aufgeklärt worden. Wie wenn's 'n Fingerzeig Gottes wär oder sonst so 'n Scheiß.«

Der Barkeeper stellte ihnen noch zwei Bier hin, und sie tranken eine Weile schweigend vor sich hin. »Weshalb woll'n Sie das überhaupt wissen?« fragte der Mann schließlich. Er schielte zu Ezra hinüber. »Sie sind nicht von hier.«

»Nein«, sagte Ezra.

»Und wo sind Sie her?«

Ezra warf einen Blick zum Fernseher hoch. »Aus der Nähe von Brunswick.«

»Sind Sie sicher?«

Ezra schaute ihn an. »Was soll das heißen?«

»Sie schienen sich da nicht so sicher zu sein.«

»Ich bin sicher«, sagte Ezra. »Aus der Gegend von Brunswick. Da gibt's einige Inseln. Da bin ich her.«

»Von 'ner Insel«, sagte der Mann. Er drehte sich voll zu Ezra um und musterte ihn von oben bis unten. Er starrte Ezras auf der Theke liegende Hände an. »Das sind Arbeiterhände«, sagte er.

»Ich arbeite«, sagte Ezra.

»Sie sind nicht zufällig hier, um sich an den Streikposten da draußen vorbeizumogeln, wie?«

Ezra spürte, wie sich die Augen aller Männer in der Bar auf ihn richteten.

»Hab ich nichts mit am Hut.«

»Sicher?«

»Sicher.«

»Na gut.«

»Gut.«

Das Billardspiel im Hintergrund ging weiter.

»Dann sollten Sie wissen, daß vor einiger Zeit schon mal jemand in der Geschichte mit der *Raven* rumgeschnüffelt hat«, sagte der Mann. »Sie haben angefangen, nachzuforschen, und ganz plötzlich haben sie wieder aufgehört, und ich fand, das war eine gute Idee.«

»Sie wollen mir sagen, ich soll aufhören«, sagte Ezra leise.

»Womit sollten Sie aufhören? Wie Sie hier reinkommen und Fragen stellen, das hört sich nicht so an, als ob Sie allzuviel wüßten.«

Ezra nickte.

»Ich weiß nicht, wer oder was Sie sind«, fuhr der Mann fort, »und ich kann nicht bestimmen, was Sie tun oder lassen sollen. Aber eins sag ich Ihnen: Wenn Sie darüber noch irgendwas rausfinden wollen, müssen Sie anfangen, Gräber aufzubuddeln. Wie Sie sehen, ist die Atmosphäre hier im Moment ziemlich gereizt. Es könnte vielleicht was Klügeres geben, als hier rumzuschnüffeln und so Fragen zu stellen. Einige Leute sind immer noch ziemlich empfindlich, was die Geschichte angeht. Außerdem sind Sie ein bißchen spät dran. Sie können keinem mehr das Leben retten.«

Ezra stand auf und legte einen Dollarschein auf die Theke. »Danke für den Rat.« Er ging auf die Tür zu. Der Mann drehte den Kopf. »Brunswick«, sagte er. »War das nicht der Ort, wo die damals hinwollten?«

Ezra ging weiter.

Es hatte angefangen zu regnen, ein kaltes graues Geniesel. Ezra sprang in eine Telefonzelle neben der Feuerwache. Der Himmel über der Stadt war gelb, als ob darunter ein großes Feuer loderte. Unten an der Fabrik hatte der Regen die Reihen der Streikposten gelichtet. Weiter hinten in dem Dunstschleier, in dem die Straßenlaternen verschwanden, donnerte der unaufhörliche Konvoi von Lastwagen vorbei, die später die geschälten Bäume abladen und aufstapeln und die Hackschnitzelberge abtragen und in die Kocher befördern sollten, während die Maschinen unter lautem Gekreische straßenweise Hochglanzpapier ausspuckten.

Die Schatten in der Feuerwehrgarage bewegten sich, die Glutpunkte von drei Zigaretten gingen im Bogen nach oben, glimmten auf, sanken wieder in Schenkelhöhe. Ein Eimer war mitten in die Einfahrt gestellt worden. Funken sprühten, als eine Zigarette daneben auf dem Asphalt aufkam, dann Dunkelheit. Die andern zwei Glutpunkte wandten sich Ezra zu. Einer flog in die Luft und zerstob auf halbem Weg zur Telefonzelle auf dem Boden.

Ezra kehrte den Schatten den Rücken zu, griff sich ein zerfleddertes Telefonbuch und wählte Arthur McAlisters Nummer. Er hörte das Besetztzeichen und legte den Hörer wieder auf die Gabel. Von den Feuerwehrleuten schollen halbherzige Rufe – »Streikbrecher!« – zu ihm herüber.

Ezra drückte sich mit dem Rücken an die Scheibe. Die Zelle bot keinen Schutz mehr vor der Kälte. Neben der Feuerwache war das Rathaus, an der Treppe das Behördenverzeichnis, beleuchtet von einer einzelnen Neonröhre: *Bürgermeister, Sheriff, Stadtgericht, Gesundheitsamt, Schulbehörde, Stadtarchiv.* Stadtarchiv. Er rannte aus der Telefonzelle durch den verräucherten Nieselregen zum Eingang.

An der Strafzettelstelle vorbei und die Treppe hinauf in den zweiten Stock. Einen dunklen Flur entlang, auf dem sich die Dielen unter seinen Schritten bogen, in rascher Folge eine schmale Tür nach der andern, ohne Schilder, ohne Fenster, wie Reihen von Wandschränken. Am Ende des zweiten Stocks war eine Tür mit einem handgeschriebenen Pappschild: *Stadtarchiv Rehoboth, geöffnet Montag von 14 bis 15 Uhr.* Es war Freitag, und es war nach fünf. Aber unter der Tür war ein heller Strich, und drinnen raschelte Papier. Ezra drehte den Türknauf und trat in einen hohen schmalen Raum mit einer schwachen, flackernden Lampe, eher wie ein Gang in einer Bücherei als ein Zimmer oder ein Büro, ein Tunnel mit Büchern zu beiden Seiten: *Maine – Geschichte; Maine – Papierindustrie, Papierherstellung – Geschichte.* Regal für Regal vom Fußboden bis zur Decke an beiden Wänden voll mit Bucheinbänden, Aktenordnern, Archivkästen und Stößen vergilbter, brüchiger Exemplare der *Rehoboth Falls Times.* Eine dickliche, angegraute Frau stand auf den Zehen auf einem Hocker, um einen Archivkasten auf ein hohes Regal zu schieben. Eine zweite Frau, eingefallen und aschgrau, saß an einem Schreibtisch auf einem Stuhl, die vom Star getrübten Augen auf den Bücherschrank vor sich gerichtet. An der hinteren Wand beugten sich ein breiter Rücken und ein kahler Schädel mit einem grünen Schirmband über eine vergilbte Zeitung, zu beiden Ellbogen weitere Zeitungsstapel wie Bücherstützen.

»Können wir Ihnen behilflich sein?« fragte die auf dem Hocker balancierende Frau.

»Ich hab das Licht gesehen und mir gedacht, ich schau mal rein«, sagte Ezra.

»Geöffnet ist montags«, sagte der Mann, ohne sich umzudrehen oder die Augen von der Zeitung zu heben.

»Ich hab das Schild gesehen. Es ist bloß – es regnet und ...«

»Sind Sie hier, weil Sie Arbeit suchen?« wollte der Mann wissen.

»Arbeit?«

»Wenn Sie hier sind, um Arbeit zu suchen, sind Sie unerwünscht. Streikbrecher sind unerwünscht.«

»Kommen Sie doch rein«, sagte die Frau und stieg vom Hocker. »Beachten Sie meinen Mann gar nicht.«

»Ich bin nicht in der Stadt, weil ich Arbeit suche«, sagte Ezra.

»Na wunderbar«, sagte die Frau, während sie nervös mit den Fingern herumspielte. Ihre Augen waren auf die Reihen grauer Archivkästen gerichtet. Auf jedem stand eine Jahreszahl, angefangen mit 1898.

Ezra rief nach hinten zum andern Ende des Raumes: »Ich bin kein Streikbrecher.« Der Mann zeigte keine Reaktion.

»Wie schön«, erwiderte die Frau, während ihre Augen von einem Archivkasten zum andern sprangen und ihre Lippen die Jahreszahlen aufsagten: alles war in Ordnung, alles in Ordnung. Der Mann am Schreibtisch fuhr mit dem Finger über die vor ihm liegende Zeitung und murmelte vor sich hin.

»Ich heiße Rita Perry«, sagte die Frau fröhlich. »Und

das ist mein Mann Joe, und das hier ist meine Mutter Theresa Masalsky.«

Die alte Frau verzog keine Miene.

Ezra überflog die Reihe von Archivkästen.

»Bloß so eine Beschäftigung von mir«, sagte Rita Perry und rang die Hände.

»Was ist da drin?«

Sie lächelte steif. »Nichts Wichtiges. Einfach dies und das. Sachen, die mit bestimmten Jahren zu tun haben. Wirklich nichts Wichtiges. Bloß kleine Erinnerungsstükke, die die Leute uns geben.«

»Ich bin hier, weil ich etwas suche«, sagte Ezra. »Ich wollte mich erkundigen, was Sie über die *Raven* haben.«

Joe Perrys Kopf fuhr hoch. Aber es war die alte Frau, die wirklich zum Leben erwachte und den Kopf langsam zu Ezra herumdrehte. »Da waren ein paar Jungen mit, und die Jungen waren alle sehr gute Schwimmer, sie hätten eigentlich lebend zurückkommen müssen. Der kleine Junior Carey, der war doch ein sehr guter Schwimmer, nicht wahr, Joe?«

»Ja, das war er, Mama«, sagte Joe. Er hatte sich noch immer nicht von der Stelle bewegt.

»Er konnte prima schwimmen«, nickte sie, und ihre alte knochige Hand ging in die Höhe. »Hat damals die arme alte Frau aus dem Hochwasser gerettet, sie aus dem Baum befreit, in dem sie hing, Gott hab ihn selig.«

»Hieß es nicht, sie wäre in die Luft geflogen, eine undichte Stelle in der Treibstoffleitung?« fragte Rita. »Haben nicht Leute draußen bei Monhegan erklärt, sie hätten eine Explosion gehört? Damit ließ man es dann bewenden, soweit ich mich erinnere. Puff!« Sie warf die Hand hoch, als wollte sie Konfetti in den Wind schleudern. »Wie ein Streichholz.«

»Eine Explosion«, sagte Ezra.

»So haben sie es zumindest gesagt«, erklärte Rita.

»Wer?«

»Wie, wer?«

»Wer hat das gesagt?« fragte Ezra.

»Ach, die Zeitungen, nicht wahr, die spekulieren doch immer rum, bringen Theorien auf.« Rita wandte kopfschüttelnd den Blick ab. »Ich hab eine ganze Reihe guter Menschen auf dem Boot damals gekannt, eine ganze Reihe. Danach ist es nie wieder so geworden, wie es vorher war. Man ging in die Bank, und auf einmal fehlten Leute, und sie fehlen immer noch. Wenn man damals einen Bekannten auf der andern Straßenseite sah, winkte man und rief sich was zu. Aber nach der *Raven* war das alles vorbei.«

»Rita«, sagte Joe. Er hatte den Kopf erhoben, als schaute er aus einem Fenster auf die Straße.

»Wenn ich bei Ihnen ein bißchen herumstöbern dürfte«, sagte Ezra. »Ich muß noch etwas Zeit totschlagen, bevor ich einen Telefonanruf machen kann.«

»Stöbern Sie, stöbern Sie«, sagte Rita, erfreut über die Gelegenheit, lächeln zu können. »Dazu ist das Archiv ja da. Stöbern Sie, soviel Sie wollen.«

»Warum interessieren Sie sich so für die *Raven*?« fragte Joe und drehte sich endlich auf seinem Stuhl herum.

»Na ja.« Ezras Hände wurden unruhig. »Ich war damals dabei.«

»Sie waren dabei«, sagte Joe.

»Ja, war ich.«

Ezra spürte, wie Rita ihn anstarrte.

Joe musterte ihn von oben bis unten. »Sie müssen noch ein Kind gewesen sein.«

»Neun«, nickte Ezra.

»Was hatten Sie dann an diesem gottverlassenen Fleck zu suchen?«

»Ich lebe dort«, sagte Ezra.

Rita erhob die Hand. »Sie sind von Bailey Island?«

»Ja, bin ich.«

Rita wandte sich an Joe. »Ich glaube, wir hatten noch nie jemand von Bailey Island hier. Nicht mal damals, als das alles passiert ist.«

Joe sah Ezra schief an. »Sie haben das Boot gesehen?«

»Nein, das Boot hab ich nicht gesehen.«

»Was haben Sie dann gesehen?«

Ezra gab keine Antwort. Er blickte sich in dem Raum um, ohne wirklich etwas zu erkennen. »Ich hab Ihre Leute gesehen.«

»Unsere Leute«, sagte Joe erregt. »Was soll das heißen: Sie haben sie gesehen?«

Ezras Augen blieben an einem Stoß Zeitungen haften. »Tut mir leid. Vielleicht hätte ich nichts sagen sollen.«

Joe drehte sich frontal zu Ezra um. »Sagen Sie mir, was Sie dort gesehen haben.«

»Ich hab bloß die Leichen gesehen. Ich hab geholfen, sie aus dem Wasser zu ziehen.«

»Aber Sie waren noch ein Kind, haben Sie gesagt«, rief Rita aus.

»Ja, ich weiß«, sagte Ezra. »Es war mehr mein Vater als ich.«

Im Oberlicht zuckte ein Blitz. Die Lampen flackerten, wurden schwächer, dann wieder hell.

Joe drehte sich langsam wieder zu seinen Zeitungen um.

»Hätten Sie was dagegen, wenn ich ein paar von denen mal durchblättere?« fragte Ezra und zeigte auf die Stapel.

Rita blickte in Joes Richtung, dann nickte sie Ezra unsicher zu.

Am hinteren Ende des Zimmers, neben Joe Perrys Schreibtisch, durchwühlte Ezra Stapel der *Rehoboth Falls Times* und des *Boston Globe*, bis er Ende Juni und Anfang Juli 1941 gefunden hatte. Er lehnte sich an einen Bücherschrank, die Zeitungen vor sich am Boden. Er nahm sich einen Wochenstapel vor, der mit Montag, dem 30. Juni, anfing. Ganze Seiten waren dem Verschwinden der *Raven* gewidmet. Verbrannte Kleidung? Klares Wetter? Ezra wußte, daß die Hälfte von dem, was in diesen Artikeln stand, nicht stimmte. Sie hatten nie etwas anderes als Leichen gefunden. Die Spekulationen damals hatten keinen Sinn ergeben, sowenig wie sie heute einen ergaben. Es hätten unbedingt Spuren zurückbleiben müssen, Wrackteile, ein Ölteppich, es sei denn, das Boot war schlicht gekapert und weggeschafft oder als Ganzes unbeschädigt versenkt worden. Und selbst dann hätte etwas nach oben kommen müssen, ein Schuh, ein Taschentuch.

Er warf einen Blick auf die Dokumente und Alben, die die alten Regale füllten. Tagebücher, offizielle Publikationen, stadtgeschichtliche Berichte. Er fragte sich, was sie enthalten mochten. Warum bildete er sich ein, er könnte herauskriegen, was passiert war, indem er einfach las, was darin stand?

Er prägte sich die Verfasserangabe über den Artikeln im *Globe* ein, Frank Dougherty, dann schaute er die Zeitungsfotos durch.

Es waren hauptsächlich High-School-Aufnahmen der Toten und Vermißten, dazu eine Serie von vier Fotos, die das Näherkommen eines Hummerbootes aus einer Nebelbank zeigten, näher und näher mit jedem Bild. Ein Fischer am Steuer, ein kleiner Junge sitzend im Heck, den Blick auf eine Segeltuchplane gerichtet, die über das Achterdeck geworfen war. Ezra legte den Finger auf die Fotos. Er kannte das Boot, er kannte sogar das Wasser, genau die Stelle. Der Junge war er, und der Mann da war sein Vater. Die Bilder wirkten alt und sie beide schon lange tot. Er hatte das meiste vergessen. Das einzige, woran er sich erinnerte, waren die Leichen.

Auf dem letzten Bild war das Boot seines Vaters am Kai festgemacht. Jesse stand mit einem langen Haken in der Hand da und wartete. Daneben ein Polizist, ein dünner Mann in dunklem Anzug. Sein Vater blickte starr geradeaus, als wäre er noch auf dem offenen Wasser außer Sichtweite des Landes. Der Junge – er selbst, mußte er sich erinnern – wirkte tief in Gedanken versunken. Er fand, er sah völlig erledigt aus. Die Plane zu seinen Füßen hatte sich aufgefaltet und geknickt, ließ die gespenstischen Konturen eines menschlichen Körpers erkennen.

Floyd.

Ezra schlenderte ziellos die ganzen Bücherwände ab, fuhr mit dem Finger über die Buchrücken, las die Jahreszahlen und die diversen Angaben über die Themenbereiche. Rita Perry hatte ein winziges Tagebuch in der offenen Hand liegen wie einen kleinen Vogel. Sie bemerkte, daß Ezra neben ihr stand, lächelte schwach und sagte entschuldigend: »Ich schaue mir bloß gern das Wetter an bestimmten Tagen an. Eine dumme Angewohnheit.«

»Nein, nein«, wehrte Ezra ab. Er lugte ihr über die Schulter. In einer unglaublich ordentlichen und schnörkeligen Handschrift stand da unter dem 10. Juli: *Sehr schöner Tag. Mais schon kniehoch. Gustavus den ganzen Tag auf den Feldern.*

»Welches Jahr ist das?« fragte er.

»1883.«

»Was steht beim dritten Januar?«

»Schauen wir mal«, sagte Rita Perry und blätterte vorsichtig die winzigen Seiten um. »Da haben wir's: *Sonnig und kalt. 15 cm Neuschnee gestern nacht. Drei Kuchen gebacken. Gustavus hat einen Durchgang zum Stall geschaufelt.* Warum?«

»Mein Geburtstag«, sagte Ezra, stimmte in Ritas Kichern ein und ging weiter, befingerte das alte Papier, nahm körnige alte Fotos von der Fabrik und der Congress Street in unterschiedlichen Stadien in die Hand und sah sie sich an. Er blieb vor den Archivkästen stehen. Seine Augen blieben an einigen hängen, an den Jahreszahlen unseligen Angedenkens – *1917, 1929* –, und gingen über andere hinweg. Während Rita Perry sich über das Wetter von 1883 freute, hing Joe Perry mit ausgefahrenen Ellbogen über seinem Schreibtisch, die Nase dicht über dem Papier, und knurrte über die hundert Jahre alten Meldungen, die ihn immer wieder aufs neue beschäftigten. Die alte Frau war nur mit sich selbst befaßt.

Ezra langte hinauf und zog *1941* heraus. Er machte die Akte *Pearl Harbor* auf. Zwischen den Fotos der brennenden Schiffe lag eine Liste mit Namen, vier Cormiers, drei Merciers, drei Paris. Er konnte die Söhne und Väter nicht gekannt haben, die gleich am Tag darauf zur Rekrutierungsstelle gegangen waren, sowenig wie er die Stadt an jenem Abend des 7. Dezember gehört haben konnte, die Ausrufe über den Abendbrottischen, die durch die Fenster und über die Straßen und Gärten von Rehoboth schollen, die klingelnden Telefone in den Häusern alter Leute, die hämmernden Fäuste, das hüpfende Tafelsilber, die schluchzenden Mütter, die schwer atmenden Schwestern, die Söhne mit brennenden Augen, die Väter hin- und hergerissen zwischen Angst und Neid.

Ganz vorne in dem Archivkasten lagen die Ordner, die

Ezra erwartet hatte: *Das Geheimnis der »Raven«*. Er fischte eine Handvoll Zeitungsausschnitte heraus, aber sie entsprachen denen, die er eben gelesen hatte, und er tat sie zurück. Andere Zettel, getippte Listen: die sechsunddreißig Mitgefahrenen; die vierzehn Gefundenen; die zweiundzwanzig Nichtgefundenen; eine Aufstellung der nicht geborgenen Habseligkeiten unter den Namen der Vermißten und der Toten:

Beatrice Roach, 11. April 1911-19. Juni 1941
Lackschuh (links), Diamantbrosche, Portemonnaie
Bruder: Henry, Eltern: Ellen und Dick

Harry Hutchins, 14. Dezember 1911-19. Juni 1941
Lederfeldflasche, 1 Paar Wildlederschuhe, schwarze Wollhose, Brille, Brieftasche mit 23 Dollar
Schwestern: Marie, Susan, Mutter: Louise

Lilah B. Sanders, 11. März 1916-19. Juni 1941
1 Paar Tennisschuhe, Opernglas mit eingelegtem Perlmutt und Inschrift L.S.
Freund (vermißt): Charles White

Ezra hielt diese alten Listen in seinen breiten, schwieligen Fingern, hielt sie so behutsam, als wären sie lebendig, die verlorenen Dinge selbst.

Die alte Frau am andern Ende des Raumes wurde lebendig: »Sie sind nicht der erste, der herkommt und sich nach der *Raven* erkundigt. Erst vor ungefähr zwei Jahren war jemand hier, der genauso rumgestöbert hat wie Sie.«

Ezra hob den Kopf.

»Aber ich weiß nicht, ob er so ein Auge hatte wie Sie.«

»Hat er mit Ihnen geredet?«

»Ich denke schon, aber er hat eigentlich nichts Gescheites gefragt, bloß wer wann wo war und wer wen kannte und was wußte und solche Sachen.«

»Wissen Sie seinen Namen noch?«

»Es war dieser Schriftsteller, wie hieß er doch noch gleich?«

»Leslie Everett Dove«, sagte Ezra.

»Der war's.«

»Hat er noch mit andern Leuten geredet?«

»Kann ich mir nicht vorstellen«, sagte sie. »Als er abfuhr, wußte er nicht mehr als vorher.«

Ezra steckte die Listen zurück und zog weitere Fotos heraus, ordnerweise, die ganzen Bilder aus den Zeitungen, die er gerade durchgeschaut hatte, die High-School-Porträts und andere Aufnahmen der Vermißten, zum Abdruck überlassen. Er zählte dreiunddreißig Personen, drei weniger als die Zahl der Passagiere, die an Bord gewesen waren. Dabei hatten nicht einmal die Zeitungen die Zahl richtig: dreißig, neununddreißig, achtundzwanzig. Im letzten Ordner war die Serie von Fotos, die zeigte, wie das Boot seines Vaters aus dem Nebel auf den Landungsplatz zukam. Nicht vier Bilder, sondern fünf.

Er hielt das fünfte an das trübe Licht: die Hände des Fischers – Jesse – steckten jetzt tief in den Hosentaschen, das Gesicht war abgewandt, das Kinn auf die Brust gesunken, der Blick nicht mehr ins Boot, sondern düster aufs Wasser gerichtet. Der Junge stand mit dem Rücken zur Bucht im Heck. Der Bootsführer – »Papa«, flüsterte Ezra – stand breitbeinig auf dem Achterdeck über der Leiche und hatte die Plane zur Hälfte von einer Leiche weggezogen, die bis auf die Strümpfe und eine zerschlissene weiße Unterhose unbekleidet war. Eine dunkle Hand, eine erfrorene Klaue, ein kerzengerades Bein mit nach unten zeigenden Zehen. Ezra führte das Foto näher heran, um Floyd besser sehen zu können. Vermutlich, dachte er, war das Foto für einen Abdruck in der Zeitung von Rehoboth bloß zu – zu *irgendwas* gewesen. Er musterte die körnigen Gesichter, die er kannte, das im Nebel entschwindende schwarze Wasser, an das er sich erinnerte, die völlige Ausdruckslosigkeit im Gesicht seines Vaters, wie er da über Floyds Leiche stand. Aber was war das? Etwas Merkwürdiges zu Füßen seines Vaters, etwas, das die Männer am Landungsplatz nicht sehen konnten, vielleicht niemand außer diesem Fotografen, etwas Rundes und Längliches, er war sich nicht sicher – ein kleines Holzfaß? Er hielt die vorausgegangenen Bilder hoch: das dritte und vierte waren ziemlich deutliche Aufnahmen vom Inneren des Bootes, und kein Faß darauf zu erkennen, nichts, was auch nur entfernt so aussah. Er hielt sich das fünfte Foto näher vors Auge: um das Faß herum der schwache Umriß eines Taus, das Ende sauber abgeschnitten.

Ezra hob den Kopf. Er sah das Faß zwischen die Beine seines Vaters kullern, das durchtrennte Tau, wie etwas, das in seinem Gedächtnis gelegen hatte, obwohl er bis eben nichts davon geahnt hatte –

Sei still Junge

Ja Papa

Das hier ist nicht was es scheint und wenn du nicht sagen kannst was etwas ist kannst du gar nichts sagen also sag nichts darüber zu niemandem niemals

Ja

»Wie bitte?« Rita Perry starrte ihn an.

Ezra lächelte höflich. »Entschuldigen Sie. Es ist nichts.«

Sie sah ihn besorgt an, dann die Sachen in seinen groben Fingern, dann wieder ihn.

Ezra tat die Fotos in den Ordner und den Ordner in den Archivkasten zurück. Dort, wo er ihn berührte, spürte er an der Haut das kalte, tote Fleisch.

»Haben Sie alles gesehen, was Sie wollten?«

»Ja, vielen Dank, ich glaube schon.«

»Haben Sie den Brief da drin gesehen?«

Ezra schaute auf. »Brief?«

»Den Brief, den Mr. Dove mitgebracht und uns gezeigt hat. Wir sollten ihn uns ansehen, schauen, ob er uns irgendwas sagte. Mir hat er nichts gesagt, und Joe und meiner Mutter auch nicht, aber er hat gemeint, wir sollten ihn aufheben, vielleicht daß er – daß er – wie hat er gesagt, Joe?«

Die alte Frau lächelte maliziös. »Irgendwann mal unser Interesse erregt«, sagte sie.

»Vielleicht daß er irgendwann mal unser Interesse erregt«, wiederholte Rita. »Ich hab ihn einfach mit da reingesteckt. Ich dachte, vielleicht sagt er irgendwem eines Tages irgendwas. Gibt einen Anstoß.«

»Nein, ich hab ihn nicht gesehen.« Ezra hielt ihr den Archivkasten hin, und Rita nahm ihn und fischte einen Zettel heraus, den sie Ezra in die Hand drückte.

Ezras Augen gingen sofort ans untere Ende der Seite und lasen dort die Unterschrift. Er hob den Kopf. Niemand beobachtete ihn. Er bedankte sich, verabschiedete sich mit einem Winken und ging.

Draußen war der Regen stärker geworden. Eine dicke Wolke war aufgezogen, Waldnebel und der Geruch nach faulen Eiern.

Ezra hastete an den geschlossenen Geschäften vorbei in Richtung Fluß und die Canal Street zurück zum Hotel Rehoboth. Er ging hinein. Es war Abend, und die Bar hätte voll von Arbeitern sein müssen, deren Schicht zu

Ende war, aber sie war immer noch ziemlich leer. Der Mann, mit dem er sich unterhalten hatte, hing auf seinem Barhocker, als ob er sich nicht von der Stelle gerührt hätte. Er blickte Ezra an, als dieser sich auf den Hocker neben ihm setzte, und dann wieder weg, zu den Billardtischen hinüber, in sein Bier.

»Sie sind von da«, sagte er.

Ezra legte den Brief und ein Bild der *Raven*, das er aus der Sammelmappe genommen hatte, auf die Theke. Als der Mann nicht draufschaute, schob Ezra beides direkt vor ihn. Das Foto hatte nur Hell- und Dunkeltöne, eine überbelichtete Schwarzweißaufnahme. Der Brief war eingerissen. Der alte Mann nahm das Bild zwischen Daumen und Zeigefinger und hielt es mit beiden Händen über den Tresen wie einen gefälschten Dollarschein. Auf dem Bild fuhr ein Boot voller Menschen durch die Öffnung einer kleinen Bucht.

»Häßlicher Kahn«, sagte er.

Das Boot war zu hoch und zu schmal, der Bug lang und scharf wie ein Hackmesser, ein Fahrzeug, das ungeschickt und leichtsinnig bloß auf Geschwindigkeit hin gebaut worden war. Es war so primitiv, daß Ezra es als Junge fast schon wieder schön gefunden hatte. Im Heck war eine Menschenmenge versammelt, einige mit der Hand vor den Augen, den Blick in ein hoffnungslos verschleiertes Gleißen gerichtet. Andere lehnten sich über das Schandeck, um ihr gekräuseltes Spiegelbild im schwarzen Wasser zu beobachten. Die übrigen waren über das Dach des Ruderhauses verstreut, wo es nichts zum Festhalten gab, kein Geländer oder sonst etwas außer dem kümmerlichen Steuerrad. Alles – das Boot, die Passagiere – war in helle Nebelschwaden getaucht, wirkte durchsichtig, schon halb entschwunden.

Der Mann drehte das Bild um. *August 1940 – Letzte sichere Fahrt*, stand quer darüber gekritzelt. Seine Finger wurden unruhig. Seine Augen wurden feucht, die Lider rot. Das Bild wackelte. Er preßte den Daumen auf das Bild, als könnte er das gräßliche Boot anhalten, verhindern, daß es aus der Bucht ins offene Wasser glitt, daß es je wieder auslief.

»Mein Bruder Aubrey war damals auch auf dem Boot«, sagte er. »Meine Mutter hat ihm noch einen Fischerpullover für die Fahrt gestrickt. Sie hat die ganze Nacht davor dran gestrickt, um ihn rechtzeitig fertig zu kriegen.«

Er hob die Augen und starrte Ezra voll ins Gesicht.

Ezra blickte auf den Brief. Oben drüber las er die Angabe *Bailey Island, Maine, 27. August 1950*, in einer um Sauberkeit bemühten, krakeligen Handschrift. Er überflog den Brief einmal kurz und verspürte ein merkwürdiges bitteres Hochgefühl, eine Mischung aus Erregung und Grauen.

»Lesen Sie mir vor, was drinsteht«, sagte der Mann, während er weiter das Bild befingerte.

Ezra schaute den Mann an und entschied, daß es ein Fehler gewesen war, hierherzukommen, in diese Bar und in diese Stadt. Anscheinend war es besser, wenn der Deckel auf dieser Sache blieb. Er wußte nicht, was passieren würde, wenn er ihn anhob.

»Ich weiß nicht, ob der Brief etwas zu sagen hat«, erklärte er. »Ich bin nicht sicher, was er bedeutet.«

»Machen Sie einen Versuch mit mir. Ich bin nicht so dumm, wie ich aussehe.«

»Sie haben selbst gesagt, ich sollte die Sache auf sich beruhen lassen. Andere hätten angefangen nachzuforschen und dann wieder aufgehört, und Sie fanden, das war eine gute Idee.«

»Legen Sie mir nichts in den Mund.«

Ezra schaute ihn ruhig an. »Na schön, aber ich glaube, Sie werden ihn selber lesen wollen.«

»Lesen Sie ihn mir vor.«

»Wie?«

»Ich kann nicht lesen.«

Ezra schaute ihn an.

»Aubrey hat fleißig die Schulbank gedrückt. Er wollte mal was werden. Wir nicht, ich und mein anderer Bruder, Ike.« Er lachte bitter. »Wir sind in die Fabrik gerannt, so bald wir konnten, als wenn wir die ganze Zeit vorher was verpaßt hätten.«

Ezra nahm den Brief und las ihn vor, dann trat er von der Theke zurück.

Der alte Mann rief ihm hinterher: »Wissen Sie, was Sie da sagen, Menschenskind?«

»Ich nicht. Der Brief.«

»Die ganze Zeit denken wir, es waren die Krauts; na schön, von mir aus. Laß gut sein damit, hab ich immer gesagt. Und nun kommen Sie mit diesem Mist daher. Wissen Sie, was Sie da sagen?«

Ezra wich zurück und ging auf die Tür zu.

»Sie sind von da«, rief der Mann ihm nach. »Von dieser elenden Insel! Mord? Jetzt soll es auf einmal Mord gewesen sein? Sie denken, irgendein Schweinehund hat die Jungen einfach gefressen und die Mädchen gehen lassen?« Der alte Mann fuchtelte mit dem Bild herum. »Was zum Teufel ist mit den Jungen passiert?«

Ezra schlüpfte aus der Tür und lief um die Ecke zur Telefonzelle. Er schlug die Tür hinter sich zu und lehnte sich keuchend an die Scheibe. Er packte den Apparat, um seine Hände am Zittern zu hindern. Niemand hier wußte irgend etwas. Über die *Raven* nicht. Über gar nichts. Alle dachten, es wären die Deutschen gewesen, oder sie dachten gar nicht darüber nach. Vielleicht waren es die Deutschen gewesen, vielleicht auch nicht. Aber etwas war ihnen verheimlicht worden, oder sie verheimlichten es vor sich selbst. Er sah im Geiste das fünfte Foto. Ein Faß, daran ein abgeschnittenes Tau. Er sah das Gesicht seines Vaters, seinen Mund sich bewegen, reden. Er war dabei gewesen, aber er hatte es sich nicht gemerkt. Er hatte das Faß gesehen, aber er wußte nicht, was es zu bedeuten hatte.

Ezra nahm den Brief zur Hand und las noch einmal die erste Zeile. Geschrieben erst vorletzten Sommer, an einem dieser trüben, salzigen Dämmerabende auf der Insel. Schon sah er sie – er kannte die Briefschreiberin – mit den Händen zwischen den Knien in dem seltsamen Zimmer auf Bailey Island sitzen, wo nichts an den Wänden hing als die unverblaßten Gespenster von Fotografien, Aufnahmen von der *Raven*, andere Menschengruppen, nervös, ängstlich, Bilder mit den Unterschriften: *1930, 1935* sowie *August 1940 – Letzte sichere Fahrt*. Und das Zimmer bewohnt von der Frau, die am 17. August 1950 an ihren Sekretär trat und das letzte gute Blatt Papier, das Tintenfaß, den Löscher und aus ihrer Speisekammer eine Flasche halb voll mit Schnaps herausholte. Nachdem sie diese an den äußersten Rand des Tisches geschoben hatte, setzte sie die Feder aufs Papier. Ihre steifen Finger rebellierten gegen die verwünschte Mühsal, *Sehr geehrter* schreiben zu müssen. Sie biß sich auf die Unterlippe, beugte sich vor und verlangte als nächstes von ihrer Hand ein *Mr. Dove,*

wahrscheinlich steht mir in dieser Sache kein Urteil zu, aber ich kann den Gedanken einfach nicht loswerden, daß eine Persönlichkeit wie Sie Bescheid wissen sollte, wenn meine Darstellung der Wahrheit entspricht – was Gott verhüten möge.

*Der Untergang der »Raven« war für mich eine furcht-
bar tragische Angelegenheit, weil ich beinahe selbst zu
den Opfern gehört hätte.*

*Aber diese ganzen neun Jahre lang habe ich mich ge-
fragt: Könnte die Sache geplant gewesen sein?*

*Zu der Zeit waren noch nicht viele Boote auf den In-
seln versichert, aber die »Rainbow« von Kapitän Earl
R. Varney war es. Das weiß ich. Unwissentlich bezahlte ich die erste und dritte Versicherungsrate an die Black
Insurance Agency in Lewiston, Maine. Ich wußte nicht,
daß der Brand der »Rainbow« in der Quahog Bay ein
abgekartetes Spiel war, aber fand es zu meinem Entsetzen heraus. Es sah so aus, als hätte die »Rainbow«, deren gemeinsame Besitzer und Betreiber Earl Varney und
Floyd Johnson waren, nach der Rückkehr vom Schleppnetzfischen Feuer gefangen, und sie ist dort auf dem
Wasser vor aller Augen verbrannt. Mr. Black zahlte die
beiden für die ganze mit untergegangene Ausrüstung
aus, aber ich weiß, daß sie nicht vernichtet wurde. Im
nächsten Sommer kam diese Ausrüstung Stück für Stück
wieder zum Vorschein. Meines Wissens hat Kapitän Varneys Sohn Armand die Pumpe, den Taucheranzug usw.
immer noch in einer Werkstatt eingelagert. Kapitän Varney fuhr daraufhin nach Florida und kaufte ein Boot,
rüstete es aus, und dieses Boot brannte auch, die
»Princess«, ebenfalls versichert bei der Black Agency.
Ich weiß, daß auch von der »Princess« Ausrüstungsstük-
ke an Land sind und derzeit von dem Taucher in
Cundy's Harbor auf Great Island benutzt werden. Ich
bin sicher, die Black Agency würde das nicht gern sehen. Wegen so etwas sind die Beiträge so hoch.*

*Was die »Raven« betrifft, so war ihr Skipper Floyd John-
son in viele unsaubere Geschäfte mit Kapitän Varney*

verwickelt. Über diese letzte Sache weiß niemand etwas. Von der »Rainbow« und der »Princess« weiß nur ich etwas. Und ich weiß noch etwas, was sonst niemand weiß, nämlich daß Earl Varney auch zur Hälfte Miteigentümer der »Raven« war. Und seit ein paar Jahren nach dem Untergang der »Raven« lebt er nicht schlecht und ist nicht auf die Insel zurückgekehrt, und das nicht, weil er von morgens bis abends arbeitet.

Ich habe ihn gefragt, wo das Geld herkommt, und er sagt, vom Arbeiten, aber ich weiß, wo er bei Sonnenaufgang hingeht, jedenfalls nicht zur Arbeit in irgendeiner Bucht, von der ich wüßte, es sei denn, sie heißt Sybil Fides.

Ich weiß, wovon ich rede. Leider Gottes bin ich zur Zeit noch Kapitän Earl R. Varneys Frau – diesen Oktober hoffentlich nicht mehr. Mir reicht's.

Von meiner Seite aus ist es nicht Rache, was mich treibt, auch wenn es so aussehen kann. Ich habe ganz einfach Sachen, die passiert sind, gesehen und gehört, und ich halte das nicht endlos aus. Ich weiß, daß ich davon keine Vorteile erwarten kann, selbst meinem schlimmsten Feind gegenüber nicht.

Ich habe schon lange den Wunsch, einem Menschen, der mir verläßlich erscheint, im Vertrauen mitzuteilen, was ich weiß. Da ich Ihren Edelmut als Weihnachtsmann kenne und glaube, daß Sie für das Gute eintreten, habe ich mich veranlaßt gesehen, Ihnen zu sagen, was ich weiß.

Glauben Sie mir, das ist kein leeres Gerede.

Hochachtungsvoll,

Ihre Beatrice Varney

DOVE

Seit dem Frühjahr 1950 lebte Beatrice Varney in einem von Pfarrer Sinnetts Sommerhäuschen. Die Spalten und Ritzen unter den Türen und um die Fenster waren mit Strümpfen und Lumpen abgedichtet. Ihre Tochter Pearl wohnte bei ihr, und beide hatten den gleichen langen, krummen Truthahnhals, die gleichen leeren Augen. Zwei Eingesperrte auf ihren Stühlen, von Leslie Everett Dove mit seinem Pullover, seiner Wollhose und den windzerzausten weißblonden Haaren an die Wand gedrückt. Seine tiefe Rundfunkstimme füllte das Häuschen aus. Dove fragte Beatrice, warum sie geschrieben hatte, daß sie selbst beinahe zu den Opfern gehört hätte.

»Ich sollte mit auf dieses Boot kommen.«

»Warum sind Sie nicht gegangen?«

»Ich wollte einfach nicht. Ich war den ganzen Tag mit Pearl bei den Fosters und hab gewartet. Sie war erst acht oder neun. Aber eins sag ich Ihnen. Am Tag davor war es noch ziemlich klar, doch an dem Morgen wurde es neblig und immer nebliger. Und gegen elf Uhr in der Nacht zog es völlig zu. Eine absolut undurchdringliche Suppe. Wir haben nichts von ihnen gehört, deshalb sind wir bis zum Morgen bei den Fosters geblieben. Wir sind wach geblieben und haben Witze darüber gemacht, wie häßlich der Kahn war, und daß es bei der Häßlichkeit jedesmal ein Wunder war, wenn sie überhaupt wiederkam, die *Raven*.

Sie war so häßlich, daß ich sie bei jeder passenden und unpassenden Gelegenheit fotografiert hab. Aber es wurde Tag und es blieb weiter neblig, und als sie immer noch nicht zurück waren, hab ich Pearl nach Hause gebracht. Alle sagten, Floyd Johnson hätte wahrscheinlich irgendwo Anker gelassen, um den nächsten Tag abzuwarten, statt in dem Nebel zurückzufahren. Aber ich wußte, das stimmte nicht. Er war in vielen Dingen keine Leuchte, aber vom Wasser hat er was verstanden. Er konnte das Meer hier betrunken und mit verbundenen Augen befahren. Und er hat's auch manchmal getan, von wenigstens einem Fall weiß ich selber. Earl Varney hat ihn dazu angestiftet. Ich hatte von Anfang an das Gefühl, daß da irgendwas nicht in Ordnung war, noch was anderes als bloß der Nebel. Floyd haben sie gefunden, und sonst nur noch Frauen und Mädchen. Ist das nicht komisch? Wo sind die ganzen Männer hin, frag ich Sie. Ich sag Ihnen, das stimmt alles hinten und vorne nicht.«

»Ihr Brief deutet etwas von Sabotage an, Mrs. Varney«, sagte Dove. »Aber soweit ich weiß, ist eine durchaus plausible Theorie im Umlauf, wonach Johnson Reservetreibstoff an Bord hatte, und der lief aus dem undichten Kanister in den Kielraum, heißt es, und dann gab es eine Explosion.«

»Es gab keinen anderen Treibstoff an Bord als den im Tank.«

»Es gibt Zeugen. Ich habe bereits mit dem Mann geredet, der an dem Tag in Small Point Dienst hatte, Larry Hagan, und er ist bereit, eine eidesstattliche Erklärung zu unterschreiben, daß er Treibstoff gerochen und die Reservekanister gesehen und Johnson davon abgeraten hat, sie mitzunehmen.«

Beatrice Varney schüttelte den Kopf. »Motoren riechen

nach Treibstoff, weil sie damit fahren. Aber es war sonst keiner auf dem Boot.«

»Sie wollen sagen, daß Sie heute im Besitz von Informationen sind ...«

»Es sind mehr als bloß Informationen, Mr. Dove. Es kann kein Reservetreibstoff an Bord gewesen sein, weil der Schlauch, mit dem der Tank sonst gefüllt wurde, nicht hinlangte. Er war einfach zu kurz. Deshalb wurden alle Kanister, die überhaupt da waren, zum Füllen gebraucht. Es war kein Ersatzkanister mehr übrig, das können Sie mir glauben.«

»Vielleicht hatte Kapitän Johnson eine Möglichkeit gefunden ...«

»Da ist ganz einfach mehr im Spiel als Treibstoff. Sicher, einige Leute haben gesagt, die Leichen sähen aus wie verbrannt. Das würde vielen in den Kram passen, das kann ich Ihnen sagen, und einen oder zwei könnte ich Ihnen auf der Stelle nennen. Damit wäre ein Schlußstrich unter die Sache gezogen, alles hübsch ordentlich erklärt. Aber haben Sie mal 'ne Leiche gesehen, die 'ne Zeitlang im kalten Meerwasser war? Sie kann aussehen, als wär ein Haufen Sachen damit passiert, dabei war's bloß kaltes Meerwasser. Ich hab Floyd an dem Tag am Kai gesehen. Er war nicht schwarz. Ich hab die ganzen Leichen gesehen. Denen standen richtig die Augen aus den Köpfen raus, sofern sie noch Augen hatten, heißt das. Bei manchen waren Füße und Hände schwarz, aber ich sage Ihnen, das war von der Kälte. Eine Explosion hätte Hackfleisch aus denen gemacht, und Kleinholz aus dem Kahn. Aber sie haben kein Holz gefunden, nichts. Sie ist rausgefahren, und wiedergekommen ist gar nichts, nichts außer ein paar reichen Kühen in Petticoats.«

»Und Kapitän Johnson«, sagte Dove.

Beatrice lehnte sich zurück und betrachtete ihre einge-
rissenen Fingernägel mit großem Interesse. Sie murmelte
etwas, und Dove bat sie, lauter zu sprechen. Ihr Murmeln
wurde nur eine Idee deutlicher, dann schaute sie mit leerem Blick aus dem Fenster und bemerkte gleichgültig:
»Bloß noch eines. Sie können es selber nachprüfen, wenn
Sie wollen. Soweit ich weiß, besagt der Eintrag des Wet-
teramtes, daß es an dem Sonntag in diesen Breiten hier
zu Gewitterstürmen kam. Aber ich kenne den Leucht-
turmwächter von Seguin Island persönlich, und der
schwört, daß das Wasser rundherum bis Montag nacht
um 1 Uhr 48 ruhig war.«

»Das ist jetzt fast elf Jahre her ...«

»Er hat's schriftlich«, sagte sie.

»Ich werde es nachprüfen«, meinte Dove, »aber jetzt
muß ich Sie ein paar Dinge fragen.«

»Das heißt, es lag nicht am Wetter«, sagte Beatrice.

»Ich weiß, was das heißt, Mrs. Varney«, sagte Dove.

»Weil halt einige Leute behauptet haben, es wären Unwetter gewesen an dem Tag. Es war Nebel, aber kein Unwetter. Es war ein ruhiger Tag, Mr. Dove. Ein *ruhiger*
Tag.«

»Ja«, sagte Dove. »Aber jetzt muß ich Sie ein paar Dinge
fragen, die persönlicher Natur sind.«

»Mir wär's lieber, wenn das nicht auf Band käme«, sagte sie, jedoch mit Blick auf ihre Fingernägel, als wäre ihr
das Gegenteil lieber. »Ich will nicht, daß das öffentlich
wird. Aber« – ihre Augen leuchteten auf – »ich will, daß
Gerechtigkeit geschieht.«

»Selbstverständlich«, sagte Dove und schaltete sein
Tonband ab. »Ich sehe die Unverletzlichkeit der Privat-
sphäre ein, ja, ich habe den allergrößten Respekt davor.
Was ich von meinen Kollegen nicht behaupten kann. An

Ehre und Treue zum gegebenen Wort mangelt es in der Journalistenzunft. Die meisten Journalisten mißbrauchen ihre Macht, indem sie ihre Quellen rücksichtslos ausschlachten. Aber ich versichere Ihnen, meine Absichten sind ehrbar.«

Beatrice Varney lächelte dankbar, ihre Tochter desgleichen. Auch Dove lächelte: er hatte in seiner Aktentasche ein zweites Tonbandgerät, ein kleineres, das mitlief.

»Also«, sagte Dove. »Wieso erzählen sich die Leute, daß Sie lange vor Ihrer Heirat mit Floyd Johnson ein Kind von ihm bekommen hätten?«

Beatrice Varney wurde rot und blickte rasch zu ihrer Tochter Pearl hinüber, die neben ihr saß und jetzt die Augenbrauen hochzog und den Kopf ihrer Mutter zuwandte.

»Ich weiß nicht, wie dieses Gerücht aufgekommen ist.«

»Und 1941 haben Sie dann auch als Ehefrau nicht mehr zu ihm stehen können, was?« sagte Dove.

»Das ist lange her«, sagte Beatrice.

»Nur elf Jahre, Mrs. Varney.«

Beatrice' Röte wurde noch eine Spur dunkler, als ob sie noch mehr Rot in sich hätte und Dove es ganz an die Oberfläche bringen könnte, wenn er weiter die richtigen Dinge sagte. »Zu der Zeit hab ich mich für Earl noch nicht interessiert«, flüsterte sie kaum hörbar. »Ich kannte ihn nicht besonders gut.«

»Soso. Und wann begannen sich Ihre Wege und die von Mr. Johnson zu trennen?«

»Mr. Dove, bitte«, sagte Beatrice Varney. »Ich glaube nicht, daß das wichtig ist. Ich dachte, Sie wären vielleicht in der Lage, das mit der Ausrüstung aufzuklären, von der ich Ihnen geschrieben habe.«

»Um das aufzuklären, bin ich hier.«

»Das ist das einzige, was *mich* im Moment interessiert«, sagte Beatrice Varney und strich sich über den Schoß. »Man müßte sehr behutsam vorgehen, Sie verstehen. Ich habe, wie mir scheint, allen Grund zu der Annahme, daß die Ausrüstung sich hier noch irgendwo befindet.«

»Ja, den haben Sie«, sagte Dove. »Seit ich von Ihnen gehört habe, bin ich öfter hier in der Gegend gewesen, und die Leute, mit denen ich gesprochen habe und die ich hier nicht namentlich nennen möchte, haben allerdings den Eindruck, daß es so ist, wie Sie vermuten. Es gab bestimmte Dinge ...« Dove brach ab. Weder Mutter noch Tochter hörten ihm zu. Er blickte von einer zur andern.

»Meine Tochter hat mir vor unserem Gespräch geraten, ich sollte die Finger davon lassen«, sagte Beatrice Varney. »Meine Tochter, die hier neben mir sitzt, war der Ansicht, ich hätte nichts davon. Es interessiert mich, wie sie jetzt darüber denkt. Sie weiß, daß ich persönlich nichts davon habe. Ich hab ihr gesagt, der Fliegende Weihnachtsmann wäre meiner Meinung nach in der Lage, alles aufzuklären, wenn die richtigen Leute ihm Hinweise geben würden.«

Aus Pearls jungem Gesicht war alle Farbe gewichen, ihr Mund war zu einem dünnen Strich gefroren. Sie fixierte ihre Mutter mit zusammengekniffenen Augen.

»Schön, schön«, sagte Dove. »Aber wenn jemand unter uns hier im Besitz von Informationen ist, die auf eine kriminelle Handlung hindeuten, dann stellt sich die Frage der gesetzlichen Verjährungsfrist. Sofern es sich nicht um Totschlag oder Mord handelt, und wie Sie und ich die Sache sehen, könnte es sich durchaus um Totschlag oder Mord handeln. Solche Delikte verjähren nicht. Versicherungsbetrug ist etwas Heimtückisches. Das ist doch der Verdacht, den wir haben, nicht wahr?«

»Es ist eine vertrackte Angelegenheit«, sagte Beatrice Varney.

»Aber es ist der Verdacht, den wir haben.«

»Ja, doch, so ist es.«

»Dann haben wir eine bestimmte Pflicht«, sagte Dove zu Pearl Varney gewandt. Aber die zeigte keine Reaktion. Sie hatte ihre Augen nicht von ihrer Mutter genommen.

Beatrice Varney setzte sich auf, streckte Kinn und Brust heraus und antwortete für sie: »Ja, die haben wir.«

»Gut«, sagte Dove und rutschte etwas auf seinem Stuhl vor. »Um nun in der Sache ermitteln zu können, möchte ich drei oder vier Dinge geklärt haben. Haben Sie nicht angegeben, Earl Varney wäre nach dem Verschwinden der *Raven* in einem bestimmten Gebiet vor Bailey Island getaucht?«

»Ja, mehrmals.«

»Hat er irgend etwas gefunden?«

»Nicht daß ich wüßte. Einmal hat er ein Stück Holz angebracht, irgendein Brett, das er gefunden hatte, aber es ist nie identifiziert worden. Aber jetzt, wo ich drüber nachdenke – ja, wirklich –, jetzt kommt's mir so vor, als hätte er gewußt, daß da unten irgendwas ist. Warum wäre er sonst immer wieder an derselben Stelle getaucht, obwohl er keine Ergebnisse vorweisen konnte?«

»Wo war diese Stelle?«

»Bei den Riffen, gleich da draußen.«

Beatrice Varney hob den Arm und deutete hinter Dove zum Fenster hinaus. Dove drehte sich um und sah, daß die gerade Linie des Horizonts von dunklen Flecken, den Konturen von Hummerfängern, durchbrochen war, und daß über allem ein blanker blasser Himmel lag. Wegen der zergliederten Küste, den Ketten von Inseln, die im

Wasser ausliefen und weiter draußen plötzlich wieder aus dem Meer aufstiegen, war es unmöglich zu erkennen, was wirklich Festland war und was nicht. Gleichmäßige Wellenreihen brachen sich eine nach der andern an den felsigen Stränden.

Aber Beatrice Varneys Arm hing immer noch in der Luft, und daran merkte Dove, daß er nicht sah, was sie ihm zeigen wollte. Er schaute ein bißchen tiefer, verengte die Augen, und als er sich eben ratlos abwenden wollte, sah er aus dem Augenwinkel eine dünne Linie weißen Wassers, wo eigentlich nichts als Grau hätte sein sollen. Ein schmaler Streifen ging über etwas hin, das so dicht an der Oberfläche war, daß sich die Wellen daran brachen, aber tief genug unten, um den Blicken verborgen zu bleiben. Dove wandte sich ganz dem Fenster zu.

»Wissen Sie«, sagte Beatrice, »Floyd konnte nicht schwimmen.«

»Aha«, sagte Dove kaltblütig. Sein Kopf bewegte sich kein bißchen. Seine Augen beobachteten, wie die Brecher über das unsichtbare Etwas da draußen spülten, wo alles andere nach glattem offenem Wasser aussah. »Der Kapitän einer Vergnügungsjacht, ein professioneller Hummerfischer, und kann nicht schwimmen. Für eine, die behauptet, mit keinem der beiden Männer zu der Zeit in enger Beziehung gestanden zu haben, wissen Sie eine ganze Menge, Mrs. Varney. Aber da Sie soviel zu wissen scheinen, wie erklären Sie sich, daß außer Kapitän Johnson nur Frauen gefunden wurden?«

»Einige meinten, die Männer wären unten beim Kochen gewesen und die Frauen oben an Deck, und als dann passierte, was passieren mußte, wären deshalb die Frauen über Bord gegangen und die Männer unten eingesperrt gewesen.«

Dove bewegte sich immer noch nicht. Er sprach wie zur Fensterscheibe, und seine Stimme wurde immer schriller, immer eindringlicher: »Als passierte, was passieren mußte? Wollen Sie damit sagen, daß das Ganze geplant war, Mrs. John –, Mrs. Varney, wollte ich sagen? Wollen Sie wirklich andeuten, oder darf ich aus Ihrer Andeutung den Schluß ziehen, daß die *Raven* möglicherweise vorsätzlich versenkt wurde?«

»Floyd und ich waren nie wirklich ...«

»Wollen Sie damit sagen, daß sechsunddreißig Männer, Frauen und Kinder nach dem Willen Ihres Mannes, Ihrer beiden Männer, da draußen den Tod fanden? Ich frage mich wirklich, Mrs. Varney, wie Sie soviel darüber wissen können, was Kapitän Varney bei den Teeth fand oder nicht fand, wenn Sie damals ihn noch nicht besonders gut kannten. Oder warum Sie an dem Tag mit Johnson hätten mitfahren sollen, wie Sie sagen, aber sich dafür entschieden, doch nicht mitzufahren. Wie läßt sich das erklären, wenn Sie zu dem Zeitpunkt das Verhältnis mit Kapitän Johnson gelöst, aber noch nichts mit Kapitän Varney angefangen hatten?«

Dove wandte die Augen nicht von dem Grat weißen Wassers ab. Beatrice antwortete ihm nicht, und Pearl war damit beschäftigt, im Kopf etwas nachzurechnen. Sie war knapp achtzehn, und ihr Leben lang hatte ihre Mutter ihr erzählt, ihr leiblicher Vater sei ein Mann aus Portland gewesen und sie sei in der einen Woche gezeugt worden, die die beiden miteinander gehabt hätten, bevor er ihre Mutter versetzt habe und zur Marine gegangen sei – acht Jahre vor Pearl Harbor, wo er am 7. Dezember gestorben sei, wodurch ihr Name Pearl noch eine nachträgliche Bedeutung gewonnen habe.

Aber jetzt hatte Pearl fertig gerechnet, und mit der

Gewißheit, daß nicht Pearl Harbor sie zu einem vaterlosen Kind gemacht hatte, sondern daß sie sich nur umdrehen und dem Blick des Journalisten Leslie Everett Dove folgen mußte, um den Ort zu sehen, wo ihr Vater seinen letzten Atemzug getan hatte – mit dieser Gewißheit drehte sie sich jetzt um und schaute zum Fenster hinaus.

Unterdessen redete ihre Mutter weiter. »Ich weiß das mit dem Treibstoff«, sagte Beatrice, »weil ich es war, die das Boot an dem Tag aufgetankt hat.«

Dove fuhr herum und blickte Beatrice Varney ins Gesicht: »Sie?«

»Wie gesagt, der Schlauch hat nicht hingelangt. Ich hab den Treibstoff selbst in Zwanzig-Liter-Kanistern in die Bucht geschafft.«

»Sie haben das Boot aufgetankt? Also Sie und Johnson. Warum haben Sie die ganze Zeit nichts gesagt?«

Beatrice starrte schweigend in ihren Schoß.

Dove faßte sich wieder, richtete sich auf seinem Stuhl auf und versuchte jetzt, das Gespräch wieder an sich zu ziehen und Beatrice Varneys Verlegenheit auszunutzen. »Warum sind Sie an dem Tag nicht mitgefahren, Mrs. Varney? Hier an der Wand sind Bilder von der *Raven*, die einige Jahre zurückreichen. Sie müssen ziemlich an ihr gehangen haben.«

Sie sagte nichts. Dove wollte wissen: »Wo ist Kapitän Varney im Augenblick?«

Sie duckte sich wie ein gescholtenes Kind. »Wieder auf dem Berg.«

»Er hat keinen meiner Briefe beantwortet«, sagte Dove.

»Jedenfalls ist er da oben, auf der Rückseite von Great Island. Wenn Sie den Weg bergauf nehmen, können Sie ihn nicht verfehlen, direkt über der Dyer's Cove, ungefähr eine Meile davon entfernt: Earl Varney, Kapitän, in der Nähe von einem Picknickgelände. Aber er wird Sie nicht freundlich empfangen, das sag ich Ihnen gleich. Als ich mal ein Wochenende weg war, ist sein Sohn Armand an meiner Stelle dort eingezogen, deshalb habe ich diese Hütte von Pfarrer Sinnett gemietet. Ich bin zu Kapitän Varney hingegangen, und da saßen sie alle, und mir hat man gesagt, für mich wär kein Platz mehr. Da hab ich die Scheidung eingereicht, während Armand und seine Frau mit ihren fünf Kindern allesamt in mein Zuhause eingezogen sind. Wie ich höre, kommen Armands Frau und Kapitän Varney nicht allzu gut miteinander aus. Erst gestern hab ich erfahren – so jedenfalls wurde es mir erzählt –, daß sie sich vor zwei Tagen fürchterlich in die Wolle gekriegt haben und sie das Gewehr auf ihn angelegt hat. Ich würde vermuten, damit ist die Episode erst mal vorbei, jedenfalls für 'ne Weile. Aber ich werde nicht vergessen, wie gemein die Varneys zu mir waren, allesamt und ohne Ausnahme. Letzten Endes ist es deswegen, daß ich Ihnen das alles mitgeteilt habe. Ich hab einfach gedacht, solange diese Geschichte weiter läuft, und wo sie so mies zu mir waren, gibt es keinen Grund, warum nicht alles rauskommen sollte.«

Pearl hatte die ganze Zeit kerzengerade auf ihrem Stuhl gesessen, die Hände auf den Knien. Ihre Stirn war gerunzelt, ihre Augen waren schmal; sie starrte ihre Mutter unverwandt an.

»Sie sollten wissen«, sagte Dove zu Beatrice Varney, »daß ich nur deshalb hier bin, weil ich selbst versucht habe, etwas herauszufinden, und dabei auf ein paar äußerst merkwürdige Dinge gestoßen bin. Ich habe mit einem Feuerwehrmann geredet, der bei der Suche nach der *Raven* dabei war. Ein Einheimischer, dessen Namen er mir nicht nennen wollte, hatte ihm dringend davon abgeraten, mir zu helfen. Man hatte ihm gesagt, er sollte seine Nase da nicht zu weit reinstecken, weil er etwas finden könnte, das für jemand anders sehr unangenehm wäre.«

Beatrice Varneys Augen funkelten, als wäre ihr ganzes Leben, so wie sie es bis dahin gelebt hatte, durch diese Worte von Dove gerechtfertigt worden. Sie machte den Mund auf, und heraus kam eine andere, tiefere Stimme, voll von der falschen Großzügigkeit, die sich sonst nur Reiche leisten können: »Und lassen Sie mich hinzufügen, daß Earl ein geschickter Mann ist. Das muß man ihm lassen. Er ist immer ein sehr geschickter Taucher gewesen. Und er hat vielen noblen Auftraggebern geholfen.«

Dove hörte ein Geräusch und warf einen Blick auf das Mädchen. Die linke Gesichtshälfte wutverzerrt, die Augen rot vor Zorn, sprang Pearl mit einem Satz auf die Füße, riß die Tür auf und rannte in die grelle Sonne hinaus. Der kalte Wind pfiff ins Haus. Mit wehendem Mantel eilte sie über die Felsen aufs Wasser zu. Dove wunderte sich, daß sie so lange gewartet hatte, nachdem sie gehört hatte, daß ein Vater, Johnson, tot und ein anderer, Varney, schwer belastet war, während ihre Mutter weiter Gift und Galle verspritzte, wie es ihr beliebte. Er ging zur Tür und machte sie zu.

»Aber es sind einfach eine Menge Sachen hintenrum gelaufen, die ich nicht gutheißen kann«, fuhr Beatrice Varney mit ungehaltener Miene fort, offenbar erbost über die Kälte und den Ausbruch ihrer Tochter. »Und wie gesagt, Kapitän Varney hat viele wertvolle Fähigkeiten, und er ist sehr kompetent. Es ist schade, daß wir so eine stürmische Ehe hatten. Ohne die ganzen störenden Einflüsse hätte ich ihm wahrscheinlich den Kopf ein bißchen zurechtrücken können. Wir hätten glücklich sein können.

Aber irgendwann muß man dann doch tun, was die Pflicht gebietet.«

»Aber warum sind nur die Frauen aufgetaucht, können Sie mir das sagen?« fragte Dove. »Die Frauen und Floyd Johnson selbstverständlich.«

»Das haben die beiden nicht ausgeheckt«, sagte Beatrice. »Floyd und Earl haben eine Sache zusammen ausgeheckt, und Earl hatte dazu noch einen Plan, von dem Floyd nichts wußte. Soviel steht fest. Das heißt, an der einen Sache war Floyd beteiligt, an der anderen nicht. Aber irgendwas ist noch dazugekommen, und das kann keiner von ihnen gewesen sein. Keiner hätte vorherplanen können, was mit den Männern passiert ist und mit den Frauen nicht. In der Beziehung war nichts geplant. Aber die Männer sind spurlos verschwunden, als ob sie verschleppt worden wären. Und die Ursache werden Sie nie herausfinden, weil es niemand mehr gibt, der Ihnen helfen könnte. Alle sind unter Wasser oder zu Erde geworden, oder sie werden's sein, bevor jemand sie zum Reden bringen kann.«

Eifersucht, dachte Dove, aber nicht einfach die Eifersucht eines Mannes. Die Eifersucht einer liebenden Frau, einer Bestie. Kann sein, daß Earl Varney ein Satan ist, dachte er, aber wie viele Leichen hat ein Teufel wie Beatrice Varney wohl im Keller?

EZRA

Ezra stellte einen Stoß Kleingeld auf den Münzfernsprecher, wählte die Vermittlung und verlangte den *Boston Globe*. Draußen hatten die Feuerwehrleute das Garagentor zugemacht, und jetzt brannte in der Feuerwache nur noch in einem einzelnen Fenster im ersten Stock Licht. Bis auf ihn war die Congress Street verlassen, die Restaurants, die Kneipen waren leer. Die Fabrik war ein fernes Dröhnen.

Während es in der Leitung knackte, legte Ezra sich zurecht, was er sagen wollte, und vergaß es wieder. Eine Frauenstimme fragte ihn, mit wem sie verbinden dürfe, und Ezra verlangte Frank Dougherty.

»Wen darf ich melden?«

»Er kennt mich nicht«, sagte Ezra.

Frank Dougherty bellte seinen Namen ins Telefon und ächzte dabei, als wäre er mitten im Laufen oder hätte es vor. Ezra nannte seinen Namen.

»Ich bin von Bailey Island«, sagte er.

»Bailey Island.« »Sie erinnern sich nicht?«

»Erinnern?«

Ezra konnte ihn im Hintergrund tippen und in Papieren kramen hören.

»1941. Ein verschwundenes Boot. Die *Raven*«, sagte Ezra.

Das Tippen hörte auf.

»Ich hab gelesen, was Sie darüber in der Zeitung geschrieben haben.«

Durch die Telefonleitung knarrte ein Stuhl, jemand schlürfte an einem Getränk.

»Das ist zehn, fünfzehn Jahre her.«

»Elf.«

Der Stuhl knarrte wieder, und Ezra sah förmlich, wie Dougherty sich aufsetzte und sich mit den Ellbogen auf den Tisch stützte.

»Das war eine häßliche Geschichte«, sagte Dougherty. »Ich nehme an, wenn Sie von Bailey Island sind, kann ich Ihnen nicht viel erzählen, was Sie nicht schon längst wissen. Was kann ich für Sie tun, Mr. Johnson?«

»Ich möchte nur etwas über Leslie Everett Dove erfahren.«

Zuerst sagte Dougherty gar nichts. Dann: »Wie kommen Sie darauf, daß ich irgendwas über Leslie Everett Dove wüßte?«

»Sie schreiben beide über das Wasser.«

»Also, was wollen Sie wissen?« Doughertys Stimme klang zurückhaltend, offenbar war er unsicher, mit wem er es zu tun hatte.

»Ich hab ein paar Sachen von ihm gelesen«, sagte Ezra.

»Sie und Millionen andere.«

»Ich glaube nicht, daß sie wahr sind.«

Ezra konnte Dougherty atmen hören.

»Sie glauben, daß diese Sachen nicht wahr sind, oder Sie wissen es?«

»Ich nehme an, ich weiß es«, sagte Ezra. »Er hat Sachen über Leute von Bailey Island geschrieben, die er sich ausgedacht hat. Und er hat auch was über die *Raven* geschrieben.«

»Was hat er über die *Raven* geschrieben?«

»Kennen Sie *Seetragödien Neuenglands*? Es ist sein neuestes Werk.«

»Ich hab's gesehen. Das und zehn andere seiner Bücher. Er publiziert ja selbst noch seine Einkaufslisten.«

»Da steht's drin«, sagte Ezra.

»Und was er über die *Raven* geschrieben hat, ist das wahr?«

Ezra wischte sich auf der Scheibe der Telefonzelle ein Loch frei und lugte hinaus. Dichter Bodennebel trieb unablässig die Congress Street hinunter, wie ein Fluß.

»Ich weiß nicht, ob man irgendwas über das Boot sagen kann, das wahr oder nicht wahr ist. Aber er hat darüber geschrieben. Vielleicht will er weiter darüber schreiben. Er schnüffelt immer noch rum, glaube ich.«

»Und das paßt Ihnen nicht.«

Ezra äugte nach draußen. Der Nebel hörte am Ende der Congress Street auf. Als ob dahinter nur Dunkelheit und Leere wären.

»Hab ich recht?« schnarrte Dougherty.

»Ich denke schon.«

»Das kann ich Ihnen nicht verübeln. Dem, was Dove schreibt, würde ich nicht weiter trauen, als ich ihn tragen kann, diesen fetten Gauner.«

Wieder knarrte es durch die Leitung, und Dougherty seufzte, als ob er es sich bequem machte und mit hochgelegten Füßen auf dem Stuhl kippelte.

»Leslie Everett Dove«, sagte er. »O Mann, er ist so jung – so jung wie ich, aber er ist schon stinkberühmt, das kann ich Ihnen sagen. Dieser ganze Scheiß mit dem Fliegenden Weihnachtsmann, den er angeleiert hat. Und was *wissen* Sie nun über Dove?«

Ezra zögerte, dann stotterte er: »Bloß was ich hinten auf dem Buch gelesen hab.«

Dougherty schwieg einen Moment, als verstünde er nicht, mit wem er redete.

»Na ja, da haben Sie's amtlich«, sagte er. »Von A bis Z. Jawohl, er ist ein ehrenwerter Bürger. Letzte Weihnachten hat er sich ein kleines Flugzeug gemietet und Päckchen mit Geschenken für die Leuchtturmwärter abgeworfen. Zeitungsartikel produziert der Kerl dutzendweise. Und dazu die ganzen Bücher, schon zehn Stück. Wenn er mal stirbt, sind es wahrscheinlich fünfzig, und es wird eine Gedenkfeier veranstaltet. O Mann.« In einem singenden, aber keineswegs freundlichen Tonfall machte er »Tatatataaa«.

Doughertys Stimme wurde plötzlich dunkel, scharf. »Was haben Sie überhaupt mit Leslie Everett Dove zu schaffen? Sie sind kein Journalist, stimmt's? Denn wenn Sie einer wären, würde ich nicht mit Ihnen reden. Trau niemals einem Journalisten, sag ich immer, nicht mal mir. Nicht mal ich selber vertraue mir. Haben Sie meinen Mist gelesen? Brand- und Mordgeschichten, Brand- und Mordgeschichten.«

»Ich komm nicht viel zum Zeitunglesen, Mr. Dougherty. Und ein Journalist bin ich bestimmt nicht.«

»Was machen Sie denn beruflich?«

»Ich fange Hummer.«

»Sie sind Hummerfänger?«

»Kann man sagen.«

Dougherty räusperte sich. »Schön, Leslie Everett Dove. Wenn's um Fischerei ginge, wäre er ein Wal. Mein Vater war Kapitän eines Schiffs vor Nantucket, deshalb, bei allem gebührenden Respekt, kenne ich mich ein bißchen aus, Mr. Johnson. Ich weiß nicht, was ihr da oben von Leslie Everett Dove haltet, aber ich werde Ihnen sagen, was die Männer am Wasser hier unten von ihm halten.

Wenn Dove zum Kai kommt, gucken die Männer dort einfach durch ihn durch, als ob er gar nicht da wäre. Wenn er was sagt, fragen sie ihren Nebenmann, ob er was gehört hätte, einen Kläffer oder so was. Einmal ist er nach Gloucester gefahren, um Edward R. Snow zu interviewen, den Kapitän der *Thomas W. Lawson*, des größten Schoners im Hafen von Boston – sieben Masten hatte er, über viertausend Quadratmeter Segel, ein wirkliches Schmuckstück. Kennen Sie Edward R. Snow, Mr. Johnson?«

»Ich glaube, mein Vater kennt Käpt'n Snow.«

»Dann werden Sie hiermit was anfangen können. Dove kam an und wollte die Story der *Lawson* haben, und Snow warf ihn raus und untersagte ihm, jemals wiederzukommen. Aber Dove schrieb die Geschichte trotzdem. Er zitierte Snow in aller Ausführlichkeit. Natürlich hat er dafür auch noch irgendeinen Preis bekommen. Himmeldonnerwetter, Snow hat nur fünf Worte zu dem Mann gesagt: ›Verschwinden Sie hier, Sie Lump!‹ Mein Vater sagte, Snow sei damit nie richtig fertig geworden. Ein Mann wie Snow, der sein Leben lang mit den Händen gearbeitet hat – er konnte einfach nicht verstehen, wie jemand, der rausgeschmissen worden war, trotzdem weiter Lügen verbreiten konnte. Für Snow zerbrach damit etwas.

Mein Vater brachte die wahre Geschichte der *Lawson* in der Zeitschrift *Yankee*, so wie sie ihm sein Freund Snow erzählt hatte, der natürlich im Besitz der wahren Geschichte war, genau der Geschichte, von der Dove nichts wissen konnte. Über solche Sachen wird ein Seemann nur zu einem andern Seemann sprechen, mein Freund, darüber, wie es auf dem Wasser wirklich zugeht. Und er wird nichts daran beschönigen, nichts übertreiben – aber das werden Sie als Hummerfischer ja selber wissen, nicht wahr? Ihr habt unter euch wahrscheinlich so etwas wie einen Ehrenkodex, oder?«

»Kann man sagen«, entgegnete Ezra und sah dabei einen brennenden Schiffsrumpf vor sich, eine taghell erleuchtete Bucht, Fischer aufrecht in ihren Booten.

»Dann wissen Sie, daß Snow bei dem Gespräch mit meinem Vater die Karten offen auf den Tisch gelegt hat«, fuhr Dougherty fort. »Sehen Sie, das ist der Punkt. Dove ist bloß ein schlechter Schauspieler. Schade drum. Er imponiert den Leuten. Aber nicht den Leuten, auf die's wirklich ankommt, den Leuten, die wirklich Bescheid wissen. Kann sein, daß Sie zu diesen Leuten gehören, Mr. Johnson. Aber all die schicken Bücher mit seinem Namen drauf können einem schon imponieren, stimmt's?«

»Ich weiß nicht so recht«, sagte Ezra.

»Worum geht's dann in diesem Gespräch?«

»Ich dachte, es ginge um Leslie Everett Dove.«

»Kann sein.«

»Worum könnte es sonst gehen?«

Dougherty sagte eine Weile nichts.

»Na, vielleicht kann ich Ihnen auf die Sprünge helfen«, meinte er dann. »Ich will Ihnen mal was von diesen Büchern erzählen, die er schreibt. Mein Vater wurde 1876 geboren. Er war ein sehr belesener Mann. Er hatte eine umfangreiche Bibliothek. Eines Tages – vor ungefähr fünf Jahren war das – schenkte ich ihm zum Spaß eines von Doves Büchern, und obwohl er den Saftsack nicht ausstehen konnte, setzte er sich hin und las es, so war mein Vater einfach. Er wußte, daß Dove ein Ganove und Lügner war, aber er setzte sich hin und las das Machwerk von vorn bis hinten. Und als er es durch hatte, stand er von seinem Sessel auf, trat ans Bücherregal, zog ein Buch heraus und blies den Staub runter. Er legt es auf den Tisch, schlägt es auf und zeigt mir das Erscheinungsjahr. 1880. Dann legt er Doves Buch daneben, blättert bei beiden die erste Seite auf und liest mir aus beiden den ersten Satz vor. Ich weiß es nicht mehr auswendig, aber beide Sätze waren völlig identisch, vom ersten Wort bis zum letzten. Dieser Scheißkerl denkt, er kann sich's leicht machen, die Geister aus der Flasche zaubern und dann seinen Karl-Otto drunter setzen. Er beherrscht die Kunst des Plagiats. Meisterlich. Heutzutage ist das ein Kinderspiel, es gibt keine Kontrollinstanz, die hinter einem steht, niemand schert sich einen Dreck drum. Der Journalismus ist ein ziemlich neues Feld, und dann kommt ein Typ wie Dove daher, der sich nicht mal mehr die Mühe macht, was selber zu tippen. Als er beim *Quincy Ledger* war, hat er kaum etwas selber geschrieben, Tatsache. Er hat nichts weiter gemacht, als Artikel von andern ausgeschnitten und zusammengeklebt. Vielleicht hat er noch ein oder zwei Sätze dazuerfunden, um die Übergänge zu glätten, aber mehr nicht. Ich kenne den Redakteur, der das Zeug auf den Tisch bekam, und er konnte es einfach nicht glauben. Als der *Ledger* schließlich auf seine Mitarbeit verzichtete, hat Dove ein oder zwei solche Sachen für die *Post* gemacht, bis die dahintergekommen sind und er auch da gefeuert wurde. Aber es scheint immer wieder jemand zu geben, der ihn will, wegen der Zugkraft des Namens, den er mittlerweile hat.«

Ezra lehnte sich mit der Stirn an das Glas der Telefonzelle.

»Und diese Sache mit dem Fliegenden Weihnachtsmann? Ist das auch ein faules Ei?«

»Ein faules Ei? Dove ist ein Schwachkopf! Sogar die Leute in den Leuchttürmen halten ihn für einen Schwachkopf. Im vorigen Jahr, als er die Sache zum erstenmal gemacht hat, haben einige Leute Stunden und Tage gebraucht, um die Päckchen zu finden, die Dove für sie abgeworfen hatte. Und ein paar von den Päckchen sind durch die Windschutzscheibe ihrer Autos geflogen. Dieses Jahr wird er's wieder machen, und nächstes Jahr auch, und wenn er kommt, wenn sie sein Flugzeug kommen hören, werden sie zu ihren Autos rennen, und Dove wird denken, sie winken ihm zu, aber sie werden bloß ihre Autos schützen wollen. Das Ganze ist der reinste Hohn. Sie können sich vorstellen, daß die Frauen und Kinder an so einem Ort einsam sind und sich langweilen und daß sie inbrünstig auf etwas hoffen, was ihre Gedanken mal vom Wasser ablenkt. Jahr für Jahr werden jetzt die Familien der Leuchtturmwärter warten und warten, und wenn dann diese Päckchen kommen, werden sie hauptsächlich Doves Bücher darin finden, Bücher über Seeleute und Leuchttürme und Leuchtturmwärter. Schlimm genug, daß Dove seinen Namen auf Bücher setzt, die er nicht mal geschrieben hat, aber daß ein gespannter Leuchtturmwärter endlich das Ding aufmacht, auf das er ein ganzes Jahr gewartet hat, und dann nichts weiter darin findet als einen dünnen, verzuckerten Aufguß des letzten Jahres, seines eigenen Lebens, Geschichten von der Brutalität des Meeres und der Einsamkeit und Tapferkeit der Leuchtturmwärter und diesen ganzen Quatsch – das ist das Letzte. Ich weiß nicht, ob man einem Leuchtturmwärter und seiner Familie einen übleren Streich spielen kann. In zehn, zwanzig Jahren wird sich niemand mehr in diesen Leuchttürmen aufhalten, sie werden automatisiert sein, aber wenn Dove dann noch lebt – denken Sie an meine Worte –, wird er immer noch über unbewohnte Inseln fliegen und Pakete abwerfen, nur daß die dann leer sein werden. Der reinste Hohn, sage ich Ihnen. Eine einzige Werbemasche.

Mein Gott, ich kann Ihnen gar nicht sagen, wie gut das tut. Seit Jahren möchte ich schon über Leslie Everett Dove reden. Seit seinem ersten Buch. Der Mann ist ein Schwindler. Ich will Ihnen sagen, was mich an diesem Ganoven noch mehr stört als seine Plagiate. Denn nicht alle Journalisten sind so verkommen wie er. Was mir zu schaffen macht, und was meinen Vater tief verletzt hat – und mein Vater war ein ehrlicher, schwer arbeitender Mann –, ist, daß Dove sein Zeug als Geschichtsschreibung verkauft. Das ist die Crux. Und daß er sich als Historiker darstellt. Er schert sich einen Dreck um Tatsachen. Er vergewaltigt sie. Diese Sache, die ihn berühmt gemacht hat, die Geschichte, mit der er vor ein paar Jahren ganz groß abgesahnt und es geschafft hat, daß die Leute ihn wirklich ernst nehmen, das war die schlimmste und größte Lüge, die je über das Meer und die Männer, die darauf arbeiten, erzählt worden ist. Und sie hat den Ruf eines großen Seekapitäns erst angekratzt und später ruiniert. Er war ein guter Freund meines Vaters, William Blanchard, Kapitän des Dampfers *Portland*. Haben Sie davon gehört?«

Ezra zog seine Jacke aus und lehnte sich mit dem Rücken an das kalte Glas der Telefonzelle. Er hörte, wie Dougherty sich ebenfalls bewegte, sich anders hinsetzte, wie sein Bart am Hörer kratzte. Dougherty machte es sich gemütlich.

»Am 26. November 1898 war der große Portlandsturm, wie er genannt wird. Ich höre noch meinen Vater sagen, daß es in seinem ganzen Leben an der Atlantikküste keine so entsetzliche Katastrophe gegeben hätte. Weder davor noch danach hätte er so was erlebt. Und ihm kann man glauben, mein Freund.

Als die *Portland* um sieben Uhr abends von Long Wharf mit Kurs auf Portland auslief, hatte es schon angefangen zu schneien. Sie hatte hundertfünfzig oder zweihundert Passagiere an Bord. Niemand weiß es genau. Das Barometer stand schlecht, jeder anständige Schiffskapitän konnte das sehen. Der Luftdruck war auf achtundzwanzig gesunken. Alle Schiffe zwischen Gay Head und Cape Anne sahen zu, daß sie sich in Sicherheit brachten. Massenhaft kamen sie an und drängten sich an den Pieren. Es war ein furchtbares Chaos. Nur die *Portland* fuhr an allen vorbei in die andere Richtung, langsam, stetig und stolz. Sie werden mich fragen, warum ich Blanchard verteidige, wenn doch alle Zeichen dafür sprachen, vor Anker liegenzubleiben. Die Antwort lautet: Das Schiff wäre mit ihm oder ohne ihn gefahren. Diese Schiffahrtsgesellschaften sind auf Gedeih und Verderb auf Fahrgelder angewiesen, Geld ist ihr Gott. Und wenn ein solches Schiff einmal gebaut ist, gibt es kein Zurück mehr, es konnte nicht einfach im Hafen liegen. Also kassierte man das Fahrgeld, und das Schiff mußte fahren, egal ob es einen Orkan, Wirbelsturm oder sonst was gab. Blanchard erklärte, es sei Wahnsinn, und sein Boß sagte, er solle ans Steuer oder von Bord gehen, es gäbe jede Menge Kapitäne am Kai, die das Geld brauchen könnten.

Aber Blanchard kannte sein Schiff. Er kannte seinen Kurs. Er saß in der Falle: einerseits die angedrohte Entlassung, andererseits sein Gewissen. Es ging um seine persönliche Ehre. Er mußte gehorchen. Man kann ihn nicht nach heutigen Maßstäben beurteilen, denn Blanchard wußte, daß niemand außer ihm diese Passagiere sicher nach Portland bringen konnte. Das waren gute Männer damals, die hatten noch Ehre im Leib. Blanchard ging ans Steuer.

Den Rest können Sie sich denken. Gott sei den armen Kerlen gnädig. Kein Mensch hätte in dieser Nacht durchkommen können, und die *Portland* kann sich nicht lange gehalten haben. Auf der Leeseite des Kaps hatte der Wind eine Geschwindigkeit von hundertzehn Meilen die Stunde und mehr. Unter solchen Umständen kann man nicht ankern, der Wind würde einen im Nu zertrümmern. Das Schneetreiben muß so dicht wie Nebel gewesen sein. Es muß unglaublich gegischt haben. Wissen Sie, wie das ist, wenn die obersten drei, vier Meter jeder Welle vom Wind weggerissen werden und Ihnen ins Gesicht peitschen? Sie können nichts sehen. Sie können nicht atmen. Sie können kein Schiff navigieren. Wissen Sie, von was für einer Kraft ich da rede, Mr. Johnson?«

»Ja, Mr. Dougherty, das weiß ich.«

Dougherty wollte weiterreden, stockte aber kurz. »Natürlich wissen Sie das, Mr. Johnson. Einen Augenblick hatte ich vergessen, mit wem ich rede. Dann wissen Sie auch, womit Blanchard es in der Nacht zu tun hatte. Vielleicht sind Sie selber schon mal in so einem Wetter gewesen.«

Er wartete, daß Ezra etwas antwortete, aber der war aufs Zuhören konzentriert. Er war alle Tage im Wetter. Manchmal war es schlecht und manchmal gut.

»Aber Blanchard bekam es mit noch etwas zu tun«, fuhr Dougherty fort, »etwas, das er nie selber erleben mußte. An dem Punkt kommt dieser Ganove ins Spiel, dieser Lump.

Wir schreiben 1946, achtundvierzig Jahre später, und dieser künftige Fliegende Weihnachtsmann hat einen gewissen Ruf, aber noch keinen sehr großen. In einer Kolumne für den *Globe* lokalisiert er die *Portland* im Umkreis von Thatcher's Island, was bedeuten würde, daß sie ihren normalen nördlichen Kurs nach Portland gehalten hätte. Aber in dem Fall hätte Blanchard den Fehler seines Lebens gemacht, und ein Mann wie er macht keinen solchen Fehler, weil einem das Meer keine zweite Chance läßt. Er hätte in Panik geraten sein und das Schiff längsseits gegen einen westwärts wehenden Sturm drehen müssen. Das wäre ein riesengroßer, unverzeihlicher Fehler gewesen, quer zu einem solchen Wind zu fahren. Jeder, der die See kennt und sich diese Nacht vorstellen kann, kann Ihnen sagen, daß das Selbstmord gewesen wäre. Der Wind hätte sie im Nu zum Kentern gebracht. Blanchards einzige Hoffnung war, Land Land sein zu lassen und gerade nach Osten zu halten, nach Osten, sage ich Ihnen! Pfeilgerade genau in den gottverdammten Wind hinein!

Die einzige Möglichkeit wäre gewesen, das Schiff hart auf diesem Kurs zu halten, einfach über Wasser. Und Blanchard war hart wie Stein, unnachgiebig. Aber der Lump war genauso unnachgiebig. Das muß ich ihm lassen. Nach der besagten Kolumne besorgte er sich zwei Taucher, zwei miese Typen, die vor Thatcher's Island tauchten und Wrackteile hochbrachten, und er behauptete, sie wären von der *Portland*. Gut, sie hätten von einem Wrack sein können, aber davon gibt es dort am Kap Hunderte. Sie hätten Treibholz sein können, das er irgendwo am Strand oder in einem Abfallhaufen gefunden hatte. Aber Dove veröffentlicht auf der Grundlage dieser paar Holzreste ein ganzes Buch. Und da niemand von Rang und Namen ihm widersprach, blieb der Öffentlichkeit nichts anderes übrig, als ihm zu glauben. Blanchards Familie war entehrt, einem seiner Söhne wurde das Schiff weggenommen, ein anderer verlor seinen Posten im Hafen. Seine Witwe war schon alt und schwach, und sie machte es nicht mehr lange, nachdem das Buch auf dem Markt war. Aber schlimmer war, daß Blanchards Ruf zum Teufel war, und der Ruf, mein Freund, ist alles, was einem bleibt, wenn man tot ist und nicht in der Lage sich zu verteidigen. Dove konnte den Untergang der *Portland* darstellen, wie er wollte.

Aber das ist noch nicht alles. Ich war 1946 dabei, als dieser Protz mit seinen beiden Lakaien beim *Globe* ankam. Und ich kann Ihnen sagen, das waren keine Taucher, diese dicken, stinkigen, versoffenen Säcke, Landratten, Stricher, die höchstens mal in den Ozean gepißt hatten. Sie schleppten den Beweis für ihre Behauptung auf zwei Latten an. Beweis! Ein Zinnglöckchen, vielleicht achtzig Zentimeter groß. Eine *Essensglocke*! Erst mal war kein Rost dran, keine Entenmuscheln. Dabei hätte sie zu dem Zeitpunkt schon ein halbes Jahrhundert unter Wasser gelegen haben müssen. Und zweitens war die *Portland* ein Raddampfer gewesen, ein Prachtstück, ein Riese von einem Schiff. Die Fall River Line wußte, wie man Schiffe ausstattet. Um die Glocke der *Portland* zu heben, hätte es mehr bedurft als zwei dikker, fieser Schlägertypen – ein Laster wäre nicht schlecht, ein Kran noch besser. Zwei Tonnen Gußeisen und mehr. Und dann stellen Doves bezahlte Handlanger diese kleine Essensglocke mit einem lauten Rums auf den Schreibtisch des Nachrichtenredakteurs. ›Große Sensation!‹ schrie Dove. ›Der Beweis, daß die *Portland* bei Thatcher's Island untergegangen ist!‹ Alle Reporter und Redakteure drängten sich glotzend und nickend drumrum. Ich stand auf und ging mir diesen Beweis anschauen, diese Glocke. Ich schob mich durch die Menge und mußte lachen, als ich das Ding sah. Dove wurde von Sekunde zu Sekunde röter vor Wut und wollte wissen, was es da zu lachen gäbe. ›Das?‹ sagte ich und deutete auf die Glokke. ›Das soll die Schiffsglocke der *Portland* sein? Das ist doch ein Witz!‹

Aber außer mir lachte niemand. Und wer war ich schon? Also druckten wir die Geschichte. Und das Buch ließ auch nicht lange auf sich warten. Es kam so schnell, daß er es schon fertig gehabt haben mußte und nur noch gewartet hatte, bis er die Lücken füllen konnte. Dann starb Blanchards Witwe. Vor sechs Jahren dachte ich, es sei eine Verschwörung, aber heute weiß ich, daß das einfach die Art ist, wie der Laden läuft.«

Ezra betrachtete sein Spiegelbild in der Scheibe. »Sie haben damals nichts gesagt. Warum packen Sie jetzt nicht einfach aus?«

Er meinte, Dougherty lachen zu hören.

»Da kommen Sie nicht gegen an, mein Freund. Mein Vater hat Leserbriefe an alle Zeitungen geschrieben, aber er konnte schreiben, was er wollte, er hatte nichts Gleichwertiges vorzuweisen, kein dickes Buch oder was in der Art. Wer war mein Vater schon? Bloß ein Schiffskapitän, bloß ein Mann, der sein ganzes Leben auf See verbracht hatte, der jede Art Meer befahren hatte, die man sich vorstellen kann. Und was bin ich? Jeder Seemann, der etwas wert ist, hätte versucht, Blanchard zu verteidigen, wenn er gekonnt hätte. Sie müßten das wissen – Menschen, die auf dem Wasser arbeiten, wissen, was ein Ruf bedeutet, daß man alles daran ablesen kann, selbst Dinge, die man nicht sieht. Aber wissen reicht nicht. Ich bin bloß ein Journalist unter vielen. Ich kann gar nichts sagen. Dove ist heute ein großer Held.

Aber eines Tages wird jemand die *Portland* unten auf dem Meeresgrund finden. Sie wird weit ab vom Kurs sein, genau dort, wo sie sein müßte, wenn Blanchard tat, was er tun mußte, nämlich sie in den Wind drehen und beten.

Und genau das hat er getan. Aber was soll's, es ist zu spät. Alle sind tot, Blanchard, Blanchards Witwe, seine Söhne so gut wie. Und irgendwann wird Dove auch tot sein. Der Schweinehund wird wahrscheinlich seine eigene Lüge bis an sein Lebensende glauben.«

Ezra räusperte sich. »Aber in dem Buch«, sagte er, »steht drin, daß er zehn Jahre bei der Marine war und daß er um die ganze Welt gesegelt ist, daß er im Krieg gekämpft ...«

Dougherty flüsterte heiser: »Sagen Sie mir die Jahre, in denen er das alles hätte machen können. So lange ist er noch gar nicht auf der Welt. Im Buch steht auch, daß er einen Doktortitel hat, nicht wahr? Dabei hat er nicht mal den Magister. Ein Lump. Aber etwas anderes ist noch viel trauriger. Es ist nicht bloß, daß jemand diesen Quark als Wahrheit verkauft, Geschichten erfindet und als Tatsachen hinstellt. Viel trauriger ist, daß die See weiß Gott dramatisch, weiß Gott tödlich ist. Ich werde nie begreifen, wie Dove sich noch in die Augen schauen kann. Sehen Sie, das ist der Unterschied zwischen Tatsachen und Erfindungen. Tatsachen lügen nicht, können gar nicht lügen. Der Ruf, den jemand hat, ist eine Tatsache, aber die Tatsache von Doves Ruf gründet sich auf Erfindungen, und Erfindungen sind purer Treibsand, ohne jeden Boden. Die Wahrheit ist brutal genug, mein Freund, bitter genug. Meinen Sie nicht auch?«

Ezra blickte durch das Dunkel zur Feuerwache hinüber. Eine einzelne Zigarette glimmte auf, senkte sich. Dann flog sie in hohem Bogen davon.

Er hielt sich die Hand wie eine Muschel vor den Mund. Er hatte das Gefühl, daß jemand zuhörte. Die Feuerwache war dunkel. Er stand in einer Telefonzelle im Freien. Er spielte mit der Fußspitze an der Glastür.

»Wie viele Leute denken wie Sie, Mr. Dougherty?« fragte er flüsternd.

»Verdammt wenige, praktisch niemand. Er führt sie alle schon so lange an der Nase herum, hämmert ihnen sein Zeug mit jedem Buch aufs neue ein ...«

»Es muß viele Leute geben, die ihn mögen.«

»Was? Hä? O ja, er hat treue Anhänger. Aber schauen Sie mich an. Sogar ich kleines Würstchen hab Anhänger. Sie lesen mein Zeug in der Zeitung, und sie schreiben mir. Ich hab eine ganze Schublade voll Fanpost.«

»Warum denken Sie dann nicht daran, selbst die Wahrheit über Dove zu schreiben?«

»Ich denke daran. Ich denke oft daran. Ich tu's vor allem deshalb nicht, weil die Leute, die wirklich zählen, Leute wie mein Vater, Dove sowieso nicht für voll nehmen. Sie lachen über ihn und lassen es damit bewenden. Von den alten Seebären ist eh nur eine Handvoll noch nicht ertrunken oder sonstwie gestorben, und die sitzen einfach bei sich zu Hause am Feuer und haben keine Lust mehr zu reden, wollen einfach die Ruhe genießen, die sie sich nach all den Jahren auf See redlich verdient haben. Die Tage der Seeleute dieses Schlags sind gezählt – nichts für ungut. Und Dove weiß das. Für sie schreibt er nicht.

Aber es ist mehr dran. Er ist nicht dumm, das kann ich Ihnen sagen. Einer, der so gut lügt, kann nicht dumm sein. Er muß seine Geschichten auf der Reihe haben. Er braucht eine gewisse Menschenkenntnis. Tatsache ist, mein Freund, daß die Leute die Wahrheit nicht wissen wollen. Glauben Sie mir. Dove ist hier in der Gegend ein großer Hecht. Niemand würde die Wahrheit glauben, auch wenn man ihn mit der Nase drauf stoßen würde. Die Wahrheit ist nicht amüsant, sie ist meistens bloß langweilig. Deshalb werden die meisten Leute sagen, ich hätte mir das alles ausgedacht. Sie werden mich einen Neidhammel nennen, der sauer ist, weil er nicht so groß rausgekommen ist, und sich nicht weiter drum kümmern.

Außerdem reicht es mir, mit Ihnen zu reden. Endlich kann ich mir das alles von der Seele reden, Weihnachtsmann, Historiker des Meeres und was weiß ich noch. Er ist ebensosehr ein Historiker wie ich, und ich bin bloß ein kleiner Sensationsreporter, ein bezahlter Handlanger. Ich bin die Hure dieser Stadt. Und mehr ist dieser Lump auch nicht.«

Dougherty verstummte. Ezra hörte Schreibmaschinen klappern, Telefone klingeln, Stimmengewirr im Hintergrund.

»Hilft Ihnen das was?« fragte Dougherty.

»Ich weiß nicht«, antwortete Ezra.

»Was wollen Sie jetzt wegen Dove unternehmen?«

»Ich weiß nicht.«

»Werden Sie nach der *Raven* suchen?«

»Ich weiß nicht. Ich denke, ich werd's probieren.«

Dougherty knurrte. »Na dann, viel Glück. Sie werden es brauchen.«

»Ich weiß nicht. Mein Vater sagt immer, so was wie Glück gibt's nicht, es gibt nur Konsequenzen.«

»Ihr Vater ist ein kluger Mann. Arbeitet er mit Ihnen auf dem Wasser?«

»Wir arbeiten zusammen«, sagte Ezra.

»Hören Sie auf ihn. Er erinnert mich an die Männer, die früher unter meinem Vater arbeiteten. Sie waren fünfzehn, zwanzig Stunden am Tag auf dem Wasser. Sie machten den ganzen Fischfang mit der Hand und füllten ihre Dorys bis zum Rand mit Fischen, und wenn sie schließlich zum Mutterschiff zurückgerudert kamen, war es halb drei Uhr morgens. Sie machten kein großes Aufheben darum. Es waren prächtige, aufopferungsvolle Menschen. Sie hatten keine Zeit für Leute wie Dove, für so einen Schwachkopf. Und sie sind arm gestorben, allesamt.«

Ohne ein weiteres Wort und ohne die geringste feindselige Note – weil es so sein mußte und weil sie es so wollten – legten Ezra Johnson und Frank Dougherty gleichzeitig auf.

Ezra trat aus der Telefonzelle, und auf einmal war es für sein Gefühl nicht unbedingt dieser Abend, in den er hinaustrat, ein Freitag im Spätfrühling 1951, sondern es hätte genausogut 1941 sein können, vielleicht auch beides zugleich. Und als er vom Bordstein fuhr und seine Scheinwerfer langsam über die Straße strichen und auf die Bank, Rehoboth Falls Trust, fielen, kam es ihm so vor, als sähe er zwischen den Säulen der Vorhalle undeutlich eine Menge Menschen, die im Morgengrauen von einem Fuß auf den andern traten und mit halb gespannten, halb entsetzten Mienen grinsten. Mit einem eisigen Gefühl der Beklemmung und Panik fuhr er auf sie zu. Aber dann folgte er dem Lauf des Flusses, dessen Windungen links unter sich er kaum wahrnahm, aufs Meer zu, und bald hatte er Rehoboth hinter sich gelassen. Zuletzt sah er im Rückspiegel nur noch die roten Leuchtbaken der Fabrikschornsteine in der Nacht blinken und die Suchscheinwerfer des Werkschutzes schwach durch den Bodennebel schneiden. Dann waren auch sie verschwunden. Die Kurve tauchte erst im letzten Moment vor ihm auf. Im Scheinwerferlicht sah er jemand, eine Frau, mit einem Koffer am Straßenrand stehen. Eine junge Frau – zierlich, hübsch in dem kurzen Augenblick, den er sie sah –, die sich die Hand vor die Augen hielt und durch die Finger auf seine Scheinwerfer schaute. Er fuhr langsamer, sie guckte, als würde sie ihn erkennen oder merken, daß er der Falsche war, und wandte sich ab, der Dunkelheit zu. Ezra fuhr weiter.

MAVIS

Ja, wo ...«, fing Frances Beauchamp an, aber es war niemand in der Küche. »Mavis?«

Die Uhr schnarrte vom Wohnzimmer herüber, und ihr Werk knirschte, während sie dreimal schlug – draußen dämpften Regen und Dunst die Fabrikpfeife, so daß ihr durchdringendes Schrillen mehr wie ein Nebelhorn klang – und dann noch dreimal. Frances Beauchamp ging an den Herd, obwohl sie gar nichts darauf hatte. Die Pfanne stand mit den Überresten des Frühstücks vom Morgen darin in der Ecke.

»Mavis?«

Sie lehnte sich ans Geländer und spähte die Treppe hinauf. Mavis hatte ihre Tür zugemacht, aber Frances hörte, wie sie Schubladen aufzog und zuschob. Die knarrende Decke verriet den Verlauf ihrer Schritte. Ein dumpfes Schleifen von etwas Schwerem über den Boden ihres Zimmers.

»Ma-«

Ein dreimaliges kurzes Klopfen an der Haustür rief Frances zurück. Sie tappte leise durch den Flur zum Wohnzimmer und stellte sich vor den Kaminsims. Im Spiegel strich sie sich ihre dünnen Haare zurecht. Sie mußte nur ein wenig die Augen senken, um ihre Familie zu erblicken, Gordon und sie und Gordy jr., Ivan und Mavis auf der Couch vor dem Kamin. Sie berührte den weichen Wulst unter ihrem Kinn. Der würde ihm gar nicht gefallen. Sie ging in die Küche zurück und öffnete freundlich lächelnd die Tür. Walter McAlister stand seitlich zwischen vom Dach ablaufenden Regengüssen.

Frances' Lächeln verschwand. Walter zog den Hut.

»'n Abend, Mrs. Beauchamp.«

»Walter.« Sie rührte sich nicht. »Was kann ich für dich tun? Wir wollten uns gerade zum Essen hinsetzen.«

Aber Walter hatte bereits einen Blick in die Küche geworfen und nichts gesehen oder gerochen. Er lächelte nachsichtig.

»Ja, Mrs. Beauchamp. Ich bin hier, um Mavis abzuholen.«

»Abzuholen?«

»Ja, Mrs. Beauchamp.«

»Aber Mavis hat nicht vor wegzugehen«, sagte sie streng, wie um erst einmal klarzustellen, wo ihre Tochter hingehörte, bevor sie sich mit deren Fehlern auseinandersetzte.

»Ja, Mrs. Beauchamp«, sagte Walter, den Hut an die Brust gedrückt. »Kann ich sie mal sprechen?«

»Nein, kannst du nicht«, erwiderte sie und schloß die Tür.

Frances Beauchamp beobachtete durch die Türgardine, wie sein Schatten still dastand, er sich dann umdrehte und über den Rasen davonging.

Sie wandte sich zur Treppe um, aber Mavis war schon halb unten. Stufe für Stufe stieß sie einen Koffer vor sich her.

Ihre Mutter lachte.

»Es ist kein Abendessen ge-«

»Nein.«

»Aber ich habe noch Eier gekauft. Ich dachte, wir machen uns ein Soufflé. Dein Lieblingsessen.«

»Gordys Lieblingsessen, Mama«, antwortete Mavis wie zum tausendstenmal. Sie ließ sich beim letzten Schritt vom Gewicht des Koffers nach unten ziehen, wo Frances gerade noch rechtzeitig zur Seite sprang, bevor sie sich nach dem Tock-tock-tock umschaute, mit dem die knorrigen Zweige eines vom Straßenlicht beleuchteten Baumes ans Fenster pochten. Mavis trat neben sie.

»Aber wohin ...«

»Nach Frankreich, Mama.«

Frances lachte. »Aber du hast gesagt, du würdest es nicht annehmen.«

»Ich hab meine Meinung geändert.« Mavis stieß den Koffer mit einem Tritt an die Wand.

»Aber ...« Frances Beauchamp machte eine ausladende Bewegung mit der rechten Hand, stellvertretend für alles, was sie als Argument anführen könnte. »Man erwartet dich in der Schule.«

»Ich hab heute Bescheid gesagt.«

»Davon weiß ich ja gar nichts.«

»Ich hab's dir nicht gesagt.«

»Warum nicht?«

»Weil ich's selber nicht wußte«, sagte Mavis und setzte sich auf die Klavierbank. Sie strich mit den Fingern leicht über die Tasten.

Frances hob die andere Hand. »Bitte!«

Mavis spreizte die Finger, als wollte sie spielen, dann zog sie sie rasch weg wie von einer heißen Herdplatte. Sie lächelte ihre Mutter an. Unheil abgewendet.

»So brauchst du dir das wenigstens nie wieder anzuhören.« Mavis funkelte sie an. »Ich weiß, wie weh es tut.«

Mavis stand auf und rempelte ihre Mutter fast zur Seite, als sie dicht an ihr vorbei in die Küche ging, wo sie die

Tür aufzog und vor vier dicken Wasserstrahlen stand, die wie Metallstangen vom Dach kamen.

»Hast du Walter gesehen?«

»Ich habe ihn fortgeschickt.«

Mavis fuhr herum. Sie knirschte mit den Zähnen, dann faßte sie sich. Diesen Abend noch, dann war es ausgestanden. »Mein Bus geht um acht. Er sollte mir mit dem Gepäck helfen.«

»Das wußte ich nicht.«

»Du hast ihn nicht reingebeten.«

»Er mag dich«, sagte Frances schon auf dem Weg ins Wohnzimmer.

»Na, wenn schon«, rief Mavis ihr nach und folgte ihr ruhig.

»Fährt er mit?«

»Das Stipendium ist für eine Person.«

»Er will dich heiraten«, konstatierte Frances nüchtern.

»Er wird bis an sein Lebensende in Rehoboth bleiben.«

»Was ist daran auszusetzen? Das ist ganz normal. Ich bin auch hiergeblieben. Dein Vater ...«

»Er ist tot.«

Frances überging Mavis' Bemerkung. »Die meisten Leute, die wir kennen, sind hier geboren und werden hier sterben.«

»Ja, ich weiß, Mama.«

»Und du bist da keine Ausnahme.«

»Ich werde nicht hier sterben, Mama.«

»Du hattest den Leuten von der Stiftung doch abgesagt.«

»Ich hab noch mal angerufen.«

»Sind sie so versessen auf dich?«

»Ja, Mama«, sagte Mavis. »Jemand ist so versessen auf mich.«

Frances öffnete den Mund, schloß ihn, hob die Hand und ließ sie schweigend aufs Knie fallen, wo sie so tat, als zupfte sie einen Fussel weg. Sie lehnte sich in die Couch zurück.

»Walter war von jeher versessen auf dich.«

»Und jetzt hab ich niemand, der mir mit dem Gepäck hilft.«

»Ich weiß noch, wie er dich angeschaut hat, als du ein kleines Mädchen warst. Als dein Vater und deine Brüder fort waren, hat er dich beschützt wie ein großer Bruder. Wie Gordy es getan hätte. Nachdem sie weggefahren waren, hat er geglaubt, er wäre alles, was du noch hättest.« Sie blickte zu dem Foto hoch. »Du kannst nicht gehen.«

»Mama«, sagte Mavis und ging zum Schrank, um ihren Mantel zu holen. »Sie sind doch gar nicht tot. Sie sind nur weggefahren, hast du das vergessen?«

»Bis sie wiederkommen.«

»Bis sie wiederkommen«, sagte Mavis. Sie schlüpfte in den Mantel, ging zum Telefon und verlangte bei der Vermittlung die McAlisters.

»Walter«, sagte sie. »Du kannst jetzt wiederkommen.«

»Hast du die Zimmer deiner Brüder diese Woche geputzt?« fragte Frances.

»Nein, habe ich nicht.« Sie hängte den Hörer ein.

»Bevor du gehst: Putz die Zimmer deiner Brüder!«

»Sie sind tot, Mama.«

»Die Laken müssen gewechselt werden.«

»Seit elf Jahren hat niemand darin geschlafen.«

»Und Staub ge-«

Mavis ging zum Kamin und deutete auf das Foto. »Sie sind irgendwo da draußen, Mama. Sie sind mit allen andern gestorben. Ertrunken oder was weiß ich.«

Ein feierlicher Ausdruck trat auf Frances' Gesicht. »Es geht ihnen gut. Alles ist bestens.«

»Nichts ist bestens, Mama«, sagte Mavis mit erhobener Stimme, als der Regen auf einmal kurz lauter wurde, weil die Hintertür auf- und zuging. Sie hörte Walters Schritte in der Küche, drehte sich um und ging hinaus.

Sie nahm sich ein Glas und drehte den Wasserhahn auf, aber als sie mit dem Glas in der Hand den Wasserstrahl anstarrte, fiel ihr ein, was Walter ihr gezeigt hatte. Sie drehte das Wasser ab und ließ das Glas im Spülbecken stehen.

Hinter sich hörte sie, wie ein einzelner Ton auf dem Klavier angeschlagen wurde. Ein zweiter. Der Anfang eines Liedes, sie wußte den Titel nicht, aber sie fürchtete es, wie sie sonst nichts in diesen letzten elf Jahren gefürchtet hatte, und lief ohne ein Wort an Walter vorbei in den nieselnden Regen und die Nacht hinaus, während das Klavierspiel hinter ihr erstarb und nur mehr die Leere nachhallte. Sie fing das Lied stumm für sich noch einmal an und hörte die Lieblingsmelodie ihres Vaters; hörte eine Kinderstimme, ihre eigene, hörte sie in ihrem Innern singen. Sie drehte sich um und ging wieder ins Haus.

Das Gesicht ihrer Mutter über dem Klavier war naß, ihre Lippen zitterten. Sie hob die Augen. »Du hast sie und mich getrennt.« Ihre bebende Stimme wurde vor Erbitterung ein wenig lauter. »Du warst zu jung, um so einen Ausflug mitzumachen, deshalb mußte ich bei dir zu Hause bleiben.«

»Du kannst Boote nicht ausstehen, Mama«, sagte Mavis. »Du bist immer seekrank geworden. Du wärst niemals mitgefahren.«

Frances nahm die Hände von den Tasten, und das Klavier verstummte. »Du solltest Gott danken, daß ich nicht mit bin und du keine Waise geworden bist wie die kleine

Decker!« Sie schaute das Bild auf dem Kaminsims an. »Du hast mich von ihnen getrennt. Du trennst mich immer noch von ihnen, von meinen Jungen. Ich wäre mitgefahren, wenn du nicht gewesen wärst.«

Die Uhr tickte. Der Regen rauschte auf dem Dach. Mavis hob den Kopf, hatte »Lebwohl, Mama« auf der Zunge, aber die Tür hinter ihr ging zu, und von dem abgekappten Küchenlicht blieb nur noch der trübe gelbe Umriß des Fensters im Gras zurück. Der Garten lag im Dunkel, und sie sagte nichts. Sie hörte Walters Schritte im Matsch, dann eine Pause – war er ausgerutscht? Sie ging weiter.

Sie versuchte sich zu erinnern, wann sie zum letztenmal um diese Uhrzeit durch die Nacht gegangen war – noch dazu im Regen. Wann sie einmal nicht für ihre Mutter gekocht oder höflich auf der Klavierbank gesessen hatte, wenn eine Besucherin kam, die Witwe eines Mannes, eines Freundes ihres Vaters, der mit auf der *Raven* gewesen war. Oder Arthur McAlister, der dafür sorgte, daß ihr Rasen gemäht und das Haus ordentlich instand gehalten wurde. Wie oft hatte sie auf der Brücke über den Fluß unten an der Fabrik gestanden und sich in besseren Zeiten an das Geländer gelehnt, dem Rauschen des Wassers darunter gelauscht und regelrecht um einen Anlaß gebetet, dankbar dafür zu sein, daß sie am Leben war.

Die Gartentore der Nachbarn zogen vorbei, die Straßenlaternen. Ihre Schritte hallten von den Häusern wider, in die Bäume hinauf. Hier und da kam sie durch Wolken von warmem Herdgeruch und Bratenfleischduft, ähnlich den rätselhaften Säulen mit wärmerem Wasser in einem See. Walter holte sie ein. Instinktiv wandte sie den Kopf ab, damit er nicht ihr Gesicht sah.

Es geht uns gut – stop – alles ist bestens – stop. Gordon.

Die Worte hatten ein ohnehin schon zerstörtes Leben ruiniert. Wie ihre Mutter hatte sie jahrelang gewartet. Bei den Worten fiel ihr jenes Weihnachtsfest wieder ein, als sie sich von ihrer Mutter hatte überzeugen lassen, daß sie an dem Weihnachtsmorgen durch die Tür kommen würden – ihr Geschenk an uns, wir brauchen nichts weiter zu tun, als betend, singend und Hände haltend unterm Baum zu sitzen und zu warten ...

Ihre Augen füllten sich mit Tränen, tief in der Brust, in der Kehle stieg ein Schluchzen hoch, das sie unterdrückte.

Sie hatten den ganzen Tag und die ganze Nacht gewartet, und am nächsten Morgen war der Braten in der Röhre immer noch roh gewesen, und die Salatblätter waren welk.

»Mavis?« Walter, immer im gleichen Tempo hinter ihr, ohne näherzukommen. »Mavis, du hast noch über eine Stunde Zeit.«

»Laß mich hier stehen«, sagte sie und verbarg ihre Augen in der Dunkelheit.

Zwischen den Bäumen bewegte sich etwas, Wind, oder waren es Vögel? Leuchtkäfer erhoben sich aus dem Gras. Die Bundesstraße 2 war in beide Richtungen leer, nach Süden verlor sie sich in schwarzer Nacht.

»Du stirbst an Lungenentzündung, bevor du in Boston bist«, sagte er.

»Laß mich allein«, sagte sie.

»Und wenn er nicht kommt?«

»Dann warte ich den nächsten ab«, antwortete sie.

»Der kommt erst morgen früh.«

»Ich fahre mit dem nächsten Bus, Walter«, sagte sie.

Sie hatte ihm kaum einen Abschiedskuß hingehaucht, als er sich steif über sie beugte und sie zu umarmen versuchte, ohne ihre Brüste zu berühren. Sie tätschelte seinen Rücken und sagte: »Ist schon gut.«

»Ich ...«, fing er an.

Aber sie blickte ihn tadelnd an, und er schien zu nikken, und hustete, schien sich jedenfalls mit der Tatsache abzufinden, und wandte sich den Berg hinauf zum Gehen.

Sie verfolgte seinen Schatten durch den Lichtschein einer Straßenlaterne, dann war er fort, und alles versank in Nacht; seine Schritte gingen im Hämmern und Fauchen der Fabrik unter, die unter ihr ausgebreitet lag. Sie hörte kurz das bittere Trappeln kleiner Füße – Ivans – irgendwo rechts von sich, aber sie hielt den Blick auf die Fabrik gerichtet, deren Schornsteine Rauchfahnen in die tiefhängende Wolkendecke entließen, als sei sie das Maß alles Wirklichen, die wirklichste aller wirklichen, unausweichlichen, wissenschaftlichen Tatsachen. Sie atmete tief ein, um sich für immer an den feuchten Gestank zu erinnern. Denn mehr als alles andere würde er ihr von dieser Stadt in Erinnerung bleiben: der widerliche stickige Qualm, der das Androscoggin-Tal füllte wie schmuddeliges Wasser.

Sie drehte sich um und ging weiter, und auf einmal sah sie vor sich die unsichtbare Wolke, die sich mit dem Schiffbruch der *Raven* niedergesenkt hatte und über Rehoboth hing wie der luftlose sommerliche Dunstschleier und sich nach dem Verschwinden der liebsten Söhne und Töchter der Stadt nicht mehr verzog. Bekannte hatten aufgehört, sich über die Straße hinweg zu grüßen. Kleine Musikgruppen kamen und gingen, aber eine Kapelle wie die ihres Vaters gab es nie wieder. Die Sutherlands hatten die Fabrik und die umliegenden Besitzungen an auswärtige Grundherren, multinationale Unternehmen, Fremde verkauft. Brüder zerstritten sich. Die Kinos wanderten ab.

Es war, als ob aus der Trauerwolke, die sich über Rehoboth gelegt hatte, Gehässigkeit und der Zwang zum Warten niedergeregnet wären.

Am Geruch der Bäume erkannte sie, wo die Straße verlief. Sie zerrte ihren Koffer hinter sich her. Nach kurzer Zeit war von Rehoboth nichts mehr zu sehen. Sie blickte auf, und der Himmel drückte auf sie nieder, und für einen kurzen Moment fragte sie sich, ob es sich so anfühlte, wenn man ertrank.

Ein Licht tauchte hinter einer Biegung auf, wurde größer und heller. Mavis zog sich dorthin zurück, wo sie den Straßenrand vermutete, als schon die Biegung aufleuchtete und Scheinwerfer auftauchten, näherkamen und langsamer wurden, dann an ihr vorbeizogen.

Sie dachte an ihre Mutter am Wohnzimmerfenster, wie sie mit einem vergilbenden Telegramm in der Hand –
Es geht uns gut – stop – alles ist bestens – stop. Gordon
– ihre Straße überwachte und sich bei jedem Klingeln die Haare kämmte und die Bluse zurechtzog. Wie sie jeden Tag ihren Mann und ihre Söhne auf das Gartentor zukommen sah. Sie dachte an ihre Mutter, und sie dachte an die Stadt Rehoboth, eine Witwe wie ihre Mutter und eine Waise, zu ewigem Warten verurteilt. Eine Geisterstadt. Geister standen in der Bank hinter den Schaltern. Sie führten die Läden. Sie saßen am Schreibtisch des Bürgermeisters und spielten in einer Phantomkapelle. Sie kamen zu Hochzeiten und Beerdigungen. Sie starben Tausende von stillen Toden als Cowboys und Indianer, und sie brachten Phantomkinder zur Welt, die Phantomkinder zur Welt brachten, die Phantomkinder zur Welt brachten, die ihrerseits mit ansahen, wie ihre sterblichen Ebenbilder umhergingen und das vergiftete Wasser tranken und Löhne forderten, die sie nie bekommen würden,

und an Maschinen arbeiteten, von denen sie vergessen wurden, sobald sie weg waren.

Rehoboths Eltern waren tot. Und da die Stadt inzwischen daran gewöhnt war, den Grund nicht zu kennen, wollte sie ihn auch nicht wissen. Sie jetzt noch zu finden, und seien es nur ihre Gebeine, hätte zur Folge, daß sie keine Geister und Legenden mehr wären, sondern lediglich vermißte Personen. Es würde bedeuten, sie noch einmal umzubringen und ihrem Verlust einen Grund zu geben. Und dem Verlust einen Grund geben hieße, die Hoffnung nehmen. Fände man ihre Gebeine, könnten sie nie zurückkommen. Besser der schlichte Verlust, unerklärlich, aber voll Hoffnung und Sehnsucht und mit der Möglichkeit eines Blicks hinaus. Rehoboth war und blieb abgekapselt, und die *Raven* war ihr einziges Fenster. Kein Weg nach draußen, daran war nicht zu denken, sondern der Grund für die Stadt, nach draußen zu schauen, über die Fabrik hinaus zum offenen Meer. Während in ihrem Innern die immer wieder erzählten Geschichten wider- und widerhallten.

Sie atmete tief durch und war, obwohl sie auf festem Boden stand und nicht auf einer Brücke über einem verseuchten Fluß, zu guter Letzt dankbar.

Wieder kam ein Licht die Straße entlang, hellere Scheinwerfer, höher. Sie starrte unverwandt hinein, während sie immer greller und blendender wurden. Das ferne Summen wurde zu einem Dröhnen, der Fahrer ließ den Motor aufheulen. Mavis wich nicht von der Stelle. Quietschende Reifen, knarrende Achsen, die Scheinwerfer wurden zu zwei Sonnen und dann zu einem Sternenmeer. Tageshelle umfing sie, Gummi schrubbte über Teer, als ob Stoff zerrisse, die vor dem Fahrzeug hergeschobene Luft wehte sie an, schien durch sie hindurchzugehen.

Das Geräusch einer sich öffnenden Tür. Das rauhe Brummen eines laufenden Motors. Eine freundliche Stimme – ihr Vater? ein Bummel? ein Spaziergang durch den Wald? –, sie schirmte die Augen ab. »Soll ich den Koffer für Sie im Gepäckfach verstauen, Miss?«

EZRA

Pearl Varney schien nicht sehr überrascht, ihn zu sehen. Sie stand lässig an die Hüttentür gelehnt und wartete geduldig ab, bis Ezra mit der formellen Erklärung für den Grund seines Kommens fertig war. Ihre Kleidung war dunkel, wenn auch nicht wirklich schwarz, bloß schmuddelig geworden durch die Achtlosigkeit einer einsamen Frau, die von der Kälte und vom Alkohol dicklich und bleich geworden war. Dabei war sie noch nicht einmal so alt wie er, noch keine zwanzig – genau wußte er es nicht.

»Wo ist deine Mutter?«

Mit einer unbestimmten Handbewegung deutete sie auf die Dunkelheit hinter ihm.

»Ich wollte sie was fragen.«

»Ich weiß nicht, wann sie wiederkommt. Manchmal kommt sie erst gegen Morgen. Manchmal auch noch später.«

Sie nahm eine Pose an, die man unter andern Umständen und bei einer andern Frau als aufreizend hätte verstehen können. Bei Pearl war die Haltung nur der traurige Versuch einer Verlockungspose, die sie einmal im Kino gesehen hatte.

Ezra trat an ihr vorbei ins Haus. »Ich kann ein bißchen warten«, sagte er.

Ihr Nicken war unmerklich und verriet kein Interesse

an dem, was Ezra wollte. Nur ein langsames Blinzeln und ein schlurfender Schritt nach hinten.

Die kleinen Zimmer waren kalt und zugig, aber im Wohnzimmer verbreitete ein Holzfeuer glühende Hitze. Das weiche Licht vom Ofen spielte an der Decke, dunkle Möbel drückten sich an die Wände. Immer noch wortlos führte Pearl Ezra in die winzige Küche. Sie setzte sich mit einer auffordernden Handbewegung an einen Bridgetisch, von dem aus man einen Blick aufs Meer hatte. Ein Teller mit hartgekochten Eiern stand in der Mitte, statt Blumen.

Draußen hatte das Mondlicht schon die Wellenkronen versilbert. Es beschien die Kette kleiner Inseln, in denen sich die Landspitze gegenüber fortsetzte – Bull, Saddleback, Bald Dick und zuletzt Pond Island. Dahinter war die Welt sauber in Meer und Himmel halbiert.

An Pearls Ellbogen befanden sich ein Fernglas, ein Whiskyglas mit einer bräunlichen Flüssigkeit, ein von Zigarettenstummeln überquellender Aschenbecher und ein klotziges Transistorradio, das den Wetterbericht murmelte: Wellenhöhe in der Casco Bay neunzig bis hundertzwanzig Zentimeter, in Portland Harbor dreißig bis sechzig Zentimeter. Aussichten auf Regen im Inland, Nebel auf den Inseln.

Er setzte sich ihr gegenüber, und sie lächelte unverbindlich und hielt sich das Fernglas vor die Augen. Es klickte gegen ihre Brille. Sie überflog damit den Bereich unmittelbar vor der Bucht, dann gleich noch einmal, von links nach rechts, als lese sie eine ins Meerwasser geschriebene Depesche, als wäre es ihre Aufgabe, alles zu registrieren. Sie legte das Fernglas wieder auf den Tisch, setzte das Glas an den Mund, nur weil sie es in die Hand genommen hatte. Sie trank nichts. Sie stellte das Glas wieder ab. Dann schaute sie Ezra an. Er wies fragend mit dem Kopf auf das Fernglas. »Wenn du willst«, sagte sie.

Ezra stand auf und holte sich das Wasser heran. Er richtete das Fernglas direkt auf die Riffe. Im Mondschein wirkte der Schaumstreifen rosig.

»Was willst du eigentlich von meiner Mutter? Du hast doch sonst nichts mit ihr zu tun.«

»Ich wollte sie was fragen.«

»Das hab ich mir gedacht.« Sie strich sich über den Schoß. Sie nahm ein Ei vom Teller, schlug es am Rand auf und pellte es. »Sagst du mir, was?«

»Ich weiß nicht, ob das richtig wäre.«

»Tja, dann kann's passieren, daß du es eine ganze Weile für dich behalten mußt«, meinte sie. »Ich weiß nicht mal, ob sie je wiederkommt.«

Sie schob den Teller mit Eiern in Ezras Richtung. »Bedien dich.«

Ezra sah die Eier an, dann sie.

»Sie ist irgendwo mit Earl Varney hin.«

Ezra legte das Fernglas hin und setzte sich. »Earl Varney.«

»Er war am Nachmittag hier und ist schnell wieder weg und meine Mutter hinter ihm her. Sie hat ihren Mantel mitgenommen, wer weiß, wie lange sie weg sein wird. Meistens wimmelt er sie nach einem Tag oder so wieder ab.«

Pearl lächelte betrunken, wandte den Kopf und glättete sich mit ihren aufgedunsenen Händen die Haare.

»Was macht das College?« fragte sie.

Ezra kniff die Augen zusammen. »Ich bin abgegangen.«

Mit einem teilnahmslosen Nicken, das weder Billigung noch Verstehen ausdrückte, goß sie sich noch einen Drink ein und hielt Ezra die Neige auf dem Grund der Flasche als halbherziges Angebot hin. Ezra winkte ab. Er drehte den Kopf zum Fenster und spähte mit dem nackten Auge hinaus, obwohl er ohne Fernglas nichts erkennen konnte.

Er lehnte sich auf dem Stuhl zurück. Er beäugte die Eier, nahm sich eines und pellte es. Er legte die Schale in einem Häuflein vor sich auf den Tisch.

»Hat deine Mutter je mit dir über die Sache mit der *Raven* damals geredet?« fragte er.

Pearl leerte das Glas, dann ließ sie das Eis gegen ihre Zähne rutschen, lutschte daran. Sie stellte das Glas ab.

»Das war das Boot meines Vaters«, erklärte sie.

Ezra sah Pearl an. Sie saß aufrecht und unbewegt da.

»Das weißt du nicht sicher.«

Sie sah ihn an. »Doch, ich weiß es.«

Ezra wartete. Dann redete sie weiter.

»Ich weiß, daß jeder auf dieser Insel glaubt, mein Vater wäre einer, den sie gar nicht kennen, jemand, den auch meine Mutter nur eine Nacht lang gekannt hat, oder einen Tag, was weiß ich. Eine Viertelstunde.«

Ezra verfolgte mit den Augen die verästelten Risse in der Kunststoffbeschichtung des Bridgetisches.

»Aber das war gelogen.«

»Floyd«, sagte Ezra.

Sie sah ihn an, als ob sie es ihm nicht gerade selbst gesagt hätte, als ob er es allein herausgefunden hätte. »Stimmt.«

Er nahm sich das letzte noch übrige Ei, schlug es auf, pellte es und biß hinein.

»Was weißt du sonst noch?« fragte er beiläufig, als ob es ihn nicht weiter interessierte.

Pearl fuhr von ihrem Stuhl auf, als hätte sie draußen auf dem Wasser trotz der Dunkelheit etwas entdeckt, und ließ sich wieder fallen. Dann begann sie zu erzählen. Nicht am Anfang, sondern irgendwo in der Mitte, als wäre Ezra gerade in eine endlos abspulende Rede hereingeplatzt, die jedesmal wieder von vorn losging, wenn sie fertig war, und beiseite gelegt wurde wie ein dickes Buch, wenn Pearl müde war. Das Glas mit Eis zitterte in ihrer Hand. Sie lächelte. Ihre Zähne waren brüchig und gelb.

Dann drehte sie sich weg, äugte durchs Fenster und meinte plötzlich wieder den schwarzen Laster vorm Haus zu sehen, der eindeutig Earl gehörte und nicht diesem Schriftsteller Dove; sah Earl selbst, wie er den Eingang zu dem Häuschen versperrte, das sie und ihre Mutter von Pfarrer Sinnett gemietet hatten, um von ihm wegzukommen. Earl schaukelte kokett am Querbalken über der Schwelle, als ob er ihrer Mutter nicht den Weg nach draußen versperrte, sondern mit ihr flirtete. Pearl hatte eine Stunde lang ins Wasser gestarrt, nachdem der Schriftsteller Dove in zehn Minuten alles aufgeklärt hatte, was ihr elf Jahre lang unbegreiflich gewesen war. Als sie wieder aufblickte, sah sie auf einmal Earl anstelle des Schriftstellers im Eingang stehen. Sie sprang von den Felsen auf und rannte los, stolperte über gefrorenes Schlickgras und war völlig außer Atem, als sie endlich mit einem letzten Satz Varney einen schwachen Schlag ins Kreuz versetzte. Varney hatte gerade mit zuckenden Schultern über irgend etwas gelacht. Er stutzte, als Pearl ihn schlug, aber mehr nicht; er stutzte einfach, und das nur einen Augenblick. Mit einem kurzen Griff nach hinten drückte er Pearl zu Boden wie einen undressierten, übermütigen jungen Hund und lachte weiter, während er das schwitzende, fauchende Mädchen festhielt.

»Du mörderische Bestie! Du hast meinen Vater umgebracht, und du hast diese ganzen Leute umgebracht!«

Earl packte sie, blickte links und rechts die Reihe der verrammelten Sommerhäuschen entlang und stieß das Mädchen ins Innere des Hauses. Er machte die Tür hinter sich zu und setzte sich dagegen. »Himmelarschundzwirn, Beatrice, was für 'nen Stuß setzt du dem Mädel neuerdings in den Kopf?«

»Nichts, was sie nicht endlich wissen sollte«, versetzte Beatrice.

»Floyd Johnson«, fauchte Pearl. »Kannst du dich noch an ihn erinnern? Und an die *Raven*? Und wie du an einer bestimmten Stelle getaucht bist?«

Varney schlug sich mit der Faust aufs Knie. »Nimm dich in acht, du!«

»Nein, nimm *du* dich in acht!« kreischte Pearl.

Beatrice strahlte, als bekäme sie etwas umsonst dadurch, daß ihre Tochter auf Varney losging, für sie die Dreckarbeit machte. Aber dann nahm Pearl sie ins Visier. »Und was hast du gekriegt? Bloß Earl, oder hast du dich mit noch weniger abspeisen lassen?«

»Nichts«, sagte Beatrice. »Ich hab nichts gekriegt.«

»Das Boot war nicht ihrs«, sagte Varney.

»Halt's Maul, du Bestie!« schrie Pearl.

Varney erhob sich langsam.

»Wehe!« sagte Pearl. »Ein schiefer Blick, und ich sag diesem Schriftsteller, ich wüßte mit Sicherheit, daß du sie alle umgebracht hast. Ich werd's allen erzählen. Oder willst du mich auch noch umbringen?« Sie stand auf. Sie mußte immer noch weit zu ihm hochschauen. Varney lief rot an. Seine Hände zitterten vor Wut, aber er setzte sich. Pearl setzte sich ebenfalls. Beatrice, die bereits saß, sackte in sich zusammen.

»Schriftsteller, Beatrice?« sagte Varney. »Schriftsteller? Wovon redet dieses verrückte Gör?«

»Leslie Everett Dove.« Pearl spuckte jedes Wort mit boshafter Befriedigung aus, als ob der Name schon eine Anklage wäre. »Du bist erledigt, Earl.«

»Ich hab nicht das geringste verbrochen«, sagte Varney.

Pearl lachte.

»Nicht das geringste, Earl?« sagte Beatrice. »Ich weiß nicht, was du draußen auf dem Wasser gemacht hast. Du hast mir nie erzählt, was du da gesehen hast. Ich weiß nicht, wie du die Männer von den Frauen getrennt hast. Das war wirklich ein ausgekochter Trick. Immer erzählst du, du hast nichts verbrochen. Erzähl mal was Neues, Earl.«

»Himmelarschundzwirn, Weib«, sagte Varney. »Du weißt genau, daß Floyd längst abgesoffen war, bevor wir überhaupt die Chance hatten, was zu unternehmen. Ich weiß, was los ist. Du bist immer noch sauer wegen dem Geld, stimmt's?«

Pearls Augen brannten vor Feindseligkeit, jede Spur von Mitleid oder Freundlichkeit war daraus verschwunden.

»Geld, Mutter?« sagte sie mit unheimlicher Ruhe.

Beatrice schlug die Augen nieder.

»Als sie nichts finden konnten und die Versicherung zahlte, hab ich ihr ihre Hälfte nicht gegeben«, sagte Varney. »Schließlich hat sie nichts dafür tun müssen. Ich übrigens auch nicht. Wahrscheinlich waren es doch die Krauts. Das Wasser hat von U-Booten nur so gewimmelt, weil die Krauts uns zuvorkommen wollten. Überall an der Küste haben sie Fischerboote aufgebracht.«

»Lügner«, sagte Beatrice.

»Hör zu, Beatrice, ich hab dir schon hundertmal gesagt, daß ich gesehen hab, wie Semicek, dieser Arsch, den

379

U-Booten vor der Landspitze Signale gegeben hat. Soll ich mich auf den Kopf stellen, um zu beweisen, daß es mir ernst ist? Immer wieder erzähl ich dir, daß ich ihn an dem Morgen selber dabei beobachtet hab.« Er schaute Pearl an. »Deine Mama hat also die halbe Versicherungssumme deshalb nicht gekriegt, weil sie's nicht verdient hat. Es ist was passiert, was sie nicht gemacht hat, mit 'nem Boot, das ihr nicht gehört hat. Himmelarschundzwirn, ich wollte, ihr Weiber würdet das mal in eure Schädel reinkriegen.«

»Okay, Earl«, sagte Beatrice. Sie blickte langsam auf, und ihre Augen bohrten sich in seine. »Dann erzähl Pearl doch von dem Telegramm. Erzähl ihr, warum du der Witwe von dem armen Mann in Rehoboth das Telegramm hast schicken lassen, wenn du gar nichts verbrochen hast.«

Varney fuhr von seinem Stuhl auf, trat ihn beiseite und stampfte zur Tür hinaus.

Pearl Varney setzte sich. Sie nahm das Fernglas in die Hand und legte es wieder auf den Tisch.

»Es war also Earl, der das Telegramm geschickt hat«, sagte Ezra. Als er aus dem Fenster schaute, konnte er hinter seinem Spiegelbild kaum mehr das Wasser erkennen. Er dachte an die vielen einsamen Stunden und all die Tage und die Hunderte von Lebensjahren insgesamt, die Rehoboth wegen dieses Telegramms mit Grübeln und Hoffen verbracht hatte, an das ganze seinetwegen nicht gelebte Leben. Und das war nun die große Wahrheit dahinter. Earl Varney.

»Aber es kam aus Europa«, sagte er.

Pearl lachte traurig. »Wenn Earl etwas kann, dann Leute verarschen. Er hat auf dieser Welt keine Freunde mehr, aber damals hatte er noch einen, nach meinem Vater, im

Postamt von Brunswick. Ich nehme an, der hat das gedreht. Earl hat ihm wahrscheinlich erzählt, es wäre ein Witz, ein toller Streich, und hat ihn damit rumgekriegt.«

»Aber warum?« fragte Ezra. »Warum, wenn Earl behauptet, er hätte nichts verbrochen? Warum ein Telegramm schicken?«

Pearl schaute ihn an. »Warum interessiert dich das so, Ezra?«

Ezra hielt sich am Tisch fest, wie um zu verhindern, daß er fortgeschwemmt wurde.

»Ich war dabei, als mein Vater diese ganzen verdammten Leichen rausgeholt hat. So was vergißt man nicht. Und jetzt gräbt jemand das Ganze wieder aus.«

»Dieser Schriftsteller. Dove.«

Ezra nickte bedächtig.

»Er war hier. Seinetwegen sind meine Mutter und Earl auf und davon.« Sie deutete auf die leeren Zimmer.

»Earl ist ja kein Mensch«, sagte sie. »Ich weiß nicht, als was man ihn bezeichnen kann, aber ein Mensch ist er nicht. Mein Vater und die ganzen armen Leute ertrunken wie Vieh, und er immer nur darauf bedacht, jede Beteiligung abzustreiten. Egal, was er gesagt oder nicht gesagt hat, es gab das Gerücht, er hätte seinen Versicherungsanteil durch irgendwas noch verdoppelt. Aber niemand konnte rauskriegen, wodurch. Das einzige, was die Leute sicher wußten, war, daß der Nebel an dem Tag nur für eines gut war, nämlich irgendwas zu machen, wo's nicht drauf ankam, was zu sehen oder gesehen zu werden. Am Morgen ist mein Vater mit den Leuten aus Rehoboth rausgefahren, und da war Earl nur ein Fischer wie alle andern auch, ein Niemand, und als dann am Abend keiner zurückkam, war Earl plötzlich ein reicher Mann. Und ob Mann oder Frau, es war niemand mehr am Leben, der irgendwas hätte beweisen können. Irgendwie war an dem, was Earl gesagt hat, was faul, aber niemand wußte, was. Vielleicht hat Earl es selber nicht gewußt. Also hat er das Telegramm geschickt, um allen, und vielleicht sich selbst, einen Grund zu der Annahme zu geben, die Deutschen wären's gewesen.«

Ezra wurde rot im Gesicht.

»Und die ganze Zeit über hat niemand was gesagt.«

»Wer hätte was sagen sollen?«

»Du. Earl. Deine Mutter. Irgendwer.«

Pearl schüttelte den Kopf. »Bedaure, aber das war nicht mein Geheimnis. Ich hab's eben erst rausgefunden. Genau wie du jetzt.«

Sie grinste traurig, aber ihr Lächeln verflog schnell, und sie runzelte die Stirn. »Und überhaupt, was denn sagen? Das mit den Deutschen?«

»Das mit dem Telegramm«, sagte Ezra.

»Den Leuten hier? Warum sollte sich irgendwer dafür interessieren ...?«

Ezra umklammerte die Tischkante. »Den Leuten in *Rehoboth*. Irgend jemand in *Rehoboth*.«

»Ja.« Pearl runzelte wieder die Stirn. »Aber das hätte jemand anders machen müssen, und niemand hat je ein Wort gesagt. Jetzt kannst du's ja machen. Du weißt so viel wie ich.«

Ezra wartete. Nach einer Weile sagte er: »Ich weiß nicht, was ich weiß.« Er schaute verdrießlich auf. »Was hast du Dove erzählt?«

»Mr. Dove? Ich hab Mr. Dove gar nichts erzählt. Ich hatte gar nicht die Gelegenheit dazu.«

»Du hast ...«

»Meine Mutter hat Mr. Dove nur deshalb geschrieben, weil Earl sie zum drittenmal verlassen hat, diesmal wegen dieser Sybil Dingsbums. Earl und Sybil werden nie heiraten, aber es gibt schon zwei Kinder. Das erste hätte von einem andern sein können, und ich vermute, daß meine Mutter das gern geglaubt hätte, weil sie die Geburt des zweiten Kindes abgewartet hat. Das konnte dann nur von Earl sein. Erst da ist sie auf die Idee gekommen, einen Journalisten herzuholen und Earl bei ihm anzuschwärzen.«

»Wegen der *Raven*«, sagte Ezra.

»Wegen der *Raven*. Und Mr. Dove ist wirklich gekommen und hat mit uns geredet, erst neulich, und er hat gemeint, er würde noch mal vorbeikommen, wenn er selbst ein paar mehr Nachforschungen angestellt hätte. Aber bis jetzt ist er noch nicht wieder aufgetaucht.«

»Also Earl hat's getan«, sagte Ezra mehr zu sich selbst als zu ihr. »Alles.«

Pearl stand auf und trat ans Fenster. »Zuerst war ich mir da ganz sicher«, sagte sie.

Draußen, über den Riffen und der Inselkette und dahinter, war der Himmel klar. Auf einmal zerteilte sich die formlose schwarze Fläche unter ihnen, und zwei parallele Mulden weißen Wassers erschienen, als ob der kleine Hafen dort ein Leck bekommen hätte. Ezra stellte sich neben Pearl.

»Da ist er. Komm, komm«, sagte sie und hob mit zitternder Hand das Fernglas, daß die Linsen an die Fensterscheibe klackten. Der Hafen war plötzlich ein Friedhof an der Küste, ein aufreißendes Grab. Der gewaltige ölige runde Rücken ließ Erdreich und Steine aufspritzen. Und still, fast heimlich tauchte die riesige Flosse auf, stieß durch das Wasser empor, nachdem das übrige schon versunken war, schlug und schwippte so eigensinnig und ungebärdig wie ein Drachenschwanz, bis sie nicht mehr weiter stieg und als mächtiger und unvorstellbar perfekter Umriß in die Luft ragte, um dann fäusteweise weißes Erdreich gegen die Inseln, gegen das Mondlicht zu schleudern und wieder im Wasser zu versinken.

»Was willst du damit sagen, Pearl? Daß es nicht Earl war?«

»Ein Buckelwal«, sagte Pearl. »Seit sechs Tagen ist er da draußen und zieht nachts vor der Bucht seine Kreise. Daran hab ich erkannt, daß jemand kommen würde. Ich stelle mir vor, daß es mein Vater ist.«

Ezra schaute aus dem Fenster und faßte das Wasser scharf ins Auge, aber er sah keinen Wal. Es gab keine Anzeichen für irgend etwas, nur das schwarze Wasser.

»Und was denkst du über das Faß?«

»Faß? Welches Faß?«

»Das Faß, das an deinen Vater gebunden war. Wie erklärst du dir das?«

»Ich weiß nichts von einem Faß. Niemand hat was von einem Faß gesagt.«

Am Tag darauf saß Ezra im leeren Rohbau seines unvollendeten Hauses. Er war die Nacht über dort gewesen und hatte zugesehen, wie die Boote friedlich vor sich hin schwankten, wie sie erst mit dem Wasser stiegen und dann fielen, während die Bucht irgendwo hinter dem Horizont, er wußte nicht wo, in einem riesigen Abfluß versickerte. Er hörte den Morgen, bevor er ihn sah, das Regewerden der kleinen roten Vögel in den Bäumen, ihr massenhaftes Zwitschern, wie ein Chor. Dann sah er den Tag anbrechen wie ein feines Geheimnis, sah ihn graue Schwaden über den alleruntersten Rand des Himmels ziehen und wider alle Wahrscheinlichkeit in die Höhe bluten, bis die Spitzen der Masten zu glitzern begannen, bevor Augen-

blicke später die Sonne selbst anging wie ein Scheinwer-
fer und ihr Licht über das Wasser ergoß. Er sah die unru-
hige See vor sich ausgebreitet und entzündet und einen
Laster die Straße herunterkommen. Sein Vater und seine
Mutter stiegen aus dem Laster und begaben sich zum
Fischhaus, wo das Licht anging, trübe und schmutzig.
Immer wieder wanderten sie zwischen den davorstehen-
den Salzwannen hin und her und füllten ihren Inhalt in
Fässer. Ein Boot – das von Bern Herrick? – lag an Jesses
Platz. Andere kamen, und die Bucht wimmelte von Leuten, und er sah die Boote ausfahren, zuerst das seines Vaters, auf dem seine Mutter die Reusen beköderte, dann
ein Boot nach dem andern, bis die Bucht leer war und
nur die nackten Anlegeflöße und die kleinen Dorys zu-
rückblieben, die einsam an den Liegeplätzen der großen
Boote lagen wie gut dressierte Hunde, die angebunden
auf die Heimkehr ihrer Herren warten.

Der Tag griff Raum, und lichte Möwengeschwader breiteten ihre Flügel aus und schwebten unmittelbar vor dem
Kai über einer Stelle wie an unsichtbaren Fäden, die Bucht
vor ihnen leer, konturlos und herrenlos, das Wasser brak-
kig. Er beobachtete, wie der Hummerhändler seinen Laster abstellte, seinen Hut aufsetzte und Geld zählend in
sein Dory stieg; wie er sich rechts und links umschaute,
seinen Flachmann aus der Tasche zog und ihn zum Mund
führte, aber mittendrin vergaß, was er eigentlich damit
vorhatte, ob er überhaupt einen Schluck wollte oder nur
mal dran riechen. Er beugte sich vor und hielt die Flasche von sich, als wollte er der Bucht zuprosten oder mit
der Bewegung eine ernste Sorge ausdrücken.

Ezra sah die ersten Boote heimkommen, dann die übrigen, eins nach dem andern an das Wägefloß fahren, die
Körbe mit Hummern aushändigen und das Geld dafür in

Empfang nehmen. Er sah die Dorys angerudert kommen und die Männer zur Kaffeestube unter dem Fischhaus schlendern. Am Ende des Tages sah er das Boot seines Vaters und seine Mutter im Heck, blutbeschmiert, aufs Schandeck gestützt, mit hängendem Kopf, als schliefe sie. Er sah seinen Vater den Schlauch auf sie richten, und sie ging auf ihn los, und lachend umarmten sie sich beinahe; sie gab ihm einen scherzhaften Klaps. Er sah seinen Vater lächeln; es mußte ein Lächeln gewesen sein, er hatte ein Leuchten auf seinem Gesicht gesehen; er konnte sich nicht erinnern, wann er seinen Vater zum letztenmal hatte lächeln sehen.

Er hörte den Laster seines Vaters hinter sich bremsen, daß der Staub aufwirbelte. Dann seinen Vater selbst: »Wo bist du gewesen?«

»Oben in der Hütte«, sagte Ezra.

»Du hast den ganzen Tag hier verbummelt. Ich hab dich heute morgen beim Ausfahren gesehen.«

»Ich war in der Hütte. Ich bin gestern abend wiedergekommen.«

Ezra griff in seine Jacke und zog die Zigaretten heraus. Eine Hand langte von hinten vor sein Gesicht, nahm ihm die Packung ab und schmiß sie weg.

»Fang bloß nicht damit an«, sagte Clayt. »Nicht vor meiner Nase.«

Sie hatten sich noch nicht angeschaut. Ezra saß mit den Augen zur Bucht, und Clayt lehnte an einem Eckpfosten und blickte in die gleiche Richtung.

»Hast du mit Dove gesprochen?« fragte Ezra.

»Noch nicht« – als ob sie sich verabredet hätten, um darüber zu reden.

»Wirst du?«

»Das ist meine Sache. Mit wem ich spreche.«

Ezra spürte, wie sein Vater ihn anschaute.

»Ich hab gestern einen Anruf von Arthur McAlister erhalten«, sagte Clayt. »Sie haben da oben im Moment ihre eigenen Probleme. Ich würde dir raten, dich da rauszuhalten, sonst könnte es unangenehme Folgen haben. Irgendwer könnte dich für was halten, was du nicht bist, und auf dich schießen.«

Jetzt schaute Ezra ihn an. »Was war mit dem Faß, Papa?«

»Was soll die Frage? Wozu willst du das überhaupt wissen?«

Ezra schaute ihn an.

»Was hättest du davon, wenn ich's dir sagen würde?« fragte Clayt.

»Ich weiß nicht.«

»Mußt du's wissen, oder willst du's bloß wissen?«

»Ich weiß nicht. Morrill hat mir gezeigt, was er geschrieben hat. Dieser Dove.«

»Morrill kann selbst kaum noch lesen.«

»Er hat mir das Buch gezeigt.«

»Er ist ein Trinker.«

»Es steht was über Billy drin«, sagte Ezra.

»Na und? Hat es was an seinem Leben geändert? Hat es was daran geändert, was passiert ist? Nein. Er ist immer noch ein Trinker.«

»Es hat mit Morrill nichts zu tun«, sagte Ezra.

Er stand auf, blickte zum tiefblauen Himmel empor, hockte sich auf die Fersen.

»Womit hat's dann was zu tun?« fragte Clayt.

»Ich weiß nicht, womit's was zu tun hat.« Ezra schaute auf. »Aber was war mit dem Faß, Papa?«

Clayt ging zum Laster zurück und beugte sich hinein, als wollte er etwas holen, kam aber mit leeren Händen zurück. Er stellte sich vor die Sonne, verdunkelte den Boden vor Ezra.

»Ich hab dir mal gesagt, du sollst das mit dem Faß vergessen«, sagte er.

Ezra stand auf.

»Steig ein«, sagte Clayt. Er setzte sich in seinen Laster und ließ den Motor an. Die Windschutzscheibe war so verschmiert, daß sich die makellose Tiefe des Himmels nicht darin spiegelte. Clayt und Ezra blickten sich durch sie hindurch an, obwohl der eine den andern kaum erkennen konnte, eine vage Kontur des Lebens, das beide kannten, des Gewesenen, des noch Bevorstehenden. Wie bei einem flachen Teich mit stehendem Wasser, einem Teich, in den die Zeit einströmte und den sie weich und ohne langsamer zu werden durchfloß. Wie etwas, das einem, wenn man es aufhob, zwischen den Fingern zerrann, bis man nur noch einzelne Körnchen in der Hand hielt, die dann vielleicht das ganze Leben waren. Doch wer unter Wasser war und wer darüber, wußte Ezra nicht.

Er setzte sich neben seinen Vater und schlug die Tür zu.

Sie fuhren an der Abzweigung nach Hause vorbei. Sie fuhren am Kaufladen vorbei. Sie fuhren am Sebasco Restaurant vorbei. Sie winkten niemandem zu, der ihnen von den Veranden oder durch die Windschutzscheibe entgegenkommender Laster hätte zuwinken können.

Sie überquerten die kleinen Granitbrücken über die Flutbecken, alle drei Brücken zwischen Great Island, Orr's Island und Bailey Island. Clayt sagte nichts. Ezra fühlte, wie sein Puls schneller wurde. Seine Augen sprangen von Baum zu Baum. Eine niedrige weiße Kirche stand linkerhand auf Holzpfeilern über einer Salzwiese. Hier und da schwarze Tümpel mit stehendem Wasser. *Dyer's*

Cove Road. Clayt bremste hart, fuhr rechts ran und stellte den Motor ab. Die hufeisenförmige Bucht. Sie saßen da und schauten. Eine Glockenboje läutete über das flache Stück grauen Wassers dahinter. Clayt sah zu seinem Sohn hinüber, als wartete er auf ein Wort, oder als wollte er bloß den Ausdruck auf seinem Gesicht sehen.

»Du weißt, was das hier ist«, sagte Clayt.

»Ja.«

Clayt ließ den Motor an, tastete mit der Fußspitze nach dem Gaspedal und stieß in die Harpswell Road zurück. Die Bäume flogen vorbei, und Ezra ließ sie an sich vorbeiziehen. Er war auf einmal ein Fremder, ein willenloser Tourist.

In Brunswick bog sein Vater rechts auf die Bundesstraße 1 ab. An den Bath Iron Works wurde er langsamer, und Ezra betrachtete die großen Schiffe in ihren Trockendocks, haushohe Schrauben, die rostig in der Luft hingen und von winzigen Männern mit grünen Helmen bearbeitet wurden. Funkenkaskaden sprühten hinter ihnen in den Hafen. Leere windige Piere. Gähnende Lagerhäuser vor den verlassenen Verladekais und Hafenbecken; an den Drehsäulen festgerostete Kräne, den Arm in die Luft gereckt.

»Als ich vor ein paar Wochen nach Boston gefahren bin, hab ich was gesehen, womit ich nie gerechnet hätte«, sagte Clayt. »Das riesige Trockendock dort im Hafen war eingezäunt und menschenleer. Der Zaun war brandneu und hat im Wind geklappert.«

Er sagte, es sei das größte Trockendock an der Ostküste, gebaut für die *Lusitania*, für die größten Schiffe der Welt. Die *Queen Elizabeth*. Und jetzt liege es brach. Seiner Schätzung nach sei dort seit Monaten kein Schiff mehr gewesen. Aber es sei noch intakt. Die Kräne seien noch intakt. Nur sei niemand da, um sie zu bedienen. Zweihunderttausend Leute hätten bei seinem letzten Besuch noch dort gearbeitet. Ezra müsse sich über eines im klaren sein, sagte er: ein Trockendock sei mehr als bloß ein Ort, wo Schiffe gebaut werden.

»Jetzt plant irgendein Schwachkopf, einen Tunnel über den Hafenboden zu legen«, sagte Clayt. »Das wäre endgültig. Die großen Schiffe wären damit ein für allemal draußen. Aus, Ende. Dafür können wir uns bei den Landratten von Politikern bedanken, diesen verdammten Idioten. Nicht einer von diesen Kaspern ist am Meer großgeworden. Sie wissen nicht, was sie da haben. Das Schlachtschiff *Massachusetts* ist dort gebaut worden, alles an Ort und Stelle. Du mußt dir darüber im klaren sein, daß es an einem Schiff keine graden Linien, keine rechten Winkel gibt. An so einem Bau hängen sechs- oder siebentausend Zulieferbetriebe dran. Ein solches Schiff ist eine Stadt in sich. Jetzt kriegt Boston die *Massachusetts* als Schaustück angeboten. Als Schaustück! Aber bald wird nicht mehr genug Wasser im Hafen sein, daß sie dort reinpassen würde, deshalb mußten sie ablehnen.«

Ezra blickte seinen Vater voll Verwunderung an, ließ sich aber nichts anmerken. Er hatte nicht gewußt, daß Clayt über so etwas nachdachte oder auch nur darüber Bescheid wußte.

Sie fuhren an den Iron Works vorbei. »Wir tun es uns selber an«, sagte Clayt. Er sagte, daß das Trockendock als erstes auf der Liste stehe. Daß die Schlauköpfe ein Aquarium daraus machen wollten. Daß sie auf alles pfiffen, was noch was taugte. Auf unsere Häfen. »Auf uns«, sagte er. »Auf unsere Arbeit. Sie geben Millionen dafür aus, den Ozean in ein Goldfischglas einzusperren, bloß damit wir alle drumrum gehen und uns die Nasen dran plattdrücken können.«

Er sagte, daß Dove und Leute seines Schlages aus einem intakten Hafen einen Freizeitpark machen wollten. Weil das etwas sei, was sie kontrollieren könnten. Mit solchem Mist könnten sie was anfangen. Mit richtigen Schiffen und dem Leben richtiger Schiffer könnten sie nichts anfangen, weil das alles harte Arbeit sei und weil man, um das zu begreifen, selber einen Handschlag tun müsse. »Aber mit Plastikimitaten und Buddelschiffen und reihenweise Zuckerwattebuden und Horden kreischender Kinder, damit können sie was anfangen.«

Clayt schaute seitlich über die Schulter, als hätte er in einer Nebenstraße etwas gesehen.

»Weißt du, warum ich dir das erzähle?«

Ezra gab keine Antwort.

Sie fuhren weiter.

Am Wegweiser zum Pemaquid Point rutschte Clayt ein wenig auf dem Sitz vor, die Hände ganz oben am Lenkrad. Vorbei an den alten säulengeschmückten Sommersitzen der Reichen, die noch wintersicher verrammelt waren. Dann das schwarze Wasser. Am Uferrand ragte der Leuchtturm von Pemaquid Point empor wie ein dicker Daumen, als ob er den unermeßlichen blauen Himmel messen wollte. Die Fenster des Wärters waren dunkel. Die Tür kreuz und quer verbrettert. Von fünfmonatiger Schneelast befreit, fiel die frische Grasdecke in einer sanften Böschung zum Wasser hin ab.

Clayt stieg aus und ging die Anhöhe hinauf. Ezra folgte ihm zum Rand des Wassers. Sie blickten nach Südosten. Dort war nichts als der im bleiernen Wasser verschwimmende Horizont. Alle zwanzig Sekunden warf der Leuchtturmstrahl ihre langen Schatten auf die Wellen.

Ezra schaute seinen Vater an, aber Clayt hielt den Blick aufs Wasser gerichtet. Aus dem Augenwinkel sah Ezra das Antwortlicht, ein Blinken auf dem offenen Wasser. Wieder leuchtete das Gras ringsherum auf und wurde dunkel, dann verschwand das Echo des Lichts am Horizont.

»Siehst du hin, Junge?«

»Ja, Papa.«

»Was siehst du?«

Draußen auf dem offenen Wasser kippten die Wellen über und brachen.

»Nichts«, sagte Ezra.

»Schau noch mal.«

Ezra schaute noch mal. »Nichts.«

»Noch mal.«

Da sank auf einmal der Oberrand der Sonne ab und ließ das letzte Licht des Tages waagerecht übers Wasser schießen, eine feurige Linie zeichnete sich in der Mitte des Horizonts ab, die Kante von Monhegan Island.

»Da ist Monhegan.«

Er blickte seinen Vater an.

»Dort wollte Floyd mit ihnen hin. Sie haben ihn dafür bezahlt, daß er sie da hinausfährt, dort etwas essen läßt und wieder zurückbringt. Sie sind nie dort angekommen.«

Ezra spähte zu der Insel hinüber wie auf etwas, von dem er wußte, daß er es nicht berühren und niemals besitzen konnte. Er blinzelte und schaute, blinzelte und spähte übers Wasser, wie ein Wachposten.

»Wo sind sie geblieben?« fragte er.

»Wenn du weiter nachforschst, Junge, wirst du auf Sachen stoßen, die du lieber nicht erfahren hättest.«

»Die haben ein Massengrab«, sagte Ezra.

»Ich weiß.«

»Eins für die Männer und eins für die Frauen.«

Clayt lachte oder schnaufte – Ezra war sich nicht sicher. »Ich hab versucht, Arthur das auszureden, aber egal, was ich sagte, er wollte nicht hören. Ich nehme an, sie wollten es so schnell wie möglich vom Tisch haben. Man kann Gespenster nicht in dieselbe Erde legen wie Leichen. Sie wußten nicht, was sie sonst tun sollten.«

»Und dir ist das nie komisch vorgekommen?«

»Komisch? Mir war klar, daß das nicht meine Stadt ist. Ich dachte mir, die wissen schon, was für ihre eigenen Leute das beste ist, und hab's dabei bewenden lassen.«

»Die«, sagte Ezra.

»Stehen Namen auf den Gräbern?« fragte Clayt.

»Vierzehn Frauen auf dem einen, die Männer auf dem andern.«

Clayt schüttelte den Kopf. »Massengräber sind wie der Ozean. Du weißt im Grunde nie, wer drin liegt und wer nicht.«

Er blickte seinen Sohn finster an. »Verstehst du?«

»Aus welchem Grund ...«

»Es gibt Gründe für keine Gründe«, schnitt Clayt ihm das Wort ab. »Daß nur Frauen gefunden wurden, ist unbegreiflich. Das ist kein Zufall. Das ist kein Pech. Ein Mann schwimmt genausogut auf dem Wasser, und erzähl mir jetzt bloß nichts von Fettgewebe und Muskeln. In so einem Zusammenhang ist das reiner Blödsinn.«

»Willst du sagen, es ist noch jemand am Leben?«

»Nein, von denen lebt keiner mehr. Und wenn, wären wir auch nicht klüger. Wer einen Schiffbruch überlebt, weiß deshalb noch lange nichts über das Meer.«

Sein Vater wandte sich ihm zu, und weich, geradezu milde trotz der für ihn typischen rauhen Art, Respekt auszudrücken, sagte er: »Doch, einen haben wir gefunden. Einen jungen Burschen, auf der Rückseite von Ragged Island. Jesse hat ihn gefunden. Er und ich wußten, was der Junge geleistet hatte, denn er war der einzige, der so weit gekommen war. Die andern hat's alle zwischen Pond Island und der östlichen Sturmboje erwischt. Aber auf Ragged Island hat zu der Zeit noch eine Familie gewohnt, und sie hatten Gaslampen im Haus, und der Junge muß die Lampen vom Wasser aus gesehen haben. Er muß ein erstklassiger Schwimmer gewesen sein, denn es war kalt. Und die See dort ist immer rauh, und mittendrin – das ist immerhin eine gute Meile oder mehr – ist er wohl müde geworden oder einfach steif von der Kälte, hat das Bewußtsein verloren und ist untergegangen. Irgendwann ist er wieder hochgekommen, und wir haben ihn schließlich in den Brechern auf der Rückseite der Insel gefunden. Aber erst Monate später.«

»Also doch einer«, sagte Ezra und spähte in die Richtung von Monhegan Island. Er sah einen jungen Burschen vor sich, der sich unermüdlich auf die Felsen zuarbeitete, während sein loses Hemd mit den Wellen auf und nieder ging wie ein Blutfleck. Sah seine blassen Arme durch das Wasser schlagen wie die öligen Flügel eines todgeweihten Vogels. Seinen nackten Rücken. Den dünnen Nacken. Die Hinterseiten seiner Beine kamen hoch. Seine Arme trieben schlaff auf dem Wasser. Ein Stück Abfall auf den Wellen, Treibholz. Ein schaukelndes Kruzifix.

Ezra sah vor sich die in der Friedhofserde steckenden Bilder, die Plastikblumen in den gesprungenen Vasen. Er sah die grasbewachsene Parzelle, flach, unberührt. »Er ist nicht dort im Grab«, sagte er.

»Niemand hätte ihn gewollt«, sagte Clayt. »Es war noch weniger von ihm übrig als von dem Mädchen, das wir unten vor Biddeford gefunden haben. Außerdem hätten sie dann bloß gewollt, daß wir weitersuchen. Wir hatten's satt. Jesse hat mir Bescheid gesagt, und wir sind zu seinem Boot gegangen, wo er die Leiche hatte. Dann sind wir rausgefahren, haben ihn mit Steinen beschwert und ins Wasser geworfen, und wir haben die Sache für uns behalten. Ich glaube, ich hab's nicht mal deiner Mutter erzählt. Nur wir beide, du und ich, wissen jetzt davon. Mit Jesse wären wir drei gewesen.«

Clayt rieb sich mit den Händen die Wangen. »Über eins mußt du dir im klaren sein, Junge: Es waren nicht unsere Leute. Es wurde allmählich die reinste Pest. Wir dachten schon, wir würden diese Leichen nie mehr loswerden. Und Arthur McAlister meinte, wir sollten uns nicht mehr mit ihnen abquälen. Mir war das sehr recht. Er und ich hatten über das Ganze irgendwie Freundschaft geschlossen. Ich hab ihn ab und zu mit rausgenommen zum Fischen. Herrje, er hat mir fast alles finanziert, was ich seitdem gemacht hab. So einfach ist das. Ich hab niemand gedeckt. Du und ich, wir haben sie alle aufgegabelt, als wär's uns so bestimmt. So was wird man nicht mehr los. Über Monate und Jahre haben alle hier schlecht geträumt.«

»Man hätte also noch andere finden können«, sagte Ezra.

»Was weiß ich.«

Ezra schaute sich zum Leuchtturm um. Ganz schwach hörte er das Brummen und Knirschen im Turm, mit dem sich das große Leuchtfeuer drehte.

»Aber du hättest sie genauso versenkt, wie du den Jungen versenkt hast«, sagte er.

»Ja, hätte ich. Wenn's mich getroffen hätte. Wenn ich sie gefunden hätte. Aber ich bin nicht der einzige, der bei uns Reusen aus dem Wasser holt. Irgendwann zieht jeder mal Dinge hoch, über die er lieber nicht nachdenken will. Dinge, die jahrelang vermißt waren. Sogar Leute, die jahrelang vermißt waren. Entführte, Russen, Außerirdische – die meisten geraten einfach in die Rückströmung, werden mitgerissen und erfrieren und werden vom Ebbstrom in die Tiefe gezogen. Ein Körper verhält sich da genauso wie andere Dinge auch.«

Er sah Ezra an. »Darum weiß ich nicht, weshalb du so nachforschst«, sagte er. »Es gibt nichts zu finden. Und selbst wenn ...« Er brach den Satz abrupt ab, als wäre er kein angefangener Gedanke, sondern als Befehl gemeint.

»Was hast du McAlister über das Faß erzählt?«

Clayt senkte das Kinn, dann blickte er auf.

»Das ist lange her«, sagte er langsam.

»Ich kann mich dran erinnern.«

»Ich hab dir gesagt, du sollst es vergessen«, sagte Clayt. »Ich hab dir gesagt, du sollst das Faß vergessen.«

Ezra schaute übers Wasser. Die Insel war fort. Das Mondlicht zog eine gerade Bahn von seinen Füßen bis zum Horizont.

»Arthur McAlister hat mir gesagt, was ich mit seinen Leuten machen soll«, sagte Clayt. »Ich hab ihm da vertraut. Aber von dem Faß hab ich ihm nichts erzählt, weil Floyd keiner von seinen Leuten war und er nichts darüber zu wissen brauchte. Und Dove geht das auch nichts an. Und uns sollte es genausowenig angehen. Egal, was mit dem Boot passiert ist, dieses Faß war Floyds Angelegenheit. Von sonst niemand. Aber es war zu spät. Als du es gesehen hast, hab ich dir gesagt, es wär anders, als du denkst, sofern du überhaupt was gedacht hast. Und das sage ich immer noch. Über so eine Sache kann man, nichts sagen, solange man nichts drüber weiß.«

»Aber wie kriegt man was drüber raus, wenn man nicht drüber redet?«

Clayt sagte nichts, und Ezra hatte seine Antwort.

»Ich hab mit Pearl geredet, Papa«, sagte er. »Ich weiß über Varney Bescheid.«

»Was weißt du schon über Varney«, schnappte Clayt. »Was kannst du darüber schon wissen.«

»Ich hab einen Brief gesehen.«

Clayt drehte sich um. »Von wem?«

»Beatrice Varney.«

»Die Frau kann kaum schreiben.«

»Sie hat Dove geschrieben.«

»Der ist nicht zu trauen.«

»Du meinst, sie hat Lügen über Earl Varney verbreitet?«

»Du kannst über Earl Varney keine Lügen verbreiten, Junge. Es gibt nichts, was er nicht gemacht hätte, alles, was du dir denken kannst, und noch viel mehr. Egal was du ihm nachsagst, es kann gar nicht falsch sein.«

»Wieso ist ihr dann nicht zu trauen?«

»Weil sie nichts wissen kann. Sie war nicht dabei.«

»Er war es, Papa, stimmt's?«

Clayt wandte den Kopf zur Seite und spuckte ins Wasser, ohne Ezra aus den Augen zu lassen.

»Ich weiß es nicht«, sagte er leise.

»Du kennst ihn doch«, sagte Ezra.

»Den kennt keiner.«

»Du hast mit ihm gearbeitet.«

»Mit dem war nicht zu arbeiten.«

»Warum hast du McAlister nicht gesagt, daß es Varney war, der das Telegramm geschickt hat?«

Clayt stockte der Atem.

»Du hast es gar nicht gewußt«, sagte Ezra.

Clayt drehte sich zum Wasser um. »Nein, Junge, hab ich nicht. Und ich wär dir dankbar, wenn du's mir nicht erzählen würdest.«

Es war dunkel geworden. Der Wind wurde beißend. Ezra begriff, daß er die Toten nicht nur suchte, sondern mit ihnen um die Wette lief. Und mit Dove. Dove war noch nicht in der Lage, die Geschichte der *Raven* bis zu Ende zu erzählen. Er hatte in dem Buch damit angefangen. Er war hergekommen und hatte mit Beatrice Varney geredet. Er war nach Rehoboth gefahren und hatte die ganzen unbeantworteten Fragen wiederholt. Aber er hatte nichts erfahren. Kein Mensch in Rehoboth wußte etwas. Sie wußten, was sie dachten (und für Dove war das genug, dachte Ezra, genug, um zu spekulieren, jedenfalls genug, um weiterzuschreiben), aber mehr nicht. Dove würde alles behaupten, was sich gut verkaufte. Es war niemand mehr am Leben, der ihm hätte entgegentreten können. Es konnte höchstens sein, daß er von selbst aufhörte. Weil irgend etwas ihm einen Schlag versetzte. Etwas, das ihn zum Schweigen brachte.

Sein Vater faßte ihn scharf ins Auge. »Was auch mit diesem Boot passiert sein mag, egal, wo und was es war, es wird dich umhauen, wenn du's erfährst. Ich bin schon länger mit dem Tod vertraut, als du am Leben bist. Wahrscheinlich doppelt so lange. Mit Mord, Entführung, Ertrinken. Jedesmal geht's einem wieder an die Nieren, Junge. Wenn man wirklich drüber nachdenkt, wenn man's wirklich an sich rankommen läßt, möchte man sein Leben lang nur noch schreien. Es spielt beinahe keine Rolle, was mit dem Boot passiert ist, auf jeden Fall sind viele Menschen umgekommen, viele davon Kinder. Vielleicht war's ja wirklich 'ne krumme Sache. Vielleicht waren irgendwelche Machenschaften im Gange. Vielleicht weiß ich sogar mehr, als ich sagen will. Und wenn schon? Es ist egal, was du tust oder was mit dir passiert oder was du rauskriegst – ich sage dir, das Ende vom Lied wird sein, daß du zu diesen Leuten ins Boot steigst und mit ihnen umkommst. Verstehst du, was ich sage? Ich sage dir, ich weiß Bescheid. Ich sage dir, es spielt keine Rolle, wie's passiert ist. Sabotage? Das wäre immerhin eine saubere Erklärung. Allerdings müßte Floyd dazu eine Bestie gewesen sein, ein Satan mit Hörnern und Klauen, um die Nerven zu haben, so viele Menschen ins Verderben zu schicken. Und ich glaube nicht, daß er das war. Er war ein schwacher, ängstlicher Mensch. Bloß ein ängstlicher kleiner Mann. Earl Varney ist anders, aber der stand auf dem Boot nicht am Steuer. Floyd war an Bord, Earl Varney nicht. Aber Sabotage hat's schon früher gegeben und wird's immer geben, weil das Geld die Leute verrückt macht. Und so würde sich die Sache auch gut verkaufen lassen, nicht wahr?

Aber ob die *Raven* nun versenkt wurde oder nicht«, fuhr er fort, »es wird keine schöne Geschichte geben, weil der Tod nie schön ist. Genau das macht dieser Dove, die Sachen beschönigen. Daran merkt man, daß er das Wasser nicht kennt. Er vergißt, daß das Wasser höllisch weh tut und daß der Tod durch Ertrinken kein Lohn für dieses Leben ist. Wasser ist schlimmer als alles andere, da kann einer sagen, was er will. Ich hab Menschen auf jede erdenkliche Art sterben sehen. Ich hab gesehen, wie ein Fischer gebrannt hat wie eine Fackel, wie 'nem Jäger von 'ner Flinte der Kopf weggepustet wurde, wie ein kleines Mädchen zehn Stockwerke tief auf den Bürgersteig gefallen ist, wie eine alte Frau von einem herabstürzenden Fenster in zwei Hälften gehackt wurde, ich hab zwei oder drei Leute gesehen, die von ihrer eigenen Windschutzscheibe geköpft wurden. Ich hab Leute auf alle möglichen Arten ertrinken sehen, im offenen Wasser, in der Bucht, im Sumpf, in der Badewanne, im Fluß. Komme, was wolle, Wasser ist das schlimmste, weil du richtig drin bist, und du paddelst vor dich hin und wirst immer schwächer, und wenn du dich umschaust, siehst du überall nur den Horizont, sonst nichts, nichts als das, was du auch unter dir hast. Das ist der größte Hohn darauf, daß du auf diesem Planeten je einen Atemzug getan hast.

Leute wie Dove sind gefährliche Schweinehunde, die einen anständigen Mann zugrunde richten können. Manchmal ist mir das alles ein Greuel, das Meer, unsere Arbeit, alles. Manchmal, Junge, ist mir das ganze Leben ein Greuel. Als dein Bruder gestorben ist – ich hab's nicht gesehen, aber ich weiß, wie er gestorben ist. Ich weiß, daß ihm zuerst die Beine abgestorben sind, dann die Finger – und er war allein, als er starb, und es tat höllisch weh. Und ich weiß noch, als er starb, da hatte ich das Gefühl zu wissen, wie der Tod aussieht. Er hat zwei Augen, eine Nase und einen Mund. Er ist das Schlimmste, was es gibt. Er sieht genauso aus wie man selber.«

Clayt und Ezra atmeten ruhig in die Nacht hinaus. Das Wasser plätscherte zu ihren Füßen.

»In zwanzig Jahren«, sagte Clayt, »wirst du immer noch auf Bailey Island leben. Die Politiker werden bestrebt sein, uns loszuwerden, so wie sie das ganze übrige Seewesen loswerden wollen. Wie sie zum Beispiel das Trockendock da drüben losgeworden sind. Den Bath Iron Works bleiben noch fünfzehn, zwanzig Jahre. Die Welt verändert sich, Junge. Dir bleiben noch etwas mehr als fünfzehn oder zwanzig Jahre auf dem Wasser, aber nicht viel mehr. Vielleicht stirbst du als Hummerfischer, aber wenn, dann als armer. Eines Tages werden sie große Schiffe einsetzen, groß wie Flugzeugträger, und die werden alles machen, und du wirst ein Nichts sein, ein Klacks Spucke im Ozean. Ich weiß, daß das heute noch nicht zu sehen ist, das

Leben um einen herum ist nie zu sehen, nur was vergangen ist – es ist nicht zu sehen, daß wir allein sind, Junge, aber wir sind es. Was um uns herum geschieht, schert die alle nicht, weil es nicht ihr Leben ist, sondern unseres. Sie können nach Boston oder New York oder Rehoboth oder weiß Gott wohin zurückfahren, aber wir müssen hierbleiben. Für alle andern sind wir so was wie 'ne Kuriosität, wir sind *interessant*, würden sie sagen. Vielleicht sind wir sogar *bedeutsam*, weiß der Henker, ein historisches Relikt des alten Amerika oder irgend so ein Scheißdreck. Als ob wir in einem verdammten Schaukasten säßen. Diese Touristen aus New York, die meisten von denen denken, wir sind die ganze Zeit fröhlich und pfeifen bei der Arbeit. Aber von denen hat noch keiner erlebt, wie eine mehr als haushohe Welle auf dich zugedonnert kommt. Wenn sie so was erlebt hätten, wüßten sie, was los ist. Wenn sie Jesse ihr Leben lang gekannt hätten, gewußt hätten, wie hart er gearbeitet hat und wie ehrlich er war und was für ein prächtiger Kerl – und wie er schließlich dort im kalten Wasser krepiert ist, dann würden sie verdammt noch mal das Maul halten so wie wir und still ihren Kram machen. Aber sie wissen es nicht. Wir sind es, die ihre Leichen aus dem Wasser holen, wenn sie ertrinken oder wenn sie sich gegenseitig umbringen. Das ist unser Leben, Junge. Es wird das letzte sein, was uns bleibt. Entweder du gibst das alles auf, oder du mußt verteidigen, was uns noch bleibt. Alles, was unser ist.«

»Selbst Varney?« fragte Ezra.

Clayt spuckte aus.

»Selbst Varney.«

DOVE

In Gloucester ließ Dove den Wagen hinter den Felsen stehen und kraxelte auf allen vieren zum Wasser hin. Über ihm war der Himmel mittlerweile von einer gleichmäßigen schwarzen Wolkendecke überzogen, die von Südwesten heranrollte. Keuchend erreichte er den höchsten Felsen von Rafe's Chasm. Während die Brandung zu seinen Füßen brodelte, lehnte Dove sich in den Sturm und hob sein Gesicht den ersten Regentropfen entgegen, die das Meer nadelten. Weit draußen stiegen die Wellen auf und rückten näher, sogen die ganze Wasserfläche ringsherum in sich auf; sie drohten ihn zu zerquetschen wie eine Mücke, ihn unter sich zu begraben. Aber bevor es dazu kam, wurden sie von Norman's Woe gebremst und zu Fall gebracht, einem hundert Meter vom Ufer entfernten Riff, an dem die Wellen zu Schaum zerstoben, der harmlos zwischen den Felsen zu seinen Füßen gurgelte.

Dove riß den Mund auf und schrie in den Wind, und seine Stimme vermischte sich mit dem Dröhnen der Brandung, so daß er nicht gegen das Meer anbrüllte, sondern es selbst zur Sprache brachte, ihm seine eigene Geschichte erzählte. Er zitierte Longfellow: »*Es war der Schoner Hesperus, / Der das Wintermeer durchschnitt! / Und der Kapitän hatte sein Töchterlein / Zu seiner Gesellschaft mit!*«

Mit seinem Brüllen beschwor er das Bild herauf, wie die Masten der *Hesperus* einsam vor dem Himmel schwankten, während der Rumpf in den Wellentälern den Blicken verborgen war.

Und wie immer in solchen Momenten, bei Sturm in Gloucester, beschwor er auch die Vision herauf, die ihn gewissermaßen geprägt hatte: Nantasket Beach, wo er als Dreiundzwanzigjähriger zusammen mit den andern aus Joshua Jenkins' Rettungsmannschaft auf dem trockenen Sand gestanden, die auf die *HC Higgonson* niederdonnernden Wellen betrachtet und auf eine Gelegenheit gewartet hatte, sich mit dem einzigen Rettungsboot in die Brecher zu stürzen. Sie hatten bereits die siebzehn Leichen am Strand geborgen, die bis dahin von dem Wrack gespült worden waren, darunter die Leiche einer an das Ankerspill gefesselten jungen Frau. Immer wieder wurde das Rettungsboot von der Brandung zurückgeworfen. Dem fünfundsiebzig Jahre alten Jenkins wehte sein langer weißer Bart über die Schulter, während er im Sand auf und ab stapfte und, als wäre es eine persönliche Beleidigung, den Hals nach dem Steward des Schoners verdrehte, dessen Leiche, scharf gegen den Himmel abgezeichnet, an die Vormarsstenge gefesselt war.

Dove stand bereit, auf den kleinsten Blick von Jenkins hin zum Rettungsboot zu stürzen. Dann kam dieser Blick: Jenkins ließ die Augen von seinen Männern zum Rettungsboot schweifen, und die Männer rannten los, Dove an der Spitze. Aber fünf Meter vom Ufer entfernt lief das Rettungsboot voll und schlug um, und Dove und die andern kamen an den Strand zurückgekrochen. Nach einer Stunde legten sich die Masten der *Higgonson* zur Seite und richteten sich nicht mehr auf; der Schoner war endgültig den Blicken entschwunden. Dove hielt nach

Jenkins Ausschau, sah ihn aber nicht gleich; schließlich erblickte er ganz am Ende des Strandes einen dunklen Fleck. Er und die andern rannten hin und fanden Jenkins mit dem Gesicht im Sand in der auslaufenden Brandung liegen. Erschöpft hob der alte Mann den Kopf, dann schloß er halb die Augen und hörte auf zu atmen.

Die Ebbe kam, und es gelang endlich, mit dem Rettungsboot hinter die Brecher zu kommen. Dove übernahm Jenkins' Platz im Bug, und die Arme wie ein Harpunier erhoben, dirigierte er das Boot auf den tot an der Vorstenge hängenden Steward zu. (*Und rasch durch die grausige Mitternacht, / Durch Hagel, Schnee und Eis! / Flog wie ein Gespenst im Bahrtuch das Schiff / Zum Riff, das Norman's Woe heißt!*) In seiner Vorstellung sah Dove die Arme und Beine im Wind schlenkern, den kreisrund aufgerissenen Mund, die vorquellenden Augen, die seinen Blick erwiderten, ohne etwas zu sehen. Er erinnerte sich an dieses typische Gesicht der Ertrunkenen, an die Pfadfinder damals, als sie wie Baumstämme an die Kaimauer von Winthrop stießen, an ihre geschwollenen Zungen. Während ringsherum gesplittertes Holz und Schuhe trieben und strudelten. Er bekreuzigte sich, setzte sich hin und befahl den Männern zurückzurudern. Und jetzt auf den Felsen von Gloucester betrachtete er die Wellen, die zu seinen Füßen andonnernde Brandung, als wartete er auf den Einsatz des Dirigenten. Er riß den Mund auf und schrie in die Gischt: *»Da lief es auf, wo die See wollig weiß / Und weich wie ein Lammfell schien! / Doch grausam durchstieß, wie das Horn eines Stiers, / Der Felsen die Seite ihm!«*

Es regnete mittlerweile in Strömen. Die Bäume hinter ihm bogen sich. Matsch spritzte auf. Dove rührte sich nicht von der Stelle.

»Die Salzflut war auf ihrer Brust gefrorn«, rief er, »Im Auge die salzige Trän. / Und auf den Wellen sah er ihr Haar / Wie Tang auf und nieder gehn. // So war der Schiffbruch der Hesperus / Zur Mittnacht in Schnee und Eis. / Bewahre uns Gott vor so einem Tod / An dem Riff das Norman's Woe heißt.«

EZRA

Mit Tagesanbruch ging Ezra den Berg zu Earl Varneys Lichtung hinauf. Er mußte sich bezähmen, um nicht zu laufen. In der Nacht hatte es Frost gegeben, und als er oben ankam, keuchte er, und alles war naß und triefte. Die reglos dastehenden Bäume hatten förmlich die Äste angelegt und sahen von fern schmal und hart aus, und das Meer, das dort unten die Erde bedeckte, so weit er schauen konnte, war graublau wie Stahl.

Ezra sah niemanden. Es lag kein Geruch von Holzrauch oder überhaupt von menschlichem Leben in der Luft, nur von Abfällen, die überall verstreut lagen, aber offenbar schon lange, fast wie Relikte, Indizien. Er schaute sich auf der Lichtung um, sah weiter hinten durch das Gebüsch eine Hütte aus Brettern und Sperrholz und ging darauf zu.

Ein gelber Hund mit schartigen Ohren erschien drohend in der Tür. Die Schnauze dicht am Boden, die trockenen Lefzen zurückgezogen zu einem halbherzigen Zähnefletschen, wich er aber gleich wieder zurück.

»Braver Hund.« Ezra schnalzte mit den Fingern.

Der Hund trat in das grelle Licht, kaum noch fähig zu japsen, und lief dann in den Wald davon.

Ezra stand vor der Fliegentür und befingerte das Gitter. Er konnte nicht hindurchsehen.

Er hörte nichts und trat schwer atmend ein.

Das schwarzgerahmte Bild einer älteren Frau stand auf einer Holzkiste, und das war alles. Das übrige war ein Provisorium aus Holz und Stoff und alten Nägeln und ein paar neuen. Im dunklen Schatten einer Ecke hing Earl über einer Liege, eine leere Flasche ohne Etikett vor sich, eine Hand über ein leeres Glas gelegt, wie um die Fliegen abzuhalten. Seine Stirn war zerkratzt, aschgrau, er wirkte ein wenig verwundert. Ezra blieb stehen und bemerkte auf einmal, daß das Zwielicht in der Hütte rosa gesprenkelt war, als ob es durch Buntglas fiele. Ein blutbespritztes Fenster mit einem kopfgroßen Loch in der Mitte; Strähnen dünner Haare in den Scherben auf dem Boden, an der Sperrholzwand klebrige Haarbüschel und noch etwas anderes, graues, dazu weiße Knochensplitter. Eine Hinrichtung, dachte Ezra: eine schwarze Lache war unter Varneys Kopf auf dem Boden erstarrt, die untere Hälfte seines Gesichts vollkommen weggerissen, eine zerschmetterte Melone, aus der Samen und Fruchtfleisch hervorquollen. Daneben eine Pistole wie ein harmloses Ding, mit dem sich gut einschlafen ließ.

Eine Reihe von rohen Aussparungen – mehr schmale Gucklöcher oder Schießscharten als Fenster, als wäre die Hütte ein Festungsturm – war in die Rückwand gesägt worden und blickte hinab auf einen langen sanften Abhang, der an einem bläulichen Waldsaum mit einer noch immer nicht geschmolzenen Schneebank endete. Hinter den Bäumen bot sich eine freie Aussicht auf das Wasser, die Meerengen zwischen Bailey Island und Harpswell Neck, wo Varney das Kommen und Gehen der Hummerboote beobachtet hatte.

Ezra stellte sich an eines der Fenster und schaute auf den Wald hinunter. Er lauschte kurz, aber da war nichts. Kein Geräusch. Keine Nachbarn. Keine Zeugen.

Ezra betrachtete das Bild der alten Frau und kam, ohne sich weiter damit aufzuhalten, zu dem Schluß, daß es Varneys Mutter sein mußte.

»Earl«, sagte er, als ob ihm gerade etwas eingefallen wäre.

Er hielt Varney eine schmutzige Glasscherbe vor Mund und Nase, dann warf er sie weg.

Er drehte sich ruckartig um, ging von einem Ende des Raums zum andern. Er zog die Luft ein und hatte den Eindruck, daß Earl noch nicht lange tot war.

Er trat auf die Mitte der Lichtung hinaus und lauschte auf den Wind in den Bäumen. Er ging um die Ecke von Earls Hütte zu dem meerwärts liegenden Abhang. Der Berg fiel an drei Seiten zum Wasser hin ab, der Gipfel war wolkenverschleiert. Von irgendwoher ertönte ein Schuß. Er verschwand über den Baumwipfeln, hallte im Wald nach. Dann wieder Stille. Ein Vogel stieg auf und kreiste und stieß verärgerte Schreie aus. Dann brach das Schreien ab, und Ezra wußte, daß jemand ihn beobachtete. Er lugte durch Varneys Fenster. Varney hing nach wie vor schlaff über der Liege. Er meinte, aus dem Augenwinkel eine Bewegung zu sehen, und schaute sich um, sah aber nichts. Und doch war auf der Seite dort etwas: dunkle Schatten zwischen den Bäumen, vage Gestalten, Lichtwirkungen. Irgend etwas. Er fuhr herum, fuhr noch mal herum, aber was da auch gewesen sein mochte, seine Wachsamkeit verscheuchte es.

Er tat einen zögernden Schritt auf den Wald zu, aber da ertönte wieder ein Schuß, und er blieb stocksteif stehen und wartete, bis er verhallt war. Auf einmal wußte er nicht, seit wann er es hörte, nicht den Schuß, sondern etwas anderes, das vorher angefangen haben mußte. Das Weinen eines kleinen Kindes. Er spürte, wie die Luft aus seinen Lungen wich und sein Hals sich zuschnürte, als hätte er es schon lange gehört. Dann begann auch das zu verklingen, aber nicht in der Ferne, nicht über dem Meer, gar nicht weit entfernt, eigentlich nicht einmal außerhalb seiner selbst. Und es verklang nicht ganz. Es tönte leise nach im nahen Wald, dann fiel es vor ihn hin wie ein erschossener Vogel

Wieder erscholl ein Schuß aus dem Wald. Das Weinen wurde lauter. Er ging zur Hütte, nahm sich aus einem Werkzeughaufen eine verrostete Schaufel und fing an, damit in die Erde zu stechen. Der Oberboden war matschig, aber die Erde darunter kalt und hart. Er hob mühsam ein flaches Grab aus, das eben tief genug für einen Menschen war, ohne Sarg und alles, nur für den Menschen selbst.

Er ging in die Hütte zurück und hakte seine Arme unter Varneys Achseln, aber da fielen ihm wieder die Leichen ein. Er trat zu den Füßen, packte Varney an den Fersen und schleifte ihn zur Tür hinaus. Varney war steif, und als Ezra ihn ins Grab gezogen hatte, mußte er sich auf ein Bein stellen und es brechen, damit es neben das andere paßte. Er blickte auf den Toten, sein Atem ging gleichmäßig und umgab ihn wie Rauch.

»Ich wollte dir eigentlich nur sagen, daß du es meiner Meinung nach nicht gewesen sein kannst«, sagte er.

Er schaufelte flink, und eine halbe Stunde später hatte er das dunkle Rechteck im Boden festgestampft. Wie eine Falltür in die nächste Welt sah es aus. Er ging und hinterließ kein anderes Gedenkzeichen als die umgegrabene Erde.

DOVE

Die Zigarette brannte in der Untertasse neben dem Schälchen mit roter Marmelade. Dove wollte sich die Szene deutlich einprägen, die Zigarette, das Blutrot der Marmelade, das Lärmen der Hummerfischer draußen. Er war absichtlich hergekommen. Er hatte sich bei Pearl Varney angekündigt. Aber der alten Frau in dem ausgebleichten Hauskleid hinter dem Tresen des Ladens am Kai hatte er erzählt, er sei auf einer Kanutour von Portland nach Small Point, auf der er sämtliche dazwischen liegenden Inseln berühren wollte, alle sechzig. Einige bloß mit dem Paddel, räumte er ein, aber auf den meisten, den größeren, habe er tatsächlich gestanden. Die alte Frau hatte ihm über die Schulter geschaut und sein Kanu vor der Tür auf dem Wasser gesehen. Sie schaute ihn an: ein Bär von einem Mann mit einem mächtigen Brustkasten und einer wallenden Mähne. Sie schaute wieder auf das Kanu.

Er hatte nicht gelogen. Er war in anderthalb Tagen von Portland bis hierher gepaddelt. Über eine Strecke von zwanzig Seemeilen, die Bögen um die Inseln nicht mitgerechnet, hatten seine Haare in der ablandigen Brise geflattert, während seine Arme, auf die Wellen eindroschen wie eine durchgedrehte Aufziehpuppe. Aber auf Bailey Island wollte er mehr als nur Land berühren. Er hatte vor, sich noch einmal mit Mutter und Tochter Varney zu unterhalten. Danach wollte er, mit Pearl und Beatrice Varney an seiner Seite, die Medien zusammentrommeln und seine Absicht verkünden, Ermittlungen über das Verschwinden der Vergnügungsjacht *Raven* anzustellen, elf Jahre, nachdem sie zuletzt gesehen worden war. Und das Ganze würde als glücklicher, geradezu märchenhafter Zufall erscheinen: seine Kanufahrt durch dasselbe Gewässer, in dem man einst die weiblichen Passagiere der *Raven* gefunden hatte; seine dunkle Ahnung, ein ganz merkwürdiges Gefühl; wie er an Land gegangen und auf Beatrice Varney gestoßen war. Dann die neuen Indizien, die sie ihm geliefert hatte, belastende Indizien dafür, daß das – noch immer unklare, unausgesprochene – Verhängnis, das die *Raven* ereilt hatte, die heimtückische Tat eines einzelnen gewesen war, der immer noch in ihrer Mitte lebte, vermutlich sogar in diesem Moment in ihrer Mitte stand. Wenn er nur den Mut hätte, würde er vortreten ...

Jetzt brannte die Zigarette neben der Marmelade zwischen den beiden Fischern, die rechts von Dove saßen, und er wollte es für sich festhalten: die grüne Plastikuntertasse, das Halbdunkel, das nach verbranntem Fett und Lavendel und salzigen Fischresten roch. Das Klatschen des Wassers an die Dielen unter seinen Füßen. Die Skiffs und Dorys und das eine Kanu vor der Tür, am Landungssteg festgemacht wie Pferde vor einem Saloon. Eine ausgewogene Mischung von jungen, braungebrannten und schweigenden Männern und alten, blaß gewordenen und schweigenden Männern. Alle saßen sie an der Wand, die lauwarmen Kaffeetassen mit den Händen umschlossen wie zarte Vögel. Bis auf die zwei zu seiner Rechten. Einer im mittleren Alter, der breit und gesetzt zu werden begann, der andere jung, gebaut wie ein Stier, mit Zügen, die irgendwie denen des älteren glichen, aber bis auf die Augen – etwas an ihrer Form, ihrem Ausdruck – eigentlich nur in ihrer Schwere und Grobheit. Sie lehnten am Tresen, als wollten sie ihn mit den Ellbogen umkippen. Dove wollte sich das alles merken, weil sie ihm einfach ein bißchen zu gelegen kamen, zuviel des Glücks waren.

Er ließ sie gehen. Er wedelte der alten Frau mit einem Fünfdollarschein zu, obwohl seine Tasse Kaffee nur zwanzig Cents kostete, hielt ihn locker zwischen Daumen und Zeigefinger, während er fragte, wo die beiden Herren wohnten, die gerade gegangen waren, tat so, als würde er den Schein loslassen, und ließ ihn dann wirklich los, als sie »Mackerel Cove Road« sagte. Die Frau sah zu, wie der Geldschein in der Pfütze auf dem Fußboden landete.

EZRA

Ezra stand auf der Veranda seines Elternhauses und erblickte durch das Gitter der Fliegentür einen Mann, den er gut zu kennen meinte, obwohl sie nie Bekanntschaft geschlossen hatten: breit wie ein Schrank, ein aufgedunsenes und fleckiges Gesicht, das von dauernder Gereiztheit zeugte, die lange Lockenpracht effektvoll hochgebürstet. In der Hand hielt Leslie Everett Dove eine Übersichtskarte von Bailey Island, die noch in der zugeklebten Papiertüte aus dem Laufladen steckte. Ezra ließ den Mann wortlos ein und stellte sich neben seinen Vater, der zum Wasser gewandt am Fenster saß. Clayt war mit seinem Kurzwellenempfänger beschäftigt. Der Horizont war eine einzige Kette von Booten. Er kurbelte die Nadel von Frequenz zu Frequenz und lauschte den Quäktönen, die mal von Thunen, mal von Blaubarschen berichteten. Die Hummersituation war schlecht, schon die ganze Woche. Wer trotzdem hinausfuhr, lebte sich an den Blaubarschen aus. Die Salzwannen im Fischhaus quollen über von Köderfischen.

Dove setzte sich hinter Clayt an den Tisch und wartete. »Schlechte Nachrichten?« fragte er.

Clayt gab keine Antwort. Seine Augen waren starr aufs Wasser gerichtet. Er drehte am Senderknopf, ohne zu hören, was er wollte. Dann stellte er das Radio auf Flüsterlautstärke.

Dove streckte Ezra die Hand hin. »Leslie Everett Dove.«

Ezra nahm die Hand ohne Begeisterung. »Ich weiß«, sagte er.

»Ich wußte gar nicht, daß wir uns kennen«, sagte Dove.

»Hab ich auch nicht behauptet.«

Dove blickte zu Clayt hinüber, der sich noch immer nicht umgedreht hatte. »Oh, Sie meinen meine Bücher und das Radio ...«

»Nein«, sagte Clayt und drehte sich endlich um. »Ich hab kein einziges Buch von Ihnen gelesen. Und an Radios hab ich nur ein Kurzwellengerät, und das ist immer aufs Wasser eingestellt.«

»Na«, sagte Dove, faltete die Hände auf dem Tisch und lächelte, »das läßt sich machen.«

»Machen?«

»Daß Sie eins von meinen Büchern lesen. Ich werde meiner Sekretärin sagen, daß sie Ihnen das neueste zuschicken soll.«

»Nehmen Sie Platz, Mr. Dove«, sagte Clayt.

Dove blickte sich um, als hätte er gar nicht bemerkt, daß er schon saß. »Entschuldigen Sie bitte. Sie wirkten beschäftigt ...«

Clayt unterbrach ihn mit einer Handbewegung. Ezra wollte sich nicht setzen. Er stand schräg rechts hinter seinem Vater.

Dove riß die Papiertüte auf und breitete die Landkarte auf dem Tisch zwischen ihnen aus. »Schauen Sie her, Mr. Johnson, ich bin mit dem Kanu über die Casco Bay gefahren, und ...«

»Die ganze Bucht?«

»Die ganze, ja«, sagte Dove.

Ezra legte den Kopf ein wenig schief und schürzte die

Lippen, als ob er soeben etwas gesehen hätte, das er nicht verstand, etwas Eigentümliches, aber Harmloses. Er sah seinen Vater an.

»Da können Sie von Glück sagen, Mr. Dove«, sagte Clayt. »In so einem Wasser haben Sie in einem Kanu nichts verloren, erst recht nicht, wenn die Bucht voller Fischerboote ist.«

»Ich bilde mir ein, recht gut mit einem Kanu umgehen zu können.«

Tatsächlich.

Dove öffnete den Mund, um etwas zu sagen, dann schloß er ihn wieder. Er schaute zu Ezra auf, lächelte leicht perplex, als ob er etwas nicht ganz mitkriegte, und fuhr fort: »Und gerade habe ich in der Mackerel Cove Rast gemacht und eine Tasse Kaffee getrunken ...«

»Ich hab Sie im Laden gesehen. Sie haben neben meinem Sohn gestanden.«

»Stimmt genau.«

»Sie haben Ihren Kaffee nicht getrunken. Sie haben ihn bloß angeschaut.«

»Und normalerweise höre ich ja bei Gesprächen anderer Leute nicht hin«, fuhr Dove fort und wurde rot. »Aber heute – ohne aufdringlich sein zu wollen, Mr. Johnson –, heute habe ich zufällig gehört, wie Sie und Ihr Sohn sich über dies und das unterhielten. Ich habe mir gesagt: Ist das nicht der Hummerfischer von den Fotos damals? Und mir wurde klar, daß Sie genau der Mann sind, den ich suche. Wissen Sie, daß Sie in eine Sache verwickelt waren, die von großer Bedeutung für diese Insel ist, ganz zu schweigen von einer Stadt mit zehntausend Einwohnern siebzig Meilen im Landesinnern?«

Weder Clayt noch Ezra hatten etwas zu sagen.

Dove wartete einen Moment und blickte dabei vom einen zum andern, dann spreizte er über der Karte von Bailey Island die Finger und beugte sich geheimnistuerisch vor. »Ich habe mit jemand geredet, der mir erzählte, Sie wüßten vielleicht etwas über ein Boot, das vor elf Jahren verschollen ist.«

»Tatsächlich«, sagte Clayt. »Vor wieviel Jahren – elf?« »Elf.«

»Wer hat Ihnen das erzählt, war es Jesse Johnson? Jesse würde Ihnen sein eigenes Haus verkaufen, wenn er denkt, er könnte Sie damit glücklich machen.«

Dove kniff die Augen zusammen, als versuchte er sich zu erinnern. »Ja, ja, ich glaube, er sagte, er hieße Jesse Johnson. Ja, ich bin ganz sicher.«

»Tatsächlich«, sagte Clayt. »Da müssen Sie mächtig weit gereist sein, denn Jesse ist vorige Woche umgekommen.«

Dove wurde noch eine Spur röter. Er wich keinen Zentimeter zurück. Er blickte auf seine Karte und nahm auf einmal einen ganz anderen Ausdruck und Tonfall an, wie wenn ein Schauspieler übergangslos von einer Stimmung in die nächste wechselt. Seine Stimme wurde tief, offiziell. »Ich würde Sie nicht mit dieser Angelegenheit belästigen, wenn es nicht den Anschein hätte, daß die Leute hier eine Menge Erinnerungen daran haben.«

»Was fragen Sie dann mich?« meinte Clayt.

»Die Leute wissen nicht viel. Einer meinte, Sie wüßten, was wirklich passiert ist. Mit der *Raven*.«

Dove wartete auf eine Reaktion, aber es kam keine.

»Gechartert von Leuten aus Rehoboth, sechsunddreißig Personen. In der Mehrzahl Männer, aber nur die Frauen wurden gefunden, die Frauen und ein einziger Mann, der Kapitän Floyd Johnson.«

Clayt sagte nichts.

»Mir scheint, ich weiß, wo sie liegt«, flüsterte Dove. »Die *Raven*.«

»Das ist ja 'n Ding«, sagte Clayt in voller Lautstärke. »Wie haben Sie das rausgekriegt?«

»Sagen wir einfach, es gibt da ein Vögelchen, das bereit ist zu singen.«

»Wer soll das sein?«

»Sagt Ihnen der Name Earl Varney etwas?«

Ezras Augen bohrten sich in Dove.

»Sie meinen also, Bescheid zu wissen«, sagte Clayt. »Was wollen Sie dann von mir und meinem Sohn?«

»Woran können Sie sich von jenem Tag damals noch erinnern, Mr. Johnson?«

Clayt rutschte unbehaglich auf seinem Stuhl hin und her. Er nahm eine Kaffeetasse und drehte sie in den Händen, bevor er sie wieder absetzte und dabei so geistesabwesend dreinschaute, als ginge er im Kopf eine Liste möglicher Strategien durch. Seine Augen überflogen kurz die Landkarte, dann starrte er Dove direkt ins Gesicht.

»Mein Sohn und ich sind die Reusen abgefahren, und dabei sind wir auf sie gestoßen.«

Dove zog ein kleines Notizbuch heraus, legte es auf den Tisch und notierte eine Zeile. Er blickte auf. Clayt betrachtete das Papier. »Wenn ich mich recht erinnere, hatten ein paar von den Mädchen noch ihre Brille auf. Manchmal hatten wir trotz dem Nebel drei auf einmal. Sie waren alle dicht beieinander, richtig auf einem Haufen. Wir durften sie nicht an Bord holen. Sie wissen ja, das Gesetz des Ozeans, Diphtherie. Aber dann haben wir's trotzdem gemacht.«

Dove nickte lächelnd und wartete, daß Clayt weiterredete. Als Clayt nichts mehr sagte, wandte er sich an Ezra.

»Können Sie sich noch an irgendwas erinnern, junger Mann?«

»Ich war neun«, sagte Ezra.

»Aber sicher werden Sie so ein Ereignis nicht vergessen haben«, sagte Dove.

»Der Nebel wollte sich nicht verziehen«, sagte Ezra. »Überhaupt nicht, am nächsten Tag auch nicht, erst den Tag drauf hat er sich ein bißchen gelichtet. Aber da hatten wir sie schon rausgeholt. Sie wollten nach Monhegan, hab ich gehört.«

Dove nickte und forderte ihn mit einer vagen Handbewegung auf weiterzureden.

Ezra sagte nichts mehr.

»Was ist mit dem Kapitän, Floyd Johnson?«

Clayt überlegte. »Was soll mit ihm sein?«

»Was wissen Sie über ihn?«

»Wir haben ihn gegen Mittag gefunden, weiter nichts.«

»Konnte er ein Boot so gut steuern wie Sie, im Nebel?« fragte Dove.

»Wie gesagt, ich hab Floyd Johnson nicht gekannt«, sagte Clayt, wandte den Kopf ab und schaute wieder aufs Wasser.

»Aber Sie waren dort.«

»Ich war dort, sicher. Als mein Sohn ihn aus dem Wasser geangelt hat, war ich dort, und wenn ich ihn davor hier und da gesehen hab, war ich auch dort. Vierzig Jahre lang war ich mit ihm auf dieser Insel. Aber einen Mann vor Augen zu haben, heißt noch nicht, daß man ihn kennt. Um Ihre Frage zu beantworten: Ich vermute, daß er auf dem Wasser so gut war wie jeder andere. Jeder Fischer aus dieser Bucht kann das Wasser blind, betrunken und in einer totalen Waschküche wie damals befahren. Aber ein guter Kapitän wird man nicht nur dadurch, daß man das Wasser kennt, und Floyd Johnson war letztlich nicht gut genug, stimmt's?«

»Sie haben Monhegan Island nie erreicht«, sagte Dove.

Clayts Kopf fuhr herum. »Ist das eine Frage oder eine Feststellung?«

Dove sagte nichts.

»War's das? War das alles, was Sie wollten?« fragte Clayt.

»Ich möchte Ihre Hilfe«, entgegnete Dove. »Sie kennen diese Gewässer. Es könnte ein gemeinsames Projekt werden. Es wäre sicher in jedermanns Interesse, das Boot zu bergen.«

»Bergen.«

»Und das Geheimnis zu lüften.«

»Lüften.«

»Genau.«

»Und das wäre in jedermanns Interesse?«

»Aber ja. Damit könnte Bailey Island berühmt werden. Sie jedenfalls würden sich ganz gewiß einen Namen machen.«

Clayt blickte auf den roten Umriß von Bailey Island auf der Karte. »Es ist weiß Gott berühmt genug. Und mir gefällt mein Name, so wie er ist.«

Dove setzte sich zurück. »Wenn Sie – und das gilt für Sie beide – tatsächlich etwas über diese Sache wissen, könnte man von einer Aussagepflicht sprechen.«

»Wem gegenüber?«

»Zumindest gegenüber den armen Leuten in Rehoboth«, antwortete Dove. »Aber man darf zum Beispiel auch die Polizei nicht außer acht lassen.«

»Niemand von dort oder sonstwo hat bei mir angeklopft«, sagte Clayt. »Nur Sie, und Sie sind nicht aus Rehoboth. Und auch nicht von der Polizei.«

»Vielleicht sehen sie nicht, wo sie anklopfen müssen«, sagte Dove.

»Vielleicht schauen sie gar nicht hin. Vielleicht wollen sie es gar nicht wissen. Und was Sie betrifft: selbst wenn Sie wüßten, wo das Boot liegt, woher wollen Sie wissen, wie es dort hingekommen ist?«

»Sie kennen Earl Varney.«

Ezra drehte sich auf dem Absatz um, betrachtete das Wasser und lauschte.

Clayt lehnte sich zurück. »Ich kenne ihn.«

»Wissen Sie, daß die *Raven* ihm und Floyd Johnson gemeinsam gehört hat?«

Clayt sagte nichts.

»Mr. Johnson, wir sind beide vielbeschäftigte Männer. Reden wir nicht um den heißen Brei herum. Nach dem, was ich gehört habe, glaube ich, daß Sie wissen, was mit der *Raven* passiert ist, und vielleicht sogar, warum. Und irgendwas sagt mir, daß Sie genau wissen, wo sie liegt. Meiner Meinung nach sind Sie verpflichtet ...«

»Das haben Sie schon mal gesagt.« Clayt erblickte etwas durchs Fenster und stellte das Radio lauter. Jim Black saß mitten in Heerscharen von Blaubarschen. Auf der Wasserfläche bewegte sich ein grauer Punkt nicht vom Fleck, und alle andern Punkte, ein Dutzend oder mehr, eilten darauf zu.

Dove hielt ihm einen Kugelschreiber hin. »Ich gebe Ihnen fünfzig Dollar, wenn Sie über dem Round Rock ein X machen. Und ich zahle Ihnen noch mal fünfzig, wenn Sie mich hinbringen.«

»Sie wollen mir fünfzig Dollar geben, damit ich was auf eine Landkarte male? Unten im Laden würde jeder X-Beliebige Ihnen das umsonst machen, aber mir wollen Sie fünfzig Dollar dafür geben.«

»Ich glaube, daß Sie ein redlicher Mann sind, Mr. Johnson. Ich mache gern Geschäfte mit redlichen Menschen.«

»Was springt für Sie dabei raus?«

Dove zuckte die Achseln, spitzte die Lippen und zog die Schultern zurück, um Platz zu machen für all die ungenannten Dinge, die für ihn dabei rausspringen würden.

Clayt Johnson schaute auf den Schwarm von Booten hinaus, dann hoch zu seinem Sohn. »Die hundert im voraus«, sagte er und sah Ezra dabei an.

Ezra schluckte und erwiderte den Blick seines Vaters. Er hatte soviel von Dove gehört, und da saß er nun, ein Schrank von einem Mann, mit der aufdringlichen Art so vieler Städter, aalglatt, jedes Wort aus seinem Mund weder richtig noch falsch, sondern irgendwo dazwischen. Alle ein Mittel zu irgend etwas anderem, nie bloß die Worte selbst. Wie er da saß mit den feisten Händen im Schoß und der gespielten Gutwilligkeit in seinem dünnlippigen Lächeln, war Dove genau das, was Ezra gefürchtet – und was er sich erhofft hatte. Er stellte ihn sich in seinem roten Weihnachtsmannkostüm vor, wie er sich in seinem gemieteten Flugzeug anschnallte, während der Schnee an den Fenstern vorbeiwirbelte. Und er dachte an Bill Wincopah, den ursprünglichen Fliegenden Weihnachtsmann, den Kunstflieger, der die Idee gehabt hatte, bevor Dove alt genug für den Führerschein gewesen war; der letztes Jahr den Fehler begangen hatte, den jüngeren Leslie Everett Dove mit dem wachsenden öffentlichen Ansehen zu bitten, die Sache einmal zu übernehmen, damit er seinen kranken Vater pflegen konnte; der damit seine Weihnachtsmann-Nummer losgeworden war beziehungsweise vor dem aufblühenden Ruhm eines Schriftstellers (sagte Dove) zurückgetreten war. Der demnächst das Flugzeug nur noch steuern würde, während Dove

Bücher durch Dachfenster, Zigaretten ins Wasser und Puppen in eisige Brecher warf.

Dove legte zwei brandneue Fünfzigdollarscheine auf die Karte. Clayt nahm sie kommentarlos und stopfte sie in seine Brusttasche. Dann faltete er die Karte zusammen, ohne einen Blick darauf zu werfen.

»Sie gefallen mir nicht«, sagte Clayt. »Aber ich werde Ihnen helfen. Sie werden nicht auf die Karte zu schauen brauchen. Aber es wird Sie die hundert Dollar kosten, mit den eigenen Augen zu schauen.«

»Aber für später«, protestierte Dove. »Wenn ich das Geld aufgetrieben habe, muß ich Taucher und so weiter dorthin dirigieren.«

»Sie werden's nicht vergessen.«

Außerhalb der Bucht war der Himmel von einer trüben, gleichförmigen Wolkendecke verhangen. Die Luft war schwer, das Wasser stumpfgrau. Die Wellen schwappten harmlos gegen die Felsen.

Dove deutete auf eine Tafel, die Clayt am Instrumentenbrett angeschraubt hatte, als wäre sie eine Karte oder enthielte Sicherheitsbestimmungen für den Notfall. Mit seiner praktisch unleserlichen Krakelschrift hatte er darauf geschrieben:

Nichts und niemand wagte es, sich den Wünschen des persischen Tyrannen Xerxes zu widersetzen oder die Ausführung seiner Pläne zu verzögern. Als das Meer in einem Unwetter eine auf seinen Befehl gebaute Schiffbrücke zerstörte, ließ er nicht nur den Leitern der Überbrückung die Köpfe abhauen, sondern bestrafte auch das Meer mit dreihundert Geißelhieben.

»Eine interessante Tafel hat Ihr Vater da«, sagte Dove zu Ezra. »Was hat sie zu bedeuten?«

»Sie bedeutet«, schaltete Clayt sich ein, »ich bin durch Orkane gefahren, ich bin in Booten unter Wasser gewesen, und das unzählige Male. Ich hab gesehen, wie Fenster rausgedrückt und Segel weggerissen wurden. Und was ich gemacht hab, um am Leben zu bleiben, ist gar nichts. Wer mit dem Boot rausfährt, dem passiert irgendwann was. Wußten Sie, daß ein Boot einem Bescheid sagt, wenn zuviel Wasser drin ist? Es schüttelt sich, genau wie ein Hund den Kopf schüttelt. Ein Boot, das zu tief geht, wird völlig in die See eintauchen, hochkommen und sich schütteln. Früher sind sie einfach in den Wind gegangen und haben den Klüver schießen lassen, und so haben sie jeden Orkan in Kähnen überlebt, mit denen sich heute kaum mehr jemand aus dem Hafen trauen würde. Sie haben einfach beigedreht. Und ein Boot, das beidreht, hält auch heute noch eine Menge aus. Die Tafel bedeutet, daß das Wasser einem Todesangst macht, bevor es einen umbringt.«

Clayt lenkte das Boot durch das Seegatt an der Landspitze, bog um eine unsichtbare Ecke und hielt aufs offene Wasser zu. Das Boot beschleunigte, hob den Bug und prallte bei jeder Welle in die Höhe.

Ezra spürte, wie sie die Schwelle überfuhren. Die Wogen wurden breiter, der Wind schärfer, das Fahren reine Gefühlssache. Immer noch konnten sie Einzelheiten an Land erkennen, die Fenster im Haus an der Landspitze, die Rute in den Händen des Anglers. Doch so weit draußen auf dem Wasser, längst außer Hörweite, würde ein Unglück wie eine Übung oder ein Scherz aussehen.

Sein Vater nahm das Gas weg. Das Boot legte sich ein wenig auf die Seite und drehte sich in den Wind. Ringsherum wurde das Wasser weiß, spritzte, schäumte, überschlug sich, wie in einem Schwimmbecken voller Kinder.

Dove starrte ins Wasser. »Sind das die Riffe?«

»Ezra«, befahl Clayt, »hol die Angeln. Blaubarsche, Mr. Dove. Das sind Blaubarsche. Bestimmt ein ganzer Hektar.«

Ezra reichte Dove eine Angel und nahm eine für seinen Vater. Clayt warf sie aus. »Ködern ist gar nicht nötig«, sagte er. »Einfach ins Wasser damit. Und dann aufgepaßt.« Seine Leine wurde straff, fuhr nach links, nach rechts. »Jetzt, komm, komm.« Die Angel zuckte. »Faß zu! Jetzt! Hoch damit!« Die sich krümmende Angel zwischen die Beine geklemmt, lehnte Clayt sich mit aller Kraft gegen den Zug zurück. Sein Gesicht lief rot an, der Hals wurde dick, die Arme spannten sich an. Da, aus einer dreißig Meter entfernten Welle, der Sprung himmelwärts, der blaugrüne Bogen, der wilde Überschlag, dann der Sturz zurück unter Wasser. »Haken!« schrie Clayt. Ezra packte den Fischhaken und lief an den Rand des Bootes. Clayt holte seinen Fang ein, zog ihn durch die Meute unten im Wasser. Fuchsteufelswild kam der Fisch in Schenkelhöhe nach oben. In einer einzigen Bewegung ließ Clayt die Angel mit der rechten Hand los, riß Ezra den Haken aus der Hand und hieb ihn in die Kiemen des Fisches. Als der Fisch an Deck aufschlug, trat er ihm sofort mit der Ferse auf den Kopfansatz, während der Schwanz nach seiner Wade peitschte und die messerscharfen Zähne nach dem Haken schnappten. »Hammer!« schrie Clayt. Ezra holte ihn, und Clayt entriß ihm den Hammer und schlug damit auf den Fischkopf ein, noch mal, und noch mal. Der Schädel zerbrach, ein Zittern lief durch den Schwanz, ein letzter Schlag. Dann warf Clayt den Fisch in eine Holzkiste.

»Stehen Sie gut da drüben, Mr. Dove?« schrie er.

Dove warf seine Angel aus und stolperte augenblicklich nach vorn.

Gemeinsam angelten sie Fisch um Fisch, sechs, acht, schließlich ein Dutzend. Immer wieder blitzte der Fischhaken durch die graue Luft, hämmerte Ezra die öligen Schädel zu blutigem Brei, halb lachend, halb keuchend. »Einmalig leicht, einmalig gut«, sagte Clayt. Innereien und Schuppen bespritzten die Wände des Bootes. Schweiß lief ihnen die Arme hinunter. Ihre Gesichter hatten schmutzigrote Spuren. Nach einer halben Stunde rumorten sechzehn niedergeknüppelte und halbtote Blaubarsche in der Holzkiste.

»Es reicht«, sagte Clayt. Mit dem Fischhaken in der einen Hand und dem blutigen Hammer in der andern lehnte er sich zurück. »Lieber Himmel, mit Hummern hat man's nie so leicht«, sagte er keuchend. »Wenn sie so einfach zu kriegen sind, nimmt man, was man kann. Mögen Sie Blaubarsch, Mr. Dove?«

»Filetiert und gegrillt mit Zitrone.«

»Ich persönlich find ihn ungenießbar«, sagte Clayt. »Zu ölig.«

»Aber wozu dann das alles?« fragte Dove und breitete die Arme aus.

»Zum Spaß. Einfach zum Spaß. Wir zerschneiden sie, schmeißen sie zusammen. Als Köder hervorragend.« Er stellte den Motor an. Das weiße Wasser blieb zurück. Hin und wieder brabbelte das Funkgerät. Ansonsten herrschte jetzt ein tiefes, beklommenes Schweigen.

Ezra überflog den Horizont. Keine Boote im Umkreis von vier Meilen. Dann quäkte der Funk den Namen ihres Bootes, darauf den seines Vaters.

»Wir haben sie gesehen, Jim«, sagte Ezra ins Mikrofon. Er schaute sich über die Schulter nach dem fernen Häuflein von Booten um. »Sind grade eben durch. Ende.«

Nachdem er das Mikrofon wieder eingehängt hatte, schaltete Clayt das Gerät aus.

Doves Miene verriet ein gewisses Unbehagen.

»Sie hätten Nebel abwarten sollen«, sagte Clayt.

»Wie bitte?«

»In so 'ner Waschküche, wie die sie damals hatten, hätt's mehr Eindruck gemacht.«

»Ja, gute Idee, Johnson«, sagte Dove. »Ein sehr passender Effekt.«

»Ich hab ja gesagt, ich würd Ihnen helfen«, sagte Clayt.

»Sehr anständig von Ihnen, Johnson.«

Clayt stellte den Motor aus, und wieder machte das Boot eine schwankende Drehung. Alle drei Männer waren sich ihrer Isolation deutlich bewußt, der Distanz zwischen dem Boot und dem Rest der Welt. Und plötzlich auch des Blutes, das an ihren Sachen klebte, ihnen den Hals hinunterlief. Schließlich lehnte sich Dove über den Rand und spülte sich die Hände ab. Ezra beäugte ihn, während er sich mit den Daumen die Schuppen von den Handgelenken kratzte. Blutiger Brei und Schweiß liefen durch Clayts Finger, den Fischhaken hinab, tropften vom Ende des Widerhakens aufs Deck.

Dove blickte auf.

»Wie lange kann es ein Mann im Wasser aushalten, Mr. Johnson?«

Clayt blickte aufs Wasser, als ob er sich vergewissern müßte. »In dem Wasser? Ungefähr vier Minuten, würde ich sagen. Eine Frau ein bißchen länger.«

»Und ein Skelett?«

Clayts Augen wurden düster. »Ein Skelett kann's lange, sehr lange aushalten.«

»Dann könnte doch noch was da sein«, meinte Dove.

»Da?«

»Da wo die *Raven* ist.«

»Wo ist da, Mr. Dove? Es könnte irgendwas irgendwo sein, falls es das richtige Irgendwo ist. Falls sie untergegangen sind. Aber erst müssen Sie wissen, wo das ist. Es könnte gleich hier sein, es könnte weit da draußen sein.« Er deutete mit der Hand zum Horizont. »Die ganze Strecke bis zum Halfway Rock ist das Wasser gefährlich. Das ist ein zu großes Gebiet, um einfach irgendwo mit der Suche anzufangen. Und außerdem würde ich dort, wo Ihrer Meinung nach was sein müßte, nach gar nichts suchen. Alles wird vom Ebbstrom mitgerissen und mal hierhin, mal dorthin getrieben.«

»Aber der Round Rock. Beim Round Rock könnte doch noch was sein.«

»An der Küste hier hat es Hunderte von Schiffsunglücken gegeben«, sagte Clayt. »Irgendwas findet man immer.«

Dove sah zu Ezra auf.

»Und irgendwelche Gegenstände?« fragte Dove. »Persönliche Dinge? Schuhe, Brillen? Oder eine Uhr?«

Clayt antwortete nicht sofort. Sein Gesicht zeigte keine Regung, als ob Dove gar nichts gesagt hätte. »Wie gesagt, man holt ständig was hoch. Vor vier Tagen hab ich Jesse Johnson hochgeholt.«

Ezra blickte rasch auf. Clayt hatte nichts davon erwähnt. In der Bucht hatte es keine derartige Meldung gegeben, kein Anzeichen eines Begräbnisses; sein Vater hatte keinerlei Trauer gezeigt. Ezra war seit seiner Rückkehr aus Rehoboth ein halbes Dutzend Mal am Inselfriedhof vorbeigefahren und hatte kein frisches Loch gesehen, keine herumstehenden Schaufeln, keine neuen Grabsteine. Er verfolgte mit den Augen, wie das Wasser an einer Stelle zu einer Welle anschwoll, wie die weiße Lippe sich geradezu höhnisch kräuselte, wie sie überkippte, sich über eine unsichtbare Klippe ergoß, sich wieder verlief und erneut aufstieg, immer wieder, bis die grauen zylindrischen Wellen ans Ufer rollten und wieder zurückströmten. Ein kalter Schauer überlief ihn, er biß die Zähne zusammen. Er wußte, daß er hier sterben würde, in diesem Wasser, in so einer Welle, und man würde ihn hochholen und wieder hinabschicken, mit Steinen beschwert, das Gesicht verhüllt. Es war kein unbestimmtes Gefühl, sondern eine sichere Vorahnung, die Feststellung einer Tatsache.

»Meinen Sie, es war ein deutsches U-Boot?« fragte Dove.

»Wir hatten welche hier«, antwortete Clayt. »Daran ist kein Zweifel. Mein Sohn hier hat vor dem Krieg selbst eins gesehen.«

Dove schaute Ezra Bestätigung heischend an, aber der blickte an ihm vorbei, zum Land.

»Die Marine wußte, daß sie hier waren«, sagte Clayt. »Sie hatte über die ganze Bucht ein Kabel gelegt. Jedes hatte seine eigene Frequenz, und nachdem sie mal eine Weile hier waren, konnten wir sie am Geräusch der Schrauben unterscheiden. Ein Zerstörer mit sieben oder acht Flugzeugen, vielleicht einem Dutzend, ist hier aus dem Sund gekommen und hat dreieinhalb Meilen von der Insel entfernt Wasserbomben abgeworfen. Auf einmal war die Oberfläche schwarz von Öl.«

»Hätte es ein U-Boot sein können?«

»Sie haben überall hier in der Gegend die Fischerboote verschreckt. Aber soweit ich weiß, haben sie nie auf eins geschossen. Die *Raven* wäre ein kleiner Fisch gewesen.

Und es hätte Trümmer geben müssen. Es gab aber keine. Bloß diese Frauen.«

»Also Sabotage. Könnte es sich um eine Selbstversenkung gehandelt haben?«

Clayt erstarrte. Mit bissiger Stimme sagte er: »Ich werde Folgendes tun, Mr. Dove. Ich werde Sie jetzt von meinem Boot ins Wasser befördern. Dann fahre ich ein Stückchen weg und gebe Ihnen zehn oder fünfzehn Minuten. Ich rauche nicht, aber vielleicht warte ich, bis mein Sohn eine Zigarette geraucht hat. Er hat vor kurzem zu rauchen angefangen. Ich frage Jim über den Sender, was er gefangen hat, dann funke ich Larry Bailey an und laß mir erzählen, wieviel er hat. Bis dahin hat Ezra seine Zigarette ausgemacht, und wir kommen zurück und schauen, ob wir Sie finden.«

»Sehr komisch«, sagte Dove.

»Da Sie ein Mann sind – nur weil wir grade beim Thema *Raven* sind –, werden Sie wohl rasch sinken, was? Wenn Sie eine Frau wären, würde Ihnen das nicht passieren, als Mann schon. Aber wenn ich Sie zufällig trotzdem finde, bevor Sie gesunken sind, haben Sie Pech gehabt, denn dann wissen Sie wieder nichts Genaues. Wenn ich Sie nicht finde, wissen Sie Bescheid, und damit hätten Sie, was Sie wollten, nehm' ich an. Dann verschwinden Sie genauso wie diese Männer damals und können sie selber fragen, was passiert ist und wie und warum die ganzen Frauen oben geblieben sind. So was ist für euch Journalisten doch der reinste Knüller, oder nicht? Andererseits wird es Sie zu dem Zeitpunkt wahrscheinlich nicht mehr groß interessieren, wie diese Leute ertrunken sind, oder ob sie überhaupt ertrunken sind, ob es vorhergeplant war, ob es ein Unfall war, oder ob es die Deutschen waren oder Earl Varney oder der Papst höchstpersönlich. Also, ich laß Sie jetzt ins Wasser, wenn Sie so weit wären, Mr. Dove. Ihre Schuhe können Sie hierlassen. Ich bewahr sie Ihnen auf, für den Fall, daß Sie zurückkommen.«

»Ich verstehe nicht, was Sie ...«

»Folgendes«, unterbrach ihn Clayt. »Die einzigen Leute, die wirklich wissen, was auf dem Boot passiert ist, sind die, die drauf waren. Ich kenne vierzehn Frauen, die Ihnen alles sagen können, was Sie wissen wollen, und jede einzelne von denen weiß mehr als ich. Also nur zu, rein ins Wasser, Mr. Dove. Natürlich kann ich Sie auch wieder an Land fahren, und Sie denken sich einfach aus, was passiert ist, so wie Sie sich sonst alles ausdenken. Und mit den ganzen andern Geschichten können Sie weiterhin machen, was Sie wollen. Da draußen ist Stoff für tausend andere, und keine davon ist meine Sache. Aber die hier, verstehen Sie, die ist meine Sache, und Sie können sie nicht haben. Und ich werde Ihnen nicht sagen, warum, weil ich nicht dazu verpflichtet bin, und das ist auch meine Sache. Aber ich weiß, was Sie treiben, Mr. Dove. Und ich kann lesen. Mein Sohn hier geht aufs College, und ich hab auch mal damit angefangen, wenn's mir auch nicht geschmeckt hat.«

Eine blutige Pfütze breitete sich unter Ezras Füßen aus.

»Und falls wir je etwas von Ihnen über die *Raven* lesen sollten, was Sie sich ausgedacht haben oder von dem wir wissen, daß Sie's nicht wissen können oder nicht wissen sollten, dann werde ich Sie finden. Oder mein Sohn. Ich werde keinen Leserbrief schreiben. Ich kann mich nicht erinnern, jemals einem Menschen etwas zu Leide getan zu haben, Mr. Dove, und normalerweise liegt mir so was nicht, aber ich hab immer gedacht, daß ich's könnte, wenn ich müßte. Und wenn ich mir meinen Sohn so anschaue, bin ich sicher, er könnt's auch.«

Dove straffte entrüstet seine bulligen Schultern. »War das eine Drohung, Mr. Johnson?«

»Ich mache Ihnen nur die Alternativen klar. Es gibt zwei Möglichkeiten. Entscheiden Sie sich für eine.«

»Dann war es also eine Drohung.«

Clayt sagte nichts.

»Johnson, wenn Sie etwas wissen, müssen Sie es sagen. Es könnte sein, daß Sie gar keine Wahl haben.«

»Ist das auch 'ne Drohung?«

Dove wurde rot im Gesicht. »Schauen Sie, Johnson, wenn wir es hier mit Mord zu tun haben, gibt es keine Verjährungsfrist. Sie könnten wegen Behinderung der Rechtsfindung belangt werden, oder Schlimmerem. Wenn Sie in der Angelegenheit unschuldig sind, haben Sie nichts zu verbergen.«

»Unschuldig!« Clayt sah aus, als wollte er gleich loslachen. »Mit Unschuld hat das nichts zu tun.«

»Wenn Sie die Wahrheit kennen, werden Sie sie früher oder später sagen müssen.«

»Das könnte nun wieder wahr sein. Das können Sie wirklich: so tun, als ob Sie sich für die Wahrheit einsetzen. Aber jetzt sag ich Ihnen was, was auch wahr ist. Zwei Monate, nachdem mein Junge und ich die Leichen von der *Raven* aus dem Wasser geholt hatten, kam noch 'ne andere unten vor Biddeford Pool hoch. Ich wurde gerufen, weil die ganze verdammte Küste wußte, was hier oben passiert war, also bin ich mit Ezra runtergefahren, um sie zu holen. Sie hatten den traurigen Rest festgebunden, so daß er nicht weggeschwemmt wurde, aber auch nicht in die Brecher kam. Vom Gesicht war nichts mehr übrig, kein Fleisch mehr an den Fingern. Der Mund war aufgerissen, als würde er nach Luft schnappen, und voller Krabben und Küstenhüpfer. Der einzige Anhaltspunkt zur Identifizierung waren die Kleidungsreste. Aber am Hemd steckte eine Nadel von der Rehoboth High-School. Von der Strömung her kam es auch hin, und das reichte ihnen. Ihrer Meinung nach war es unsere Aufgabe, uns darum zu kümmern. Leider Gottes hatten ein paar Touristen da unten sie gesehen, und so konnten wir sie nicht einfach verschwinden lassen. Wir mußten sie mit einem Dory bergen. Aber wenn jemand hier von der Insel im September zuerst auf diese Leiche gestoßen wäre, nach allem, was hier passiert war, hätte er höchstwahrscheinlich was Schweres drangebunden und sie versenkt. Bei Gott, ich hätt's auch gemacht. So was hat mit einer Show nichts zu tun, Mr. Dove. Es ist pure Menschenfreundlichkeit.«

Ezras Augen gingen plötzlich zu, und statt Dove sah er den ausgerenkten Kiefer im Wasser, das Gewimmel im Schlund, die abgenagten Fingerknochen mit den Teilhandschuhen aus blauem Fleisch.

»Aber dann hätten Sie nicht das geringste davon erfahren«, fuhr Clayt fort. »Sie wollen die *Raven* bergen und eine Show draus machen. Sie sagen, Sie könnten Bailey Island berühmt machen. Aber das ist keine Show, Mr. Dove. Wenn Sie also über die Wahrheit reden wollen, müssen Sie zuallererst verstehen, daß Sie bei dieser Geschichte hier nicht mal die Hälfte der Wahrheit kennen. Sie geben sich den Anschein, als wüßten Sie, wo alles ist und wie man dort hinkommt und überhaupt. Vergessen Sie's, Mr. Dove. Sie wissen zuviel, zu viele Fakten, zu viele Einzelheiten. Niemand weiß wirklich, was auf dem Wasser los ist, wenn etwas schiefgeht. Sie reden über Gut und Böse auf hoher See. Sie reden über Schicksal und Bestimmung und all solchen Quatsch. Da draußen gibt es so was wie Gut und Böse oder Schicksal und Bestimmung nicht. Es gibt nur Konsequenzen. Aber mit dem Bösen kann man Bücher verkaufen, nicht wahr? Mit Konsequenzen nicht. Deshalb werden Sie so lange nicht erfahren, was damals mit dem Boot passiert ist, wie Sie nicht ins Wasser gehen.«

»Das denken Sie nicht wirklich, Mr. Johnson.«

»Stimmt, das denke ich nicht, das weiß ich. Also, Mr. Dove, was darf's sein?«

MAVIS

Mavis Beauchamp hatte noch nie den Ozean gesehen. Und beim erstenmal sollte sie ihn gleich überqueren. Sie war zwanzig, und sie wollte mit ihrem Stipendium ein Jahr auf der andern Seite bleiben und Französisch studieren. Was sie sah, war nicht das, was sie von einem Ozean erwartet hatte, der ihr den Vater, die Brüder und den Onkel genommen hatte, der einst eine Figur in einem Buch verschlungen hatte und der sie jetzt nach Frankreich entführen sollte. Während der ganzen Überfahrt stand sie allabendlich auf dem Deck des Schiffes – undenkbar, daß so ein Monstrum auf dem Wasser schwamm, wenn ein kleines Boot einfach verschwinden konnte – und beobachtete, wie das zähe, kalte Motoröl im Mondschein gegen das Schiff schlug. Sie hielt Ausschau nach Periskopen und Geisterschiffen und weißen Leviathanen, sah aber nur eine schwarze Wüste, ungeheuer, unsäglich.

Dann wartete sie, immer zuerst den Geruch in der Nase. Den Moder, die Fäulnis, die weißen Schwaden, die sich über den Bug des Schiffes wanden, dann hinauf durch die Reling und um ihre Füße. Der unvermeidliche Nebel, als müßte die See jede Nacht einmal ergrauen. Mit ihm hatte sie gerechnet. Wenn sie etwas vom Ozean wußte, dann daß es dort Nebel gab. In den Tagen der Suche damals hatten sich die Zeitungen immer und immer wieder über den undurchdringlichen Nebel verbreitet. Wenn er kam, zogen sich alle andern Passagiere in die Kabinen zurück. Sie aber blieb unerschütterlich an der Reling stehen, selbstverständlich ohne etwas zu sehen, während sie fortwährend mit dem Handrücken ihre Wange trocken zu reiben versuchte. Ihre Sachen klebten feucht an Beinen und Brust. Sie dachte nicht an ihre Brüder, sondern an die Frauen, die gemeinsam auf dem Friedhof von Rehoboth lagen. Es kam Mavis sinnlos vor, sich noch länger über die Männer den Kopf zu zerbrechen. Sie hatten nichts mehr mit dem zu tun, was geblieben war. Andere gingen längst an ihrer Stelle durch die Stadt, versteckten in der Rehoboth High-School die Tafelschwämme, saßen in der Bank an ihren alten Plätzen, standen in Kerseys Juweliergeschäft hinter dem Ladentisch, plombierten in der Zahnarztpraxis Zähne, heirateten und brachten Kinder zur Welt und starben dann weg. Es waren die alten Gespenster von Deutschen, Mördern, Spionen und Piraten, an die Mavis sich jetzt erinnerte, die Gespenster, die die Zimmer ihrer Brüder bevölkert hatten und die ihr den Weg nach Frankreich bahnten. Sie waren viel spannender, und sie hatten mehr zu sagen. Sie war sicher, daß alle so dachten, ihre Mutter vielleicht ausgenommen, die, hartnäckig im Haus verschanzt, das Trauern anscheinend zur hohen Kunst erhoben hatte. Ich bin traurig, daß sie tot sind, ich bin traurig, daß sie tot sind, sagte sich Mavis auf dem Deck eines nach Dieppe fahrenden Ozeandampfers immer wieder vor und glaubte es sich immer noch nicht so recht.

Sie fragte sich, ob ihr der widerliche Gestank bis unter die Hufe der Marmorpferde von Paris nachfolgen würde, befürchtete, auf Schritt und Tritt die Namen auf Plakaten zu lesen:

Ivan Beauchamp, 10 Jahre alt, 19. Juni 1941
Umgebautes Alkoholschmugglerboot
Schwester Mavis Beauchamp, verschollen

(keinem Menschen Antwort gebend als dem Flüstern in
ihrem Ohr)

Gordon Beauchamp, 41 Jahre alt, 29. Juni 1941
Umgebautes Alkoholschmugglerboot
Tochter Mavis Beauchamp, verschollen

(dann später am selben Tag das Telegramm aus Rehoboth)

Gordy Beauchamp, 16 Jahre alt, 29. Juni 1941
Umgebautes Alkoholschmugglerboot
Schwester Mavis Beauchamp, verschollen

(als ob es ihr nie gesagt worden wäre, wie zur Erinnerung. Auf dem Markt, vorbei an dem gallertartigen Hirn
in einer roten Pfütze auf dem Hackklotz des Metzgers)

verschollen

(sie hätte beinahe die Baguettes und den Wein vergessen,
ein gutes Jahr)

29. Juni 1941
Alban Beauchamp

(und sie? und sie?)

ehemalige Nichte

Sie wußte, was sie auf der andern Seite des Ozeans erwartete, während sie sich immer weiter von dem Gestank entfernte, von dem Ort, wo sie nur anders sein durfte, wenn sie trotzdem genauso war. Wie ihre Mutter. Eine Frau, verlassen schon vor der Hochzeit, für immer verlassen. Und Mavis seufzte in die Wellen, nickte dem Ozean zum erstenmal zu und stieß es von sich, stieß alles von sich. Sie kehrte der Reling den Rücken zu. Es war kein Land mehr in Sicht.

1985

MAVIS

Mavis De Vries saß im Wohnzimmer ihres Hauses in Kansas vor dem Panoramafenster mit Blick auf ihren geliebten Hintergarten und hielt einen Brief in der Hand. Sie war nicht aus dieser Gegend, ja kaum in ihr – sie hatte sich den Garten von ihrem Ehemann Henry mit einem hohen Lattenzaun einfrieden lassen, als wollte sie damit alles Hiesige fernhalten, den Staub und die Sporen. Obwohl ihre Freundinnen – Ehefrauen der Kollegen ihres Mannes an der Universität – ihr gegenüber bemerkt hatten, sie habe mit den Jahren gewisse Züge des Mittelwestens angenommen. Einer Farmersfrau sogar, wagten sie zu behaupten. Warum auch nicht? Schließlich war sie klein, untersetzt, unscheinbar; zudem war sie ernst, anfällig nur für einen gewissen Galgenhumor, ein bißchen gebeugt, ein bißchen bedrückt, mit einem Ausdruck in ihren sanften wäßrigen Augen wie von nicht allzufern liegenden finanziellen Sorgen.

Dabei war Mavis alles andere als eine Farmersfrau. Ihr Mann und die Männer ihrer Freundinnen waren Professoren, Philosophen und Historiker, und das Haus, in dem sie wohnte, war der helle, großzügige Landsitz, von dem sie alle geträumt hatten, als sie noch in ihren stickigen kleinen Studentenbuden wohnten, an rohen Holztischen aßen und in Heilsarmeebetten schliefen.

Draußen im Garten gab es, wie um ihren Wünschen

zu entsprechen, trotz der phantastischen Blüten und üppigen Grüntöne kein Leben. Alles war ordentlich, alles in tadellos gejätete Parzellen eingeteilt, die streng am Zaun und aneinander ausgerichtet, trittfreundlich gestuft, vortrefflich domestiziert waren. Ein sauberer Kiesweg führte in rechtwinkligem Zickzack zwischen den Blumenbeeten hindurch. Eine einzelne Chaiselongue stand neben einem Beistelltisch auf einer Holzterrasse und schmorte, ohne genutzt zu werden – wozu? um Drinks im Garten zu nehmen? den Sonnenuntergang zu genießen? – einsam in der Sonne wie eine groteske Skulptur (eine Bemerkung, die sie mehr als einmal gehört hatte).

Mavis hatte es so eingerichtet, daß sie gerade eben über den mit Eisenspitzen bewehrten Zaun hinwegschauen konnte. Und dorthin wanderten ihre Augen, nachdem sie den Brief in den Schoß gelegt hatte. Dahinter lag die Prärie, und die Prärie sah aus wie das Meer, und die Straße, fand sie jedesmal, wenn sie und ihr Mann von einem ihrer strategischen Großeinkäufe zurückkamen, sah aus wie eine Mole, denn sie endete dort, wo die Prärie anfing, verschwand in den Weiten des Weizens. Und der Weizen war still und blaß, und die Ferne schimmerte Tag und Nacht unter der durch nichts behinderten Sonne, flirrend zwischen Schattenstrich und blendender Helle, und unter dem Mond, der ein ums andere Mal durch die rasche Strömung der Wolken schnitt. Staubfahnen fegten in strudelnden Röhren über das Tafelland. Winzige Wirbelstürme hüpften von Zaun zu Zaun und von Scheunendach zu Scheunendach über die Farmen und zerstoben an der Barriere von sich kreuzenden Winden. Vor ihr schwarz wie ein Fluß, endete die Straße flirrend an Höfen, die ihrerseits am Horizont waberten wie ferne Schiffe.

Sie hatte eine Zeitlang, vielleicht eine Stunde, mit dem

Brief in der Hand dagesessen. Sie wartete, doch sie hätte nicht einmal sagen können, worauf. Vielleicht darauf, daß die Sonne versank. Als sie um halb sechs Henrys Wagen in die Einfahrt biegen hörte wie jeden Abend, erkannte sie, daß es das nicht gewesen war. Sie verfolgte Henrys langsame, gemessene Schritte zur Haustür. Die Tür ging auf, und Mavis erhaschte kurz, bevor sie wieder zuging, einen Blick auf die weißglühende Stille ihrer spärlichen Nachbarschaft, das Sonnenlicht dicht am Boden, die vor Hitze singenden Fenster. Dann zog Henry seine Schuhe aus, erst den einen, dann den andern, und sie schloß die Augen und neigte leicht den Kopf. Die verspätete Brise strich über ihre Nackenhaare, als die Tür längst wieder zu war, und bei dem Schlurfen von Henrys Slippern auf dem Fliesenboden schlug sie die Augen wieder auf. In ihrem Haus trugen beide Slipper, wie Chirurgen, damit die Keime draußen blieben.

Henry, lang, linkisch und gebückt, setzte ein Glas Orangensaft vor Mavis ab und stellte sich mit seinem in der Hand neben seine Frau, um wie sie gedankenversunken aus dem Fenster zu blicken, als ob er das Wasser nach sinkenden Booten absuchte. Es war ihre eingeschliffene Routine, nahtlos, unverzichtbar, bedeutungsschwanger: Wie würde es ausgehen, nach all den Jahren? Er legte ihr, glücklicherweise teilnahmslos, eine Hand auf die Schulter.

»Was ist das?« fragte er, lange nachdem er den Brief in Mavis' Schoß gesehen hatte.

Mavis führte ihr Saftglas an die Lippen, einfach weil sie es in der Hand hatte. Sie stellte es ab und blickte auf die von dem grauen Zaun umschlossenen Blumen und Gemüsepflanzen hinaus.

»Er ist von meinem Cousin Jackie«, sagte sie. Sie machte

eine wegwerfende Handbewegung, wie um das banale Geheimnis hinter einem scheinbar unfaßbaren Kunststück deutlich zu machen, und ließ die Hand dann auf ihren Schenkel sinken. Henry nahm neben ihr in einem Sessel Platz und betrachtete sie, die üblichen Bemerkungen abrufbar auf der Zunge, ohne sich für eine zu entscheiden, und lehnte sich zurück.

Mavis hob den Brief hoch. Das einzelne Blatt zitterte ein wenig in ihrer Hand. Sie lachte. »Alle haben immer gesagt, Jackie würde wie mein Vater aussehen.« Sie schaute Henry an, ohne ihn wahrzunehmen. »Ich fand das nicht«, sagte sie, »außer daß beide klein und rundlich waren. In Vaters Gesicht spielte ständig Musik, aber Jackie war immer wie ein Stein. Er war ein Niemand. Bei keiner Stelle haben sie ihn behalten. Er konnte nicht einmal eine Melodie summen.«

Sie legte den Brief auf den Boden, strich sich den Schoß glatt und faltete die Hände darüber wie zum Gebet. »Jakkie hat meine Mutter im Krankenhaus besucht, wahrscheinlich um gleich darauf um die Ecke zu seinen Eltern zu gehen und um das nächste Darlehen zu bitten. Aber er schreibt, als er zu meiner Mutter ins Zimmer kam und ihre Hand nahm, hätte sie die Augen aufgeschlagen und ihn konzentriert angestarrt, als würde sie versuchen, sich an ihn zu erinnern. Die Falten auf ihrer Stirn wären verschwunden, sagt er. Und sie hätte immerzu den Namen meines Vaters wiederholt: ›Gordon, Gordon, Gordon‹. Dann hat sie angefangen zu weinen. Jackie hat versucht, seine Hand wegzuziehen. Aber es war, sagt er, als ob die Finger in der Tür festgeklemmt wären. Sie hat bloß unentwegt gelächelt und in einem fort gesagt: ›Gordon, Gordon‹, den ganzen Tag und die ganze Nacht. Und niemand hatte den Mut, ihr zu sagen, daß der Mann, der dort stand, nicht mein Vater war, daß er nicht nach vierundvierzig Jahren wieder aufgetaucht war, ohne einen Tag älter zu werden. Und sie haben sie in ihrem Glauben gelassen, genau wie immer.«

Ein Ausdruck des Befremdens erschien auf Mavis' Gesicht. Sie nahm ihre Brille ab und legte sie auf den Schoß, die verschleierten Augen dem Himmel zugewandt. Ihre Hände bebten kurz, dann lagen sie wieder ruhig auf den Schenkeln. »Vater und die Jungen haben sie immer angehimmelt«, sagte sie. »Ständig haben sie ihr erklärt, wie wunderbar sie sei, wie schön sie sei. Im letzten Jahr – dem Jahr, als sie verschwanden – schrieben die Jungen ihr Gedichte zum Muttertag, und als sie ihr die überreichten, hat Mutter sich zu mir umgedreht und gesagt: ›Sieh nur, was für großartige junge Männer deine Brüder sind!‹«

Mavis räusperte sich. Sie richtete den Blick auf den Garten und blinzelte langsam, als ob die Ordnung der Blumen sie dazu inspirierte, einen großzügigeren Ton anzuschlagen. »Ich wußte sofort, daß sie nie wieder heimkommen würden. Ich war mir einfach sicher, daß sie tot waren, alle, als ob ich sie selbst umgebracht hätte.« Sie schüttelte den Kopf, lachte auf. »Sie dagegen hat unbeirrt das Haus gepflegt, ihre Zimmer sauber gehalten, ihre Sachen gebügelt, ihr Bettzeug gewaschen, ihre verdammten Pokale abgestaubt. Ich hatte sogar Alpträume darüber, daß sie zurückkommen würden, drei Gerippe in Lumpen, die auf das Haus zugingen und sich in ihre ordentlich gemachten Betten legten.«

Sie drehte sich zu Henry um. »Sie ist gestorben.«

Henry nickte, und Mavis richtete die Augen nach oben und ließ sich in den Sessel zurücksinken, erdrückt von der Last des Gefühls, das sie ständig hatte: ausgeschlossen zu sein, schon wieder ausgeschlossen, alleingelassen, zurückgelassen, am Leben.

Später erhoben sie sich von ihrem genau portionierten Abendessen, verabschiedeten sich von der Kälte und Beklommenheit, die auch etwas mit dem Haus zu tun hatten. Die Nacht zog vor den Panoramafenstern auf. Sandkörnchen tickten ans Fensterglas und erinnerten sie ans Wetter, einen nicht wahrnehmbaren Windstoß. Mavis passierte den Flur, die geschrubbten Böden und die nackten Wände, an denen keine Fotos hingen, ihre kahle Leere, der nicht anzumerken war, daß jemand dort lebte, jemand Bestimmtes, irgend jemand. Hier und da kam sie an einem Zeichen dafür vorbei, daß hier einmal Kinder gelebt hatten, als ob es einfach zuviel wäre, zu sehr im Widerspruch zu einer alten Gewohnheit stünde, gar keine Spuren zu hinterlassen. Ein immer noch in bunten Farben gehaltenes Zimmer, ein übersehenes Stück Tapete. Aber die Dinge der Kindheit, der Kleinkram, die Trophäen, waren weg. Überall waren die Teppiche weggeräumt worden, zur besseren Staub- und Schmutzbekämpfung. Es gab keinen Geruch, gar keinen. Die Hartholzböden waren blank und versiegelt, pflegeleicht wie im Museum. Sie hatte für all das keine Zeit.

Die einzigen Spiegel im Haus waren lang und schmal und hingen innen an den Badezimmertüren. Mavis schritt über die nackten Fußböden durch das ganze staublose Haus, in dem kein Platz für die Kinder und Erwachsenen war, die nicht zurückkommen würden, einerlei in welcher Gestalt.

Im Bett konnte Mavis ihn in der Dunkelheit riechen. Nach all den Jahren fühlte sie sich immer noch müde, betäubt, ohne Antriebskraft – ganz gewiß ohne liebevolles Gefühl –, als ob das Hauptmerkmal ihrer kahlen Wände deren Fähigkeit wäre, sie aufzusaugen, hinein, hinunter, hinweg. Der schnittige Bug des langen Schiffes auf dem Rückweg von Frankreich vor zweiunddreißig Jahren fiel ihr wieder ein. Wie sich die weißen Schwaden übers Deck um ihre Knöchel geringelt hatten. Und sie, die Arme auf die Reling gelegt, und unter ihr die ganze schwarze Wüste. Nichts hatte sich nach dem Jahr geändert als die Richtung des Schiffes. Wieder sagte sie sich in einem fort: Ich bin traurig, ich bin traurig, daß sie tot sind. Sie versuchte immer noch, es sich einzureden.

Aber während unter ihr die dunklen Wellen dahinzogen, begann ihr Jahr im Ausland mit jedem langsamen Stampfen und Schlingern immer mehr zu verschwinden. Ihre Routine, ihr Französisch, das ihr fast zur Muttersprache geworden war, ihre Baguettes und ihr Wein wirkten wie aus den Seiten der blau gebundenen Reiseführer gerissen. Weil sie nach allem, was sie erlebt hatte, dennoch auf dem Weg nach Hause war, mit jeder Minute tiefer in einem Sessel im Wohnzimmer ihrer Mutter versank, unter dem Familienfoto, auf dem sie alle hinter Vaters Klavier posierten.

Bis sie dann um Mitternacht an der Reling neben dem langen, dünnen Henry De Vries stand. In jener Nacht hatte sie ihn, nachdem sie von all dem, was er sagte, so gut wie nichts hatte, mit in ihre Kabine genommen. Ein gänzlich unerregtes Leben ging zu Ende, als sie einen Mann, der genauso alt war – einundzwanzig –, wie ihr ertrunkener Bruder Ivan es gewesen wäre, durch die schmale Kabinentür führte. Mavis bildete sich sogar ein, daß Henry aussah, wie Ivan ausgesehen hätte, wenn er noch am Leben gewesen wäre. Während sie sich in der fahlen, nirgendwoher kommenden Dampferbeleuchtung, auf demselben Ozean, in dem sie alle ertrunken waren, die Bluse aufknöpfte, führte sie Henry zu ihrer engen Koje und riß die kratzigen Schiffsdecken herunter. Nachdem sie ihn aufs Bett manövriert hatte, zog sie sich aus und dachte dabei, wie er sogar ihrem Vater ähnelte: der gleiche nach Moschus riechende Nacken und die gleiche tiefe tremolierende Stimme, die sie bis zu ihrem neunten Lebensjahr gekannt hatte. Was Anne Stisulis, wäre es ihr vergönnt gewesen, für Gordy getan hätte, tat Mavis für Henry. Sie fühlte sich endlich frei, das Leben zu leben, das für die Jungen jäh mit zehn und sechzehn im Wasser abgebrochen war.

Ihr unerfahrener Rhythmus war langsam und exakt gewesen. Und kein Laut. Henry hatte ihr Gesicht berühren wollen, aber sie – die stumpfen Augen weit aufgerissen in einem glasigen Blick durch die Wand, der gerade Strich ihres Mundes blau – wandte sich ab. Er machte den Mund auf, um etwas zu sagen, aber sie umschloß ihn mit der Hand. Nur ihr leises Stöhnen, das Brummen der Schiffsmaschine drei oder vier Etagen tiefer und die Sprungfedern, ihre dünne papierene Bläue. Drei Schweißperlen erschienen auf ihrer Oberlippe. Ihr Mund zitterte und klappte auf, und sie krümmte sich zusammen, ihre dunklen Haare überall zugleich.

Mavis nahm Henry mit nach Maine. Sie kündigte sich bei niemandem in Rehoboth an. Frances Beauchamp hatte bestimmt, daß ihre sterblichen Überreste vor Bailey Island ausgebracht werden sollten, wo ihre Söhne und ihr Mann zuletzt gesehen worden waren. Mavis hatte ihr Leben lang gewußt, daß dies der Wunsch ihrer Mutter sein würde, zu ihren Männer zurückzukommen, obwohl sie nie davon geredet hatte, bei ihnen sein zu wollen – nur dort, wo man sie zuletzt gesehen hatte –, denn sie waren ja nicht tot, bloß weggegangen. Aber man konnte sie nicht einfach dort verwesen lassen. Man mußte ihre Asche ausstreuen.

Als Mavis und Henry in ihrem Mietwagen nach Rehoboth hineinfuhren, hoben sich die verschneiten Gipfel hinter ihnen und die Kiefernhügel vor ihnen scharf gegen den Himmel ab. Der Fluß war glasig, auf eine unsaubere, düstere Weise klar. Nirgends Vögel. Es war Winter, aber es gab kein Eis. Wo die Schornsteine von Rehoboth über den Hügel ragten, schleppte sich der Fluß neben der Straße entlang, das Wasser nicht einmal mehr klare, sondern eher wie eine weiße Brühe, die den Rinnstein hinunterlief.

Sie hielten in der Congress Street. Draußen an der Luft bekam Mavis Angst. Ihre Augen begannen zu tränen. Überall verfaulten Eier und brannte Kohl an. Im Verein mit dem Dunst war der Gestank geradezu stofflich, so, als könnte sie ihn aufrühren, wenn sie einen Finger vor dem Gesicht hin- und herbewegte, oder ihn im Einmachglas auf ein Regal stellen. Die Stadt verschwamm ihr dahinter, die Kanten der Häuser und Ladenfronten waren nicht richtig scharf, die Buchstaben auf den Schildern nicht ganz deutlich. Das Hotel Harris, das Rehoboth House of Pizza, ein Safeway-Supermarkt, ein verbretterter Woolworth. Die Temperatur war gestiegen. Graue Schneereste versteckten sich in den Hauseingängen. Ein dumpfes, zweitöniges Dröhnen erscholl von irgendwo hinter den Läden; unter ihnen – stetig und unaufhörlich – schleppte sich der Fluß durch die Stadt. Alles war wie immer. Allein dort auf dem Bürgersteig zu stehen war schon eine Art Tod. Und Mavis fürchtete sich. Aber es war nicht Rehoboth; es war ihre Mutter, es waren Mavis' Verpflichtungen.

»Hier rein, Henry«, sagte sie und zog ihren Mann an der Hand in ein Lokal, das ihr nur vom Namen her neu war. Ciccarelli's. Das Ristorante war leer, nichts rührte sich darin als ein an der hohen Decke kreisender Ventilator und eine Frau im hellgrünen Kittel, die hinter einer langen Theke mit der Drahtbürste einen Bratrost bearbeitete, als rüstete sie sich für große Menschenmengen, als warteten die Kunden schon vor der Tür auf ein Zeichen, daß sie hereinkommen durften. Es war Mittag. Die Mulden in der Salattheke für die Schüsseln mit Krautsalat und Makkaronisalat waren ungefüllt. Geräumige Glasregale waren spärlich bestückt mit grünen Tassen und Untertassen und winzigen amerikanischen Flaggen, einem retuschierten Babyfoto, einer Schachtel Donuts. Alles streng symmetrisch und ordentlich in seiner kargen Makellosigkeit. Im ganzen machte ihr Ciccarelli's Ristorante den Eindruck, voller Staub und Spinnweben zu sein, obwohl das Lokal von oben bis unten blitzblank war.

Die rosa-grüne Neonreklame draußen – außer dem Geldautomaten das einzige sichtbare Zugeständnis der Stadt an den urbanen Kommerz – hatte *Italienische Küche* angekündigt, aber auf der Speisekarte stand nichts auch nur entfernt Italienisches außer Pizza, und auch die nur von Hand dazugeschrieben, wie als rein hypothetische Möglichkeit. An der Theke warteten Mavis und Henry in einer fiktiven Schlange darauf, an einen Platz geführt zu werden. Sie betrachteten die riesige Leuchtuhr, deren Ziffern nahezu verblaßt waren. Sie sah aus, als wäre sie für irgend etwas weit Entferntes gedacht, den Giebel eines Gerichtsgebäudes oder das hintere Ende einer Bowlingbahn. Das Ticken des Sekundenzeigers klang wie ein tropfender Wasserhahn.

Sie nahmen in einer Nische mit Blick auf die Rückwand Platz und beobachteten den Eingang im Chromgehäuse des überdimensionalen Serviettenspenders. Draußen brannte die Sonne auf die Glastür. Sie waren froh, drinnen zu sein. Ihre Augen hatten aufgehört zu tränen. Mavis hoffte, daß niemand zur Tür hereinkommen würde, und als niemand kam oder auch nur vorbeiging, wuchs ihr Hunger.

Die Frau stellte wortlos ihr Essen vor ihnen ab und verschwand dann mit der Drahtbürste in den hinteren Räumen. Die totale Stille und die Einfachheit der räumlichen Aufteilung, die Leere der Salattheke, die Dürftigkeit der Neonbeleuchtung – Mavis sah dies alles, und es erschien ihr durchaus nicht trostlos, sondern als eine Art von Vollkommenheit, eine Leistung, ein Triumph über die Komplikationen von Speisen und Kunden und ihrer Unordnung und ihrer Geschichte.

Auf seiner Parzelle in den Pleasant View Estates wurde Walter McAlister, gebettet in einen blauen Veloursruhesessel, sechzig Jahre alt. Mit Emphysem, Asthma, geschwollenen Augen. Er haspelte sich durch die Sätze, bevor ihm die Luft ausging; dann fing er an zu weinen. Er stützte sich auf den gedeckten Metallnachttisch neben sich und krächzte: »Ich hab heute ...«, er stockte, um Atem zu holen, »Geburtstag.« Dann malte er auf ein Blatt Schreibmaschinenpapier, wie ihre Häuser sich früher gegenübergestanden hatten – »Weißt du noch, Mavis?« –, mit der Rasenfläche dazwischen, wo ihre Mütter immer die Wäsche aufgehängt hatten. Er erinnerte sich, wie er und Gordy und Ivan sich in den Sommermonaten aus den Fenstern ihrer Zimmer gelehnt und sich über den Hof und die aufgehängten Laken hinweg in die Nacht hinein unterhalten hatten. Wie an jenem Abend, dem 28. Juni

1941, DiMaggio die unvergeßliche Schlagserie von einundvierzig Spielen erreicht hatte.

Sie hatten zusammen Ball gespielt ... »Weißt du noch? Wir hatten auf erhöhtem Gelände die Pfadfinderhütte gebaut, die das Hochwasser überstand. War nie rauszukriegen, wieso sie abbrannte. Wie eine Strafe Gottes. Wir haben davon geträumt, in der Fabrik zu arbeiten.« Walter stockte und blickte nach oben: an jenem Samstagabend, dem 28. Juni, da hatten sie sich aus den Fenstern gelehnt und den Krieg herbeigewünscht, und wenn er vorbei war, wollten sie eine schöne Frau heiraten, und der einzige Wunsch für danach war, in die Fabrik zu gehen – »Gordy wollte ... nur Anne S-stisulis. Sie wurde gefunden ... er nicht. Aber das weißt du ja selbst« –, bis die Schritte einer der Mütter ertönten und die Lichter im ersten Stock eins nach dem andern angingen und sie mitten im Satz nach drinnen verschwanden, ohne sich noch gute Nacht sagen zu können, und die Fenster sich in rascher Folge zum letztenmal schlossen, wie Pistolenschüsse. Er hatte sie nie wiedergesehen.

Neben dem leise vor sich hin weinenden Walter starrten Mavis retuschierte Bilder von zwei übergewichtigen Söhnen und einer fettleibigen Tochter an. Eine Reihe Bücher, alle vom selben Autor – *Leslie Everett Dove, Leslie Everett Dove* stand in goldenen Lettern auf jedem –, füllten das Bord darunter und teilten sich den Ehrenplatz mit Walters Kindern und der Bibel. Wie das erste Universallexikon eines Jungen schienen sie einen Besitzanspruch auf Walters Phantasie zu erheben.

Eine Mütze der American Legion, die einsam und geschniegelt auf dem Bord darüber lag, konnte nach Ansicht von Mavis noch ein wenig mehr Schniegeln vertragen, und setzte schon an, aufzustehen und es zu tun, so wie sie einem weinenden Mann einen Fussel von der Brust zupfen mochte, froh über die Möglichkeit, ihre Hände zu betätigen. Aber Walter hob ein Album mit dicken schwarzen Seiten, deren Ränder wellig und abgewetzt waren, vom Boden auf, legte es sich auf den Schoß und schlug ein überbelichtetes Schwarzweißfoto auf, das ihn und Gordy und Ivan in Korbstühlen auf der Veranda ihrer fast fertiggestellten Pfadfinderhütte zeigte, zu beiden Seiten Brennholz für einen noch mehrere Monate entfernten Winter aufgestapelt. Am unteren Rand *Juni 1941* darauf gekritzelt. Walter starrte das Foto an und begann mit der mühsamen Mechanik des Redens: Luftschnappen, pumpende Brust, Mundaufreißen. Der Gedanke aufzustehen entfiel Mavis einfach, als ob er jemand anderem gehörte.

Mit tränenüberströmtem Gesicht sah Walter auf. »Weißt du noch ... dein Vater wollte, daß ich mitkomme ... So was vergißt man nie ... Nur das Boot sah nicht ... seetüchtig aus. Die kleinen Dinge, die einem das Leben retten. Ein Foto.«

Draußen vor dem Fenster hinter Walters Kopf schuf ein Löffelbagger in einer Staubwolke röhrend Platz für einen weiteren Trailer. (»Entschuldige ... Hätte nie gedacht, daß ... ich mal in einem von diesen ... *Dingern* lande«, hatte er gesagt, als er Mavis hereinbat.) Walter hob den Arm und deutete über den Bagger, die Straße, die Bäume hinaus. Er verzog den Mund, klopfte sich hilflos auf die Brust. Er würde nie wieder in der Stadt wohnen, die Abgase, das Emphysem. Er ließ die Hand fallen und setzte ein verunglücktes Lächeln auf, dann – ergeben in das, was er gar nicht gesagt hatte – trat ein Ausdruck der Wehrlosigkeit in seine Augen.

Er schüttelte den Kopf. »Kennst du ... deine Stadt überhaupt, Mavis? Wir haben prozentual mehr Männer und Frauen ... im Zweiten Weltkrieg verloren ... als jede andere Stadt in den USA außer Brooklyn. Deine Familie ... Beauchamp. Beauchamp ... ein großer alter Name in Rehoboth. Reinster Hochadel.«

Mavis lächelte schwach. Ihre Augen glitzerten. Sie tupfte sich mit dem Handrücken an die Nase und holte tief Luft. Sie beugte sich vor und berührte Walter am Knie. »De Vries mittlerweile, Walter«, sagte sie. »Mavis De Vries.«

Ein Mann vom Krematorium fuhr hinter Mavis und Henry her zum Rand der Dyer's Cove gegenüber von Bailey Island. Mavis hielt den schweren Metallkasten auf ihrem Schoß umklammert. Aber das Wasser dort war überfroren. Es gab keine offene Stelle, und Treibholz und alte Reusen steckten im Eis fest. Da sie die Asche ihrer Mutter nicht den Möwen überlassen wollte, dirigierte Mavis sie weiter über die Brücke nach Bailey Island. Über das Wasser hinweg sah Mavis ein Stück, das öffentlich zugänglich zu sein schien, eine kleine Bucht gegenüber einer Hummerverkaufsstelle. Sie parkten am Fuß eines Hügels, und Henry und der Mann vom Krematorium warteten, während Mavis so weit auf die Felsen hinausging, wie sie konnte. Als sie auf dem letzten Vorsprung stand, wurde ihr angesichts der Örtlichkeit plötzlich klar, daß ihre Mutter eigentlich gewollt hatte, daß ihre Asche draußen auf dem offenen Wasser ausgestreut wurde. Aber Mavis war nicht bereit hinauszufahren. Sie fand es zuviel, zu abgedroschen, zu theatralisch, zuviel Getue um etwas, das immer schon übertrieben worden war.

Sie holte den Metallkasten aus der großen Papiertüte, in die sie ihn zum Tragen gesteckt hatte, und schaute in ihn hinein. Staub und steinchenartige Knochensplitter.

Fitzel von irgend etwas anderem. Stoff? Wird man eigentlich nackt oder angezogen verbrannt? Sie hatte vergessen zu fragen.

Sie hob den Kasten hoch und hielt ihn so weit übers Wasser, wie sie konnte, überzeugt davon, daß es nicht mehr brauchte als diese Stelle, diesen beliebig gewählten Zeitpunkt an einem verhangenen Tag. Hier, dachte sie, war der Ausflug losgegangen.

Sie kippte den Kasten ohne jedes Zeremoniell aus – wie einen Aschenbecher – und inspizierte dann das Innere. In den Ecken hing noch etwas Asche. Sie klopfte jedes Körnchen über dem Wasser aus, stieß das bißchen, das auf den Felsen gefallen war, mit dem Fuß weg, wischte die Oberseite ihrer Schuhe ab und ging dann zum Wagen zurück, bevor der letzte Rest des grauen körnigen Films hinweggeschwemmt wurde.

Sie stellte sich bereits all die Orte in Maine vor, die sie nie gesehen hatte, die Orte, wo sie nie hingedurft hatte. Es hatte keinen Fleck gegeben, der ihrer Mutter nicht weh tat. Sie hatte immer gesagt, daß sie Bailey Island erst besuchen würde, wenn sie tot war. Selbst als die ganzen Leichen, die ganzen Frauen am Ufer angespült wurden, weigerte sie sich hinzufahren. »Erst wenn ich wirklich dort bleiben kann, wo dein Vater mich verlassen hat«, hatte sie gesagt.

Jetzt hatte Mavis eine Liste. Sie wußte, daß sie die vor ihrer Rückkehr nach Hause noch erledigen mußten. Henry wartete im Wagen. Er wußte, daß es damit ausgestanden sein würde, und chauffierte sie.

»Lebwohl«, sagte Mavis. Überall, wo Henry sie hinbrachte, zu allem, was sie sah, auch wenn es das erstemal war – »Lebwohl«.

EZRA

Ezras Sohn Charlie war groß und braungebrannt und hatte die muskulöse Schwammigkeit und rote Gesichtsfarbe, die von harter Arbeit und noch härterem Trinken kommen. Nachdem er und Ezra sämtliche Reusen abgefahren hatten, war der Schwimmkasten immer noch erst halb voll. Ezra schielte unter seiner Sweatshirt-Kapuze, die er lose unterm Kinn zugebunden hatte, so daß fast nur seine grauen Stoppeln herausschauten, nach oben. Der leuchtende Nebel war einem grauen, konstanten Licht gewichen, und der Regen war kalt und nieselig geworden.

»Wie wär's, wollen wir Dreggen?« fragte Ezra.

Charlie sagte nichts.

Ezra griff zum Mikrofon des Funkgeräts. Er drehte am Lautstärkeknopf und stellte den Funk auf die Frequenz seines Vaters.

»Papa.«

»Sprich.«

»Hast du Lust zum Dreggen?«

Nach einer Pause: »Wo?«

»Round Rock«, sagte Ezra.

Eine Zeitlang kam keine Antwort, und Ezra hängte das Mikrofon ein, guckte in den Schwimmkasten und schüttelte den Kopf.

»Wanda muß rechtzeitig wieder am Fischhaus sein, um

deinem Großvater zu helfen«, sagte er zu Charlie gewandt.

»Sie muß die Kinder abholen.«

Ezra hantierte am Kontrollbord herum, um etwas einzustellen, das nicht eingestellt werden mußte. »Vielleicht kannst du sie dabei begleiten, und dann kommt ihr zusammen zurück«, sagte er.

Schließlich ertönte die Stimme seines Vaters über Funk: »Meinst du, es kommt was dabei rum, Junge?«

Ezra zuckte die Achseln, als ob Clayt ihn sehen könnte. Er spähte aufs Wasser. Er nahm das Mikrofon ab. »Ich meine, ich könnte noch was brauchen.«

»Zehn Minuten.«

Ezra sah Charlie nicht an. »Mach das Netz fertig.«

Er nahm den Gang heraus, dann stieg er auf den Bug und kraxelte den Mast zum Ausguck empor. Die Wellen waren einen Meter hoch und höher, der Regen kam in waagerechten Böen, aber Ezra stieg so behende hinauf, als würde er an einem sonnigen Tag auf einen fest im Boden verwurzelten Obstbaum klettern, während Charlie unten schwankend auf dem schlingernden Deck stand und das kleine graue Gesicht anblickte, das von hoch oben auf ihn hinuntersah. Der Mast war nicht nur am Fuß flexibel, sondern ging mit den Wellen auch immer ein Stück in die Höhe.

Oben bediente Ezra die Zweitsteuerung, kleinere Hebel und ein winziges Rad, und lenkte die *Joanne B* in das weiße Wasser vor sich. Dann kippte eine Welle über und legte auslaufend die Leeseite eines Felsengrats frei. Die Klippen schimmerten kurz im grauen Licht, bevor sie wieder im ringsum gurgelnden und spritzenden Wasser versanken.

Er sah, wie Charlie sich straffte und erst ins Wasser blickte, dann hoch zu ihm.

»Es ist Flut, Charlie«, rief Ezra. »Bei Ebbe stehen sie heraus. Ein einziges langes Gezeitenriff, das rüber bis Cundy's Harbor verläuft.«

Charlie nickte und winkte, allerdings nicht sehr überzeugt, und als das Boot einen Ruck machte, wollte er sich an etwas Aufrechtem festklammern, bekam aber nur sich selbst zu fassen und schüttelte den Kopf, während Ezra kurz auflachte.

»Auf der andern Seite des Riffs sind's überall zwanzig Faden bis zum Grund«, rief er hinab. »Hier in diesem Teil des Riffs, selbst hier hast du noch sicheres Wasser. Der höchste Teil des Riffs da drüben ist der Round Rock. Er ist wahrscheinlich so groß wie zwei von diesen Booten. Dahinter hast du dann achtzehn Faden Tiefe. Östlich davon sind's auch achtzehn. Westlich sind's zehn, zwölf Faden. An allen Seiten ist jede Menge Wasser. Hier, wo wir jetzt sind, ist das Wasser sechs Meter tief, und du siehst ja, wie dicht wir dran sind. Aber jetzt, wo Flut ist, hat's reichlich Wasser. Bei Niedrigwasser ist es ein durchgehender Felsenriegel, der bis nach Ragged Island rüber ganz knapp unter der Wasseroberfläche liegt. Du mußt genau im Kopf haben, wo was ist, weil du nichts davon siehst.«

Rechts von ihnen kam wieder Nebel auf, das Licht dort war dunkler, kompakter und wurde dann von der Nase eines Trawlers gespalten, auf dem mit der Hand *Hattie B* geschrieben stand. Der Mast erschien, hoch oben Clayts Haare, wie eine weiße Flamme im Nebel. Der Bug sank ab, und Clayt kam mit dem Boot längsseits. Hinter dem Laufbrett stand Wanda mit dem Netz in der Hand. Sie war dick, rotfleckig vom Alkohol und wirkte wie ein Mann, wenn man von den Brüsten unter ihrem weiten T-Shirt absah. Sie sah nicht auf. Clayt blickte auf sie hinunter, die Hände in die Hüften gestemmt. Beide hatten den Mund fest zusammengepreßt und den Kopf gesenkt, als ob jeder der einsame und bittere Unterlegene eines Streits wäre.

»Wanda, schmeiß Charlie das Netz rüber«, rief Ezra ihr zu.

Wanda warf einen skeptischen Blick in das Gebrodel. »Willst du wirklich heute da rein? Die See ist verdammt rauh.«

Ezra blickte Clayt an. Wanda schaute zu Charlie hinüber, der die Achseln zuckte, eine Zigarette aus dem Mund nahm und ihr über den Bordrand hinweg reichte. Sie rauchten einen Moment. »Er fährt einmal im Jahr hier rein, vielleicht zweimal«, erklärte ihr Charlie und blickte zu seinem Vater hoch. »Er sagt, es gäbe keinen besonderen Grund dafür, aber ich glaub ihm nicht.«

»Hört gefälligst mit dem Geschwätz auf«, brüllte Ezra. »Sieh zu, daß das Netz rüberkommt.«

Wanda schaute über die Schulter aufs Wasser. »Das Netz bist du jetzt schon los.«

Clayt schaute zu Ezra hinüber, und was ihn bewegte, war nicht die Sorge um das Netz, auch nicht die Sorge um die Hummer, die sie hatten, oder die Hummer, die sie noch nicht hatten, sondern die Treue zu seinem Sohn, der ihnen eine Aufgabe gestellt hatte, und sein – Clayts – fragloser Wille zur Zusammenarbeit. Auf dem Spiel stand eine Hummerfischerei, die bereits das Gespenst ihres einstigen Zustands war, so wie sie beide in ihrem Festhalten an einem überlebten Leben bereits die Gespenster ihrer Väter waren. Was ihnen dort unten als Sohn beziehungsweise Enkel und dessen Frau begegnete, war etwas, das sie nicht benennen konnten. Doch es bedeutete das Ende von dem, was sie – Ezra und Clayt – gewesen waren, und sie wußten es. Und Charlie und Wanda – in ihrer Nachgiebigkeit gegen die beiden alten Männer, gegen sich selbst, gegen einander – wußten es auch, hatten aber weder Veranlassung noch den Willen, etwas dagegen zu unternehmen.

»Schaff endlich das verdammte Netz rüber«, sagte Clayt rauh.

Wanda und Charlie beförderten ihre Zigaretten ins Wasser und zogen Handschuhe an. Ezra und Clayt fuhren das Gespann näher an die Riffe heran, dann gab Ezra den Befehl zum Ablassen, und Charlie und Wanda ließen die Leinen des Netzes durch die Hände gleiten, während die Boote herumschwenkten wie in einer Parade.

»Wir ziehen einmal kurz durch, dann gleich wieder raus«, sagte Ezra.

Als sie die Riffe beim Näherkommen schlürfen und gurgeln hörten, schauten Charlie und Wanda zu ihren Bootsführern hinauf, ins Wasser hinunter, hinauf, zueinander hinüber. Schließlich sah Clayt Ezra an und nickte, Ezra rief: »Hoch!«, und Charlie legte einen Hebel um. Die Boote neigten sich zur Seite.

Wanda nickte. »Toller Fang.« Sie konnte sich ein süffisantes Grinsen nicht verkneifen.

Charlie holte das leere Netz ein.

»Noch mal«, sagte Ezra mit Blick auf Clayt.

»Och, nicht doch«, sagte Wanda.

»Runter, Charlie«, rief Ezra und machte eine Geste, als tätschelte er einen imaginären Hund, ruhig, ruhig, sitz.

Wanda warf das Netz aus. Wieder schwenkten die Boote herum, und die vier Leinen liefen ins Wasser, als wären sie dort verankert, als wäre der ganze Meeresboden ihre Ladung, wenn sie ihn nur erwischten.

Wieder gab Ezra das Zeichen, und wieder betätigte

Charlie die Winde. Die Boote legten sich zur Seite, das Netz schraffierte das Wasser mit Kreuzlagen und baumelte triefend und weitgehend leer in der Luft.

Wanda schüttelte den Kopf und stemmte die Hände in die Hüften.

Ezra sagte nichts, und Wanda warf die Arme hoch und ließ ihr Ende des Netzes hinabsausen. Ezra und Clayt beobachteten grimmig, wie es sank und verschwand.

»Hoch!« rief Ezra tonlos und mit abgewandtem Kopf. Als ob dieser Versuch noch nicht der letzte wäre.

Diesmal ächzten die Winden und bebten, als ob der Meeresboden wirklich im Netz wäre. Die Boote neigten sich noch stärker zur Seite. Charlie und Wanda mußten sich weit zurücklehnen, um sich auf den Füßen zu halten. Wasser schwappte aus den Schwimmkästen über das Deck.

»Mein Gott«, sagte Charlie und griff nach einem Halt.

»Ruhig«, sagte Ezra. »Ruhig.«

»Verdammt noch mal, Ezra, laß fahren, wir hängen fest«, rief Wanda.

»Es gibt noch nach«, sagte Clayt ruhig.

»Da gibt nichts mehr nach«, entgegnete Wanda. »Laß los, es hat sich verhakt ...«

»Zu dicht dran«, rief Charlie und wich zurück.

Auf einmal ging ein Ruck durch die Boote, als ob sie einen Tritt bekommen hätten, und alle klammerten sich irgendwo fest und blickten aufs Wasser. Es gurgelte an den Riffen, obwohl die noch ein Stück entfernt waren. Das Wasser war tief genug. Die Boote richteten sich auf, die Winden gingen wieder leicht, und das Netz kam hoch.

»Irgendwas ist uns entwischt«, sagte Charlie.

Aber Clayt und Ezra hatten beide einen harten Zug um den Mund. Konnte sein, daß ihnen etwas entwischt war, durchaus. Aber es gab noch eine andere Möglichkeit.

Das Netz erschien an der Oberfläche. Charlie und Wanda traten vor und starrten in eine wimmelnde Masse aus Tang und Scheren und zähem Schleim. Charlie stieß mit seinem Fischhaken hinein und stockte. »Was zum Teufel ...« Er fuhr zurück und schwang den Haken wie zur Selbstverteidigung.

Ezra lehnte sich aus dem Ausguck: mitten in dem wuselnden Modder vergammelte Schuhe in verschiedenen Größen, groß, klein, mittel; metallisches Glänzen wie von Münzen im Schlamm; aufragend die Spitze eines Bugs, dann ein glattgehobeltes Stück Holz mit einer Messinghalterung, in der keine Fahne mehr steckte.

»Du lieber Himmel ...« Wanda hielt sich die Hand vor den Mund. Charlie beugte sich nahe heran. Etwas Längliches, Weißes – verkohltes Brennholz? gesplitterte Knochen? Oberschenkel, Schienbein? –, eine kleine steinere Kugel, rund geschliffen, Höhlen mit Seegras verstopft. Durch den Tang schoben sich bleiche Zweige wie Fingerspitzen an die Luft.

Ezra schaute zu Clayt hinüber. Er mußte nicht überlegen. Aber er beobachtete, wie sein Vater unverwandt auf den Fang starrte, bis seine Augen schmal wurden, und er drehte sich abrupt herum, einmal, ein zweites Mal, schaute über die Schulter, prägte sich die Position ein, maß mit den Augen die Abstände zu verschiedenen Punkten, hinter ihm zu den Sisters, nach Ragged Island, nach Jaquish Island, vor ihm nach Orr's. Als ob er Ausschau nach etwas Verlorenem hielte oder sich an etwas Vergessenes erinnerte. Nicht an eine Sache, sondern an einen Ort. Clayt richtete den Blick auf seinen Sohn. Er und Ezra sahen sich an, fixierten sich wie in einem Kampf, einem Messen der Geistesgegenwart oder der Konzentration. Keiner sagte etwas.

Die Riffe waren näher gekommen. Ezra brüllte zu Wanda hinunter: »Hol das Metallzeug da raus.«

Aber Wanda rührte sich nicht. Sie blieb breitbeinig an Ort und Stelle stehen, verlagerte nur ihr Gewicht mit den Wellen, inspizierte den Netzinhalt.

»Verdammt noch mal«, blaffte Ezra. »Charlie, hol den Kram raus.«

Charlie bückte sich und wollte nach etwas langen, was ihm hart und klein vorkam. Er streckte die Hand nach der steinernen Kugel aus.

»Finger weg«, rief Ezra.

Charlie blickte hinauf.

»Bloß die andern Sachen.«

»Aber wir müssen das Netz sowieso ausräumen«, sagte Charlie.

»Es bleibt hier.«

Wanda schüttelte entgeistert den Kopf.

»Wir versenken es«, sagte Ezra.

Charlie und Wanda schauten erstaunt auf. Ezra spürte, wie sein Vater ihn über das Wasser hinweg beäugte. Niemand regte sich.

»Los!« schrie Ezra. »Kappt die verdammten Leinen, bevor wir uns drin verheddern.«

Charlie blickte hinunter in das Netz, als wollte er sich merken, was darin war, dann durchtrennte er mit dem Fischhaken seine Leinen, und das Netz sackte herunter. Wanda tat es ihm nach, und es fiel, die Mitte sank ab, die Ränder trieben noch kurz auf dem Wasser und verschwanden dann lautlos. Ein paar Sekunden lang blubberte die Wasseroberfläche, dann ging eine Welle darüber hin, und sie war wieder leer und dunkel. Schweigend schaukelten sie auf den Wellen und starrten ins Wasser, dann trieb ein niedriger Nebel zwischen sie und machte sie füreinander unsichtbar.

Bei der Einfahrt in die Mackerel Cove warf Ezra kurze Blicke nach rechts und links, als ob der Nebel kein Sichthindernis wäre. Er drehte den Motor voll auf. Ein letzter Spurt. Der Bug stieg, dann senkte er sich, und sie tuckerten gemächlich dahin. Die Flut war auf dem höchsten Stand, alles war überschwemmt, die Boote drehten sich um ihre Vertäuung.

Die *Joanne B* legte neben dem Floß mit der großen Waage an. Ein Mann mit Bundfaltenhose kam in einem plumpen Dory aus dem Nebel gerudert. Er nahm Charlie die Eimer mit Hummern ab, leerte sie in eine Holzkiste und stellte die dann auf die Waage. Charlie wirkte sofort weniger ungeschickt, sehr gewieft und aufmerksam, während er beobachtete, wie die Nadel schwankte und der Mann eine Rolle Geldscheine aus der Tasche zog. Ezra Johnson blickte weg und wirkte plötzlich ein wenig beschämt.

Der Wieger hielt das Geld hin, bevor die Nadel überhaupt zum Stillstand gekommen war. »Kein schlechter Tag«, sagte er. »Aber der Preis ist gestern abend gesunken.«

»Der Preis ist gesunken, Charlie«, sagte Ezra freundschaftlich, fast ein wenig schüchtern. Er nahm die Zwanzigdollarscheine entgegen, die der Mann ihm hinhielt, und zog zwei davon für Charlie heraus. »Aber du kriegst deinen Anteil trotzdem.«

Charlie nickte nicht einmal zum Dank, bevor er zu dem Wieger ins Dory stieg.

»Charlie«, rief Ezra.

Charlie blickte auf.

»Kein Wort. Zu niemandem ein Wort.«

Charlie gab keine Antwort. Der Wieger sah auf. Ezra ignorierte ihn.

»Du und Wanda. Kein Wort. Zu niemand. Noch nicht.« Charlie schaute verwirrt drein.

»Ich erklär's dir später«, sagte Ezra.

Schließlich nickte Charlie und ruderte davon.

Ezra fuhr in seinem Pickup rasch um die Bucht herum auf die Hauptstraße und bog gleich wieder davon ab, in einen Feldweg hinein. Sein Haus lag am Ende eines grasbedeckten Felsvorsprungs, der an drei Seiten von Wasser umgeben war. Drinnen ging er schnurstracks zum Telefon. Der Fernseher murmelte im Nebenzimmer. Joanne hatte ihn wohl noch nicht so bald zurückerwartet. Ezra drehte sich um, in der einen Hand das Telefon und in der andern zwei Metallgegenstände, eine algenfleckige Armbanduhr und ein zierliches Fernglas, Gold mit eingelegtem Perlmutt. Ein Opernglas. Er wählte, dann betastete er abermals das Opernglas und fuhr mit seinem Fingernagel geistesabwesend die eingravierten Initialen nach, das geschwungene L, dann das S –

»Arthur McAlister, bitte. Ezra Johnson ... Arthur? ... Ja. Ja ... Hör mal, Arthur, ich hätte gern, daß du vorbeikommst.«

Zunächst keine Antwort.

Schließlich: »Wie wär's mit morgen vormittag?«

»Wie wär's mit heute nachmittag?«

Ezra spürte, daß McAlister nachdachte, sich erinnerte, sich wahrscheinlich im Büro des Rehoboth Falls Trust umschaute wie Clayt von seinem Ausguck aus und unter die Tische und Stühle blickte, die fremden jungen Gesichter der Angestellten musterte. Als ob er in den dunklen Ecken und in den unvertrauten Zügen undeutlich etwas erkennen könnte, das vierundvierzig Jahre zurücklag.

»In zwei Stunden«, sagte McAlister knapp und hängte ein.

Ezra legte den Hörer auf die Gabel und schaute zum Fenster hinaus. Er verfolgte mit den Augen die Fahrrinne zur Bucht hinaus, wo Wasser und Himmel im Nebel entschwanden. Die schmale Rinne war schwarz und aufgewühlt. Ezra wußte, daß das Wasser rauher werden würde, bevor es sich wieder beruhigte, daß die undurchdringliche Wand weichen würde und der ganze Nebel sich bis zum Nachmittag verzogen hätte. Daß er am Nachmittag hier vom Fenster aus in jeder Richtung wieder klares Wasser sehen würde.

Er hatte nie schwimmen gelernt. Er aß nichts, was aus dem Meer kam. Er beobachtete es und befischte es, aber er wußte, daß er es nicht besonders mochte. Heute mochte er es noch weniger als sonst.

Ezra saß zum Meer gewandt in seinem Pickup. Das Radio rauschte zwischen zwei Sendern. Die Fenster waren vom Zwielicht wie beschlagen. Hinter der Einfahrt zur Mackerel Cove war es schon dunkel.

Er zog aus der Tasche das geknickte Kuvert und daraus den vergilbten Brief mit dem Geviert aus längst abgescheuerten Falzkanten. Er hatte ihn seit dreiunddreißig Jahren nicht mehr gelesen. Er las ihn, las ihn noch einmal, faltete ihn wieder zusammen und steckte ihn in das Kuvert und dieses in die Tasche zurück. Er schaute auf die Bucht, als erwartete er dort unter den anderen zitternden und schwankenden Booten, die dem Regen trotzten, die *Raven* zu sehen.

Die Bucht war nicht sehr belebt, viele der Liegeplätze waren nicht vergeben, andere aus dem Grund der Bucht herausgerissen. Sie sah aus wie in früheren Jahrzehnten zu Mittag, aber jetzt war früher Abend, und alle noch arbeitenden Fischerboote lagen vertäut an ihren Plätzen. Nur halb so viele wie früher.

Ezra fuhr sich mit den Fingern durchs Haar. Er bleckte im Spiegel die Zähne und rieb mit einem Finger über die Zahnreihen. Er hob einen Styroporbecher vom Boden auf, betrachtete die kalte Lache auf dem Grund und kippte sie hinunter.

Das große Auto, ein alter Cadillac, hielt neben seinem Pickup, die Schnauze in die gleiche Richtung gewandt. Ezra nickte dem Fahrer zu, einem alten Mann, den die Jahre arg mitgenommen hatten. Krumm hing er hinter dem Lenkrad und atmete schwer durch den Mund, die Zähne halb vor Anspannung, halb vor Entschlossenheit zusammengebissen.

Sie stiegen aus und gaben sich vor den Autos die Hand.

»Tut mir leid, daß ich dich herbitten mußte, Arthur«, sagte Ezra.

»Wo ist es?«

Arthur McAlister schien zu lächeln, aber Ezra sah, daß er sich lediglich zusammennahm.

Ezra grinste halbherzig wie über die Summe seiner vielen Fehlschläge und schüttelte den Kopf.

»Round Rock«, sagte McAlister.

Ezra nickte.

»Wem hast du's erzählt?«

»Dir.«

»Wo ist Charlie?«

»Mit dem hat das nichts zu tun.«

»Clayt?«

»Bastelt im Werkzeugschuppen rum, nehm ich an.«

»Weiß er's?«

»Er weiß es.«

Ezra ging hinter McAlister her, während der sich den Laufsteg hinuntermühte.

»Nur ruhig Blut«, sagte Ezra.

McAlister tappte mit zaghaften Schritten nach unten, und Ezra schob sich an ihm vorbei ins Dory und zog es fest gegen das Anlegefloß, als McAlister ins Schwanken geriet. Ezra richtete sich auf, führte McAlister in den Bug und machte die Leine los.

McAlisters Brust arbeitete schwer, sein Atem pfiff durch die Zähne.

»Meine Lungen kannst du vergessen«, sagte er keuchend.

»Das macht die verdammte Stadt«, sagte Ezra. »Die ganzen Sulfide und das viele Chlor.«

»Tja, damals wußten wir noch nicht, was wir heute wissen.«

»Gerochen hat's schon immer wie Scheiße.«

McAlister lächelte schwach. »Das ist der Geruch des Geldes.«

»Es ist der Geruch von Leukämie, Arthur. Ich hab die Meldung von den Jungen da oben gelesen. Alle sechs Söhne einer Familie gestorben, bevor sie fünfundzwanzig waren.«

Ein müder Blick trat in McAlisters Augen, Ausdruck von Erschöpfung und Überdruß und der lang geübten Entschlossenheit, der Wahrheit nicht ins Gesicht zu sehen. Er machte mit der Hand eine Geste durch die Luft, entschuldigend, kapitulierend. »Es ist schon viel besser, als es mal war.«

Ezra sah McAlisters Miene, schüttelte den Kopf und lachte. »Na schön, Arthur, wie du meinst.«

Er drehte sich um, griff sich die Riemen und stieß ab; seine raschen Ruderschläge waren eher wie kurze Schnau-

fer als wie lange Atemzüge. Sie strichen flink um die Liegeplätze und Anlegeflöße herum. Sie kamen zum Wägefloß.

Die triefenden Riemen erhoben, hielt Ezra inne, und
sie glitten daran vorbei. Aus den Bäumen am Ufer riefen
Vögel. »Eine Sache, die mich nie loslassen wird, ist der
Anblick der ganzen Frauen, wie sie hier mit offenen Augen auf einem Haufen gelegen haben. Hat mich die ganzen Jahre über verfolgt. Wenn ich die Augen zugemacht
hab, haben sie mich angestarrt, als wollten sie mich für
irgendwas anklagen.« Er drehte sich um und schaute dem
auf seinem Sitz keuchenden McAlister ins Auge. »Ich sehe
sie immer noch vor mir.«

Er nahm das Kuvert aus seiner Tasche und reichte es
nach hinten. »Wirf mal einen Blick da drauf, Arthur.«

Er hörte das Papier in McAlisters Fingern knistern,
dann ruderte er weiter und hörte nichts mehr. Er hörte
lange nichts. Sie näherten sich seinem Liegeplatz, als sein
rechter Riemen über ein Blatt Papier hinwegging, das sich
in dem öligen Strudel drehte, vier gleich große Felder mit
krakeliger Schrift unter einer dünnen Wasserhaut.

Ezra stockte, dann zog er den Riemen durch.

»Hast du den Brief schon mal gesehen, Arthur?«

»Nein.«

»Glaubst du, was drinsteht?«

McAlister sagte nichts.

Sie erreichten den Liegeplatz, und Ezra sprang an Bord
der *Joanne B*, ließ eine Leiter hinab und zog McAlister
an beiden Armen zu sich hoch. Er hielt ihm eine dick-
wattierte orangerote Jacke hin.

»Zieh die an.«

McAlister hob abwehrend die Hand.

»Zieh sie an.« Er drückte McAlister die Jacke in die
Arme. »Es ist kalt da draußen.«

Das Boot setzte sich in Bewegung. Der Abend ließ einen dunklen Vorhang über das offene Wasser fallen wie ferner Regen. Das Licht vom Halfway Rock blinkte rechterhand. Lichtpunkte flackerten, wo vorher Land gewesen war. Eine gleichbleibende Konstellation roter und grüner Lichter zog am Horizont dahin.

Ezra nickte in ihre Richtung. »Ein russisches Fabrikschiff«, sagte er. »So groß wie drei verdammte Football-Felder. Überall hier an der Küste kratzen Russen und Japse den Meeresgrund leer. In ein paar Jahren wird nichts mehr übrig sein, dann leg ich die Füße hoch und werd ein Möbelstück und starr den ganzen Tag aufs Wasser.«

McAlister lachte. »Das bezweifle ich. Du haßt das Wasser. Du wirst um keinen Preis draufschauen wollen.«

Ezra nickte, während er rechts und links nach Untiefen Ausschau hielt. »Da könntest du recht haben, Arthur. Da könntest du recht haben. Vielleicht zieh ich zu euch hoch und ende als Emphysemfall. Krebs wäre noch besser.«

»Prima Idee.« Den Blick nach hinten gerichtet, lehnte sich McAlister gegen das Instrumentenbrett und sah die Xerxestafel, die am Seitenbord festgeschraubt war. Er lachte. »Abergläubisch bist du.«

Ezra schlug mit der flachen Hand gegen die Tafel und lachte. »Das ist kein Aberglaube, Arthur, das ist eine Tatsache.«

»Ist das Clayts?«

»Eine Kopie. Die von Vater hängt immer noch fest an Ort und Stelle.«

McAlister schüttelte den Kopf. »Fährt er immer noch raus?«

»Unerbittlich, jeden Tag.«

»Ein sturer Hund.«

»Das kannst du laut sagen.«

Ezra fuhr um Jaquish Island herum ins offene Wasser hinaus und verlangsamte die Fahrt. »Er war heute mit mir hier draußen beim Schleppnetzfischen. Wir haben sie zusammen hochgeholt.«

»Ihr habt sie hochgeholt?«

»Das meiste hab ich wieder versenkt.«

McAlister nickte.

»War's Varney?«

»Ich dachte mir, daß du das fragen würdest«, sagte Ezra.

»Und ich tu's.«

»Willst du das wirklich wissen?«

»Ich weiß nicht. Will ich?«

»Wollen deine Leute da oben die Sache aufgeklärt haben?« fragte Ezra.

»Es wird immer noch alljährlich ein Gedenkgottesdienst abgehalten, am 29. Juni.«

»Aber wollen sie die Sache aufgeklärt haben?«

»Ob Varney es war? Ich weiß nicht.«

»Und du?«

»Glaubst du, was in dem Brief steht?« fragte McAlister.

»Ich glaube, ich hab damals gedacht, es wäre egal.«

Möwen zogen im gleichen Tempo mit ihnen, schwebten über dem Boot wie Papierreste über einem Feuer.

»Wie lange ist es her, daß Varney verschwunden ist, Ezra?«

Ezra spähte ins Weite, zum schon in die Nacht verlaufenden Horizont. »Ungefähr fünfundzwanzig Jahre, schätze ich. Man hat ihn nie gefunden. Vermutlich ist er einfach abgehauen. Das hätte ich jedenfalls getan.«

»Wahrscheinlich hat er sich ersäuft«, sagte McAlister.

»Nein«, erwiderte Ezra. Er lachte. »Ihr Landratten habt

diese idiotische Vorstellung, daß ein Fischer im Wasser sterben und mit Flagge und Zapfenstreich und dem ganzen Tamtam auf den Meeresgrund befördert werden will. Das ist reiner Blödsinn. Ein Fischer haßt den Gedanken, im Wasser zu sterben. Himmelangst ist ihm davor. Weil er weiß, wie qualvoll das ist.«

Ezra schlug McAlister auf die Schulter.

»Aber das ist alles lange her. Kommt einem wie ein ganzes Leben vor, was?«

»Nicht ganz, würde ich meinen.«

»Nein, nicht ganz. Nicht lange genug.« Ezra schaute ihn an. »Du weißt, wo ich diesen Brief herhabe, nicht wahr?«

McAlister schüttelte den Kopf.

»Aus euerm Stadtarchiv.«

McAlister sagte nichts.

»Er kam von diesem Schriftsteller, Leslie Everett Dove. Sagt dir der Name was?«

»Es ist alles schon so lange her«, sagte McAlister schwach.

»Ich hab ihn ungefähr zu dem Zeitpunkt gefunden, als er sich durch Varneys Verschwinden schon erledigt hatte«, sagte Ezra. »Du wußtest nichts von dem Brief, nicht wahr, Arthur?« Es war weniger eine Frage als eine Feststellung.

McAlister ging zum Heck und wieder zurück und strich dabei zerstreut mit dem Finger über die Laufbretter. »Lange her.«

Ezra nahm das Gas weg. In einigem Abstand voneinander schaukelten sie still vor sich hin. Am Mast über ihnen geriet ab und zu eine Fahne ins Flattern und erschlaffte wieder.

»Wir haben übrigens seit kurzem einen neuen Rettungstrupp«, sagte Ezra heiter und lugte über den Bug. »Es ist nicht mehr wie früher. Eines Tages werden wir jemand lebend rausholen.« Er lachte freudlos. Er sah McAlister an. »Wußtest du, daß Leute eine halbe Stunde lang in kaltem Wasser gewesen sein können und man sie trotzdem wiederbelebt kriegt? Sie fallen in einen tiefen Schlaf. Es ist noch Leben drin, das Herz schlägt noch, wie bei einem Bär im Winterschlaf. Manche Leute kämpfen im Wasser. Andere werden ohnmächtig. Aus irgendeinem Grund lassen sich grade die Leute wieder zum Leben erwecken, die sofort bewußtlos werden und aufhören zu atmen, wenn sie ins Wasser kommen. Du hast eine halbe Stunde. Es gibt neuerdings Geräte, Echogeräte, mit denen man Dinge auf dem Grund erkennen kann. Wir haben's ausprobiert: ich hab einen Hirsch geschossen und bin rausgefahren und hab ihn auf den Grund sinken lassen, und man konnte ihn tatsächlich ganz deutlich erkennen, den ganzen Körper. Vor zwei Jahren hat uns die Küstenwache angerufen und wollte, daß mein Vater und ich für sie ins offene Meer vor Harpswell fahren. Sie wollten nicht selber fahren. Es war miserables Wetter, und dafür sind die nie zu haben. Also haben sie uns gebeten. Herrje, die Leute da waren noch keine halbe Stunde im Wasser. Eine Viertelstunde früher – wenn die Küstenwache selber rausgefahren wäre, statt die Zeit damit zu vertrödeln, mich anzurufen –, und die Leute wären am Leben geblieben. Es waren Studenten vom Bowdoin College. Eine Taucherklasse. Sie sind einfach unter Wasser in Panik geraten. Und wenn sie in Panik geraten, ist es genau wie im Wald, sie schmeißen einfach alles weg. Das einzige, was sie nicht wegschmeißen, ist der Bleigürtel. Den haben sie um, wenn wir sie auf dem Grund finden, und meistens kann man einfach ihren Sachen folgen: hier die Maske, da etwas

473

anderes, und weiter drüben noch etwas.« Ezra beschrieb mit beiden Händen eine Linie. »Man folgt einfach dieser Linie, und bald hat man sie gefunden, wie sie da sitzen, die Arme wie zum Hochschwimmen erhoben. Dabei hätten sie nichts weiter tun müssen, als den verdammten Bleigürtel aufhaken. Aber das machen sie nicht. Sie geraten in Panik, und dabei reißen sie den Helm weg, dann die Maske. Und dann sieht man sie da sitzen, als ob sie auf einen warten würden.«

Er schüttelte den Kopf. »Tja, eines Tages werden wir einen lebend hochholen.«

McAlister schaute ihn mit leichtem Entsetzen an.

»Ich habe die jungen Leute nicht vergessen, die damals mit dem Boot untergegangen sind«, sagte McAlister und schlang die Arme um sich.

»Ich hab dir ja gesagt, daß es kalt wird«, meinte Ezra.

»Ich weiß nicht, wie du das aushältst.« McAlister schüttelte den Kopf. »Jeden Morgen hier rauszufahren, im Winter.«

»Es ist wie alles andere auch, Arthur. Man gewöhnt sich dran.«

McAlister hörte das Wasser an den Felsen brechen. Ezra führte ihn am Ellbogen nach Steuerbord. »Da draußen. Was siehst du da?«

McAlister beugte sich vor. Ezra hielt sich bereit, ihn jederzeit packen zu können.

»Ich sehe nichts.«

»Schau noch mal.«

McAlister schüttelte den Kopf.

»Seitdem ich fische, fahren Boote zum Hummerfang hier raus zu dieser Stelle und verheddern sich mit ihren Reusen an irgendwas. Schau, überall zwischen diesen Riffen gibt es Tröge. Strudel. Gemeine Löcher, wie überdimensionale Kloschüsseln. Da halten sich die großen Hummer am liebsten auf, da erwischt man die, die am meisten bringen.«

»Aber wo ...«, sagte McAlister und hob eine Hand.

Wasserbuckel stiegen aus dem Meer auf und zogen unter ihnen hindurch, ließen das Boot tanzen.

»Wir haben jetzt Flut«, sagte Ezra. »Bei Ebbe ist dieser Platz hier kein Vergnügen. Die Riffe da. Die See war rauher als jetzt, und um die Wahrheit zu sagen, wir waren ein bißchen zu dicht dran. Ich muß dir gestehen, Arthur, daß Vater und ich hier ziemlich oft mit dem Netz zugange sind, viel öfter, als wir sollten. Ich bin ständig hier, wenn ich nicht hier sein sollte, und ich glaube fast, ich wußte schon immer, daß ich finden würde, was ich heute gefunden hab. Vater auch. Wir haben nie ein Wort drüber verloren. Nach einem Tag Reusen einholen haben wir hier nichts mehr zu suchen, aber zum Schluß landen wir trotzdem immer hier.«

Ezra nahm McAlisters Hand und legte das Opernglas hinein. Er trat an das Instrumentenbrett und holte eine Taschenlampe aus einem Fach.

»Wir hatten zwei Teile von ihr, ein großes Stück vom Bug und ein kleineres vom Heck, das Brett mit einer der Halterungen für die Fahne.«

»Bist du sicher, daß es die *Raven* war?«

Ezra knipste die Taschenlampe an und richtete sie auf McAlisters Hand. Im gelben Lichtkreis lag dort das mit Perlmutt eingelegte Opernglas. McAlister drehte es um, drehte es noch einmal um, grün von Algen und Rost. Er hielt sich die gesprungenen Linsen vor die Augen. Er fuhr mit dem Finger die eingravierten Initialen nach, *L.S.*

»Wir wußten, was es war«, sagte Ezra.

»Lilah Sanders«, sagte McAlister. »Sie war meine Sekretärin. Das hier hab ich ihr geschenkt. Ich hab sie und ihren Freund an meiner Stelle fahren lassen.«

Ezra spürte, wie McAlister in der Dunkelheit den Kopf schüttelte. Er langte abermals in seine Tasche, zog die Armbanduhr heraus und legte sie auf das Opernglas. McAlister deutete mit dem Finger auf das runde Glas.

»9 Uhr 22«, sagte er. »Morgens oder abends?«

»Abends, Arthur.«

McAlister hielt die Uhr an sein Handgelenk und betrachtete sie, als überlegte er sich, sie zu kaufen, als wollte er schauen, ob sie ihm stand.

»Was noch?« Er blickte nicht auf.

»Wir haben's wieder versenkt. Hauptsächlich Kleidung. Schuhe. Stücke vom Boot selbst, wie gesagt.«

»Leichen?« fragte McAlister.

Ezra legte eine Hand auf McAlisters Schulter. »Das Licht war schlecht, grell und diesig. Es könnten welche drin gewesen sein, aber es war zuviel Modder dazwischen, und so oder so wäre nicht viel übrig gewesen, jedenfalls nichts, was irgendwer hätte haben wollen.«

Ezra machte die Taschenlampe aus.

Sie starrten im Dunkeln vor sich hin.

Nach einer Weite sagte McAlister: »Also war es Varney.«

Ezra schaute zu den Riffen hinüber. Eine dünne Wasserdecke glitt darüber hin, legte den oberen Rand der Klippe im Mondschein frei, verhüllte ihn wieder.

Er räusperte sich. »Wer die Strecke mal gefahren ist, weiß, daß Monhegan weit, weit weg ist. Drei, vier Stunden. Ich weiß nicht, wie schnell das Boot war, acht Knoten, vielleicht zehn. Und wenn die See aufgewühlt war, und sie war es, dann werden sie am Kennebec vorbeigekommen sein, an der Merrymeeting Bay. Wie ich die Sache sehe, war es nebelig und naßkalt und kabbelig und was weiß ich noch, und sie werden den größten Teil der Strecke zurückgelegt und dann irgendwo zwischen Seguin und Monhegan beschlossen haben umzukehren. Ich nehme an, sie haben auf Damariscove Island angelegt und doch noch irgendwie ein Picknick gemacht. Floyd kannte alle diese Inseln, und auf Damariscove ist es selbst im Nebel noch ganz nett. Wir sind früher alle manchmal am Wochenende hingefahren, haben Tag und Nacht geangelt. Damals war dort noch ein Leuchtturm in Betrieb, aber an dem Leuchtturm wären sie eh nicht gelandet. Sie hätten am nordöstlichen Ende angelegt. Dort gibt's einen breiten Strand und am Ende davon noch eine große Insel, und es gibt eine lange Sandbank dazwischen und eine hölzerne Fußgängerbrücke. Bei Flut wie jetzt muß man über die Brücke gehen, über die Nordostspitze hinaus. Es ist ein herrlicher Strand. Ich hab mir vorgestellt – ich weiß nicht, warum –, ich hab mir einfach vorgestellt, sie wären dort gelandet.

Und dann werden sie umgekehrt sein. Irgendwann vor Einbruch der Dunkelheit haben ein oder zwei Hummerfänger sie an Seguin Island vorbeikommen sehen, und die haben das Boot einfach passiert, nicht wahr, und nichts gesagt. Sie werden keinen Grund gehabt haben, irgendwas zu sagen, sie sehen ständig Boote vorbei fahren, als Fischer ist da für sie nichts drin. Aber vergessen kann man die *Raven* nicht. Sie ist das häßlichste Boot aller Zeiten. Außerdem, meine Güte, überall am Ruderhaus sind Leute, etliche obendrauf. Sie haben es an Seguin Island vorbeikommen sehen, und dann wird Floyd hierher gefahren sein, wo wir jetzt sind.

Glockenbojen sind für den Fischer in der Nacht gedacht. Daran orientiert er sich. Er muß mit den Ohren sehen. Und dazu kommt noch 'ne Nebelwand, wie sie entsteht, wenn der Nebel sich in der Nacht ein wenig hebt und sich dann festsetzt. Ein Fischer wird also weitgehend seinem sechsten Sinn vertrauen, seinem Gefühl. Er kann spüren, wenn irgendwas passieren wird. Wir verbringen unser ganzes Leben auf dem Wasser, aber ich werd dir mal was über uns Fischer erzählen, was du vielleicht schon weißt. Viele von uns können nicht schwimmen. Ich kann's nicht. Floyd Johnson konnte's auch nicht. Aber wir verstehen alle genug vom Ozean, um uns an irgendwas festzubinden, an einem Faß zum Beispiel, und uns auf den Rücken zu legen, damit wir über Wasser bleiben. Und Floyd auch, zum Donnerwetter. Aber er hat's nicht so gemacht. Und das ist das Komische an der Sache. Als Floyd ins Wasser sprang, wollte er gefunden werden, aber nicht bei lebendigem Leibe.«

McAlister blickte zum Mond empor, und auf sein Gesicht trat ein unnatürliches Leuchten, so daß sich nicht sicher sagen ließ, welche der beiden Scheiben die Lichtquelle und welche die Spiegelung war.

»Und Varney?«

»Er hat das Telegramm damals geschickt.«

McAlisters Nicken bekundete nicht Verstehen, sondern Bestätigung, als ob die seit langem verschwiegene Tatsache, nachdem sie wie ein Splitter unter der Oberfläche des Denkbaren gelegen hatte, jetzt zum Vorschein gekommen wäre – und keine Überraschung darstellte.

»Arme Frances«, sagte er. »Sie ist erst dieses Jahr in dem Glauben gestorben, Gordon hätte sein Versprechen endlich eingelöst.«

Er blickte Ezra an und wandte sich dann ab, zum Wasser hin.

»Was sollen wir jetzt tun, Ezra?« fragte er.

Ezra trat ans Steuer zurück und wartete, während Arthur McAlister das Opernglas und die Uhr hoch über den Kopf hob. Schon als er sie ihm gab, hatte Ezra gewußt, daß Arthur McAlister sie auf keinen Fall behalten würde, daß niemand sie behalten würde, weil es schlicht unmöglich war, sie zu behalten. Letzten Endes waren sie bloß Schrott. Es war unmöglich, war von jeher unmöglich gewesen, die Erinnerung an diese Frau zu vertreiben, an all die Frauen, wie sie da halbnackt auf dem Anlegefloß lagen.

So gut es in der hinderlichen schweren Jacke ging, warf McAlister beides, Uhr und Opernglas, ins Wasser.

Kein Laut mischte sich in das ruhige Rauschen und Rollen der vorbeiziehenden Welle. Das Wasser kräuselte sich nicht einmal. Sie fuhren los.

Und das im Mondschein funkelnde Opernglas sank ins Wasser, noch immer sichtbar, dicht unter der Oberfläche, zwei Meter, drei Meter tief, sein Licht von den gesprungenen Linsen gebrochen und in ein Sternengefunkel zerstreut. Und die mitsinkende und jetzt durch ihr Sinken die Zeit anzeigende Uhr verschwand abermals im Schlick. Da ein Schuh. Ein Haarbüschel. Ein Stück Holz.

Und sie fuhren von den bucklig im Wasser liegenden Inseln fort und auf das Festland zu, das sich mit seinen verschwommenen Reihen in der Ferne flackernder Fensterlichter massig in der Dunkelheit abzeichnete.

In der Nähe des Landes schäumten die Brecher und spritzten wie Fontänen gegen die Felsen.

Wie lange können zweiundzwanzig Männer und Jungen in einem fünf Grad kalten Ozean schweben? Ein ganzer Schwarm, der einfach still im Wasser steht, die Arme wie zum Schwimmen erhoben. Ein schemenhafter Wald von

Männern. Wie lange dauert es, bis das kalte Wasser ihnen erst den einen, dann den andern Schuh stiehlt? Und dann ihre Ketten und ihre Uhren, deren Zeit, 9 Uhr 22, einmal stimmte und dann vorbei war, und wieder näherrückt, und stimmt, und wieder vorbei ist, während hier und da ein vor Entsetzen verzerrtes Gesicht aufblitzt wie eine Fischschuppe.

Wie viele Male müssen die Unterseiten von Skiffs und Rettungsbooten und die Schatten von Suchflugzeugen über ihre Köpfe hinweggleiten, bevor sie endgültig sinken?

Und dann aufsteigen.

Ihre Gallenblasen werden reißen und sie mit fauliger Luft aufblähen, und sie werden – vielleicht ohne Schuhe, ohne Augen, ohne Zungen – als aufgedunsene Karikatur ihres früheren Selbst nach oben steigen und vereinzelt in den Wogen treiben. Vielleicht schwimmen sie einen Monat oder zwei auf diese Weise herum, auch wenn mit jedem Tag weniger von ihnen übrigbleibt. Erst ein Ohr zerfressen, dann das andere, die Nasenflügel, immer mehr, und früher oder später wird der Rest wie ein angestochener Luftballon in sich zusammenfallen und nach unten gaukeln. Eine Zeitlang werden sie langsam machen und immer wieder anhalten und kreiseln, während ihre ausgerenkten Arme lose in den Unterströmungen baumeln wie die einer Stoffpuppe. Aber zuletzt werden sie sinken, ob sie nun hin- und herschaukeln wie ein auf den Boden segelndes Blatt oder strudeln, als würden sie einen Abfluß hinuntergesaugt. Zwanzig Faden unterhalb des letzten Lichtstrahls werden sie in einem Trog landen, und die Gezeiten werden sie mit dem andern Unrat zusammenwürfeln. Ein Stückchen hierhin, ein Stückchen dorthin. Zusammen mit den weggeworfenen Reusen und Reusenleinen, den Wrackteilen, den Fischköpfen und andern Fischresten, der Fischerscheiße und den Oberschenkelknochen und Wirbelsäulen von Seeleuten, die in früheren Stürmen vom Deck anderer Schiffe gefegt wurden, werden ihre Gebeine aus dem Schlick heraustreiben und in den Unterströmungen kreisen, in einem Strudel versinken, wieder freigegeben werden und in den nächsten geraten, jeden Tag woanders sein, jeden Tag in Bewegung, über vierzig Jahre lang.

Ich würde eine Ecke von einem kleinen Thunfischfaß, ein drei Faden langes Stück Tau, eine rote Haarflechte, ein Opernglas mit Perlmutteinlage, vielleicht einen Fitzel Fleisch von einem Finger oder einer Brust vor dich hinlegen. Und eine Krabbe. Ich würde alle diese Dinge aus dem Meer fischen oder vom Strand auflesen, auch wenn ich dazu einem Schiff und all seinen Passagieren ein Stück voraus sein müßte. Wenn ich wirklich darauf aus wäre, dir begreiflich zu machen, was geschieht, würde ich genau dies tun.

29. Juni 1941

DIE *RAVEN*

Am Sonntagmorgen, den 29. Juni 1941, versammelte sich eine Gruppe von Angestellten der Rehoboth Falls Trust Company mit ihren Ehefrauen und Ehemännern, Freundinnen und Freunden zwischen den Säulen vor dem Trust in der Congress Street. Es war ein diesiger Morgen, etwas gelblich unter den Schwaden von Flugasche aus der Papierfabrik, so klar, wie ein Morgen in Rehoboth sein konnte. Viele hielten sich ihr Taschentuch vor Nase und Mund: der Androscoggin war vor noch nicht zwei Monaten über die Ufer getreten, und der trockene Schlick wehte noch immer durch die Straßen, sammelte sich an den Ladenfronten und in der Säulenhalle der Bank wie alter grauer Schnee.

Nachdem Gordon Beauchamp sechsunddreißig Köpfe abgezählt hatte, seinen eigenen eingeschlossen, verteilte er die Schar auf die elf Limousinen. Man weiß heute, daß weder Beauchamp noch sonst jemand die zwei jungen Burschen kannte, die zu Earl Decker in den Wagen gesteckt wurden (sie sagten, sie seien Brüder und hießen Mundt), oder erklären konnte, wie sich die beiden Fremden unter die Ausflügler geschmuggelt hatten oder wie alt sie wirklich waren, aber man kann sie sich vorstellen – sechzehn, neunzehn, vierundzwanzig –, wie sie ein wenig abseits vor dem Eingang der Bank stehen und wie ihre Taschentücher nur die Augen freilassen, die nie jemand anders ins Gesicht schauen, sich gar nicht erst über Knie-höhe erheben.

Beauchamp setzte sich hinter das Steuer des voranfah-renden Wagens, eines alten Essex – *der* alte Essex sagten alle dazu –, neben sich seinen Bruder Alban und auf dem Rücksitz seine beiden Söhne, und dann schlängelte sich der Konvoi den Androscoggin entlang auf die Küste zu.

Als sie durch Peru fuhren, kam die Sonne schon kaum mehr durch. Der Fluß wurde schwarz. Ein feiner Dunst laugte alle Farbe aus dem Morgen, machte ihn aschgrau und das frühe Sonnenlicht diffus. Weiter flußabwärts schnitt der Dunst dem dichten Wald zu beiden Seiten den oberen Teil ab, so daß die Bäume nur noch wie Schatten stämmiger astloser Pfähle erschienen. Der Konvoi ver-langsamte die Fahrt, die Scheinwerfer bohrten sich in den Nebel. Die Straße wurde selbst zu einer Art Fluß, von dem die Nebenflüsse der Seitenstraßen schlängelnd in den Wald abgingen und dessen Biegungen erst im letzten Moment sichtbar wurden. Die Frühe des Aufbruchs, das rhythmische Klacken der Scheibenwischer, das Zischen des nassen Pflasters, der Gedanke, die Sonne hinter sich und Mütter und Töchter warm in ihren Betten zurück-gelassen zu haben, dies alles ließ das Geplapper zusehends verstummen und machte aus der Parade fröhlicher Aus-flügler einen schweigsamen Leichenzug, der zögerlich und unsicher, alle paar hundert Meter abrupt bremsend, Rich-tung Meer kroch.

Hinter Brunswick kam der tür- und fensterlose Raum. Das Sonnenlicht durchtränkte den Nebel. Die Scheinwer-fer rissen die dichte weiße Wand kein bißchen auf. Beauchamp beugte sich über das Lenkrad, als ob die paar Zentimeter etwas nützen würden, fuhr aber weder schnel-ler noch sicherer angesichts der Kante dicht neben ihm, an der der Asphalt jäh abbrach. Der Konvoi schlich blind auf die Kette der Inseln zu – Great Island, Orr's Island, Bailey Island – und kriegte in dem gleißenden Dunst die Überfahrt über die flachen Brücken kaum mit.

Vor dem Schemen der niedrigen weißen Kirche, Harpswell Nazarene, mit dem abgeschnittenen Turm bog Beauchamp durch eine Lücke zwischen den Bäumen scharf nach links ab und hätte dabei fast das kleine handgemalte Schild *Dyer's Cove Road* umgefahren. Einige folgten ihm, andere rollten vorbei und mußten bremsen und zurückstoßen. Als alle schließlich den Weg gefunden hatten, fuhr die Kolonne weiter. Dann hielten sie und stellten die Motoren ab.

Vor ihnen lag die hufeisenförmige Bucht, die Wände tief ausgewaschen wie in einem Becken, abgeschnitten vom Meer von der diesigen Helligkeit. Alle blieben in den Autos sitzen, um dem Dunst Zeit zu geben, sich zu verziehen. Er sollte sich aber die ganzen nächsten drei Tage nicht verziehen, und Gordon Beauchamp öffnete mit ruhiger Entschlossenheit seine Wagentür – der jährliche Ausflug stand auf dem Spiel, das Geld hatte bereits den Besitzer gewechselt –, stieg aus und schloß sie wieder und tappte die Schotterstraße hinunter. Die Türen hinter ihm öffneten und schlossen sich ebenfalls, und die übrigen fünfunddreißig Rehobother folgten ihm mit Körben und Decken und Ersatzkleidung über eine Holzplanke, deren Ende sie nicht sehen konnten.

Um elf Uhr vormittags wechselten der Kapitän Floyd Johnson und seine Frau abschließend noch ein paar Worte. Schließlich bekam sie das Tau zugeworfen. Von der schon halb entschwundenen Schar ertönte ein halbblaues unentschlossenes Hurra, als das Boot sich vom Landungsplatz entfernte.

Doch vorher noch das Tuckern eines zweiten Motors auf der Straße. Zweifellos hörten ihn alle an Bord, aber keiner weiß, wer auf dem Boot erkennen konnte, wie der schwarze Lastwagen auftauchte und heranrollte, als ob er nicht anhalten wollte. Wer konnte das von der gelben Fischerkluft umrahmte Gesicht hinter der Scheibe erkennen? Das Gesicht, das sich im letzten Moment dem Wasser zuwandte, Floyd Johnson, der am Steuer der *Raven* über die Schulter schaute, als hätte er nicht Earl Varneys Knurren im Laster gehört, sondern sein anschließendes Nicken, das kurze Blinzeln, das Aufatmen mitgekriegt. Johnson hörte den Laster, aber sah ihn nicht wirklich. Da er sicher war, daß es Varney war, hatte er sich wieder dem Steuer zugewandt. Da erscholl der hohe Schrei einer Frau vom Landungsplatz, und aus dem Boot rief Johnson zurück: »Beatrice!« Aber vom Ufer war nichts mehr zu hören. Die Passagiere waren einen Augenblick lang besorgt – war sie ausgerutscht? Ohnmächtig geworden? –, doch der alte Seebär Johnson war schon dabei, die *Raven* aus der Bucht hinaus und durch Cundy's Harbor zu manövrieren, und Beatrice Johnsons Schrei war schnell vergessen.

In West Point legte Johnson kurz an und besorgte im Kaufladen Kartoffeln und Zwiebeln, weil er noch Zutaten für die vorgesehene Hummersuppe brauchte. Der Verkäufer im Laden warf einen Blick aus dem Fenster auf die junge Frau, die in ihren Stöckelschuhen von Johnsons Boot die Laufplanke hinaufstolperte, um die Stapel von Hummerkörben herum, und nach ihrem weggewehten Kopftuch haschte. Er murmelte in Johnsons Hörweite etwas von Nebel, von einer plötzlich auftauchenden Bö, und von den vielen Leuten, die an der Backbordseite ihre Beine vom Ruderhaus der *Raven* baumeln ließen. (Später besagte der Eintrag des Wetteramts für Sonntag, den

29. Juni 1941, daß es an der Küste den ganzen Tag über Gewitter gegeben habe, aber der Leuchtturmwärter von Seguin Island erklärte, die See sei um ihn herum bis 1 Uhr 48 Montag nacht ruhig gewesen.)

Kichernd platzte die junge Frau in den Laden hinein, nachdem sie ein letztesmal dem im Wasser abtreibenden Kopftuch nachgerufen hatte. Der Verkäufer verstummte. Er sah Johnson nicht ins Gesicht und stellte auch nicht klar, ob er bloß eine Bemerkung gemacht oder eine ernste Warnung ausgesprochen hatte. Die Frau wollte die Ansichtskarten durchschauen. Der Verkäufer blickte über den Brillenrand von Floyd Johnson zu der jungen Frau und wieder zurück, wobei er heimlich schnupperte, weil er den Verdacht hatte, daß er und sie und die andern schon beschwipst waren. Selbst als die Frau ihm ein paar Münzen reichte, hielt der Verkäufer die Augen auf Johnson gerichtet. Aber Johnsons Blick schweifte bereits zur Tür hinaus, fixierte einen fernen Punkt jenseits des Nebels. »Hier«, sagte die junge Frau und schob dem Verkäufer eine Ansichtskarte hin, die ihre Mutter in Rehoboth unter normalen Umständen frühestens einen Tag nach ihrer Rückkehr erreichen konnte: *Mir geht's gut, kein bißchen seekrank, aber es sind noch viele Meilen.*

Die weißen Schwaden wanden sich um Floyd Johnsons Beine und die Fischhauspfähle. Sie wanden sich um die *Raven*, als er den Motor anstellte und von West Point ablegte. Der Kai und der Laden versanken im Nichts, und das einzige, was Floyd wahrnahm, waren Ratten, und das auch nur, weil er hörte, wie sie vom Kai ins Wasser platschten. Dann nur noch das Lachen und Herumgehen seiner Fahrgäste und das Flapp Flapp Flapp, mit dem der Zipfel seiner wollenen Jacke unten ans Ruder schlug.

Earl hatte ihm gesagt, er solle bei dem Laden vorbeifahren und Kartoffeln und Gemüse kaufen, damit alles normal aussah, ganz unverdächtig. Und statt jetzt gleich in die offene Bucht hinauszuschießen, lenkte Floyd die *Raven* in das zischende Strudeln und Brodeln an den Riffen hinein. Nur ein kleiner Stups, hatte Earl gesagt. Aber während er die *Raven* näher heransteuerte, dachte Floyd darüber nach, wie gut er das alles kannte, was unter ihnen dahinzog, und daß er dort unten mehr Überblick hatte als hier oben. Das lag nicht nur am Nebel: selbst an einem klaren Tag kannte er sich dort unten besser aus als in der Welt, in der er atmete. Im Moment konnte er kaum weiter als bis zu seinen Händen sehen, ohne daß ihn das beunruhigte. Denn er konnte immer, auch jetzt, die Gipfel und Schluchten dort unten mit Namen nennen und für das Wasser dazwischen Zahlen angeben, wie er bei einem Gang die Straße entlang die Adressen von Läden und Bekannten hätte angeben können: zwei Faden ein paar Meter weiter links. Sicheres Wasser, zehn oder zwölf Faden, im Moment direkt unter ihnen.

Er gab Gas, der Bug hob sich. Aus dem Gelächter ringsherum wurde Kreischen und Johlen. Sein Atem kam immer schwerer, die Züge wurden immer kürzer. Eine Art Dunkelheit, dachte Floyd und blinzelte in den Nebel. Oder das Gegenteil, vielleicht eine umgekehrte Dunkelheit, aber trotzdem eine Dunkelheit. Im Dunkeln kann man nichts und niemandem trauen, auch keiner Stimme. Wenn man wirklich was drauf hatte, traute man nicht einmal seiner eigenen. Dann zwinkerte er und wußte nicht mehr, wo er war, als ob er an einem Ort eingeschlafen und an einem andern aufgewacht wäre. Die Worte: »Was mach ich hier draußen?« kamen ihm fast über die Lippen, aber jemand reichte ihm eine Flasche, und er setzte sie kommentarlos an. Der Schnaps war beißend scharf, rann ihm am Kinn hinunter, und da wußte er, wo er war. Vor sich konnte er den Round Rock hören.

Aber zwischen ihm und dem Felsen war der Bug der *Raven*, wo der Junge nach vorn gewandt stand, die Hände auf den Rücken gelegt wie ein Kapitän, der auf dem Vorderdeck Wache hält. Und davor noch das Ruderhaus der *Raven*, auf dem die Hälfte der Fahrgäste in Dreier- oder Viererhäuflein zusammenlag, die Haare gelöst, die Kehlen dem grellen Licht zugewandt. Glimmende Zigarettenspitzen schwebten darüber wie ein Schwarm roter Leuchtkäfer. Arme gestikulierten dazwischen, halb sichtbar, halb verschluckt. Und auf einmal waren sie alle weder Erwachsene noch Kinder, sondern Schauspieler, die Männer lediglich reifere Jungen, die sich in stoischen Posen übten, und die Frauen Mädchen im geschlechtsfähigen Alter, die pubertäre Schmollmündchen einstudierten. Der Junge am Bug, der wirkliche Junge, der einzige Junge an Deck, blickte ernst und streng, während die Hände hinter ihm die Flasche unter den eingemummelten Körpern herumreichten.

Floyd war überrascht. Er hatte diese Leute für brave Kirchgänger gehalten. Seiner Ansicht nach waren alle Hochländer brave Kirchgänger. Deshalb waren sie ja Hochländer, dachte er. Aber was soll's, gut, daß sie alle mehr oder minder auf einem Haufen sind, dachte er, dann werden sie sich gegenseitig über Wasser halten. Er würde ihnen zurufen, Paare zu bilden, sich zu umarmen, in Bewegung und zusammen zu bleiben. Und vielleicht würden sie durch den Schnaps warm und locker bleiben und tun, was er sagte. Floyd stellte sich probehalber vor, wie er oben vom Ruderhaus ins Wasser deutete und schrie: Paare bilden, zusammenbleiben! Dann würde Earl auf seiner Reusenrunde zufällig vorbeikommen und nach und nach alle retten. Und sie würden in der Dyer's Cove anlegen, und die ganzen Leutchen aus Rehoboth würden wieder nach Hause fahren, ein bißchen naß und sonst gar nichts, und er und Earl wären keine armen Männer mehr und Beatrice nicht mehr bloß eine Frau unter armen Männern.

Floyd merkte, wie seine Lippen sich bewegten und sein Gesicht Mienen durchspielte – im Geiste hatte er schwimmend immer zwei Leute auf einmal gerettet und in Earls Boot gezerrt –, und hörte auf damit. Er hörte ganz auf, hörte auf zu denken. Ihm fiel ein, daß er nicht schwimmen konnte.

Er spitzte die Ohren, aber hörte nichts von Earl – nur das Wasser, das sich an den Sisters brach. Er wollte auf seine Uhr schauen, aber sein Handgelenk war wider Erwarten leer, nur nackte Haut. »Mist«, knurrte er und sah seine Uhr friedlich zu Hause auf dem Nachttisch ticken. Er hatte sie noch nie vergessen, noch nie. So ein Pech. »Mist, Mist!« Er drehte sich zu einer jungen Frau unter ihm im Heck um und schaute auf ihre Uhr. Es war noch vor zwölf, fünf Minuten. Earl sollte um zwölf kommen.

Im Heck hinter ihm saßen die Jüngeren, die Ruhigeren und Beherrschteren und diejenigen, die damit zufrieden waren, einfach die Finger durchs Wasser zu ziehen. Zwei waren darunter, mit denen niemand redete, zwei junge Männer, die nur schweigend und mit übergeschlagenen Beinen zusammensaßen, die Augen aufs Wasser gerichtet. Und dünn, dünn waren die jungen Männer, hager ihre Gesichter, aber nicht aus Rastlosigkeit oder Tatendrang, sondern aus banger Unruhe. Floyd konnte das auf seinem Boot nicht haben. Keine Leute, die verrückt spielten oder Unruhe verbreiteten. Sie brachten Unglück. Aber im Moment beschäftigte ihn der Junge da vorne. Er war schon wieder dabei, hin- und herzumarschieren, obwohl er eigentlich gar keinen Platz dazu hatte. Mit den Händen auf dem Rücken marschierte der Junge gewissermaßen auf der Stelle. Nachdenklich, sagte sich Floyd, nicht beunruhigt. Nachdenklich.

Das Grölen des Gruppenleiters Mr. Beauchamp, bei einer Frau in langem Mantel und mit Pudelmütze untergehakt, scholl aus dem Heck die Treppe hinauf.

»Mr. Beauchamp«, sagte Floyd. »Ich dachte, Sie hätten gesagt, es kämen keine Kinder mit.«

»Wieso Kinder?«

Floyd deutete mit dem Kopf zum Bug hin. »Der Junge da.«

»Wer, Ivan? Das ist mein Sohn«, sagte Beauchamp immer noch lachend. »Aber er ist kein Kind. Der Junge ist zehn, geht sozusagen auf die Vierzig zu.«

»Sie haben gesagt, keine Kinder.«

»Käpt'n Johnson, Käpt'n Johnson«, sagte Beauchamp. »Lassen Sie mal, er ist ein guter Junge. Er ist besser als wir alle zusammen. Er wird Ihnen nicht in die Quere kommen.«

»Aber kann er schwimmen?«

Beauchamp brüllte vor Lachen und schlug sich aufs Knie. Er legte Johnson einen Arm um die Schulter und fragte leise: »Wird er das denn müssen?«

Beauchamps Atem war heiß und süßlich. Schon betrunken, dachte Floyd. »Sie haben gesagt, alle könnten schwimmen.«

»Mehr oder weniger, Käpt'n, mehr oder weniger. Kommen Sie, wir haben Junior Carey bei uns, den Helden von Maine und Meister im Kraulschwimmen. Er schwimmt so gut, daß es für uns alle ausreicht. Vorwärts!« brüllte

Beauchamp, stieß drohend mit dem Zeigefinger in den Nebel und stolperte auf den Bug zu. »Da capo!« rief jemand, und Beauchamp hüpfte hoch, drehte sich einmal im Kreis wie ein Tanzbär und ließ sich lachend hinplumpsen.

Floyd machte den Mund auf, um mitzulachen, aber im Geiste sah er die Wellen an die Felsen dicht vor ihnen schwappen. Er stieß mit der Fußspitze unter das Ruder und hörte den hohlen Ton des Fasses. Dann schaute er sich zu den beiden Jungen um, die unter sich blieben. Er starrte sie lange und genau an, ihre still auf den Knien liegenden Hände, ihre ausdruckslosen Gesichter, die geradezu gelangweilt wirkten, als hätten sie nicht eine nachmittägliche Bootspartie vor sich, sondern säßen in ihrem täglichen Bus von der Arbeit und warteten auf die Haltestelle, die gleich kommen mußte, so wie sie jeden Tag kam. Sie erwiderten Floyds Blick weniger, als daß sie ihn aus alter Gewohnheit wie über den Busmittelgang hinweg beobachteten. Dann wechselten die jungen Männer einen müden Blick, und einer neigte sein Ohr dem andern zu. Auch das konnte Floyd auf seinem Boot nicht leiden, keine Leute, die verrückt spielten oder Unruhe verbreiteten, und keine, die Geheimnisse hatten. Plötzlich fiel ihm ein, worüber Jesse und Clayt sich gestern im Kaufladen unterhalten hatten, darüber, daß deutsche Spione sich von der Küste abzusetzen versuchten, und dann über das U-Boot, das sie während der Sache mit Lehman gesehen hätten. Als er die beiden so miteinander flüstern sah, hätte Floyd schwören können, daß er etwas Unverständliches gehört hatte, etwas Ausländisches. Er warf einen verstohlenen Blick aufs Wasser und rechnete halb damit, daß ihm ein Periskop ins Gesicht starrte. Aber er konnte über den Bootsrand hinaus kaum etwas erkennen, und so war er sicher, daß es da war, das Periskop, und daß das übrige unter ihnen dahinzog, mit Torpedos und allem. Abermals musterte er die Fremden. Bloß zwei Jungen, sagte er sich, weil er mußte, obwohl er es nicht glaubte. Und noch immer nichts von Earls Boot zu hören. Allmählich glaubte er auch daran nicht mehr. Earl hatte gemeint, es würde leicht sein. Floyd drehte sich zum Deck um und sah, wie leicht: das Aufflammen von Streichhölzern, das Glimmen auf- und niedergehender Zigaretten, die funkelnden Flaschen, die vor Lachen zurückgeworfenen Köpfe, die übereinanderliegenden Beine. Und auf einmal hörte er nichts mehr davon, nicht einmal mehr das Wasser, bloß das Tikken seiner Uhr, die wohlbehalten zu Hause auf dem Spitzendeckchen des Nachttischs lag, während das Lederarmband zwei Höcker wie bei einem Kamel bildete und die Zeiger dazwischen niemandem anzeigten, daß es zwölf war. Zwölf, dachte er. Zwölf. Und immer noch stand der ernste kleine Junge vorn im Bug, leicht gebückt, die Arme verschränkt, und schaute auf Floyd, über das ganze Ruderhaus hinweg wie über Baumwipfel, über seinen eigenen Vater, der da zwischen Mr. Deckers Beinen herumzappelt, während Mr. Deckers Arm unter der Decke seiner Frau verschwindet und seine Frau kreischt und um sich tritt; über Mr. Wishart, der den Kopf sinken läßt und ihn zum erstenmal zwischen Miss Roachs Brüste legt, während diese so tut, als merke sie gar nicht, daß ihre Finger Mr. Wishart durchs Haar streichen, und dabei träumerisch in die verschleierte Ferne blickt. Der Junge schaute Floyd Johnson über all das hinweg an, nicht als ob er ihn fragen wollte: Was sollen wir mit denen machen?, sondern als wollte er ihn herausfordern, die Vorstellung, die er ohnehin schon im Kopf hatte, noch zu steigern.

Aber Floyd wollte nichts davon wissen und schloß die

Augen. Er wußte nichts von diesen Leuten. Man kann ihnen nicht trauen, dachte er. Im Nebel kann man nichts und niemandem trauen, nicht einmal der eigenen Stimme. Aber jetzt konnte er die Boje vom andern Ende der Sisters läuten hören. Er ortete im Geiste die in den Wellen hin und her schwankende Boje, und dann ortete er im Geiste die Riffe, ganz genau. Er machte die Augen wieder auf. Es stimmte: vor ihm zeichnete sich die dunkle zackige Linie durch den grellen Schleier ab. Darauf war Verlaß. Die würde dort immer auf der Lauer liegen. Und jetzt die kleinen Explosionen des Wassers gegen den Felsen. Er hatte höchstens zwei Faden unter sich. Floyd wirbelte herum. Mit verschränkten Armen und überkreuzten Beinen grinsten ihn die beiden deutschen Spione anzüglich an, als ob sie etwas im Visier hätten, das sie nicht ganz glauben konnten, etwas, das sie belustigte. »Spione! Krauts!« schrie Floyd. Das Boot war schlagartig ruhig.

Die beiden jungen Männer schauten sich an, zogen die Augenbrauen hoch und fingen an zu lachen. Daraufhin warfen die andern die Köpfe zurück und brüllten los. »Krauts, U-Boote, komme, was da wolle, die Mundts sind Spione!« schrien sie und heulten in den Nebel wie Wölfe. Die beiden jungen Burschen im Heck krümmten sich vor Lachen, hielten sich den Bauch, trampelten mit den Füßen. Eine Blase stieg aus Floyds Bauch in die Kehle empor, und ein rauhes dröhnendes Gelächter brach aus ihm hervor. »Spione«, japste er, während er den Kopf hin und her drehte und vor Atemnot blau anlief. »Ha ha. Ha ha.« Aber die beiden jungen Männer hatten bereits wieder die Beine übereinander geschlagen und die Arme verschränkt und beobachteten Floyd, als hätten sie nie etwas anderes getan.

Floyd schwitzte. Es war ihm nicht bewußt, daß er zu schwitzen angefangen hatte, aber sein Gesicht brannte, und warme Schweißperlen liefen seinen Hals hinunter. Er fuhr herum. Dort lagen die andern auf die Ellbogen gestützt an Deck, als lauschten sie einer Gutenachtgeschichte, als warteten sie auf den Kapitän, auf die Pointe von Käpt'n Johnson; der Junge im Bug dagegen schien jetzt weniger zu warten oder ihn zu beobachten, als ihn neu einzuschätzen. Floyd hörte auf zu atmen. Hinter dem Jungen glänzte der Schaumstrudel, der Kranz weißen Wassers wie Wasserlilien auf den Wellen. Was im Zentrum dieses Ringes, dicht unter der Oberfläche, konzentrische Kreise machte, die nicht größer waren als die von einem Regentropfen oder einem Strandkiesel, war, wie Floyd wußte, die Spitze des Round Rock.

Er faßte den Fahrhebel fester, da sah er es aus dem Augenwinkel rosa aufleuchten. Flammen, dachte er und wirbelte zum Heck herum. Ein Mädchen in einem rosa Kleid war aufgestanden, strich sich über die nackten Arme und schaute mit einem halb ergebungsvollen, halb neugierigen Lächeln auf einen Punkt dicht über Floyds Schulter. Ihr Kleid war feucht vom Nebel, und er sah, daß sie ein Mädchen an der Schwelle zum Frausein war.

Seine Knöchel am Fahrhebel wurden weiß. Gordy Beauchamp erhob sich hinter dem Mädchen und legte ihr seinen Sweater um. »Anne«, sagte Gordy und drückte auf ihre Schultern, um sie wieder zu sich nach unten zu ziehen. Doch sie ignorierte ihn. Sie wollte dort stehenbleiben, die dünnen Arme verschränkt.

Das war's. Floyd ging abrupt auf rückwärts. Der Motor jaulte auf, und ein Ruck ging durch das Boot. Auf dem Ruderhaus schossen Arme unter den Decken hervor, flogen Köpfe zurück, spuckten Münder Zigaretten

497

aus und rollte eine Schnapsflasche aufs Deck und von dort über Bord. Im Heck sprangen alle, auch die zwei jungen Männer, um das Mädchen in Rosa herum auf und haschten nach irgendeinem Halt an der Reling, an den Seiten des Ruderhauses, aneinander. Floyd biß die Zähne zusammen und schob den Fahrhebel auf voll rückwärts. Da blickten alle auf, und jeder, auch Floyd, stutzte einen Augenblick: nicht das Boot fuhr zurück, sondern der Nebel glitt vorwärts, die Erde drehte sich. Aber nur Floyd wußte, daß die Riffe ebenfalls zurückgewichen waren.

Ringsherum jetzt das sanfte Gurgeln. Floyd schaltete in den Leerlauf und vergewisserte sich atemlos, daß noch immer nichts von Earls Boot zu hören war. Auf jeden Fall hatte Earl seinen Teil nicht getan, dachte er. All diese Leute, die nicht schwimmen konnten, und dann das verdammte Mädchen, und jedenfalls hatte Earl seinen Teil nicht getan. Wo zum Teufel war Earl? Noch bevor er wieder Atem holte, fing Floyd Johnson an zu lachen, erst gakkernd, dann brüllend, und schließlich schnappte er nach Luft und erstickte fast an seinem eigenen Gelächter. Wieder wurden Köpfe zurückgeworfen, Hände geschüttelt, Beine ausgestreckt und Kissen zurechtgelegt. Die nächste Flasche erschien an Deck. Der kleine Ivan wandte sich ab und schaute wieder über den Bug hinaus, halb beruhigt, halb enttäuscht. Anne Stisulis sank in Gordys Arme.

Mr. Beauchamp rappelte sich auf und legte einen Arm um Floyds Schultern: »Das war toll, mein Lieber, ein Heidenspaß. Wir amüsieren uns. Auf einen großartigen Hochseekapitän. Auf einen großartigen Tag. Trinken Sie einen auf unser Wohl.« Mit einem letzten Blick über die Schulter nach Earl sagte Floyd: »Prost«, und ohne nachzudenken, ohne Bedauern nahm er die Flasche und setzte zum Trinken an.

Drei Stunden später, südlich von Damariscove Island, waren sie immer noch drei weitere Stunden von Monhegan entfernt. Nur Floyd Johnson wußte, daß sie überhaupt irgendwo hingefahren waren, obwohl es ihm einerlei war. Dieses Wasser war klar und tief, und er ließ den alten Kahn langsam darüber hingleiten. Ihn interessierte an dieser Fahrt nicht Monhegan, sondern nur das Wasser, die vielen Meilen zwischen ihm und dem Round Rock, und Earl Varney, und Bailey Island, und Beatrice.

Sie passierten Seguin Island, und nur vor seinem inneren Auge konnte Floyd den zugenebelten Leuchtturm sehen. Aber er hörte ihn. Alle hörten es, das zweitönige Tuten erst vor ihnen, dann rechts, dann hinter ihnen, schließlich nichts mehr außer ihrem eigenen langsamen Auf und Nieder durch den nassen Wind. Es waren die vielen Meilen Wasser zwischen ihnen und Seguin, um die es Floyd ging, und er ließ immer mehr davon hinter sich. Bei den andern jedoch war der Rausch abgeklungen: sie hätten genausogut verkatert und mit verbundenen Augen auf einem windigen Kai liegen und drei Stunden lang dem Motor eines Bootes lauschen können, das tuckernd in der Bucht lag. Weil sie nichts sehen konnten, wurden viele seekrank. Die Mundts tigerten im Heck auf und ab und spähten suchend in den Nebel. Sie sagten weiterhin wenig. Auf die zweimalige Frage, wo sie her seien, murmelte der eine etwas von der Gegend um Lewiston. Danach wurden sie in ihrer Ecke des Hecks in Ruhe gelassen. Auch Floyd achtete nicht mehr auf sie. Ob Spione oder nicht, nichts würde etwas daran ändern, daß immer mehr Wasser zwischen ihnen und Seguin lag.

Es war Mr. Beauchamp, der Floyd fragte, ob sie irgendwo anders landen könnten, nicht weit weg von der augenblicklichen Position, um zu picknicken. Im Nebel sei ja ein Ort so gut wie der andere, meinte er. Nichts für ungut: man sehe einfach nichts.

Floyd wußte, daß oberhalb von ihnen Damariscove Island lag, und er wußte, daß es am nordöstlichen Ende der Insel eine Stelle gab, wo man bei Niedrigwasser eine Sandbank überqueren und an einem klaren Tag alles sehen konnte, das Festland, Monhegan und, wenn man den Strand ein kleines Stück hinunterging, Bailey Island hinter sich. Aber es war kein klarer Tag, und außerdem war da die Fußgängerbrücke vor der Sandbank, und natürlich die Sandbank zu dem Inselstrand. Nein, er wollte nicht, daß alle diese Leute herumwuselten und in ihrem halb betrunkenen Zustand die Brücke überquerten. Er hatte sie trocken und sicher über dem Wasser, und damit das so blieb, wollte er sie an einen breiten Strand befördern, an den er dicht heranfahren konnte, so daß alle ihre Schuhe an Land werfen konnten. Und die Herren konnten den Damen von Bord helfen, und der junge Bursche da konnte das Mädchen im rosa Kleid herunterheben, und sie konnten alle zusammen durchs Wasser waten und die Picknickkörbe schwingen. Und sie würden den Strand nach Treibholz absuchen und ein großes Feuer machen, dachte Floyd, dann Tang sammeln und ihn auf das Feuer schichten. Und unter den Tang würden sie die Hummer packen, und wenn der Tang sich nicht mehr regte und zuckte, waren die Hummer tot. Diese Leute hatten in ihrem Leben sicher schon einmal Hummer gegessen, aber nicht solche, wie Floyd sie im Sinn hatte, die Hummer, die er mitgebracht hätte, um sie zu überraschen, wenn dies das Picknick gewesen wäre, das sie sich vorgestellt hatten.

Floyd kam der Gedanke, daß ihr Leben bis dahin arm gewesen war, hummerlos, ohne auch nur eine Ahnung davon, wie Hummer schmeckten, die am selben Morgen, vor wenigen Stunden erst, aus den Reusen geholt und über einem Strandfeuer dunkel gebacken worden waren, wo das Fleisch nicht in Wasserdampf, sondern in würzigem Tangdunst leuchtend weiß wurde. Und wo die Leber nicht bloß süß und grün war, sondern purer, wie auf der Zunge zergehender Honig. Sechsunddreißig triefende Kinne und zweiundsiebzig klebrige Hände. Und der ganze Ozean, um sich drin zu waschen, und das Mädchen, schlank aufgerichtet in dem immer noch feuchten rosa Kleid, die Haare von Tang durchflochten. Und hinter ihr die vielen Meilen leeren Wassers.

Aber es waren nicht mehr als zwei oder drei Hummer da. Earl hatte zu Floyd gemeint, mehr seien nicht nötig. Nur ein paar, dazu Kartoffeln und Zwiebeln, um den Schein zu wahren. Sie würden an keinem Strand anlegen und kein Lagerfeuer brauchen.

Um vier Uhr begann Floyd im Heck das Abendessen zu kochen. Eine dünne Hummersuppe in einem großen schwarzen Topf. Die Luft roch leicht nach Treibstoff.

Beide Mundts standen auf. »Fahren wir nicht nach Monhegan Hummer essen?« fragte der eine

»Nein, Jungs«, sagte Mr. Beauchamp. »Das hat keinen Zweck. Die Aussicht ist hier genauso gut wie dort, und wie es scheint, werden wir wohl nicht vor Einbruch der Dunkelheit zurückkommen. Heute ist einfach nicht unser Tag.«

»Doch«, beharrte der eine Mundt. »Es ist unser Tag.«

»Jungs, der Käpt'n kennt das Wasser hier«, sagte Beauchamp, »und er meint, es wäre sicherer, auf dem Boot zu picknicken und umzukehren. Es tut mir leid, aber es ist für uns alle eine Enttäuschung.«

Die Mundts blickten ringsherum in den Nebel.

»Sucht ihr was Bestimmtes da draußen?« fragte Floyd.

»Die Insel«, antwortete der eine Mundt.

»Na, dann sucht mal schön«, sagte Floyd.

Der Mundt, der bislang geschwiegen hatte, flüsterte dem andern etwas ins Ohr, und mit roten Gesichtern setzten sie sich wieder hin, schlugen die Beine übereinander und sagten nichts mehr. Alle außer den beiden würgten die Hummersuppe hinunter. Noch bevor sie fertig gegessen hatten, um fünf Uhr, hatte Floyd die *Raven* gewendet.

Ein Rest Suppe war noch übrig. Gordy Beauchamp leerte den Topf ins Wasser. Ein weißer klumpiger Film breitete sich hinter ihnen aus. Aber kaum daß sie ein Stück gefahren waren, sah Ivan, über das Heck gelehnt, das suppige Wasser brodeln und Fischschwänze an der Oberfläche schlagen. Dann ließen sie das Ganze hinter sich, und er hörte nur noch das Schlürfen und Klatschen des Ozeans.

Es wurde dunkel. Kein Dunkel, in dem man gelbe Lichter in fernen Fenstern und rote Lichter auf den Hügeln blinken und grüne Fahrlichter am Bug von Sardinenbooten erkennen konnte. Es war ein Dunkel, das einen völlig umschloß. Gegen acht hatte das stundenlange Fahren die Passagiere still werden lassen, und sie dösten oben auf dem Ruderhaus oder hockten unten im Heck. Floyd sah die brennenden Zigaretten auf- und niedergehen. Eine glühte rot am Bug auf, glühte ziemlich lange, glomm vor sich hin, glühte abermals auf und ging dann aus. Dann flackerte dort eine Flamme auf, und die Unterseite eines Männergesichts leuchtete orangerot, bevor sie wieder im Dunkeln versank und die neue Zigarette langsam abbrannte.

Zweimal hörte Floyd links von sich ein Boot brummen. Er dachte, es könnte Earl sein, der nach ihnen suchte, um zu sehen, ob Floyd sich die Sache überlegt hatte und das Boot auf dem Rückweg auf den Round Rock setzen wollte. Und das wäre auch sinnvoller, dachte Floyd, bei Nacht an den Riffen aufzulaufen. Das war glaubwürdiger, als am Tag aufzulaufen, Nebel hin oder her. Aber beide Male verklang der Motor wieder, und es hätte jeder sein können, war wahrscheinlich auch bloß ein x-beliebiger Hummerfischer, der im Nebel Reusen einholte. Ein Sardinenfischer war es jedenfalls nicht, dachte er, weil noch kein Hochwasser war. Aber dann merkte er, wie tief das Dunkel schon war, und überlegte, daß die Flut vielleicht bald den höchsten Stand erreicht hatte. Er faßte nach seiner Uhr. »Verdammt«, fluchte er. »Verdammt, verdammt.«

»Käpt'n Johnson?« Es war das Mädchen im rosa Kleid. Sie stand neben ihm.

»Weißt du, wie spät es ist, Herzchen?« fragte Floyd.

»Kurz vor zehn. Haben wir uns verirrt, Käpt'n Johnson?«

»Nein. Wir fahren bloß langsam. Es ist die reinste Waschküche. Keine Bange, ich werd euch sicher nach Hause bringen. Du kannst die Inseln und Riffe vor uns nicht sehen, aber ich kann's, und wir fahren dicht hinter ihnen vorbei, ganz langsam und sicher. Ich hab alles deutlich vor Augen, als ob es heller Tag wäre.«

»Das ist gut, denn mir ist kalt«, sagte das Mädchen.

»Ich weiß. Geh mal wieder ins Heck zu deinem Freund, und sieh zu, daß du aus dem Wind kommst. Ein Weilchen dauert's noch.«

Zehn Uhr bedeutete beinahe Hochwasser, und wenn er ganz um die Riffe herumfuhr, würde es halb elf sein und das Wasser wäre schon wieder gefallen. Bei Hochwasser war es kein Problem, direkt durch die Riffe hindurchzufahren, je nachdem, was einer geladen hatte. Und genau das ging Floyd durch den Kopf. Seine Ladung waren Menschen, viele Menschen. Aber es war zehn Uhr, und das Wasser stand hoch. Und er hatte eben dieses Loch schon hundertmal genommen bei jedem Wetter, und so hielt er direkt darauf zu.

Er horchte auf die am Ende der Sisters schaukelnde Boje, und lokalisierte sie in der Dunkelheit. Während er zusah, daß sie links von ihm blieb, drosselte er das Tempo und fuhr langsam, ganz langsam einen Bogen und kam zum ersten Riff, umschiffte es, ohne etwas zu erkennen, nur nach Gefühl. Dann fuhr er auf das nächste Riff zu und hielt sich rechts davon, richtete den Bug, die glimmende Zigarette da vorne, auf das weiße Haus, das er nicht sehen konnte. Auf dem Weg kam er geradewegs zum Round Rock, dann noch drei- oder vierhundert Meter durch tiefes Wasser bis in den Cundy's Harbor und noch mal vierhundert zur Dyer's Cove. Floyd fing an zu pfeifen. Das offene Wasser hatte ihm gut getan, den Kopf klar gemacht. Jetzt konnte er Earl gegenübertreten und ihm begreiflich machen, warum es heute nicht gegangen war. Die Uhr und überhaupt, würde er ihm sagen. Und das Mädchen im rosa Kleid, und der ganze verrückte Haufen und die zwei jungen Kerle mit ihrer Heimlichtuerei. Alles ungünstig. Es war einfach nicht ihr Tag gewesen.

Floyds Pfeifen war wie der erste Morgenvogel. Ringsherum regte sich Leben. Es wurde geflüstert, gesummt. Zigaretten flogen über den Bug. Das Boot schwankte ein wenig, weil die Leute im Heck hinter ihm anfingen, hin und her zu laufen und ihre Sachen einzusammeln.

»Macht mal halblang, ihr da unten«, sagte Floyd. »Es ist kein Kai in der Nähe, also geht lieber noch nicht von Bord.«

Allgemeines Gelächter.

Dann ging ein Ruck durch das Boot. »Hoppla«, sagte Floyd. »Ich hab gesagt, ihr sollt sitzenbleiben. Wir sind immer noch eine gute Meile ...«

Der nächste Ruck, dann ein Krachen, wie wenn Holz zersplittert. Das Steuer fuhr hoch und bohrte sich Floyd in den Magen. Ein Klatschen im Wasser, und Floyd blickte auf und sah nur noch Dunkelheit am Bug, kein flammendes Streichholz, keine brennende Zigarette mehr. Er hörte die Leute auf dem Ruderhaus poltern und rutschen. Dann ging hinter ihm das Heck hoch, und das Steuer bohrte sich wieder in ihn, und er spürte, wie eine Rippe brach. Das Deck bebte unter ihm. Ringsherum splitterte überall Holz, und plötzlich ein lautes Bersten und Ächzen, das Floyd verriet, daß der Rumpf der *Raven* auseinanderbrach. Er fing an, bis zehn zu zählen, wie er es immer tat, wenn es etwas Schwieriges zu bewältigen galt. Aber er konnte kaum atmen. Er fing wieder bei eins an und versuchte einzuatmen, aber bei jedem Atemzug war es, als würde ihm ein Messer in die Brust gestoßen. Er hatte sich mehr als eine Rippe gebrochen. Vielleicht die ganze Seite, dachte er. Am Ende der zehn Sekunden herrschte rings um ihn herum ein allgemeines Kreischen und Schreien und Platschen.

Er mußte wider Willen grinsen und unterdrückte ein nervöses Lachen, denn das konnte doch nicht sein, dachte er, der Plan konnte sich doch nicht ohne sein Zutun verwirklichen, nicht, nachdem er die Sache abgeblasen hatte. »Okay«, sagte er ruhig. Er konnte nichts erkennen. »Wie spät ist es jetzt?« fragte er, als ob die richtige Antwort das Leck stopfen, die Leute aus dem Wasser holen und das Boot aufrichten würde. Aber es kam nur das Kreischen und Platschen. Er langte nach rechts und bekam ein Stück Stoff zu fassen. »Wie spät ist es?« fragte er noch ruhiger, geradezu drohend. Er griff in seine Tasche und zündete ein Streichholz an: ein zitterndes Handgelenk: neun Uhr. »Nein!« schrie er und stieß das Handgelenk beiseite. »Scheiße, das ist die falsche Zeit. Wie spät ist es?« Er langte nach links und hielt fest, was er dort zu fassen bekam, während er mit der andern Hand nach weiteren Handgelenken schnappte. Er zündete wieder ein Streichholz an: neun Uhr. »Du da!« brüllte er. »Du Kleine hast gesagt, es ist zehn. Das ist die falsche Zeit! Das ist verdammt noch mal die falsche Zeit!«

Auf einen schrillen Schrei folgte ein lautes Platschen, dann das Jammern und Spritzen von jemand, der im Wasser um sein Leben kämpfte.

Floyd konnte nur noch in kurzen Schüben sprechen. Seine Rippen zerrissen ihn von innen. »Okay«, sagte er schwach. »Alle setzen sich hin und zählen bis zehn. Trinkt einen Schluck.« Er machte mit den Händen einen Trichter um den Mund und rief mühsam ins Wasser: »Bloß keine Panik! Sucht euch jemand und bildet Paare, bleibt dicht zusammen.«

Die Stimme versagte ihm. Niemand gab Antwort. Nur Schreien und Platschen. Dann bäumte sich das Boot auf, und Floyd klammerte sich am Ruder fest. Jemand rief: »Junior, Junior, Junior!«

Floyd machte ein Streichholz an, beleuchtete damit aber nur einen wirbelnden Nebelkokon. Er riß sich das Hemd vom Leib, ließ sich zum Heck hinunter, schraubte den Treibstofftank auf und durchtränkte sein Hemd. Wieder auf dem Ruderhaus, zündete er es an und hielt es hoch: ein schwarzer gezackter Graben lief quer über die Mitte des Decks. Die entzweigebrochene *Raven* senkte sich jetzt wie eine aufgehende Zugbrücke in entgegengesetzte

Richtungen. Die verschwommene Silhouette eines kleinen, runden Mannes hing außen am Bug, knietief im Wasser, und fuchtelte wild mit dem freien Arm herum. »Mein Junge!« schrie er, dann in die andere Richtung: »Ivan!«

Das Deck unter Floyd sackte plötzlich ab und rutschte nach hinten. Der Graben verbreiterte sich, und drei blutige Hände schossen daraus hervor und krallten sich verzweifelt an den Splittern fest. Ein Kopf kam ein Stück weit in das rauchige Fackellicht emporgetaucht, wirre Haare voller Seetang, eine rötliche Schulter. Dann knallten maschinengewehrartig die noch festsitzenden Bolzen weg, und die Fugen darunter platzten auf. Das Heck kippte ab, der Graben wurde breiter, die Hände klammerten sich an die Holztrümmer, dann verschwanden sie. Die glänzenden Klippen des Riffs ragten durch die Öffnung.

Eine Hand fest am Steuer, die andere mit dem lodernden Hemd hoch über den Kopf, konnte Floyd Finger und ganze Arme erkennen, die im Wasser ruderten. Zwei oder drei Körper trieben bereits in den Wogen. Die Rückseite des rosa Kleides bauschte sich um die Beine des Mädchens, und der Junge kraulte wild darauf zu, dann tauchte er ab und kam nicht wieder hoch. Kam nicht wieder hoch. Vorn am Bug rief Mr. Beauchamp: »Gordy, Gordy, ich komme!« Das Wasser neben dem Mädchen in Rosa spritzte wieder auf, abermals Blasen, dann glatte Wellen. Das auf- und niedergehende Mädchen bekam von all dem nichts mit.

Die dagegen ankämpfen sind schon tot, dachte Floyd. Aber einige der andern würden wahrscheinlich überleben. Die, die gleich ohnmächtig werden. Sie fallen ins Wasser und verlieren das Bewußtsein, aber im Herzen ist noch Leben, versicherte er sich, es schlägt noch, sie fallen in einen Tiefschlaf wie ein Bär im Winter. Das sind die, die geborgen werden, dachte er.

Aber dann ging eine Welle über einen Körper hinweg, und auch der tauchte nicht wieder auf. Der nächste ging unter. Ringsherum ging einer nach dem andern unter. Die Wasseroberfläche leerte sich, und Floyd wandte sich ab.

»Okay, alle mal herhören«, japste er. »Bloß keine Panik. Ihr hinter mir und drüben am Bug, Ruhe bewahren, wer nicht im Wasser ist.« Er redete eine Zeitlang so weiter, stieß unter Schmerzen die Worte heraus, befahl den Leuten, beieinander zu bleiben, sich zu einer Kugel zusammenzurollen, wenn sie ins Wasser kamen, als ob sie Babys im Mutterleib wären – bis er ringsherum niemanden mehr wahrnahm, nur die gurgelnden Keuchtöne und die ferner werdenden Schreie aus dem Nebel, und das Knarren und Krachen, womit sich der Round Rock durch die *Raven* bohrte. Und zwei junge, kehlig und ausländisch klingende Männerstimmen, die einander in regelmäßigen Abständen zuriefen und immer weiter auseinandertrieben; dann nur noch die eine, unbeantwortet, und schließlich verstummte auch die.

Der Bug war weg. Niemand rief mehr im Wasser. Das Heck stieg hoch und blieb an dem Riff hängen.

Floyd hatte unterhalb der Knie kein Gefühl mehr. Das Hemd war abgebrannt. Er zündete Streichholz um Streichholz an und hielt es dem Ozean entgegen. Die Frauen trieben vorbei. Ihre Unterröcke waren über ihren Beinen ballonartig aufgeblasen und trugen sie, ihre Köpfe wiegten sich im Rhythmus der Wogen, auf und nieder, auf und nieder, im Einklang mit ihren aufgelösten Haaren.

Die Streichhölzer waren alle. Die Unterröcke, dachte Floyd in der Dunkelheit. Als ob sie Schwimmwesten anhätten. Darauf wäre er nie gekommen. Er glaubte nicht, daß irgend jemand schon mal darauf gekommen war. Er lachte. Seine Rippen scheuerten aneinander, aber er schrie nicht. Nach Luft schnappend faßte er ins Wasser und tastete nach dem Seil unter dem Ruder. Aber er spürte seine Finger nicht mehr. Er zog sie aus dem Wasser und bewegte sie, bis sie wieder weh taten. Dann faßte er abermals ins Wasser und zog das Faß hervor, preßte es an seine Brust und drehte sich zu der steigenden Flut um. Das Deck verrutschte unter ihm. Er schluckte einen Mundvoll Meerwasser. Ich werd's schaffen, dachte er. Aber dann sah er, womit er bis zum Morgen zu leben haben würde, und bis zum Abend, und bis zum nächsten Morgen, und auch noch danach: mit all den Männern, die wie Stoffpuppen untergingen und wieder ein Stück hochkamen und wieder absanken, die ganze Nacht unter ihm, auf und ab; und mit den Frauen und ihren aufgetriebenen Unterröcken, die sie über Wasser hielten, so daß sie gegen ihn stoßen würden; und mit dem Boot, das vom Riff abrutschte und dessen Holz schon aufzuquellen begann. Clayt hatte einen britischen Fregattenkapitän erwähnt, der ein voll bemanntes Schiff nach dem andern befehligte und verlor und das nächste verlangte; aber das war der Krieg, und was war das hier? Und dann würde er Earl begegnen, der im Laden heißen Kaffee trank, und Beatrice, die zu Hause mit Pearl auf ihn wartete und wütend eine Erklärung von ihm verlangte. Eine Erklärung, dachte Floyd. Wie war so etwas zu erklären?

Er brauchte über eine Minute, um seine Schuhe auszuziehen; es war, als müßte er die Rinde von einem Baum abziehen. Er glitt aus und stürzte bis zum Hals ins Wasser. Das Faß umklammert, gegen das Ruder gestemmt, bekam er die Schuhe endlich aus und die Hose mit. Er stand auf und band sich das Faß fest an die Brust. Dann dachte er: Nein. Lieber auf Nummer Sicher gehen. Er löste den Knoten und zog das Seil zu voller Länge aus. Dann schlang er es sich um die Taille, knotete es wieder zu und packte das Ruder. Ohne den Schmerz zu spüren – es war jetzt egal –, zog er sich an der Steuersäule aus dem Wasser hoch. Er sah keine Menschenseele mehr. Er rief keinen Namen. Er stellte sich schwankend auf das untergetauchte Steuerrad, das Faß unter den Arm geklemmt. Mit einem letzten Blick ins Wasser, nackt im Nebel, warf er sich langgestreckt ins Meer.

DANKSAGUNG

Ein herzlicher Dank für ihre Hilfe bei den Recherchen für dieses Buch geht an Warren Campbell, Bill Coughlin, Larry Hall, Pfarrer Jim Herrick, Bernard Johnson, Joanne Johnson, Russell (Rocky) Lane, Edmund A. MacDonald, John MacKeith, Stuart Martin, Dave Sanborn, die Rumford Historical Society und andere in Rumford und Bailey Island, Maine, und anderswo, die sich mir anvertrauten und wissen, wer sie sind.

Mit der Welt
auf Buchfühlung